서양의
개벽사상가
D. H. 로런스

D. H. LAWRENCE

서양의 개벽사상가 D. H. 로런스

백낙청 지음

책머리에

내가 로런스에 관한 단행본을 내겠다는 생각을 한 것이 언제부터인지는 너무 오래되어 기억이 안 날 정도다. 로런스 연구로 박사논문을 제출한 것이 1972년, 거의 반세기 전이다. 그때부터 한국어 저서를 구상한 것은 물론 아니다. 72년 신학기를 앞두고 귀국한 지 얼마 안 되어 한국은 이른바 '유신독재' 시대에 접어들었고, 나는 1974년 초부터 시국의 소용돌이에 휩쓸렸으며 계간 『창작과비평』 작업에도 복귀한 상태였다. 영어 학위논문의 출판은 기회가 주어졌더라도 필요한 수정작업을 감당할 처지가 아니었고 국문 저서를 구상할 겨를도 없었다. 첫 문학평론집을 낸 것이 1978년에 가서였다.

그러나 국내 독자를 위해 로런스에 관한 글을 한두 편씩 써내면서, 특히 1980년에 강단에 복귀한 뒤로, 학위논문 내용을 상당부분 활용하되 새 논의를 약간 추가해서 책을 한 권 만들겠다는 생각이 서서히 떠올랐다. 언제부턴가는 사람들이 물으면 생각은 하고 있노라고 답하는 단계로 나아갔다. 그게 80년대 후반이었다고 해도 벌써 30년이 훨씬 넘었다. 그사이 사람들의 질문에도 점점 큰 기대가 안 담기는 빛이 늘어났고, 세월이 더 흐르면서는 약간의 냉소가 서리는 기미마저 더러 보였다.

작업이 지연된 것은 나의 게으름과 내 나름의 '공익근무'가 바빴던 탓이 크지만 시간이 지날수록 심경에 어떤 변화가 일어난 까닭도 있다. 애초에는 학위논문의 내용을 선별적으로 활용하고 새 글을 좀 보태서 구색을 갖추면 책 한 권이 되리라고 쉽게 생각했다. 그러다가 작업이 계속 늦어짐에 따라 내가 왜 아직도 로런스를 붙들고 있는지를 동시대인들과 나 자신에게 설명할 수 있는 책을 써야 한다는 부담이 추가된 것이다. 영문학 교수로서 전공이 로런스라거나 그의 글을 읽을 때마다 내가 여전히 즐거움과 정신의 앙양을 느낀다는 것만으로는 부족했다. 시대적 현안과 고민이 넘쳐나는 독자를 위해서나 스스로 여러 긴박한 작업에 골몰한 나 자신을 향해서나 어떤 설득력 있는 답을 주는 책일 수 있을까 하는 문제가 앞에 놓이게 된 것이다.

써내기만 한다면 무언가 답이 나오리라는 느낌은 마음 한구석에 늘 있었다. 하지만 본격적인 작업은 여전히 지지부진한 상태였는데, 결정적인 계기를 마련해준 것은 후학들이었다. 나의 팔순에 맞춰 학위논문을 번역 출간하는 데 동의해달라는 옛 제자들의 요청을 받고, 딱히 팔순에 맞추지 않더라도 나도 저서를 빨리 완성해서 동시 출간하자고 합의한 것이다. 본서와 함께 『D. H. 로런스의 현대문명관: 『무지개』와 『연애하는 여인들』』이 간행됨으로써 그 약속이 늦게나마 실현되기에 이르렀다.

후학들과의 약속은 내게 이중의 자극이 되었다. 첫째, 비록 어느 해 어느 날로 못박지는 않았지만 드디어 일종의 '마감'이 생겼다. 번역작업이 예정보다 오래 걸리더라도 무작정 늘어질 리는 없는 만큼 나도 마냥 지체할 수만은 없는 필연에 직면한 것이다. 더 중요하게는, 학위논문이 통째로 번역돼 나올 판에 그 내용의 일부를 적당히 재활용하면서 책 한 권을 만든다는 안이한 발상을 폐기해야만 했다. 그러고 보니 내 작업이 지지부진했던 원인 중 하나는 그런 어중간한 저술이 스스로 내키지 않은 까닭이 없지 않았음을 깨닫게 되었다. 아무튼 이제 학위논문과는 다른 차원의 새 작업을 해야 했고, 그 도전이 좋은 자극이 되기도 했다. 물론 학위논문의 일부를 원용했던 기왕의 성과를 개고하는 과정에 그런 활용의 흔적을 모두 지울 필요는 느끼지 않았다. 하지만 그동안 연마해온 '근대적응과 근대극복의 이중과제'라든가 '후천개벽' 같은 새로운 주제어들을 적극 도입한 새 책을 써야겠다고 생각했다.

결과적으로 제목부터가 외국 학계에 전달되기 힘든 저서가 되었다. 그러나 한국인으로서 한국 독자 상대의 글쓰기를 주업으로 삼겠다는 선택은 내가 오래전에 한 것이었고, 국제 학계의 인정이 특별히 중시되는 영문학 분야일지라도 수십년의 작심 끝에 내놓는 저서가 외국인이 알아주건 말건 초심에 충실할 일이라는 생각만은 확고했다. 실은 1990년대 초엽부터 로런스 국제학술대회에 간헐적으로 참여하면서 나는 국내의 로런스 연구가 비록 양적으로는 빈약하지만 외국 학계에서도 무시 못 할 수준이라는 자신감을 얻었고 실제로 우리 쪽의 기여를 괄목상대하는 외국 인사들이 적지 않았다. 이는 한국의 영문학도·로런스학도 중 상당수가 '한국에서의 영문학'이라는 주체적인 연구와 담론을 계발하려는 의지를 지녔기 때문에 이룩된 성과이기도 하다. 따라서 '서양의 개벽사상가 로런스'에 대한 나의 탐구에서 국제 학계도 취할 바가 있다고 할 때, 당장의 접근이 차단되는 것이 아쉽기는 하지만 우선은 이 땅에서 내 할 일을 하는 것이 순서라고 마음먹었다.

이러한 결심은 한국과 한반도 역사에 대한 나의 긍지와 무관하지 않다. 그 최신·최대의 근거는 2016년 이래의 '촛불혁명'이지만, 촛불혁명 자체가 1987년의 6월항쟁 이래, 거슬러올라가면 4·19와 5·18 이래로 한국의 민주주의가 온갖 곡절을 거치면서도 꾸준히 진전해온 결과이며, 더 멀리는 3·1운동과 동학 이래의 후천개벽운동을 잇는 역사를 계승하고 있다는 점이다. 이 역사가 단순히 정치적 민주화나 경제발전만이 아니라 정신 및 문화의 차원에서도 세계의 주목을 점점 더 받게 될 역사임은 촛불혁명 이후 한층 두드러진 각종 한류 열풍이라든가 최근 코로나19 감염증 사태의 대응에서도 실감된 바 있다.

후천개벽(또는 '다시개벽')은 19세기 중엽 한반도에서 기원한 사상이자 운동이다. 지금도 학계에서는 그 논의가 동학 중심으로 이루어지는 경우가 대부분이지만 이 책에서는 원불교의 창시자 소태산(少太山) 박중빈(朴重彬)의 사상에 많은 관심을 기울였다. 독자에 따라서는 특정 종교의 교리를 너무 많이 인용한다고 느끼는 분도 있을 테고 나와 원불교의 관계가 궁금한 분도 있을 것이다. 원불교와의 개인적 관계는 설명하자면 길지만, 본서의 논의가 어디까지나 국외자의 독립적 관점에서 이루어졌고 특정 종교의 호교(護教) 내지 호법 행위와 무관함을 미리 밝히고 싶다.

원불교 교리에 대한 나의 이해는 미국의 불교학자를 포함한 교단 안팎의 교서 영역팀에 참여하면서 한층 진전했는데(1997년부터 2015년까지 간헐적으로 작업을 이어가서 『정전』과 『대종경』 『정산종사법어』를 잇달아 번역했다), 소태산 사상을 분단체제 극복운동에 참고하고 활용하려는 노력은 그전에 시작하여 그후로도 계속되었다. 이 과정에서 나는 동학의 다시개벽론이 한반도 고유의 사상적·역사적 돌파를 이룬 대사건임은 분명하지만 그 흐름이 소태산에 이르러 세계종교인 불교와 융합하고 근대의 과학문명, 그리스도교문명을 적극 수용함으로써 새로운 차원에 도달했다는 인식을 갖게 되었다. 본서에 불교와 원불교 개념들이 자주 나오고 '물질이 개벽되니 정신을 개벽하자'는 원불교의 개교표어가 근대의 이중과제를 집약적으로 표현한다는 해석을 제시한 것은 그런 인식의 반영이다.

한국어로 집필함으로써 국제 학계에서는 안 써낸 것이나 다름없이 되어버리는 책이 국내 독자들로부터도 외면당한다면 저자로서는 못내 섭섭한 일이 될 터이다. 영국의 작가를 다룬데다 비록 평론의 성격을 띠도록 썼으나 연구서의 성격을 겸할 수밖에 없는 책이 높은 대중성을 얻기를 바라는 것은 분명 허욕이지만 그래도 일반독자와 조금이라도 더 가까워지기 위한 내 나름의 노력을 아끼지 않았다. 논의내용에서도 그 점에 항상 유의했는데, '책머리에'와 바로 이어지는 서장을 빼고는 장마다 '글머리에'를 써서 집필경위와 그때그때의 맥락, 나의 개인적 소회 따위를 밝힌 것 역시 그런 노력의 일환이다.

서장 이후의 본론은 1, 2부로 나누었다. 제1부 다섯 꼭지는 내가 학위논문을 쓸 때부터 집중해온 『무지개』와 『연애하는 여인들』에 관한 글과 『쓴트모어』와 『날개 돋친 뱀』 등 소설을 다룬 글들이며, 제2부는 대부분 로런스의 산문을 주제로 삼은 다소 이론적인 논의인데, 마지막에 시에 관한 글 한 편을 추가해 총 여섯 장으로 구성했다. 한마디 덧붙인다면, 로런스가 워낙 사상적 편력의 폭이 넓고 예리한 통찰이 풍부한 저자이기 때문에 나로서는 정면으로 다루기 힘든 사상가들을 로런스를 끌어대어 논할 수 있었던 것이 본서의 자랑이기도 하다.

외국 글에서 인용한 표현에 괄호 속에 원어를 넣어준 것이 외국어를 전혀 모르는 독자에게는 오히려 번거로울 수도 있으나, 본서의 다수 독자에게는 이해를 도우리라는 기대 때문이었고, 원문이 길어질 경우는 '인용원문'으로 돌렸다. '참고문헌'—더 엄밀히 말하면 언급된 논저들의 목록, 곧 통상적인 *Bibliography*라기보다 *List of Works Cited*—으로는 각주에 언급된 글들까지 모두 수록했는데, 이는 저자의 문헌 섭렵의 부족을 호도하려는 뜻이기보다 본서의 논의가 한국의 영문학 연구서로서는 드물게 많은 국내의 논자·연구자들과 주고받은 가운데 진행된 담론임을 부각시키려는 것이었다.

로런스에 대한 사전지식이 없는 독자에게 더 친절해지는 길은 그의 생애를 개관하고 출발하는 방식일 것이다. 하지만 이는 본서의 성격상 적당치 않지 싶고, 로런스 소설집 『패니와 애니』(창비세계문학 12, 백낙청·황정아 옮김)의 '연보'를 권말에 수록하는 것으로 대신했다.(원하는 독자는 연보부터 일별하고 본문 읽기로 들어갈 수도 있다.) 다만 로런스의 삶에서 본서의 독자가 특히 유념할 만한 사항 두어가지를 언급해둔다.

첫째, 로런스는 알려진 대로 탄광 광부의 아들로 태어나서 광산촌에서 자랐다. 당시 로런스의 아버지와 같은 영국의 광부들은 대개 적빈과는 거리가 있는 비교적 안정된 삶을 살고 있었으나 전통적 계급질서가 여전히 확고한 시대였다. 따라서 등단할 때부터 로런스에게는 '탄광부의 아들'이라는 꼬리표가 붙어다녔다. 한편, 그가 전형적인 광부 가정 출신인 것은 아니었다. 자전적 요소가 많이 포함된 초기 소설 『아들과 연인』에 그려져 있듯이 어머니는 소중산층 출신으로 일종의 '강혼'(降婚, 영어로는 프랑스어 표현을 그대로 써서 *mésalliance*라고 함)을 했으며, 아들이 중산층 신사로 신분상승을 하기를 갈망하고 독려했다. 결과적으로 로런스는 어머니의 열망을 기대 이상으로 달성하고 '출세'한 셈이다. 노동운동에 가담하지도 않았다. 그럼에도 로런스는 자기가 진입에 성공한 부르주아계급보다 일상생활에서는 떠나온 노동계급과의 유대감이 자신에게 항상 더 생생함을 고백하곤 했다. 이것이 빈말인지 아닌지는 물론 그의 작품과 사상을 통해 검증할 문제다.

둘째로, 역시 알려진 사실인데, 로런스는 아내가 될 프리다와 애정의 도피를 벌여 독일과 이딸리아로 건너간 이후로 생애의 많은 시간을 여러 외국을 다니면서 보냈다. 그 배경에는 광부의 아들이 독일 귀족이자 은사의 부인을 이혼시켜서 결혼했다는 사회적 낙인 비슷한 것 — 유명한 작가가 되면서 어느정도 지워지기는 했지만 — 이 불편한 점도 작용했을 것이다. 더 직접적으로는 그의 건강이 영국의 기후와 풍토를 감당하기 어려웠던 점과, 일생 내내 가난해서 글쓰기로 영국이나 미국에서 벌어들이는 돈으로 살아가기 위해서는 환율이 유리하고 생활비가 싼 고장을 찾아다닐 필요가 절실했기 때문이다. 여담이지만 로런스 국제학술대회는 대개 로런스가 살았던 곳에서 열리는데, 가보면 거의가 공기 맑고 풍광 좋은 고장들이다. 그가 건강에 이로운 장소를 찾아다녔기도 하거니와, 이딸리아나 호주 같은 데서도 도시에 살 형편이 못 되었기 때문이다. 물론 로런스가 살아가기에 편한 장소만 찾아서 외국을 다닌 것은 아니다. 그에게는 새로운 삶의 실마리를 탐구하는 일이 언제나 먼저였고, 그러한 탐구는 본서의 중요한 관심사에 속한다.

셋째로, 그런 다양한 탐구의 도정에도 동아시아는 전혀 포함되지 않았다. 중국 등 여러 오래된 사회들이 인류가 거의 잊어버린 더 먼 과거의 기억을 보존하려 노력해왔을 것이라는 포괄적인 언급을 지나가는 말처럼 던지기는 하지만 로런스 자신이 동아시아문명에 대한 별다른 인식이나 관심을 보인 바는 없다.(『연애하는 여인들』에 일본의 그림들이 살짝 나오고 버킨이 일본인 지인으로부터 유도를 좀 배웠다는 토막 언급이 있는 정도다.) 이는 동아시아의 연구자가 아니라면 특별히 주목할 점이 아닐지 모른다. 하지만 로런스와 한반도 후천개벽사상의 만남 가능성을 탐색하는 입장에서는 음미해볼 만한 사실이다. 로런스 개인이 그러했음에도 후천개벽 사상가다운 면모를 보였다면 이는 로런스가 그만큼 특별한 작가요 사상가였다는 방증일 것이며, 한반도의 후천개벽사상이 로런스 같은 서양의 훌륭한 작가와 만날 가능성을 내장하고 있다면 이는 한국인으로서 자랑이요 막중한 생각거리를 떠안은 꼴이 되겠기 때문이다.

이 책을 준비하는 오랜 세월 동안 내가 받은 도움과 일깨움을 열거하는 것은 불가능하다. 실제 집필 도중에도 유난히 많은 분들로부터 직접적인 도움을 받았는데, 그 이야기 전에 권말에 실린 '추천의 말'에 관해 먼저 약간의 해명과 감사를 해야겠다. 이는 원래 계획에 없던 일로서, '책머리에'를 포함한 모든 원고가 조판을 마친 뒤에 편집진에서 뒤표지에 몇분의 추천사를 받겠다고 했다. 문제는 책이 분량도 많고 내용도 특이하여 완독은 않더라도 어느정도 성격을 파악하고 써주는 수고를 마다않으실 분이 필요했던 것이다. 그런데 조심스레 부탁드린 분들이 한결같이 책을 성의있게 읽고 평해주셨으며, 길게 쓰신 분들은 적당히 발췌해서 홍보용으로 사용하라고 위임하셨다. 추천사의 전문은 책의 일부로 수록하면 좋겠다는 편집진의 의견에 결국 나도 동의했는데, 그러다보니 길고 짧은 발문이 다섯개씩이나 달린 저서를 내는 계면쩍은 호강을 하게 되었다. 김종철·최원식·정지창·김동수·김성호 동학에게 깊은 감사를 드린다.*

학위논문 번역작업을 발의한 후학들이 집필 착수의 계기를 마련해주었음을 이미 밝혔지만, 작업을 시작한 뒤로 강미숙·김영희·박여선·설준규·염종선·한기욱·황정아 등 여러 사람이 초고의 전부 또는 상당부분을 읽고 소중한 논평을 해주었다. 동아시아 정치사상 논의가 포함된 제10장에 대해서는 임형택 교수와 백영서 교수로부터 추가로 고마운 논평과 격려

---

* '책머리에'에 이 대목을 추가하고 표지 디자인마저 끝나 제작과정에 들어가기를 기다리던 중 김종철 선생의 작고라는 날벼락 같은 소식을 들었다. 내게 준 마지막 선물이 된 글에 거듭 감사하며 고인의 명복을 빈다.

를 받았으며, 유두선·한기욱·김명환·유희석·강미숙·백영경 교수와 김경식 박사는 요긴한 자료를 찾아주었다. 동학들의 사전점검 덕분에 교정지가 처음부터 비교적 깔끔하게 나온 편이지만 정편집실의 김정혜 실장과 창비 인문출판부 강영규 부장 등의 세심한 교정을 거치면서 더 많은 바로잡음과 개선이 이루어졌다. 두루 감사드린다.

이런 과정을 거치고도 본서가 여러모로 미흡한 것이 오로지 나의 책임임은 더 말할 나위 없다. 내용도 미흡한데다 상업성에 대한 기대는 애당초 품기 어려운 책의 출간에 선뜻 동의해준 창비사와 강일우 대표에게도 감사의 뜻을 전한다.

이 책의 집필을 위한 막바지 준비를 서두르던 무렵 나는 아내를 잃었다. 아내와 사는 동안 나는 무언가 뒤가 든든하여 앞만 보고 달렸다. 그러다가 갑자기 일변한 여생을 살면서 과거를 돌이켜보는 시간이 잦아졌다. 그리고 내가 한 많은 일이, 아내의 특별한 도움이나 관심이 없던 작업의 경우에조차 옆에 함께 있어준 그의 기운을 받아 수행한 것임을 깨닫게 되었다. 우리 사이에 유명의 어긋남이 생긴 이후, 어떻게 하면 그 기운을 계속 받아 일하고 살아갈지가 나의 절실한 공부거리가 되었다. 이 책은 그러한 공부의 한가지 결실이기도 하다. 아내의 영전에 책을 바친다.

2020년 6월

백낙청 두 손 모음

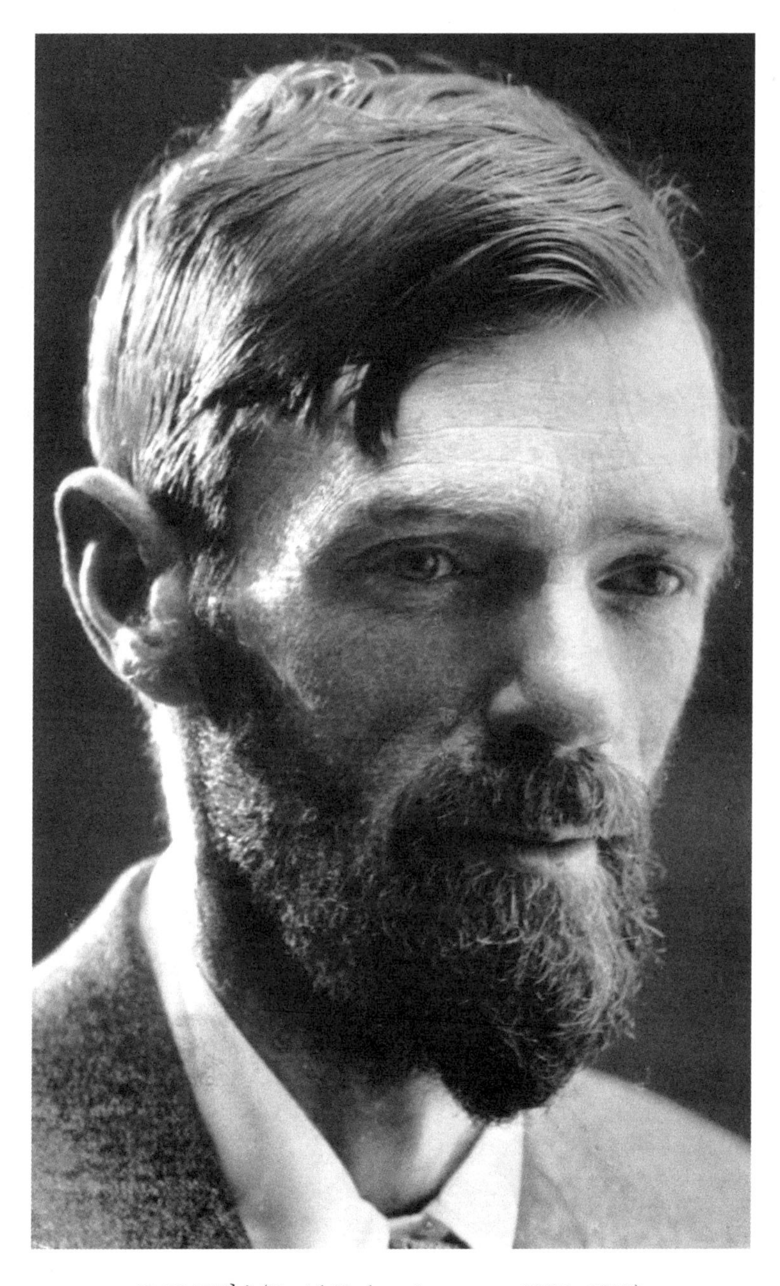

D. H. 로런스(David Herbert Lawrence, 1885~1930)

D.H. Lawrence by Ernesto Guardia, copied by Peter A. Juley
cream-toned bromide print, 1929 NPG x12411

차례

제2부

일러두기

1. 인용문의 외국어 원문은 본문에 *로 표시하고 책 뒤에 붙였다.
2. 인용문 중 저자가 덧붙인 부분은 〔 〕로 표시했다.
3. 일부 외래어와 우리말 표기 및 띄어쓰기는 저자의 의견을 존중했다.
4. 거듭 나오는 저작은 각 장에 처음 나올 때 서지사항을 밝히고 이하 저자와 제목만 썼다. 로런스의 일부 저서는 필요한 대로 따로 밝히고 약호로 표기했다.
5. 본문에서 로마자를 따옴표나 괄호 없이 노출한 경우 이탤릭으로 표기했다.

서장

소설가/개벽사상가 로런스

1. 서양 전통과 개벽

'개벽(開闢)'은 영어를 포함한 서양 언어에 없는 단어다.[1] 당연히 로런스도 자신을 개벽사상가라 일컫지 않았다. 그럼에도 불구하고 이 낱말을 로런스 논의에 끌어들일 수 있는 근거는 무엇이며, 굳이 그래야 할 이유는 어디 있을까?

서양 전통에도 물론 개벽에 견줄 만한 개념들이 있다. 유대교와 그리스도교 경전에 나오는 '천지창조'는 일종의 '천지개벽'이다. 그러나 초월적

---

1 이를 영어로 어떻게 표현할지는 원불교 교전을 새로 번역하는 공동작업의 과정에서 역자들이 부닥친 난제 가운데 하나였는데, 숙고 끝에 증산도(甑山道)의 선례를 따라 대문자를 사용한 'Great Opening'으로 결정했고 원불교의 개교표어 '물질이 개벽되니 정신을 개벽하자'를 'With this Great Opening of matter,/Let there be a Great Opening of spirit'으로 옮겼다(*The Scriptures of* Won-*Buddhism*, Iksan: Department of International Affairs of *Won*-Buddhist Headquarters 2006).

존재인 하느님이 없던 천지를 만들어낸 것이 「창세기」가 전하는 천지창조인 데 비해, 동아시아 전통 속의 천지개벽은 비록 하늘이 열리고 땅이 트인(開天地闢) 초유의 사건이라 해도 무언가 이미 있던 것이 열리고 트인 것이지 '무에서의 창조'(creatio ex nihilo)는 아니다. 더구나 우주의 성·주·괴·공(成住壞空)이라는 불교 개념에 따르면 천지개벽조차 한번에 끝나는 사건이 아니며 딱히 언제가 '최초'였다고 말하기도 힘들다.

다른 한편 현대 물리학에서 말하는 '빅뱅'(Big Bang) 혹은 태초의 '대폭발'은 천지개벽에 방불한 이미지를 제공한다. 그러나 어디까지나 인상이 방불할 뿐 구체적인 내용이 판이하고 (오늘의 과학도 그 내용을 완전히 규명한 것은 아니지만) 생명체를 포함한 천지의 열림과는 본질적으로 다른 개념이다.

사실, 이런 설명은 로런스를 개벽사상가라고 부르는 일과는 꽤나 거리가 있다. 로런스의 개벽사상이라는 것이 있다면 그것은 천지개벽이 된 이후의 세상이 다시 개벽하는, '선천개벽'과 구별되는 '후천개벽'의 사건에 해당할 것이다. 이는 19세기 중엽 이래 한반도에서 하나의 큰 흐름을 이룬 사상이자 운동이다. 동학의 창시자 수운(水雲) 최제우(崔濟愚)가 '다시 개벽'을 말한 이래로 천도교, 증산도, 원불교 등이 모두 '후천개벽'을 내걸게 되었다.

그런 의미로는 서양 전통에서 예수의 복음 선포가 일종의 후천개벽 선언이었다. 하느님이 천지를 창조하셨고 인간의 역사에서 이스라엘 민족을 택하시어 율법의 시대를 주도하게 했지만, 그것과 차원이 다른 새 시대를 열고 '새 하늘 새 땅'을 선포한 것이 예수인 것이다. 로런스 자신도 잉글랜드의 비국교도 가정 — 구체적으로는 영국의 청교도혁명을 이끌었던 올리버 크롬웰과 같은 종파인 회중파(會衆派, Congregationalists) — 출신으로 『성경』에 익숙했고 그 흔적을 그의 작품 도처에서 만날 수 있다. 일찍이 이사

야가 예언했던 '새 하늘과 새 땅'은 로런스가 즐겨 쓰는 표현이기도 했다. 이는 신약성서 마지막의 「요한계시록」에서 특히 도드라지는 표현인데, 로런스는 소설 『무지개』(*The Rainbow*, 1915)가 판매금지와 압수 처분을 당하고 제1차 세계대전이 한창이던 암담한 세월에도 새세상의 도래에 대한 신념을 거듭 피력했다.

> 나는 새 하늘과 새 땅이 이제 실현될 것을 압니다. 우리가 승리한 겁니다. 나는 마치 아메리카가 어슴푸레 눈앞에 보이는 콜럼버스 같은 기분입니다. 다만 이것은 단순한 영토가 아니고 영혼의 새로운 대륙이지요. 우리는 모두 누가 뭐래도 행복해질 것이고, 새롭고 건설적인 일을 하며 새로운 시대로 진입할 것입니다.[2*]

이것은 사신(私信)의 한 토막일 뿐이므로 로런스의 '사상'을 말하려면 더 많은 검토가 필요하다. 하지만 그리스도교의 '하느님 나라'와 '새 하늘 새 땅'의 비전에 비할 때 — 이에 대한 신학적 해석이 물론 다양하지만 — 로런스가 생각하는 새세상은 세상 자체의 종말과 심판, 또는 영혼의 구원, 그리스도의 재림(再臨)과 그가 다스리는 천년왕국보다는 '후천개벽'으로 일컬어지는 문명의 대전환에 가깝다.

로런스와 그리스도교의 관계는 뒤에 더 상세하게 논할 문제인데, 그는 청년기에 그리스도교 신앙을 떠났을 뿐 아니라 그리스도교적 세계관 자체와의 결별 및 청산을 필생의 과제로 삼았다고 할 수 있다. 물론 그리스도교 전통 안에도 현실에서의 이상사회 건설을 겨냥한 각종 천년왕국운

---

2 *The Letters of D. H. Lawrence* 〔이하 *Letters*〕 제2권, ed. George J. Zytaruk and James T. Boulton (Cambridge University Press 1981) 556면, 1916. 2. 25. Lady Ottoline Morrell 앞. 역자를 따로 표시하지 않은 경우 모두 나의 번역임.

동이라든가 여타 사회적 실천을 강조하는 신앙적·신학적 사례들이 있지만,[3] 대다수 그리스도교단들로 말하면 '선천시대(先天時代)' 종교로서 개벽작업의 대상이 된 느낌이 짙다. 아무튼 로런스의 사상과 작품세계를 이해하는 데 그리스도교적 변혁사상이 한정된 의미 이상을 갖기는 어렵다.

서양의 세속적인 사상가 중에 후천개벽에 방불한 대전환을 꿈꾼 예로 맑스(Karl Marx, 1818~83)와 니체(Friedrich Nietzsche, 1844~1900)를 꼽을 수 있다. 이들은 매우 대조적인 사상과 정치노선을 지닌 인물들이다. 니체는 자신의 사상을 계기로 근대, 나아가 2천년 기독교 시대가 종언을 고하고 전혀 새로운 시대, 말하자면 일종의 개벽세상이 열린다고 주장한 반면, 맑스는 근대 자본주의사회의 근본적 전환을 주장하면서도 '과학적 사회주의'의 창시자로 불릴 만큼 과학적 분석과 사회주의운동을 중시한 혁명가였다. 아무튼 이들과 로런스의 관계는 본서의 중요 관심사이며 뒤에 다시 논할 터인데, 그들 각자가 후천개벽의 과제에 어느 선까지 다가갔고 로런스가 도달한 경지와는 어떤 차이가 있는지를 밝힐 수 있다면 로런스뿐 아니라 맑스나 니체 사상의 생산적 수용에도 도움이 될 것이다.

영문학의 전통에서 의미있는 선구자를 만날 수 있을지도 점검해볼 일이다. 예컨대 18세기 말, 19세기 초의 시인이자 화가요 도판작가인 블레이크(William Blake, 1757~1827)는 미국독립전쟁과 프랑스대혁명 및 산업혁명의 격변기를 살면서 인류의 정신적·사회적 갱생을 꿈꾸었다는 점에

---

3 한국 신학계에서 1970년대 이래 서남동(徐南同), 안병무(安炳茂), 문동환(文東煥) 등이 주도한 민중신학은 국제 학계에서 'Minjung Theology'라는 용어를 낳을 만큼 주목을 끌었는데, 신학계의 테두리를 넘어 사상적·실천적 영향력을 끼친 이로는 함석헌(咸錫憲, 1901~89)을 꼽을 수 있을 것이다(박경미 외 지음 『서구 기독교의 주체적 수용: 유영모·김교신·함석헌을 중심으로』, 이화여자대학교출판부 2006, 특히 2부에서 양현혜, 김성수 및 박경미의 논문 참조). 그러나 함석헌 역시 한반도 고유의 후천개벽사상에 대한 관심이 깊었다고 할 수 없다.

서 후천개벽에 친화성을 보인다. 다만 로런스와 비교할 때 블레이크는 다재다능한 예술가지만 장편소설을 쓰지 않았고, 로런스는 흔히 '예언자적 예술가'로 평가(또는 폄하)를 받지만 운문으로건 산문으로건 '예언서'(Prophetic Books)로 불리는 블레이크의 장편시 같은 작품을 저술한 바가 없다. 그런데 이 특징들이 결코 서로 무관하지 않다. 로런스는 "장편소설이야말로 이제까지 성취된 인간의 표현형식 중 최상의 것"(The novel is the highest form of human expression so far attained)[4]이라고 주장했는데, 블레이크는 그런 최고의 표현수단을 이용함으로써 장편소설 특유의 검증을 받음이 없이 '개벽의 꿈'을 일방적으로 제시하려다가 '개벽사상가'로서의 한계를 드러냈다고 말할 수 있다. 물론 그의 '예언서'들이 시로서도 성공적이라 보는 열성적 지지자들도 많다. 하지만 나 자신은 그 작품들의 의도와 블레이크의 통찰을 높이 사면서도 결과는 실패작이라고 비판하는 리비스(F. R. Leavis, 1895~1978)의 판단에 동조하는데, 비판의 과정에서 리비스가 로런스 등의 장편소설을 언급하는 대목이 특히 흥미롭다. "디킨즈, 조지 엘리엇, 똘스또이, 콘래드 그리고 로런스의 이름이 대표하는 소설 개념에 해당하는 장편소설만이 블레이크의 그러한 반데까르뜨적 통찰과 탁월한 심리학적 투시력을 성공적인 예술로 구현할 수 있었으리라"[5*]는 것이다.

로런스 자신의 주장을 따르더라도, 만약 그에게 '개벽사상'이랄 만한 것이 있다면 그의 장편소설을 빼고는 논할 수 없을 것이다. 물론 사변적인 산문 등을 부차적인 저술로 격하하는 관행을 추종할 필요는 없으나,[6]

---

4 D. H. Lawrence, "The Novel," *Study of Thomas Hardy and Other Essays*, ed. Bruce Steele (Cambridge University Press 1985) 〔이하 *STH*〕 179면.

5 F. R. Leavis, "Justifying One's Valuation of Blake," *The Critic as Anti-Philosopher*, ed. G. Singh (Chatto and Windus 1982) 20면.

본서가 장편 몇편의 집중 검토에 제1부를 할애하는 것은 로런스 자신의 소설가적 자기인식에도 부합할 터이다.

로런스가 '개벽사상가'로 인정될 수 있는지 여부는 그의 작가적 위상을 확인하는 하나의 방법이기도 하다. 20세기 영국, 나아가 유럽과 미국의 여러 뛰어난 소설가 중에서 유독 로런스가 전혀 다른 전통에 속하는 '개벽사상'을 공유하는 경지에 이르렀다면 이는 그의 작가적 탁월성, 아니 독보성을 보여주는 징표가 아닐 수 없다. 동시에 한반도와 동아시아에서 '후천개벽'의 이름으로 벌어지는 문명대전환 움직임의 관점에서도 이질적 전통의 소산인 로런스의 사상을 활용할 수 있다면 자기점검과 발전을 위해 더없이 소중한 자산을 얻는 셈이다.

2. 로런스와 '생각하기'

요즘은 좀 덜해졌지만 로런스가 도대체 사유능력이 있는 인간인가 하는 의문이 한때 영국문단 일각에서 유행하다시피 했다. 동시대의 시인 T. S. 엘리엇(T. S. Eliot, 1888~1965)이 로런스를 두고 "우리가 보통 생각이라 부르는 능력의 부재"(incapacity for what we ordinarily call thinking)[7]를 꼬집은 일은 두고두고 사람들 입에 오르내리는데, 그보다 먼저 로런스 스스로 자기의 친구라는 이들조차 "내가 생각할 줄 모른다"고 한다는 불만을 토로한 바 있다.

---

6 로런스 연구에서 그런 관행에 대한 도전의 선구적인 예로 David Ellis and Howard Mills, *D. H. Lawrence's Non-Fiction: Art, Thought and Genre* (Cambridge University Press 1988) 참조.

7 T. S. Eliot, *After Strange Gods: A Primer for Modern Heresy* (Faber and Faber 1933) 63면.

그들(버트런드 러셀과 오톨라인 모렐)은 내게 다가와서 말을 시키고 그걸 즐깁니다. 거기서 깊은 만족감을 얻지요. 그런데 그게 전부예요. 마치 내 말이 오로지 나의 독특한 개성을 풍겨서 그들에게 쾌감을 주기 위한 것처럼 말이지요. 내가 케이크나 포도주나 푸딩이라도 되는 것처럼 말입니다. 그러고는 말하기를, 나 D.H.L.은 멋지다, 더없이 소중한 인물이다, 그러나 말의 내용은 허황된 과장이요 환상이다라는 겁니다. 그들은 내가 생각할 줄 모른다고 말합니다.[8*]

로런스가 이런 오해에 직면한 데는 그가 일찍이 피력한 "피가, 육신이 지성보다 현명하다는 믿음"(a belief in the blood, the flesh as being wiser than the intellect)[9]을 평생 견지했고 거듭 주장한 까닭도 있다. 그의 마지막 장편 『채털리부인의 연인』(*Lady Chatterley's Lover*, 1927)은 실제로 지성적 분석과 지식인 인물들의 대화를 담은 소설이지만 그가 관능과 육체를 절대시한다는 평판에 기여했는데, 이 작품을 두고 쓴 장문의 에쎄이 『"채털리부인의 연인"에 관하여』(*A Propos of "Lady Chatterley's Lover"*)에서도 로런스는 두뇌적 의식 내지 정신(mind)에 대한 육체/몸(body)의 우위를 역설했다.[10]

---

8 *Letters* 제2권 380면, 1915. 8. 16. Lady Cynthia Asquith 앞.

9 *Letters* 제1권, ed. James T. Boulton (Cambridge University Press 1979) 503면, 1913. 1. 17. Ernest Collings 앞. 이 대목을 나의 박사학위논문 "A Study of *The Rainbow* and *Women in Love* as Expressions of D. H. Lawrence's Thinking on Modern Civilization" (1972)에서 훨씬 더 길게 인용하고 이어서 로런스의 생각이 통상적인 반지성주의 또는 비합리주의와는 전혀 다른 차원임을 논한 바 있다(국역본 설준규 외 옮김 『D. H. 로런스의 현대문명관』 창비 2020, 16면 이하 참조. 이하 학위논문의 면수는 국역본 기준이다).

10 "The body feels real hunger, real thirst, real joy in the sun or the snow, real pleasure in the smell of roses or the look of a lilac bush; real anger, real love, real tenderness, real warmth, real passion,

하지만 로런스는 의식(consciousness)과 앎(knowledge)의 중요성을 강조하는 발언도 많이 남긴 작가다. 앞에 인용한 초기의 편지에서도 그는 "우리는 너무 많이 안다"라고 했다가 곧바로 "아니, 우리는 우리가 굉장히 많은 것을 안다고 생각할 따름이다"(We know too much. No, we only think we know such a lot. *Letters* 제1권 504면)라고 바로잡는다. 얼핏 오락가락하는 듯한 이런 발언을 그가 '생각할 줄 모른다'는 증거로 받아들이는 사람들도 있겠지만, 로런스 자신은 『연애하는 여인들』(*Women in Love*, 1920)의 미국판 머리말에서 "진정한 개인인 사람은 누구나 살아가면서 그 자신의 내부를 포함해서 무엇이 일어나고 있는지를 알아내고 이해하려 노력한다. 언표된 의식을 향한 이런 분투를 예술에서 빼놓으면 안 된다. 그것은 삶의 커다란 일부이며, 이론을 첨가하는 일이 아니다. **그것은 의식적인 존재에 진입하려는 열정적 분투인 것이다**"[11]*라고 썼다. 장편 『캥거루』(*Kangaroo*, 1923)에서는 "인간은 생각의 모험가다"(Man is a thought-adventurer)라고 하면서 사람들이 흔히 소설이 감정적 모험의 기록이기를 기대하지만 소설은 '사유의 모험'(thought-adventure)을 겸해야 한다고 역설한다.[12]

---

real hate, real grief. All the emotions belong to the body, and are only recognised by the mind." (D. H. Lawrence, *Lady Chatterley's Lover*, ed. Michael Squires, Cambridge University Press 1993 〔이하 *LCL*〕, Appendix I: *A Propos of "Lady Chatterley's Lover"* 311면).

11 D. H. Lawrence, *Women in Love*, ed. D. Farmer, L. Vasey and J. Worthen (Cambridge University Press 1987) Appendix I: Foreword to *Women in Love* 486면(원저자 강조).

12 D. H. Lawrence, *Kangaroo*, ed. Bruce Steele (Cambridge University Press 1994) 279면. "인간은 생각의 모험가다"라는 주장은 이후의 산문 "Books"에도 나오고(D. H. Lawrence, *Reflections on the Death of a Porcupine and Other Essays*, ed. Michael Herbert, Cambridge University Press 1988 〔이하 *RDP*〕 198면) "On Being a Man"의 첫 문장을 이루기도 하는데, 여기서도 로런스는 진정한 생각 내지 사유는 "피의 변화로, 몸 자체의 완만한 진동과 전환으로 시작된다"(It begins as a change in the blood, a slow convulsion and revolution in the body itself)라는 입장을 고수한다(*RDP* 213면).

‘생각할 줄 모른다’고 로런스를 무시하는 것 못지않게 경계할 일은 그의 생각을 ‘균형과 조화’에 대한 익숙한 지혜로 무난하게 처리하는 일이다. 『“채털리부인의 연인”에 관하여』에서 로런스 스스로 육체와 정신의 조화 내지 균형을 말한 바 있지만(*LCL* 310면), 그럼에도 균형과는 거리가 멀고 사고능력을 의심받을 만한 발언을 일삼은 것은 그가 동시대인의 상식뿐 아니라 ‘형이상학의 극복’이라 일컬어지는, 서양의 전통적 사고방식 자체를 뛰어넘으려는 시도를 끈질기게 했기 때문이다. 오랜 모색과 진전을 거쳐 형성된 그의 이런 면모를 간과하고는 로런스의 작품세계에 대한 온전한 이해에 도달할 수 없으며 ‘개벽사상가’라는 호칭을 수긍할 수도 없다.

3. 사유의 궤적: 전환점으로서의 「토마스 하디 연구」

로런스가 자신의 사상을 창작이 아닌 형태로 정리하고자 한 첫번째 시도로는 『아들과 연인』(*Sons and Lovers*, 1913)의 ‘서문’(Foreword)을 들 수 있을 것이다. 처음부터 수록할 생각이 아니었고 실제로 미발표로 남은 이 글에서 정작 『아들과 연인』에 직접 연결될 수 있는 대목은 마지막 두 단락 정도며 나머지는 소설을 쓰고 난 뒤의 후속 성찰에 가깝다. 로런스는 먼저 ‘말씀이 육신이 되었다’(The Word was made Flesh)라는 「요한복음」의 명제를 뒤집어, 하느님이요 ‘아버지’(대문자 Father, 성부)인 육신이 ‘아들’(Son, 성자)을 낳았고 ‘말씀’을 발화한 것은 아들이라고 한다. 뒤이은 또 하나의 전복행위는 ‘아버지’를 ‘어머니’로 부르는 게 더 적절하다는 주장이다. 로런스가 이후 즐겨 쓰게 되는 ‘성령’(Holy Ghost)도 언급되는바, 아들을 통한 발화가 하나의 비전이 되고 꽃잎의 휘날림 같은 어떤 완벽의 순간에 도달할 때가 곧 성령이요 계시(啓示)며 "영원한 삼위일체"(the eternal Trinity)의 성립이라는 것이다.[13]

로런스가 이런 단편적인 발언에서 한걸음 나아가 더욱 뜻깊은 사유의 전환을 이룩하는 것은 「토마스 하디 연구」(Study of Thomas Hardy, 이하 「연구」)에서다. 이 글 또한 그의 생전에는 간행되지 못했고 로런스 유고집 『피닉스』(*Phoenix: The Posthumous Papers of D. H. Lawrence*, ed. Edward McDonald, 1936)의 일부로 처음 발간되었다. 게다가 그것은 완성본이 아니었고 부분적으로 개고된 원고는 출판사를 전전하다가 유실된 것으로 알려졌다. 하지만 「연구」는 현재 전해지는 상태로도 로런스의 중요한 사상적 모색을 담고 있는데다, 그러한 모색의 시기는 1차대전의 와중에 '결혼반지'(The Wedding Ring)라는 제목으로 장편 『무지개』를 집필하던 때였다.[14] 곧, 「연구」는 『무지개』의 창조적 노력이 수반된 성찰인 동시에 『무지개』 완성본에 기여한 지적 모색이다. 직전의 『아들과 연인』도 비록 훌륭한 소설이지만 『무지개』에 이르러서야 로런스가 진정으로 위대한 소설가로 우뚝 선다는 평가에 동의한다면[15] 후자와의 밀접한 관계만으로도 「연구」는 주목

---

13 D. H. Lawrence, *Sons and Lovers*, ed. Helen and Carl Baron (Cambridge University Press 2013) Appendix I: Foreword to *Sons and Lovers* 470-71면 참조. 성부, 성자의 시대들에 이어 성령의 시대가 온다는 중세의 신학자 요아킴 데 플로리스(Joachim de Floris, 이딸리아 이름 Gioacchino da Fiore, 1135~1202)의 학설은 후세에 많은 영향을 끼쳤다. 그러나 로런스는 「연구」에서나 이후 성령을 계속 강조하는 중에도 그를 거론하지 않으며 실제 역사관도 많이 다르다고 봐야 옳을 듯하다.

14 대략 1914년 9~12월이다. 집필과정의 상세한 소개는 *STH*의 편자 해설(xix-xxxi면) 참조. 글 자체에 대한 논의로는 Mark Kinkead-Weekes, "Lawrence on Hardy," *Thomas Hardy After Fifty Years*, ed. Lance St. John Butler (Macmillan 1977) 90-103면 참조.

15 레이먼드 윌리엄즈, 그레이엄 홀더니스 등 『아들과 연인』 이후의 작품들이 사실주의에서 멀어지면서 작품으로서 여러가지 문제점을 드러낸다고 보는 평자도 있지만(Raymond Williams, *The English Novel from Dickens to Lawrence*, Oxford University Press 1970, 제8장;

에 값한다.

물론 더 중요한 것은 그 내용이다. 여기서는 「연구」 전체를 소개하기보다 로런스의 개벽사상을 검토하는 관점에서 특별한 의미를 지니는 몇가지 면모를 살펴보려 한다.

「연구」에서 로런스는 여전히 『아들과 연인』 서문에서와 같은 그리스도교 성경의 언어를 사용하면서 그 의미의 전복을 꾀한다. 앞서의 '아버지'가 곧 '어머니'라는 주장을 더 발전시켜, 하느님 아버지는 '법칙'(Law)을 대변하는데 이는 여성적 원리이며 육신의 원리, 자아(Self)의 원리라고 한다. 그에 반해 '사랑'(Love)의 원리, 나 아닌 것을 인식하고 인정하는 앎의 원리, 정신의 원리는 남성적인 것으로 규정된다. 이런 주장은 토마스 하디의 소설들과 서양 미술사 및 문학사의 많은 작품들에 대한 비평을 통해 풍성하게 예시되기도 하려니와, 무엇보다 동아시아의 전통적 음양론을 방불케 하는 우주론과 진리관을 제시하는 점이 눈에 띈다.

> 우리가 진리라고 부르는 것은 실제 경험에서는 남성적인 것과 여성적인 것의 결합이 완성되는 삶의 순간적 상태이다.(*STH* 72면)*

음양론에서와 마찬가지로 이때의 '남성적'/'여성적'이 곧 남자/여자와 일치하는 것은 아니다. "어째서 우리는 남성적 흐름과 여성적 흐름이 육

Graham Holderness, *D. H. Lawrence: History, Ideology and Fiction*, Gill and Macmillan 1982, 12면), 나는 『아들과 연인』이 비록 괄목할 독창적 천재성(striking original genius)이 발휘된 작품이긴 해도 『무지개』에 이르러 드디어 달성되는 진정으로 위대한 소설의 경지에는 미달했다는 리비스의 평가에 동의한다(F. R. Leavis, *D. H. Lawrence: Novelist*, Chatto and Windus 1955; Peregrine 1964, 18-19면. 이 책의 두 판본은 면수가 같으므로 이하 판본 구별 없이 책 제목과 면수만 밝힌다).

신 속에만 있다고 생각하는가? 그것은 물리적인 것과 다르다. 물리적인 것, 우리가 그 가장 좁은 의미로 쎅스라 부르는 것은 더 큰 남성/여성의 이원성과 통일성의 한 구체적 징표일 뿐이다."(*STH* 54면)* 이러한 전제 아래 다음과 같은 포괄적인 주장이 나온다. "따라서 삶에서는 여성적인 것에 가해지는 남성적인 자극, 남성적인 것에 가해지는 여성적인 것의 자극을 떠나서는 아무것도 일어나지 않고 일어날 수도 없다. 남성적 정신과 여성적 정신의 상호작용이 수레바퀴를 낳고 쟁기를 낳았으며 지상의 첫 발언을 낳았다."(*STH* 56면)*

사실 이런 주장에서 '남성적' '여성적'을 비유로 읽으면 갈등하는 두 요소의 '조화' 내지 '변증법적 종합'은 서양 전통에서도 생소한 발상이 아니다. 그러한 갈등의 조화와 갈등자의 합일을 '성령'의 작용 또는 경지로 규정하는 것 또한 그리스도교적 표현이다. 그러나 로런스의 단정적 말투나 남녀의 성적 결합을 명시하는 걸 봐서도 이것이 한갓 비유일 뿐이라는 '무난한' 읽기가 차단되어 있으려니와, 독특한 점은 이렇게 구현되는 음양의 조화와 남녀의 합일에서 진리가 발생한다는 주장이다. 이때 '진리'는 대문자 *Truth*로 표기하여 일상영어에서 소문자 *truth*가 주로 뜻하는 '진실'과 다른 차원임을 분명히 한다.[16]

진리가 '발생하는 하나의 사건'이고 더욱이나 남성적인 것과 여성적인 것의 합일을 통해 발생한다는 생각은 과학은 물론 기존의 형이상학으로

16 물론 한국의 서양철학계에서는 후자도 곧잘 '진리'로 번역하지만, 이는 자기 나라 언어를 그 원래의 용법을 무시한 채 자신이 공부한 서양 개념의 부호처럼 사용하는 우리 시대 많은 지식인들의 폐습인 동시에, 대다수 서양 철학자들이 어느새 진리에 대한 관심을 잃어버린 상황의 반영이기도 하다. 한국의 철학계에서 진리라는 낱말을 오용하는 문제에 대해서는 졸고 「학문의 과학성과 민족주의적 실천: '인문과학'의 문제와 관련하여」, 『민족문학의 새 단계』, 창작과비평사 1990, 320~21면 참조.

서도 수용하기 힘든 생각이다. 하지만 로런스는 『무지개』의 마지막 문장에 대문자 *Truth*를 다시 등장시킴으로써 「연구」의 진리 논의가 결코 일시적인 상념이 아니었음을 확인해준다.[17]

또 하나 특기할 점은 이른바 *being*에 대한 본격적인 사유도 「연구」에서 출발한다는 사실이다. 이 낱말을 두고도 번역 문제를 잠시 살펴볼 필요가 있다. 알다시피 영어의 *be* 동사는 '~이다'와 '있다'의 뜻을 겸하는데, 그 둘이 별개의 단어로 표현되는 한국어에서 *be*+*ing*으로 형성된 동명사(動名詞)를 하나의 낱말로 옮기기는 무척 힘들다.[18] 실제로는 '존재'로 번역하는 것이 관례인데, 일상언어에서 '존재'는 '존재하는 것'(곧 존재자)과 거의 동일시된다. 그런데 영어의 *being* 또는 *Being*은 그런 뜻일 경우도 많지만 그렇지 않은 경우도 있는 것이다.

번역 문제를 다소 길게 논하는 이유는 「연구」에서 로런스가 *be* 동사와 명사 *being*을 적어도 세가지 다른 의미로 쓰고 있는데, 그 차이를 올바로 읽어내는 것이 로런스 사유의 궤적을 따라가는 데 긴요하기 때문이다.

첫째는 일상언어에서 흔히 하듯이 존재하는 아무것이나 *being*으로 부르는(곧, 동명사가 아닌 명사로 쓰는) 경우다. 예컨대 「연구」 제1장에서 양귀비꽃 이야기를 하던 끝에 "모든 살아 있는 것, 피조물 또는 존재의 최종 목표는 그 자신의 완전한 달성이다"(*STH* 12면)*라고 할 때 '존재'는 '피

---

17 로런스의 사유가 프로이트를 포함한 과학자들은 물론 대다수의 철학자들이 공유하는 우주론과 얼마나 본질적으로 다른지는 본서 제8장에서 살펴볼 『무의식의 환상곡』(*Fantasia of the Unconscious*, 1922)에 이르면 더 뚜렷해진다.

18 '있다'는 '있음'으로 바꿔서 별 문제가 없지만 '~이다'를 '임'으로 옮기면 '님'과의 의도하지 않은 혼란을 낳게 되고 '~임' 또는 '~이기'로 표기해서는 정상적인 한국어 단어로 취급받기 어렵다. '임'과 '님'을 혼동할 우려는 근년에 와서 한결 줄어들었으나, *being*의 정확한 뜻이 '~임+있음'인 점은 반영하지 못한다. 본서에서는 이따금 '~임' '~임/있음'을 쓰지만 대체로 영어 *being*을 사용하기로 한다.

조물'과 문법상 동격어이고 뜻도 비슷하며, 문장의 초점은 *being*이 아니라 '자신의 완전한 달성'에 있다.

그런데 '법칙'과 '사랑'의 대립을 말할 때 로런스는 아버지 하느님과 육신을 법칙과 등치시키면서 이렇게 원래 자연상태로 주어진 자신이 되는 것을 *being*이라 하여 타자(Non-Self)를 향한 사랑과 '앎'을 추구하는 *not-being*의 상태와 대비시키는데, 이것이 *being*의 두번째 용법이다. 이때 전자를 여성적인 것, 후자를 남성적인 것으로 본다는 점은 앞서도 지적했지만, 이같은 여성성을 대표하는 유대교의 유일신이 '아버지'로 표상된 것은 여성적(the female) 원리의 일원론이 워낙 완벽하고 자기충족적이었던 탓에 그 종교적 표현이 남자들에게 맡겨졌기 때문이라는 것이다(*STH* 63면). 이는 매우 이색적인 주장이며 흔히 말하는 남성우월주의와는 거리가 있다. 로런스는 예컨대 하디 소설에서 착한 여자로 그려진 인물들은 진정으로 여성적인 인물들이 아니라고 한다. "그들은 남성 앞에서 수동적인 인물들이며 남성적인 것의 메아리이다. 마치 그리스도교에서 성모숭배가 진정한 여성숭배가 아니고 수동적이고 남성에 종속된 상태의 여성에 대한 숭배인 것처럼 말이다."(*STH* 95면)* 유대교의 이런 여성적 원리에 맞서 제기된 것이 "비존재, 비완결, 그리고 사후의 생명에 대한 그리스도의 위대한 주장"(Christ's great assertion of Not-Being, of 〔Non〕-Consummation, of life after death, *STH* 77면)이다. 곧, 여기서 *not-being*이 부정하는 것은 두번째 의미의 *being*이다.

그런데 로런스가 최고의 경지, '자신의 완전한 달성'으로 보는 경지는 상반되는 그 두 원리가 '성령'에 의해 조화와 합일을 이루는 사건이며 상태다. 이를 *being*으로 표현할 때 그 낱말은 앞의 두 경우와 또다른 의미를 갖게 되고 동명사의 성격이 한결 강화되며, 이것이 세번째 용법이다. 이는 「연구」 제1장에서 양귀비꽃을 말할 때부터 나타난다. 매사를 자기보존

(self-preservation)과 이를 위한 생산 위주로 보는 현대인의 관점에서는 '낭비' 또는 '과잉'으로 볼 수 있는 양귀비의 꽃핌이야말로 가장 양귀비답게 있음, "its being"(*STH* 8면)이라는 것이다.

물론 이 단계에서 *being*은 기존 형이상학의 영역 안에서도 '존재하는 것'이라는 통상적 의미를 크게 벗어나지는 않는다고 생각될 수 있다. '자기답게 있음' 또는 '자기다운 자기임'의 경지가 최고의 자기실현이건 새로운 존재의 창조건 '있음'〔有〕의 영역을 벗어난 것은 아닐 수 있기 때문이다. 그러나 로런스의 사유에는 일찍부터 심상치 않은 조짐이 보인다.

> 과잉이야말로 그 사물 자체가 자기 존재의 최대치에 도달한 것이다. 만일 그것이 이 과잉에 못 미친 지점에 멈추었다면 그것은 아예 존재하지 않았을 것이다. 만일 이 과잉이 생략되었다면 대지를 암흑이 온통 뒤덮을 것이다.(*STH* 11면)*

이 '과잉' 또는 *being*이 어디까지나 물질적 존재의 영역을 떠나지 않으면서도 실존(existence)과 전혀 다른 차원을 달성하는 사건이라는 생각이 한층 명료하게 정리되는 것은 10여년 후의 산문 「호저(豪豬)의 죽음에 관한 명상」(Reflections on the Death of a Porcupine, 1925)에서다.

> 모든 실존의 단서는 *being*에 있다. 그러나 실존 없이는 *being*이 있을 수 없다. 잎사귀와 길고 곧은 뿌리 없이 민들레꽃이 있을 수 없는 것처럼 말이다.
>
> *being*은 플라톤의 주장처럼 이데아 같은 것이 결코 아니다. 정신적인 것도 아니다. 그것은 실존의 초월적 형태이며 실존만큼이나 물질적이다. 다만 물질이 갑자기 4차원으로 들어서는 것이다.(*RDP* 359면)*

참고로, 아인슈타인 이래로 '4차원'이라고 하면 공간과 시간의 결합체인 4차원 시공간을 뜻하는 것이 보통이고 로런스 자신 아인슈타인의 상대성 이론에 깊은 관심을 보였지만, 이 글에서는 당시의 관례대로 물리적 공간을 3차원으로 설정하고 이와는 전혀 다른 차원이 성립되었다는 뜻으로 '4차원'을 말한 것이다.

주목할 점은 로런스의 이런 발상이 플라톤 이래로 서양철학을 지배해온, 이데아 같은 '본체 내지 본질'(essentia, essence)과 '실존'(existentia, existence)이라는 현상세계의 이분법을 근본적으로 넘어선다는 점이다. 서양철학에서도 맑스와 니체가 각기 다른 방식으로 초월적 본질을 부정함으로써 형이상학 극복의 길을 열기는 했고, 싸르트르(J.-P. Sartre, 1905~80)는 플라톤의 본질선행론을 뒤집어 '실존이 본질을 규정한다'는 실존선행론과 실존주의를 제창했다. 그러나 하이데거(Martin Heidegger, 1889~1976)가 지적하듯이, "형이상학적 명제를 뒤집은 것도 여전히 형이상학적 명제다. 그 명제를 통해 싸르트르는 '존재'(das Sein)의 진리에 대한 형이상학의 망각을 고수하고 있다."[19]

---

19 원문을 해당 단락의 앞부분부터 소개한다. "Sartre spricht dagegen den Grundsatz des Existentialismus so aus: die Existenz geht der Essenz voran. Er nimmt dabei existentia und essentia im Sinne der Metaphysik, die seit Plato sagt: die essentia geht der existentia voraus. Sartre kehrt diesen Satz um. Aber die Umkehrung eines metaphysischen Satzes bleibt ein metaphysischer Satz. Als dieser Satz verharrt er mit der Metaphysik in der Vergessenheit des Seins." (Martin Heidegger, "Brief über den Humanismus" (1946), *Wegmarken*, Frankfurt am Main: Vittorio Klostermann 1967, 159면.)

독일어에서는 존재자 곧 실존하는 것을 *Seiendes*로, '~이다/있다' 동사 *sein*의 명사화된 형태를 *das Sein*으로 표현하여 그 구별이 명확하다. 하이데거는 「*Sein*에 관한 칸트의 명제」("Kants These über das Sein," *Wegmarken* 306면)에서 "'~임/있음'은 존재할 수 없다. 만약에 존재한다면 그것은 이미 *Sein*이 아니라 하나의 존재자일 것이다"(Sein kann nicht sein. Würde es

로런스가 이런 형이상학적 명제에서 자유로움은 물론, 실제로 물질세계의 한가운데서 발생하며 결코 정신적 존재가 아닌 한층 근원적인 진리, 다른 차원의 *being*을 사유한 것은 맑스와 니체에게서도 못 보는 획기적인 돌파이다. 이는 분명히 무(無)는 아니지만 종래의 유(有) 위주의 형이상학적 사유가 진입하지 못했던 경지를 열어주는바, 로런스 '사유모험'의 이런 영역으로 따라가지 못하면 갖가지 오해와 오독이 발생하게 마련이다. 로런스의 이 돌파로 불교와 노장사상, 후천개벽사상 등 동아시아 사상과의 회통이 잠재적으로나마 가능해지며, 그 점에서 동시대의 — 그러나 상호 영향관계는 없었던 것으로 추정되는 — 하이데거의 사유와 상통하는 바 있다. 로런스의 *being*을 하이데거의 *das Sein* — 흔히 *being*으로 영역되는 — 과 곧바로 동일시하는 등 두 사상가의 섣부른 연결은 금물이지만, 로런스를 '생각할 줄 모른다'고 비판하던 동시대인이야말로 하이데거가 "걱정스럽게 생각하지 않을 수 없는 우리 시대에 가장 걱정스러운 생각을 일으키는 점은 우리가 아직 생각하지 않는다는 사실이다"[20*]라고 말했을 때의 생각다운 생각을 안 하고, 로런스가 그런 차원의 생각을 하고 있음을 몰라본 것이라 말함직하다. 본서의 여기저기서 하이데거를 호명하는 일이 필요해지는 까닭이기도 하다.[21]

---

sein, bliebe es nicht mehr Sein, sondern wäre ein Seiendes)라고 잘라 말하는 등 '~임/있음'이 존재자 곧 유(有)가 아니라는 점을 거듭 강조하는데, 그러한 *Sein*을 한국어 '존재'로 옮기는 것은 하이데거의 사유, 이른바 *Seinsdenken*을 공유함에 방해가 되기 십상이다. 다만 이미 어느정도 관례화된 번역이라 그대로 따를 때도 있고, 로런스의 *being*의 경우처럼 (양자의 뜻이 똑같은 것은 아니나) 때로는 '~임/있음' 또는 간소화해서 '~임'으로도 표현하고자 한다.

20 M. Heidegger, *Was Heißt Denken?* (Tübingen: Max Niemeyer 1954) 3면(원저자 강조).

21 하이데거에 대한 언급은 '개벽사상'이라는 키워드가 떠오르기 훨씬 전인 나의 학위논문에도 자주 등장한다. 호주의 로런스 연구자 폴 에거트는 이 논문이 하이데거를 로런스와 연결지은 최초의 사례라고 하면서 마이클 벨(Michael Bell)의 *D. H. Lawrence: Language*

로런스 사유의 궤적을 따라가자면 비소설 산문 중에도 검토해야 할 것이 아직 많다. 그중 『무의식의 환상곡』과 『미국고전문학 연구』(*Studies in Classic American Literature*, 1923)는 제8장과 9장에서 각기 거론할 참이고, 북방불교를 포함한 동아시아적 사유와의 회통가능성은 이 책의 마지막 장에서 시 「죽음의 배」(The Ship of Death)를 중심으로 살펴볼 것이다. 여기서는 「연구」에서 본격적으로 출발한 새로운 사유의 모험이 『무지개』 이후의 창작과 여러 '철학적' 발언을 통해 지속되었음을 밝히는 데에서 일단 멈추고자 한다.

4. 로런스의 장편소설론

동아시아의 후천개벽사상을 공유할 가능성이 소설가 로런스가 보이는 특이하고 탁월한 면모라면, 그러한 가능성을 주로 장편소설을 통해 열었다는 점이 동아시아 개벽사상가들에게서는 아직 찾아볼 수 없는 특징이다. 앞서 언급했듯이 로런스는 장편소설 장르를 남달리 소중히 여겼고 자신이 소설가라는 점에 큰 자부심을 갖고 있었다. 특히 1920년대 중반에는 「장편소설」(The Novel)을 포함한 일군의 산문을 통해 자신의 소설관과 작가적 사명감을 피력했다. 그중 「장편소설이 중요한 이유」(Why the Novel

---

and Being (Cambridge University Press 1992) 〔이하 *Language and Being*〕, 앤 퍼니하우(Anne Fernihough)의 *D. H. Lawrence: Aesthetics and Ideology* (Clarendon Press 1993) 등을 후속 사례로 들고 있다(Paul Eggert, "C. S. Peirce, D. H. Lawrence, and Representation: Artistic Form and Polarities," *D. H. Lawrence Review* Vol. 28 No. 1-2, 1999, 97-98면). 그런데 벨은 그의 저서 *F. R. Leavis*, Routledge 1988)에서 이미 하이데거를 중요하게 다루었으며, 리비스와 하이데거의 상통하는 언어관을 언급한 선례로 Fred Inglis, *Radical Earnestness* (1982)와 Bernard Sharratt, *Reading Relations* (1982)를 언급한 바 있다(140면 주5).

Matters)에서 좀 길게 인용해본다.

> 나는 내가 영혼이라거나 몸뚱이라거나 지성이라거나 지능이라거나 두뇌라거나 신경체계라거나 한 무더기의 분비선(分泌腺)이라거나 이런 나의 조각들 중 어떤 하나임을 결단코 단호히 부정한다. 전체는 부분보다 위대하다. 그러므로 살아 있는 인간인 나는 나의 영혼, 정신, 신체, 두뇌, 의식, 또는 나의 일부에 불과한 다른 그 무엇보다 위대하다. 나는 인간이요 살아 있다. 나는 살아 있는 인간이며 내 힘닿는 한 살아 있는 인간으로 남으려 한다.
>
> 이런 이유로 나는 소설가다. 그리고 소설가인 까닭에 나는 내가 성자, 과학자, 철학자, 시인보다 우월하다고 생각한다. 그들 모두는 살아 있는 인간의 각기 다른 부분의 대가들이지만 그 전체를 결코 포착하지 못한다.
>
> 장편소설은 둘도 없는 빛나는 생명의 책이다. 책이 삶 자체는 아니다. 책은 대기의 떨림일 뿐이다. 그러나 떨림으로서의 장편소설은 살아 있는 인간 전체를 떨리게 할 수 있다. 그것은 시나 철학, 과학, 또는 책을 통한 다른 어떤 떨림도 못해내는 일이다.(*STH* 195면)*

로런스의 사고능력을 불신해온 독자라면 이런 주장이 별생각 없이 내뱉는 흰소리라 생각할 수 있다. "로런스의 다소 아무렇게나 써갈긴 저널리즘 소품의 하나"(one of Lawrence's rather slack bits of journalism)[22]라고 단정한 평자도 있다. 그를 개벽사상과의 회통이 가능한 사상가로 주목하는

---

22 Graham Hough, *The Dark Sun: A Study of D. H. Lawrence* (Gerald Duckworth 1956) 10면. 로런스의 장편소설관에 대한 논의는 나의 학위논문 제1장 7절에서 한층 자세히 시도한 바 있다.

시각에서도 그러한 로런스가 자기 작업과 관련해서 과도한 직업의식과 일종의 '노블 제국주의'로 빠진 것 아닌가 의심하는 경우도 있을 법하다. '노블 제국주의'란 서구식 근대 장편소설을 서사문학의 절대적 전범으로 삼고 그것의 전파와 적용을 잣대로 세계 도처의 문학을 재단하는 '제국주의적' 행태를 뜻하는데,[23] 앞의 인용문이나 로런스의 여타 장편소설 예찬론에 그런 혐의를 일단 걸어볼 수는 있다.

하지만 인용문의 바로 다음 단락을 보더라도 로런스의 소설 개념은 좀 다르다. "장편소설은 생명책이다. 이런 의미로 성서는 하나의 위대하고 혼란스러운 장편소설이다. 성서는 하느님 이야기라 말할지 모른다. 하지만 실제로는 살아 있는 인간의 이야기다."(*STH* 195면)* 이어서, "성서 — 그러니까 성서 전체 — 와 호메로스와 셰익스피어, 이들은 오래된 최고의 장편소설들이다"(The Bible — but *all* the Bible — and Homer, and Shakespeare: these are the supreme old novels)라고 한다(*STH* 196면, 원저자 강조). 「장편소설의 미래」(The Future of the Novel)에서는 심지어 그가 늘 비판하던 플라톤을 두고 "플라톤의 대화편 역시 기이한 작은 장편들이다"(Plato's Dialogues, too, are queer little novels. *STH* 154면)라고 말하기도 한다.

이런 옛날 소설들에 비해 정작 대부분의 근대 서구 장편들에 대한 로런스의 평가는 박하기만 하다. 똘스또이나 멜빌 같은 선대 대가들에 대해서는 비판을 하면서도 기본적인 경의를 전제하고 있지만 동시대 '노블'들에 대한 그의 평가를 보면 '노블 제국주의'가 들어설 여지가 전무하다. 당대의 인기있는 대중소설들은 물론 전위성을 인정받던 이른바 본격소설들도 조롱거리다.

---

23 이에 관한 비판적 논의로는 김흥규 「한국 근대문학 연구와 식민주의」, 『창작과비평』 147호(2010년 봄) 318~23면; 『근대의 특권화를 넘어서』, 창비 2013, 149~61면 참조.

오호라, 저들 작가의 목에서 들리는 건 임종 때의 가래 끓는 소리다. 그들 자신에게도 들리는 소리다. 그들은 첨예한 관심으로, 음정이 단3도인지 장4도인지를 알아내려 하면서 그 소리를 듣고 있다. 정말 어지간히 유아적인 작태다.

그게 '진지한' 소설들의 실정이다. 열네 권씩 잔뜩 길게 늘어진 임종의 고통 속에 죽어가면서 그 현상에 열심히, 유치하게 골몰해 있다. "내가 내 작은 발가락에 경련을 느꼈나 안 느꼈나?" 하고 조이스씨나 리차드슨양이나 프루스뜨씨의 모든 인물이 묻는다.(「장편소설의 미래」, *STH* 151면)*

말투만 봐도 로런스가 각자의 작품에 대한 공정하고 정교한 비판을 시도한 것이 아님은 분명하다. 문제는 당대 소설의 큰 흐름에 대해 전체적으로 얼마나 타당한 판단을 하고 있느냐인데, 이는 한편으로 장편소설을 어쨌든 최고의 표현형식으로 보는 관점이 얼마나 정당성을 인정받을 수 있는지, 다른 한편으로 로런스 자신의 소설이 장편소설에 관한 그의 높은 기대에 얼마나 부응하는지의 문제로 이어진다. '노블 제국주의' 비판자인 김흥규(金興圭) 교수도 "19세기 서유럽과 러시아의 소설적 성취에는 제국주의 시대의 문명담론이 엮어넣은 허울을 다 벗겨내고도 뚜렷이 남을 만한 실질이 있다"[24]고 했는데, 근대 장편소설 일반이 아니라 특정 시기 특정 작가들에 의해 달성된 특정한 소설적 성과들이 어떤 점에서 세계문학의 드높은 성취의 일부로 꼽힐 수 있을지는 — 제국주의 또는 유럽중심주의 문제와 별도로 — 진지한 탐구를 요한다.

---

24 「한국 근대문학 연구와 식민주의」, 『창작과비평』 147호 322면; 『근대의 특권화를 넘어서』 160면.

로런스 자신의 소설을 두고서는, 예컨대 헝가리의 맑스주의 철학자요 평론가인 루카치(G. Lukács, 1885~1971)는 조이스, 프루스뜨 등 20세기 전반기의 '모더니즘' 작가들에 대한 로런스식의 대대적인 격하에 동조하되 로런스도 그런 모더니스트에 포함시킨다.[25] 반면에 로런스의 당당한 태도는 그가 「연구」의 결론에서 주문했던 "아직 이룩되지 않은 최고의 예술"(the supreme art, which yet remains to be done. *STH* 128면)을 『무지개』를 통해 상당부분 성취했다는 자신감의 발로이기도 하다. 『무지개』와 뒤따르는 『연애하는 여인들』 두 장편이 과연 어떤 수준의 성취인지는 본서 제1부에서 집중적으로 검토할 것이다.

5. 리얼리즘 문제

흥미로운 점은 로런스가 일련의 장편소설론을 써내던 1920년대 중엽에 이르면 그의 창작활동은 중·단편과 시, 희곡, 산문 등 여러 장르에서 여전히 왕성하지만, 장편소설에서는 '살아 있는 인간 전체'를 풍부하고 균형있게 그려낸다는 소설 개념과 다소 멀어진다는 사실이다. 『미스터 눈』(*Mr. Noon*) 『길 잃은 젊은 여자』(*The Lost Girl*) 『아론의 막대』(*Aaron's Rod*) 『캥거루』 등 이 시기의 장편들이 일부 평자들의 주장처럼 교훈주의에 빠진다는 말은 아니다. 본서 제5장에서 다룰 『날개 돋친 뱀』(*The Plumed Serpent*)은 그 점에서 논란의 소지가 더 크지만 이 또한 단순히 그렇게 몰

---

25 Georg Lukács, *The Meaning of Contemporary Realism* 〔독일어 원제는 *Wider den mißverstandenen Realismus*〕, tr. John and Necke Mander (Merlin Press 1962) 74면. 로런스와 루카치의 상통점과 차이점에 대해서는 학위논문 49~51면에서 더 길게 언급했고, 본서 제6장에서 「결혼반지」에 관한 로런스의 편지를 중심으로 재론할 것이다.

아칠 작품은 아니다. 그러나 정통 사실주의 소설에 다시 가까워지는 말년의 『채털리부인의 연인』을 포함해서 이들 장편은 모두, 『무지개』나 『연애하는 여인들』과 같은 수준의 성취가 불가능해진 상황과 대결하면서 장편소설의 기능을 최대한 살리고자 고투하는 현장보고서의 성격이 짙다. 그런 진행의 경위와 성과에 대해서는 앞서 언급한 마이클 벨의 로런스 연구서가 탁월한데, 그는 로런스 소설의 전개를 19세기 리얼리즘 소설의 전통과 연관시켜 이렇게 정리한다.

> 빅토리아 시대 소설이 도덕적 감성 전통에 이룩한 변화들은 장편소설을 감정생활의 탐구를 위한 남달리 정교하고 내면적인 도구로 만들었다. 이러한 성취와 장편소설이 느낌의 삶(life of feeling)에 갖는 특별한 가치를 로런스는 누구보다 생생하게 알고 있었다. 그러나 사실주의 관습의 진실성 주장은 로런스가 그 관습을 사용하기 시작하기 전부터 이미 문제적이 되어 있었다. 사실주의 형식이 의존하는 문화적 합의는 점점 찾아보기 힘들어지고 있었던 것이다. 따라서, 그가 수행한 사실주의 장르의 변형이 부분적으로 그런 상황에 대한 응답이었지만 그럼에도 불구하고 그 또한 소설 장르의 더 큰 역사에 휘말려 있었고, 위대한 소설가였기에 실제로 그 장르를 이용하는 와중에도 그것의 파편화 과정을 완화하는 것 못지않게 촉진하기도 했다. 로런스가 영국소설의 정점인 동시에 영국소설의 가장 철저한 파편화를 보여주는 작가인 것은 우연이 아니다.(*Language and Being* 12면)*

여기서 '사실주의'로 번역한 원어는 *realism*인데, 주로 객관적 현실을 정확하게 그려내는 기법 내지 창작태도를 뜻한다. 이에 비해 한국의 평단에서는 '사실주의'와 구별되는 '리얼리즘'이라는 낱말이 따로 쓰이기도 한다. 벨이 빅토리아 시대 영국소설의 '특별한 가치'를 언급할 때도 단순히 자연주의적 재현을 넘어 삶의 심층에까지 도달하는 최고의 성취를 염두에 두고 있는데, 이렇게 사실주의 이상의 것을 내포하는 예술도 *realism*의 일부로 — 루카치 같은 사람에 의하면 바로 진정한 의미의 리얼리즘으로 — 이해하려는 취지이다. 이는 한편으로 혼란을 자초하는 바 있지만, 현실(reality)의 성격을 올바로 파악하려는 시도이기도 하다.

로런스와 관련해 중요한 점은 그 역시 *realism*이라는 낱말을 한가지 의미로만 쓰지 않는다는 사실이다.[26] 한편으로 그는 서구 문학계의 일반적인 관행대로 협의의 '사실주의'를 염두에 두고 있다. 초기의 한 평론에서는 "사실주의의 공포정치"(Realism's Reign of Terror)[27] 운운하기도 했고, 조반니 베르가(Giovanni Verga, 1840~1922)의 장편 『마스뜨로돈 제수알도』를 번역하며 붙인 해설에서는 자신의 사실주의관을 한층 자상하게 밝혔다.

> 『보바리부인』이 프랑스의 위대한 사실주의 소설이듯이 『마스뜨로돈 제수알도』는 씨칠리아의 위대한 사실주의 소설이다. 둘 다 사실주의적 방법의 결점들 때문에 손상을 입었다. 내 생각에 『보바리부인』의 본질적 결함은 — 위대한 저서들의 결함을 말하는 게 내키지는 않지만 내 공격의 진짜 표적은 사실주의적 방법이다 — 에마 보바리나 샤를 보바리 같은 인물이 귀스따브 플로베르의 심오한 비극의식(또는 비극적 허

---

26 로런스의 리얼리즘관에 대해서는 학위논문 제1장 7절에서 아워바흐, 루카치 등의 논의와 대비하며 논한 바 있다. '사실주의/리얼리즘'에 대한 나의 근년의 논의로는 「문학이 무엇인지 다시 묻는 일」 중 '다시 생각하는 사실주의', 『문학이 무엇인지 다시 묻는 일』, 창비 2011, 40~44면 및 황종연과의 대담 「무엇이 한국문학의 보람인가」, 『백낙청회화록』 제5권, 창비 2005, 246~47면 참조.

27 "Rachel Annand Taylor" (1910), *STH* 145면.

> 무의식)의 무게를 온전히 감당하기에 너무도 하찮은 인물이라는 점이다. 에마 보바리와 샤를 보바리는 다름아닌 보통사람이라는 이유로 선택된 두명의 보통 인간들이다. 그러나 플로베르는 결코 보통사람이 아니다. 그런데도 그는 자신의 심오하고 쓰라린 비극적 의식을 시골 의사와 그의 불만에 찬 아내의 왜소한 살갗 속에 한사코 부어넣는다. 그 결과로 일정한 괴리, 심지어 너무 정직하려고 애쓰는 데 따른 일정한 부정직함이 생겨난다. 플로베르는 비범하게 열정적인 쓰라림의 느낌을 전달하는 도구로 **평범한** 인물들을 선택함으로써 미리 주사위를 조작하고, 언젠가는 탄로나 그를 불리하게 만들 수밖에 없는 책략으로 게임을 이기는 것이다.[28*]

이는 사실주의의 창작방법과 그 저변의 이념에 대한 고전적인 비판으로 남을 만한 대목이다. 벨이 말하는 현실에 대한 '문화적 합의'(cultural consensus)가 현실의 심층적·가변적 요소를 제거한 실증 가능한 '객관적 사실'로 한정되었을 때, *realism*이 거기에 충실하고 정직하려 하면 할수록 결과적인 '부정직함'이 두드러지게 마련인 것이다.

다른 한편 로런스는 비사실주의적 현대회화의 선구자로 곧잘 꼽히는 쎄잔느(Paul Cézanne, 1839~1906)를 두고 "쎄잔느는 리얼리스트였다"(Cézanne was a realist)[29]라는 문장을 남겼다. 그 이유는 쎄잔느가 과학을 포함한 그 어떤 기성관념에 가려지지 않은 있는 그대로의 삶, 있는 그대로의 사물에 핍진한(true to life) 그림을 그리고자 했고 일부 정물화에서

---

28 D. H. Lawrence, "Introduction to Mastro-don Gesualdo," *Introductions and Reviews*, ed. N. H. Reeve and J. Worthen (Cambridge University Press 2005) 149면(원저자 강조).

29 D. H. Lawrence, "Introduction to These Paintings," *Late Essays and Articles*, ed. James T. Boulton (Cambridge University Press 2004) 〔이하 *LEA*〕 211면.

실제로 성공했다고 보기 때문이다.

> 엄연한 사실인즉 쎄잔느에 와서 현대 프랑스미술은 진정한 실체, 이렇게 표현해도 된다면 객관적 실체로 되돌아가는 최초의 작은 발걸음을 내디뎠다. 반고흐의 대지만 하더라도 아직 주관적인 대지, 자신을 대지 속에 투영한 것이었다. 그러나 쎄잔느의 사과는 개인적 감정을 사과에 주입하지 않고 사과로 하여금 독립적인 실체로 존재하도록 놓아두려는 진정한 시도이다. 쎄잔느의 거대한 노력은 말하자면, 사과를 자신으로부터 밀어내서 사과가 사과로 살게 해주려는 것이었다.(*LEA* 201면)*

여기서 분명해지는 것은 사실주의에 대한 로런스의 비판이 '객관적' 외부세계보다 '내면'을 중시한다거나 현실보다 형식이나 상징, 환상 등에 치중한다는 반사실주의와 전혀 다른 취지라는 점이다. 이는 사실주의 전통과의 연속성이 분명한 초기의 명작 『아들과 연인』에서 『무지개』와 『연애하는 여인들』로의 작가적 도약이 '진정한 리얼리즘'의 진전이었음을 읽어낼 필요가 있음을 말해준다. 또한 장편소설의 파편화를 예시하는 이후의 소설들에서건 그의 장편소설론에서건 좁은 의미의 사실주의에 대한 일정한 존중이 결코 실종되지 않는 까닭이기도 하다. 아니, 그는 저자가 일면적인 비전에 탐닉할 때 균형을 잡아주기 위해서라도, 조심하지 않으면 밟아 미끄러지는 '바나나 껍질'로서의 일정한 사실주의적 충실성을 장편소설의 필수요건으로 꼽기까지 한다.[30]

실제로 '리얼리즘'에 대한 로런스의 양면적 태도를 이해하는 데 매우

---

30 졸고 「문학이 무엇인지 다시 묻는 일」 43~44면. 로런스 인용문은 D. H. Lawrence, "The Novel," *STH* 181면.

적절한 텍스트가 『무지개』다. 리디아(Lydia)를 만나 결혼하기 전의 톰 브랭귄(Tom Brangwen)은 "현실의 초라한 둘러막힘"(the mean enclosure of reality)에 반발하고 자신의 일상세계인 "코세테이와 일크스턴의 현실"(the reality of Cossethay and Ilkeston)을 거부하려 한다.[31] 그러다가 장차 그의 아내가 될 리디아를 길에서 처음 보고 지나간 순간, "그는 마치 머나먼 세계, 코세테이가 아닌 먼 세계, 쉽게 사라질 수도 있는 그 현실 속에서 다시 걷고 있는 것 같았다"(He felt as if he were walking again in a far world, not Cossethay, a far world, the fragile reality). 하지만 같은 단락 마지막 문장에서 톰이 "현실 저 너머의 세계 속에서"(in the world that was beyond reality) 움직이고 있었다고 하는 것을 보면, 여전히 일상세계의 현실성을 전제한 채 '현실 저 너머'를 말하고 있음을 알 수 있다(*R* 29면). 제3세대 어슐라(Ursula) 이야기에서는 그러한 양면성이 반대방향에서 제시된다. 어슐라가 나이 들면서 소녀시절의 꿈들, 적어도 '평일의 세계'에 대립되는 '일요일의 세계'로 살아 있던 꿈의 세계가 점차 현실성을 잃고, 그녀는 "행동과 행위의 평일 세계를 살아갈"(a week-day life to live, of action and deeds) 절체절명의 필요성에 직면한다. 그리고 어슐라는 이것이 세상에 대해, 아니 자기 자신에 대해 져야 할 '책임'의 문제임을 깨닫는다(*R* 264면).

이는 일상현실에 대한 사실주의적 존중심이 궁극적으로 세상과 자기 자신에 대한 책임감과 무관하지 않음을 말해준다.[32] 하지만 여기서 멈추

---

31 D. H. Lawrence, *The Rainbow*, ed. Mark Kinkead-Weekes (Cambridge University Press 1989) 〔이하 *R*〕 26면. 더 자세한 논의는 본서 제1장 참조.

32 그 점에서 로런스는 초자연적·환상적 글쓰기를 자신보다 더욱 철저히 배격했던 콘래드(Joseph Conrad, 1857~1924)의 정신을 이어받고 있다. 콘래드의 (경)장편 『그림자의 선(線)』(*The Shadow-Line*, 1920)에 나오는 일등항해사가 한때 배가 마법에 걸렸다고 믿는 것을 두고 상당수 평자들은 저자가 이 작품에서 초자연적 요소를 도입했다고 읽기도 했다. 그러나 콘래드는 1920년판의 '저자의 말'에서 그런 독법을 단호히 배격한다. "나는 결코 그

어 일상현실을 절대시하며 톰 브랭귄의 '쉽게 사라질 수도 있는 그 현실'—어슐라 자신도 결코 포기하지 않는 일상현실 너머의 세계—을 고집하고 탐구하는 다른 차원의 리얼리즘이 없다면, 결국 평범한 사람들의 좌절과 패배를 가차없이 그려내는 플로베르의 사실주의가 지닌 한계를 벗어나지 못할 것이다. 세르반떼스 이래의 근대 장편소설이 엄연히 근대의 산물이되 탁월한 작품일수록 근대극복의 비전을 내장한다는 점에서, 근대적응과 근대극복의 이중과제에 대한 고전적 서사랄 수 있는 소설 『무지개』가 근대의 과학정신·실증정신의 소산인 사실주의에 대해 그러한 양면적 태도를 극화하고 있는 것은 결코 우연이 아니다.[33]

런 시도를 할 수 없었을 것이다. 나의 모든 도덕적·지적 존재를 관통하는 불굴의 소신은, 우리네 감각의 영역에 들어오는 것들은 무엇이건 다 자연에 속하며, 아무리 예외적이라 해도 우리가 자의식을 가진 그 일부에 해당하는, 이 눈에 보이고 손에 만져지는 세계의 다른 모든 효과들과 본질에서 다를 바 없다는 것이다. 살아 있는 자들의 세계는 그 자체만으로도 진기하고 신비로운 일들로 가득하다. 그리고 이들 진기하고 신비로운 것들이 우리의 감정과 지성에 작용하는 방식들 또한 정녕 불가사의해서, 인생을 마법에 홀린 상태로 파악하더라도 크게 탓할 수 없을 정도다. 그렇다, 단순히 초자연적인 것에 매력을 느끼기에는 진기함에 대한 나의 의식이 너무나 확고하다. 초자연적인 것이란 (누가 어떻게 받아들이건) 결국은 제조된 품목이며, 헤아릴 수 없이 많은 죽은 자 및 산 자와 우리 관계의 내밀한 섬세함에 대해 무감각한 정신들이 만들어낸 인공물이다. 그것은 우리의 가장 다정한 기억들에 대한 모독이요, 우리의 존엄을 해치는 일인 것이다."(J. Conrad, *The Shadow-Line*, World Classics Paperback, Oxford University Press 1985, xxxvii-xxxviii면)*

33 이에 대해서는 본서 제1장에서 좀더 구체적으로 살펴볼 것이며, '이중과제'가 생소한 독자는 이남주 엮음 『이중과제론: 근대적응과 근대극복의 이중과제』, 창비 2009 및 졸고 「근대, 적응과 극복의 이중과제」, 송호근 외 지음 『시민사회의 기획과 도전』, 민음사 2016 참조.

6. 로런스의 '개벽사상'

로런스를 흔히 '예언자적 예술가'(prophetic artist)로 부르기도 하는데 이는 '개벽의 작가'와 상통하는 바 있지만 동일한 개념은 아니다. 이때의 '예언자'는 문자 그대로 장래 일을 예견해서 말해준다기보다 하느님의 명령을 이스라엘 백성에게 전해주던 구약성경의 예언자들처럼 세상을 향해 높은 차원의 진실을 선포하는 인물이라는 뜻이다. 로런스가 '예언자적'이라 불리는 이유 가운데 하나도 예술가의 초연함이 강조되던 모더니즘의 시기에 (교사시절의 동료에게 보낸 편지에 썼듯이) 사람들을, 그것도 자신의 동포들을 바꾸고자 하는 열망이 그의 중요한 창작동기였기 때문이다. "누가 하디를 두고 멋지게 표현했듯이 내가 '나의 예술을 어떤 형이상학에 종속시키지'는 않더라도, 내가 글을 쓰는 이유는 사람들이 — 영국인들이 — 바뀌어서 좀더 지각이 있어지기를 원하기 때문이네."(*Letters* 제1권 544면, 1913. 4. 23. Arthur McLeod 앞)* 한참 장편소설론을 집필하던 1920년대 중반에는 이딸리아의 문학평론가 까를로 리나띠에게 이런 편지를 쓰기도 했다.

나는 사람들이 걸어서 둘러보고 상찬하는 그런 예술은 딱 질색입니다. 책이란 노상강도거나 반란자거나 군중 속의 한 인간이라야 합니다. 사람들은 걸음아 날 살려라 하고 도망가거나 반란군의 깃발 아래로 들어오거나 '안녕하세요' 하고 말을 걸어와야지요. 배우와 관중 식의 구도를 나는 혐오합니다. 저자는 군중 틈에 그 일원으로 들어가 있어야 하고 그들의 정강이를 걷어차거나 그들이 짓궂은 장난질이나 흥겨운 놀이에 나서도록 부추겨야 합니다. (…) 누가 뭐라 해도 세상은 절대로 무대가 아닙니다 — 적어도 내게는요. 극장도 아니고 여하한 종류의 공연장도 아니에요. 예술은, 특히 소설은, 독자가 높은 곳에 앉아 — 마치 20리라짜리 티켓을 손에 쥔 신처럼 — 구경하면서 한숨짓고 연민을 느끼고 용서하고 미소짓는 작은 극장들이 아닌 거예요. 사람들은 책이 그랬으면 하지요. 그래야 그들은 주머니에 2달러 입장권을 넣은 채 사뭇 안심하며 우월해지니까요. 그런데 내 책은 그렇지 않고 앞으로도 절대 그렇지 않을 겁니다.[34]*

물론 이런 발언들은 로런스가 소설의 예술적 성취보다 자신의 '예언자적 비전'이나 메씨지를 앞세웠다는 혐의를 뒷받침하는 증거로 동원되기도 한다. 그러나 로런스 자신은 맥리어드에게 보낸 젊은 날의 편지에서 말했듯이, 글을 통해 사람들을 변화시키려는 의도를 분명히 갖고 있으면서도 그것이 '예술을 어떤 형이상학에 종속'시키는 일은 아니라 믿었고, 오히려 작가의 개입 시도에도 불구하고 전체적인 균형을 잃지 않도록 만들어주는 것이 장편소설의 미덕임을 주장했다. 물론 그의 실제 작품이 이런 신념에 얼마나 부합하는지는 작품별로 검토할 일이다.

'예언자적'과 더불어 로런스를 자주 따라다니는 표현이 '계시록적'(apocalyptic)이라는 단어다. '아포칼립스'가 그 원래 의미대로 '숨겨진 것의 드러냄'을 뜻한다면 이는 '예언자적'과 크게 다르지 않으며 로런스의 일면을 제대로 짚은 것이다. 다른 한편 영어에서 대문자로 *Apocalypse*라고 쓰면 세상의 종말을 예언한 신약성경의 마지막 책 「요한계시록」(또는 「요한묵시록」Book of Revelation)을 가리키고 따라서 *apocalyptic*은 '종말론적'이라는 의미를 띠기도 한다. 그런데 『연애하는 여인들』의 버킨(Rupert

---

34 *Letters* 제5권, ed. James T. Boulton and Lindeth Vasey (Cambridge University Press 1989) 201면, 1925.1.22. Carlo Linati 앞.

Birkin)을 비롯하여 여러 인물이 세계의 종말 또는 인류의 멸종을 상상하는 발언을 하고 로런스 자신이 생애 마지막에 '계시록'(Apocalypse)이라는 제목의 단행본을 썼기 때문에, 로런스 또한 '세상의 종말'을 꿈꾼다는 의미로 '계시록적' 내지 '묵시록적' 작가로 꼽히는 경향이 있다.

『연애하는 여인들』이 현재의 인류에 대해 극히 신랄하고 암울한 진단을 내리지만 그것이 '종말론적 서사'와 얼마나 다른지는 본서에서 따로 논할 참이다. 저서 『계시록』도 「요한계시록」을 소재로 삼았을 뿐 그 논지는 세계의 종말과 최후의 심판에 관한 예언서와 정반대다. 로런스는 요한의 그런 메씨지가 대중적 기독교 신앙의 정서를 사로잡아 어떤 면에서는 복음서보다 「요한계시록」이 더 큰 영향력을 발휘했다고 보는데, 그 본질은 자기보다 강한 자, 부유한 자의 몰락과 처벌을 소망하는 대중의 복수심—니체의 표현으로 약자의 *Ressentiment*(원한, 앙심)—이라는 것이다. 그런데 「요한계시록」에서 로런스가 진짜 주목하는 부분은 따로 있다. 유대교·그리스도교의 메씨지로 뒤덮여 있지만, 마치 원래의 글짜들을 지우고 새로 문자를 써넣은 양피지 팔림세스트(palimpsest)처럼 유대교·그리스도교보다 훨씬 오래된 태고시대 우주관의 흔적을 책의 여기저기서 읽어낼 수 있다는 점이다.

> 계시록의 장대한 어떤 이미지들은 우리에게 기이하게 깊은 감동을 주고, 기이하고 길들지 않은 자유의 펄떡거림을 일으킨다. 아무데도 아닌 곳이 아니라 정말로 어딘가를 향해 탈출하는 진정한 자유 말이다. 우리들의 우주라는 이 갑갑하고 좁은 우릿간으로부터의 탈출인 것이다. 천문학자들의 공간이 아무리 상상을 초월해 광막하게 뻗어나갈지라도 갑갑한—아무 의미 없는 지속적인 외연확장, 지루한 이어짐일 뿐이기에 갑갑한—그 상태에서 벗어나, 살아 있는 우주(Cosmos) 속으로, 거대

한 야생의 생명체이며 자신의 갈 길을 가면서 우리를 돌아보고 기운을 주기도 하고 뺏기도 하는 저 경이로운 태양을 향해 탈출하는 것이다.[35]*

다시 말해 세상을 창조한 신이 그 종말을 결정하여 없애버리기도 하는 세계가 아니라 거대한 생명체로 존재하는 우주에서 인간이 그 생명과 얼마나 합일하느냐에 따라 인류사회의 운명이 결정된다는 생각이며, 그런 점에서 태양을 잃고 우주를 등진 근대문명은 몰락과 대전환을 앞두고 있다는 것이다.

로런스는 이러한 우주관을 「요한계시록」에 언뜻 내비쳐진 태고시대 사유의 흔적 외에도 당대 미국 원주민들의 삶에서 다른 형태로 접한 바 있거니와, 그는 몰랐지만 우리가 생각해봄직한 또 하나의 유형은 동아시아의 전통적 우주관이다. 우주를 음양오행(陰陽五行)과 육십간지(六十干支)의 작용현장으로 이해하는 이 우주관은 "아무리 상상을 초월해 광막하게 뻗어나갈지라도 갑갑한" 외연을 상정하는 현대과학의 우주론과 질적으로 구별된다. 이는 현대인의 생활 속에도 '미신적' 행위로서뿐 아니라 유효한 의료행위의 지표로 살아 있다는 점에서 로런스가 꿈꾸는 '코스모스'의 재생에 한층 의미있는 참고가 될 만하다. 실제로 로런스 자신도 굳이 태고인이나 특정 원주민들의 삶을 찾지 않고도 살아 있는 우주와 합일할 가능성을 여기저기서 언급하고 있다. 앞서 지적했듯이 「연구」에서 진리(Truth)를 "남성적인 것과 여성적인 것의 결합이 완성되는 삶의 순간적인 상태"로 규정했고 그가 남녀의 육체적 관계를 중시한 것도 성행위 자체가 마땅히 그런 '진리사건'(바디우A. Badiou의 용어지만)이어야 하고 그럴

---

35 D. H. Lawrence, *Apocalypse and the Writings on Revelation*, ed. Mara Kalnins (Cambridge University Press 1980) 76면.

수 있다고 믿었기 때문이다.[36]

로런스의 이런 우주관, 생명관이 동아시아의 후천개벽사상과 친화성을 지니는 또 하나의 요소는 그가 비록 실제 성과는 미미했지만 자기 사상을 사회적 실천으로 연결시키고자 끊임없이 노력했다는 점이다. 그는 『무지개』의 결말에서 인류갱생의 희망찬 비전을 제시한 데 이어, 버트런드 러쎌(Bertrand Russell, 1872~1970)과 손잡고 사회변혁운동에 잠시 나서기도 했다. 그러나 활동가로서의 자질이나 현실적 여건도 유리하지 않았거니와, 철저한 합리주의자며 계몽주의자인 러쎌과의 협업은 애당초 오래갈 수 없었다. 이후에도 행동적 현실참여에 대한 로런스의 욕구가 사라진 것은 아니지만, 훗날 스스로 아쉬워하며 "무언가 중요한 일에 관한 한 나는 항상 혼자나 다름없었고 그 점이 아쉬웠소"(As far as anything matters, I have always been very much alone, and regretted it. *Letters* 제5권 501면, 1926. 7. 22. Rolf Gardiner 앞)라고 토로한 바 있다. 그러나 본업인 소설에서도 그는 기존의 세상이 무너지고 다음 시대의 삶이 시작할 때를 대비하여 '다음에는 무엇이?'를 묻는 책들(*What-next?* books), 어떤 감정과 사고라야 새로운 삶을 가능하게 해줄지를 알려주는 소설만이 그의 관심사라고 강조했

36 이러한 남녀관계의 한층 일상화된 상태인 결혼생활을 『무지개』 제1세대의 톰 브랭귄은 '천사 만들기' 또는 '천사 되기'로 표현하기도 한다. "천사는 남자와 여자가 하나로 합쳐진 영혼이야. (…) 내가 천사가 된다면 그건 결혼한 나의 영혼이지 내 독신의 영혼은 아니야. 총각시절 내 영혼이 아닐 거란 말이야. 왜냐면 그때 나는 천사를 **만들** 영혼이 없었으니까."(*R* 129면, 원저자 강조)* 물론 톰은 철학자가 아니고 이 발언은 애나의 결혼식이 끝난 뒤 친척들과 회식하면서 약간 거나해진 상태로 자신의 체험적 결혼예찬론을 펴는 것이므로 이를 독신자 영혼의 존재 여부에 대한 일반론으로 받아들일 필요는 없다. 흥미로운 점은 그가 각자가 '구원'을 받아야 할 불멸의 영혼을 갖고 태어난다는 정통 교리보다, 인생을 '영혼 만들기의 골짜기'(a vale of soul-making)라고 말한 시인 키쯔(John Keats)의 생각에 동조하고 있다는 사실이다(키쯔의 '영혼 만들기'에 관해서는 본서 제11장에서 다시 언급한다).

다(「장편소설의 미래」, *STH* 154면).

「겁에 질린 상태」라는 말년의 에쎄이에서는 거대한 사회변동이 다가오는 시점에서 소설가로서 자기 전문분야는 '느낌'(feelings)의 영역에 국한된다고 겸허하게 인정한다.

> 거대한 변화가 다가오고 있다. 올 수밖에 없다. 돈을 둘러싼 제도 전체가 달라질 것이다. 변화의 내용은 내가 모른다. 산업체제 전체가 달라질 것이다. 일이 다르고 보수도 다를 것이다. 재산의 소유도 다를 것이다. (…)
>
> 소설가로서 나는 개인의 내면에 일어나는 변화가 나의 진정한 관심사라고 느낀다. 사회의 거대한 변화에도 관심이 있고 걱정도 하지만 그건 내 분야가 아니다. 변화가 오고 있다는 걸 나는 알고, 우리가 돈의 가치가 아닌 삶의 가치에 근거한 한층 너그럽고 한층 인간적인 체제를 가져야 한다는 것을 안다. 그건 아는데 어떤 조치를 취해야 하는지는 모른다. 다른 사람들이 더 잘 안다.
>
> 내 분야는 인간 속의 느낌들을 아는 것이고, 새로운 느낌을 의식으로 끌어내는 일이다.("The State of Funk," *LEA* 220–21면)*

이것이 소설가의 영역을 이른바 내면세계로 한정짓는 태도가 아닌 까닭은 로런스가 말하는 '느낌'은 그야말로 온몸의 느낌이며 지식이나 생각과 별개인 감정만이 아니기 때문이다.[37] 「장편소설과 느낌」(The Novel and the

---

37 로런스가 '감정'과 '느낌'을 구별하며 신체의 중요성을 강조하는 것을 근거로 근년의 학계에서 스피노자의 *affectus* 개념에서 출발하여 *emotion*과 구별되는 *affect*(국내 학계에서 주로 情動으로 번역됨) 개념과 로런스의 입장을 연결시키는 논의가 제법 성행한다. 그러나 김성호는 최근 논문 「로렌스와 스피노자」(『D. H. 로렌스 연구』 27권 2호, 한국로렌스학회 2019)

Feelings)이라는 글에서 그는 "감정이 아닌 느낌 말이다"(I say feelings, not emotions. *STH* 202면)라고 못박기도 했는데, "우리는 느낌을 담아낼 언어를 갖고 있지 않다"(We have no language for the feelings. 같은 글 203면)는 주장도 그런 '온몸의 느낌'을 말했을 때만 설득력을 갖는다.[38] 그렇지 않다면 18세기 이래 영국소설이 감정(sentiment)의 탐구와 형상화 작업에서 이룩한 성취를 한마디로 묵살하는 오만한 자세가 될 것이다. 하지만 로런스는 일찍이 「결혼반지」를 두고 말한 대로 인물의 성격과 현실을 더욱 깊이, 더욱 진실되게 탐구할 필요성을 제기했고, 앞서 인용한 대로 『캥거루』에서는 '생각의 모험'을 소설의 본질적 사명이라 주장했다. 또한 『미국고전문학연구』에서 예술이 '피'를 바꿈으로써 머리도 따라오게 만드는 '도덕적'인 기능을 본질로 삼고 있다는 주장도 내놓은 바 있다.[39]

에서, 일단 스피노자와의 '접점'을 거론하며 출발하지만 로런스와 스피노자의 근본적인 차이점을 조목조목 짚어낸다. 다만 흔히들 말하는 로런스의 '반데까르뜨적' 사유가 데까르뜨의 이원론뿐 아니라 스피노자의 일원론과 유물론, 칸트의 비판철학, 헤겔의 변증법적 관념론 등 일체의 형이상학적 사고를 깨고 전혀 차원이 다른 '생각의 모험'을 수행한 점을 처음부터 주목했더라면 더 좋았겠다 싶다.

38 이 문장은 마이클 벨의 초기 저서 *The Sentiment of Reality: Truth of Feeling in the European Novel* (Unwin Hyman 1983)의 에피그라프(題詞)로 쓰였는데, 저자는 뒤이은 로런스 연구서에서 로런스가 '느낌의 몰개성적 이해'를 추구함과 동시에 '몰개성적인 것으로서의 느낌에 대한 이해'(an understanding of feeling as impersonal)로 나아갔으며 그 가장 원만한 성취가 『무지개』였다고 주장한다(*Language and Being*, 41면, 51면). 느낌이 개성을 초월한 것이라면 개인의 주관적 감정과는 다른 것일 수밖에 없다. 몰개성 이론의 제창자인 T. S. 엘리엇도 「전통과 개인적 재능」(Tradition and the Individual Talent)에서 자연인의 *emotions*와 시에서 느끼는 *feelings*를 구별했지만, 딱히 시적 작업의 일부가 아닌 *feelings*에 대해서는 별다른 언급이 없다.

39 D. H. Lawrence, *Studies in Classic American Literature*, ed. E. Greenspan, L. Vasey and J. Worthen (Cambridge University Press 2003) 155면, "예술의 본질적 기능은 도덕적이다. 미학적이거나 장식적이지도 않고 오락과 기분전환도 아니다. 도덕적이다. 예술의 본질적 기능

「겁에 질린 상태」에서 로런스는 구체적 내용은 모르겠으나 앞으로 50년 사이에 영국에 엄청난 사회적 변화가 올 것이고 "사회형태가 오늘의 우리 세상과는 매우 다를 것"(in its social form it will be very different from our world of today. *LEA* 220면)이라고 예견했는데, 이 말은 어찌 보면 절반만 옳았다. 세상이 몰라볼 만큼 달라진 것은 틀림없지만 영국에서든 미국에서든 또 동아시아에서도, 돈의 가치에 근거한 제도는 여전히 건재하다. 물론 로런스는 "우리가 겁에 질린 상태에 빠지고 내면의 무능력과 남에 대한 박해로 흐르면 상황이 지금보다 훨씬 나빠질 수 있다"(If we fall into a state of funk, impotence and persecution, then things may be very much worse than they are now, 같은 면)라는 토를 달았기 때문에, 그가 절반이 아니라 거의 전적으로 옳았다고 말할 수도 있다. 그런데 사회제도에 대한 이런 견해에 이어 그가 자신의 전문분야라 할 '느낌'으로 눈을 돌려, 성적 느낌(sexual feelings)의 영역에서는 억압과 그에 따른 박해가 오히려 더 심하다고 한 주장(같은 글 221면 이하)은 어떻게 볼까? 지구상의 몇몇 지역을 빼고는 성의 개방이 대세가 된 현대인에게는 낡은 이야기가 된 것일까? 하지만 로런스는 성적 표현에 대한 출판계의 금기에 시달리고 『채털리부인의 연인』의 비공식 출판을 감행하면서도 당대인들이 말하던 '성의 해방'(sexual liberation)에는 극도로 부정적이었다. 엽색행각으로 유명한 돈 후안에 대해서도 그는 진정한 욕망을 못 느끼는 인간이었다고 하면서 현대인의 성적 분방함은 "돈후안질이고 머릿속의 섹스이며 진정한 욕망이 아니다"(Don Juanery, sex-in-the-head, no real desire, "Love Was Once a Little Boy," *RDP* 342면)라고 했다. 따라서 성적 자유와 성적 혐오, 거대산업화된 음란

은 도덕적인 것이다./그러나 교훈적인 도덕이 아니라 열정적이고 묵시적인 도덕이다. 머리보다도 피를 바꾸는 도덕이다. 피를 먼저 바꾼다. 그러고 나면 머리가 나중에 그 자취를 따라온다."*

물과 디지털 성범죄가 범람하는 오늘의 세태를 보면서 로런스가 젊은 시절에 역설했던 주장, 곧 "남자와 여자 사이의 새로운 관계 정립, 내지는 낡은 관계의 재조정"(the establishment of a new relation, or the re-adjustment of the old one, between men and women)이야말로 "오늘의 핵심적 문제"(*the* problem of today)라는 주장(*Letters* 제1권 546면, 1913. 5. 2(?). Edward Garnett 앞)을 견지하리라는 것은 분명하고 그것이 여전히 절실한 주장임을 부인하기 어렵다

로런스가 일종의 개벽을 꿈꾸면서 소설의 역할을 주로 논하는 것이 개인적 한계를 인식해서만은 아니다. 물론 자신이 소설가임으로 해서 "성자, 과학자, 철학자, 시인" 그 누구보다 훌륭하다고 자부할 때도 '책을 통한 떨림'에 한정됨을 명시하기는 한다.[40] 그러나 새로운 느낌들의 삶, 참된 자아의 각성을 수반하지 않는 어떠한 변혁의 비전도 낡은 세상의 변주에 불과해진 시대라면 장편소설이 열어주는 탐구와 자기교육의 기회야말로 더없이 값진 것이 아닐 수 없다. 로런스의 장편들이 과연 그런 기대에 부응하는지, 그리고 다른 장르를 통한 그의 활약이 장편소설이 수행하는 '생각의 모험'과 어떤 관계를 갖는지는 이제부터 구체적 사례를 중심으로 검토해볼 과제이다.

40 동시에 「그림 만들기」라는 말년의 산문에서, 언어에서 얻는 희열, 곧 '책을 통한 떨림'이 예컨대 그림에서 얻는 희열처럼 직접적이지 않은 대신에 그만큼 더 깊이 와닿고 그런 이유로 더 무의식적이라고 주장하기도 했다("Making Pictures," *LEA* 231면).

제1부

제1장

『무지개』와 근대의 이중과제

1. 글머리에

『무지개』는 영어로 쓴 나의 박사학위논문에서 집중적으로 다룬 두 작품 가운데 하나다. 『창작과비평』 48호(1978년 여름)에 발표한 「소설 『무지개』와 근대화의 문제」에서 그 논의를 상당부분 원용했고, 이듬해 나온 한국영어영문학회 엮음 『로렌스』(영미어문학연구총서 3, 민음사 1979)에 재수록할 때도 제목에 '근대화'라고 따옴표를 붙인 것 말고 내용을 크게 바꾸지 않았다.

'근대적응과 근대극복의 이중과제'라는 개념을 제시한 것은 그보다 한참 뒤이다. 하지만 돌이켜볼 때 '*The Rainbow*: a History'라는 제목의 학위논문 제2장에도 그런 문제의식이 잠재해 있었던 것으로 생각된다. 『무지개』를 하나의 '역사'로 읽는다는 것이 실제 역사와의 연관을 주목한다는 '리얼리즘적' 접근을 함축하면서도, 이때의 역사는 로런스가 말하는 *being* 차원의 역사요 리얼리즘은 작가가 집필 도중의 한 편지에서 강조한 바(본서 제6장 참조) 심층적 현실에 주목하는 로런스 특유의 리얼리즘이기에 근대적인 사유와 인식에 대한 본질적 도전을 내포한 것이었다.

1970년대 말엽은 나 자신이나 『창작과비평』 주변의 동료들이 민족문학론의 전개에 골몰하던 시기이고 국가적으로는 박정희의 '조국근대화' 구호가 유신독재로까지 나아간 상황이었다. '근대화' 주제는 그러한 시의성에 부응한 것이었으며, 당시의 글은 다음과 같은 문제제기로 출발했다. "이른바 '근대화'의 문제는 우리 시대의 가장 큰 실천적 과제이자 이론적 숙제의 하나로 되어 있다. 그것은 한 국가의 기본정책의 정당성 여부와도 직결된 문제인가 하면, 우리들 개개인의 삶 한가운데서 일어나는 온갖 변화에 어떻게 대처해나갈 것인가를 좌우하는 문제이기도 하다."(『창작과비평』 48호 241면)

이처럼 근대화론의 프레임을 본질적으로 벗어나지는 못했으나, 박정희 정권의 근대화주의에 맞서면서도 다른 한편 복고적 민족주의·반근대화주의에 동조하지 않으려는 자세에는 이중과제론과 상통하는 바가 없지 않았다. 또한 "이러한 근대화의 문제가 로런스의 소설 『무지개』 속에서는 어떻게 다루어져 있는가? 이 물음에 답하는 것이 단순히 근대화 문제에 대한 하나의 참고자료를 더하는 일만이 아니고 『무지개』라는 작품 자체의 이해에도 결정적으로 중요하다는 것이 이 글의 기본적인 생각이다"(같은 면)라고 한 첫 단락의 나머지 부분 역시 나의 민족문학론·리얼리즘론의 요체이며 본서의 일관된 입장이라 할 수 있다.

아무튼 내가 이중과제론을 명시적으로 제기한 것은 그로부터 20년 뒤다. 1998년에 당시 이매뉴얼 월러스틴(Immanuel Wallerstein) 교수가 주재하던 미국 뉴욕주립 빙엄턴대학 페르낭 브로델센터 주최의 국제심포지엄에서 영어로 처음 발표했고 그 발제문을 논문으로 키운 글이 영국의 『인터벤션즈』(*Interventions*)지에 실렸다.[1] 국문 번역본은 그보다 먼저 『창작과비평』 105호(1999년 가을)에 '한반도에서의 식민성 문제와 근대 한국의 이중과제'라는 제목으로 간행되었는데, 번역문임에 따른 문장의 어색함이 적지 않았다.[2] 그후 이런저런 계기에 이중과제를 거론해오다가 한층 최근에 새롭게 정리한 것이 네이버문화재단 주최 '문화의 안과 밖' 강연(2014년 11월) 「근대, 적응과 극복의 이중과제」였다.[3]

『인터벤션즈』에 이어 『뉴레프트 리뷰』에도 글이 나감으로써 이중과제론이 국제 공론장에 일단 '등록'은 된 셈이지만 '전파'와 '유통'은 아직 요원한 느낌이다. 아니, 국내에서도 주변의 동학들이 더러 언급하고 원용하긴 했지만 이 개념을 둘러싼 논쟁다운 논쟁이라면 이남주 엮음 『이중과제론』에 수록된 김종철(金鍾哲) 『녹색평론』 발행인과의 주고받음이 거의 유일하다.[4] 그러나 장래의 전파가능성을 딱히 비관하지는 않는데, 이는 '이중과제'가 어떤 기발한 착상이라기보다 졸고 「근대, 적응과 극복의 이중과제」에서도 말하듯이 맑스의 변증법적 역사관 같은 '족보가 있는' 개념들과 맥을 대고 있기 때문이고, 어찌 보면 일종의 상식에 해당하기 때문이다.

---

1 Paik Nak-chung, "Coloniality in Korea and a South Korean Project for Overcoming Modernity," *Interventions* 4, Vol. 2 No. 1 (2000).

2 이남주 엮음 『이중과제론: 근대적응과 근대극복의 이중과제』, 창비 2009에 재수록하면서 약간의 윤문을 하여 읽기가 나아진 면이 있는 대신, 편집자의 요구에 따라 학술대회 발표 이래의 경위를 설명한 머리말과 본문의 마지막 여섯 단락을 덜어냈다.

3 송호근 외 지음 『시민사회의 기획과 도전』, 민음사 2016에 수록. 비슷한 내용을 영문으로 다시 작성해 영국의 『뉴레프트 리뷰』지에 발표하기도 했는데(Paik Nak-chung, "Modernity's Double Project," *New Left Review* 95, September/October 2015) 영어권 독자층을 위한 정리로 참고할 가치가 따로 있을 것 같다.

4 김종철 「민주주의, 성장논리, 農的 순환 사회」 및 백낙청 「근대 한국의 이중과제와 녹색담론」('덧글 2009. 3' 포함).

서장에서 『무지개』야말로 이중과제론을 예시하는 '고전적 서사'라고 주장했는데, 이는 본장에서 검증해볼 명제인 동시에 로런스의 다른 작품을 논할 때도 염두에 둘 주제이다. 나아가 이중과제론이 실제로 세계적으로 유효한 담론으로 인정되려면 국내외의 뛰어난 여타 작품들에도 적용할 수 있어야 할 것이다.[5] 이는 물론 본서의 범위를 넘어서는 과제지만, 그러한 문제의식을 갖고 1979년의 『무지개』론을 손질했으며 앞에 인용한 첫 단락에 이어지는 대목으로 본론을 시작한다.

2. 근대의 과제와 소설의 진실

근대화 과정은 '근대적'이라고 규정된 일정한 '가치'(내지 가치관)와 이에 상반되는 '전통적 가치'(내지 가치관)의 대립관계를 중심으로 파악되기 일쑤다. 이런 대립관계는 '근대적 가치'의 일방적인 승리로 끝날 수도 있고 '전통적 가치'와의 부분적 절충을 꾀할 수도 있으나, 어느 형태로든 근대적 가치가 우위에 서야 한다고 믿는 사람이 '근대화론자'가 되고 거기에 반대하는 사람이 '전통주의자'가 되는 셈이다. 하지만 이런 식의 근대화 이론이 과연 역사진행의 과정을 제대로 포착한 것일까? '근대적 가치'와 '전통적 가치'의 정의를 구체적으로 어떻게 내리느냐는 문제를

5 나 자신의 단편적 시도들 외에 독문학에서 임홍배 『괴테가 탐사한 근대』(창비 2014)라는 연구서도 나온 바 있다. 중국문학 연구에서는 이욱연 『포스트 사회주의 시대 중국 지성: '중국' 재발견의 길』(서강대학교출판부 2017)의 서론 제3절이 '루쉰의 문명의식과 근대 이중과제론의 시각'(49~62면)을 논한 바 있다. 또한 허 자오톈(賀照田)·이남주 대담 「중국혁명, 역사인가 현재인가」(『창작과비평』 185호, 2019년 가을)에서는 두 대담자 모두 이중과제론의 의의를 인정하는데(특히 275~80면, 297~98면), 다만 문학작품에 대한 논의는 아니다.

떠나서, 역사의 과정과 역사 속의 삶을 '가치'의 대립 또는 절충 내지 취사선택의 차원에서 파악하는 태도 자체가 삶의 진실에서 한걸음 물러난 것은 아닐까? 그것이 사관(史觀)의 빈곤을 초래하고 끝내는 역사의 발전을 물량 위주의 몇개의 '근대화 단계'로 구분해서 경제적 후진지역에 멋대로 적용하는 신판 식민지주의 사관을 낳는 것은 아닌가?

이러한 의문을 품고 『무지개』를 읽을 때 우선 한가지 분명한 것은, 이 작품에 그려진 '근대화'의 과정은 전통적 가치와 근대적 가치의 대결이라는 공식으로는 이해될 수 없다는 사실이다. 물론 전통과 근대의 갈등이 없는 것은 아니다. 그리고 로런스 자신에 대해 한때 널리 퍼진 통념에 따르면 그는 근대문명을 송두리째 배격한 일종의 '원시주의자'다. 그러나 이는 우선 『무지개』의 내용과도 너무나 어긋나서 지탱하기 힘든 통념인데, 그가 '근대적 가치'의 일정한 실현에 공감하면서도 근대를 배격하기도 하는 양면성을 설명하기 위해 '원시주의'(primitivism)라는 개념을 동원하는 것이 반드시 생산적일지는 의문이다. 그것은 로런스의 근대비판에 '전통주의'와는 차원이 다른 어떤 요소가 작용하고 있음을 환기하는 미덕이 있지만, 근대 직전 전통사회에 있었을뿐더러 근대를 사는 인간 속에도 내재하는 인간 본연의 어떤 면모를 근대인과 무관한 것으로 생각게 할 우려가 있다.[6]

『무지개』가 영국 전통사회의 삶에 대한 드물게 생생하고 애정어린 기록인 동시에, 전통사회의 한계를 벗어나 좀더 의식있는 인간이 되고 근대사회의 떳떳한 일원이 되고자 하는 개인의 노력을 깊은 공감을 갖고 그려

---

6 다만 아래 제5장에서 논할 『날개 돋친 뱀』처럼 이중과제의 원만한 형상화에 실패한 경우에 '감상적 원시주의'를 말하는 것은 적절한 것 같다(Michael Bell, *D. H. Lawrence: Language and Being*, Cambridge University Press 1992, 제6장 "Sentimental primitivism in *The Plumed Serpent*" 참조).

낸 작품이라는 점은 독자가 쉽게 알아챌 수 있다. 그런데도 결코 근대주의적이지 않고 오히려 '원시주의적'이라는 말을 들을 정도로 투철한 근대사회 비판을 보여주는데, 이에는 아무래도 '근대적응과 근대극복의 이중과제'라는 관점으로 접근하는 것이 최선일 듯하다. 동시에 그러한 이중과제 논의 자체도, 매사를 '가치'와 '가치관'의 차원에서 계산하고 배합하는 근대적 방식을 일단 수용은 하되 넘어설 필요가 있다. 그런 계산의 영역을 넘어서는 로런스적 *being*의 차원에 다다라야 하기 때문이다. 요컨대 『무지개』의 작중현실을 사려깊게 읽음으로써 우리 시대의 역사적 과제에 대해 새로운 이해에 도달하는 동시에 나아가 진정으로 창조적인 역사란 어떤 것인가를 말할 수도 있어야 한다.

이러한 목표를 갖고 『무지개』를 읽을 때 우리는 소설의 대체적인 성격—흔히 우리가 리얼리즘이란 낱말로 표현하기도 하는 어떤 면모—을 전제하는 셈이 된다. 물론 작중현실이 작품 바깥의 생활현실·역사현실로 곧바로 이어진다는 뜻은 아니다. 작품 속의 세계는 의당 '작품 외적 세계'와는 다른 그 자체의 특성을 지닌 것으로 이해되어야 옳지만, 동시에 그것은 실제 인간생활·인간역사의 경험을 존중하는 구조와 재현방식을 지니고 있으며 따라서 독자 자신의 진지한 역사적 성찰을 떠나서는 제대로 이해될 수 없다. 한마디로 『무지개』의 예술적 구조는 그 자체가 '역사적'인 구조이기도 하며, 『무지개』에 대한 충분한 문학적 이해는 실제 역사—작품 속에 언급된 역사 및 작품을 읽는 사람에게 절실한 역사—에 대한 성찰을 필수적으로 요구한다는 것이다.

『무지개』가 이런 소설—통상적 리얼리즘과 거리가 있지만 리얼리즘과 무관할 수도 없는 소설—이 못 된다면, 이 작품과 '근대화' 문제를 관련시켜 논하는 것은 결국 논자의 주관적 취향 내지는 독단일 따름이요 소설 자체의 진실을 살펴보는 작업이 될 수는 없을 것이다.

3. 『무지개』의 극적·역사적 구조

1

『무지개』, 또는 어떤 작품의 예술적 구조가 '역사적'인 구조이기도 하다는 것은 무슨 말인가?

그것은 무엇보다도 우리가 현실의 역사를 말할 때와 같은 의미에서 작중상황의 과거와 현재를 논할 수 있고, 작중사건의 전후 맥락을 따질 수 있다는 뜻이다. 이는 모든 사실주의·자연주의 소설(및 희곡)에서 철저히 지켜지는 원리지만, 그렇다고 환상적인 수법을 배제하는 것은 아니다. 환상적인 사건이면 사건한 대로 그 나름의 앞뒤가 있고 그 앞뒤를 일정한 인과관계로 납득시켜주는 극적인 논리가 있으면 된다. 실상 여기서 '역사적 구조'라는 표현은 비극에서는 인물(characters)보다 행동(action, 사건·플롯)이 중요하다고 말한 아리스토텔레스의 원뜻에 따른 '극적 구조' 내지 '극적 논리'와 크게 다를 바가 없다. 따라서 작품 속의 인물묘사나 환경묘사가 사실적(寫實的)이냐 아니냐 하는 점보다, 그 작품의 기본골격을 이루는 것이 역사적(극적) 논리를 갖춘 움직임이냐 아니냐 하는 점이 진정한 리얼리즘 문학의 한 척도가 된다. 사실적·자연주의적 묘사로 가득 찬 작품이 상징주의적인, 또는 순전히 형식 위주인 작품에 못지않게 리얼리즘의 바른 길에서 벗어날 수도 있는 까닭이 거기 있다. 물론 이는 서사예술 및 극예술에 국한된 이야기로, 서정시라든가 문학 이외의 예술장르들에 일반적으로 적용할 성질은 아니다.[7]

---

7 시의 경우에는 졸고 「시와 리얼리즘에 관한 단상」, 『통일시대 한국문학의 보람』, 창비 2006 참조.

로런스가 19세기 사실주의 및 자연주의 전통에 깊이 뿌리박은 작가라는 사실은 그의 초기작들을 읽는 사람은 누구나 알아차릴 수 있다. 특히 그의 작가적 명성을 확립해준 『아들과 연인』은 그러한 전통 속에서 새로운 소재와 새로운 주제를 찾아 성공한 명작이었고, 오늘날까지도 이를 로런스 최대의 걸작으로 꼽는 평자들도 많다. 그러나 로런스 자신은 다음 장편인 『무지개』에서부터 재래식 리얼리즘 소설 내지 자연주의 소설의 테두리를 벗어난 창작세계를 이룩했다고 자신했는바 이러한 새로운 탐구가 곧 리얼리즘 자체를 부정한 것으로 해석되는 수가 흔히 있다.

하지만 『무지개』 또는 이후의 어느 장편소설을 보더라도 로런스가 초기작의 자연주의적 수법을 전면적으로 내던져버린 예가 없고, 20세기 초 여러 전위작가들의 특징을 이루는 극단적인 서술기법상의 실험도 드물다. 예컨대 『무지개』나 『연애하는 여인들』 속의 사건은 대체로 사건 자체의 전후 순서에 크게 어긋남이 없이 서술되어 있으며, 콘래드나 포크너(William Faulkner)의 소설에서 보는 바와 같이 고의로 앞뒤가 뒤죽박죽이 된 시간배열에 의존하지 않는다. 조이스(James Joyce)와 버지니아 울프(Virginia Wolf) 또는 포크너의 어떤 작품에서처럼 작중인물의 '의식의 흐름'만을 아무 논평 없이 제시하는 데서 오는 난해함도 없다. 그런데도 『아들과 연인』 같은 작품에 익숙해 있던 사람들에게는 『무지개』의 많은 부분이 난해하게 보였던 게 사실이고, 여기서 뒷날의 많은 평자들이 또 하나의 '전위소설'을 찾아내는 것 또한 사실이다.

그렇게 된 데에는 로런스 자신의 발언도 한몫을 했다. 『아들과 연인』을 적극 밀어주었던 편집자가 당시 'The Wedding Ring'이라는 제목이 달려 있던 『무지개』의 초고를 읽고 불만을 표시하자 로런스는 자신의 창작태도를 해명하는 답장을 보낸 일이 있다. "이 작품에서 작중인물들의 '심리'가 틀렸다고 생각하지 않습니다. 다만 인물들에 대한 나의 태도가 다른 것이고, 따라서 당신 쪽에서도 다른 태도를 취할 필요가 있는데, 당신이 그럴 준비가 아직 안 되어 있는 거지요"라고 그는 주장한다. 인물들의 행동에 일관성이 없어 보이는 것도 자신은 재래식의 '일정한 도덕적 공식'으로서의 플롯에 관심이 없기 때문이라고 한다. 뒤이어 그는 자기 소설에서 작중인물의 안정된 낡은 자아(ego)를 기대하지 말라고 하면서, 오늘날까지 많은 로런스 비평가들이 들먹이기 좋아하는 다음과 같은 발언을 남겼다.

> 그러한 것과는 다른 자아가 있어서, 이 자아의 행동에 따르면 개인은 알아볼 수가 없고 말하자면 일종의 동소체적(同素體的)인 여러 상태들을 거쳐나가는데, 이것이 근본적으로 변함이 없는 동일한 한 원소(元素)의 다양한 상태임을 알아보려면 우리가 흔히 동원해온 것보다 훨씬 심층적인 감각이 필요한 겁니다.(마치 다이아몬드와 석탄이 탄소라는 동일한 한 원소인 것처럼 말이지요. 보통의 소설들은 다이아몬드의 역사를 추적하려고 하지만 나는 "다이아몬드라니! 이건 탄소야"라고 말하는 겁니다. 그리고 내 다이아몬드가 석탄이든 숯검댕이든, 내 주제는 탄소인 거지요.) (…) 거듭 말하거니와, 소설의 진행이 일정한 인물들의 노선을 따르기를 기대하지 마세요. 인물들은 다른 어떤 율동적 형식에 맞아들어가게 되어 있어요. 마치 멋진 쟁반 위에 모래를 곱게 깔아놓고 바이올린의 활로 선을 그으면 모래가 우리도 모르는 선을 만드는 것과 마찬가지로요.[8]

---

8 *The Letters of D. H. Lawrence* 제2권, ed. G. Zytaruk and J. Boulton (Cambridge University Press 1981) 183면, 1914. 6. 5. Edward Garnett 앞. 이 편지에 관해서는 제6장에서 따로 논할 것이므로 여기서는 내용을 줄이고 원문도 제시하지 않는다.

로런스 스스로 아직껏 분명한 표현법을 못 찾은 듯 이런저런 비유를 끌어대는 이 대목이 반리얼리즘적 예술신조의 선언으로 오해될 소지는 첫눈에도 뚜렷하다. '다른 어떤 율동적 형식'(some other rhythmic form)이라거나, 다이아몬드와 석탄의 차이를 무시하고 탄소라는 '원소'에만 관심을 둔다는 말들이 모두 현상세계의 다양성과 역사적 변화를 빼버린 어떤 '형이상적 본질'의 세계를 지목하고 소설적 사건의 진행이 아닌 어떤 원형(原形)적인 리듬이나 패턴의 제시에 치중하겠다는 이야기처럼 들릴 수 있는 것이다. 따라서 이러한 이론에 의해서는 소설이 성립할 수 없다는 반론이 나오는 것도 무리가 아니며,[9] 소설 『무지개』의 '실패' 또는 '반리얼리즘적 성공'을 논할 때마다 이 구절이 인용되곤 하는 것 역시 당연한 일이다.

2

하지만 그런 해석은 로런스 자신의 많은 비평적·철학적 발언에 어긋날뿐더러 『무지개』를 읽는 온당한 태도라고도 보기 어렵다. 『무지개』의 기본골격이 20세기의 이른바 전위적인 소설들보다 19세기 리얼리즘 소설에 가까우며 이 작품이 누가 보나 높은 사실성을 띤 대목들로 가득 차 있는 이상, 설혹 얼핏 납득이 안 되는 난해한 부분이 있더라도 일단 사실관계와 극적 행위의 논리에 입각해서—다시 말해 "우리가 흔히 동원해온 것보다 훨씬 심층적인 감각"을 동원하더라도 크게 봐서 리얼리즘적인 논리에 따라—그 의미를 알아보려고 노력하는 것이 순서일 테다. 성급하게 '불가피한 실패'를 논하거나 리얼리즘을 부정하는 '다른 어떤 형식'을 찾는 것은 그러한 이해의 가능성을 미리부터 막아버리는 일밖에 안 된다.

---

9 예컨대 Julian Moynahan, *The Deed of Life* (Princeton University Press 1963) 41-42면 참조.

『무지개』의 리얼리즘적 해석은 제1장 첫머리에서 당장 도전을 만난다. 흔히 이 소설의 '서곡'(prelude)이라고도 일컬어지는 이 부분[10]은 본이야기가 시작되기 전에 여러 대에 걸친 브랭귄 집안 사람들의 생활의 양상을 시적(詩的)인 문장으로 일반화해서 제시한 것이다. 말하자면 산업혁명에 따른 온갖 변화가 들이닥치기 전 '아득한 옛날'의 삶의 기본구조와 리듬을 제시했는데, 『무지개』의 사회사적 측면을 높이 평가한 비평가조차 이를 "시간과 인물의 바깥"(outside time and character)[11]에 위치한 것이라고 규정한 바 있다. 곧, 이 서곡은 로런스가 작품 벽두에서 어떤 영원한 규범 내지는 원형적인 패턴을 제시해놓았고, 본이야기에 해당하는 나머지는 그 자체의 소설적 진행으로서보다는 이 서곡에 제시된 규범과의 대조 내지 그 원형의 변주로서 이해되어야 한다는 해석을 낳는 근거가 되고 있다.

『무지개』에 대한 반리얼리즘적 해석의 예는 물론 이것만이 아니다. 그러나 어쨌든 『무지개』의 구조가 극적·역사적 논리를 존중하는 것이라는 우리의 주장이 성립하려면 우선 산업화 이전의 삶에 대한 이 서곡의 진술과 산업화 과정에서 일어나는 본이야기의 작중사건 사이에도 단순한 대조효과라든가 형식상의 관계만이 아닌, 역사적 인과관계로 파악될 수 있

---

10 D. H. Lawrence, *The Rainbow*, ed. Mark Kinkead-Weekes (Cambridge University Press 1989) 〔이하 *R*〕 9-13면. 이 책에서의 인용은 해당 면수만 표시하며, 번역은 나의 것이다.

11 Mark Kinkead-Weekes, ed., *Twentieth Century Interpretations of The Rainbow* (Prentice Hall 1971) "Introduction" 5면. 킨케드위크스는 *R*의 편자 설명주(Explanatory notes)에서 이 대목이 「토마스 하디 연구」에서 거론된 두개의 반대되는 보편적 충동들의 갈등을 제시하고 있지만 그 '유사 성별적 속성'(quasi-gender attributions)을 역전시키고 있음을 지적한다(*R* 498면). 다만 「토마스 하디 연구」나 『이딸리아의 황혼』(*Twilight in Italy*, 1916)의 음양갈등론 자체가 역사적으로 변화하는 양상을 그려냈고 『무지개』의 서곡도 그러한 여러 가변적 양상의 하나인 역사의 현장이라는 인식은 여전히 미약한 느낌이다.

는 측면이 드러나야 할 것이다.

실제로 『무지개』의 서곡을 검토해보면 여기서 작가가 제시하는 것은 결코 '시간과 인물의 바깥'에 있는 영원불변의 규범이 아니다. 어디까지나 서곡이요 본론이 아니기에 인물들을 개별적으로 묘사하지 않은 것이며, 이렇게 일반화해서 그려낸 브랭귄 남녀들의 생활이 자연과 삶 자체의 리듬에 뿌리박은 것으로 제시되어 있기는 하지만, 그것은 어디까지나 특정한 시대 특정한 지역의 특정한 삶에서 이룩된 상태이며 변화의 싹을 이미 자체 내에 품고 있는 상태인 것이다.

브랭귄 남녀들은 본능의 충족과 대자연 속에서의 노동으로 충만한 나날을 살고 있기는 하다. 그러나 남자들이 별다른 생각 없이 그 삶에 안주하고 있는 데 반해 여자들은 어딘가 좀 다른 생활, 자연과 본능의 리듬에만 따르지 않는 의식(意識)과 행동이 있는 삶을 갈망한다. 그들의 삶 역시 농장 주변의 생활을 가득 채운 '피와 피의 친밀한 교감'(blood-intimacy)에 근거하고 있으면서도 그 이상의 무엇을 요구하는 것이다.

> 여자들은 달랐다. 젖을 빠는 송아지들하며 떼지어 몰려다니는 암탉들, 목구멍으로 음식을 밀어넣을 때 손아귀에서 펄떡이는 어린 거위들 등, 여자들의 삶에도 피와 피의 친밀한 교감에서 오는 나른함이 있었다. 그러나 그들은 농장생활의 뜨겁고 맹목적인 교류 저 너머에 있는 발언의 세계를 내다보고 있었다. 그들은 말하고 발언하는 바깥세상의 입과 정신을 의식했고, 저 멀리서 나는 소리를 들으며 열심히 귀를 기울였다.
>
> 남자들은, 대지가 부풀어 그들에게 밭고랑을 열어주며 바람이 불어와서 젖은 밀을 말려주고 새로 열린 밀이삭을 이리저리 시원스레 흔들어주는 것으로 충분했다. 진통하는 암소의 새끼를 받거나 곳간의 쥐를 몰아내거나, 또는 날쌘 손놀림으로 토끼의 등뼈를 쳐서 잡는 것으로 족

했다. 그처럼 많은 열기와 고통과 낳고 죽음을 자신의 핏속에서 알고 있었기에, 대지와 하늘과 짐승들과 초목을 알고 이들과 무한히 주고받는 삶이었기에, 그들은 충만하고 넘쳐흐르게 살았고 그들의 감관은 가득 차 있었다. 그들은 항상 피의 열기를 향해 낯을 돌렸고, 태양을 응시하며 생명의 근원을 들여다보는 데 넋을 잃고서 돌아설 줄을 몰랐다.

그러나 여자는 이것과 다른 생활을, 피와 피의 친밀한 교감이 아닌 어떤 것을 원했다. 그녀의 집은 농장 건물과 토지를 등지고 길가를 향했고 교회와 지주의 저택이 있는 마을과 저 너머의 세계를 내다보고 있었다. 그녀는 일어서서 저 멀리 도시와 정부와 활동적 남자들의 세계를 보고자 했으며, 그녀에게 그것은 곧 온갖 비밀이 풀리고 소원이 이루어지는 마술의 세계였다. 만물의 뜨거운 맥박에 등을 돌린 남자들이 당당하고 창조적으로 활동하는 곳, 뜨거운 맥박을 뒤에 둔 채 그 너머의 것을 발견하고 자기 자신의 활동범위와 자유를 확장하기 위한 나그넷길에 오른 저 바깥의 세계를 그녀는 내다보았다. 이에 비해 브랭귄 남자들은 생성하는 만물의 풍성한 삶을 향해, 그들의 핏줄 속으로 그대로 들이부어지는 삶을 향해 얼굴을 안으로 돌리고 있었던 것이다.(10-11면)*

이러한 바깥세상에 진출하는 열쇠는 무엇일까? 무엇이 교구 목사나 인근의 지주들·귀족들로 하여금 브랭귄 남자들은 알지 못하는 한층 발랄하고 창조적인 삶에 참여하게 해주는가? 그것은 단순히 돈과 계급의 문제만이 아니라 교육과 경험의 문제요 존재형태·존재양식 자체의 문제라고 여인들은 생각한다. 그리고 브랭귄 집안의 어머니들이 적어도 자기 자식들만은 "땅 위의 최고의 삶을 누릴 수 있도록 그들에게 주고 싶어한 것은 바로 이것, 이 교육, 이 좀더 높은 형태의 존재였다."(12면)*

이처럼 『무지개』의 서곡에 그려진 삶은 결코 완전무결한 것도 영원불변한 것도 아니다. 다만 전체적으로 자연의 리듬에 뿌리박은 삶이자 전통적인 계급관계가 아직도 그 구성원의 욕구에 상당히 부응하는 사회라는 점에서 현대사회에 대해 일정하게 '규범적인' 측면을 지닐 수 있는 것뿐이다. 물론 신사계급 대지주의 아내(the squire's lady)를 자기네들과 다른 부류의 인간으로 설정하고 선망하면서도 그와의 어떤 동일시를 통해 성취감을 느끼는 태도는, 그것이 서곡의 개괄적인 서술이 아니고 본이야기의 일부였다면 그람시(Antonio Gramsci)적 헤게모니 작동의 전형적인 사례 중 계급억압의 면모를 완전히 제거한 채 자발적 동의라는 측면만 제시했다는 비난을 받을 수 있다.[12] 그러나 서곡의 양식과 문체는 그러한 본격적 형상화보다 근대 이전 사회가 그 나름의 충만한 삶을 가능케 했음을 전달하면서 본이야기로 넘어가는 서사적 요구에 부응하고 있다. 게다가 더 나은 삶, 더 의식화되고 진전된 삶에 대한 여인들의 소망도 '피와 피의 친밀한 교감'으로 충만한 삶에서 우러난 것이며, 그런 의미에서 교육·지식·기술 등이 그 자체로서 어떤 절대적 가치를 이룬다고 보는 현대인의 물신숭배적 경향과 대조를 이룬다.

아무튼 브랭귄 여인들이 그러한 갈망을 품고 있다는 데서 변혁의 씨앗, '근대화'의 계기는 『무지개』의 서곡에 이미 주어져 있으며, 더구나 그러한 역사적 변화에의 욕구가 여자 쪽에 편중되어 있다는 사실은 이 사회가 작가가 생각하는 규범적인 것과는 거리가 먼, 어딘가 불균형을 간직한 특수한 역사현상임을 말해준다. 본능의 충족을 발판 삼아 어떤 공동의 목표

12 디킨즈의 장편 *Great Expectations*(흔히 '위대한 유산'으로 번역되지만 '거액의 유산에 대한 기대'가 일차적인 뜻이다)에서 숙녀(lady)로 양육된 에스텔라(Estella)가 핍(Pip)을 사로잡는 힘이 그의 자기계발을 자극하는 동시에 핍과 그 주변의 삶에 대해 일종의 폭력을 행사하는 양면을 지니는 것은 장편소설의 '본이야기'에서 그람시적 헤게모니의 작동을 충실하게 보여주는 사례다.

를 향해 뭉쳐진 남자들의 활동이 반드시 있어야 한다는 『무의식의 환상곡』 등의 주장은 별도의 검토가 필요하겠지만, 『무지개』 서곡에 그려진 브랭귄 남녀들의 삶이 새로운 비약과 자기극복의 모험을 숙제로 남겨두고 있는 것만은 분명하다.

3

『무지개』의 제1세대 톰 브랭귄의 삶은 바로 그러한 상황의 '역사적' 산물이다. 앞서 말한 브랭귄 여인들의 소망은 톰의 어머니 시기에 와서 아들에게 학교교육을 시켜보려는 구체적인 열의로 나타난다. 그러나 네 아들 모두가 이러한 열의에 제대로 부응하지 못하고 막내 톰마저 학교생활에서 별 성과를 못 올린 채 농사꾼의 삶으로 되돌아온다. 이는 서곡에서 본 바와 같이 교육에 대한 열망이 남자들 자신의 마음속에 먼저 움튼 것이 아니었던 탓이기도 하다.

동시에 이전 세대처럼 전통적으로 주어진 삶의 테두리 안에서 만족할 수 있는 시기 또한 지났다. 작품에서 '1840년경' 운하의 건설과 인근 광산의 개발로 대표되는 산업화의 진전과 더불어, 한편으로는 전통사회 자체가 차츰 쇠퇴하면서 사려깊은 개인일수록 그 속에 안주하기가 점점 어려워졌을 것이고, 다른 한편 브랭귄 개개인은 그들 나름으로, 비록 어머니의 간절한 소망 그대로는 아닐지라도 여하튼 의식의 일깨움을 겪어나가면서 해묵은 생활양식으로부터 소외감을 맛보기 마련이었을 것이다.

이러한 '역사적' 사정이 구체적으로 표현된 것이 혼기에 다다른 톰의 고민과 갈등이다. 결국 그는 선대에서와 같은 '정상적인' 혼인을 하지 못하고, 외국인이자 아이까지 딸린 연상의 리디아를 만나서야 자신의 가장 깊은 욕구에 부합하는 결혼이 가능해진다. 이렇게 이루어진 결혼은 그 성립과정의 온갖 어려움—무엇보다도 톰과 리디아 자신들의 내부에 자리한 속박과 타성을 이겨내는 어려움—가운데 작가가 말하는 "미지에의 모험"(adventure into the unknown)을 감행한 것이며, 지난날의 삶을 두텁고 충만하게 해주었던 진정한 의미의 '정상적인' 부부관계를 새 시대의 새 여건 아래서 되살리는 데 성공한 것이다. 이것이야말로 톰 세대의 뜻깊은 역사적 성취이자 아직도 전통의 활력이 만만찮게 살아 있는 그 사회의 업적이기도 하다. 따라서 자기 자식들만이라도 좀더 활달하고 창조적인 세계로 나갈 수 있기를 바랐던 브랭귄 여인들의 소망을 톰은 일부나마 실현한 셈이며, 톰의 이러한 성공 자체가 그러한 소망의 정당성, 그리고 그러한 소망을 낳은 사회의 건강성을 증거하기도 한다.

반면에 톰 세대의 업적에는 서곡의 전통사회가 지녔던 문제점에서 오는 한계도 드러난다. 톰과 리디아의 결혼은 톰의 인생에서는 기왕의 생활범위를 한껏 넓히는 계기가 되나 코세테이 마을로서는 극히 이례적인, 그런 의미에서 역사적인 확장성이 제약된 해결책에 머물고 만다. 실제로 톰은 리디아와 결혼함으로써 사회인으로서의 고립이 더욱 심해지는 면이 있으며, 훗날 의붓딸 애나(Anna)의 결혼에서 그처럼 큰 좌절감을 맛보게 되는 것도 그의 인생의 부분적인 공백을 그녀를 통해 메우고자 하는 막연한 기대가 있었기 때문이다.

이러한 '역사적' 설명은 애나의 세대에 대해서도 적용될 수 있다. 애나는 톰의 친딸은 아니지만 톰과 리디아가 이룩한 그 나름으로 완성된 세계의 상속자인 까닭에, 자기가 원하는 남자를 만나자 곧 결혼할 수 있는 용기와 자신감과 건강한 생명력을 갖는다. 그러나 윌(Will)과 애나의 결혼에는 성급한 일면도 없지 않은데, 이 점 역시 애나의 이제까지의 생활조건과 관련된다. 즉 톰과 리디아가 이룩한 가정은 어린 시절의 애나에게는 집밖의 일상생활에서 찾아볼 수 없는 자유와 넉넉함을 지닌 세계였으나, 사춘기에 접어들면서는 참을 수 없는 질곡이 될 만큼 삶의 어느 한 면에 치우친 한정된 세계이기도 했다. 그 결과 애나는 톰이 리디아와 결혼하기까지의, 또는 다음 세대의 어슐라가 스크리벤스키(Anton Skrebensky)와의 약혼을 파기하기까지의 오랜 자기성찰과 발전을 거치지 않고 결혼생활로 뛰어드는 것이다.

이렇게 이루어진 제2세대의 결혼은 또 그것대로 그 역사적 조건에 걸맞은 성과에 다다른다. 우선 애나가 배우자로 고른 톰의 조카 윌 브랭귄의 사람됨부터가 그렇다. 윌은 젊은 세대답게 톰보다 근대적 지식과 교육면에서 앞서 있으나, '피와 피의 친밀한 교감'에서 한걸음 나아가 '당당하고 창조적으로' 활동하는 진정한 남자 구실 내지 창조적 자아 구실이라는 면에서는 톰보다도 오히려 뒤떨어진다. 말하자면 톰만이 어렵게 해낸 창조의 실험을 미처 수행하지 못한 다른 브랭귄 남자들의 수준에 본질적으로는 더 가까운 것이다.

이러한 윌과 결혼한 애나는 사랑의 깊은 만족에까지는 어렵지 않게 도달하고 그럼으로써 새로운 창조의 발걸음을 내딛기 위한 최소한의 터전을 이룩한다. 그러나 창조의 발걸음 자체를 내디딜 단계에 와서는 부부간의 보조가 안 맞으면서 고통스러운 갈등의 나날이 시작된다. 리디아보다 훨씬 현대적인 애나의 고집과 독립심은 남자의 수월한 심적 평안에 결코 이로운 조건이 못 되는데다, 윌은 윌대로 톰 세대의 소박한 낙천성과 자신감을 많이 상실했을 만큼 건강한 전통에서 멀어진 인물이다. 그렇다고 그 나름의 독특한 창조적 역할을 개척하기에는 너무나 의식이 덜 깬 상태다. 그리하여 윌은 한편으로는 애나와의 사랑에 어린애처럼 매달리면서 다른 한편 전통에 따른 남자의 권위를 인정받고자 하지만, 그럴수록 애나의 반발을 살 뿐이다. 결국 끈질긴 암투 끝에 제6장의 제목 그대로 '승리자 애나'(Anna Victrix)에게 굴복함으로써 가정의 평화가 유지되고 윌 자신도 어느정도의 인간적 원숙에 도달한다. 그러나 진정으로 창조적인 삶의 달성, 창조적 역사의 현장을 향한 끊임없는 모험이라는 기준에서 본다면 애나의 그러한 '승리'는 바로 윌과 애나 두 사람 공동의 패배이기도 하다는 측면을 부인할 수 없다.[13]

4

그러면 제2세대의 이러한 성공과 실패를 그 역사적 전신(前身)으로 갖는 다음 세대의 경험은 어떤 성격을 띠게 될 것인가? 윌과 애나의 딸 어슐라의 이야기야말로 시대적으로 로런스 자신의 생애와 거의 일치하며, 소설의 무대도 이제 코세테이 마을에 국한되지 않고 노팅엄의 대학과 일크스턴의 직장, 그리고 런던과 빠리로까지 확장된다. 두말할 것 없이, 이 글의 주제로 설정된 '근대'의 문제와 가장 직접적으로 맞닥뜨리는 대목이 제3세대의 이야기이다.

제2세대까지의 진전과 연관시켜 볼 때 근대사회의 떳떳한 일원이 되겠다는 어슐라의 노력에도 전통사회의 건강한 면과 부족한 면이 계속 작용하고 있음이 엿보인다. 한편으로 그것은 좀더 생생하고 창조적인 삶에 대한 아득한 옛날 브랭귄 여인들의 갈망이 톰과 리디아, 윌과 애나 등 앞세대의 구체적인 노력을 통해 어슐라의 창조적 충동으로 계승된 것이며, 다른 한편 옛날의 전통사회가 지녔던 의식의 한계, 창조적 행동범위의 한계가 선대의 업적에도 각기 그 한계와 약점을 안겨주었듯이 이제 어슐라에게 와서 현대인 특유의 불건강한 증상으로 심화되어 드러나는 것이다.

우선 어린 어슐라가 자라난 환경만 해도 그렇다. 윌과 애나의 열정—

---

13 제2세대의 성취와 한계에 대한 제6장의 이러한 총괄적 평가 이후 제7장 '대성당'(The Cathedral)에서 신혼초 이야기로 되돌아갔다가 제8장 '아이'(The Child)의 뒷부분에서는 윌이 새로운 변화와 발전을 보이기도 한다. 이것이 제6장에서의 평가를 본질적으로 부정하는 성격의 변모가 아니라는 점은 본서 제3장에서 따로 논할 것이다.

현대에 올수록 아쉬워지는 그 '피와 피의 친밀한 교감'—에 뿌리를 내린 가정은 여하튼 다음 세대를 위해서는 유복한 환경임에 틀림없다. 그것은 부모들 자신의 지속되는 창조적 모험의 현장은 아닐지 몰라도, 제6장 끝머리에서 애나 스스로 자부하듯이 새로운 생명을 위한 훌륭한 시발점이 되기는 한다. 하지만 톰과 리디아의 경우와는 달리 내외간에 확실한 균형이 성취되지 못한 만큼의 부담이 아이의 인생에도 지워진다. 애나와의 관계에서, 그리고 집밖의 넓은 사회에서 당당하고 창조적인 한 남성이 되는 데 실패한 윌은 어린 딸에게서 그 보상을 찾고자 한다. 여러 자식 중 어슐라만은 처음부터 그에게 단순한 자식 이상이었고, 이렇게 자신에게 쏟아진 각별한 사랑과 관심으로 인해 어슐라는 남달리 조숙한 아이로 자라게 된다. 이러한 때이른 의식의 일깨움이 반드시 건강한 현상이 아님을 작가는 분명히 말한다.

아버지는 그녀의 의식의 잠을 깨운 새벽이었다. 그만 아니었더라면 어슐라도 구드런, 테리사, 캐서린 등 딴 애들과 마찬가지로, 꽃과 벌레와 장난감들과 하나인 채 주의를 끄는 그러한 구체적인 대상을 떠나서는 존재하지 않는 상태로 자라났을 것이다. 그러나 아버지는 그녀에게 너무 가까이 왔다. 움켜잡는 그의 손과 힘찬 그의 가슴은 어린 시절의 지나가는 무의식 상태에서 거의 고통스럽게 그녀를 깨워놓았다. 아직 볼 줄도 알기 전에 그녀는 보이지 않는 눈을 번쩍 뜨고 깨어났다. 그녀는 너무 일찍 잠깨워졌던 것이다.(205면)*

어른으로서 자신의 생활에서 충족을 못 얻은 부모 중 어느 한쪽이 과도한 사랑으로 결국은 자식의 순탄한 성장을 방해하게 되는 것은 『아들과 연인』의 유명한 주제이기도 한데, 『무지개』에서 윌과 딸의 관계는 전작에 비해 훨씬 간결하면서도 자신만만한 필치로 처리되었고 근대인 특유의 허위의식이 생성되는 내막을 여실하게 드러낸다. 어슐라는 아버지의 지나친 사랑으로 '너무 일찍 잠깨워짐'으로써 어린애답지 않은 지나친 자의식과 죄책감, 그리고 바로 아버지 자신에 대한 불가피한 배신감과 그에 따른 만인에의 불신감을 맛보면서 자란다. 그녀가 성장하면서 무슨 일이 있더라도 넓은 바깥세상으로 진출하여 누구의 지배도 받지 않는 독립된 개인이 되겠다는 의지를 굳히는 데는 진정으로 창조적인 충동뿐 아니라 이러한 피해의식과 자기중심주의도 아울러 작용하고 있는 것이다.

스크리벤스키와의 첫사랑을 각기 윌과 애나, 또는 톰과 리디아의 만남과 비교해보더라도 새로운 세대의 특징이 잘 드러난다. 어슐라와 스크리벤스키의 관계는 우선 그들의 교육수준 혹은 의식수준이 앞세대에 비해 훨씬 높다거나 그들의 연애관계가 온갖 우여곡절을 두루 거치면서도 끝내 결혼으로 귀착하지 않는다는 점에서 매우 현대적이라 할 수 있다. 하지만 그러한 상식적인 측면보다도 스크리벤스키를 만남으로써 어슐라의 마음속 깊이에서 일어나는 사건의 역사적 성격 자체가 선대들의 경우와 좋은 대조를 이룬다.

톰의 경우 리디아와의 만남은 전혀 상식 밖의 결단인 듯하면서도 사실은 가장 합당한 결단을 즉각적으로 내리게끔 해주었고, 남은 것은 그 타당성을 톰 자신과 리디아에게, 그리고 독자들에게 납득시키는 과정이었다고 할 수 있다. 애나의 경우 윌과의 결혼에 성급한 도피의 일면이 없지 않음은 이미 지적했지만 이때도 그러한 도피 내지 해방의 성사 자체에 대해서는 처음부터 의문의 여지가 없었다. 그러나 어슐라가 스크리벤스키를 처음 보았을 때의 느낌에는 좀 색다른 요소가 끼어든다.

그는 바깥세상의 느낌을 그녀에게 강렬하게 갖다주었다. 그것은 마치 언덕 꼭대기에 올려진 그녀 앞에 온 세상이 펼쳐져 있음을 어렴풋이 느낄 수 있게 해주는 것 같았다.(269면)*

여기서 어슐라가 해방감을 맛보는 것은 분명하지만 그것은 다분히 자기중심적인 포만감이기도 하다. 옛날 브랭귄 여인들이 농장에서 저 너머의 세상을 내다보았던 데 비해 어슐라는 마치 사탄의 시험을 받는 예수처럼 온 세상을 굽어보는 느낌을 갖는 것이다.

그런데 스크리벤스키는 귀족이요 공병장교며 신체 건강하고 여러모로 총명한 젊은이지만 로런스가 말하는 창조적 남성이라는 면에서는 윌보다도 한 급 더 떨어지는 사람이다. 어슐라의 불건강한 측면을 바로잡을 능력이 없음은 물론, 그녀의 건강한 측면이 자신의 생활에 어떤 위협을 뜻하는지도 제대로 알아차리지 못한다. 어슐라로 하여금 단지 일시적인 사랑을 통해 얼마간의 성장과 자기확장을 가능케 해줄 정도의 젊음과 생명력을 지녔을 뿐이다. 그리하여 이들의 관계는 처음부터 일종의 '장난'(game), 말하자면 근대적인 자아와 자아의 대결의 성격을 띤다. 다만 어슐라가 이러한 대결과 그것이 내포하는 온갖 기쁨과 괴로움의 체험을 통해 궁극적으로 어떤 자기이해에 도달하고 그것을 넘어설 가능성을 여는 데 반해, 스크리벤스키는 하나의 창조적 개인으로서는 완전히 파산하고 어슐라로부터도 버림받고 만다.

5

이런 식으로 작중상황의 경위를 검토해보면 개개의 에피소드가 모두 일관된 역사적 맥락을 갖춘 매우 엄격한 극적 논리를 따르고 있음을 알 수 있다. 소설 속에 아무런 진전이 일어나지 않는다느니 작중인물들이 잘 분별이 안 된다느니 하는 말들이 거의가 편견이거나 부실한 독해인 것이다. 그러나 『무지개』의 전체적인 골격을 이해하고 그 역사적 진행의 논리를 수긍한다고 해서 이 작품의 난해한 부분들이 없어지는 것은 아니다. 어떻든 로런스 자신도 이 소설이 재래식 리얼리즘 소설과 다름을 강조했고, '다이아몬드냐 석탄이냐'를 제쳐놓고 '탄소'를 주제로 삼겠다는 아리송한 해명을 시도하기조차 했던 터이다.

그런데 이제까지의 검토를 통해서도 로런스가 탄소 운운한 것이 어떤 고정불변의 초현상적·형이상학적 본질을 말한 것이 아님은 분명하다. 로런스의 에쎄이뿐 아니라 『무지개』 안에서도 자주 나오는 *being*이라는 단어가 전통적 형이상학에서 '실존'(existentia)과 대비되는 '본질'(essentia)을 가리키는 것이 아니고 정말 삶다운 삶, 어떤 인간이나 개체가 진정코 그것답게 있음을 뜻하는 것과 마찬가지다. 서곡에서 브랭귄 여인들이 '좀 더 높은 형태의 존재'(a higher form of being)를 갈망했다고 할 때의 의미 그대로, 이러한 삶다운 삶은 어디까지나 역사 속에서 성취되는 것이고 '피와 피의 친밀한 교감'과 의식적인 창조활동을 아울러 요구하며 구체적인 교육과 지식의 문제와도 무관하지 않은 것이다. 요는 이러한 교육·지식·언어·본능 등 일체의 사항이 그 자체로서 하나의 크고 작은 '가치'로 설정되어 삶을 측정할 일이 아니라 그 모든 것이 어디까지나 삶 자체, 존재 자체와의 연관에서 문제되어야 함을 로런스는 *being*이란 단어를 고집함으로써, 심지어는 원소에만 관심이 있다는 다분히 오해받기 쉬운 말을 내뱉어가면서 강조하고 있다.

그러므로 『무지개』의 난해한 부분의 난해성은 독자 쪽에서 그런 차원의 생각에 서툴러서만이 아니고, 그 차원에서 구체적 사건의 성패를 가늠하고 전달하는 작업 자체의 어려움에서 나온다. 그것은 구체적으로 본능의 충족, 의식의 계발, 교육의 달성 같은 것들을 떠나서 생각할 수 없지만 어느 것도 성패의 기준 그 자체는 아니다. 따라서 어느 인물이 어떤 표정으로 어떤 발언을 하고 어떤 결말에 도달했는가 하는 재래소설식의 심리묘사나 줄거리가 중요한 것이 아니고 — 그런 의미에서 '다이아몬드의 역사'라든가 '다이아몬드와 석탄의 구별' 같은 것이 중요한 것이 아니고 — 주어진 사건이 진정으로 삶다운 삶을 성취했는가, 그 본원적인 *being*의 차원에 도달했는가를 밝히는 일이 작가의 가장 큰 관심사가 된다. 그러한 로런스의 입장이 비극에서 '인물'보다 '사건'을 중시하는 아리스토텔레스의 시학에 차라리 가까운 면이 있음은 앞서도 지적했지만, 로런스의 '삶다운 삶의 성취'라는 사건은 아리스토텔레스를 포함한 일체의 형이상학적 인식이 제대로 파악하지 못하는 차원의 사건이기 때문에 고전주의적 플롯의 공식과도 또다른 것이다. 형이상학적 본질이 아니라 어디까지나 물질적·역사적 실존을 통해서만 이룩되는 *being*이기에, 관념소설·상징소설·알레고리 그 어느 것도 아닌 리얼리즘 소설의 성격을 띠지 않을 수 없는 동시에 재래식 리얼리즘뿐만 아니라 전통적 서양철학 전체에서 외면되어온 차원의 본질적 사건을 규명하고 전달해야 하는 것이다.[14]

작가의 이러한 작업이 부닥치는 구체적인 어려움이 그때그때 작중상황의 역사적 성격에 따라 달라짐은 물론이다. 그리고 그때마다 거기에 부합하는 문체와 서술방식이 등장한다. 예컨대 톰 브랭귄과 리디아의 관계에서는 톰이 본능적으로 감지하고 또 건전한 상식으로 처리하는 일을 스스로 완전히 의식화하고 발언할 능력이 없는 까닭에, 작가가 어떻게 이 경험의 진상을 훼손함이 없이 그 역사적 의의를 독자에게 전달하느냐 여부가 저자의 예술적 역량을 시험하게 된다. 이러한 도전에 부응하여 나온 것이 제1장 끝머리의 톰이 리디아에게 청혼하러 가는 날 밤이라든가 제2

---

14 이와 관련해서 본서 서장 31면에 인용된 "Reflections on the Death of a Porcupine"(*RDP* 359면)과 하이데거에 대한 언급들 참조.

장에서 리디아가 출산하던 밤과 같이, 작중인물의 일상언어를 포용하고 구체적인 정경묘사를 생생히 담아내면서도 조지 엘리엇(George Eliot) 같은 작가에게서는 찾아볼 수 없는 시적인 농도와 강렬함에 도달한 대목들이다.[15] 그리고 이런 대목의 뜻을 제대로 새긴 독자만이 나중에 제3장 끝에 가서 톰과 리디아가 성취한 관계를 두고 로런스가 거의 성서적(聖書的)인 표현마저 서슴지 않는 데에 공감할 수 있다.

하지만 대다수 독자들이 정작 어려움을 느끼는 것은 제6장 '승리자 애나'에 이르러서다. 윌과 애나의 신혼초 행복과 뒤이은 갈등을 분석하는 대목에서부터 독자는 말하자면 조지 엘리엇과도 맥이 통하던 세계로부터 '탄소 자체'의 이야기로 느닷없이 옮겨온 듯한 인상을 받기도 한다. 그러나 제2세대 이야기에 와서 작가가 갑자기 사회적·역사적 관심을 버리고 내면세계의 분석에만 열중하는 것은 결코 아니다. 애나와 윌의 무의식 속에서 일어나는 갈등에 주목하는 것은 그 갈등이 진정으로 창조적인 삶이 이들 세대에 와서 어떻게 전개 또는 좌절되는가를 결정하는 중대한 역사적 사건이기 때문이며, 단지 이 경우에는 주인공들 자신의 의식이나 주변의 일상현실이 톰의 경우와 달리 창조적 기능을 수행하지 못하기에 작가 스스로 분석하고 진단하는 문장에 더 많이 의존하게 되는 것이다. 앞서도 지적했듯이 애나와 윌은 피상적으로는 톰보다 의식화된 인물들이지만 그들의 관계는 선대의 성과에도 미달하며, 그런 의미에서 진정한 의미의 '의식화'에서 오히려 퇴보한 셈이다. 작중인물 자신의 의식이 사태의 진실을 전달하는 수단이 되지 못할 때 작가가 개입하여 한층 보편타당한 진

---

15 조지 엘리엇에게서 찾아볼 수 없는 로런스의 'poetic intensity'에 대해서는 F. R. Leavis, *D. H. Lawrence: Novelist* (1955) 123-24면 참조. 물론 '시적 강렬함'으로만 치면 이후의 이야기에서도 얼마든지 많은 예를 들 수 있다. 톰 세대의 경우에는 그것이 인물의 평범한 일상언어와 주변 세계에 대한 사실적 묘사와 함께하는 시적 효과라는 점이 특이한 것이다.

술을 피하는 것은 전형적인 고전주의적 기법에 다름아니다.

어슐라 세대에 오면 문제는 더욱 복잡해진다. 한편으로 어슐라는 그녀 부모보다 훨씬 의식이 깬 인물로 성장한다. 피상적인 의미로는 더 말할 것 없고 진정한 창조의 차원에서도 분명히 한걸음 더 나간 면이 있다. 동시에 어슐라의 의식 속에는 선대 인물들의 소박한 무의식 상태와 달리 진실을 적극적으로 은폐하고 왜곡하는 '허위의식'의 요소가 전에 없이 큰 힘을 떨치고 있다. 따라서 작가는 어떤 때는 어슐라의 생각과 느낌을 그녀 자신이 사용할 법한 언어를 써서 자연주의적으로 재생하는 데 그치는가 하면, 어떤 때는 윌과 애나의 갈등에 대한 심층분석에서 보이는 것보다 훨씬 본격적으로 작가 자신의 언어를 통한 분석과 진단을 감행하곤 한다. 예컨대 제11장 첫 부분에서 자연주의적 서술에 치중하는 것은 어슐라의 의식과 언어를 통해 서술해도 큰 차질이 없을 만큼 어슐라가 성장했기 때문인 동시에, 그것이 작가의 의식이 아니고 어슐라의 의식임을 분명히 해둘 필요가 있을 만큼 어슐라의 허위의식이 만만찮기 때문이다. 그런가 하면 같은 장 뒷부분(294면 이하) 달빛 아래의 장면이나 제15장의 여러 대목에서처럼 그 허위의식의 작용에 정면으로 맞서서 사태의 진상을 밝혀낼 필요에 직면했을 때는, 작가는 어슐라 자신의 언어도 아니요 독자의 일상언어와도 거리가 먼 난해한 문체를 동원하지 않을 수 없게 된다. 하지만 이 점을 충분히 납득하기 위해서 우리는 어슐라의 '허위의식'이 구체적으로 어떤 것이며 '근대화'의 과정에서 어떤 역사적 의미를 띠는가를 좀더 자세하게 살펴볼 필요가 있다.

4. 근대인과 허위의식

1

'근대성'의 정의가 가지가지인 것처럼 '허위의식'에 대해서도 사람마다 해석을 달리하기가 쉽다. 그러나 대체로 그것이 단순한 판단착오나 의도적 기만행위라기보다 어떤 근본적인 이해관계 때문에 자신에게조차 진실을 왜곡, 은폐하는 의식이라는 점에 꽤 넓은 합의가 있는 듯하다. 예컨대 맑스가 말하는 계급의식으로서의 이데올로기가 그런 것이며 프로이트의 정신분석에서 '무의식'을 억압하는 '의식'이 그런 것이다. 싸르트르가 '거짓믿음'(mauvaise foi)을 거짓말과 구별하여 설명한 것도 허위의식의 특이한 구조를 제대로 집어낸 것이다.[16]

사실 스크리벤스키와의 관계에서 어슐라의 심중에는 바로 이런 싸르트르적 '거짓믿음'이 많이 작용하고 있음을 본다. 그들의 첫사랑의 진상은 결코 그들 스스로가 생각하고 싶어하고 통속소설에서는 그대로 인정되는 그런 달콤하고 아름다운 것이 아니다. 그리고 두 사람 다 마음속 깊이에서 그것을 알고 있다. 하지만 일상적인 의식으로는 이 사실을 받아들이려 하지 않는다. 제11장의 달밤 장면에서도, 어슐라의 맹렬한 자기주장을 감당하지도 뿌리치지도 못한 스크리벤스키가 한 사람의 당당하고 창조적인 남성으로서는 치명상을 입었음에도 불구하고 다음 순간 어슐라는 그 사실을 감추려 하고 그녀 스스로도 잊으려 한다.

> 무슨 일이 일어났던가? 자신은 미쳤던가? 무슨 끔찍한 것에 씌기라도 했더란 말인가? 어슐라는 갑자기 제 자신에 대한 말할 수 없는 공포에

---

16 Jean-Paul Sartre, *L'être et le néant* (Éditions Gallimard 1943) 제1부 제2장 참조.

가득 찼다. 조금 전의 그 불타오르는, 부식시키는 자기가 아니려는 엄청난 욕망으로 가득 찼다. 방금 일어난 일이 절대로 기억되지 말고 생각나지 말고 단 한순간 그 가능성조차 인정되지 말아야 한다는 생각이 미칠 것같이 그녀를 사로잡았다. 그녀는 온힘을 다해 그것을 부정했고 전력을 다해 외면했다. 그녀는 선하고 사랑스러운 어슐라였다. 그녀의 심장은 따뜻하고, 그녀의 피는 진하고 따뜻하며 부드러웠다. 어슐라는 애무하듯 안톤의 어깨에 손을 얹었다.

"아름답지 않아요?" 그녀는 달래는 목소리로 부드럽게, 어루만지듯 말했다. (…)

그녀는 일상적이고 따뜻한 자아를 한껏 동원해서 그를 쓰다듬고 사랑으로 알아모시는 찬사를 보냈다. 그러자 점차 그가 딴사람이 되어 되살아났다. 그녀는 부드럽고 매력적이고 어루만져주는 여인이었다. 그녀는 그의 시녀요 그를 경배하는 종이었다. 그리하여 어슐라는 스크리벤스키의 껍데기를 고스란히 되살려냈다. 남자의 형체와 모습 모두를 되살려놓았다. 하지만 알맹이는 이미 없었다. (…)

그러나 어슐라는 그를 어루만져주고 있었다. 일어난 일을 그가 기억하지 않도록 하고자 했다. 그녀 스스로가 기억하지 않고자 했다.

"키스해줘요, 안톤, 키스해줘요." 그녀가 매달렸다.(299-300면)*

이 대목에서 "그녀는 선하고 사랑스러운 어슐라였다"라는 의식은 정확히 싸르트르의 '거짓믿음'에 해당한다. 이는 스크리벤스키만을 속이려는 명백한 거짓말도 아니요 그렇다고 완전히 성공한 자기기만에 이르지도 못한다. 자신의 인생에 대한, 지금의 그녀로서는 감당할 수 없는 어떤 진실을 상대방과 자신이 동시에 잊었으면 하는 부지중의 몸부림인 것이다.

그런데 싸르트르의 입장과 근본적으로 다른 것은, 로런스는 어슐라의 이러한 '거짓믿음' 내지 허위의식을 인간실존의 고정된 조건으로 보고 있지 않다는 점이다. 즉 사람이면 누구나 빠질 수 있는 함정이긴 하지만 인간으로 실존하는 한 불가피하게 주어진 존재론상의 숙명이 아니라, 어슐라의 경우처럼 구체적인 삶 속에서 창조적인 발전이 제대로 이루어지지 못할 때 발생하는 하나의 증상으로 진단하는 것이다. 그렇기 때문에 로런스는 이 대목에서 "그녀는 선하고 사랑스러운 어슐라였다" 같은 허위의식의 구체적인 전개양상을 일일이 재현하는 데는 큰 흥미가 없다. 오히려 "남자의 형체와 모습 모두를 되살려놓았다. 하지만 알맹이는 이미 없었다"라든가 "일어난 일을 그가 기억하지 않도록 하고자 했다"라는 식으로 단도직입적인 진단을 서슴지 않는다. 그렇다고 작가가 관념적인 해설을 하는 것과는 또다르다. 싸르트르적 '거짓믿음' 현상의 적발 자체를 대단하게 생각하며 그 말초적인 묘사를 오래 즐기려던 독자에게는 실망스럽고 따라서 너무 추상적이 아니냐는 반발을 낳을 수도 있지만, 로런스에게는 '거짓믿음'의 거짓됨을 판별하는 근거로서의 창조적 삶의 전개가 더 중요하다. 지금 이 경우에는 그러한 삶의 성패 문제가 주인공들 자신의 의식이나 주변 인물들의 의식 그 어느 쪽에도 제대로 담길 수 없을뿐더러 주인공들의 허위의식에 의해 적극적으로 은폐되고 있기 때문에, 작가는 이러한 극적 상황이 요청하는 단호하고 명백한 진단을 감행하는 것이다. 그렇다고 그의 진단이 작중상황을 일단 제쳐놓은 직절적 해설과 다르다는 점을 우리는 방금 인용한 대목의 용어 선택과 문장의 리듬에서도 느낄 수 있다. 비록 작가의 분석이 인물들 자신의 의식수준을 넘어선 것이기는 하나 거기에는 인물들의 허위의식이 내세우는 언어도 교묘하게 복합되어 있으며, 단정적인 문장의 되풀이는 작가의 '해설자적' 독단의 표현이 아니라 작중인물 자신의 안간힘을 반영한 '극적'인 성격을 띤 것이다.

어슐라와 스크리벤스키의 특정한 경우가 이 순간 그들의 허위의식만이 아니고 근대인의 허위의식을 대표하는 것으로 일반화될 수는 있다. 아니, 바로 그러한 일반화를 『무지개』라는 작품의 구조가 요구하고 있다. 그러나 일반화를 한걸음 더 진전시켜 근대인뿐 아니라 '모든' 인간의 허위의식, 이른바 '인간의 조건'(la condition humaine)으로서의 허위의식이라고까지 할 때에는 『무지개』의 역사적인 성격이 잊히고 그야말로 관념적이고 추상적인 분석이 대신 들어서는 꼴이다.

어슐라가 보여주는 '거짓믿음'의 작중에서의 역사적 유래를 살펴보면 그 현대사적 전형성도 아울러 깨닫게 된다. 감당하기 벅찬 진실을 애써 외면하고 망각하려는 태도는 아버지와의 관계에서 전통적 삶의 균형을 이미 잃기 시작한 어린 어슐라가 남달리 일찍, 그리고 절실하게 몸에 익힌 습성이었다. 심상한 아버지의 딸사랑이 아닌 윌의 사랑은 어린아이에게는 그만큼 가혹하고 무책임한 것일 수밖에 없기도 했다. 예컨대 어린애가 무심코 저지른 잘못에 대해 윌이 과도하게 성을 낼라치면, 그에 대한 어슐라의 반응도 어린아이답지 않은 완전한 배신감과 허무감, 그리고 때이른 저항의식으로 발전하곤 한다.

> 아이의 영혼, 아이의 의식은 사라지는 것 같았다. 마치 넋이 굳어지고 반응할 줄 모르게 된 조그맣고 단단한 생물처럼 어슐라는 꽉 오므라들고 무감각해졌다. 자신이 아무것도 아닌 존재라는 느낌이 서리처럼 아이를 얼어붙게 했다. 그녀는 아무래도 좋았다. (…)
>
> 그러나 마음속 깊은 구석에서는, 흐느낌이 아이의 영혼을 찢고 있었다. 그리고 아버지가 가버린 다음, 아이는 응접실 소파 밑에 기어들어가서 어린아이의 소리없는 혼자만의 슬픔에 잠겨 쪼그리고 있었다.
>
> 한 시간쯤 지나 다시 기어나와서 좀 어색하게 놀기 시작했다. 아이는 의지로써 잊고자 했다. 고통과 모욕이 사실이 아니게끔 자신의 어린 영

혼을 기억으로부터 단절시켰다. 아이는 자기 자신만을 인정했다. 세상에는 이제 자기 자신밖에 없는 것이었다.(207-208면)*

이 구절의 목표가 단순히 어린 시절의 아픔을 하나의 정서로 핍진하게 묘사하는 것이라면 "아이는 의지로써 잊고자 했다"라든가 "자신의 어린 영혼을 기억으로부터 단절시켰다"는 등의 문장은 어린이의 심리묘사에 어울리지 않는 지나친 표현들이다. 그러나 (다른 여러 대목에서도 늘 그렇듯이) 작가는 개인의 정서 이전의 본질적인 차원에서 삶이 어떤 방향으로 진전되는가에 관심이 있으며 어린 어슐라의 아픔도 그것이 본질적 삶의 발전에 안겨주는 상처로서만, 다시 말해서 개인의 의지로써 진실을 거부하고 사실의 기억을 왜곡, 은폐하는 의식의 생성이라는 하나의 역사적 사건으로서만 작품의 떳떳한 일부가 되는 것이다.

어린 어슐라와 아버지의 관계를 그렇게 만든 사정은 앞서도 대충 설명한 바 있다. 요컨대 톰의 세대 이전부터 작용해온 좀더 활발하고 의식있는 삶에 대한 갈구가 소설의 제2세대에 와서, 어슐라를 통한 다음 세대의 새로운 창조적 비약을 준비함과 동시에 어슐라한테서 드러나는 허위의식의 심화를 아울러 낳을 수밖에 없는 절반의 성취와 절반의 실패의 경지에 이르렀던 것이다. 어슐라의 건강한 생명력과 진취성이 그녀 부모가 이룩해놓은 가정의 '피와 피의 친밀한 교감'과 물질적 여유, 마시 농장과 할아버지·할머니의 기억, 이런 모든 것에 뿌리박은 것이라면, 철두철미 독립된 개인이 되겠다는 그녀의 근대적 의지 속에는 어릴 적부터의 과민한 자기주장의 습성, 기억의 단절과 진실의 은폐를 추구하는 불건강한 의식 따위도 아울러 작용하고 있다.

이렇게 『무지개』에서 어슐라 세대로 대표되는 근대인의 형성과정에는 창조적인 측면과 함께 허위의식을 만들어내고 스스로 그 허위의식에 의해 추동되는 불건강한 측면이 병존한다. 근대화를 하나의 고정된 '가치'로 — 또는 '근대성'이라는 이런저런 가치들의 집합으로 — 설정하고 그것을 합리적인 계산에 따라 조절하기만 하면 그 부정적 요인을 제거 또는 억제할 수 있다는 많은 근대화론자의 주장은 그 자체가 이미 근대화의 창조적 근원을 망각하고 허위의식에 빠진 태도이다. 즉 어슐라의 허위의식을 허위의식으로 알아보지 못했거나 (결국 비슷한 이야기가 되지만) 그것을 한 작중인물 개인의 심리적 특성으로만 보고, 인간의 삶이 어떤 역사적 단계에 다다르면서 필연적으로 대두한 '본질적 사건'이며 적응과 더불어 극복의 노력을 요하는 '이중과제'의 일부로 파악하지 못한 결과이다.

그렇다고 그것을 역사를 초월해서 모든 인간의 '실존적' 양상으로 보는 것도 사태의 진상을 보지 못하기는 마찬가지다. 이는 역사의 결과로 이룩된 '근대'의 의식을 곧 인간 본연의 의식과 혼동하는 것이며, 근대적 허위의식의 생성과정에 불가분하게 얽혀든 창조적 의식의 발전을 간과 또는 오해함으로써 허위의식 극복의 가능성을 스스로 포기하는 꼴이 된다.

2

어떻든 근대사회의 떳떳한 일원이 되려는 어슐라의 결단 자체는 작가의 전폭적인 지지를 받는다. 제11장 첫머리의 다음과 같은 구절은 그것이 한 어린아이가 어른이 되는 당연한 인간적 성장의 과정임을 말해준다.

> 소녀시절에서 성인의 시절로 넘어가면서 어슐라는 자기책임의 구름이 점차 자신을 감싸옴을 느꼈다. 그녀는 자신을 의식하게 되었고, 분리되지 않은 혼돈 속에서 자기가 동떨어진 개체이며, 어딘가로 가서 무엇인가가 되어야만 한다는 것을 깨닫게 되었다. 그리고 그것이 두렵고 불안했다. 어째서, 아아 어째서 사람은 자라야 하고, 채 발견되지 않은 미

지의 삶을 살아야 하는 이 무겁고 얼얼한 짐을 져야 하는가? 무(無)의 상태, 분화되지 않은 덩어리의 상태에서 자신을 무엇인가로 만들어야 하다니!(263면)*

작가의 언어는 이 두려움과 망설임이 인생의 필수적 과정이요 창조의 부름에 따른 것임을 암시한다. 그리하여 이제 어슐라가 소녀시절의 감미로운 환상과 그것을 뒷받침하던 소박한 종교적 믿음마저 버리게 된 것도 당연한 일로 긍정한다.

그리하여 이제까지의 삶의 이원성, 즉 한편으로는 사람들과 통학열차와 의무와 숙제들로 된 평일의 세계가 있고 다른 한편에는 그와 나란히 절대적 진리와 살아 있는 신비로 된 (…) 일요일의 세계가 있던, 아무 의심 없이 믿던 종전의 이원성이 갑자기 깨져버렸음을 알았다. 평일의 세계가 일요일의 세계를 압도한 것이었다. 일요일의 세계는 현실이 아니었다. 적어도 당면한 현실은 아니었다. 그런데 사람은 당장의 행동으로 사는 것 아닌가.

평일의 세계만이 중요했다. 그녀 자신이, 어슐라 브랭귄이 평일의 삶을 감당해내야 하는 것이다. 그녀의 육신은 평일의 육신이 되어 세상의 평가를 받아야 했다. 그녀의 영혼도 세상의 인식에 따라 인식되는 평일 세계의 가치를 지녀야만 했다.

그렇다면 행동과 행위로 된 평일의 인생을 살 일이었다. 따라서 자신의 행동과 행위를 선택할 필요가 있었다. 사람은 세상에 대해 자신의 행위를 책임지지 않으면 안 되었다.

아니, 세상에 대한 책임만이 아니었다. 자기 자신에게도 책임을 져야 하는 것이었다.(263-64면)*

'자기 자신에의 책임'을 강조하는 이 구절이 "일상현실에 대한 사실주의적 존중심이 궁극적으로 세상과 자기 자신에 대한 책임감과 무관하지 않음을 말해"주는 예임을 본서 서장에서 지목한 바 있거니와(43면), 작가가 이 대목에서 어슐라의 성장에 대해 기본적인 지지를 나타내고 있음은 분명하다. 하지만 로런스는 성장의 댓가로서 '환멸', 곧 신화적 내지 전설적 세계로부터의 탈피를 무조건 옹호하고 그것을 한 사회 전체의 차원으로 확대하여 '근대화를 위한 전통가치의 희생'을 강조하는 입장으로 흐르지는 않는다. 어슐라의 영혼이 "세상의 인식에 따라 인식되는 평일 세계의 가치를 지녀야만 했다"라는 구절도 어슐라의 어른스러운 결심 자체를 긍정할 뿐, 이 시점에서 그녀의 세계인식이나 자기인식이 결코 원만한 것이 못 됨을 아울러 암시한다. 더구나 인용한 구절에 뒤이어, "그녀 속에는 일요일 세계의 어떤 잔재가 끈질기게 남아 (…) 이제는 벗어던져버린 꿈의 세계와의 연관성을 고집하는 것이었다"(There was ... some persistent Sunday self, which insisted upon a relationship with the now shed-away vision world. 264면)라고 말할 때 독자는 어슐라의 진정한 성숙을 위해서는 어려운 숙제가 여전히 남았음을 느낄 수 있다.

근대화를 곧 원시사회 및 전통사회의 마술적·비합리적 의식에서의 탈피과정—막스 베버(Max Weber)의 이른바 '탈마법화'(Entzauberung)의 과정—으로 파악하는 근대화론자들도 전통가치와의 일정한 조화 또는 그 부분적 수용을 강조하기는 한다. 그러나 어슐라 내부의 '일요일 세계의 잔재'는 근대주의자들이 말하는 '전근대적 잔재 또는 유산'과 본질적으로 다르며 앞날의 온전한 삶을 위한 기능도 그만큼 다르다. 어슐라의 '잔재'는 단순한 미성년자의 환상이나 전통사회의 고정관념이 아니고 유년기와 그 주위환경의 온갖 건강하고 창조적인 활력의 소산이기도 하다. 예컨대 제9장 끝부분에서 톰과 사별하고 다시 혼자가 된 할머니 리디아를 찾아볼 때 언곤 하던 지나간 삶의 광대함에 대한 두렵고 신비스러운 느낌도 어린 어슐라의 유년기적 '잔재'에 속하는 셈인데, 이것은 리디아의 파란 많은 인생이 마련해준 달관과 예지가 다음 단계의 의식으로 전승된 것이다. 이렇게 선대의 전통적 관습만이 아닌 창조적 모험의 성과도 포용한 '잔재'이기 때문에, 그것은 '평일의 세계'를 존중하고 살겠다는 어슐라의 결단이 창조적 모험 자체를 포기하려는 허위의식에 휘말리려 할 때 일종의 원시적 폭력과도 같은 힘으로 되살아나게 된다.

그러므로 어슐라의 성장과정을 그린 『무지개』의 후반부는 '창조적 개인 대 비창조적인 세계'라는 낭만주의적 공식으로 이해될 수 없을뿐더러, 거기서 한걸음 더 나가 루카치의 『소설의 이론』에서처럼 장편소설의 기본성격을 '영혼과 현실' 내지는 '자아와 세계'의 갈등으로 설정하는 공식에도 맞지 않는다. 본질적으로 이러한 갈등을 전제한 채 얼마간 양자의 융화와 타협을 이룩하는 교양소설 내지 형성소설(Bildungsroman)의 개념과도 일치할 수 없다.

물론 어슐라 이야기는 교양소설로서 갖춰야 할 외견상의 요소들을 많이 갖추고 있다. 자신의 꿈과 이상에 따라 살면서 동시에 주어진 사회에서 자기가 설 자리를 찾으려는 주인공의 노력이 온갖 시련과 경험을 거친 끝에 기성사회에의 완전한 순응도 그로부터의 도피도 아닌 비교적 원숙한 자기확립의 경지에 이르는 것이 교양소설의 일반적인 골격이기 때문이다. 그러나 루카치 자신도 지적하듯이 교양소설의 이러한 중도주의는 역사의 특정 시점에서나 가능했던 일정한 타협의 산물이다.[17] 다시 말해 산업사회가 본격적으로 전개되기 전인 근대화의 초기 단계에는 주인공이

---

17 G. Lukács, *Die Theorie des Romans* (1920) 제2장 3절 참조.

일련의 교육적 체험을 통해 자신의 지나친 이상주의적 성향을 반성하고 동시에 사회 자체의 결함도 어느정도 시정함으로써 지속적인 자기수양과 사회참여의 터전을 마련하는 일이 가능했다. 괴테의 『빌헬름 마이스터의 도제시대』(*Wilhelm Meisters Lehrjahre*, 1795~96)[18]를 비롯한 교양소설의 고전들이 모두 시민계급의 문학인 것도 우연이 아니다. 그러나 자본주의사회의 본질이 더욱 확연히 드러나서 그런 개인적·사회적 과제들이 시민계급의 개인적 자기형성(Bildung)의 차원에서 처리될 수 없음이 명백해진 20세기에 오면 교양소설다운 교양소설을 찾아보기가 어렵게 된다. 토마스 만(Thomas Mann)의 『마(魔)의 산』(*Der Zauberberg*, 1924)이 거의 유일한 예외로 제시될 뿐, 교양소설적 공식은 흔히 쏘머셋 모옴(Somerset Maugham)의 『인간의 굴레』(*Of Human Bondage*, 1915)에서처럼 사회 속에서의 자기완성이 아닌 기성사회로의 투항과 순응으로 끝나거나, 아니면 제임스 조이스의 『젊은 예술가의 초상』(*A Portrait of the Artist as a Young Man*, 1916)이라든가 특히 헤밍웨이(Ernest Hemingway), 토마스 울프(Thomas Wolfe) 등 미국 작가들에게서 많이 보듯이 사회 자체로부터의 탈출을 통해 자기를 지켜내는 새로운 형태의 '낭만적 환멸'(die Desillusionsromantik)의 문학으로 귀결하는 것이다.[19]

어슐라의 경우 그녀가 기성사회에 대한 철저한 거부의 선언에 도달한다는 점만을 보면 교양소설보다는 억압적·비창조적 사회로부터의 탈출

---

18 Michael Bell, "Goethe and Lawrence," *Études Lawrenciennes* 47 (2016)에서 저자는 교양과 자기형성의 당대 모범이었던 괴테 자신과 그가 소설에서 '빌둥'(Bildung)을 다룬 방식을 구분해야 함을 지적한다. 빌둥이 딜레땅띠슴을 낳는 경향을 후대의 니체와 로런스가 모두 비판했는데, 괴테는 『빌헬름 마이스터의 도제시대』에서 이미 그 점을 암시했고 후속작 『빌헬름 마이스터의 편력시대』(*Wilhelm Meisters Wanderjahre*, 1821)에 이르면 빌둥의 이상을 명시적으로 배격한다는 것이다.

19 '낭만적 환멸'에 대해서는 Lukács, 앞의 책 제2장 2절 참조.

이라는 공식에 차라리 더 가깝다고도 말할 수 있다. 한편으로 어슐라의 탈출은 어디까지나 새로운 역사 속으로의 이동, 허위의식에 의해 유일한 사회현실·역사현실로 설정된 거짓역사의 세계로부터 진정한 역사창조의 무대로의 진출을 뜻한다는 점에서 교양소설 주인공의 자기완성을 상기시켜주는 면이 없지 않다. 그러나 무엇보다도 이 소설에서 분명히 드러나는 것은 근대사회의 근대성이라는 것이 결코 교양소설적 타협으로 해결될 문제가 아니라는 점이다. 그뿐만 아니라 '자아'와 '세계'의 구분 자체가 그러한 근대성의 창조적 측면과 비창조적·반인간적 측면을 규정하는 근거로서의 삶의 참모습을 망각한 피상적 인식임을 상기시켜준다.

3

루카치가 고대 서사시에서나 찾아볼 수 있다고 말한 조화의 세계는 적어도 『무지개』의 서곡 부분에서는 생생히 살아 있다. 그렇기 때문에 많은 평자들이 이 부분을 '시간의 바깥'에 있는 것으로 떼어놓기도 하지만, 사실은 『무지개』의 본이야기에 인과관계로 연결된 역사적 성격을 띠었음을 앞에서 살펴보았다. 그런데 주인공의 '내면세계'와 그가 몸담은 '외부세계'가 완전히 대립되고 차단되어 있지 않기로 말하면 본이야기에서도 여전하다. 그렇지 않고서는 서곡과 본이야기의 역사적 연속성이 성립할 수 없을 터이다. 실제로 제5장 '마시 농장의 결혼식'(Wedding at the Marsh) 같은 대목은 비록 일종의 간주곡이고 고대 서사시의 세계는 아니지만 로런스가 지난날 영국의 씩씩하고 유쾌한 삶의 표상으로 애호했던 필딩(Henry Fielding)의 세계를 방불케 하는 면이 느껴진다.

물론 현대로 내려올수록 '자아와 세계의 갈등'으로 파악됨직한 현상이 두드러지는 것이 사실이다. 과거의 브랭귄들이나 당대의 이웃들과 달리 코세테이 마을의 일상적 현실에 만족할 수 없는 톰의 경우에 이미 그런 현상이 대두했었다. 그러나 톰이 리디아와의 색다른 결혼을 성립시키고 또 그 결혼을 진정한 자기성취의 경지로 발전시키는 데 성공하는 것은 바로 '자아와 세계의 갈등' 같은 형이상학적 공식에 빠짐이 없이 자기 삶의 바닥에서 우러나오는 인식과 욕구에 자신을 내맡길 만한 건전한 양식과 경건한 심성을 아울러 갖추었기 때문이다.

어슐라의 세대에 오면 물론 사정이 많이 달라져 있다. 어슐라 스스로 자아와 세계를 대립관계로 파악하기조차 하는데, 그것은 또 외부현실 자체가 그러한 파악을 정당화하는 방향으로 변화했기 때문이기도 하다. 코세테이의 세계를 두고 선대의 인물들이 그런 식으로 생각했다면 낭만적인 억지로 들리겠지만, 일크스턴의 직장생활이나 위기스턴 탄광촌을 통해 본 사회현실을 두고 어슐라가 소외감과 대결의식을 느끼는 것은 일단 당연하다고 말할 수밖에 없다.

그러나 앞에 지적했듯이 소설은 어슐라의 그러한 인식이 철저히 객관적인 현실인식만이 아니고 톰의 세대에서 만날 수 있었던 인간적 튼튼함을 상실한 허위의식의 성격도 겸하고 있음을 보여준다. 그렇기 때문에 스크리벤스키와의 연애도, 톰 또는 애나의 경우와 달리 처음부터 서로가 상대방을 자아확장과 자기확인의 수단으로 삼는 일종의 장난이자 싸움의 성격을 띤다(280-81면). 다만 어슐라는 그런 것으로써 인간의 본원적인 욕구가 채워질 수 없음을 마음 한구석에서 인식하고 다른 무엇을 요구할 만큼 건전한 데 비해, 스크리벤스키는 그러한 욕구의 정당성을 애초부터 부인하고 있다. 그에게는 자아와 세계가 이미 별개의 것이요 세계의 기존질서를 존중하는 가운데서 자아의 개인적 욕구를 한껏 채웠으면 하는 것이지, 새로운 차원의 인간관계와 역사창조는 생각조차 않고 있다.

그리하여 스크리벤스키는 어슐라는 계산에서 제쳐둔 채, 아무 말 없이 근무에 충실하고 참아야 할 것을 참아내며 자기 갈 길을 갔다. 그는 자신의 본질적 생명에 있어서는 죽은 상태였다. 그리고 죽은 자들 사이에서 다시 살아날 수가 없었다. 그의 영혼은 무덤 안에 누워 있었다. 그의 삶은 기성질서 안에 누워 있었다. 그에게도 오관(五官)이 있기는 했다. 그리고 그것을 만족시켜주어야 했다. 그것 말고는 그는 삶에 대한 저 위대하고 확립된 기존의 '관념'을 대표했고, 그 점에서 그는 아무도 뭐라고 못 할 중요한 존재였다.(304면)*

두 사람의 관계에서 어슐라가 오히려 공격적이고 가해자적인 역할을 하는 듯 보이는 것도 이러한 문맥에서 이해되어야 한다. 어슐라는 비록 아직 사태의 진상을 제대로 알아볼 만큼 성숙하지는 못했으나 오관의 만족과 기성관념에의 충성에 안주하기에는 너무나 건강하고 정직하기 때문에, 스크리벤스키의 존재에 대해 본능적으로 반발하고 온갖 타격을 가하는 것이다. 그리고 이렇게 반발하는 것이 그녀의 '일요일적 자아의 잔재'에 가까운 어떤 저력이며 그것은 또한 앞선 세대의 창조적 모험과 이어진다는 점을 상기할 때, 어슐라의 세대에 와서도 '자아와 세계의 갈등'이라는 공식은 여전히 부적합함을 확인할 수 있다.

그런데 스크리벤스키와의 관계가 진정한 창조적 삶의 차원에서 실패임이 제11장에서 이미 밝혀졌는데도 제15장에 가서 두 사람 관계가 새로 다루어지는 것은 무슨 까닭인가? 뒷부분으로 가면서 『무지개』의 구성이 좀 허술해진다는 리비스의 지적은 대체로 타당하지만,[20] 이 시점에서 스크리벤스키와의 연애로 되돌아온다는 사실 자체는 엄연한 극적 논리에 따른 진행이다. 우선 표면적으로, 제13장 및 제14장에서의 여러 경험을 통해

20 Leavis, *D. H. Lawrence: Novelist* 150면 참조.

이제 성숙한 여인이 되고 대학생이 된 어슐라가 남아프리카에서 몇해 만에 돌아온 스크리벤스키를 맞아 이번에는 육체적인 사랑까지 나누고 결혼 문제를 구체적으로 생각하게 되는 것은 극히 자연스러운 진전이다. 그러나 더 깊은 의미를 찾는다면, 『무지개』에서 어슐라의 모험은 기성사회와의 싸움이자 그 사회의 이념이기도 한 허위의식과의 싸움인데, 첫사랑의 상처와 이후의 여러 체험을 통해 어슐라는 한 독립된 인간으로서 단련되고 성장한 것에 못지않게 허위의식이 깊어지기도 했던 것이다. 진작에 끝나버린 스크리벤스키와의 관계를 다시 벌이는 데도 그러한 허위의식이 작용하고 있으며, 두 사람의 관계가 갈 데까지 감으로써만 그녀가 자신의 허위의식과 정면으로 대결할 기회가 주어진다.

돌아온 스크리벤스키를 처음 볼 때부터 어슐라의 태도는 진정한 사랑과는 거리가 멀다. 인도로 갈 작정이라는 그의 말을 듣고 어슐라는 그것 또한 구태의연한 자기도피임을 간파한다.

> 하지만 그의 결심이 무엇이든 간에 어슐라는 그를, 그의 육체를 사랑했다. 그는 어슐라에게서 무언가를 요구하고 있는 것 같았다. 그녀가 그에 대해 결정을 내려주기를 기다리고 있었다. 그러나 결정은 이미 오래전에, 그가 어슐라에게 처음 키스했을 때 내려진 것이었다. 비록 선과 악이 다할지라도 그는 그녀의 애인이었다. 비록 그녀의 마음과 영혼은 감금되고 침묵해야 할지라도 그녀의 의지는 결코 누그러지지 않았다.(411면)*

이런 대목을 두고 레이먼드 윌리엄즈는 로런스가 낭만주의 소설의 상투적 언어와 크게 다를 바 없는 표현으로 떨어진다고 불평했지만,[21] 이는 어슐라의 일견 낭만주의적인 결단을 로런스가 '허위의식'으로 제시하고 있음을 간과한 판단이다. "비록 선과 악이 다할지라도 그는 그녀의 애인이었다"라는 문장은 어슐라 자신의 어느 한구석의 절절한 갈망과 결심을 나타내고는 있으나, 그 참뜻은 작가가 뒤이어 말하는 대로 "비록 그녀의 마음과 영혼은 감금되고 침묵해야 할지라도 그녀의 의지는 결코 누그러지지 않았다"는, 낭만주의자가 예찬하는 '숙명적 사랑'과는 매우 다른 성질이다. 즉 어슐라는 그녀 삶의 밑바닥으로부터 우러나는 온몸의 내맡김에 해당하는 사랑으로 스크리벤스키를 맞아들이는 것이 아니라, 의지적 결단으로 '숙명적인 사랑'의 명분을 붙여가며 "그를, 그의 육체를" 선택하는 것이다.

이렇게 시작된 그들의 사랑은 그 나름의 만족과 자기확인을 가져다주기도 한다. 그러나 결국 "자기 자신에 대한 두려움 때문에 어슐라는 스크리벤스키와 결혼할 작정"(So out of fear of herself, Ursula was to marry Skrebensky. 441면)이라는 위기에까지 이른다. 하지만 끝내 그러한 결혼을 하기에는 어슐라가 너무 완강한 데가 있고, 그것은 앞서도 보았듯이 어떤 본질적인 튼튼함이기도 하다. 제15장에서 달밤의 극적인 장면(443-45면)을 계기로 두 사람의 관계가 드디어 파탄에 이르는데, 이 장면은 제11장의 비슷한 장면 이상으로 난해하다면 난해하고 어슐라가 그때보다 훨씬 끔찍하고 파괴적인 존재로 부각되기도 한다. 그러나 그 진정한 의미를 이해하는 독자는 여기서도 어슐라에 대한 공감을 완전히 거두지 않으며, 이 장면의 강렬한 예술적 효과를 인정하지 않을 수 없다.

---

21 Raymond Williams, *The English Novel from Dickens to Lawrence* (Oxford University Press 1970) 179면.

5. 무지개의 의미

1

어슐라가 자신의 허위의식과 정면으로 대결하고 그 극복의 실마리를 찾기까지는 한층 더 큰 시련을 거쳐야 한다. 거의 죽음과 정신이상의 경계에 다가갔던 그 시련을 이겨냄으로써만 소설 마지막에 떠오르는 무지개의 약속이 정당화될 수 있는 것이다. 리비스는 무지개가 상징하는 희망은 일시적인 감정이요 작품이 제기한 문제에 대한 해답일 수 없다고 주장하기도 하는데,[22] 어슐라의 마지막 시련이 어느 선까지, 그리고 어떤 의미에서 '해답'일 수 있을까를 살펴볼 필요가 있다.

스크리벤스키와 파혼하고 집에 돌아온 어슐라는 절망과 무감각의 상태에서 시간을 보내던 중, 어느날 갑자기 자기가 임신했다는 충격적인 느낌에 사로잡힌다. 뒤이어 어떤 새로운 깨달음 비슷한 것이 다가온다. 이제까지 자신의 욕구가 너무나 주제넘은 것이었고, 한 남자의 아내로서 자식을 낳아 기르고 그날그날을 충실하게 사는 것이야말로 자신에게 주어진 신성한 의무라는 것이다. 그리하여 그녀는 스크리벤스키에게 사죄의 편지를 쓰고 자신이 임신했음을 알리며 다시 받아주기를 간청한다.

> 이 편지를 어슐라는 한 문장 한 문장, 마치 그녀의 가장 깊고 진실한 마음으로부터 우러나듯이 썼다. 이제야, 이제서야, 자신의 가장 깊은 속에 다다랐다고 느꼈다. 이것이야말로 언제까지나 자신의 진짜 자아였다. 최후의 심판날 하느님 앞에도 이 편지를 들고 나설 것이었다.
>
> 순종하는 것 말고 여자에게 무엇이 있단 말인가? 여자의 육신은 아이

---

22 Leavis, *D. H. Lawrence: Novelist* 148-49면.

를 낳는 일 말고 어디에 쓰일 것이며, 자식들, 그리고 생명의 수여자인 남편을 위해서가 아니면 여자의 힘을 어디에 쓸 것인가? 마침내 그녀도 여자가 된 것이었다.(449-50면)*

그러나 이것이 곧 어슐라의 허위의식이 절정에 이른 상태임을 이제까지의 진행을 지켜본 독자는 쉽사리 짐작할 수 있다. 이 대목 자체에서도 "마치(as if) 그녀의 가장 깊고 진실한 마음으로부터 우러나듯이"라는 구절 등이 그 점을 명백히 해준다. 이때 스크리벤스키는 이미 딴 여자와 결혼하여 인도로 떠난 뒤지만, 어슐라가 스스로 '평화'라고 믿고자 하는 이 상태는 스크리벤스키로부터 거절의 회신이 오기 전에 결정적으로 깨지고 만다. 어느날 인근 숲속으로 산책을 나간 그녀는 실물인지 환각인지 모를 말떼에 쫓겨 간신히 도망해온 뒤 앓아눕는다. 그리고 투병의 과정에서 스크리벤스키와의 유대를 무의식 속에서도 떨쳐버리면서 회복의 길에 오르는 것이다.

여기서는 어슐라의 거짓평화를 깨뜨리는 계기를 준 말들의 비전에 대해 상세히 논할 겨를이 없다. 다만 그것이 결코 초자연적인 해결을 구하는 편법(deus ex machina)이나 신비주의적 발상이 아닌 것만은 강조할 필요가 있다. 이 장면의 묘사방법 역시 작품의 극적 논리에 충실한 것으로서, 어슐라의 다분히 비정상적인 의식상태를 자연주의적으로 모사하되 의식의 내용이 환각인지 사실인지를 작가가 밝히지 않은 것은, 이 경우에 그 사실 여부가 중요한 게 아니라 그녀의 의식 속에서 이런 뜻밖의 사건이 일어난다는 점이 중요하기 때문이다. 어슐라의 위기가 극도에 달해서 창조적 모험 자체를 포기하는 굴복의 일보직전에 달했을 때, 이제까지 그녀 자신의 온갖 노력과 그 노력을 뒷받침해온 누적된 역사가 결코 이 시점에서의 굴복을 허용할 수 없다는 작품의 기본논리가 그런 식으로 구체화되어 있는 것이다.

2

이러한 기본논리에 독자가 어느 정도 승복할지는 『무지개』가 그려낸 삶의 창조적 순간들이 과연 로런스가 말하는 *being*의 기준에서 창조적인가 하는 데 달려 있다. 즉 개개인의 특수성을 넘어선 삶 본연의 진실이면서, '형이상학적 본질'처럼 추상화되지 않고 구체적인 역사 속에 생동하는 사건이어야만 하는 것이다. 본장에서는 소설 『무지개』의 구조가 철두철미 역사적인 구조요 '다이아몬드냐 석탄이냐'를 묻지 않고 그 '탄소임'에만 주목한다는 작가의 의도가 리얼리즘 소설의 구체성과 역사적 전형성을 배제하지 않음을 밝힘으로써 그러한 본질적인 역사의 가능성을 제시해보았다. 어슐라 세대에 와서 작품의 초점을 이루는 허위의식 문제도, '근대화' 과정에 필연적으로 따르는 그 허위의식의 허위성이 어떤 특정한 '가치'에 위배되는 허위성이 아니라 삶 본연의 창조성에 대한 배반이요 *being* 자체의 실패이기 때문에 어슐라에 의한 그 부분적인 극복이나마 본질적 역사 속의 사건으로 기록될 수 있는 것이다.

만약에 이러한 해석이 성립하지 않는다면 '근대' 문제에 대한 『무지개』의 발언은 다분히 지엽적인 차원에 머물렀다고 말할 수밖에 없다. 『무지개』가 브랭귄 일가 3대에 걸친 연대기소설적 성격을 띠고 있고 제13장 '남자의 세계'(The Man's World) 같은 부분은 사실주의적 사회소설에도 방불하지만, 『무지개』를 그 자체로 하나의 연대기소설 또는 사회소설이라고 볼라치면 이 작품은 미흡하기 짝이 없다. 특히 뒷부분으로 갈수록, 레이먼드 윌리엄즈의 지적대로 "다른 사람들은 떨어져나가고"(Other people drop away)[23] 어슐라 한 사람만의 내면적 갈등에 치중하는 인상을 준다. 이 갈등이 어느 개인의 심경 문제가 아니고 역사의 본질적 성격을 좌우하는

*being*의 성패 문제일 때에만—예의 로런스의 편지 문구를 빌려서 어슐라가 무엇을 '느끼는가'의 문제가 아니고 그녀가 무엇'인가'의 문제일 때만—『무지개』는 '고독한 개인'을 다룬 또 하나의 현대소설로 전락할 운명을 면할 수 있다.

실제로 『무지개』는 그 사회소설적 충실성이 어떠하건 근대의 본질적 성격에 대한 탐구에 끝내 충실하기 때문에 여담처럼 얼핏 흘려주고 지나가는 이야기에도 현대사의 한 단면이 여실히 담기곤 한다. 예컨대 스크리벤스키라는 인물은 어슐라와의 관계가 끝장나는 순간 소설의 무대에서도 간단히 떨어져나가지만, 그에 대한 제15장 끝머리의 간결한 몇마디 논평은 결코 윌리엄즈가 말하듯 로런스가 『무지개』 뒷부분으로 가면서 점점 더 타인의 존재와 일상생활의 결을 무시했다는 증거가 아니고,[24] 오히려 진정한 리얼리스트다운 역사적·심리적 통찰을 담은 탁월한 대목으로 내세울 만하다. 즉 현대사회의 많은 '평범한' 사람들 및 그 '일상생활'이 인간 및 인간다운 본질과의 어떠한 관계에서 발생한 어떤 역사적 성격을 띤 것인가를, 이제 창조적 모험에서 탈락한 스크리벤스키에 대한 소묘를 통해 보여주고 있는 것이다.

> 드디어 마차가 와서 어슐라는 다른 동행들과 함께 떠났다. 그녀가 시야에서 사라지자 스크리벤스키는 큰 짐을 벗은 듯한 안도감을 느꼈다. 일종의 상쾌한 범속성이었다. 순식간에 모든 것이 말소되었고, 하루 종일 그는 어린애처럼 쾌활하고 사교적이었다. 인생이 이렇게 유쾌할 수 있는가 새삼 놀라웠다. 예전보다도 훨씬 좋았다. 그녀에게서 벗어나는

---

23 Raymond Williams, 앞의 책 178면.

24 같은 책 179면.

일이 이처럼 간단할 줄이야! 모든 것이 그처럼 정답고 단순하게 느껴질 수가 없었다. 자신은 무슨 거짓된 짓을 그녀에게 강요받아왔던 것인가?

그러나 밤이 되자 그는 감히 혼자 있을 수가 없었다. 한 방을 쓰던 친구도 떠나고 없는 가운데 어둠의 시간은 그에게 크나큰 고통이었다. 그는 고뇌와 공포 속에 유리창을 지켜보았다. 이 끔찍한 어둠이 언제나 그에게서 벗겨질 것인가? 온 신경을 곤두세운 채 그는 어둠을 견뎠다. 동틀 녘이 되어서야 겨우 잠이 들었다.(446면)*

힘겨운 모험의 도전이 제거된 데 대한 안도감과 편리한 자기합리화, 그에 따른 피상적인 행복과 어둠 속의 고독을 못 견디는 '실존적' 불안과 공포, 이 모든 것이 스크리벤스키의 사람됨에 적중한 인물묘사이자 *being*을 외면한 현대인의 한 전형을 보여준다. 특히 다음 구절에서 스크리벤스키의 모습은 현대인의 분주한 활동성과 경박한 낙관주의가 실은 그러한 *being*의 망각, 그 '거짓믿음'의 완전한 승리와 이에 따른 끊임없는 내면의 시달림에서 연유한 것임을 날카롭게 집어내고 있다.

낮에는 괜찮았다. 항상 그 순간의 일에 열중하며 목전의 사소한 일에 집착했고, 그것이 그에게는 풍성하고 만족스러웠다. 하는 일이 아무리 하찮고 무익한 것이라도 그는 전심전력을 쏟았고 정상적이고 흡족한 느낌을 느꼈다. 그는 항상 활동적이고 쾌활하고 명랑하며 매력적이고 진부했다. 다만 어둠이 그의 영혼에 도전해오는 침실 속의 어둠과 적막이 두려웠다. 그것만은, 어슐라 생각을 견딜 수 없듯이 그것만은 견딜 수가 없었다. 그에게는 영혼이 없었고 배경이 없었다. 어슐라에 대해서는 단 한번도 생각하지 않았고 한번도 무슨 기별을 보내지 않았다. 그녀야말로 어둠이요 도전이요 끔찍한 공포였다. 그는 목전의 일들에 집

중했다.(447면)*

스크리벤스키에 대한 이런 묘사가 니체가 말하는 '말인'(末人, der letzte Mensch)의 모습과도 합치하는 데서도 이 대목의 세계사적 전형성이 드러난다. 짜라투스트라는 말인을 일컬어 '가장 경멸스러운 존재'라고 하지만 그들 스스로는 '행복을 발명'했노라고 우쭐대는,[25] 새로운 인간(니체의 '초인'超人, Übermensch)의 탄생 직전에 온 지구를 뒤덮고 모든 것을 왜소하게 만든다는 그 말인이 결코 신화적 상징만이 아니고, 스크리벤스키처럼 창조적 모험의 도전을 회피함으로써 본질적 역사창조의 무대에서는 탈락했으나 바로 그런 연유로 실제 역사의 무대에서는 더없이 정력적인 활동을 벌이며 창궐하는 무수한 현대의 인간상임을 로런스는 보여주고 있다. 그리고 이러한 스크리벤스키의 세계에 예속되려는 결정까지 갔다가 가까스로 자신의 사명을 되찾은 어슐라이기에, 그녀가 병상의 창밖으로 지상의 추악한 현실을 목도하면서도 그 너머 솟아오른 무지개에서 인류 전체를 위한 갱생의 약속을 느끼는 것이 터무니없는 비약이 아닐 수 있는 것이다.

3

물론 이 무지개의 약속은 지극히 막연한 것이다. 한층 뜻있고 충만한 삶을 향한 선조 때부터의 욕구를 이어받은 어슐라가 현대사회의 심화된 위기상황에서 거의 치명적인 좌절을 딛고 재기하였다는 뜻에서, 다시 말해 적어도 근대적 허위의식의 절대성이라는 신화만은 깨졌다는 뜻에서 언젠가 인류 전체의 역사가 근대를 극복하고 크게 방향전환을 하리라는

25 Friedrich Nietzsche, *Also sprach Zarathustra*, 제1부 "Zarathustras Vorrede" 5절.

희망과 믿음이 가능해진 것이지, 당장 어슐라 한 사람의 장래만 해도 결코 순탄해지지 않았다. 어슐라의 사회경험을 통해 부각된 근대사회의 제반 문제가 해결된 것은 더구나 아니다. 그리고 작가가 제시한 무지개의 이미지가 바로 이런 제약성을 반영하고 있기도 하다.

일반적으로 무지개는 약속의 상징이자 어떤 완성의 상징이기도 하다. 이러한 일반적 의미를 로런스는 그때그때의 소설적 상황과 구체적인 용어 선택을 통해 새로이 발전시킨다. 예컨대 제3장의 끝에서 톰과 리디아의 결혼이 진정한 균형에 다다르자 그들 두 사람의 관계 자체가 일종의 무지개가 되고(91면) 서로가 상대방에게 새로운 삶의 문지방이 되며 무지개 아래의 완성과 평화의 공간 속에서 다음 세대가 자유롭게 자랄 수 있게 된다. 그에 비해 애나가 윌에게 '승리'함으로써 제6장 끝머리에 이룩된 가정의 안정과 평화는 좀 다르다. 애나는 이제 미지에의 모험을 일단 포기하고 성취된 부(富)를 누리는 여인이 된다. 그러나 그것이 그 나름으로는 진정한 부이기에 그녀 집의 "문들은 여전히 무지개의 아치 아래로 열려 있었고 그 문지방은 위대한 여행자인 해와 달의 지나감을 반영하고 있었으며 집안은 여행의 메아리로 가득했다."(182면)* 하지만 제1세대와 달리 그녀와 윌의 삶 자체가 무지개라고는 할 수 없으며, 다음 세대의 모험을 위한 하나의 출발점을 제공할 따름이다.

소설의 결말에 떠오르는 무지개는 어떻게 보면 애나의 무지개보다도 일상적 삶에서 더욱 멀어져 있다. 어슐라 자신이 무지개의 일부가 아님은 물론, 어슐라의 집 부근에 상주하는 어떤 상징으로서의 무지개도 없다. 여기서의 무지개는 문자 그대로 일시적 기상현상으로서의 무지개일 뿐이다. 어슐라의 희망과 신념이 얼마 안 가 다시 모진 시련을 겪게 마련이듯이, 잠시 후면 사라져버릴 날씨의 변화인 것이다. 그만큼 어슐라의 시대는 지난날의 안정된 삶으로부터 멀어졌고 어슐라의 희망도 아슬아슬해진 셈이다. 이런 위태로움은 어슐라가 다시 등장하는 후속작품 『연애하는 여인들』에서 더욱 본격적으로 그려진다. 그러나 어디선가 모르게 홀연히 나타났다가 덧없이 사라져버리는 이 무지개의 신비야말로 어슐라가 힘들여 얻은 깨우침의 성격에 가장 걸맞은 것이기도 하다. 막강한 세력과 견고무비한 외양을 뽐내는 현대사회의 부패한 질서 한가운데서, 바로 자기 주위에서 신비스럽게 오가면서 갱생의 그날이 이미 준비되어 있음을 어슐라의 무지개는 다짐해준다.

제2장

『연애하는 여인들』과 기술시대

1. 글머리에

앞장과 마찬가지로 이 장도 다소 복잡한 이력을 지녔다. 아니, 더 복잡한 이력이다. 박사논문의 주요 부분을 한국의 독자를 위해 훨씬 짧은 논문(「D. H. Lawrence의 *Women in Love* 연구」, 『인문논총』 제5집, 1980)으로 개작한 점이나 그것이 약간의 수정만 거친 채 한국영어영문학회 엮음 『20세기 영국소설연구』(영미어문학연구총서 12, 민음사 1981)에 '로렌스 文學과 技術時代의 문제'라는 제목으로 재수록된 것까지는 대동소이한 과정이었다. 그러나 10여년 뒤 일역 평론집[1]에 번역 소개될 때 일부 내용을 수정 보완함과 동시에 논문의 제1절 '서론: 서구문학연구와 제3세계론'을 통째로 덜어냈다. 이미 다른 일역 평론집에 그 서론만을 따로 수록한 바 있기도 했지만,[2]

---

1 『白樂晴評論選集II —D·H·ロレンス研究を中心にして』, 李純愛 編譯(東京: 同時代社 1993).

2 白樂晴評論集 『韓國民衆文學論』, 安宇植 編譯(東京: 三一書房 1982)에 수록된 「ヨ-ロッパ文學研

그사이 나의 생각에 상당한 변화가 있었기 때문이다. 그래서 2002년에 서울대학교 대학원 수업에서 로런스 관련 내 논문들을 수업자료로 사용할 때도 원래의 서론이 삭제된 수정본을 배포했다.

한국어로 『무지개』론을 발표하면서 '근대화' 문제에 주목한 것이 당시 정권이 주도하던 '조국근대화' 담론에 대항하려는 의도를 포함했듯이, 1980년에 집필한 『연애하는 여인들』론은 1970년대 이래 한국의 민족문학·민중운동 내부에서 싹트고 발전해온 제3세계적 시각을 반영하고자 했다. 그러나 『무지개』론의 근대 논의가 본서에서 '근대적응과 근대극복의 이중과제'라는 틀로 재정리된 것처럼 『연애하는 여인들』의 제3세계적 시각 역시 조정이 필요했고, 본서에서는 '개벽사상가 로런스'라는 맥락에 맞춰 다시 조명해보고자 한다.

'제3세계'라는 용어가 1990년대에 호소력이 줄어든 데는 '제2세계'라 불리던 소련·동구의 '현실사회주의권'이 몰락한 점이 크게 작용했다. 그러나 '제3세계'를 삼분된 세계 중 하나로 지칭하기보다 하나의 세계를 보는 민중 중심의 시각을 강조하는 입장에서는[3] 제2세계의 실종이 치명적인 변화는 아니었다. 실제로 제2세계를 뺀 채로 '제1세계 대 제3세계'(혹은 전지구적 북과 남)라는 구도가 국제적 담론에서 여전히 사용되기도 한다. 그렇더라도 '제3세계'를 특정 지역 위주로 생각하는 문제점을 피하기가 어려운데다 1980년 졸고 서론의 경우는 또다른 문제점을 안고 있었다.

究と第三世界論」.

3 "곧, 세계를 셋으로 갈라놓는 말이라기보다 오히려 하나로 묶어서 보는 데 그 참뜻이 있는 것이며, 하나로 묶어서 보되 제1세계 또는 제2세계의 강자와 부자의 입장에서 보지 말고 민중의 입장에서 보자는 것이다."(졸고 「제3세계와 민중문학」, 『창작과비평』 53호, 1979년 가을, 50면; 합본평론집 『민족문학과 세계문학 1/인간해방의 논리를 찾아서』, 창비 2011, 580~81면)

거기서 전개한 제3세계론은 마오 쩌둥(毛澤東)의 '3개세계론'—미국과 소련 양대 초강국을 제1세계로 보고 유럽, 일본 등 여타 선진자본주의 나라들을 제2세계로 설정하는 구도—에 가까웠는데, 소련의 몰락과 해체 이후 더는 지탱하기 힘든 가설이 되었다. 내가 한때 이 가설에 끌렸던 데는 로런스 등 '제3세계적 시각'에 친화성을 지닌 제1세계 작가들을 1세계와 3세계의 중간지대로 견인해오려는 욕망도 작용했던 것 같다. 하지만 이 자체가 제3세계를 지역이 아닌 시각의 문제로 이해하는 입장에 스스로 충실치 못했던 꼴이고(실제로 서론을 제외한 나머지 부분에서는 3개세계론과 무관하게 제3세계적 시각을 추구하고는 있었지만) 더 근본적으로는 제3세계적 시각의 구체적 내용에 대한 성찰이 충분치 못했던 탓이다.

세계인식의 부실함에도 불구하고 일찍부터 로런스와 관련해서 '기술시대'의 문제를 제기한 것은 지금도 중요하다고 자부하며 아직껏 흔한 예가 아닌 것으로 안다. 예컨대 공간된 연구서로는 최초로 『연애하는 여인들』 논의에 하이데거를 도입한 마이클 벨도 그의 기술론을 다루지는 않았다.[4] 하지만 기술공학이 인간의 삶을 온통 지배하는 시대를 어떻게 파악하고 어떻게 대응할지의 문제는 인공지능(AI)이 인간의 지능을 어떤 분야에서는 이미 뛰어넘었고 날로 더 발달해가는 오늘날 누구도 외면할 수 없는 문제가 되었다. 국내에서는 컴퓨터 바둑 프로그램이 세계 최고 수준

4 서장에 거론된 Michael Bell, *D. H. Lawrence: Language and Being* (Cambridge University Press 1992) 제4장 참조. 오히려 하이데거를 언급한 바 없는 F. R. 리비스가 후기로 갈수록 '기술공학적·벤섬적 문명'(technologico-Benthamite civilisation)을 논하면서 하이데거의 문제의식에 근접하는 것으로 보인다. 국내 저술로는 김종철 『大地의 상상력』(녹색평론사 2019)에 실린 「리비스의 비평과 공동체 이념」이 리비스 사상의 민중적이고 급진적인 면모를 부각시킨다.

의 고수들을 꺾음으로써 세인의 관심을 극적으로 끌게 되었지만, 요는 인간의 특별한 지위를 지능(곧 계산능력으로서의 합리성)에 두는 입장을 더는 견지할 수 없고 인간 고유의 전혀 다른 차원의 지혜(또는 사유능력)를 터득하고 연마할 필요가 절실해진 것이다.

로런스의 개벽사상가적 면모는 그가 1차대전으로 유럽문명이 결정적으로 파탄났다고 진단하면서도 뒤따를 '지혜의 시대'를 내다본 데서도 엿보인다. 이는 그가 어린이(초등학교 고학년 및 중학교 저학년)를 위한 역사교재 『유럽역사의 움직임들』에서 잠시 거론할 뿐 본격적으로 개진하지는 않은 개념이지만,[5] 앞서 '성령의 시대'를 주장한 데 이어 아메리카대륙에서 피어날 '진정한 민주주의' 시대에 관한 전망 등에서 지속적으로 탐구하는 주제이다. 파국 뒤의 새로운 시대 창조의 필요성은 『유럽역사의 움직임들』의 '후기'에서도 강조하는데, 다만 '지혜'의 개념을 부연하기보다 사람마다 자신 속에 지닌 '고귀한 자아'를 중시할 것과 그러한 고귀한 자아가 더 뛰어난 '자연적 고귀함'(natural nobility)을 지닌 인간들을 알아보고 그들을 따라야 함을 강조한다(*MEH* 265-66면). 나 자신은 그간 '지혜의 시대'라는 말이 제목에 들어간 글을 두번 썼는데,[6] 이른바 현실사회주의 붕

---

5 "황제들과 교황들의 지배가 있었다. 왕들, 참주들, 대공들에게 각자 자기 차례가 있었다. 이어서 상업이 세상에서 전면적인 권세를 누려왔다. 이제 마지막으로 남은 것은 지혜의 지배, 또는 순수한 이해의 지배인데, 우리는 아직껏 세상에서 만나본 바가 없지만 앞으로 만나야 할 시대이다."*(*Movements in European History*, ed. Philip Crumpton, Cambridge University Press 1989 〔이하 *MEH*〕 167면) 이 책은 1921년에 옥스포드대학출판부에서 초판이 나왔고, 1925년의 재판을 위해 쓴 저자의 '후기'(Epilogue)는 채택되지 않았다가 1972년에야 활자화되었다. 간행경위에 관해서는 케임브리지판 편자 해설 참조.

6 「지혜의 시대를 위하여」, 『창작과비평』 67호(1990년 봄), 『민족문학의 새 단계』, 창작과비평사 1990에 수록; 「다시 지혜의 시대를 위하여」, 『창작과비평』 111호(2001년 봄), 『한반도식 통일, 현재진행형』, 창비 2006에 수록.

괴 이후의 새로운 상황에 주목하면서 과학적 인식을 수렴하는 '지혜'의 개념을 제창하고자 했다. 로런스가 휘트먼론에서 제기하는 '진정한 민주주의'가 바로 이런 의미로 지혜로운 민중의 자치가 되어야 한다는 점은 본서 제10장에서 더 상세히 논할 예정이다.

본장은 초점을 하이데거의 '기술시대'에 두고 『연애하는 여인들』이 과연 그러한 시대인식을 핵심주제로 삼고 있는지, 있다면 그것이 작품의 서사와 얼마나 원만하게 결합되었는지를 따지는 데 두었다. 이는 소설에 대한 정당한 이해와 평가를 크게 좌우하는 문제이기도 하다. 그 답을 찾기 위해, 『무지개』의 경우에도 그랬듯이 작품을 일차적으로 그 서사적·극적 인과관계에 따라 읽고자 한다. 작중의 사건이 어떤 차원에서 벌어지는 이야기인가를 알지 못하면 사건의 인과관계나 인물의 심리를 납득하기 힘들어지는 게 당연하다.[7] 이처럼 종래의 리얼리즘보다 한층 심층적인 리얼리즘의 차원에서 작품의 구체적인 읽기를 시도한 것이 나의 학위논문 2, 3장이었는데, 한국어 논문으로 새로 정리하면서는 분량을 한정할 수밖에 없었고 그 점은 본장의 경우도 마찬가지다. 미진한 부분은 본서 제3장에서 일부 보완할 참이다. 반면에 작품의 형성경위 등 지금은 불필요한 설명이 꽤 들어가 있던 것은 대폭 깎아냈다. 이런 기계적인 손질을 떠나서도 '기술시대'에 대한 나의 성찰이 점차 '후천개벽'사상과 합류하게 된 변화도 있었기에 한층 적절하고 실감나는 논의로 다듬고자 노력한 것이

---

7 "나는 작중인물의 심리가 틀렸다고 생각하지 않습니다"(I don't think the psychology is wrong)라고 일찍이 로런스가 「결혼반지」 원고를 두고 에드워드 가넷에게 항변한 바 있지만, 『연애하는 여인들』의 초기 서평자 중에는 심지어 어슐라와 구드런의 인물을 분간하기 힘들다는 반응마저 있었다(1921년 7월 2일자 *Saturday Westminster Gazette*의 무기명 서평, R. P. Draper, ed., *D. H. Lawrence: The Critical Heritage*, Routledge and Kegan Paul 1970, 167면 "The two heroines, Ursula and Gudrun, are almost as indistinguishable in character and conversation as they are in their amours and their clothing.").

이 글이다.

1980년의 『인문논총』 게재본은 내가 교수직에 복귀한 뒤 처음으로 쓴 논문이다('서울의 봄' 덕에 복귀는 했지만 온전한 복직은 아니었고 파면처분 취소청구 소송이 대법원에 계류 중인 상태에서 특채 형태로 돌아갔다). 첫 학기를 어수선하게 보내던 중 5·17쿠데타가 일어났고 이튿날 아침에는 송기숙(宋基淑) 교수로부터 광주에서 차마 눈 뜨고 볼 수 없는 참상이 벌어지고 있다는 다급한 전화를 두어번 받다가 그나마 통신이 두절되었다. 이미 1차 검거대상자들이 다 잡혀간 뒤였지만 주위에서는 그때라도 피신을 권하는 사람이 있었고, 정권의 고위직에 있으면서도 자택에 나를 숨겨주겠다고 제안한 지금은 고인이 된 고마운 분도 있었다. 하지만 나는 집에 남아 논문작업을 계속했다. 심란함을 달래는 내 나름의 방식이었던 셈이다. 계엄사 합동수사본부에 2차 대상자로 연행되던 당일도 서재에서 글을 쓰다가 '임의동행' 형식으로 잡혀가 남산의 중앙정보부 지하실에서 열흘쯤 보낸 뒤 귀가했다.[8] 집에 돌아오니 쓰다 만 원고가 마치 '네가 할 수 있는 일이나 잘해라'라는 듯이 책상 위에 그대로 펼쳐져 있었다.

2. '산업계 거물'과 기술의 본질

1

『연애하는 여인들』(1920)은 흔히 『무지개』(1915)의 속편이라 일컬어진

8 이때 구속은 물론 해직도 면한 경위는 창비 30주년 당시의 대담에서 밝힌 바 있다(백낙청·고은명 「언 땅에 틔운 푸른 싹」, 『백낙청회화록』 제3권, 창비 2007, 385~86면).

다. 원래 『자매들』(*The Sisters*)이라는 단일 작품으로 시작해서 「결혼반지」로 발전하던 중에 두 편의 소설로 분리된 것이기도 하려니와,[9] 『무지개』의 마지막 세대 주인공 어슐라가 『연애하는 여인들』의 주요인물의 하나로 재등장하고 또 하나의 여주인공은 (먼저 소설에서는 단역에 지나지 않았던) 그녀의 바로 아래 동생 구드런이다. 작중사건도 『무지개』가 끝나는 무대인 광산마을 벨도버에서 시작되며 시기 또한 몇년 후로 추정된다.

그러나 두 작품의 형식과 분위기는 단순한 '속편'이라기에는 꽤나 다르다. 형식 면에서 『무지개』가 일종의 연대기소설이자 후반부로 갈수록 한 젊은 여인의 성장과 성숙에 초점이 맞춰지는 데 비해, 『연애하는 여인들』은 두 쌍의 남녀를 중심으로 비교적 짧은 기간 내의 이야기를 다루면서도, 그 31개 장이 일종의 연작 중·단편 같은 압축된 짜임새를 지니며 당대 영국사회의 여러 국면을 『무지개』보다 훨씬 폭넓고 대담하게 다루고 있다.

다만 작중의 시기가 『무지개』 종료 몇년 후로 추정된다고 했지만 『무지개』와 달리 연대를 특정할 수 없게 해놓았다. 이에 대해 작가는 미국판 초판 머리말에서 『연애하는 여인들』이 1차대전의 소용돌이 한가운데서 완성되었지만 전쟁 자체를 다루지는 않는다면서, "나는 시기가 특정되지 않음으로써 작중인물들에서 전쟁의 쓰라림이 당연한 전제로 받아들여질 수 있기를 바란다"(I should wish the time to remain unfixed, so that the bitterness of the war may be taken for granted in the characters)라고 덧붙였다(Appendix I: Foreword to *Women in Love*, *WL* 485면). 그런데 전쟁시기임을 명시하지 않음으로써 작중인물 묘사에서 전쟁의 쓴맛을 그 당연한 일부로 여겨지게 하려 했다는 것은 좀 묘한 말이다. 비록 전시상황을 구체적으로 다루지 않더라

9 자세한 경위는 케임브리지판 *The Rainbow*, ed. Mark Kinkead-Weekes (1989, 이하 *R*) 및 *Women in Love*, ed. D. Farmer, L. Vasey and J. Worthen (1987, 이하 *WL*)의 편자 서문들 참조.

도 시대배경이 전쟁임을 어떤 식으로든 밝히는 것이 작가의 의도에 더 맞지 않았을까? 만약에 전쟁기라는 시대적 특성을 재현하는 일이 목표였다면 그런 방법이 더 방불했을 것이다. 로런스의 말은 오히려, 전쟁기의 쓰라린 경험을 통해 작가가 느낀 바가 투영된 인물들의 특수성 내지 과격성이야말로 '기술시대'라고도 부름직한 시대적 진실을 정확하게 포착한다는 주장으로 읽을 여지를 남기는 듯하다.

『무지개』가 산업화 과정에 대한 포괄적인 서술이 아니듯이 『연애하는 여인들』 또한 산업사회 또는 기술시대의 제반 현상에 대한 전면적인 검토를 꾀하지 않는다. 이 소설은 제목 그대로 연애하는 여인들의 이야기로, 두 여주인공과 그 상대역인 두 남자를 포함한 네 사람의 상호관계가 초점이다. 중요한 것은 여기서도 로런스가 현대문명의 큰 흐름을 인간됨의 바탕 내지 참뜻—그가 *being*이라 일컫기도 하는 차원—과의 연관에서 살피고 있다는 점이다. 물론 기술시대에 대한 진단에서 기술문명의 과학기술적 측면과 정치적·경제적·사회적 여러 측면에 대한 고찰을 빼놓고서는 충분한 검토가 이루어졌달 수 없다. 그러나 『무지개』와 관련해서도 지적했듯이, 대부분의 학문적 토의나 심지어 예술작품조차 기술문명에 대한 이런저런 지식을 제공할 뿐 과학과 기술의 본질에 대한 물음을 제기하지 못하고 있다. 이 말은 곧 '기술의 본질'[10]이라는 것이 기술 그 자체가 아니요 모든 기술적 장치·작용의 총화와도 구별되는 그 무엇이라는 하이데거의 주장과 통한다.

---

10 하이데거의 원어는 *das Wesen der Technik*인데 영어의 *technology*가 근대적 과학기술 내지 기술공학이라는 뜻이 강한 데 비해 독일어 die Technik는 근대 이전의 기술도 아울러 포괄하는 단어다. '본질'이라고 하면 흔히 '본질주의'와 함께 비판받기 쉬운데, 서장 각주19의 인용문에도 드러나듯이 하이데거의 *das Wesen*은 형이상학적 본질(essentia)과 전혀 다른 개념이다. 경우에 따라 '참뜻'이 더 적절한 번역일지 모른다.

> 왜냐하면 기술의 본질은 결코 인간적인 어떤 것이 아니기 때문이다. 기술의 본질은 무엇보다도 기술적인 어떤 것이 아니다. 기술의 본질은 처음부터, 그리고 다른 무엇보다도 먼저 사유하게끔 하는 그 무엇에 자리하고 있다. 그러므로 적어도 당분간은, 기술에 관해서 덜 이야기하고 덜 쓰고 오히려 그보다 더 자주 그것의 본질을 좇아가면서 성찰해봄으로써 우선 우리가 기술의 본질로 향한 길을 찾아내는 편이 나을 듯하다. 기술의 본질은 우리가 좀처럼 상상하지 못하는 방식으로 우리들의 현존재(Dasein)를 철저히 지배하고 있다.[11*]

바로 이런 한층 긴요한 작업에 로런스의 『연애하는 여인들』이 종사하고 있다는 것이 본장의 전제이다.

과연 그런지를 검증하기 위해서는 또 하나의 전제가 필요하다. 『무지개』와 마찬가지로 『연애하는 여인들』도 기본적으로 '리얼리즘'에 충실한 소설로 읽어야 한다는 것이다. 곧, 딱히 사실주의적이 아니더라도—

---

11 마르틴 하이데거 『사유란 무엇인가』, 권순홍 옮김, 길 2005, 135면(인용자가 번역을 일부 손질했음). 원문은 Martin Heidegger, *Was Heißt Denken?* (Tübingen: Max Niemeyer 1954) 53면. 비슷한 발언이 그의 강연 「기술에 대한 물음」(Die Frage nach der Technik)에도 나온다. "이렇듯 기술의 본질도 결코 기술적인 어떤 것이 아니다. 우리가 기술적인 것만을 생각하고 그것을 가동하는 데에만 급급하고 그것을 받아들이거나 회피하는 한, 기술의 본질에 대한 우리의 관계를 결코 경험할 수 없는 것도 그 때문이다. 우리가 기술을 열정적으로 긍정하건 부정하건 관계없이 우리는 어디서나 부자유스럽게 기술에 붙들려 있는 셈이다. 그러나 최악의 경우는 기술을 중립적인 것으로 고찰할 때이며, 이 경우 우리는 무방비 상태로 기술에 내맡겨진다. 왜냐하면 오늘날 사람들이 특히 옳다고 신봉하는 이 사고방식은 우리를 기술의 본질에 대해 전적으로 맹목적이게 하기 때문이다."*(마르틴 하이데거 『강연과 논문』, 이기상 외 옮김, 이학사 2008, 10면, 번역은 인용자가 일부 수정. 원문은 M. Heidegger, *Vorträge und Aufsätze*, Günther Neske Pfullingen 1954, 13면)

실제로 『연애하는 여인들』은 앞서 언급한 시대배경의 불특정성을 빼고는 사실주의적 기율에 매우 충실한 소설이지만 — 이 작품에 그려진 인물과 사회상, 작중에 제기되는 사고와 감정이 모두 "현실에 대한 정당한 인식과 정당한 실천적 관심"[12]의 소산이며, 다만 로런스가 '현실'을 그가 말하는 *being*의 차원에서 사유하려 하기 때문에 그의 사유를 따라가지 못하면 리얼리즘 서사로부터의 일탈로 오해하기 십상이라는 것이다.

작중의 사건들이 '순수한 심미적 가치'의 구현을 위해 있을 뿐 독자들이 경험하는 현실의 사회, 현실의 역사와는 무관하다는 주장은 로런스 문학과 관련해 점점 드물어진 형국이지만, 아무튼 그런 주장을 따를 경우 『연애하는 여인들』을 읽으면서 '기술의 본질'이니 '기술시대의 성격'을 논하는 일은 당연히 무의미해진다. 순수한 심미적 접근법이란 로런스 자신의 소설관과 너무나 다를뿐더러 실은 그 자체가 기술적인 사고방식의 소산이다.[13] 따라서 기술의 본바탕에 대한 물음과 양립하지 않을 것은 자명한 일이다.

'심미적 가치'의 생산에 머물지 않고 하나의 알레고리〔諷喩〕로서 현실에 대해 발언하는 소설도 있다. 그러나 이것 역시 기술의 본뜻을 묻는 데는 적합지 못한 형식이다. 현상을 초월한 관념적·정신적 '본질'이라면 현상세계의 재료를 동원하여 우의적·풍유적으로 그것을 제시하는 길밖에 없겠지만, 로런스는 역사와 물질적 현존 속에서만 이룩되는 본뜻을 찾고 있기 때문에 그것이 현실세계에서 실제로 일어나는 것으로 제시될 때 비로소 작품으로서 호소력을 지니는 것이다.

---

12 졸고 「리얼리즘에 관하여」, 『민족문학과 세계문학 2』, 창작과비평사 1985, 356면.

13 졸고 「예술의 민주화와 인간회복의 길」, 『민족문학과 세계문학 1』, 창작과비평사 1978, 296~97면; 『민족문학과 세계문학 1/인간해방의 논리를 찾아서』 352~54면 참조.

실제로 『연애하는 여인들』은 20세기 서구문학의 걸작으로서는 유례가 드물 만큼 사실주의 소설의 요건을 많이 갖추고 있다. 20세기의 대가들 가운데 유독 토마스 만 소설의 시간구조가 현실의 '정상적'인 시간, 사회적·역사적 통일체로서의 시간을 존중한다는 점을 루카치는 높이 평가한 바 있는데,[14] 『연애하는 여인들』의 시간구조야말로 더욱 전통적이고 '정상적'이다. 아니, 자연주의적 묘사의 충실함이나 고전적인 '전지적 저자'(omniscient author)의 당당한 어조에 있어서는 똘스또이를 연상시킬 정도다. 다만 무대의 폭이나 등장인물의 수효가 훨씬 제한되어 있고, 똘스또이가 한 시대의 파노라마를 포괄하는 데 비해 로런스는 일련의 극적 에피소드를 통해 '본질적인 사건'의 포착에 주력하고 있다. 그런 점에서 『안나 까레니나』가 대서사시(epos)적이라면 『연애하는 여인들』은 드라마적인 성격이 짙다.

어쨌든 『연애하는 여인들』에는 동시대 모더니즘 작품들에서 흔히 보이는 난해성은 없다. 즉 리얼리즘의 기본규칙을 무시하고 다수 독자의 공감을 의식적으로 외면하는 실험을 수행함으로써 난해해지지는 않는다는 것이다. 다만 그 탐구하는 바가 이제까지의 리얼리즘을 지배해온 일정한 인간관—인간됨의 참바탕을 묻지 않는 온갖 종류의 인간관—을 넘어설 것을 요구하기 때문에, 독자 자신도 그러한 차원에서 묻고 생각하지 않으면 이 소설을 어떻게 읽어야 좋을지 제대로 '감이 잡히지' 않을 따름이다.

비록 근년에 로런스 연구가 학계의 시류에서 멀어진 편이라 해도 어쨌든 그 축적이 방대한 영국·미국 등 영문학의 본고장에서조차 그의 작품세계—특히 곧잘 그의 최대 걸작으로 지목되는 『연애하는 여인들』—

---

14 G. Lukács, "The Tragedy of Modern Art," *Essays on Thomas Mann*, tr. S. Mitchell (Merlin Press 1964) 82~84면 참조.

에 대해 작품의 서사를 일관되게 읽어내는 해석이 별로 많지 않은 것도 그 때문이다. 개인적 차원이나 미학적 차원을 넘어서 결국은 본질적으로 새로운 역사가 요구하는 인간됨을 생각하는 차원에서만 그것이 지난날 리얼리즘 대가들의 전통을 이어받으면서 독창적인 새 경지를 개척한 예술적 성취임을 알아볼 수 있다. 이는 그 무슨 '철학적' 해석을 덧붙이는 일과도 거리가 멀다. 따라서 스스로 '반철학자'(anti-philosopher)[15]임을 자처하는 리비스 같은 평론가가 이제까지 가장 탁월한 로런스 비평을 써온 것도 우연이 아닌데, 전통적인 서양철학 자체가 극복되어야 한다는 역사의 요구를 로런스의 작품세계가 담고 있기 때문이다. 또 바로 그런 까닭에 로런스 자신이 소설 이외의 산문을 통해서도 거듭 강조하듯이 플라톤 이래의 서양철학 전체에 대한 사려깊은 성찰이 필요한 것이며, 서양철학의 역사와 더불어 그 위력을 더해온 끝에 이제 전지구를 휩쓸기에 이른 과학기술의 본질에 대한 물음이 요구되는 것이다.[16] 우리가 '기술의 본질'에 대한 하이데거의 발언을 원용하는 것도 이러한 문제의식의 표현이며 결코 또 하나의 철학적 학설을 개입시키려는 것이 아니다.

---

15 F. R. Leavis, *Thought, Words and Creativity: Art and Thought in D. H. Lawrence* (Chatto and Windus 1976) 34면. 그의 주된 로런스비평 업적은 두루 알려져 있다시피 이보다 앞서 나온 *D. H. Lawrence: Novelist* (1955)이다.

16 리비스 자신도 초기에 이론주의에 반대하는 문학평론가의 소신을 피력하는 데 그치는 편이었지만 점차 기존의 철학적 사고방식을 넘어서는 사변적 작업에 힘을 쏟게 되며 아울러 이를 '기술공학적·벤섬적 문명'의 극복시도와 연결시킨다(각주15의 저서 외에도 *Nor Shall My Sword* (1972), *The Living Principle* (1975) 등 말년의 저서 및 유고집 *Valuation in Criticism and Other Essays* (1986)에 실린 표제논문과 "Thought, meaning and sensibility: the problem of value judgment" 등 참조).

2

'기술의 본질'이라거나 '기술시대' 또는 '기술문명'은 로런스 자신의 용어는 아니다. 그는 주로 '산업주의'(industrialism)를 거론했고 그 '기계적 성격'(mechanicalness)을 비판했다. 이 점에서 그는 산업혁명 이래 영국의 많은 문인들이 제기해온 사회비평·문명비평의 전통에 굳건히 서 있는 셈이다. 「노팅엄과 광산지대」(Nottingham and the Mining Countryside) 같은 에쎄이는 그런 전통에서도 예지와 열정으로 빛나는 글이며, 만년의 소설 『채털리부인의 연인』 또한 이 전통에서 크게 벗어나지 않는 작품이라 하겠다.

그러나 「노팅엄과 광산지대」에서도 드러나듯이 로런스의 비평은 영국의 완전한 산업화를 기정사실로 받아들이고 있다는 점에서 지난날 낭만적 반자본주의자들의 문명비평과는 성격을 달리한다. 산업사회의 '기계성'을 플라톤 시대로까지 거슬러올라가 생각하는 그의 다른 여러 글도 러스킨(John Ruskin) 또는 모리스(William Morris)의 사고와 다른 차원에 도달해 있다. 따라서 『연애하는 여인들』 같은 소설을 두고서는 그것이 산업화를 '긍정'하느냐 '부정'하느냐, 현대 산업사회에 대해 어떤 '대안'을 제시하느냐는 식의 질문이 무의미해진다. 기성문명의 일부로 진행되어온 일체의 '진단'과 '대안'을 포함한 모든 기존생활의 질서가 무너진다고 할 때 다음 시대의 창조적 삶이 어디서 그 실마리를 찾을지를—서장에서 인용한 '다음에는 무엇이?'를—묻는 것이 작품의 초점이기 때문이다.

여기서는 『연애하는 여인들』에 대한 세밀한 분석을 꾀하기보다 논지를 다소 일방적으로 펼쳐나갈까 하는데,[17] 전개의 편의상 소설의 제17장 '산업계의 거물'(The Industrial Magnate)을 우선 살펴보기로 한다.

---

17 비교적 상세한 분석과 검증은 나의 학위논문 제3장에서 시도한 바 있다.

여기서 산업계의 거물로 지칭된 인물은 이 지역 큰 탄광의 소유주이며 소설의 두 남주인공 가운데 하나인 제럴드 크라이치(Gerald Crich)다. 그의 친구 버킨이 어슐라와의 사랑을 결혼으로 성사시켜 함께 새로운 삶을 찾아나서는 데 반해, 제럴드는 사업에도 성공하고 구드런을 애인으로 만드는 데도 성공하지만 끝내는 창조적 삶의 길을 찾지 못하고 알프스의 눈 속에서 허무한 죽음을 맞는다. 이러한 제럴드가 제16장 '남자 대 남자'(Man to Man)에서 버킨으로부터 '영원한 우정'의 제의를 받고 응낙하지 않은 상태에서, 그리고 구드런과의 관계도 아직 애매한데다 아버지 토마스 크라이치의 다가오는 죽음으로 정신적 긴장이 고조되어 있는 시점에서, 저자는 갑자기 '산업계의 거물'이라는 장을 통해 크라이치 탄광의 역사를 소개하며 제럴드의 사업방식을 정면으로 분석한다. 작가의 자신만만하고 다분히 직절적인 어조에서 독자는 크라이치 탄광의 역사가 곧 근대 실업계의 약사(略史)임을 감지하게 되며, 제럴드의 생애는 곧 모든 성공적인 자본가의 전형적인 진로임을 느낄 수 있다.

애초 이 탄광은 주인이 유족하게 살고 광부들도 임금을 제대로 받는 가운데 국부(國富)에도 보탬이 되는 것으로써 족했다. 제2세대에 해당하는 토마스 크라이치의 경우에는 선대 이래 충분히 돈을 모은 뒤라 노동자들의 복지를 주로 생각했다. 임금을 올리고 작업환경을 개선해주는 등 오로지 기독교적 사랑의 정신으로 광산을 운영코자 했다. 광부들도 처음에는 대단히 만족했다. 그러나 다음 단계에 제기된 문제는, 다 같은 하느님의 자식인데 어째서 주인들은 비교가 안 될 정도로 더 잘사느냐는 것이었다. 제럴드 아버지의 기독교에 입각해서는 답할 말이 없었다. 마침내 광부들의 파업과 폭동이 일어나고 업주들이 연합해서 광산폐쇄를 결의하자 사장 토마스도 결국은 업주들 편에 서지 않을 수 없었다. 그에게는 더할 수 없는 정신적 타격이었다. 파업은 실패하고 광부들은 일자리로 돌아왔지만 사태는 옛날로 되돌아갈 수 없었다. 그러나 토마스 크라이치는 자기가 지키지 못한 계명이기에 더욱 '사랑'에 집착했고 아내와의 일생도 이런 자기기만 속에서 살아왔다.

제럴드는 이러한 아버지와 그의 '사랑', 광부들이 외쳐대는 '평등', 이 모든 것에 반발하며 자랐다. 세상물정을 익히면서 그는 사장의 지위와 권위가 현실에서 없어서는 안 될 것임을 깨달았고 그리스도인의 사랑과 자기희생 운운하며 빈말을 할 일이 아니라고 결론지었다. 지위와 권위는 기능상 필요한 것이고 따라서 정당한 것이었다.

> 그것 자체가 전부라거나 궁극적이라는 게 아니었다. 그것은 말하자면 기계의 일부가 되는 것과 같았다. 그 자신은 통제하는 중심 부분이 된 것이고 수많은 광부들은 각기 나름대로 통제당하는 부분인 것이었다. 되다보니 그리된 것이었다. 차라리 수레바퀴의 중심축이 바깥의 수레바퀴 100개를 돌린다거나, 아니면 전체 우주가 태양을 중심으로 돈다고 흥분할 일이었다.(*WL* 227면)*

이러한 인식은 그것대로의 타당성을 부인할 수 없다. 그런데 여기서 제럴드는 관련된 모든 사실과 그 근원까지를 사려깊게 살핌이 없이 "결론으로 비약했다"(jumped to a conclusion)고 작가는 말한다.

> 그는 민주주의·평등의 문제 전체를 어리석은 짓거리의 문제로 내팽개쳤다. 중요한 것은 거대한 사회적 생산기계였다. 그것이 완벽하게 움직이기만 하면 되었다. 그것이 모든 것을 모자람 없이 생산해내고 사람마다 자신의 기능상의 지위나 크기에 따라 합리적인 몫을 분배받으면 되었다. 그러고 나서 일단 저 먹을 것을 받은 뒤에는, 악마가 멋대로 뛰어

들어도 좋았다. 남의 일에 간섭하지 않는 한 사람마다 자기 취미와 욕망을 돌보면 되는 것이었다.(같은 면)*

여기서 제럴드의 입장이 흔히 우리가 말하는 전체주의자의 억압적인 이념과는 다름에 주목할 필요가 있다. 중요한 것은 '거대한 사회적 생산기계'라는 전체지만 거기서 저 먹을 것을 얻은 다음에 개인으로서 무엇을 하느냐는 문제는 밀(J. S. Mill)의 자유론의 원칙을 그대로 따르는 전형적인 영국식 자유주의자가 제럴드인 것이다.(단지 그가 구시대의 자유주의자가 아니고 사회화된 자본주의, 곧 독점자본주의 시대의 자유주의자라는 사실이 그의 현재성을 더해줄 뿐이다.) 로런스의 비판이 그 어떤 '독재체제'만을 겨냥하는 차원이 아님을 알 수 있다.

아버지의 대를 이어 탄광을 경영하는 제럴드의 태도와 업적을 작가는 이런 말로 기술한다.

그는 회사를 본 순간 즉시, 자신이 무엇을 할 수 있을지를 알았다. 그는 물질과의 싸움, 대지와 그것이 감싸고 있는 석탄과의 싸움을 싸워야 하는 것이었다. 지하의 무생물과 맞부딪쳐 그것을 자신의 의지로 환원시키는 일, 이것이 유일한 개념이었다. 그리고 물질과의 이러한 싸움을 위해서는 완벽하게 조직된 완벽한 도구들—그 작용에 있어 더없이 정교하고 조화로워서 단 한 사람의 정신을 대표하며 주어진 동작의 가차없는 반복을 통해 하나의 목적을 불가항력적·비인간적으로 달성할 그러한 메커니즘이 있어야 했다. 제럴드를 거의 종교적인 황홀감으로 드높여준 것은 그가 구축하고자 하는 메커니즘의 이런 비인간적 원리였다. 인간인 그가, 자신과 자신이 제압해야 하는 물질 사이에 완전하고 불변하며 신(神)과도 같은 매개물을 끼워넣을 수 있는 것이었다.

> 그의 의지와 이에 저항하는 대지의 물질이라는 양극이 있다. 그리고 이 둘 사이에 그는 자신의 의지의 표현 그 자체를 정립할 수 있는 것이었다. 그것은 자기 힘의 화신이요 거대하고 완벽한 기계이며 하나의 체제, 순수한 질서의 활동, 순수한 기계적 반복이었다. 무한대의 반복, 따라서 영원하고 무한한 것이었다. 그는 수레바퀴의 회전처럼 하나의 순수하고 복잡하며 무한히 반복되는 운동과의 완벽한 합치라는 순수한 기계원리에서 자신의 영원과 무한을 발견했다. 수레바퀴와 같은 회전은 그러나 생산적인 회전이었다. 마치 우주의 회전을 생산적인 회전이라 부를 수 있듯이 영원을 통한 무한대로의 생산적인 반복이었다. 그리고 이 무한대로의 생산적 반복, 이것이 신적(神的) 운동이었다. 그리고 제럴드는 기계의 신—문자 그대로 기계에서 나온 신(Deus ex Machina)이었다. 그리고 인간의 생산의지 전체가 곧 신이었다.(227-28면, 원저자 강조)*

여기서 작가의 말투는 분명코 한 개인의 심리묘사나 한 회사의 내력 이상의 거대하고 의미심장한 사건을 암시하고 있다. 실제로 제럴드가 아버지 세대의 인도주의를 넘어서서 도달한 사업원칙은 모든 성공적인 현대기업의 경영원칙에 다름아니며, 거기에는 그 나름의 역사적 사명감과 일종의 종교적 황홀감마저 작용하고 있음을 이 대목은 보여준다.

물론 이 대목만을 갖고서 작가가 제럴드라는 인물을 통해 '기술의 본질'이 현대생활의 구석구석을 지배하게 되는 기술시대의 역사를 제시했다고 말한다면 비약이겠다. 기술시대의 역사를 로런스가 얼마나 깊이 생각하고 있는지는 작품 전체를 두고 조심스럽게 검증해야 할 일이다. 그러나 제럴드의 '무한대로의 생산적 반복'은 가장 단순한 동력기에서 최신식 컴퓨터에 이르는 모든 기계의 기본원칙이자 자연과학과 현대기술에 의거한 모든 생산활동의 본질적 속성임이 사실이다. "인간의 의지가 순탄하고 거침없이 작동하는 거대하고 완벽한 체제"(a great and perfect system in which the will of man ran smooth and unthwarted, 228면)를 전지구에 확대하겠다는 제럴드의 야심도 한 개인의 야망이나 사업욕이라는 심리적 차원을 넘어서서 존재론적 원리로서의 '의지'(will)와 자본의 '전지구화' 논리를 동시에 예시하고 있다.

서양의 근대 형이상학이 라이프니쯔에서 칸트, 피히테, 헤겔, 셸링을 거쳐 니체로 내려오면서 존재의 가장 근원적인 모습으로 '의지'를 설정하게 되는 현상을 하이데거는 기술시대의 전개에 따른 하나의 존재사적 운명으로 파악하고 있다.[18] 이런 문맥에서 보면 흔히 '권력의지'로 번역되는 니체의 '힘에의 의지'(Wille zur Macht)도 결코 심리적 차원의 권력욕이나 자기주장이 아니다. 다만 그것을 하나의 존재론적 원리로 드러나게 만든 역사의 참뜻을 망각할 때 제럴드의 자기도취와 자기소외, 그리고 나찌즘이 보여준 더욱 야만적인 파괴의 원칙이 되는 것이다. '동일자(同一者)의 영원회귀(永遠回歸)'(die ewige Wiederkehr des Gleichen)라는 것도 비과학적인 순환사관의 부활이라든가 무조건 '인생을 긍정한다'는 식의 객기로 보아서는 안 된다. 앞면의 인용문에서 실감할 수 있듯이 '의지'의 대상으로 성립하는 세계는 '순수한 기계적 반복' 곧 '동일한 것의 끝없는 되돌아옴'을 통해 이룩되고 펼쳐지는 세계이다. 그러므로 하이데거는 「니체의 짜라투스트라는 누구인가?」라는 글의 덧글('Anmerkung über die ewige Wiederkehr des Gleichen')에서 다음과 같이 반문하고 있다. "근대적 동력기의 본질이 '동일자의 영원회귀'의 하나의 전개양상이 아니고 무엇이란 말인가?"(Was ist das Wesen der modernen Kraftmachine anders als *eine* Ausformung der ewigen Wiederkehr des Gleichen?)[19]

---

18 예컨대 『강연과 논문』 106~107면; *Vorträge und Aufsätze* 35-36면.

물론 제럴드라는 한 인간으로서는 그의 온갖 개인적 사연과 특징이 작용하여 이러한 사업을 추구하게 된다. 그리고 여기서 맛보는 성취감과 만족감이 그를 끝까지 채워주지 못하고 오히려 그의 자기소외를 심화시키는 데도 그 나름의 개인적 사정들이 작용하고 있다. 그러나 이 또한 제럴드 개인만의 운명이 아니라 기술을 통한 지구정복 그 자체를 인생의 목표로 설정한 현대인이 공통으로 경험하는 일일 것이다.

제럴드의 사업은 하나의 거대한 시대적 운명을 대표하는 것이기에 대부분의 비판이나 반대가 설득력을 잃는다. 우선 토마스 크라이치류의 인도주의와 기독교적 '사랑'의 논리가 그렇다. 광부들을 먹여살리기 위해서도 무조건의 평등을 받아들일 수 없다는 결정은 토마스 크라이치 자신이 이미 내렸던 것이며, 제럴드는 이를 더욱 정직하게 실현해서 더욱 많은 석탄을 생산하고 더욱 많은 빵을 더욱 많은 광부들에게 공급해주는 일을 해낸 것이다.

더 중요한 것은 토마스 크라이치의 자기기만적인 이웃사랑에 결코 속지 않고 평등을 외쳐대던 노동자들 자신이 제럴드의 원칙에는 부지중에 승복하는 형국이 되었다는 점이다. 제럴드는 그들의 주장을 꺾었다기보다 어떤 의미에서 그들을 앞질러버렸던 것이다.

> 광부들은 뒤처지고 말았다. 그들이 아직도 인간의 신성한 평등과 씨름하고 있는 사이에 제럴드는 그들을 추월해서 그들의 주장을 본질적으로 인정한 다음, 인간의 자격으로 인류 전체의 의지를 실현하는 일로 나아갔다. 인간의 의지를 완벽하게 성취하는 유일한 길은 완벽한 비인

19 『강연과 논문』 159면; "Wer ist Nietzsches Zarathustra?" *Vorträge und Aufsätze* 126면(원저자 강조).

간적 기계를 건립하는 것임을 그가 인식했을 때 그는 단지 광부들을 좀 더 높은 의미에서 대표한 것이었다. 그는 그들을 본질적으로 대표했고, 그들은 물질적인 평등을 위해 실랑이를 벌이는 동안 멀리 뒤떨어지고 낡아져버렸다. 인간의 욕망은 이미 이러한 메커니즘에의 요구, 신을 순수한 메커니즘으로 환치시키려는 욕망으로 바뀌어 있었다.(228-29면)*

따라서 제럴드의 새로운 경영방식에 의해 온갖 비능률이 제거되고 노동강도가 높아짐에 따라 광부들은 처음에는 불평을 하고 반항도 하지만 결국 이러한 비인간화에 승복하고 야릇한 만족감마저 느낀다.

처음에 그들은 제럴드 크라이치를 증오했고 그를 어떻게 하겠다고, 그를 죽여버리겠다고 욕지거리를 했다. 그러나 시간이 지남에 따라 그들은 어떤 치명적인 만족감을 갖고 모든 것을 받아들였다. 제럴드는 그들의 제사장이었고 그들이 진짜 느끼는 종교를 대표하고 있었다. 그의 아버지는 벌써 잊혔다. 이제 새로운 세계, 새로운 질서가 있었다. 엄격하고 무섭고 비인간적이지만, 바로 그 파괴성에서 만족스러운 질서였다. 광부들은 기계가 자기들을 파괴하고 있는 가운데서도 이 위대하고 경이로운 기계에 속한다는 데에 만족했다. 그것이 그들이 원하는 것이었다. 인간이 만들어낸 가장 높은 것, 가장 경이롭고 초인적인 것이었다. 그들은 감정이나 이성의 피안에 있는, 정말 신과도 같은 이 위대하고 초인적인 체제에 속함으로써 드높아짐을 맛보았다. 심장은 그들 속에서 죽어갔지만 영혼은 만족을 느꼈다. 그것은 그들이 원하는 바였다. 그렇지 않았다면 제럴드는 결코 그가 한 일들을 해내지 못했을 것이다. 그는 광부들이 원하는 바를 그들에게 제공하는 일 — 삶을 순수한 수학적 원리에 종속시키는 거대하고 완벽한 체제에의 이러한 참여를 안겨주는 일—에 그들보다 앞섰을 따름이었다. 이것은 일종의 자유, 그들이 정말 원하는 종류의 자유였다.(230-31면)*

물론 이것이 진정한 자유, 진정한 인간해방이 아니라 도리어 혼돈의 극치임을 작가는 명시한다. 제럴드 자신도 일단 사업이 성공한 뒤로는 문득문득 야릇한 공허감에 쫓기게 되며 그의 '신비적 이성'(mystic reason)—합리적 계산의 도구가 아니라 무언가 인간 본연의 건강함을 지켜주는 한층 근원적인 이성—이 무너져감을 느낀다(232면). 유일한 기분전환이던 여자에게도 차츰 심드렁해진 느낌이다. 이런 상태에서 그는 제18장 '토끼'(Rabbit) 이후 구드런과의 연애에서 새로운 돌파구를 찾지만, 그것은 두 사람에게 다른 무엇보다 강렬하고 스릴에 찬 경험은 될지언정 참된 해방의 길은 못 되고 만다.[20]

따라서 구드런과의 관계가 파탄에 빠지면서 제럴드가 허무하게 죽는다는 사실은 기술시대 인간의 한 전형적 운명을 보여준다. 기술의 진정한 기술됨은 결코 기술적인 어떤 것이 아니라는 하이데거의 명제를 앞서 인용했거니와, 같은 논리로 기술시대 인간의 위험 역시 기술 자체에 내재하는 어떤 마성(魔性)이나 기술을 사용하는 인간의 인간적·기술적 실수가 아니다. 현대의 기술(과학기술)은 진리가 드러나며 이룩되는 한 형태이자 현대 특유의 형태요 운명인데, 바로 이러한 차원을 망각하고 인간 스스로가 자신의 가장 근원적 가능성을 잃어버리는 것이야말로 '위험' 그 자체인 것이다.[21]

하이데거에 의하면 원래 고대 그리스에서 테크네(technē)는 '시'의 어

---

20 또 한 사람의 '연애하는 여인' 구드런에 대해서는 다음 장에서 더 자세히 다룬다.

21 이 대목 및 이하의 논의에 관해서는 하이데거 『강연과 논문』의 「기술에 관한 물음」 참조.

원인 포이에시스(poiēsis)와 마찬가지로 진리를 드러내는 한 방식으로 이해되었고 '기술'뿐 아니라 '예술'을 뜻하기도 했다. 포이에시스는 종종 '제작'으로 번역되기도 하는데, 제작자가 임의로 만들어내는 것은 아니고 단지 표면에 드러나지 않은 것을 이끌어내어(hervorbringen) 현존토록 할 따름이다. 그런 의미에서는 스스로 떠올라 나타나는 *physis*(자연)야말로 최고의 포이에시스이며, 테크네 또한 그 일부였다.

이러한 기술의 전개양상은 역사를 통해 변천해왔다. 근대의 과학기술이 새로운 점은 인간의 실천이 단순히 현존하지 않던 것을 현존하도록 이끌어내는 것이 아니라, 이제 자연에 도전하여 강제적으로 끌어내는(herausfordern) 독특한 방식으로 진리를 구현한다는 것이다. 근대철학에서 자연은 '주체'에 의한 인식과 작용의 '대상' 내지 '객체'로 되는데, 과학기술의 본격적인 발달과 더불어 대상(Gegenstand)조차 대상으로서의 독자성과 주체성을 상실하며, 모든 것이 수리적 계산과 기술적 작동의 자료로 정리, 조직된 일종의 상비자원(常備資源) 내지 재고(在庫, der Bestand, '영속永續' '잔고殘高' 등의 뜻도 있으며 '공급하다' '정리하다' '주문하다'의 뜻을 갖는 동사 bestellen과 연결됨)의 형태로 드러난다. 그러나 이것 자체가 어디까지나 진리가 역사 속에서 구현되는 방식이며, 모든 존재하는 것을 이런 식으로 편성하여 진리를 드러내고 이룩하게 만드는 현대기술의 본질 내지 본성[22]이야말로 현대인 특유의 시대적 운명이자 기술시대 인간에게 닥치

---

22 하이데거는 이것을 Ge-stell이라는 신조어로 일컫는다(*Vorträge und Aufsätze* 27면 이하). 국역본 『강연과 논문』(27면 이하)에서는 이를 '닦달〔몰아세움〕'이라고 번역했는데, Ge-stell에 따르는 Herausfordern 작용이 도전이자 닦달임은 사실이지만, Ge-stell 자체를 그렇게 해석하는 게 맞는지는 의문이다. 원래 독일어의 Gestell은 (하이데거 자신이 지적하듯이) 옷걸이, 서가, 시렁, 버팀목 등을 뜻하는 평범한 단어인데, 영어 번역이 (대문자로 시작하는) Enframing이라는 점도 시사하듯이 하이데거가 Ge-stell이라고 이음표를 넣어서 부여하는 특별한 의미는 '틀지어서 배열하는 힘 내지 원리'에 가깝다. 적합한 한국어가 무엇인지는 잘

는 위험의 출처이다. 왜냐하면 기술에 의한 진리구현의 특징은 바로 그것이 근원적 진리의 구현임을 은폐하는 형태로—즉 모든 것이 인간의 업적이요 기술의 힘인 것처럼 보이도록—작용한다는 점이며, 그리하여 그것은 옛부터 익숙하던, 현대기술과 다른 방식의 진리의 드러냄(poiēsis, Hervorbringen)을 은폐할뿐더러 인간의 자기망각·자기상실을 가져오기 때문이다.

『연애하는 여인들』에서 제럴드가 어떤 과학기술적인 파탄으로 멸망하는 것이 아니라 스스로 더 본원적인 삶을 찾으려는 의지의 실패로 죽는다는 사실은 기술시대의 그와 같은 본질적 위험을 오히려 충실히 반영한다. 사실 제럴드의 사업 자체는 그가 아니더라도 누군가가 해냈을 시대적 과업이며 인류역사의 전개에서 하나의 필수적인 단계랄 수도 있다. 노동자들 자신이 거기서 '어떤 치명적인 만족감'을 맛보며 이에 승복했다는 것도 우연이 아니다. 이러한 작중사실이 작가 개인의 환상이 아님은 20세기 선진공업사회의 노동계급이 애당초 맑스 자신의 기대와 달리 그들 사회의 제럴드들에 대한 혁명적 대안이 못 되었다는 역사적 사실에 의해서도 뒷받침된다. 실제로 1960년대 급진운동의 사상가 허버트 마르쿠제(Herbert Marcuse)는 노동계급을 포함한 선진국 대중이 '1차원적 인간'이 되면서 저항의 의지와 능력을 상실했고, 차라리 노동자도 못 되는 룸펜프롤레타리아트와 흑인, 여성, 청년의 일부가 혁명의 전위가 되리라 기대했다.[23] 이러한 주장은 제1세계보다 그 외부, 그것도 소련·동구권이 아닌 제3세계에서 새 역사의 실마리를 찾는 입장과 상통하고 로런스의 모색과도

모르겠으나 '닦달(몰아세움)'은 아닌 것 같다.

23 Herbert Marcuse, *One-Dimensional Man: Studies in the Ideology of Advanced Industrial Society* 제2판 (Beacon Press 1992); *Five Lectures* (Beacon Press 1970).

무관하지 않으나, 룸펜프롤레타리아트에 대한 공상주의적 기대는 로런스와 거리가 멀다. 더 중요한 것은 『연애하는 여인들』이 '1차원화된' 사회를 예견하고 있지만 노동자들을 결코 완전한 '1차원적 인간'으로 제시하지는 않는다는 점이다. 제9장 '석탄가루'(Coal-Dust)에서 구드런이 그들의 세계에 대해 느끼는 야릇하고도 강렬한 매력도 그렇고(예컨대 116면), 제26장 '의자'(A Chair)에 단역으로 나오는 서민들도 결코 마르쿠제의 '1차원적 인간'으로 제시되어 있지 않다. 『무지개』의 마지막 대목에서 "단단한 껍질에 싸이고 서로 절연된 채 세상의 부패한 표면 위에 기어다니는 너절한 인간들은 아직도 생명력을 지녔고 그들의 피에는 무지개가 떠 있어 그들의 정신 속에 떨리며 살아나리라"(*R* 458-59면)*라는 어슐라의 당찬 희망은 후속편인 이 '전쟁기 소설'에서 거의 자취를 감춘 형국이긴 하지만, 깡그리 사라진 것은 아니라 보아야 옳다.

아무튼 오늘의 현실에서 제3세계의 민중들이 자기방어를 위해서라도 산업화·기술화를 실현해야 할 필연성은 너무나 절박한 반면, 그들이 인간해방의 진정한 주역이 될 수 있을지는 미지수로 남아 있다. 기술시대의 참뜻을 깨닫고 그 깨달음을 인간됨의 본뜻을 구현하는 실천으로 연결시키지 못하는 한, 그리하여 기계적 반발이나 모방의 차원을 넘는 '적응과 극복의 이중과제'를 수행하고 '후천개벽'의 시대를 열지 못하는 한, 어느덧 그들도 동서양의 새로운 제럴드들에 의해 추월당하고 뒤처져버렸음을 발견하기 쉽다.

이러한 제럴드니만큼 그가 이러저러한 '교훈'을 전달 또는 암시해주는 알레고리적 인물이 아니라 본격적 리얼리즘의 전통에 바탕을 두고 형상화된 인물임을 거듭 강조할 필요가 있다. 그는 구드런이라는 탁월한 개성의 소유자를 애인으로 얻을 만한 매력과 박력을 지닌 남성이며, 이 소설에서 여러모로 로런스 자신을 상기시키는 버킨의 가까운 친구이자 버킨이 새로운 동지관계를 더불어 이룩하고자 애쓰는 상대이다. 이런 과정들을 여기서 일일이 점검할 겨를이 없으나, 『연애하는 여인들』이 『채털리부인의 연인』과도 다른 차원의 업적이 되는 이유 중 하나는 제럴드가 클리포드 채털리(Clifford Chatterley)보다 훨씬 복잡하고 출중하며 리얼리즘의 본뜻에 맞춰 완성된 인물이라는 점이다. 클리포드 역시 자연주의적 묘사의 측면에서 충실히 형상화되어 있기는 하지만 탄광 주인 겸 귀족이자 성불구자인 그는 엄격히 보면 알레고리의 차원을 벗어나지 못한다. 따라서 소설 자체도 산업사회에 대한 '문명비평'의 차원에 머물고 『연애하는 여인들』에서처럼 '기술의 본질'을 사유하기에는 이르지 못하는 것이다.

3. '또 하나의 길'을 찾아서

소설에서 버킨과 어슐라의 관계는 '산업계 거물'의 운명과 좋은 대조를 이룬다. 그러나 제럴드식의 파멸이 아닌 '또 하나의 길'(another way)을 모색해나가는 데 최소한의 성공을 거둔다뿐이지 세상의 제럴드들을 향해 내놓을 무슨 실질적 '대안'을 이룩하지는 못한다. 앞서 살펴본 기술시대의 성격에 비추어 그러한 대안이 쉽사리 마련될 수도 없는 것이다.

버킨과 어슐라의 이야기 역시 '기술의 본질'에 대한 물음이라는 차원을 떠나서는 충분히 이해될 수 없다. 우선 버킨이 추구하는 바가 도대체 무엇인지가 분명히 잡히지 않는다. 그를 단순히 로런스의 '교리'를 대변하는 인물로 보고 거기서 작품의 결함을 찾아내곤 하던 비평경향은 이후 작가가 지문을 통해서건 다른 인물의 비판적 반응을 통해서건 유연하고 '대화적인'(dialogic) 태도를 보여준다는 쪽으로 바뀌어온 것이 사실이다.[24] 그런데 이런 읽기는 로런스의 예술가적 명성을 복원하는 데 일조하기는 하지만 『연애하는 여인들』이 버킨과 어슐라의 관계를 중심으로 전개하는 '다른 길'의 탐구를 너무 편안하고 익숙한 것으로 만들 우려도 있다.

버킨의 발언 자체보다 어슐라와의 관계를 중시하는 비평가들조차 두 사람 사이가 무슨 '로런스적' 관능의 극치로 쉽게 특징지어지지 않는 데에 어리둥절하곤 한다. 이와 관련해서는 소설 전체를 두고 말했듯이 두 사람의 관계에서도 어디까지나 리얼리즘 소설의 작중현실로서 극화된 관계를 읽어야 하며, 동시에 이 드라마를 통해 제기되는 물음은 종래의 리얼리즘 작가들이 거의 외면했던 차원의 물음임을 기억할 필요가 있다. 그렇게 함으로써만 버킨의 동기가 단순히 아집과 독선이 아니고—이런 요소가 다분히 섞여 있음은 작가 자신이 군데군데 폭로하고 있지만—세계사적 타당성을 지닌 어떤 추구이며, 어슐라와의 관계에서 일어나는 그때그때의 변화가 예술적으로도 적절한 것임을 인정할 수 있다.

그러면 버킨이 추구하는 바는 과연 무엇인가? 제3장 '교실'(Classroom)에서 그는 무엇보다도 자기가 원하는 것은 관능의 충족이라고 말하고, 뒤이어 제5장 '기차에서'(In the Train)에서 제럴드와의 대화에서는 한 여자와 함께하는 "사랑의 돌이킬 수 없는 상태"(the finality of love)에서 삶의 중심을 찾고자 한다고 선언한다. 그러나 여기서도 유의할 점은 이런 발언들이 어디까지나 그 시점에 버킨이 취하는 작중의 태도이지 결코 작가의 완결된 입장을 대변하는 것이 아니라는 점이다. 물론 버킨이 뜻있는 삶의 전제조건으로서 남녀간의 충족된 관계를 설정하는 것은 로런스 자신의 알려진 입장과도 일치한다. 인간의 본능생활조차 기술적 인식과 작동의 대상으로 체계화되는 시대에는 이런 대상화로부터 벗어난 남녀관계

---

24 사실 이런 비평은 리비스가 앞질러 보여준 바 있다. 버킨과 로런스를 동일시하는 J. M. 머리를 반박하면서 소설 자체에 의해 버킨이 '자리매겨지고'(placed) 있음을 강조한다(Leavis, *D. H. Lawrence: Novelist* 183-86면).

가 시대의 기본성격이 요구하는 새로운 인간관계를 정립하는 원대한 노력의 출발점일 수 있는 것이다.

버킨의 노력이 실제로 이러한 차원의 것임은 작중의 사건이 진전되면서 점차 명확해진다. 상류층의 '해방된' 여성이자 모든 것을 알음알이와 의지의 대상으로 삼는 여자인 허마이어니 로디스(Hermione Roddice)와의 관계를 청산하는 단계에서 그는 무엇보다도 자신의 삶이 자의식에 찬 성관계가 아닌 무의식적인 관능의 충족에 뿌리박기를 원한다. 그러나 허마이어니와는 매우 다른 어슐라와의 관계가 진전되면서 정작 '사랑'의 대변자는 어슐라이고 버킨 자신은 오히려 이에 맹렬히 반발하는 입장이 된다. 그들이 처음으로 단둘의 대화를 나눌 때부터 그는 '사랑'이라는 말을 끝내 피하고, 최종적으로 원하는 것을 굳이 표현한다면 "함께 자유로움"(freedom together)이라고 대답한다(제11장 '섬'An Island, 132면). 어슐라와의 사랑을 원하지 않아서가 아니라 그것이 그 시점의 어슐라가 뜻하는 사랑의 차원으로 끝나서는 진정으로 새로운 삶이 열릴 수 없음을 느끼기 때문이다.

크라이치 저택에서 물놀이가 있던 날 밤 버킨은 처음으로 어슐라와 살을 섞고 관능의 충족을 맛본다. 하지만 그 순간에도 무언가 '이게 아닌데'라는 머뭇거림이 마음 한구석에 남는다. 이 때문에 이튿날 어슐라가 기대하는 것처럼 당장에 뛰어가서 청혼을 하지 않고 저녁녘에야 찾아갔다가 한바탕 싸움을 하고 돌아와 병이 난다. 병석에서의 명상을 통해 낡은 세상의 사랑과 결혼에 안주할 수 없다는 그의 생각은 더욱 굳어진다.

> 그는 어슐라가 자신에게 되맡겨진 상태임을 알고 있었다. 그의 생명이 그녀에게 달려 있음도 알았다. 그러나 그녀가 제시하는 사랑을 받아들이기보다는 차라리 살지 않는 것이 나았다. 사랑의 낡은 길은 무서운

속박이요 일종의 징집 같았다. 자신의 속에서 무엇이 그러는지는 모르겠지만, 어쨌든 사랑과 결혼과 아이들, 그리고 가정과 부부간의 만족이라는 끔찍한 프라이버시 속에 함께 사는 생활을 생각하면 혐오감이 치솟았다. 그는 좀더 맑고 좀더 탁 트이고 말하자면 더 시원한 무엇을 원했다. 남편과 아내 사이의 뜨겁고 비좁은 친밀함은 질색이었다. 이들 결혼한 부부들이 문을 닫고 자기들끼리만의 배타적인 동맹관계 속에 스스로를 닫아넣는 꼴은, 그것이 사랑이라 할지라도 그에게는 혐오스러운 것이었다. (…)

일반적으로 그는 쎅스라는 것을 증오했다. 그것은 너무나 큰 제약이었다. 남자를 한 쌍이 갈라진 반쪽으로 만들고 여자를 나머지 반쪽으로 만드는 것이 쎅스 아닌가. 그는 스스로 단일하기를 원했고 여자는 여자대로 단일할 것을 원했다. 그는 쎅스도 다른 본능적 욕망과 같은 수준으로 돌아가기를 바랐다. 인생의 성취가 아니라 하나의 기능적 과정으로 간주되기를 바랐다. 물론 그는 성적 결합으로서의 결혼을 믿었다. 그러나 그것을 넘어서서 그 이상의 어떤 연결을 그는 원했다. 남자와 여자가 각기 자신의 존재를 갖는 두개의 순수한 존재로서, 각기 상대방의 자유를 이룩하며 서로가 마치 한 힘의 양극처럼, 두명의 천사처럼, 아니면 두개의 정령(精靈)처럼 균형을 이루는 그런 관계를.(199면)*

물론 이것도 주어진 대목에서 버킨이라는 작중인물의 생각이요 입장이지 작가의 '최종적 결론'으로 볼 일은 아니다. 이후로도 버킨은 어슐라와의 관계, 그리고 제럴드와의 관계에서 많은 곡절을 겪고 그때마다 그의 생각도 기복을 거치면서 성숙해간다. 어쨌든 로런스가 '성적 만족'에서 인생의 궁극적 의미를 찾는다는 따위의 통념이 진실과 거리가 먼 것만큼은 너무나 명백하다. 오히려 "물이 얼마든지 있는 세상에서 단순한 목마름이 문제가 안 되듯이"(200면) 성욕이 문제가 안 되어 인간이 인간됨을 자유롭게 실현해나갈 수 있기를 버킨은 희구한다.

따라서 버킨과 어슐라가 제23장 '나들이'(Excurse)날의 밤에 드디어 완전한 일치를 맛보는 대목에 이르러 작가는 그것이 욕정(passion)이 아니라는 점을 명시한다. 시골 주막집의 거실에 앉은 두 사람의 더없는 행복감을 표현한 '놓여남'(release)이라는 말은 그야말로 해방이요 해탈에 가까운 것이다.

> 드디어 이것은 해방이었다. 그녀는 애인들도 가졌었고 욕정도 맛보았었다. 그러나 이것은 사랑도 욕정도 아니었다. 이것은 인간의 딸들이 하느님의 아들들에게로 되돌아온 것이었다. 태초에 존재하는 하느님의 기이하고 인간과 다른 아들들에게로.(313면)*

실제로 비평가들 중에는 이런 대목이 정상적인 성관계마저 드디어 초월해버린 어떤 색정의 극치가 아닐까 하여 남다른 상상을 펼쳐보는 경우도 없지 않다.[25] 그러나 이 대목의 요점은 단순히 버킨의 몸에 손을 댄 채 의

---

25 예컨대 G. Wilson Knight, "Lawrence, Joyce and Powys"의 해석(H. M. Daleski, *The Forked Flame: A Study of D. H. Lawrence*, Faber and Faber 1965, 179면에 인용됨). 최근의 또다른 평자는 이 시기 로런스 소설에서 '미저골(尾骶骨) 연속체'(coccygeal continuum)의 중요성을 강조하면서 이 장면을 언급한다. 이를 항문성교로 단정하지는 않지만, "버킨과 어슐라의 성관계의 정확한 방향과 체위에 대해 어떤 미묘한 애매성을 전달한다"(convey some subtle ambiguity about the precise direction and gymnastics of Birkin and Ursula's sexual exchange)라며 두 사람이 뭔가 특이한 성행위를 하는 것으로 추정한다(Peter Balbert, "The Dark Secret and the Coccygeal Continuum, 1918-20: From Oedipus to Debasement to Maturity in *The Lost Girl*," *D. H. Lawrence Studies* Vol. 23 No. 2. Seoul: D. H. Lawrence Society of Korea, December 2015, 104-105면). 이처럼 극단적인 추측까지는 않더라도 대부분의 평자들이 이 장면의 초점이 '욕정'이 아닌 '해방'이라는 점을 간과하는 것 같다.

자에 앉아 있는 것만으로도 일찍이 욕정의 황홀경에서도 알지 못했던 전혀 다른 황홀감에 빠질 수 있다는 것이다.(비록 대중용 홀은 아닐지라도 주막 식당의 거실에서 어떤 종류의 성행위건 성교를 한다는 것 자체가 판타지문학에서나 있을 법한 일이다.) 물론 두 사람 사이의 사랑과 욕정을 배제하는 것은 아니며, 이 장은 어둠을 찾은 두 사람이 자연스럽고 흡족한 사랑의 하룻밤을 보내는 것으로써 끝난다.

주막에서 어슐라가 느끼는 해방과 합일의 황홀감 묘사에 이어 주막을 나와 이동하는 도중에 "그〔버킨〕가 차를 몰면서 이집트의 파라오처럼 움직이지 않고 앉아 있었다"(He sat still like an Egyptian Pharaoh, driving the car. 318면) 운운한 대목도 그 표현의 적절성에는 논란의 여지가 있다. 『연애하는 여인들』의 위대성을 처음으로 확립했다고 할 리비스도 이 장면을 두고 "내가 보기에 이런 대목들에서 로런스는 집요하고 지나치게 힘을 주는 노골성을 드러내며 때로는 개인적 은어(隱語)라고밖에 부를 수 없는 표현을 낳기도 한다"[26]*라고 비판한 바 있다. 다만 존 미들턴 머리(John Middleton Murry) 같은 비평가가 이런 부분을 작품의 핵심에 해당하는 결함이라 보는 데 반해 리비스 자신은 이런 대목이 이 소설에서 지엽적인 불만사항이라고 본다.[27] 사실 기(氣)와 혈(穴)의 개념에 익숙한 동아시아 독자라면 로런스가 주로 염두에 둔 인도의 '쿤달리니'[28] 개념에 익숙지 않

---

26 Leavis, *D. H. Lawrence: Novelist* 155면.

27 그 점에 한해서는 『연애하는 여인들』의 미덕을 한결 충실하게 논한 마이클 벨도 J. M. 머리와 다분히 비슷한 태도를 보인다. 애초부터 그는 『연애하는 여인들』의 주된 강점은 버킨-어슐라보다 제럴드-구드런 관계라는 입장으로(*Language and Being* 117-18면), 전자의 관계를 제대로 형상화하지 못한 것이 작가의 비전을 하나의 '세계'로 구현하지 못하는 작품의 본질적 한계와 무관하지 않다는 주장인데, 이집트의 파라오 운운한 대목의 생소한 레토릭이야말로 그 대표적인 예라는 것이다(같은 책 122-23면).

28 Kundalini, 싼스크리트어로 '똘똘 감긴 것'이라는 뜻으로 척추 밑에 똬리를 튼 뱀 그림으로

더라도 이런 묘사에 거부감을 느낄 이유가 상대적으로 적다. 물론 영어권 독자를 위해 저술한 소설에서 그런 종류의 표현이 어쨌든 예술적 흠결이라는 비평적 논란은 여전히 남지만, 후세 독자들에게는 리비스가 지적한 '지엽적' 흠결조차 덜 문제될 가능성 또한 열려 있다. 아무튼 소설의 서술과 묘사에 대한 평가가 로런스가 추구하는 목표에 대한 이해와 직결되어 있음이 여기서도 확인된다.

버킨의 '함께 자유로움'이 진정으로 새롭고 '더 시원한' 세계의 창조를 의미하는 것이라면 두 사람만의 성취된 관계로써 이야기가 끝날 수 없다. 물론 이 성취 자체도 세계와의 새로운 관계를 모색하고 이룩하는 힘겨운 과정이었지만, 아직도 엄연히 버티고 있는 기존의 세상과 이들 한 쌍이 앞으로 어떤 관계를 유지할 것인가의 문제가 바야흐로 심각하게 제기되는 것이다. 대안이 있을 수 없는 상황에서 대안을 억지로 만들어내려는 노력이 낡은 세계의 타성에 다시 휘말려드는 일이 되듯이, 두 사람만의 세계로 도피하려는 노력 역시 낯익은 도피주의로 떨어질 염려가 있다.

제23장에서 이미 이런 어려움이 대두된다.[29] 두 사람 다 우선은 직장을 그만두고 떠돌이 생활을 좀 해보자는 버킨의 제의에 어슐라도 동의한다.

묘사되기도 한다. 탄트라 밀교나 요가 수행에서 인간 속에 깃든 우주의 기운이자 인간 생명의 근원으로 간주된다. 이와 관련된 '차크라' 개념은 본서 제8장에서 다룰 『무의식의 환상곡』에서 중요하게 등장한다.

29 최종본의 제23장은 로런스가 1916년에 일단 완성했으나 출판사를 구하지 못해 1998년에야 공간된 원고의 제8장 후반부를 수정한 것인데, 1916년본에서는 두 사람이 언쟁 끝에 화해하고 서로에 대한 사랑을 확인하며 직장을 그만두기로 합의하는 순간부터 세상을 버리는 문제에 대한 어슐라의 회의적인 반응과 버킨의 장황한 설명이 계속되다가 불확실한 상태로 끝난다(D. H. Lawrence, *The First 'Women in Love'*, ed. John Worthen and Lindeth Vasey, Cambridge University Press 1998, 288면 이하). 그날 밤 숲속을 찾아간 연인들의 사랑의 완성은 최종본에 가서 추가된 대목이다.

하지만 어쩐지 너무 막연하다는 불안감을 금치 못한다. 동시에 그녀에게는 버킨이 꿈꾸는 미래에 그들 둘만이 아니고 항상 타인의 존재가 끼어드는 데에 대한 불만도 엿보인다. 어딘가에 그들이 자유로울 수 있는 곳이 있으리라는 버킨의 말에,

"하지만 어디에 — ?" 그녀는 한숨을 지었다.

"어딘가에 — 아무데든. 그냥 떠돌이로 떠납시다. 그래, 그러면 돼 — 그냥 훌쩍 떠나는 거야."

"그래요 — " 그녀는 여행이라는 생각에서 스릴을 느끼며 대답했다. 그러나 그녀에게 그것은 다만 여행일 뿐이었다.

"자유롭기 위해서 — " 그는 말했다. "자유로운 곳에서, 다른 한두 사람과 더불어 자유롭기 위해서."

"그렇지요." 그녀는 아쉬운 듯 대답했다. 그 '다른 한두 사람'이 그녀를 우울하게 만들었다.

"하지만 그건 사실은 장소의 문제가 아니지." 그는 말했다. "그건 당신과 나, 그리고 다른 사람들과의 완성된 관계의 문제지. 완벽한 관계 — 그래서 우리가 함께 자유로워지는 거지."

"그렇지요, 내 사랑, 그렇지요?" 그녀는 말했다. "그건 당신과 나의 사이지요. 당신과 나의 문제, 그렇지 않아요?" 그녀는 그를 향해 두 팔을 내밀었다.(316면)*

두 사람의 일치 속에 새로운 갈등이 엿보이는 것이다. 그것은 둘만의 일치가 달성됨으로써만 비로소 제대로 문제될 수 있는 갈등이지만 이 작품에서는 끝내 해결하지 못하는 사안이기도 하다. 떠돌이 생활이란 하나의 임시방편이요 결국은 다른 사람들과의 관계가 문제인데, 어슐라와의

사랑에 덧붙여 제럴드와 '다른 종류의 사랑'(another kind of love)을 희구했던 버킨의 꿈이 깨짐으로써 아무런 획기적인 진전이 이룩되지 못한다. 다만 어슐라는 그 실패가 당연한 것이요 자신과의 사랑으로 만족해야 옳다고 주장하는 데 대해 버킨은 끝내 그렇지 않다고 대답하는 말로써 소설이 끝난다(481면).

버킨과 제럴드의 관계야말로 평론가들 간에 특히 많은 억측과 몰이해를 낳아온 것 같다. 그러나 기술시대에의 물음이라는 차원에서 보면 버킨이 제럴드 같은 인물과 어떤 관계를 정립할 수 있는지가 결정적인 문제가 된다. 그리고 새로운 관계의 모색 자체는 알레고리 수준이 아니라 '리얼리즘'의 기준에도 부합하는 작중사건으로, 그 실감을 줄 온갖 인간적 자질과 특색을 지닌 인물이 제럴드임을 앞서 지적한 바 있다. 실제로 제럴드와의 관계에 대한 버킨 자신의 생각도 작중의 구체적인 진행을 겪으면서 점차 분명해진다. 예컨대 제2장 '쇼틀랜즈'(Shortlands)의 말미에서는 두 사람 다 남자와 남자 사이의 깊은 관계의 가능성을 전혀 믿지 않고 있기 때문에 그들의 우정이 제대로 계발이 안 되었다고 작가는 지적한다(34면). 다른 한편 제16장에서 버킨이 옛날 게르만족 기사들 사이에서 맺던 의형제(Blutbrüderschaft)와도 같은 영원한 우정의 서약을 느닷없이 제의하는 것도, 그때까지의 온갖 접촉과 갈등—그리고 어슐라와의 관계에서 얻은 새로운 통찰들—에 힘입어 그 생각이 그 순간에 문득 떠올랐기 때문이다.

'의형제' 제의도 실은 수수께끼가 아니다. 옛날식으로 피를 가르는 절차는 시대착오라고 버킨 자신이 말하고 있다. 그는 남자들 간의 '비정상적인 사랑'(곧 남색관계)도 아니요 그렇다고 흔히 현대사회에서 '정상적'인 우정으로 통하는, 이해관계를 바탕으로 적당히 친하게 지내는 사이도 아닌 참된 동지애·형제애를 제의하고 있는 것이다.[30] 남녀의 사랑조차 기술적 주문의 대상으로 편입되는 시대에 남자들 사이의 관계가 그러한 영역에 함몰되지 않고 그 자체로서 뜻있는 현실이 된다는 것은 결코 쉬운 일일 수 없으나, 인류가 이룩해온 창조적 문명들이 건강한 남녀관계에 못지않게 이러한 남자와 남자 사이의 목숨보다 무거운 관계에 의존해왔음은 하나의 역사적 사실이다. 버킨의 제의는 문명생활의 그러한 조건을 자신의 세계에서 되살려보자는 시도이다. 그것은 제럴드가 버킨과 동일한 생활방식을 택하기를 고집하는 것과도 다르다. 버킨은 자신이 어슐라와 이룩한 관계가 제럴드와 구드런 또는 다른 여자의 사이에 — 적어도 현재로서는 — 이루어질 수 없다는 사실을 모르지 않는다. 오히려 제럴드가 구드런과 결혼할까 한다는 의논을 해왔을 때 버킨은 반대한다. 낡은 결혼 개념을 애초부터 혐오해온데다, 제럴드의 경우에는 결혼이 일종의 자포자기 행위임을 그는 알아차린다. 버킨 자신과 달리 제럴드는 먼저 버킨과의 동지관계를 받아들인 연후에야 비로소 한 여자와의 참된 결합이 가능해질 유형이라 보는 것이다(351-53면).

물론 제럴드는 이런 결정적인 대목에서마다 평소 의지의 사나이답지 않게 멍멍한 의지결핍의 상태가 되어 버킨의 제안을 회피하곤 한다. 공적으로는 기술지배의 무비판적인 일꾼이요 사적으로는 해묵은 사랑의 이념에 얽매여 있는 그이기에, 참된 사랑을 맛보지 못할뿐더러 기술시대의 규격화된 관계에서 본질적으로 벗어난 새로운 동지관계가 그에게는 전혀 실감을 지니지 못하는 것이다. 물론 이런 동지관계가 구체적으로 어떻게 전개될 수 있을지는 제럴드 쪽에서 그 가능성을 받아들였을 때에나 생각할 수 있는 문제다. 제럴드가 어릴 적부터 일종의 숙명적 낙인이 찍힌 인

30 두 사람 관계의 동성애 논란과 관련해서 강미숙 「"당신의 선한 천사와 씨름하기": 『연애하는 여인들』의 버킨-제럴드 관계에 대하여」, 『D. H. 로렌스 연구』 25권 2호(한국로렌스학회 2017) 제2절 '동성애 논란과 창조적 동기' 참조.

간으로 제시되어 있는 것은 버킨의 '함께 자유로움'이 아직은 기술사회의 심장부에까지 미칠 수 없다는 역사적 현실을 반영한다고도 하겠다. 그러나 이것 역시 어떤 숙명적 인간유형을 내세워 우화적으로 결론을 제시하는 것이 아니라, 실제로 제럴드라는 인물의 인습적인 의지와 정작 중요한 대목에서의 의지결핍증이 합쳐져 그 자신의 '숙명'을 추인하고 조성해가는 과정을 형상화함으로써 기술시대 인간의 운명이 결코 타율적으로 주어진 숙명이 아님을 보여준다. 더구나 버킨과 어슐라의 새로운 관계가 이룩되는 과정에서 그들의 사랑 이외에도 또 하나의 새로운 인간관계에 대한 갈구를 버킨이 의식하기 시작했다는 사실은 그 자체로써 이미 제럴드의 죽음이 현대인의 보편적 숙명일 수는 없음을 입증하고 있다.

4. '휴머니즘'을 넘어서

1

현대를 한마디로 '기술의 시대'라고 하지만 현대기술에 의한 세계지배는 어디까지나 특정한 시간과 장소의 특정한 인간들이 일정한 경제체제·권력구조·문화형식을 통해 실현해온 지배이다. '기술의 본질'을 말하는 것이 이런 사실을 무시하는 결과가 된다면 이는 역사의 구체적 실상을 외면하고 주어진 과제를 추상화하는 것일 따름이다. 실제로 서양에서 '본질적' 기술비판이라는 것이 기존사회의 구조적 문제들을 추상적인 '문명비평'으로 얼버무리는 예가 많았다. 루카치 같은 평론가가 하이데거를 인간존재를 추상화하는 반역사적 사조의 원흉으로 지목한 것도 그런 경향을 비판하고자 한 취지로 이해될 수 있다.[31] 반면에 역사의 물질적 기반을 '과학적'으로 다룬다면서 실제 역사 속에서의 지리적·인종적 특성을 간과하는 경향도 없지 않다.

로런스 자신도 『아들과 연인』 전반부의 생생한 자전적 기록 이후로는 노동자들의 세계를 안으로부터 본격적으로 다룬 바가 없으며 노동운동에 대해서도 별다른 관심을 기울이지 않았기 때문에 과학적 역사인식이 부족하다는 비판에 직면하기 쉽다. 로런스의 이러한 태도는 그가 1920년대 이후로 대부분 영국의 현장을 떠나 방랑생활을 한 개인적 행적과도 무관하지 않지만, 『연애하는 여인들』 제17장에서 보듯이 당대의 노동운동이 제럴드식 기술지배에 편입되고 말았다는 저자 나름의 판단에 따른 것이기도 했다. 그것이 대다수 노동운동가나 맑스주의적 사회분석가보다 오히려 더 멀리 보고 깊이 보는 관점의 소산임은 앞에서 논의했다. 게다가 로런스 개인으로서도 자기가 본질적인 유대의식을 느끼는 대상은 자신이 '출세'하여 상종하게 된 중산층이 아니라 몸으로는 떠나온 노동계급임을 생애 말년에 가서도 밝히곤 했다.[32]

로런스의 기술비판이 오해될 또 하나의 소지는 『연애하는 여인들』에서 작가가 제럴드를 다루면서 기술시대의 문제를 서구인 내지 백인들의 인종적·종족적 숙명처럼 취급하는 경향을 거듭 드러낸다는 점이다. 이것이야말로 현대사회의 구조적 문제를 과학적으로 파악하는 대신 인종적 신화나 비과학적 숙명론으로 그 핵심을 흐려놓는 것이 아닌가 의심케 할 수 있다. 하지만 여기서도 성급한 결론을 내리기 전에 감안할 점은, 우선 로런스가 인종의 운명을 들먹이는 것이 백인종의 우월성을 찬양하는 속된

---

31 예컨대 G. Lukács, "The Ideology of Modernism," *The Meaning of Contemporary Realism*, tr. John and Necke Mander (Merlin Press 1962) 27면, 31-35면 등 참조.

32 「나는 어느 계급에 속하는가」(What Class I Belong To)〔1927 추정〕, 「나 자신을 드러내다」(Myself Revealed)〔1929〕 등 참조(*Late Essays and Articles*, ed. James T. Boulton, Cambridge University Press 2004, 35-40면, 175-81면).

인종주의와는 정반대로 제럴드의 역사적 실패를 이야기하려는 것이요, 그뿐만 아니라 이러한 '숙명적' 실패도 따지고 보면 제럴드라는 개성적으로 형상화된 인물의 독특한 실패이며 같은 백인인 버킨이나 어슐라 같은 예외의 가능성을 배제하지 않는다는 사실이다.

기술시대에 대한 로런스의 물음이 한편으로 당대의 노동운동에 냉담하고 다른 한편 영국인 내지 서구인의 인종적 운명에 대한 남다른 관심으로 차 있다는 이 두가지 사실을 종합해보면 이야기는 또 한번 달라진다. 현대사회의 흐름에 대해 이중으로 비과학적인 인식을 하고 있다는 의심을 살 소지가 충분한 것이다. 그러나 이것이야말로 기술지배의 구체적 현실을 더욱 정확하게 파악하는 태도가 아닐까? 인류역사에서 기술의 지배는 애초에 특정한 사회체제 — 무엇보다도 자본주의라는 역사적 체제 — 를 통해 구현되었듯이 특정한 나라들과 민족들이 앞장서서 실현해온 것이기도 하다.[33] 따라서 그것은 서양인, 특히 유럽 북서부 몇몇 민족들의 집단적

---

33 월러스틴은 「서양과 자본주의 그리고 근대 세계체제」라는 글에서 자본주의 세계체제의 발생이 어떤 필연적인 역사발전의 법칙에 의해서라기보다 서양의 중세 말엽 서유럽 특정 지역(주로 영국)에서 일련의 특수한 지리적·사회적 여건들이 갖춰짐으로써 가능해진 현상이며, 세계의 다른 지역 다른 시대에도 그 맹아가 보였으나 특정 종합국면(conjuncture)을 만나서야 예외적으로 정착이 가능했던 역사적 사건이라고 주장한다(Immanuel Wallerstein, "The West, Capitalism, and the Modern World-system," *Review* Vol. 15 No. 4, Fall 1992, 561-619면). 이는 자본주의체제의 역사적 필연성 내지 진보성에 대한 기존의 통설을 뒤엎는 분석이며, 그는 결론에서 이전까지는 모든 나라와 지역이 그 발생을 예방하는 데 성공했던 "이 비합리적인 모험사업"(this irrational venture)이 곧 자본주의 세계체제라고 한다(616면). 다만 그는 사회과학자답게 자본주의 세계체제의 전개와 더불어 절실해진 '기술의 본질'에 대한 물음은 묻지 않으며, 로런스가 그 물음을 자기식으로 수행하면서 제럴드로 대표되는 시대현실의 문명사적·종족사적 배경이나 '숙명적' 성격을 명상하는 식의 작업도 관심 밖이다. 하지만 하이데거나 로런스의 탐구가 신비주의 또는 숙명론적 역사해석의 혐의를 벗으려면 기술지배의 경위와 실상에 대한 사회과학적·역사학적 설명을 포용하고 수렴할 수 있는 차원에서 진행되어야 함은 물론이다.

운명과 특별히 밀착된 현상이다. 기술지배의 온갖 업적들이 그렇듯이 그에 따른 인간소외의 구체적 양상도 그 직접 담당자들의 인종적·민족적·문화적 여러 특징들과 떼어 생각할 수 없는 것이며, 더구나 기술지배의 세계화 과정에서 지배민족과 피지배민족의 구분이 지배민족 내부의 계급적 모순에 못지않게 중요해진 단계에서는 그러한 특징들의 비중이 더욱 커지게 마련이다. 이런 사실을 도외시한 '과학적 인식'은 아직껏 전통적 서양철학의 범주를 벗어나지 못한 관념에 불과한 것이다.

제럴드의 운명이 기술의 지배라는 세계사적 — 하이데거의 표현을 빌리면 존재사적 — 필연성의 일환일 뿐 아니라 서구문명 특유의 성향과 한계를 반영한다는 결론은 제3세계의 입장에서 보면 조금도 이상할 것이 없다. 서구사회에서 기술의 예찬자든 반대자든 또는 '인간주의적' 개량론자든 크게는 공업화에서의 선진성을 빌미로 식민지를 만들고 후진민족을 수탈하는 데 가담해왔으며, 그 과정에서 영국인이나 프랑스인 또는 서구인으로서의 자기인식이 큰 몫을 해왔다. 서구 내의 '진보세력'이라 해서 반드시 덜 제국주의적이거나 덜 인종주의적이지 않았고, 존 스튜어트 밀 같은 사람의 자유론도 대영제국을 통한 영국적 가치의 전파라는 제국주의 이념으로 이어지는 면이 있었다. 기술지배의 다른 일면인 자기소외를 이겨내지 못하는 제럴드의 운명에는 이러한 서구인 공통의 경험이 분명히 작용하고 있다.

어슐라가 고집하는 '사랑'의 문제로 한창 고뇌하던 버킨은 제19장 '달'(Moony)[34]에서 이런 명상을 한다(253면 이하). 곧, 인간의 경험이 진정

34 제19장의 제목은 '달빛'으로 번역되기도 하지만(손영주 역본 『사랑에 빠진 여인들』, 을유문화사 2014 및 앞의 강미숙 논문 포함) Moony는 moonlight가 아니라 moon을 의인화하면서 약간의 친근감이나 깔보는 느낌을 담은 표현이다. 의인화가 어울림은 내용을 보면 분명한데, 거기 담긴 감성이 무엇인지는 한결 모호하다.

으로 인간다운 온전함을 잃은 댓가로 어느 한가지 방향으로만 극도로 세련되고 심화되는 일이 가능함을 버킨은 문득 깨닫는다. 언젠가 그가 보았던 서부 아프리카의 토속 조각품 여인상이 말해주듯이, 한 종족의 삶에서 "감각과 양명한 정신의 연관"(the relation between the senses and the outspoken mind)이 깨어진 이후로 수천년에 걸쳐 관능적 경험만이 심화되기를 거듭한 끝에 인식과 표현의 어떤 극치에 달하는 수가 있다. 그리고 바로 그와 비슷한 결정적 순간이 그 자신에게도 임박했다는 것이다.

> 그 자신의 내부에서 임박한 일이 수천년 전 이들 아프리카인에게 일어났음이 분명했다. 선함과 거룩함, 그리고 창조와 생산적 행복을 향한 욕망이 소멸하고, 단 한 종류의 앎, 두뇌가 배제된 채 진전되는 감각기관을 통한 앎, 감각에 정지되고 감각으로 끝나는 앎, 붕괴와 와해 과정 속의 신비스러운 앎(…)을 향한 충동만이 남은 것이다.(253면)*

물론 백인들의 경우 그 방향은 다를 것이다. 북극의 얼음과 눈을 배경으로 갖는 그들은 차디찬 추상적·파괴적 앎의 신비극(a mystery of ice-destructive knowledge)을 완수하리라는 것이다.

> 버킨은 제럴드를 생각했다. 그는 파괴적인 결빙의 신비극에 투철한, 북쪽나라의 이들 기이하고 신비스러운 흰 악령 중의 하나였다. 그러면 그는 이러한 앎, 이 '얼음 같은 앎'이라는 유일한 과정, 완전한 추위에 의한 죽음으로 죽어갈 운명인가? 그는 흰색과 눈 속으로 모든 것이 와해되리라는 조짐이요 전령(傳令)이란 말인가?(254면)*

생각이 여기에 미치자 버킨은 겁이 나고 또한 피곤하기도 하여 갑자기 마음을 돌려먹으며 '또 하나의 길'이 있다고 단정하고 만다.

버킨은 더럭 겁이 났다. 사색이 여기까지 길게 이어지며 피로하기도 했다. 갑자기 그의 팽팽한 묘한 긴장이 풀어지며 이런 신비극들에 더는 집중할 수 없었다. —또 하나의 길, 자유의 길이 있었다. 순수한 단독자로서의 존재로 들어가는 천국 같은 상태가 있었다. 개인의 영혼이 사랑이나 합일을 향한 욕망보다 우위에 있고 그 어떤 감정의 격동보다 강한 자유롭고 당당한 단독성의 아름다운 상태, 타인들과 영구적인 연관을 맺을 의무를 받아들이고 한 타자와 더불어 사랑의 멍에와 속박에 순종하되, 사랑하고 순종하는 가운데서도 자신의 당당한 개인적 단독성을 결코 포기하지 않는 상태.

이것이 바로 또 하나의 길, 남아 있는 길이었다. 그 길을 따라 달려가야 했다.(같은 면)*

그전까지의 명상이 철학적 이론의 전개였다면 이런 포기와 전환은 논리의 비약이요 무책임의 극치일 것이다. 하지만 바로 이렇게 철학적으로 무책임할 수 있다는 점이야말로 제럴드가 못 가진 버킨의 생명력이요 삶에 대한 깊은 책임감의 발현이다. 물론 이런 회심과 더불어 어슐라에게 달려간 결과는 어슐라의 아버지 윌 브랭귄까지 얽혀든 일대 실패극으로 끝이 난다(255-61면). 버킨이 아무리 소중한 깨우침을 얻었다 해도 타인들이 있고 상대가 있는 세상사가 그의 멋진 생각에 따라준다는 법이 없기 때문이다. 그러나 이날 저녁의 실패가 또다른 계기가 되어 버킨과 어슐라는 그들 나름의 '또 하나의 길'을 찾는 데 결국 성공하기에 이른다.

반면에 제럴드는 알프스의 눈 속에서, 그것도 버킨의 제의를 물리치고 구드런과의 사랑 아닌 사랑에 집착하다가 삶에의 의욕을 상실하고 동사함으로써 버킨의 예감은 적중하고 만다. 이것이 너무나 뻔한 알레고리로 떨어지지 않는 것은 제럴드가 한편으로는 숙명적인 인간이면서 다른 한편으로 버킨과의 관계에서 어떤 다른 가능성을 거듭 엿보일 뿐 끝내 그것을 포착하지 못하는 과정이 심리적으로도 핍진하게 형상화되어 있고, 제럴드의 실패에서 그가 백인이요 서구인이라는 사실과의 깊은 연관성이 실제로 느껴지기 때문이다.

예컨대 버킨이 제기하는 '의형제' 문제만 하더라도 제럴드가 이를 진지하게 고려할 줄 모른다는 사실 자체가 현대 서양인 특유의 한계이다. 구미의 많은 비평가들이 버킨의 이 제의를 우습게 본다는 사실도 실은 그런 한계의 표현으로서, 이 점 역시 제3세계의 독자에게는 훨씬 명백하다. 물론 그것은 제3세계 나라들이 아직 근대화가 덜 되어서 '구식 의형제들'의 세계에 좀더 가까운 탓도 있을 것이다. 그러나 그것만이라면 이는 과학기술 및 산업의 발전과 더불어 불가피하게 사라질 '낙후한 의식'에 지나지 않으며 선진국 독자들에게는 큰 설득력을 갖지 못할 것이다. 제3세계로 일컬어지는 지역에서 이러한 의식이 공업화·기술화 과정과 양립할 수 있는 현실적 기반이 잠재적으로라도 확인될 때에만, 그것이 선진국의 지배적 의식보다 탁월한, 진정으로 지구적인 현실인식이요 작품이해로 인정받을 수 있을 것이다.

공업화로 제기되는 정치·경제·사회·기술의 여러 문제가 각 민족의 역사마다 상당히 다르듯이 근대화 과정에서 주어지는 인간해방의 가능성도 각기 다르게 마련이다. 이것은 공업화가 시작되기 이전 그 나라나 민족의 역사와 전통이 다르기 때문이기도 하지만, 상당한 시차를 두고 진행되는 범지구적 규모의 산업화 과정에서 어떤 위치에 놓였는가에 따라 해당 지역 산업화의 객관적 여건이 다르고 그 성공의 비결도 달라지기 때문이다.[35] 그리하여 한 사회 내의 기본적인 인간관계에서도, 선발 자본주의

국들의 경우에는 개인주의적 분화과정이 공업화의 절대적 여건으로 작용했던 반면 후발 선진국인 독일이나 일본으로 오면 좋든 나쁘든 전통적 유대의 보존이 중요한 역할을 했고, 더욱 뒤떨어졌던 소련의 근대화에서는 '사회주의적 단결'이라는 그들 나름의 구호가 크나큰 비중을 차지했다. 오늘날 제3세계 대다수 민족들의 경우에는 공업화에 필요한 기술과 합리성을 습득하는 작업과 버킨이 말하는 '또 다른 종류의 사랑'으로 다수대중이 뭉쳐 나라의 독립과 민족의 존엄을 지켜내는 작업을 병행할 수 있느냐 여부가 근대화 과정에서의 자주성과 창조성 확보를 좌우하기에 이른다. 그리고 우리는 여기서 '후진국의 특수성'을 발견하기보다 현대기술을 통한 역사변혁을 정치적·경제적으로 주도하는 문제와 인간이 '기술의 본질'에 좀더 근원적으로 열린 자기 존재를 이룩하는 문제가 원래부터 동일한 과제임이 그만큼 더 뚜렷해졌다고 보는 것이 옳을 터이다. 말을 바꾸면 근대적응과 근대극복의 이중과제 수행이 요구되고 있으며, 이는 또한 '물질개벽'에 상응하는 '정신개벽'에 대한 요구이기도 하다.

이러한 싸움에서 세상의 제럴드들은 정녕코 '기이하고 신비스러운 흰 악령들'처럼 엄청난 힘을 조직하며 행사하고 있는 것이 오늘의 현실이다. 이 현실이 단지 '산업계 거물'들만이 아니고 기술시대 서구인 거의 모두를 휘감는 일종의 민족적·인종적 운명의 규모에 다다랐음을 인정할 때, 버킨과 어슐라의 고립무원한 처지도 훨씬 잘 이해된다. 따라서 제럴드의 '거대하고 완벽한 체계'에 가담한 노동자들에게 두 사람이 더 큰 신뢰와 애정을 보이지 않는다고 나무라는 것은 차라리 우스운 일이며, 그렇다고 제3세계를 위한 투사로 나서주기를 기대하는 것도 비현실적이다. 우선은

---

35 Ernest Gellner, *Thought and Change* (Weidenfeld and Nicolson 1964) 제8장 "Nationalism"에서는 산업화의 이러한 시차를 둔 확산이야말로 민족주의라는 현상의 객관적 근거를 이룬다고 보고 있다(특히 166면 참조).

훌쩍 떠나서 두 사람이 힘겹게 이룩해낸 진실이라도 지키며 키워나가겠다는 결단이 『연애하는 여인들』의 문맥 안에서는 가장 현명한 선택이라고 하지 않을 수 없다. 그리고 그러한 결단의 일부로 사물을 소유하는 생활의 질곡에서 벗어나야겠다는 결심이 그들의 입장에서는 타당한 것이다(356-57면).

다만 이것은 그들처럼 기본적인 소유의 문제가 일단 해결된, 아직은 소수 인류의 경우다. 이 점을 간과한 채 '존재'와 '소유'를 대비시켜 소유 자체를 배격하는 철학적 논설이나 종교적 설교는 가진 자들의 자기변호가 되기 쉽다. 광부들의 평등 주장에 대한 로런스의 비판도 자칫 그러한 일반론과 혼동될 수 있으나, 작품에서는 그들의 기계적 평등론조차 기독교적 이웃사랑으로 위장된 토마스 크라이치의 불평등주의 앞에서는 옳은 것이었음을 잊어서는 안 된다. 허마이어니의 '정신적 평등' 주장을 버킨이 맹렬히 반박할 때 '물질적 평등'을 역설하는 대목이 보여주듯이(103-104면), 로런스가 '소유'에 얽매이지 않는 삶을 꿈꾸는 것은 기존의 사회적 불평등을 변호하는 입장과 무관하다.[36] 이것은 오히려 제1세계 내부에서 재화가 평등하게 분배되면 그만이라는 입장보다는, '밥이 하늘'이라는 명제가 민중문학의 자연스러운 표현으로 성립할 수 있는 제3세계의 상황에 대해 훨씬 개방적인 자세인 것이다.

2

『연애하는 여인들』에서 저자가—주로 버킨의 입을 통해서지만 때로는 어슐라도 동원하여—'인간' 자체, '인류'와 '인간적인 것' 전체에 대한 혐오감을 거듭 표현하고 있는 것도 전지구적 시각에서 제대로 새겨들

36 평등과 민주주의 문제에 관해서는 본서 제10장에서 더 상세히 논한다.

을 필요가 있다. 로런스는 역시 반인간주의자요 반문명주의자라고 성급히 결론지어서도 안 되려니와, 작중인물이 그때그때의 일시적 기분을 나타낸 것에 불과하다고 무난하게 처리할 일도 아니다. 이는 버킨이나 어슐라가 일상적으로 만나는 사람들에 대한 혐오감을 나타내는 표현을 넘어 이제까지 그들의 세계에서 통용되어온 인간 및 인간성의 개념 자체에 대한 본질적인 도전을 뜻하는 것이다. 그런 의미에서 서구의 전통적 '휴머니즘(인간주의·인본주의)'마저 극복함으로써만 참다운 인간해방의 길이 열릴 수 있게 된 오늘의 세계사적 상황과의 연관 아래 살펴볼 필요가 있다.[37]

형이상학적으로 규정된 '인간의 본질'이 아무리 고귀한 내용일지라도 그것은 인간됨의 참뜻을 제대로 살리지 못한다는 하이데거의 생각은 이 문제의 이해에 도움이 된다. 형이상학적 주장으로서의 '휴머니즘'에 반대하는 것이 비인간화를 편드는 일이기는커녕 도리어 인간의 인간다움(humanitas)을 더욱 높이 설정하려는 노력이라는 것이다. 그러나 높이 설정한다는 것은 인간을 '존재자의 주인'(der Herr des Seienden)으로서 상좌에 앉은 존재로 두기보다 '존재(~임)의 파수꾼'(der Hirt des Seins)으로서의 겸허한 위치에서 인간됨의 진정한 존엄과 위대성을 찾는 일이다.[38] 하

---

37 포스트모더니즘 이래로 반휴머니즘(anti-humanism) 및 포스트휴머니즘(post-humanism)이 중요한 주제로 떠오르면서 로런스의 입장이 한결 시의성을 갖게 된 면이 있다. 하지만 로런스의 휴머니즘 비판이 최근의 논의들과 어떤 면에서 부합하고 어떤 점에서 차이가 나는지는 별도의 검토를 요한다.

38 "휴머니즘에 반대하는 까닭은, 휴머니즘이 인간의 인간다움을 충분히 드높게 평가하지 못하기 때문이다."*(마르틴 하이데거 「휴머니즘 서간」, 『이정표』 2권, 이선일 옮김, 한길사 2005, 143면; M. Heidegger, "Brief über den 'Humanismus'," *Wegmarken*, Frankfurt am Mein: Vittorio Klostermann 1967, 161면). '존재자의 주인'과 '존재(~임)의 파수꾼(목자)'의 대비는 같은 글 157면(독일어 원본 172면)에 나온다. 국역본의 글제목을 그대로 소개했으나 원

이데거의 이런 발언은 단순히 인본주의의 입장을 버리고 기독교 전통에서 말하는 '하느님의 아들'로서의 인간 존엄성으로 되돌아가는 것과도 다른 차원의 이야기다. 참다운 인간성을 '하느님의 아들됨'으로 설정하는 것도 결국은 고귀한—적어도 하느님과 천사 다음으로 고귀한—'인간성'을 형이상학적으로 설정하는 또 하나의 사례이며, 동물에 대한 존중 내지 동물권이 강조되는 근년의 담론지형에서는 오히려 넘어서야 할 한계로 인식되곤 한다.[39] 굳이 종교적인 해석을 찾는다면, 인간의 참 인간됨과 그 존엄을 인간의 고유한 본질주의적 속성보다 인간이 일체중생과 공유하는 불성(佛性)에서 찾되 불성을 가진 중생 가운데서 인간을 수승(殊勝)한 존재자로 인식하는 불교의 발상이 하이데거의 생각에 훨씬 가깝다 할 것이다.[40] 그에 비하면 '동물로의 선회'를 대변하는 서양의 여러 담론은 형이상학적 '인간성'을 비판하고 그것과 동물성의 확연한 구별에 반대하는 가운데 인간됨의 존엄과 위대성을 폄하하는 결과가 될 우려가 없지 않다.

『연애하는 여인들』로 돌아오면, 산업계 거물 제럴드의 사업이야말로 어떤 의미에서 인간을 인본주의적 정점으로 끌어올린 업적이다. 그것은 대상이자 자원으로서의 자연과 맞선 주체로서의 인간이 드디어 지구의

제에서처럼 따옴표를 써서 「'휴머니즘'에 관한 서간」이라 하는 것이 더 충실한 번역일 것 같다.

39 동물담론에 대한 국내의 최근 논의로 황정아 「동물과 인간의 '(부)적절한' 경계: 아감벤과 데리다의 동물담론을 중심으로」, 『안과밖』 43호(2017년 하반기) 참조. 아감벤, 데리다의 동물담론(및 그것이 내포하는 하이데거 비판)에 대해 논자가 일정한 거리를 두고 있음을 밝혔으나(92면 각주16 등) 더이상의 논의는 없다.

40 하이데거가 오직 인간만을 *das Sein*의 의미를 묻는 현존재(Dasein)로 보듯이, 불교에서는 천상계의 신들일지라도 인간이 못 누리는 복락을 누릴 뿐이지 깨달음을 얻어 부처가 되려면 인도(人道)로 내려와 인간만이 할 수 있는 공부를 해야 한다고 본다.

주인이요 만물의 지배자로 군림하는 역사적 순간이며, 토마스 크라이치의 인도주의적 자본주의와 광부들의 경제주의적 평등 이념이 일거에 지양된 상태이다. 또한 뒤로 갈수록 어슐라보다 오히려 제럴드와 구드런이 더 열을 올려 주장하는 '연애'의 복음을 두고 말하더라도, 이는 형이상학의 창시자 플라톤의 『향연』부터 서양 휴머니즘의 기본적 구성요소를 이루어온 것이다.

새로운 활로를 찾으려는 노력이 여의치 않을 때마다 버킨이 인류의 멸종을 상상하며 오히려 거기서 어떤 위안을 얻곤 하는 것은 이러한 문맥에서 이해되어야 한다. 그것은 결코 일시적 염세감정만이 아니며 그렇다고 반인간적 도착증세도 아닌 것이다. 마지막 장에서 제럴드가 동사한 장소를 찾아보고 비탄에 젖은 버킨은 다시 한번 인간이 전부가 아니라는 생각으로 돌아온다.

그는 돌아섰다. 심장이 터지거나 마음을 쓰지 않거나 둘 중의 하나뿐이었다. 차라리 마음을 쓰지 말 일이었다. 인간과 우주를 만들어낸 신비가 무엇이건 그것은 인간적이 아닌 신비였다. 그 나름의 위대한 목표가 있는 것이요 인간이 기준은 아니다. 그 거대하고 창조적인 비인간적 신비에 모든 것을 맡겨두는 것이 최선이었다. 자기 자신과만 씨름하고 우주와는 다투지 않는 것이 최선이었다.(478면)*

그러면서 버킨은 "하느님도 인간이 없으면 안 되신다"는 어느 유명한 종교인의 말도 사실이 아니라는 생각에서 오히려 큰 위안을 느낀다. 옛날에 멸종한 생물들처럼 인간도 창조적으로 발전하지 못할 때 이를 대치할 새로운 피조물이 나타나리라고 상상해본다.

버킨에게는 이런 생각을 하는 것이 매우 위안이 되었다. 인류가 막다른 골목에 들어서서 스스로 탕진해버린다면, 시간을 초월한 창조적 신비는 어떤 다른 존재를, 더욱 아름답고 경이로운 어떤 새롭고 아름다운 족속을 불러내어 창조의 구현작업을 계승토록 할 것이었다. 결코 판이 끝나는 일은 없으리라. 창조의 신비는 바닥이 없고 실수도 없고 다할 줄 모르는 영원한 것이었다. (…) 인간이라는 사실은 창조적 신비의 가능성에 비하면 아무것도 아니었다. 그 신비로부터 곧바로 자신의 맥박이 고동칠 수 있다는 것, 이것이야말로 완전이요 표현할 수 없는 만족이었다. 인간이냐 인간이 아니냐는 문제가 안 되었다. 완전한 맥박은 이름지을 수 없는 존재, 태어나지 않은 기적적인 종(種)들로 고동치고 있었다.(479면)*

'비인간적 신비'(non-human mystery)에 대한 이러한 명상이 자신의 인간성이나 인간으로서의 책무를 포기하는 것이 아님은 더 말할 것도 없다. 오히려 버킨은 여기서 창조적 삶의 길을 찾겠다는 결의를 다지면서 제럴드를 잃은 슬픔을 이겨내는 것이다.

그렇기 때문에 『연애하는 여인들』은 실제로 서구 휴머니즘의 영역에 머무는 최고 수준의 노력보다 더욱 본질적인 탐구를 수행한다. 이 점을 분명히 하려면 극단적인 모더니즘 작품들과 비교하기보다 예컨대 토마스 만의 대작 『파우스투스 박사』(*Doktor Faustus*, 1947)처럼 모더니즘의 문제와 대결하면서 스스로 휴머니즘과의 연계를 고수하는 작품과의 대비가 필요하다. 극히 단편적인 고찰이지만, 『파우스투스 박사』 역시 서구문명에서 이제까지 보존되어온 '감각과 양명한 정신의 연관'이 깨어지는 역사적 사건을 다루고 있고 현대 서구의 전위적 예술을 그러한 붕괴의 산물로 제시하고 있음이 주목된다. 그러나 음악가인 주인공 아드리안 레버퀸(Adrian Leverkühn)은 『연애하는 여인들』 뒷부분에 등장하는 조각가 뢰르케(Loerke)와는 달리, 그러한 붕괴 이후의 인물이라기보다 그것을 스스로 체험했고 최후의 고백에서 "땅 위의 일이 좀더 나아지기 위해 필요한 것에 똑똑하게 정신을 쏟고, 언젠가는 아름다운 작품을 위해 산 토양과 참된 조화가 다시 준비되는 질서가 사람들 틈에 이룩되도록 그 필요한 것을 조심스럽게 해내는 대신, 인간은 의무를 게을리하고 지옥 같은 만취상태로 뛰쳐나온다"[41]*라고 참회하는 인물이다. 따라서 본질적으로는 뢰르케보다 제럴드와 대비시키는 것이 더 적절할지 모른다. 제럴드 역시 처음부터 숙명적인 유형으로 제시되어 있고 끝내 영혼의 붕괴로 탈락하고 말지만, 뢰르케와 구드런이 대표하는 다음 단계까지 따라가지 못하는 것은 "그가 결국에 가서는 선함과 의로움, 그리고 궁극적인 뜻과의 일치에 대한 필요성으로 구속된다는 한계가 지어져"(452면)* 있었기 때문이다.

물론 현대예술가로서 레버퀸의 천재적 업적은 일단 그러한 제약을 떨쳐버린 데서—그런 의미에서 옛날의 파우스트 박사처럼 영혼을 악마에게 팔아넘긴 데서—나온다. 이러한 그의 생애를 저자는 전통적 인본주의자이자 직업적 인문주의자(고전학자·교사)인 친구 짜이트블롬(Serenus Zeitblom)의 애정과 두려움 섞인 눈을 통해 제시한다. 현대정신의 비인간성·악마성의 문제에 대해 저자는 그 유명한 '아이러니'를 견지하면서 단정적인 태도를 피하고 있다. 아마도 그것은 레버퀸의 예술이 한편으로는 히틀러로 대표되는 현대 유럽문명의 야만성과 상통하면서 다른 한편 서구적 문화전통의 어떤 극치를 이룬다는 복합적 인식 때문일 것이다.

이에 비해 로런스가 제럴드, 구드런, 뢰르케 들을 보는 태도는 훨씬 명료하다. 이들 인물이 결코 더 평면적으로 포착되어서 그런 것도 아니다. 오히려 더욱 심층적이고 리얼리즘에 충실하게 그려졌다고 볼 수 있는데,

---

41 Thomas Mann, *Doctor Faustus*, tr. H. T. Lowe-Porter (Penguin Books 1968) 47장 479면 참조.

그들을 판단하는 기준을 서구 전통 중 최고·최선의 가치들이 아니라 이러한 전통 자체를 일찍이 태동시켰고 이제 그 근본적 극복을 요구하는 역사를 전개시키는 '비인간적 신비'에 두고 있는 까닭이다. 따라서 제럴드는 그 역사적 전형성에 있어 레버퀸보다 결코 못하지 않음에도 불구하고 비극적 인물이 되지 못한다. 토마스 만의 짜이트블롬 같으면 찬탄해야 좋을지 끔찍하다 해야 좋을지 몰라서 고민을 계속했을 제럴드의 '숙명적' 성격이 버킨에게는 한마디로 '권태감'을 안겨준다.

> 제럴드에게서 느껴지는 숙명적이라는 이 묘한 느낌 — 마치 그가 어떤 한가지 존재형식, 한가지 앎, 한가지 활동, 자신은 온전하다고 생각하는 일종의 치명적인 반쪽됨에 국한되어 있다는 느낌 — 이 두 사람의 열정적인 접근의 순간 뒤에 늘 버킨을 사로잡았고, 버킨에게 일종의 경멸감 또는 권태감을 안겨주었다. 제럴드에게 있어 버킨을 권태롭게 만드는 것은 바로 그 한계에 집착하는 태도였다. 제럴드는 한번도 진짜 무심한 경쾌함 속에 자신을 홀쩍 벗어던지지 못했다. 그에게는 어떤 장애물이, 일종의 편집광증(偏執狂症)이 있었다.(207면)*

실제로 아드리안 레버퀸의 운명을 두고도 우리가 찬탄과 공포 사이를 오락가락할 것만이 아니라 우리 나름의 살길을 찾고자 한다면, 연민과 공감을 일단 지불할 만큼 지불한 뒤에는 그것이 궁극적으로는 시시하고 권태롭다고 말할 수 있어야 한다. 이는 20세기 독일 시민계급 최대의 작가에게는 불가능한 일일지 모르나 새로운 역사를 열어가는 후천개벽시대 민중의 입장에서는 가능하고도 필요한 일이다.

이것을 서구적 교양의 부족으로 돌릴 일도 아니다. 서구문화의 중심부에서 배출된 로런스 같은 탁월한 작가의 본보기가 말해주듯이, '교양'보다 더 근원적인 물음과 깨달음이 요구되는 시대가 열려 있기 때문인 것이다. 하이데거의 말을 빌리면, "교양(Bildung)의 시대가 끝나가는 것은 교양 없는 사람들이 지배권을 획득하고 있기 때문이 아니라, 진정코 물어봄 직한 어떤 것이 모든 사물과 역사적 과제로 도래한 것들의 본질적인 것에 이르는 성문을 다시금 열어놓는 그런 세계시대의 징후가 이제 보이기 때문이다."[42*] 말하자면 '교양'보다 깨달음과 '정신개벽'이 우선하는 시대가 열리고 있는 셈이다. 그리고 이러한 시대가 제대로 열릴 때 새로운 깨달음에 근거한 새로운 교양이 성립할 것이다. 그 속에는 구시대 동서양의 교양이 당연히 반영되겠지만 우선은 낡은 교양전통에 대한 집착, 특히 아직도 스스로 보편성을 외쳐대고 있는 서구적 교양과 휴머니즘에의 집착을 극복하는 일이 긴요하다.

『연애하는 여인들』의 물음이 '제3세계적 인식'을 향해 열려 있는 것처럼, 로런스는 1차대전 종전 이후의 방랑생활을 통해 서구문화권 이외의 세계를 탐방하며 그 경험을 토대로 소설을 쓰기도 했다. 그중 가장 야심적인 작품이 멕시코를 무대로 한 장편 『날개 돋친 뱀』인데, 여기서 우리가 명백히 얻을 수 있는 결론은, 로런스가 아무리 뛰어난 작가이고 이 작품에도 그 천재적 소질이 여기저기 드러나 있지만 『연애하는 여인들』을 통해 구체적인 대안이 있을 수 없는 상황으로 확인된 시대에 작가가 임의로 대안을 만들어낼 수는 없다는 점이다.[43] 아니, 바로 이런 무리한 시도를 할 때 서구적 휴머니즘의 극복을 모색하는 정당한 노력이 '비인간적 신비' 앞에서의 신실한 기다림의 자세를 버리고 (1930년대 초 하이데거의 일시

42 「학문과 숙고」, 『강연과 논문』 86~87면("Wissenschaft und Besinnung," *Vorträge und Aufsätze* 69면). 번역을 일부 손질했음.

43 『날개 돋친 뱀』은 본서 제5장에서 다시 논한다.

적인 나찌즘 동조와 마찬가지로) '반인간적인 것'의 옹호로 떨어질 위험에 직면한다. 제3세계를 포함한 전세계 민중이 주역으로 등장하는 새 시대는 이들 민중 가운데서 때가 차고 깨달음이 성숙했을 적에 그들 자신의 방식에 따라 열리는 것이지, 서구인들—설혹 그가 선각자며 선의에 찬 지식인이나 작가일지라도—의 필요에 맞춰 그들 마음대로 전개되지는 않는 법이다.

어쨌든 이러한 탐구와 시련을 거쳐 만년의 로런스가 유럽으로 되돌아오고 『채털리부인의 연인』에서 인간 본능의 따뜻함과 부드러움을 스스럼없이 찬미하고 나오는 것은 매우 감동적이다. 또한 그사이에 그는 예술적으로 빼어난 중·단편과 시·수필·평론을 수없이 내놓았다. 그러나 기술시대의 참뜻을 묻고 새로운 창조적 삶의 길을 찾는 기본적인 작업에서는 『무지개』와 『연애하는 여인들』의 성과로부터 뚜렷이 더 나아갔다고 보기 어렵다. 이것은 작가의 개인적 한계 때문이기도 하겠지만, 두 소설을 통해 로런스가 기술의 본질을 물음에 있어 '제3세계의 시대' 또는 '후천개벽 세상'이 미처 열리기 전의 서구 작가로서는 도달 가능했던 데까지 거의 도달했기 때문이라고 보아야 옳을 듯하다. 다음 단계의 업적은 그것이 유럽의 작가에 의한 것이든 아메리카나 다른 어느 곳의 작가에 의한 것이든 로런스의 시대에는 아직 구체화되지 못했던 제3세계적 내지 전지구적 의식을 수용함으로써만 새로운 깊이와 높이에 다다를 것이며, 근대 장편소설이 아닌 다른 적절한 형식이 개발될 가능성도 배제할 수 없다.

하지만 그러한 업적이 이루어진다 해도 로런스의 물음이 낡아버리지는 않는다. 그것은 그의 시대 그의 세계에서만 가능했던 진리에의 물음이요 진실의 드러냄이며, 다음 시대의 작품도 그러한 물음과 드러냄의 수준에 도달하는 것이라면 알게모르게 앞서 이룩된 작품과 서로 주고받는 관계에 서게 될 것이다.

제3장

『연애하는 여인들』의 전형성 재론

구드런, 뢰르케 등 현대예술가상을 중심으로

1. 글머리에

본장의 초본은 제1장과 마찬가지로 별도의 평론으로 『창작과비평』 76호(1992년 여름)에 '로렌스 소설의 전형성 재론: 『연애하는 여인들』에 그려진 현대예술가상을 중심으로'라는 제목으로 실렸다. 다만 앞서 발표한 『무지개』론이나 『연애하는 여인들』론과 달리 영어 학위논문의 재활용에 많이 의존하는 대신 애초에 상대적으로 소홀했던 부분을 보완하는 내용이었다.

1990년대 초는 한국 평단에서 리얼리즘 논의가 거의 마지막 불꽃처럼 활기를 띠던 시기다. 계간 『실천문학』이 19호(1990년 가을)의 '다시 문제는 리얼리즘이다'라는 특집을 필두로 연속기획을 이어갔고 그 내용을 엮어 『다시 문제는 리얼리즘이다』라는 단행본을 내기도 했다(실천문학 편집위원회 엮음, 실천문학사 1992). 나도 그 기획에 일부 참여했으며, 『창작과비평』 지면에서도 연관된 논의가 다수 진행되었다.[1] 그런데 이러한 토론의 열기가 오래 이어지지는 못했다. 『실천문학』도 그랬고 『창작과비평』의 리얼리즘 논의 또한 간헐적으로만 지속되었다. 사실 리얼리즘론에 대한 나 자신의 관심은 오늘도 살아 있고 사실주의와 리얼리즘에 관한 고찰을 근년에 다시 내놓은 일도 있다.[2] 그러나 리얼리즘이라는 용어는 점차 덜 쓰게 되었는데, 그 낱말을 너무 여러 사람들이 각기 너무 다르게 쓰는 데 따른 부담이라든가 리얼리즘과 사실주의의 복잡한 관계를 번번이 설명해야 하는 부담, 그리고 「민족문학론과 리얼리즘론」(1990)에서 이미 밝혔듯이[3] '진정한 리얼리즘'일지라도 하나의 '이즘'인 이상 그 나름의 형이상학으로 흐를 위험을 내장한다는 부담 등 여러가지 사정이 작용했다. 그래서 신경숙(申京淑)의 장편을 다룬 평론 「『외딴방』이 묻는 것과 이룬 것」(『창작과비평』 97호, 1997년 가을; 『통일시대 한국문학의 보람』에 수록)처럼 내용상 리얼리즘 논의에 해당하는데도 그 단어를 전혀 쓰지 않은 경우도 있다.

로런스 소설의 전형성을 재론하던 시점에는 그러나 평단의 리얼리즘 논의가 아직 한창이었고 시에서의 리얼리즘 문제로 논의가 확산되기까지 했다. 엥겔스 이래의 많은 리얼리즘론자들이 내세운 '현실반영'이나 '전형(典型)'에 대한 요구를 서정시를 포함한 온갖 갈래의 예술작품에도 적용할지가 중요한 쟁점이 된 것이다. 동시에 장편소설에 주로 적용되어온 기왕의 리얼리즘론을 시에 그대로 적용하는 것은 무리라는 합의가 넓어

1 『실천문학』의 기획특집을 포함한 당시의 논의에 대한 일차적 정리로는 최원식·윤지관·유중하·조만영 좌담 「리얼리즘, 포스트모더니즘, 민족문학」(『창작과비평』 76호, 1992년 여름)을 참고할 만하다.

2 졸고 「문학이 무엇인지 다시 묻는 일」, 『문학이 무엇인지 다시 묻는 일』, 창비 2011; 「근대의 이중과제, 그리고 문학의 '도'와 '덕'」, 『창작과비평』 170호(2015년 겨울).

3 『통일시대 한국문학의 보람』, 창비 2006, 411~12면. 그에 앞서 졸고 「모더니즘 논의에 덧붙여서」에서도 "하나의 지속되는 역사적 싸움으로서의 리얼리즘운동에 충실하면서 리얼리즘 개념의 형이상학적 성격을 극복하는"(『민족문학과 세계문학 2』, 창작과비평사 1985, 446면) 과제를 언급한 바 있다.

져가고 있기도 했다. 이 문제에 대한 내 입장은 「시와 리얼리즘에 관한 단상」(『실천문학』 24호, 1991년 겨울; 『통일시대 한국문학의 보람』에 수록)에서 소략하게나마 정리했는데, "전형성, 현실반영 같은 특정 기준들의 충족 여부보다 '지공무사(至公無私)' 또는 '사무사(思無邪)'로서의 당파성의 구현 여부가 한층 본질적인 문제"(『통일시대 한국문학의 보람』 429면)라는 것이 그 골자였다.

이는 단지 시의 차원을 넘어 문학 전반, 예술 전반에 대한 인식의 전환을 요구하는 명제다. 그렇더라도 "세부의 진실성 외에도 전형적 환경에서의 전형적 인물들을 진실하게 재현하는 것"[4]이라는 엥겔스의 규정은 몇가지 전제만 공유한다면 장편소설에 관한 한 여전히 적절하며, 이는 지공무사한 '시적 성취'라는 맥락 속에 다시 자리매길 필요가 있다. 『연애하는 여인들』에 대한 나의 종전 논의에서 소홀히 다루었던 인물들을 재론하려는 시도는 한국 평단의 그러한 현안에 대응하려는 노력을 겸한 것이기도 했다.

그로부터 4반세기가 더 지난 오늘 비평의 지형은 크게 달라졌다. 리얼리즘론은 나라 안팎의 논단에서 거의 관심 밖으로 밀려난 느낌이다. 아니, 논쟁의 축을 '리얼리즘 대 모더니즘'에서 '모더니즘 대 포스트모더니즘'으로 재편하려는 흐름을 이끌던 포스트모더니즘조차 그사이 유행을 넘겨 시들해진 형국이다. 그렇다고 리얼리즘/모더니즘 논쟁이 부활한 것은 아니며 양자의 '회통(會通)'이 간간이 거론되는 정도다.

그러나 한국 평단의 리얼리즘 논의가 1990년대 초에 이미 성취했고 그 뒤로도 진전을 보여준 내용을 깡그리 낡은 것이라고 거들떠보지 않는 풍

---

4 1888년 4월 초 마가렛 하크네스에게 쓴 편지. 해당 대목의 번역은 앞의 「민족문학론과 리얼리즘론」 381면 참조.

조야말로, 리얼리즘이라는 용어를 고수할지 여부와는 별개로, 리얼리즘론 본래의 문제의식과 리얼리즘/모더니즘 대비의 기본취지를 되살릴 필요를 부각시킨다. 이는 자본주의 세계체제와 그 속의 삶에 대한 본질적인 문제제기가 예술과는 무관하다거나 현실적으로 무모하고 무의미한 작업이라는 이데올로기가 그 어느 때보다 만연해 있음을 보여주기 때문이다.

앞서도 말했듯이 나는 리얼리즘이라는 용어를 몇가지 이유로 덜 쓰는 대신 거기 담긴 문제의식만은 틈틈이 되새겨왔다. 그러는 가운데 근대의 이중과제라는 틀 안에 리얼리즘론을 자리매기는 논법의 전환에 도달했다. 곧, 사실주의와 진정한 리얼리즘이 "무엇이 같고 무엇이 다른가를 열거하는 방식보다 '리얼리즘'으로 호명된 것이 사실주의와 모더니즘(및 포스트모더니즘) 등에 비해 '근대적응과 근대극복의 이중과제'를 얼마나 더 원만하게 수행하는가를 가늠해보는"[5] 방식을 택한 것이다.

이러한 방식을 따른다고 해서 '전형성'이라든가 '반영' '재현' 등 기존의 개념들이 폐기되는 것은 아니다. 근대의 이중과제에 부응하는 예술적 성취라는 틀 안에서 새로 해석될 따름이다. 어디까지나 시적·예술적 성취가 기본이지만 장르와 개별 작품의 성격에 따라 그에 걸맞은 현실반영과 전형성 구현이 이루어질 것이 여전히 요구된다. 아니, 실사구시(實事求是)의 정신 자체가 이중과제의 수행에 필수적이며 이중과제의 불가피성을 깨닫게 만든다. 따라서 『무지개』와 『연애하는 여인들』이 이중과제의 탁월한 수행이요 '시적 성취'에 도달한 장편소설의 예라고 한다면 인물의 전형성 또한 그에 걸맞은 수준일 것임을 짐작할 수 있다.

제2장에서 보았듯이 『연애하는 여인들』은 1차대전 중에 창작되어 1920년에 처음 출판되었다. 게다가 저자는 1930년에 작고했으므로 포스

5 「근대의 이중과제, 그리고 문학의 '도'와 '덕'」, 『창작과비평』 170호(2015년 겨울) 122면.

트모더니즘이라는 용어나 개념이 등장하기 훨씬 전에 산 인물이다. 그런데 바로 그런 작가의 작품이 포스트모더니즘 현상까지 예견하고 그 역사적 성격을 깨닫게 해주는 힘을 지녔다면 이것이야말로 작가 개인의 천재성에 대한 확인을 넘어 '전형적 환경에서의 전형적 인물들을 진실하게 재현하는' 작업의 위력을 보여주는 셈이다. 즉 『연애하는 여인들』의 작중 상황과 인물들이 우리가 적응하면서 넘어서야 할 근대의 참모습을 너무도 진실되고 집약적으로 드러낸 나머지, 작품이 직접 언급하지 않고 언급할 수도 없었던 미래현실의 중요한 특징까지도 함축하기에 이르렀다는 판단이 가능해진다.

『연애하는 여인들』에 나오는 '산업계의 거물' 제럴드 크라이치의 전형성에 대해서는 앞서 '기술시대'라는 관점에서 고찰했지만 구드런과의 연애관계를 소략하게 다룸으로써 중대한 공백을 남겼다. 이 관계야말로 작품구조상 버킨과 어슐라의 관계에 맞먹는 또 하나의 뼈대로서, 두 브랭귄 자매와 두 남자친구들의 상반되는 '사랑' 체험의 맥락에서만 그중 어느 한 인물의 전형성도 제대로 파악될 수 있다. 본장 역시 제럴드와 구드런 관계의 전면적인 검토는 아니며, 오히려 제30장 이전까지의 관계진전을 전제한 상태에서 30장 '눈'(Snow), 31장 '눈에 갇히다'(Snowed Up)에 나오는 구드런과 뢰르케 두 예술가의 모습에 초점을 맞춘다. 1992년 초본에서도 물론 구드런과 제럴드의 됨됨이뿐 아니라 어슐라와 버킨의 관계, 버킨과 제럴드의 우정 문제 등 모든 유관사항을 감안한 논의를 시도했는데, 본장에서는 그 논의를 보완하는 노력의 일부로 『무지개』 제8장 '아이'에서 윌과 애나의 결혼생활에 일어나는 변화에 관한 고찰을 '보론'으로 더했다.

2. 구드런과 뢰르케의 모더니스트적 면모

『연애하는 여인들』 제30장, 31장에 그려진 구드런과 뢰르케[6]의 모습은 예컨대 루카치 같은 '정통적' 리얼리즘론자의 관점에서도 '모더니즘 예술가의 전형'으로 어느정도 인정될 법하다. 구드런은 재능있는 조각가이며 런던의 퇴폐적 예술가들의 세계에도 익숙한 인물이다. 삶으로부터의 소외감에 시달리면서도 이 현실을 극복할 어떤 역사적 전망이나 민중과의 연대가 전혀 없는, 소시민계급 출신의 예술가라는 점 또한 루카치의 모더니스트상에 부합한다. 그녀가 만드는 작품은 주로 소품들인데, 이는 (어슐라가 어느 순간 문득 깨닫고 반감을 느끼듯이) "삶을 그토록 철저히 끝장내버리고 모든 사물을 그토록 보기 싫고 최종적인 것으로"(She finished life off so thoroughly, she made things so ugly and so final.)[7] 만드는 그녀의 습성과 무관하지 않다.

뢰르케는 구드런에 비하면 군소인물에 해당하지만 소외된 모더니스트로서의 면모는 그만큼 더 뚜렷하며 더욱 불길하고 음산한 분위기를 풍긴다. 전형의 차원에서 얼마나 성공적인 형상화인지는 지금부터 검토할 일

---

6 게르만족의 전설에서 구드룬(Gudrun)은 니벨룽족의 왕녀이며 두번째 남편을 살해하기도 하는 인물이다. 윌리엄 모리스의 서사시와 바그너의 오페라에도 각기 조금씩 변형된 모습으로 등장하는데, 로런스가 구드런 브랭귄의 이름을 지으면서 이를 얼마간 염두에 두었을 가능성은 충분하다. 발음은 영어식으로 '거드런' 또는 '가드런'이라 하는 경우도 있지만 본고에서는 '구드런'으로 통일했다. 뢰르케(Loerke)는 독일인이므로 독일어식으로 표기했는데, 영국인들은 '로오키'에 가깝게 발음하기 쉽다. 그럴 경우 뢰르케가 북구 신화에 나오는 장난질과 파괴의 신 로키(Loki)를 연상시킨다는 리비스(*D. H. Lawrence: Novelist* 176면) 등 여러 평자들의 지적이 더욱 납득하기 쉬워진다.

7 D. H. Lawrence, *Women in Love*, ed. D. Farmer, L. Vasey and J. Worthen (Cambridge University Press) 〔이하 *WL*〕 263면.

이나, 시종 개성적인 인물로 부각되는 것은 사실이고 저자가 그의 사회사적·정신사적 대표성을 염두에 놓고 있음도 분명하다. 예컨대 뢰르케의 조각품의 모델이 그의 여제자였다는 말을 듣는 순간 구드런은 드레스덴이건 빠리건 런던이건 다 마찬가지로 뻔하게 냉혹하고 몰풍스러운 그 세계가 그대로 머릿속에 떠오른다(432면).

런던의 자유분방한 예술가·지식인의 세계는 할리데이 등 까페 폼파두어 주변의 인물들을 통해 생생하게 그려져 있다. 이는 리비스의 지적대로 "날카롭게 제시된 지식층의 이 대표적인 세계는 로런스가 당대 영국을 감탄스러울 정도로 포괄적으로 제시하는 작업에서 그것 나름의 위치를 차지"*(*D. H. Lawrence: Novelist* 173면)할 뿐 아니라 30, 31장의 사건을 어떤 차원에서 읽어야 할지에 대해서도 중요한 암시를 준다. 즉 구드런과 더불어 버킨과 제럴드도 이 세계에 친숙한 인물들이며, 따라서 구드런과 뢰르케 사이의 진행이 그 세계의 뻔한 탐미주의라든가 퇴폐주의, 비도덕성 따위를 한번 더 예시하는 정도라면 큰 의미가 없음을 미리 못박는 셈이다. '드레스덴이건 빠리건 런던이건 다 마찬가지'인 그런 것들은 두 사람 모두 — 그리고 버킨도 — 벌써 '졸업'한 상태인 것이다.

모더니즘 대 리얼리즘 논쟁의 구도와 관련해서 가장 눈에 띄는 대목은 아마도 예술과 인생의 관계에 대한 뢰르케와 어슐라의 논전(*WL* 430-31면)일 것이다. 뢰르케가 구드런에게 보여준 자신의 조각품 사진에는 뻣뻣하게 멈춰선 거대한 수말 위에 가냘픈 나체의 소녀가 얼굴을 손으로 가린 채 타고 앉은 모습이 보인다. 구드런은 충격과 감동이 엇갈리는 상태인데, 갑자기 어슐라가 끼어든다.

> "말을 왜 이렇게 뻣뻣하게 만들었나요? 무슨 물건 덩어리처럼 뻣뻣하잖아요"라고 어슐라가 말했다.

"뻣뻣하다니요!" 그는 즉각 싸울 태세로 되받았다.

"그래요. 얼마나 둔감하고 멍청하고 야비한지 한번 좀 보세요. 말이라는 짐승은 사실은 예민해요. 무척 예민하고 섬세하다고요."

뢰르케는 어깨를 들썩 올리며 여유로운 무관심의 몸짓으로 두 손을 폈다. 어슐라는 아마추어요 주제넘은 문외한임을 통고해준다는 식이었다.

"보세요—" 그는 모욕적인 참을성과 굽어보는 친절을 목소리에 담고 말했다. "저 말은 일정한 하나의 형식입니다. 어떤 전체 형식의 일부지요. 이건 조각형식인 예술작품의 한 부분입니다. 이건 부인께서 설탕 한 덩어리 집어주는 친근한 말의 그림이 아니거든요. 이건 예술작품의 한 부분이고 그 예술작품 바깥의 어떤 것과도 아무 관계가 없단 말입니다."

어슐라는 이처럼 모욕적으로 굽어보는, 밀교적 예술의 저 높은 곳에서 아마추어 어중이떠중이들의 저 밑바닥을 내려다보는 투로 취급당한 데 화가 나서, 벌게진 얼굴을 쳐들고 열을 내며 대답했다.

"하지만 그건 어쨌든 말의 모습인 게 분명하지요."

그는 다시 한번 어깨를 들썩였다.

"좋으실 대로 하세요. 암소의 모습이 아닌 건 분명하니까요."(430면)*

이때 구드런이 언니의 무식한 반발이 너무나 창피하고 속상하다는 듯이 개입해서는 도대체 '말의 모습'이라는 것이 무슨 뜻이며 '말'이란 또 무엇이냐고 뢰르케의 역성을 든다. 어슐라는 한순간 흔들리지만 곧 말 자체가 아닌 '말의 표상'에 불과하달지라도 어째서 뢰르케는 하필 그런 표상을 가졌느냐고 되물으면서, "실제로 그건 그 자신의 모습이란 걸 난 알아"라고 더욱 '무식하게' 나온다.

"나의 모습이라고!" 뢰르케는 코웃음치며 되풀이했다. "보십시오, 부인. 그건 Kunstwerk〔예술작품, 원문에 독일어로 나옴〕입니다. 그건 예술작품이고 결코 그 무엇의 그림도 아닙니다. 그것은 그것 자체와 말고는 아무 상관이 없고, 일상세계의 이런저런 것과 아무 관계가 없습니다. 양자 간에는 아무 연결이, 전적으로 아무 연결이 없는 겁니다. 그건 전혀 상이하고 명백히 구별되는 차원에 존재하는 거고, 하나를 다른 하나로 옮긴다는 건 어리석은 정도가 아니라 말도 안 되는 짓이지요. 그건 모든 분별의 상실이고 도처에 혼란을 심는 노릇입니다. 행동의 상대적 세계와 예술의 절대적 세계를 혼동하는 일은 **결단코** 피해야 한단 말이에요. 그건 **절대로** 해서는 안 되는 일입니다."

"그건 옳아요." 구드런이 일종의 황홀상태에 빠져 소리쳤다. "그 둘은 전적으로 영구히 따로 있고 상호간에 아무 관계가 없어요. 나와 내 예술, 그건 **전혀** 관계가 없는 거예요. 내 예술은 다른 세계에 있고 나는 이 세계에 있는 거지요." (…)

어슐라는 이 폭발이 있은 뒤 입을 다물었다. 그녀는 화가 나서 어쩔 줄 몰랐다. 두 사람의 신조에 구멍을 내주고 싶었다.

"당신의 그 모든 장광설은 한마디도 진실이 아니에요." 그녀는 잘라 말했다. "저 말은 당신 자신의 둔감하고 멍청한 야비성의 그림이에요. 그리고 저 소녀는 당신이 사랑하고 괴롭히다가 나중에는 내팽개친 소녀예요."

뢰르케는 눈가에 희미하게 경멸의 미소를 띠고 그녀를 쳐다보았다. 그는 이 마지막 비난에 굳이 답하지 않으려는 것이었다. 구드런 역시 짜증과 경멸로 입을 닫았다. 어슐라는 정말 도저히 참아줄 수 없는 문외한이었고, 천사가 감히 발 딛기를 꺼리는 곳에 함부로 뛰어드는 꼴이었다.[8] 하지만 어쩔 건가. 어리석은 자를 기꺼이는 아닐지라도 참아주는 수밖에 없지 않은가.

그러나 어슐라도 물러설 뜻이 없었다.

"당신이 들먹이는 예술의 세계와 현실의 세계로 말한다면," 그녀는 대꾸했다. "당신은 당신의 정체를 깨닫는 걸 못 견디기 때문에 둘을 분리할 수밖에 없는 거예요. 당신은 자기가 얼마나 둔감하고 뻣뻣하고 굳은 껍질에 갇힌 야비한 존재인지 차마 인식할 수 없으니까 '그것은 예술의 세계다'라고 말하는 거지요. 예술의 세계는 현실세계에 관한 진실일 따름인 거예요. 하지만 당신은 그걸 알기에는 너무 썩어빠졌어요."(430-31면, 원저자 강조)*

많은 평자들이 거론하고 또 인용해온 대목이지만 생소한 독자를 위해 좀 길게 옮겨보았다. 듣는 쪽에서는 무식할 뿐 아니라 무례하기조차 하다 하겠지만 어슐라의 이 발언이 리얼리즘 예술관의 진수를 담은 주장임은 쉽게 수긍할 수 있다. 또한 작품 전체를 보건 로런스 자신이 다른 자리에서 '의의있는 형식'(Significant Form) '순수한 형식'(Pure Form) 운운하는 탐미주의자·형식주의자들을 야유한 것을 보건[9] 그것은 저자도 기본적으로 동조하는 입장임이 분명하다. 그리고 이에 맞선 뢰르케와 구드런의 입장은, 비단 엄밀한 의미의 탐미주의나 형식주의가 아니더라도 어느 평자의 말처럼 "모든 예술가들이 겉으로는 아무리 아니라고 해도 어느정도는 공유하는 예술관[이다]. 뢰르케를 통해 말하는 것은 플로베르이며, 지고한 것은 예술이지 예술가의 삶은 별 중요성이 없다고 선포하고 있는 것이다."[10]*

---

8 포프(Alexander Pope)의 유명한 시구 "Fools rush in where angels fear to tread"에서 따온 표현으로 영어에서 흔히 쓰임.

9 예컨대 "Introduction to These Paintings," *Late Essays and Articles*, ed. James T. Boulton (Cambridge University Press 2004) 199-201면.

이제까지 살펴본 구드런과 뢰르케의 모더니스트적인 면모만으로도 『연애하는 여인들』이 또 하나의 모더니즘 소설이라거나 리얼리즘적 전형성과는 무관한 작품이라는 일부의 고정관념을 깨기에는 충분하다. 동시에 (루카치 자신이 『연애하는 여인들』을 어떻게 읽었을지는 상상에 맡긴다 치고) 우리가 아는 루카치적 리얼리즘론으로 해석하는 데는 한계가 있기 십상이다. 뢰르케와 구드런 대 어슐라의 논전에서 후자가 리얼리즘의 입장을 대표한다는 것은 쉽게 인정되지만, 루카치의 리얼리즘론은 예컨대 버킨과 어슐라가 과연 어떤 의미로 어떤 정도까지 바람직한 대안의 '전형'일지를 따지는 방도를 제시하기보다는 그들의 행로가 역사적 대안과는 너무나 거리가 멀다는 손쉬운 등돌림의 근거가 되기 쉽다. 아니, 현대세계의 모더니즘적 흐름들과 그 문제점을 좀더 충실히 형상화한 것으로 평가됨직한 구드런과 뢰르케의 경우에도, 당장에 제30, 31장의 세부사항들 중에 그러한 전형화에 불필요하거나 방해가 되는 예가 너무 많지 않느냐는 의문에 답할 기준이 모호한 것이다. 제럴드와 구드런 관계의 우여곡절을 그토록 자세하게 추적한 것은 만약 그것이 전형성의 강화에 꼭 필요하지 않았다면 모더니즘 예술 특유의 지나친 내면탐구나 개인관계 추적이라 할 법하며, 알프스 설산의 장관에 대한 거듭된 묘사도 '전형적 환경에서의 전형적 인물들을 진실하게 재현'하는 배경으로는 다소 지나치다 할 법하다. 게다가 눈 속에서 죽는 제럴드의 종말도 리얼리즘에 큰 관심이 없는 평자라면 그 알레고리적 의미—가령 현대문명을 '대표'하는 인물로서 그 문명의 종말을 '예고'하는 의미—를 확인하는 것으로써 만족할 수 있지만,[11] 그런 식의 통념적·알레고리적인 대표성만으로 참다운

---

10 Joyce Carol Oates, "Lawrence's *Götterdämmerung*: The Apocalyptic Vision of *Women in Love*," *Critical Essays on D. H. Lawrence*, ed. Dennis Jackson and Fleda Brown Jackson (G. K. Hall 1988) 106면.

전형성이 획득되는 것은 아니다. 그렇게 죽는 제럴드와 살아남은 구드런, 뢰르케가 각기 어떤 특이한 대표성을 지녔기에 전체 플롯의 처리가 핍진성을 잃지 않으면서 저들 모두의 전형성이 확보되고 상호 보강되는지가 밝혀져야 하는 것이다.

3. 뢰르케 예술관의 복합성

좀더 곡진한 해석을 위해 뢰르케의 예술관 문제로 돌아가보자. 여기서도 간과해서 안 될 점은, 앞에 인용한 어슐라와의 논쟁이 실은 그의 초기작에 관한 것이었고 작중에서는 그보다 앞서 그의 최근 작업과 관련하여 순수예술론과는 좀 다른 예술관이 피력된 바 있다는 사실이다. 소녀와 말의 조각 같은 "기계적이 못 되고, 한층 통속적인"(429면) 조각을 이제 더는 만들지 않는다는 것이 뢰르케의 설명이다. 요즘은 실용적인 건축물, 특히 공장 건물과 관련된 조각만 하는데, 현재 작업 중인 것도 쾰른의 어느 큰 화강암공장의 외벽에 거대한 화강암 부조(浮彫)를 새기는 일이다. 내용은 현대의상을 입은 농민들과 장인들이 만취해서 놀고 있는 장날의 광란적인 모습이다.

"하지만 그런 공장이 있다니, 얼마나 멋져요!" 어슐라가 외쳤다. "건물 전체도 멋진가요?"

"그럼요." 그가 답했다. "프리즈는 전체 건축의 일부입니다. 정말 거대한 규모지요."

---

11 같은 글 93면 참조.

그러고서 그는 굳어지는 듯했고, 어깨를 들썩한 다음 계속했다.

"조각과 건축은 함께 가야 합니다. 건물과 무관한 입상들의 시대는 지났습니다. 벽에 거는 그림들도 마찬가지고요. 실제로 조각은 항상 건축적 구상의 일부입니다. 그리고 이제 교회는 박물관에나 들어갈 물건이 되었고 산업이 우리의 본무가 된 이상, 우리는 우리 산업활동의 장소를 우리의 예술로 만들고 우리의 공장을 우리의 파르테논 신전으로 만들자 이겁니다!"

어슐라는 한동안 생각에 잠겼다.

"하기는 우리의 큰 공장들이 그처럼 보기 끔찍해야 할 필요가 있는 건 아니겠지요." 그녀가 말했다.

그는 즉각 흥분해서 시동이 걸렸다.

"바로 그겁니다!" 그가 외쳤다. "바로 그거예요! 우리의 작업장이 그렇게 추할 필요가 없는 정도가 아니라, 결국 그 추함이 작업도 망치지요. 사람들은 이런 참을 수 없는 추함을 언제까지나 감내하지 않을 겁니다. 결국에 가서는 너무 고통스러워서 사람들은 그 때문에 시들어버릴 겁니다. 그리고 이로 인해 일도 시들어버릴 겁니다. 사람들은 일 자체가, 기계들과 노동의 행위 자체가 추하다고 생각하게 될 테니까요. 기계와 노동행위는 극도로, 미치도록 아름다운 건데 말이지요. 하지만 일이 사람들의 감각에 참을 수 없는 것이 되고 너무나 구역질나서 차라리 굶는 게 낫겠다 싶어서 그들이 일을 안 하게 될 때, 이건 우리 문명의 종말입니다. 그때야말로 우리는 해머가 파괴에만 쓰이는 것을 보게 될 테지요. 문명의 종말을 볼 거예요. 하지만 우리는—우리는 아름다운 공장, 아름다운 기계주택들을 만들 기회를 갖고 있어요. 우리는 지금—" (…)

"그러면 당신은 예술이 산업에 봉사해야 한다고 생각하시나요?" 구드런이 말했다.

"예술은 산업을 해석해야 합니다. 한때 예술이 종교를 해석했던 것처럼 말이지요." 그가 말했다.

"하지만 당신의 장날 풍경이 산업에 대한 해석입니까?" 그녀가 물었다.

"물론이지요. 사람이 이런 장터에 나가서 하는 게 무업니까? 노동에 대칭되는 역할을 수행하는 거지요. 사람이 기계를 부리는 대신 기계가 사람을 부립니다. 그는 자기 몸뚱이 속의 기계적인 움직임을 즐기고 있는 겁니다."

"하지만 거기에는 일밖에는, 기계적인 일밖엔 아무것도 없나요?" 구드런이 물었다.

"그렇습니다. 일뿐입니다." 그는 몸을 앞으로 숙이며 되받았다. 그의 두 눈은 바늘끝 같은 빛을 담은 두개의 암흑이었다. "그렇습니다. 그것 말고는 아무것도 없습니다. 기계에 봉사하는 것, 아니면 기계의 운동을 즐기는 것—전부가 운동일 뿐이에요. 당신은 굶주림 때문에 일해본 적이 없으시지요. 굶주림 때문에 일해본 사람은 우리를 다스리는 신이 무엇인지를 압니다."(423-25면, 원저자 강조)*

다시금 긴 인용이 되고 말았는데, 이 대목의 예술론은 앞서 살펴본—작중에서는 더 나중에 나오는—인용문에서 뢰르케가 피력하는 형식주의·예술지상주의와 거리가 멀다. 오히려 현대 노동현장의 추함을 규탄하고 미의식의 좌절이 인간을 시들게 함을 지적하는 것이 「노팅엄과 광산지대」에서 로런스가 하는 말을 상기시키기도 한다. 또한, 오늘의 예술이 산업사회의 현실에 초연할 것이 아니라 적극적으로 산업을 해석하고 문명사회의 존속에 기여해야 한다는 주장은 모더니즘보다 리얼리즘론에 가까운 면이 없지 않다.

물론 이는 근대적응과 근대극복의 이중과제를 수행하는 리얼리즘과는 거리가 멀다. 아니, 그 정반대다. 뢰르케가 중시하는 '아름다움'은 어디까지나 근대체제 내의 노동에 적응 또는 순응하기 위한 것이고, '산업미술'은 소외되지 않은 노동을 추구하기보다 현존하는 노동을 무조건 아름답다고 찬미하면서 소외노동의 추악함을 오히려 흐려버리는, 산업현실을 제대로 해석하기보다 그야말로 산업에 봉사하고 자본에 봉사하는 예술 신조인 것이다. 인간의 삶을 기계의 동작으로 인식하는 것 역시 로런스가 동의할 수 없는 입장인데, 로런스 예찬자이지만 로런스와 본질적으로 다른 생명관을 지닌 들뢰즈(G. Deleuze)의 '기계' 개념에 오히려 가깝다.[12]

그렇다면 어슐라와의 논쟁에서 만나본 뢰르케의 모더니스트 예술가로서의 전형성은 어찌 되는가? 뭐니뭐니 해도 그의 예술가로서의 본심은 뒤에 드러난 플로베르적 예술주의이고 산업예술론은 뢰르케라는 인물의 개별성을 더해주는 세목에 불과하다고 말하기에는 뢰르케 자신의 확신에 찬 설명이나 구드런의 깊은 감명, 그리고 그 모든 것에서 독자가 감지하는 이 장면의 중요성이 너무나 두드러진다. 그렇다고 예술주의와 산업주의의 결합이라는 현대세계의 진실을 우의적으로 표현했다는 투로 리얼리즘적 전형성을 내세울 수도 없다. 아무튼 루카치의 모더니즘론을 중심으

---

12 들뢰즈가 통상적인 기계적 우주관을 따르고 있다는 말은 아니다. 뢰르케의 조각 속 장날 대중의 즐거움에 찬 광란의 춤판도 문자 그대로의 기계적 동작이 아니고 스피노자나 들뢰즈가 중시하는 power(힘)의 발현이다. 다만 이를 '운동'으로 인식하는 것 자체가 『연애하는 여인들』에서는 비판의 대상이며, 들뢰즈가 생명을 강조하면서도 생명현상들을 각종 '기계'로 표현한 것도 로런스의 생명관에 배치되는 것이다. 로런스와 들뢰즈가 후자의 자기인식과는 달리 본질적인 차이를 드러냄을 미국문학에 대한 그들의 이해를 중심으로 설파한 논의로 Kiwook Han(한기욱), "Would Lawrence Agree with Deleuze's View of American Literature?: A Comparative Study of Their Critical Essays on Melville," *D. H. Lawrence Studies* Vol. 23 No. 2 (December 2015) 25~47면 참조.

로 판정한다면, 쾰른시 공장 벽면 조각가로서의 뢰르케는 모더니즘의 또 다른 면을 보여주는 인물일지언정 고도로 전형적인 모더니스트라고 말하기는 어려울 것이다.

그러나 포스트모더니즘이라고 불리기도 하는 요소들을 현대예술의 특징 속에 포함시켜 생각하면 뢰르케의 전형성 문제가 한결 달라진다. 그의 산업예술과 그밖의 많은 세목들이 전형화에 장애가 되기는커녕 현대예술가로서의 전형성을 더욱 강화해준다는 결론이 가능한 것이다. 먼저 예술과 산업의 결합에 대한 뢰르케의 주장(및 실행)만 하더라도, 이는 많은 포스트모더니즘론자들이 20세기 초반 '모더니즘'의 엘리트주의·예술주의와 대비시켜 '탈현대주의'(postmodernist) 예술의 좀더 대중적이고 민주적이라고 내세우는 면모를 오히려 현대예술의 본질적 일면으로 포착한 꼴이다. 포스트모더니즘의 대중성이 특히 강조되는 것은 건축과 시각예술 분야인데,[13] 조각은 건축의 일부라고 믿는 조각가 뢰르케는 실제로 다수 근로대중에게 실용적 봉사를 제공하는 예술작업을 통해 일년에 1, 2천 파운드라는 (당시의 화폐가치로는 엄청난) 수입을 올리고 있다. 그가 이들 대중이 수행하는 노동의 본질적 성격을 바꿀 의지나 전망을 전혀 안 보여주는 점에서도 그는 대다수 포스트모더니즘 예술가들과 일치한다. 뢰르케는 오히려 기계적 운동이 일터와 놀이터를 통틀어 유일한 실재라고 믿는 점에서 일부 (특히 정치적으로 진보 성향의) 포스트모더니스트들보다 더욱 철저히 현존 기술문명체제에 통합된 인물이라는 인상을 풍긴다.

뢰르케를 탈구조주의가 자리잡은 오늘의 세계에 전혀 안 어울리는 기계적 유물론자로 보는 것도 들뢰즈의 기계론을 소박한 유물론으로 치부

---

13 관련된 논의의 간편한 요약으로 Steven Connor, *Postmodernist Culture* (Blackwell 1989) 제3장 참조.

하는 것만큼이나 부당하다. 실제로 일부 진보적 포스트모더니스트의 인간해방론과 뢰르케의 기계적 운동론 중 어느 것이 더 현대예술·현대이론의 핵심에 접근했는지는 따져볼 일이다. 포스트모더니즘에서 곧잘 들먹이는 '텍스트'(text)와 '텍스트성'(textuality) 개념은 기계적 운동과는 정반대의 개념 같지만, '작품'(work)의 개념을 부정하고 이제까지 창조적이라거나 진리의 구현이라 일컬어져온 모든 것이 기표(signifier)들로 구성된 '읽을거리'일 따름이라는 입장은 뢰르케의 생각과 본질적으로 일치한다. 장날에 술 취한 남녀들의 놀이도 평일날 그들의 노동과 마찬가지로 기계적 운동으로 읽고 해체할 수 있는 텍스트이며, 뢰르케 자신의 작품도 엄밀히 말해 거기 그려진 사람들이라든가 기타 어떤 특정 현실의 재현이기보다 작품 바깥의 그러한 텍스트와의 상호관계—이른바 상관텍스트성(intertextuality)—로 성립하는 반리얼리즘적 텍스트인 것이다.

프레드릭 제임슨은 포스트모더니즘의 일방적 옹호자가 아니며 '작품' 대신 '텍스트'가 들어선 현상에 대해서도 긍정적인 평가 일변도는 아니다. 그는 '텍스트' 개념의 도입으로 일어난 변화의 해방적 측면을 주목하면서도 다음과 같이 말한다.

> 그리하여 정치권력은 우리가 읽을 수 있는 '텍스트'가 된다. 일상생활도 보행이나 쇼핑을 통해 작동되고 판독되는 텍스트가 된다. 소비용 재화들은 텍스트의 체계임이 판명되며 그밖에 생각할 수 있는 온갖 '체계'들(할리우드의 장르체계, 스타 시스템 등등)도 마찬가지다. 도시나 도시적인 것과 더불어 전쟁도 독해 가능한 텍스트가 된다. 드디어는 육체 자체가 일종의 팔림세스트임이 드러나서, 육체의 통증이라든가 온갖 증상들이 그 심층적 충동 및 감각기관들과 더불어, 다른 어떤 텍스트나 마찬가지로 읽기가 가능해진다. 연구의 기본대상에 대한 이러한

재구성이 반가운 일이었고 사람들을 제약하던 수많은 거짓문제들로부터 우리를 해방해주었다는 점은 의심하기 어렵다. 동시에 그나름의 새로운 거짓문제들을 가져온다는 점도 어렵지 않게 예상되는 일이었다.[14*]

살아 있는 인간의 몸뚱이도 '읽기'의 대상이 된다는 것은 결국 생명 자체를 기계의 운동과 본질적으로 다를 바 없는 '운동'(motion)의 실현으로 보는 뢰르케의 입장과 일치한다.[15] 그런데 창조적인 작품이라는 개념의 해체가 그 개념에 곧잘 수반되던 개인주의·심미주의·문학주의 따위 질곡으로부터의 해방을 뜻하기는 하지만, 창조성의 기준만 사라졌을 뿐 자기 자신이 수행하는 '읽기' 내지 '텍스트 만들기'에 특권적 의미를 부여하는 습성이 실질적으로 극복되지 않는다면 이는 종래의 개인주의나 심미주의 또는 유사한 형이상학적 사고가 더욱 무책임한 형태로 재생되는 것일 뿐이다. 산업과 예술의 결합을 역설하고 '기계적인 일'밖에 아무것도 없다고 주장하던 뢰르케가 자신과 자신이 하는 일에 대한 어슐라의 도전을 받자 대뜸 판에 박힌 순수예술론과 예술가의 엘리트 근성으로 반격하는 것도 바로 그런 현상이다. 그러므로 뢰르케가 피력하는 두가지 예술관이 리비스의 지적대로 자가당착을 이룸에는 틀림없지만,[16] 그 바닥에는 더욱 본질적인 일관성이 있다. 그리고 이 점은 '대중성' '반예술주의' 등이 훨

14 Fredric Jameson, *Postmodernism, or, The Cultural Logic of Late Capitalism* (Duke University Press 1991) 〔이하 *Postmodernism*〕 186면, 원저자 강조.

15 그렇다고 생명과 창조성을 강조하는 로런스의 입장이 낡은 '본질주의'(essentialism)에 머물고 있다고 단정할 수 없음은 본서 제8장, 제10장 등에서 거듭 언급한다.

16 F. R. Leavis, *Thought, Words and Creativity: Art and Thought in D. H. Lawrence* (Chatto and Windus 1976) 74-75면.

씬 유행이 된 탈현대주의 예술의 시기에 와서 한결 뚜렷해졌다고 하겠다.

마찬가지로 어슐라와의 논쟁이나 얼마 뒤 구드런과의 대화(448-49면)에서 뢰르케가 토로하는 예술주의가 그의 '본심'이라 해도, 공장 건물에 장날 풍경을 조각하는 그의 예술적 실행과 이론이 '가식'일 수는 없다. 아니, 둘 다 본심이되 굳이 따지자면 기계적 운동 이외에 아무것도 안 믿는 태도가 더욱 기본적이다. "다수대중의 생활과는 절연된 예술, 오직 심미적 가치의 결정체로서 우주 속에 덩그러니 홀로 있는 작품이란 얼핏 보면 가장 현대 기술문명에서 초연한 존재 같지만, 실상은 가장 철저히 기술중심적 사고방식에 예속되어 있는 태도의 표현이다"[17]라는 견지에서도 그렇고, 개인심리의 차원에서도 자신의 예술활동에 대한 근거없는 특권의식은 창조적인 삶에 대한 믿음을 결한 자에게서 예견되는 반응인 것이다.

4. 모더니즘과 포스트모더니즘의 연속성

구드런과 뢰르케의 행태 중에서 포스트모더니즘을 경험한 시대에 오히려 그 전형성이 더 부각되는 예는 이밖에도 많다. 예컨대 버킨 내외마저 떠나고 구드런과 뢰르케가 더욱 가까워지는 제31장에서 두 사람이 끊임없는 대화를 나눌 때 보여주는 과거 예술에 대한 향수와 경박한 유희정신의 묘한 결합이 한 예다.

그들은 옛것들을 찬양했고, 과거의 완벽한 성취들로부터 감상적이며

17 졸고 「예술의 민주화와 인간회복의 길」, 『민족문학과 세계문학 1』, 창작과비평사 1978, 296면; 합본평론집 『민족문학과 세계문학 1/인간해방의 논리를 찾아서』, 창비 2011, 353면.

어린애 같은 기쁨을 맛보았다. 특히 그들은 18세기 말엽, 괴테와 실러와 모짜르트의 시대를 좋아했다.

그들은 과거를, 과거의 위대한 인물들을 갖고 놀았다. 그것은 온통 그네들의 재미를 위한 일종의 체스 놀이나 꼭두각시놀음이었다. 모든 위대한 인물들이 그들의 꼭두각시가 되었고, 이 모든 것을 움직이는 놀이판의 신이 그들 둘이었다. 미래에 관해서는, 인간이 발명한 우스꽝스러운 파국으로 세상이 파괴되는 어떤 조롱조의 몽상을 낄낄대며 이야기할 적 말고는 입에 올리는 일이 없었다. (…)

이런 이야기들을 빼고는 그들은 미래를 전혀 논하지 않았다. 그들은 무엇보다도 파멸에 대한 조롱조의 상상 아니면 과거에 대한 감상적이고 아름다운 꼭두각시놀음을 즐겼다. 바이마르에서의 괴테의 세계나 실러와 그의 빈곤과 충직한 사랑의 세계를 재생하는 일, 장자끄(루쏘)의 두려움에 찬 모습이나 페르네에서의 볼떼르, 자작시를 낭독하는 프리드리히대왕 등을 눈앞에 그려보는 일이 그들에게 감상적인 기쁨을 주었다.

두 사람은 몇시간씩이나 문학과 조각과 그림에 대해 이야기했고, 플랙스만과 블레이크와 푸젤리에 대해, 그리고 포이어바흐(19세기의 독일 화가 Anselm Feuerbach)와 뵈클린(스위스 화가 Arnold Böcklin)에 대해 애정을 갖고 이야기하며 즐겼다. 위대한 예술가들의 삶을 머릿속에서 다시 살려면 평생을 두고 해도 모자랄 것 같은 기분이었다. 그러나 그들은 주로 18세기와 19세기에 머무는 쪽을 택했다.(453면)*

과거에 대한 이들의 애착이 낭만주의자나 좀더 '구식' 모더니스트에게서 발견되는 본격적인 향수의 감정과 다른 것이며 이들의 '과거 재생'이 진지한 복고주의와 무관하다는 점은 쉽사리 수긍된다. 18세기에 대한 선호 역시 그들 나름의 입맛에 맞는 어떤 '18세기스러움'과의 일시적 만남이지, 실재했던 18세기 역사라든가 괴테, 실러, 모짜르트 등의 작품 자체를 올바로 알고 현재 속에 그 의미를 되살리려는 자세와는 거리가 멀다. 오히려 그것은 포스트모더니즘 예술, 특히 영화에서 유행하는 새로운 '회고조'(la mode rétro)를 상기시키며, 제임슨이 따옴표를 붙여 포스트모더니즘의 '노스탤지아' 예술언어라고 부르는 것에 가깝다.

> 이러한 궁극적인 대상들—우리의 사회적·역사적·실존적 현재 및 '지시대상'으로서의 과거—과 대면할 때, 포스트모더니즘의 '노스탤지아' 예술언어가 진정한 역사성과 양립 불가능한 것임이 극적으로 드러난다. 하지만 그러한 모순은 이 양식이 복잡하고 흥미진진한 새로운 형식상의 창의성을 발휘하도록 추동한다. 노스탤지아 영화는 처음부터 역사적 내용의 어떤 예전식 '재현'의 문제가 아니었고, 오히려 '과거'를 양식상의 함의를 통해 접근하며 '과거성'을 영상의 그럴싸한 특징들에 의해, '1930년대스러움'이라거나 '1950년대스러움'을 유행의 속성들에 의해 전달했던 것이다.(*Postmodernism* 19면)*

이런 의미의 '회고조'는 포스트모더니즘의 또다른 특징으로 거론되는 패스티시(pastiche, 혼성모방 기법)라든가 특히 건축에서 과거의 각종 양식을 혼용하는 신종 '역사주의'와 맥을 같이한다. 제임슨의 포스트모더니즘론을 다시 인용해본다.

> 스타일을 절대시하는 본격모더니즘(high modernism) 이데올로기의 붕괴와 더불어 (…) 문화의 생산자들은 과거로밖에 돌아갈 길이 없다. 곧, 죽은 양식들의 모방, 이제 전지구적인 문화의 '상상 속의 박물관'에 저

장된 온갖 가면과 음성들을 통한 발언으로 나아가는 것이다.

이러한 상황이 건축사가들이 '역사주의'라 부르는 것 — 다시 말해 과거 모든 양식들의 무차별적 수용, 여러 양식들에 대한 무차별적 인유(引喩)놀이, 그리고 일반적으로 앙리 르페브르(Henri Lefebvre)가 '네오'〔新〕라는 접두어의 점증하는 지배라 부른 현상 — 을 규정하고 있음은 분명하다. 그런데 이처럼 도처에서 패스티시가 발견되는 사태는 일정한 유머와 충분히 양립 가능하며, 모든 열정과 절연된 것도 아니다. 적어도 그것은 중독과 양립 가능한바, 이는 그 자체의 영상으로 완전히 바뀌어버린 세계와 사이비 사건 및 (상황파Situationists의 용어로) '구경거리'(spectacle)들을 소비자들이 추구하는, 역사상 전혀 새로운 욕구인 것이다. 플라톤의 시뮬라크룸(simulacrum) 개념, 즉 애당초 원본이 없는 것의 똑같은 복제품이라는 개념은 바로 그러한 대상들에 적용해 마땅할 것이다.(같은 책 17-18면)*

이러한 점에 유의할 때, 뢰르케가 "재잘대는 수다쟁이요 짓궂은 재담꾼"(422면)이라거나 "진지한 인물이 아니었다"(468면)라는 등의 성격묘사도 새로운 울림을 지니게 된다. 이른바 본격모더니즘의 엄숙주의에 대한 반발은 포스트모더니즘의 중요한 특징으로 꼽히며, 이 반발을 무책임한 경박성의 예찬으로까지 발전시킨 논객으로 보드리야르(J. Baudrillard) 같은 사람을 쉽게 떠올릴 수 있다.[18] 경박성으로 치면 세상의 종말을 이리저리 공상하며 즐기는 구드런과 뢰르케의 모습(453면)도 누구 못지않은데, 이를 데이비드 하비의 『탈근대적 상태』에 인용된 근년의 특징적 발언 두

18 보드리야르에 대한 국내의 비판적 논의로는 도정일 「표피문화이론의 극복을 위하여」, 『현대예술비평』 창간호(1991년 여름) 참조.

개와 대비해보는 것도 흥미로울 듯하다. 하나는 미국의 한 포스트모더니스트 화가가 자기 작품 중 여자가 지구를 탈출하여 외계를 날아가고 있는 그림에 대해 "마지막 그림에서 그녀는 말하자면 그냥 혼자서 즐기고 있는 거예요. 둥둥 떠서 세계가 폭파되는 걸 구경하면서 말이지요"라고 말한 대담 내용이고, 다른 하나는 어느 대기업 회장의 발언으로 "대량생산된 휴대용 핵무기에 대한 시장수요가 있기만 하다면 우리는 그것도 시장에 내놓을 겁니다"라는 것이었다.[19]

그렇다고 물론 뢰르케나 구드런이 실제로 전형적인 포스트모더니스트는 아니다. 앞서 지적했듯이 뢰르케 역시 예술지상주의적 골수 모더니스트로서의 일면을 지녔으며, 다른 한편 기계의 아름다움에 대한 그의 예찬은 20세기 초 이딸리아의 미래파 시인 마리네띠(F. T. Marinetti)를 연상시키는 면도 있어, '모더니즘'과 '전위파'(avant-garde)를 구분하려는 논자들이라면[20] 포스트모더니즘보다 그런 협의의 아방가르드와의 유사성에 더 주목할 수도 있다. 실제로 드레스덴에 근거를 두고 이딸리아와도 친숙한 뢰르케가 세기말적 유미주의보다 표현주의나 미래파 쪽에 더 가까운 예술가로 분류되는 것은 그럴 법한 이야기다. 하지만 20세기 초 유럽 아방가르드의 전형으로서도 걸맞지 않은 특징 또한 너무나 많다. 그러므로 탐미적·예술지상주의적 모더니즘, 그보다는 좀더 정치의식이 강한 동시

19 David Harvey, *The Condition of Postmodernity* (Blackwell 1989) 352면. 전자는 케니 샤프(Kenny Scharf)의 발언으로 Brandon Taylor, *Modernism, Post-Modernism, Realism* (Winchester School of Art Press 1987) 120면에서 재인용됐고, 후자는 암스트라드사(Amstrad Corporation) 회장 앨런 슈가(Alan Sugar)의 발언.

20 이런 입장의 대표적인 예로는 Peter Bürger, *Theory of the Avant-Garde*, tr. M. Shaw (University of Minnesota Press 1984) 참조. 맑스주의자의 관점에서 포스트모더니즘론을 신랄하게 비판한 Alex Callinicos, *Against Postmodernism* (Polity Press 1989)도 이 점에서는 대체로 일치한다(특히 제2장 3절 참조).

대의 전위주의, 그리고 20세기 후반의 탈현대주의 등이 각기 구별되는 면이 있지만 본질적으로 상통하는 하나의 큰 흐름을 형성한다는 관점을 취할 때 비로소, 우리는 뢰르케라는 인물의 구체성과 개별성에 충분히 유념하면서 동시에 그 형상의 역사적 대표성을 높게 설정할 수 있다.

5. 뢰르케와 구드런 그리고 제럴드

뢰르케가 (구드런과 더불어) 대표하는 서양 현대예술의 큰 흐름을 한국 평단에서는 곧잘 '모더니즘'이라고 통칭하며 비판해왔다. 그리고 이는 독일어의 *Avantgardismus*(전위주의)와 영어의 *modernism*(현대주의)을 동의어로 간주한 루카치(및 그의 영역자)의 발상[21]에 원칙적으로 공감하면서, '탈근대' 또는 '탈현대주의'를 자처하는 이후의 변화 역시 앞단계의 모더니즘으로부터 본질적으로 달라진 것은 아니라는 인식을 대표한다. 물론 이때에 개별 전위파 또는 모더니스트들에 대한 루카치의 평가를 그대로 수용할 일은 아니며, 루카치의 미학 자체도 선뜻 동조할 수 없고 오히려 탈구조주의에 의한 '본질주의' 비판이 적용될 요소를 지녔다.[22] 하지만 이러한 탈구조주의자의 통찰조차 장편소설에서는 결국 전형성을 중시하는 작

---

21 루카치의 저서 *Wider den mißverstandenen Realismus*(오해된 리얼리즘에 반대하여, 1958)의 제1장 제목 "Die Weltanschauung des Avantgardismus"(전위주의의 세계관)가 영역본에서 "The Ideology of Modernism"(모더니즘의 이데올로기)으로 옮겨진 사실과 그 비교문학사적 배경에 대해서는 졸고 「모더니즘에 관하여」, 『민족문학과 세계문학 2』 396~97면 참조. 같은 글에서 모더니즘과 포스트모더니즘의 본질적 연속성에 대해 나로서는 처음으로 언급했으며, 그후 프레드릭 제임슨과의 대담 「맑시즘, 포스트모더니즘, 민족문화운동」(『창작과비평』 67호, 1990년 봄, 특히 282~84면 참조) 등 이곳저곳에서 단편적으로 거론해왔다.

22 루카치 미학에 관해서는 본서 제6장에서 추가로 논한다.

업으로 이어짐으로써만 실속있는 통찰이 된다는 점에서 여전히 루카치의 리얼리즘에 기본적으로 공감하는 입장이다. 다만, 거듭 말하지만 이 경우 전형 개념을 온갖 예술에 무리하게 적용하기보다 실사구시의 정신과 지공무사의 경지가 각 예술장르의 특성에 맞게 구현되기를 요구하는 논리로 이해해야 할 것이다.[23]

구드런과 뢰르케의 형상화가 그러한 수준의 성취가 되려면 포스트모더니즘까지도 망라하는 반리얼리즘적 예술가의 전형으로서 모더니즘(또는 모더니즘-포스트모더니즘)이 진정으로 삶다운 삶, 예술다운 예술과 어떤 관계에 있는지를 보여주어야 한다. 그 관계가 역행의 관계임은 앞서 살펴본 어슐라와의 논쟁에서 극명하게 드러난 바 있다. 또한 이것이 단순히 현실반영론 대 형식주의·예술지상주의의 대립과는 다른 차원이라는 점도 어느정도 밝혀졌다고 믿는다. 이제 두 인물의 전형성을 좀더 면밀히 검증하는 또 한가지 방법으로서, 그들의 상호관계에 주목하면서 예술가로서 양자의 상대적 등급 문제도 고려해보기로 한다.

둘 중에서 뢰르케가 직업적 예술가로서의 활동이나 위치에서 훨씬 앞서 있다는 점은 명백하다. 그리고 이것이 단순히 미술계의 선배라는 점보다 구드런 스스로 가고자 하는 방향으로 앞질러, 훨씬 철저하게 나간 결과라는 점도 인정된다. 게다가 두 사람의 접촉과정에서도 뢰르케는 거의

---

23 '실사구시'와 '현실주의'의 친화성은 상식적으로도 쉽게 수긍됨직하다. 도식적 리얼리즘론에 대한 반성의 일환으로 유난히 많은 논자가 '실사구시'를 강조하는 경향도 보이는데 그 중 임형택 「분단 반세기의 우리문학의 연구 반성: 실사구시의 관점에서」(『민족문학사연구』 창간호, 민족문학사연구소 1991; 임형택 『한국문학사의 논리와 체계』, 창작과비평사 2002 수록)의 논의는 경청할 만하다. 나는 리얼리즘론의 또 하나의 쟁점인 '당파성' 문제와 관련하여 '지공무사'의 개념을 제시했는데(앞의 『실천문학』 24호 특집 1부의 토론 및 졸고 「시와 리얼리즘에 관한 단상」 참조), '실사구시' 개념의 오용을 방지하기 위해서도 '지공무사'를 그 전제로 기억하는 것이 바람직하다고 믿는다.

아무런 능동적 움직임을 취하지 않으면서도 구드런에 대해 묘한 영향력과 주도력을 행사한다. 구드런은 첫눈에 뢰르케가 예술가임을 알아차렸거니와(406면), 화강암공장의 벽면 조각 이야기를 나눈 뒤 그녀는 이렇게 느낀다.

> 구드런이 보기에 뢰르케에게는 모든 삶의 가장 밑바닥 암반이 있었다. 다른 모든 사람은 각기 환상을, 각자의 과거와 미래를 가지고 있었고 가져야만 했다. 그러나 그는 완벽한 극기의 자세로 과거와 미래 없이 버텼고 어떠한 환상도 없이 살고 있었다. 그는 궁극적으로 자신을 속이지 않았다. 궁극적으로 그는 아무것에도 애착이 없었고 아무것에도 신경쓰지 않았으며 그 무엇과 일체가 되려는 노력을 털끝만큼도 하지 않았다. 그는 순수하고 동떨어진 의지로, 철저한 극기와 찰나적 상태로 존재하고 있었다. 오직 자신의 작업이 있을 뿐이었다.(427면)*

처음에는 어슐라도 그에게 다소 끌리는데, 뢰르케의 이런 매력을 두고 제럴드와 버킨은 도무지 알다가도 모를 일이라고 생각한다.

> 제럴드는 생각에 잠겨 그대로 서 있었다.
> "도대체 여자들이 정말 원하는 건 무언가?" 그가 물었다.
> 버킨은 어깨를 들썩했다.
> "누가 아나." 그가 말했다. "무언가 근본적인 반발심의 충족인지도 모르지. 어떤 끔찍한 암흑의 터널을 기어내려가서 끝장에 다다르기 전에는 만족을 못 하는 것 같아."
> 제럴드는 창밖에 흩날리는 고운 눈가루의 안개 속을 내다보았다. 오늘은 사방이 안 보였다. 끔찍하게 시야가 막혀 있었다.

“그런데 그 끝장이란 게 도대체 무어냐 말이야?” 그가 물었다.

버킨은 고개를 저었다.

“나는 아직 거기까지 안 갔으니까 알 수가 없네. 뢰르케에게 물어보게. 그는 꽤 가까이 갔을 테니. 그자는 자네나 내가 갈 수 있는 것보다 꽤 여러 단계 더 나갔지.”

“하지만 무엇에서의 단계 말인가?” 제럴드가 짜증스럽게 내뱉었다.

버킨은 한숨을 쉬고 분노로 이마를 찌푸렸다.

“사회적 증오의 단계들이지.” 그가 말했다. “그는 부패의 강물 속에서, 강이 바닥없는 심연으로 떨어지는 바로 그 지점에서 쥐처럼 살고 있는 거야. 그는 우리보다 더 멀리 가 있어. 그는 이상(理想)을 더 날카롭게 증오하지. 이상을 전적으로 **증오**하지만 여전히 이상의 지배 아래 있어. 내 짐작에 그자는 유대인일 거야. 아니면 유대인의 피가 섞였거나.”

“아마 그럴 거야.” 제럴드가 말했다.

“그는 생명의 뿌리를 갉아먹어 들어가는 작은 부정(否定)의 화신이야.”

“하지만 그런 놈을 좋아하는 사람이 있는 건 무엇 때문이야?” 제럴드가 외쳤다.

“사람들도 마음속으로는 이상을 증오하니까. 그들도 하수도를 뒤지고 다니고 싶어하는데, 그자는 앞장서서 헤엄쳐가는 요술쟁이 시궁쥐거든.”(428면, 원저자 강조)*

이에 대해 제럴드는 버킨의 용어를 잘 모르겠다고 한다. 사실 버킨의 말의 정확한 의미가 무엇인지는 결코 분명하달 수 없다. 그러나 작품 전체의 문맥으로 보아 제럴드가 수용하기 힘든 어떤 긴요한 통찰을 발언한 것은 분명하며, 동시에 이 발언 자체를 이 대목의 구체적 문맥에 맞춰 읽을 필요가 절실하다. 예컨대 액면대로라면 어슐라와 구드런 등 '여자들'과 버킨, 제럴드 두 친구의 차이가 중요하고 결국은 뢰르케와 인간들 모두가 한통속으로 되어 있기도 하지만, 실제로 가장 중대한 구별은 '하수도 뒤지기'와 '이상의 지배'에서 벗어나는 버킨 내외와 나머지 사람들 간의 차이다. 또한 구드런 및 제럴드와 뢰르케 사이도 동일선상의 '단계' 차이인 동시에 무언가 질적인 구별 — 하수도를 뒤지고 싶어하지만 인간이기를 아주 포기하지 못하는 인물과 '쥐'의 구별 — 이 성립함을 암시한다.

구드런이 제럴드를 버리고 뢰르케를 택하는 이유도 바로 여기 있다. 그녀에게 제럴드는 현존하는 인간세계의 극치에 해당했고, 그를 통해 온 세상을 정복한 이제 그녀는 "새로운 세계를 찾는 알렉산더대왕"(the Alexander seeking new worlds)이 되었다.

> 그러나 이제 더는 새로운 세계라는 것이 아예 없었고, 더는 인간들이 없었다. 생물들이, 뢰르케 같은 작고 궁극적인 피조물들이 있을 뿐이었다. 그녀에게 세상은 끝난 것이었다. 남은 것은 단지 개개인 내면의 어둠, 자아 내부의 감각, 전면적인 환원이라는 해괴한 밀교적 의례, 삶의 살아있는 유기체를 와해하는 악마적 환원작용의 신비스러운 마찰운동뿐이었다.
>
> (…)
>
> 마지막 일련의 미묘한 과정 앞에서 제럴드는 무능했다. 그는 그녀의 급소를 건드릴 수 없었다. 반면에 그의 한층 거친 타격이 파고들지 못하는 영역을 뢰르케가 지닌 곤충 같은 이해력의 섬세하고 은근한 칼날은 와닿을 수 있었다. 적어도 이제 그녀는 뢰르케라는 피조물 쪽으로, 최종적인 장인(匠人) 쪽으로 옮겨갈 때가 된 것이었다. 뢰르케가 그의

영혼 가장 깊은 곳에서는 모든 것으로부터 절연된 존재이고 그에게는 천국도 지상도 지옥도 없다는 것을 그녀는 알고 있었다. 그는 어떠한 충성관계도 인정하지 않았고 어디에도 소속하지 않았다. 그는 홀로였고, 나머지 전부를 사상해버림으로써 스스로 절대적인 존재였다.(452면, 원저자 강조)*

이러한 뢰르케를 도저히 못 따라가고 구드런이 그에게서 느끼는 매력을 이해하지도 못하는 제럴드의 '한계'는 동시에 그의 인간적 미덕과 통하며, 버킨이 (비록 헛수고로 끝나지만) 우정을 갈구함직한 면모가 제럴드에게 있음을 말해준다. 앞의 인용문은 다음과 같은 단락으로 바로 이어진다.

그에 비해 제럴드의 영혼에는 아직도 나머지에 대한, 전체에 대한 약간의 애착이 남아 있었다. 그리고 이것이 그의 한계였다. 그는 결국에 가서는 선함과 의로움 그리고 궁극적 목적과의 일치에 대한 필요에 구속되어 한계지어져 있었다. 의지가 손상되지 않은 상태로 죽음의 과정을 완벽하고 미묘하게 경험하는 일이 궁극적 목적일 수 있다는 것, 이것이 그에게는 허용되지 않았다. 그리고 이것이 그의 한계였다.(같은 면)*

그런 의미에서 제럴드의 죽음은 근대 기술문명의 파국을 암시하는 상징성과 더불어, 현대인의 자기분해 및 자기탐닉 경험의 최종 단계에 동참하기에는 그래도 너무나 인간적인 주인공의 불가피한 탈락이라는 시대상의 또다른 일면을 반영하는 사건이라 하겠다.

다음 단계로 나간 두 사람 가운데 뢰르케가 또 한참 앞서 있다는 사실의 의미도 따라서 더 분명해진다. 버킨이 시궁쥐 운운한 것이 단순한 독설이나 특유의 기발한 표현만이 아니고, 실제로 뢰르케의 경우는 인간 고유의 옹근 삶이 종식되고 동물적 수명과 그에 힘입어 진행되는—『미국 고전문학 연구』에서 로런스가 '사후효과(死後效果)'라 부르는[24]—의식과 의지의 작용만이 존속하는 것이다. 리비스 역시 뢰르케의 이러한 반생명성에 유의하여 비록 구드런 자신은 달리 생각할지라도 뢰르케가 결코 그녀보다 더 위대한 예술가일 수 없다고 결론짓는데,[25] 실은 구드런 스스로도 뢰르케의 비상한 이해력과 의식능력이 그 나름의 엄연한 한계와 일면성을 지닌 것임을 처음부터 알아차린다. "구드런이 보기에 뢰르케에게는 모든 삶의 가장 밑바닥 암반이 있었다"로 시작되는 앞의 인용문 직전의 단락에 이런 말이 나온다.

> 그녀 또한 그에게 매혹되었다. 마치 토끼나 박쥐 또는 갈색 물개 따위 이상한 생물이 그녀에게 말을 걸기 시작한 것처럼 매혹되었다. 그러나 동시에 그녀는 그가 의식하지 못하는 어떤 것, 즉 그의 엄청난 이해력, 그녀의 생생한 움직임을 간파하는 힘을 알아차렸다. 그 자신은 자기 힘을 몰랐다. 그 자신은 그의 물속에 가라앉은 채 잠들지 않는 가득 찬 눈으로 자기가 그녀 속을 들여다보고 그녀의 정체와 비밀을 알 수 있다는 사실을 모르고 있었다.(427면)*

뢰르케의 비상한 능력에 수반되는 이러한 한계 때문에, 그는 모더니즘

---

24 D. H. Lawrence, *Studies in Classic American Literature*, ed. E. Greenspan, L. Vasey and J. Worthen (Cambridge University Press 2003) 제11, 12장에서 말하는 "post-mortem effects"에 관해서는 본서 제9장의 논의 참조.

25 "One has to conclude, though Gudrun clearly doesn't, that if her account of Loerke is right, he can certainly not, however she is impressed by him, be a greater artist than she." (*Thought, Words and Creativity* 73면).

과 포스트모더니즘의 연속성을 좀더 구체적으로 예시하고 그 반생명성을 한층 명시적으로 드러내는 인물일지언정 구드런보다 궁극적으로 더 의미심장한 전형은 못 된다. 그가 주인공들의 드라마에 보조역을 맡는 데 그치는 것도 단지 할애된 지면의 양 때문이 아니다. 뢰르케를 따라가는 길이 비록 시대적 추세일지라도 그것이 전부가 아니요 버킨과 어슐라의 '또 하나의 길'이 존재하는 한, 뢰르케를 택하되 뢰르케 자신과는 다르게 그를 의식하고 선택하는 구드런이야말로 주인공급의 비중에 값하는 인물일뿐더러 모더니즘 예술의 복합적인 성격을 훨씬 전형적으로 재현했다고 하겠다.[26] 뢰르케가 그의 특이한 능력과 불길한 분위기에도 불구하고 앞에서 이미 지적했듯이 "수다쟁이"라거나 "진지한 인물이 아니었다"는 식으로 그려지는 것 역시 — 이런 점들이 포스트모더니즘으로 오면서 점점 더 강조되는 현대 예술 및 예술가의 한 특징이기도 한데 — 그가 대표하는 세계의 본질적 경박성과 무관하지 않은 핍진한 세부묘사라 할 수 있다.

---

26 김성호 「거드런 브랭귄: 『연애하는 여인들』과 현대적 감각으로의 모험」(『영미문학연구』 19호, 2010년 12월)은 『연애하는 여인들』을 구드런을 중심으로 '현대적 감각으로의 모험'을 수행한 작품으로 고찰하면서 구드런이라는 인물의 경험과 성격에 대해 드물게 섬세하고 풍성한 논의를 보여준다. 논지가 약간 다른 선행작업인 강미숙 「『연애하는 여인들』에 나타난 자기애적 주제」(『D. H. 로렌스 연구』 17권 1호, 한국로렌스학회 2009)와 함께 숙독에 값한다. 그런데 감각의 탐색이라는 견지에서 "가장 흥미롭게 다가오는 인물은 역시 거드런이 아닐까 하는 점"(김성호, 7면)은 충분히 수긍되지만, 버킨과 어슐라의 인물형상화에 대한 마이클 벨의 비판적 발언을 인용하면서(8면) "『연애하는 여인들』의 진정한 주인공은 어쩌면 거드런이 아닐까 하는 생각이 들기도 한다"(9면)고 한 것은 또다른 이야기다. 버킨이 제19장 '달'(Moony)에서 제럴드와 관련하여 현대인의 정신에서 벌어지는 '신비극'들을 명상하다가 갑자기 명상을 중단하고 '또 하나의 길'을 향해 돌아서는 것은 본서 제2장에서 지적했듯이 구드런, 제럴드, 뢰르케 식의 감각의 탐색을 지속하는 것보다 훨씬 희귀한 능력의 발현이며(물론 어슐라가 있기에 가능한 능력이다), 『연애하는 여인들』이 그런 '감각의 모험'을 더 큰 로런스적 '사유의 모험'을 통해 파악하기 때문에 구드런의 경험에 대해서도 김성호가 발견하는 갖가지 빛나는 통찰들이 가능해진다고 보는 게 옳을 듯하다.

6. 전형적 상황에 관하여

이제까지 구드런과 뢰르케 두 현대예술가의 성격과 행태를 바탕으로 그들의 전형성을 논했다. 하지만 인물은 언제나 상황 속에 존재하고 활동하느니만큼 상황의 전형성 문제를 떠나 인물의 전형성을 따로 말할 수 없다. 그런데 상황 또한 인물과 별개의 것이 아님은 물론이다. 특히 다른 사람들의 존재야말로 내가 처한 상황의 결정적 구성요인이며, 나와 다른 사람, 사람과 사람 아닌 것 사이의 경계선을 뚜렷이 긋는 일도 쉽지 않다. 그런 뜻에서, "전형적 환경에서의 전형적 인물"(typical characters in typical circumstances)이라는 엥겔스의 표현도 '환경'(circumstances, Umstände) 대신 '상황'(situation, Situation)이라는 낱말을 쓰는 것이 더 적절할 듯하다.

『연애하는 여인들』의 전체 구도 속에서 보면 뢰르케는 구드런과 제럴드라는 두 중심인물의 전형성에 이바지하는 '전형적 상황'의 일부를 이룬다고 말하는 것도 가능하다. 그러나 딱히 탈구조주의자가 아니더라도 작중현실을 어떤 고정된 '중심'에 의거해 체계화하는 데는 의문을 제기함직하다. 가령 제30, 31장을 읽는 동안은 일단 뢰르케와 구드런을 중심에 놓고 다른 인물들을 '상황적 요인'으로 평가해보는 것도 작품이해의 한 방편이며 정당한 즐김의 형식일 수 있을 것이다.

제럴드의 경우 뢰르케와 구드런 관계의 진행에 직접 개입하는 당사자이므로 '상황적 요인' 운운하는 것이 어폐가 있지만, 어쨌든 작품 전체를 통해 성립되는 제럴드의 존재가 두 예술가의 전형성을 가늠하는 데 결정적인 영향을 미친다는 점은 구드런이 인식하는 그의 '한계'에 관한 논의에서도 분명해졌을 것이다. 그런데 제럴드의 한계는 어디까지나 같은 방향으로 가던 도중의 한계요 그것도 꽤 멀리까지 간 뒤에 비로소 다다르는 한계라는 점이 중요하다. 그가 크게 보아 구드런, 뢰르케와 동류이기도 함은 어슐라와 뢰르케가 논쟁하는 장면에 뒤늦게 끼어들어서 — 버킨과 함께 뢰르케 및 뢰르케에게 빠져 있는 여자들을 규탄한 직후인데도 — 어슐라보다 두 예술가의 편을 드는 데서도(431면) 실감할 수 있다. 그 점에서도 제럴드는 기본적으로 모더니스트인데 다만 '구식 모더니스트'에 가깝다.

그러나 예술가가 아닌 모더니스트 제럴드의 진면목은 예술논쟁에서보다 구드런과의 연애관계에서 드러난다. 작품 여기저기서 이미 확인된 그의 모더니스트적 성향과 감수성은 제30, 31장의 마지막 드라마에 이르러 그 절정에 달한다. 『연애하는 여인들』의 핵심 줄거리의 일부인 이 드라마를 여기서 상세히 분석할 겨를은 없다. 다만 그것이 때로는 '본격모더니즘'이라고 불리는, 그러니까 포스트모더니즘을 표방하는 신식 모더니스트의 관점에서는 '구식 모더니즘'에 해당하는 감수성의 어떤 극치를 구현한다는 사실은, 문자 그대로 '치명적 열정'(fatal passion)의 한 표본을 이루는 그의 사랑 이야기를 로런스가 아닌 다른 — 제럴드 자신의 감수성에 좀더 가까운 — 작가가 썼더라면 어떻게 되었을까를 상상해볼 때 쉽게 수긍되지 않을까 싶다. 예컨대 프루스뜨 같은 작가라면 제럴드의 환희와 고뇌를 더 전면적으로 공감하면서 훨씬 장문의 분석을 시도하지 않았을까? 모더니즘과는 거리가 있지만 도스또옙스끼라면 어땠을 것이며 토마스 만이라면 또 어찌했을 것인가?[27] 대답은 추측에 불과하게 마련이다. 그러나 처음부터 의지의 대결이 주가 된 사랑이지만 한순간의 희열을 위해서는 "영원토록 지속되는 고문을 감내"(he would have suffered a whole eternity of torture, 402면)하겠다며 파멸의 길로 치닫는 제럴드의 모습이라든가, 그러

27 토마스 만의 『파우스투스 박사』와 로런스의 『연애하는 여인들』에서 두 저자가 각기 아드리안 레버퀸과 제럴드 크라이치를 보는 태도를 대비한 논의로 본서 제2장 참조.

다가도 구드런의 추궁 앞에서 자신은 그녀를 사랑한 적도 없고 앞으로 사랑하지도 않으리라고 맥없이 고백하면서 살의를 느끼는 장면(422면)들은, 도스또옙스끼나 프루스뜨가 즐겨 다룸직한 '얄궂은 사랑'임이 분명하다. 이러한 연애를 제럴드 자신의 관점에서뿐 아니라 구드런의 좀더 냉정하고 포괄적인 관점에서도 보는 일은 다른 작가에게도 물론 가능하겠다. 하지만 로런스는 그 두 관점 — 또는 그밖에 양자 모두에게 적당히 비판적인 어떤 관점[28] — 말고도, 버킨과 어슐라의 결연한 거부와 창조적 모색을 중심에 놓는 관점을 취하기 때문에 전혀 다른 결과를 낳는다. 모더니즘 취향의 독자들에게 그야말로 매혹적인 한 권의 장편이 되기에 충분한 소재를 로런스는 다른 이야기들과 결합된 전체의 일부로 (비교적) 가볍게 처리하고 있는 것이다. 그렇다고 제럴드와 구드런 관계의 복합성이나 그들 심리의 깊이를 남보다 소홀히 다뤘달 수도 없다. 오히려, 버킨이 뢰르케와 구드런에 대해 제럴드보다 훨씬 정확히 알고 있듯이, 모더니즘의 체험을 적잖이 공유하면서 모더니즘과 명백히 다른 길을 선택한 로런스야말로 모더니스트의 고뇌와 희열을 그 누구보다 집중적이고 여실하게 그려낸다.

여기서 제럴드의 전형성 내지 시대적 대표성에 대해서도 재론할 필요가 있다. '산업계 거물'로서의 그의 성취는 시기상 테일러주의(Taylorism)와 포드주의(Fordism)가 자리잡던 때에 속하고 내용상으로도 '과학적 경영'과 '조립식 대량생산' 방식 — 토마스 크라이치가 대표하는 초창기 자본주의와의 단절을 보이는 방식 — 을 떠올린다.[29] 동시에 감수성에서도

28 예컨대 앞의 논의에서 언급한 토마스 만의 '휴머니즘적' 관점.

29 하지만 이 새로운 단계의 특징이야말로 자본주의와 하이데거가 말하는 '기술시대'의 속성이 더욱 약여해진 것이라는 주장을 본서 제2장에서 펼친 바 있다.

포스트모던 예술가의 면모마저 보여주는 구드런이나 뢰르케를 따라가지 못하는 '구식 모더니스트'의 한계를 드러낸다. 하지만 『자본주의의 새로운 정신』에 관한 사회학자의 시대구분법을 따라 제럴드는 제2기 테일러주의 시대, 구드런은 제3기 신자유주의 시대를 대표한다고 해석하는 것은 구체적인 인물분석에도 무리가 따를뿐더러 『연애하는 여인들』의 진정한 성취를 충분히 평가하지 못할 우려가 있다.[30] 제럴드의 '과학적인' 광산경영과 사업의 대형화가 주목할 만한 특징이긴 하지만, 김성호(金成鎬)도 지적하듯이 제럴드 개인에게 정작 중요한 것은 이윤이 아니라 거대한 기계를 움직이고 스스로 그 일부가 됨에서 오는 '기쁨'(joy)이다(Kim, 136면). 노동자들 또한 포드 공장의 직공들보다 오히려 철저하게 착취당하면서도 어떤 "치명적인 만족감"(*WL* 230면)을 느끼며 자발적인 복종을 바친다.[31] 구드런이 제럴드와 동시대인임에도 1960년대나 심지어 1990년대의 예술적 감수성에 훨씬 가까운 면모를 보이는 것은 사실이다. 하지만 이 점도 자본주의 '제3기'의 표상으로 파악하기보다 자본주의 시대를 관통하는 어떤 본질적 속성의 특정한 일면을 로런스가 포착했다고 보는 게 타당할 듯하다. 김성호 자신의 표현대로 구드런이라는 인물이 "신자유주의적 주체를 선견지명으로 미리 그려낸 것"(a prescient prefiguration of the neoliberal subject)이라기보다 "구드런이 참여하는 정동적 경제가 자본의 **본질적** 운동과 상동관계에 있고 그 최근의 **실제** 형태가 그러한 본질에 한층 완벽하게 일치하는 주체, 결과적으로 일정한 본질적, 다시 말해 형식적

30 Sungho Kim(김성호), "Capitalism and Affective Economies in Lawrence's *Women in Love*," *Journal of English Studies*(영미문학연구) No. 31 (December 2016) 참조. 『자본주의의 새로운 정신』은 이 논문에서 중요하게 원용하는 Luc Boltanski and Ève Chiapello, *The New Spirit of Capitalism*, tr. Gregory Elliot (Verso 2005)인데 직접 찾아 읽지는 못했다.

31 본서 제2장 참조.

인 특징을 구드런과 공유하는 주체를 요구한다"(Kim, 143면, 원저자 강조)*는 것이다.[32]

뢰르케와 구드런이 놓인 '전형적 상황'에 제럴드 못지않게 버킨과 어슐라의 존재가 중요한 것도 그 때문이다. 자본주의 시대의 이런저런 단계 또는 국면에 대한 비판의식을 넘어 하이데거적 의미의 기술시대, 자본이 주도하는 기술지배의 세계 전체에 대한 '다른 길' '또 하나의 길'을 찾은 인물들과의 관계에서 저들 예술가를 자리매길 필요가 있기 때문이다. 실제로 어슐라와 버킨은 제30장의 진행에 주요 행위자로 참여하기도 하지만, 그들 내외가 이딸리아로 떠나버린 뒤에 벌어지는 제31장의 드라마도 버킨의 우정을 거부한 제럴드의 비극이자 어슐라를 조롱하며 보낸 구드런의 '승리 아닌 승리'인 것이다.

둘이 떠나가기로 결심하는 것은 어슐라가 뢰르케의 조각품 사진을 둘러싼 언쟁 직후 혼자서 밖으로 나갔다가 갑자기 떠나고 싶다는 생각을 했기 때문이다.

> 어슐라는 혼자서 순수한 새 눈의 세계로 나갔다. 그러나 그 눈부신 흰 빛은 그녀를 아프도록 두들겨대는 것 같았고, 냉기가 서서히 영혼을 숨막히게 조여오는 느낌이었다. 머리가 멍해지고 마비됨을 느꼈다.
>
> 갑자기 어슐라는 떠나가고 싶었다. 다른 세계로 가버릴 수 있다는 사

32 이처럼 사실주의적 차원에서는 그 설정된 시대의 대표성이 떨어져 보이지만 장기적인 어떤 흐름을 예견하면서 오히려 자본주의의 본질에 더 육박한 예로 디킨즈의 『힘든 시절』(*Hard Times*, 1854)에 나오는 바운더비(Bounderby)를 들 수 있다. 허풍쟁이이며 사기꾼인 이 은행가 겸 공장주는 초기 자본주의의 헌신적인 기업가상과 너무나 거리가 먼 희화화로 비판받기도 하지만, 비슷한 시기에 맑스가 분석하고 오늘날 신자유주의 시대에 전면화된 자본의 실상을 볼 때 자본주의정신을 '개신교의 윤리'와 동일시한 막스 베버보다 디킨즈가 더 본질에 육박하지 않았는지는 검토해볼 점이다.

실이 마치 기적처럼 그녀에게 떠올랐다. 그녀는 마치 그 너머에는 다른 아무데도 없는 듯이 이 높은 산의 영원한 눈 속에 숙명적으로 갇혀 있는 느낌이었던 것이다.

그런데 이제 마치 기적처럼, 멀리 저 너머 아래쪽에 검고 기름진 대지가 있고 남녘으로 검은 오렌지나무와 싸이프러스, 회색빛 올리브나무들이 울창한 땅이 뻗어 있으며 사철가시나무가 푸른 하늘 아래 그늘을 드리우며 깃털 같은 멋진 다발을 치켜들고 있음을 기억했다. 기적 중의 기적! 이 완벽하게 조용하며 얼어붙은 산꼭대기 세계는 전부가 아닌 것이다! 그냥 떠나가서 더는 안 볼 수 있는 것이었다. 가버릴 수 있는 것이었다.

어슐라는 당장에 이 기적을 실현하고 싶었다. 지금 이 순간에 눈의 세계, 얼음으로 이루어진 이 무섭고 정지된 세계와 인연을 끊고 싶었다. 검은 대지를 보고 대지의 풍요를 냄새 맡고 참을성 많은 겨울 초목을 보며 햇빛이 일으키는 싹들의 반응을 느껴보고 싶었다.(434면)*

어슐라는 숙소로 달려가 버킨에게 떠나자고 한다. 버킨 역시 자기가 미처 그 생각을 못 했었지만 떠나고 싶기는 매한가지라고 답한다. 어찌 보면 아직 신혼 기분에 젖은 젊은이들의 변덕 같고, 변덕이 아닐지라도 무턱대고 떠나는 것은 그들 특유의 도피주의라고 비판할 독자도 있겠지만, 이런 것이야말로 그 어떤 기적보다 값지고 실제로 희귀한 건강성이요 옹근 삶을 지켜내는 본능적 지혜라 보아야 옳다. 이를 두고 현실적 대안의 부재 운운하는 것은 너무나 뻔해서 하나 마나 한 이야기거나, 사실은 제럴드처럼 파멸의 길에서 못 벗어나는 상태에서의 공연한 고집, 도리어 "의지의 결함"(445면)을 대변하는 말이기 쉽다.

어슐라와 버킨이 실현하는 이 '기적'은 앞서도 언급한 제19장에서 버킨이 제럴드를 포함한 백인문명의 앞날에 대해 명상하다가 갑자기 마음을 돌이켜 "또 하나의 길, 자유의 길이 있다"(254면)고 단정해버리는 대목을 상기시킨다. 그것 역시 전혀 근거없는 '논리의 비약'일 수 있지만 실은 어슐라와의 사랑을 성취하여 제럴드들의 운명에서 벗어나는 기본조건이었던 것이다. 정작 무책임하다는 비난에 값하는 것은 버킨과 작별할 때 제럴드가 보여주는 태도다(439-40면). 영국으로 돌아가지 그러느냐는 버킨의 근심어린 충고에 제럴드는 모르겠다고, 구드런과 자기는 영영 안 돌아갈지도 모른다고 대답한다. 그러고는 구드런과 사랑할 때의 환희가 어떤 것인지, 다음 순간의 허무감은 또 얼마나 특이한지, 그 모든 것이 얼마나 굉장한 경험인지를 마치 무엇에 취한 사람처럼 늘어놓는다. 그것은 무엇과도 바꾸지 않을 "완벽한 경험"이라는 것이다. 이제 경험할 만큼 했으니 더이상 고통받지 말고 떠나라는 버킨의 충고에 그는 "그건 모르지. 아직 끝난 것은 아니고―"라며 고집을 부린다. 구드런뿐 아니라 자기의 애정도 기억하라고 하는 버킨의 마지막 말에 제럴드는 "얼음장 같은 불신으로" 응수하며, "그는 거의 자기 말에 책임질 상태가 아니었다"라고 저자는 덧붙이고 있다(440면).

어슐라와 버킨이 진저리를 치며 떠나버리는 세계, 제럴드가 굳이 남아서 구드런 및 뢰르케와의 파멸적 갈등을 펼치는 세계는 두말할 것 없이 그들이 스키휴가를 간 알프스 산중의 휴양지와 그 주변이다. 상식적인 의미의 '환경'을 논하자면 먼저 거론해야 할 사항이 이것이다. 그리고 제19장 버킨의 명상에서 제럴드를 떠올리며 "흰색과 눈 속으로 모든 것이 와해되리라는 조짐"(254면) 운운한 점을 기억하더라도 이 환경이 단순히 사건진행을 위한 무대배경만은 아님을 짐작할 수 있다.

그러나 이것이 '배경묘사'와 '상징적(우의적) 의미'의 기계적 결합이 아니라 작중사건의 유기적 일부가 되고 전형적 상황의 진실된 재현에 효과적으로 공헌하는 것은 이 환경의 묘사를 한갓 묘사 이상으로 만드는 작가의 언어가 있기 때문이다. 예컨대 어슐라가 이곳을 떠나기로 결심하는 앞의 인용문에서도 저자의 문체는 산문시에 가까운 힘으로 저 너머 남쪽 나라의 정경을 떠올리면서 대조적인 두 세계의 의미를 부각시킨다.

눈 덮인 세계에 대한 직접적인 묘사도 처음부터 그것이 인물들에게 미치는 효과와 직결됨으로써 사건전개—루카치의 표현으로 서사(Erzählen)—의 일부를 이룬다. 동시에 문체의 시적 환기력은 단순히 분위기를 돋운다기보다, 마치 시극에서 대사의 시어가 해당 인물의 발언 기능뿐 아니라 무대장치를 대신하기도 하고 작가의 논평을 담은 '코러스'의 역할을 겸할 수도 있듯이, 여러가지 기능을 한꺼번에 수행한다. 호텔에 처음 도착하여 구드런과 제럴드가 방을 정하고 여장을 푼 직후 구드런이 창밖을 내다보며 형언할 수 없는 감동을 느끼는 장면은 한가지 좋은 예다.

"아, 이건—!" 그녀는 저도 모르게, 마치 고통스러운 듯 소리질렀다.

맞은편에는 눈과 검은 바위의 마지막 거대한 비탈 사이의 골짜기가 하늘 아래 갇혀 있고, 그 끝에는 마치 대지의 배꼽인 양 하얗게 주름 잡힌 벽면과 저녁빛을 받아 빛나는 두개의 봉우리가 보였다. 바로 정면으로는 조용한 눈에 덮인 요람이 거대한 두 비탈 사이로 뻗어 있고, 비탈의 밑동에는 소나무 몇그루가 털처럼 듬성듬성 솟아 있었다. 그러나 흰 눈의 요람은 눈과 바위의 벽들이 철옹성처럼 솟아오르는 그 영원한 접점까지 뻗어나갔고 저 위의 산봉우리들은 하늘과 맞닿은 상태였다. 이곳이야말로 중심이요 결절점이며 세계의 배꼽이었다. 땅이 그 무엇도 접근하거나 통과할 수 없이 순수하게 하늘에 귀속되는 지점이었다.

그 광경은 구드런을 야릇한 환희로 벅차게 했다. 그녀는 두 손으로 얼굴을 움켜쥔 채 일종의 황홀경 속에서 창문 앞에 쭈그리고 앉아 있었다. 마침내 그녀는 도착했고, 제자리에 도달한 것이었다. 여기서 마침내 모험의 도정을 접어 마감하고 흰 눈의 중심점에 수정처럼 내려앉았다. 그리고 가버렸다.(401면)*

서툰 번역이라 더 생소한 느낌도 없지 않으나 원문을 보아도 단순히 알프스의 장엄한 설경을 묘사한 대목만은 아님이 분명하며, 번역하면서 오히려 범상하게 바꿔버린 표현이나 어법도 적지 않다. 동시에 어디까지나 특정 인물이 특정한 경치를 보며 감동하는 장면을 사실적으로 제시한 대목이지 우의적이거나 환상적인 장면은 아니다. 실제로 그곳의 눈 덮인 골짜기와 절벽과 산봉우리 들의 장관이 구드런을 사로잡는 것인데, 그것이 바로 '대지의 배꼽' 같고 '땅이 하늘에 귀속되는 지점'으로 그녀에게 다가오는 것은 그녀 자신의 성격을 드러내주는 것이자 실제 풍경을 방불하게 전해주는 묘사라고 보아야 할 것이다.

구드런이 혼자만의 황홀경으로 가버린 것을 옆에서 지켜보는 제럴드는 깊은 소외감을 느낀다. 그러다가 다음 순간 격렬한 정욕이 솟구치며 거의 강제로 구드런을 품에 넣고 "이 더없는 희열의 아픔을 단 일초라도 포기하느니 차라리 영원토록 지속되는 고문을 감내했을"(he would have suffered a whole eternity of torture rather than forego one second of this pang of unsurpassable bliss, 402면) 절정의 순간을 맛본다. 하지만 구드런 자신은 그런 희열을 공유하지 않으며, 잠시 후 정신을 수습하여 아래층에 내려가서 버킨 내외가 식탁에 앉아 있는 모습을 보자 그들의 소박함과 자연스러움이 부럽다는 생각을 한다.

이런 식으로 알프스 산중 풍경의 묘사는 거듭 인물과 사건의 형상화에 자연스럽게 스며든다. 그러는 가운데 처음에는 "여기는 전혀 딴 세상이군요"(399면) 하며 좋아하던 어슐라는, 구드런이나 제럴드가 이 눈 속 세상에 범상한 인간 이상으로 매혹되는 바로 그 이유로 이곳을 못 견뎌서 떠나버린다. 그리고 이런 구체적인 작중사건의 진행과 성격의 형상화를 통해 비로소, 초목이 우거지고 사람들이 사는 남녘땅과 얼어붙은 산꼭대기의 대비가 상투성이나 관념적 우의성을 넘어설 수 있는 것이다.

보론: 『무지개』 제2세대의 '감수성 분열'에 대해

구드런과 제럴드가 그토록 알프스의 설경에 빠져드는 데는 "파괴적인 결빙의 신비극"(the destructive frost-mystery, *WL* 254면)을 선택한 현대 서양인의 일반적 성향이 작용했지만, 더 구체적으로는 근대극복의 의지와 경륜이 결여된 현대의 사업가 및 예술가 특유의 편향도 가세한다고 볼 수 있다. 예컨대 낭만주의 시대부터 강조되기 시작하여 초기 모더니즘의 일부 유파와 특히 포스트모더니즘에 이르러 새로운 형태로 각광을 받게 된 *the sublime*(숭고미 또는 숭엄미)에 대한 그들 두 사람의 집착도 그런 것이다.[33] 이때 로런스가 포스트모더니즘으로 알려진 현상들을 명시적으로 예견했다기보다 작중인물 및 작중상황의 전형성을 더 깊은 차원에서 포착했기 때문이라는 본론의 논지를 보강하는 또 하나의 방법은, 『무지개』로 되돌아가 그러한 '모더니스트적' 감수성의 형성을 작가가 제2세대 윌과 애나의 삶에서 어떻게 보여주었는지를 살펴보는 일일 것 같다.

루카치적 리얼리즘론의 기준으로 윌 브랭귄은 플로베르, 보들레르 등이 이룩한 서양예술의 '혁명적 변화'를 표상하는 전형적 인물로는 미흡한

33 포스트모더니즘에서의 숭엄미 — 제임슨 자신은 'hysterical sublime'이라고도 부르는 새로운 숭엄미 — 에 대해서는 그의 *Postmodernism* 34-35면, 37-38면, 49면 등 참조.

점이 많다. 그러나 로런스는 루카치의 '역사적 총체성'보다 한층 깊은 차원의 *being*을 사유하고 그 차원에서 일어나는 변화를 탐구하기 때문에, 윌처럼 지방도시의 아마추어 예술가에 불과한 인물과 그의 삶에서 일어나는 일종의 '감수성의 분열'을 통해 훨씬 거대한 예술사적·사회사적 변화의 진면모를 포착할 수 있으며, 『연애하는 여인들』에서 더 진전된 단계의 현대예술가상을 탐구하는 데 긴요한 전사(前史)를 알려준다.

'감수성의 분열'(dissociation of sensibility)은 T. S. 엘리엇이 17세기 중반 이래의 영시에서 일어났다고 진단한 현상이다.[34] 물론 시에서 일어난 그 변화는 영국이 청교도혁명을 겪으면서 전체 사회의 근대화가 진행된 역사의 일부이다. 엘리엇은 자신의 시대, 곧 20세기 초에 이르러서야 영시가 보들레르 등 프랑스 현대시의 자극에 힘입어 그러한 분열을 극복하는 작업을 수행하게 되었다고 자부했다. 엘리엇의 감수성 분열론을 여기서 길게 다룰 일은 아니며, 나는 리비스의 후속 논의까지 포함하여 「'감수성의 분열' 재론」[35]이라는 글을 이미 발표한 바 있기도 하다. 다만 로런스의 경우는 유럽 전체의 역사에서 비슷한 역사적 전환점을 르네쌍스 시기로 보고 있으며, 분열되지 않은 시적 언어의 대가라 할 셰익스피어에서, 특히

---

34 T. S. Eliot, "Metaphysical Poetry" (1921), *Selected Essays of T. S. Eliot*, New Edition (Faber and Faber 1950), 특히 247면.

35 「'감수성의 분열' 재론: 현대 영시에 대한 주체적 접근의 한 시도」, 김치규 교수 화갑기념 논문집 『현대영미시연구』, 민음사 1986; 백낙청 평론선 『현대문학을 보는 시각』, 입장총서 1, 솔 1991 및 졸저 『문학이 무엇인지 다시 묻는 일』에 재수록. 모더니즘 영시의 성취에 대한 T. S. 엘리엇의 과도한 평가는 디킨즈, 조지 엘리엇 등 19세기 영국의 위대한 소설에서 훨씬 풍성하고 원만하게 이루어진 감수성 통합의 성과에 대한 인식부족과 무관하지 않다는 것이 내 논지의 일부였다. 그러한 인식부족은 로런스에 대한 그의 낮은 평가로 이어지기도 한다. 리비스의 논의는 F. R. Leavis, *English Literature in Our Time and the University* (Chatto and Windus 1969) 제5장 "The necessary opposite, Lawrence" 참조.

『햄릿』 같은 작품에서 이미 그러한 증상이 엿보인다고 한다.[36] 또한 그 분열이 보들레르 등 모더니즘 예술의 선구자들에 의해 치유되기 시작했다는 점도 수긍하지 않는다.

문제는 어떤 차원의 분열인가에 달려 있다. 『연애하는 여인들』에서 가장 결정적이라 보는 것은 "감각과 양명한 정신의 연관"(the relation between the senses and the outspoken mind, 253면)의 깨어짐이다. 버킨은 그러한 분열 내지 붕괴가 서아프리카의 조각상을 만든 아프리카인들에게서 수천년 전에 일어났고 현대의 백인들은 정반대의 방향으로 그런 붕괴를 경험하고 있다고 본다. 『이딸리아의 황혼』 등에서의 발언을 감안하면 유럽에서 그 위기가 심각해진 것은 르네쌍스 이후이며 로런스 당대에는 거의 불가역적인 대세가 된 형국이다. 버킨 자신은 어슐라와 더불어 '또 하나의 길'을 찾아나서지만, 대세에 영향을 줄 법한 인물을 대표하는 제럴드는 끝내 멸망의 길로 가고 만다. 동시에 제럴드는 앞서 지적했듯이, 살아남아서 붕괴와 와해의 과정을 계속해서 밟아가는 구드런이나 뢰르케와 조금 다른 차원의 인물이다.

『연애하는 여인들』은 한편으로 다양한 인물을 통해 현대적 감각의 탐구를 진행하면서 다른 한편으로 버킨의 명상과 어슐라·버킨의 '또 하나의 길' 개척을 통해 그러한 감각탐구의 인류사적·서양정신사적 의의를 환기한다. 그런데 20세기 초의 현상과 서양역사의 장구한 추세 사이의 중간지점에 해당하는 역사의 맥락을 보여주는 것이 『무지개』, 특히 그 제2세대 윌과 애나의 경험이다. 본서 제1장에서 두 사람이 일단 사랑의 깊은 만족을 경험하고 새로운 창조적 모험을 위한 최소한의 터전을 마련했으

36 *Twilight in Italy* 중 "On the Lago di Garda"의 제3절 "The Theatre"의 『햄릿』 논의 참조(143-50면). 르네쌍스 시기의 서양정신사 전환에 관한 언급은 「토마스 하디 연구」를 포함하여 로런스의 산문 여러 곳에 나온다.

나 그들 자신은 멀리 가지 못하고 어떤 면에서는 제1세대만도 못한 경지에 머문다는 점을 지적하기는 했으나, 제2세대 논의는 상대적으로 소략했다. 여기서도 본격적인 재론을 시도하는 것은 아니고,[37] 윌과 애나의 결혼생활에 하나의 전환점을 이루는 제8장 '아이'의 한 대목을 검토함으로써 『연애하는 여인들』의 전형성 논의를 보완하고자 한다.

윌이 애나에게 일단 복종함으로써 그런대로 행복한 결혼생활을 유지해온 지 7년이 지났을 무렵 윌은 자기 속에서 새로운 욕구가 깨어남을 느끼며 자기만의 삶을 찾고자 한다. 그 첫 시도로 노팅엄에서 만난 여자를 유혹하려 하는데, 이 시도 자체는 성사되지 못한다. 그 대신에 그는 그길로 집에 돌아와 애나와 전혀 새로운 관계를 시작한다. 애나는 첫눈에 그가 완전히 다른 인간으로 변했음을 알아채고, 둘의 애틋했던 사랑과 자신의 지배력에 대한 아쉬움을 느끼면서도 새로운 상황의 도전을 받아들여 이 낯선 인물과의 '게임'에서 자신도 쾌락을 추구하기로 한다. 그 결과 "둘 사이에 더는 다정함이나 사랑이 없었고, 단지 발견을 향한 미칠 듯한 감각적 욕정과 그녀 육체의 관능적 아름다움들에서 얻는 채워질 수 없고 격렬한 충족만이 있었다."[38*]

윌의 이러한 경험을 로런스는 '절대미'(Absolute Beauty)의 추구이자 체험으로 특징짓는다.

> 때로 그는 그의 감각을 통해 그녀에게서 지각되는 절대미의 체험으로 미쳐나가는 듯한 느낌이었다. 그것은 그가 감당하기 힘든 것이었다. 그

37 한층 본격적인 논의는 학위논문 제2장 3~4절 참조.

38 D. H. Lawrence, *The Rainbow*, ed. Mark Kinkead-Weekes (Cambridge University Press 1989) 〔이하 *R*〕 218면.

리고 거의 모든 것에 바로 이런, 거의 불길하고 무시무시한 아름다움이 있었다. 그러나 궁극적인 아름다움은 자기 몸과의 접촉에서 이루어지는 그녀 육체의 계시들에 있었고 그 아름다움을 아는 것은 그 자체로 거의 죽음이었으며, 그런데도 그걸 알기 위해 그는 끝없는 고문을 감수했을 것이다.

(…)

그는 살아오는 동안 내내 언제나 절대미에 대한 숨은 두려움이 있었다. 그것은 언제나 어떤 물신(物神)과 같았고 실로 두려워해야 할 어떤 것이었다. 왜냐하면 그것은 부도덕하고 인류를 배반하는 성격이었기 때문이다. (…)

그러나 이제 그는 물러섰고, 여자의 육체를 통한 이 지극하고 부도덕한 절대미의 구현에 무한한 관능적 격렬함으로 자신을 내맡겼다.(219-20면)*

윌이 관능의 모험을 통한 앎을 위해 "끝없는 고문을 감수했을 것"이라는 대목에서 『연애하는 여인들』을 읽은 독자라면 제럴드가 구드런을 품에 넣고 "이 더없는 희열의 아픔을 단 일초라도 포기하느니 차라리 영원토록 지속되는 고문을 감내했을"(*WL* 402면) 것이라는 대목을 상기하게 마련이다. 실제로 두 남자 모두 "여자의 육체를 통한 이 지극하고 부도덕한 절대미의 구현에 무한한 관능적 격렬함으로 자신을 내맡"기고 있다는 점은 동일하다. 다른 점은 제럴드와 구드런 모두 윌과 애나의 초기 결혼생활에서와 같은 진정한 사랑과 만족을 한번도 이룬 적이 없으며, 윌의 경우 격렬한 욕정에 내맡겨진 그 삶이 가정생활이나 사회생활의 파탄을 일으키기보다 오히려 사회인으로서의 정상적인 활동을 드디어 가능케 해준다는 사실이다.

윌과 애나에게 일어난 변화를 두고 작가는 "그들의 외면적인 삶은 크게 달라진 것 없이 계속되었지만 내면의 삶은 혁명적으로 변했다"(Their outward life went on much the same, but the inward life was revolutionised. *R* 220면)라고 말한다. '절대미' 운운하는 서술이나 '혁명적 변화'라는 표현을 보더라도 로런스가 한 부부의 결혼생활에 일어난 변모 이상의 의미심장한 사건을 그려내려는 의도가 분명하다. 그런데 이때의 '혁명'은 어떤 차원의 혁명인가? 이에 대한 평자들의 인식은 꽤나 엇갈린다. 예컨대 스필카는 변모의 해방적 측면에 주목하는 데 반해, 캐비치는 윌이 "성적 감각의 기계로 환원"(reduction into a machine of sexual sensations)되고 이는 "세상에서 권력과 성공을 누리는 영국인들이 (…) 내면적으로 손상된 인간형으로 형상화"(Englishmen of power and success in the world are represented ... as inwardly disfigured types)된 예라고 주장한다.[39] 윌 브랭귄을 "세상에서 권력과 성공을 누리는 영국인"이라 부르는 것도 다소 지나치거니와 '혁명'을 단순한 타락으로 보는 것도 문제다. 동시에 스필카의 긍정적 평가 역시 그것이 작중맥락에서 어떻게 한계가 뚜렷한 '혁명적 변화'인지를 감안하지 않는다. 제6장을 끝맺으며 로런스는 '승리자 애나'의 성취와 한계를 아울러 정리했고(본서 제1장 103면), 제7장 '대성당'의 말미에서는 윌이 도달한 한계점도 명시했던 터다.

때때로 윌이 밝고 멍한 얼굴로 아주 조용히 앉아 있을 때 애나는 그

---

39 각기 Mark Spilka, *The Love Ethic of D. H. Lawrence* (Indiana University Press 1955) 100면 및 David Cavitch, *D. H. Lawrence and the New World* (Oxford University Press 1969) 50면; 학위논문 제2장 4절 147면 참조. 같은 면 각주37에서는 캐비치의 비판적 시각을 공유하면서도 한층 섬세한 평가를 보여준 Marvin Mudrick, "The Originality of *The Rainbow*"의 평가도 소개한 바 있다.

밝음 속에 깃든 괴로움을 볼 수 있었다. 그는 자신의 어떤 한계, 그의 존재 자체에 무언가 형성되지 않은 것, 자기 속에서 성숙하지 않은 어떤 봉오리들, 그가 육신으로 살아 있는 동안에 결코 발달하여 펼쳐지지 않을 어떤 접혀진 어둠의 중심들을 느끼고 있었다. 그는 자기실현을 할 태세가 안 되어 있었다. 무언가 그의 속에서 발달되지 않은 것이 그를 제약했고, 그가 펼쳐낼 **수 없고** 그의 속에서 영영 펼쳐지지 못할 어둠이 그의 내부에 있었다.(*R* 195면, 원저자 강조)*

권위있는 정리의 어조를 띤 이런 발언들이 허언이나 과장이 아니라면 이후 벌어진 '혁명적 변화'가 *being*의 가장 깊은 차원에서 성취되는 본질적 돌파라고는 보기 어렵다. 그것은 19세기 중반 이래 서양의 예술사와 지성사에서 벌어진 특수한 '미적 근대성'(aesthetic modernity) 내지 '모더니즘'이 수행한, 일면 혁명적이지만 '개벽'에는 미달하는 변화이다. 아니, 그냥 '미달'했다기보다 기술시대에 전개된 기술발전의 엄연한 일부이면서 '기술의 본질'에 대한 물음은 더 깊이 망각하는 적극적 은폐 기능도 수행한다. 다시 말해 『무지개』의 어슐라가 스크리벤스키와의 연애 '게임'을 결국에는 거부하며 사유모험을 계속하기로 하는 선택이나 『연애하는 여인들』의 버킨과 어슐라가 드디어 열어가는 '또 하나의 길'이기보다, 로런스가 동시대 소설 대다수를 특징지은 "낡은 노선에 따라 새로운 감각을 발명하는"(inventing new sensations in the old line)[40] 차원을 넘어서지 못하는 것이다.

40 D. H. Lawrence, "The Future of the Novel," *Study of Thomas Hardy and Other Essays*, ed. Bruce Steele (Cambridge University Press 1985) 155면.

제4장

『쓴트모어』의 사유모험과 소설적 성취

1. 글머리에

본장은 『안과밖』 13호(2002년 하반기)에 발표한 「소설 『쓴트모어』의 독창성」을 대폭 개고한 것이다. 로런스의 소설적 성취는 그가 말하는 '생각의 모험' 내지 '사유모험'(thought-adventure)을 떠나서는 정확히 평가할 수도 온전히 이해할 수도 없는 것이지만, 2002년 당시는 내가 '개벽사상가 로런스'라는 주제에 착안하기 전이었고 저서 구상도 그간 산발적으로 발표해온 논문들에 몇편을 더 보태서 묶는다는 정도였다. 특히 학위논문에서 집중적으로 다룬 장편 『무지개』와 『연애하는 여인들』로부터 '에필로그'의 『날개 돋친 뱀』까지의 빈 공간이 너무 커서 『쓴트모어』(*St. Mawr*, 1925)[1]에 대한 논의를 추가하면 좋겠다는 생각을 했다. 따라서 '사상적 탐

1 제목(및 작중의 수말 이름)의 발음과 국문표기에 관해서는 아직 일치된 견해가 없다. 수말 St. Mawr는 웨일즈산(産)으로, 원래는 웨일즈식으로 r자를 굴려서 발음했을 것이고 작중의 웨일즈인 마부 루이스(Lewis)도 그렇게 부를 것이다(웨일즈어에서 mawr는 '크다' '위대하

구'보다는 제목 그대로 '소설적 성취'에 치중한 논의가 되었고, 게다가 (구차한 이야기지만) 진즉에 받은 서울대 연구비의 성과물을 늦게라도 제출해야 하는 처지여서 '전문적인 연구논문'을 전문지에 게재할 필요성이 겹쳤다. 그러다보니 『안과밖』 게재 논문은 '개벽사상가'에 어울리지 않는 다분히 고식적인 논의가 되었다. 선행연구에 대한 '모범생적' 점검이 지나치게 큰 비중을 차지한 것도 그런 결과의 일부다. 반면에, 지면의 제약으로 작품의 내용에 대한 소개는 미흡할 수밖에 없었다. 이런 결함들을 개고를 통해 되도록 시정하고자 한다.

그래도 『쓴트모어』를 선택한 일 자체는 합당했던 것으로 보인다. 『연애하는 여인들』 이후 로런스가 간행 또는 집필한 『길 잃은 젊은 여자』(1920) 『미스터 눈』(*Mr. Noon*, 미완성 유작으로 전문 발표는 1984년) 『아론의 막대』(1922) 『캥거루』(1923) 그리고 몰리 스키너(Mollie Skinner)와의 공저 『수풀 속의 소년』(*The Boy in the Bush*, 1924) 등은 모두 간단히 다루기 힘든 장편인데다 예술적 성취로도 『쓴트모어』만큼 착실하지 않다. 게다가 『연애하는 여인들』에서 버킨과 어슐라에게 숙제로 남겨진 탐구를 수행함에 있어서도 『쓴트모어』의 중요성은 각별한 것이다.

제럴드와의 특별한 관계를 이룩하는 데 실패한 버킨은 『연애하는 여인들』의 끝머리에서도 '남자와도 영원한 일치'(eternal union with a man too)를 이루는 꿈을 접지 않는데, 『아론의 막대』에서 『날개 돋친 뱀』에 이르는

다'의 뜻). 그러나 영어권의 일반독자는 Mawr를 '모어'로 발음하는 것이 상례일 터라 나도 그런 관행을 존중하여 '모어'로 표기한다. 또한 Mawr에 강세를 두어 '쎄인트'가 아닌 '쓴(트)' 모어로 발음하는 것 또한 관행이며, 다만 영어로는 두 단어지만 합쳐 하나의 이름이므로 '쓴트모어'라고 붙여 썼다. 로런스 자신은 말 이름을 영국 성씨의 하나인 Seymour(원음에 가깝게 옮기자면 '씌이모어')로 발음했다는 설도 있다(Keith Sagar, *D. H. Lawrence: A calendar of his works*, Manchester University Press 1979, 139면; 같은 저자의 *D. H. Lawrence: Life into Art*, Penguin Books 1985, 266면에 좀더 자세한 설명이 나옴).

여러 중·장편에서 로런스는 남자들 간의 일치 중에서도 지도자와 피지도자의 수직적 관계, 곧 '리더십 주제'에 골몰한다. 동시에 버킨과 어슐라가 영국을 떠나 스위스를 거쳐 이딸리아로 새로운 삶을 찾아 떠나듯이, 로런스 자신도 이딸리아에서 싸르데냐 방문과 씨칠리아 거주를 필두로 스리랑카, 남태평양, 오스트레일리아, 아메리카대륙 등을 떠돌며 버킨과 어슐라의 고립을 치유할 수 있는 장소, 두 사람이 어렵게 개척한 '또 하나의 길'에 한결 친화적인 기운이 살아 숨쉬는 고장과 문화를 찾아다녔다. 『쓴트모어』는 1920년대의 로런스 소설 중—비슷한 시기에 쓰인 단편 「공주」(The Princess)나 약간 성격이 다른 중편 「말을 타고 가버린 여인」(The Woman Who Rode Away)과 더불어 — '리더십 주제'를 거의 접어둔 채 새로운 삶의 터에 대한 탐구에 치중한 점에서도 특이하다.

이는 뉴멕시코가 로런스 스스로 "내가 바깥세계로부터 얻은 최대의 경험"이라고 고백했던 것과도 무관하지 않을 것이다.

> 나는 뉴멕시코가 내가 바깥세계로부터 얻은 최대의 경험이었다고 생각한다. 그것은 분명히 나를 영구히 바꿔놓았다. 이상하게 들릴지 모르지만, 문명의 현시기, 물질적이고 기계적인 발전의 거대한 시기로부터 나를 해방시켜준 것은 다름아닌 뉴멕시코였다. 남방불교의 성지 중의 성지인 쎄일론의 성스러운 칸디에서 보낸 몇달도 나를 지배하고 있던 물질주의와 이상주의의 거대한 정신을 건드리지 못했었다. 그리고 심지어 씨칠리아의 절묘한 아름다움과 아직도 그곳에 살아 있는 옛날 그리스 다신교의 정신 한가운데서 보낸 몇해도 내 성격의 기반을 이루고 있던 본질적인 기독교를 깨뜨리지 못했었다. (…)
>
> 그러나 싼타페의 사막 위로 높이 그 눈부시고 당당한 아침이 빛나는 것을 본 순간 내 영혼 속에서 무엇인가가 멈춰섰고 나는 주의를 기울이

기 시작했다. (…) 뉴멕시코의 장려하고 치열한 아침을 맞아 나는 잠에서 떨쳐 일어났고, 영혼의 새로운 한 부분이 문득 깨어났으며, 낡은 세계가 새로운 세계에 자리를 내주었다.[2]*

이러한 결정적 변화의 직접적인 문학적 성과가 『쓴트모어』라고 한다면, 적어도 상상을 통해서나마 그 변화에 동참하려는 노력 없이는 온전한 독서가 불가능할 것이 분명하다. 그런데 로런스조차 뉴멕시코를 경험하기까지는 종전의 낡은 틀을 완전히 깨뜨리지 못했다고 하는 정도니, 이 획기적 변화의 산물에 대한 읽기가 결코 수월할 리 없다.

2. 엇갈리는 해석들

로런스 작품 가운데 『쓴트모어』[3]의 성가는 오늘날 꽤 높은 편이다. 보통의 장편소설보다 짧은 덕도 있겠지만 『옥스포드 현대영국문학 앤솔로지』(*The Oxford Anthology of Modern British Literature*)에 전문이 수록되는 등 대학 교재로 곧잘 쓰이며, 비평가들도 그들 나름의 호평을 내놓는 경우가 많다. 이 작품에 대해 최초로 열렬한 본격적 평가를 내놓은 F. R. 리비스가 "『쓴트모어』 같은 걸작이 거의 완전히 무시되는 사태를 어떻게 설명할까"(how account for the almost complete neglect suffered by such a masterpiece

2 D. H. Lawrence, "New Mexico" (1928), *Mornings in Mexico and Other Essays*, ed. Virginia Crosswhite Hyde (Cambridge University Press 2009) (이하 *MM*) 176면.

3 D. H. Lawrence, *St. Mawr and Other Stories*, ed. Brian Finney (Cambridge University Press 1983) (이하 *SM*). 국역본으로 김영무 옮김, 데이비드 허버트 로렌스 『처녀와 집시/여우/다루기 힘든 숫말 쓴트 모어』(중앙일보사 1982)가 간행된 적 있으나 본장의 인용문은 나의 번역임.

as *St Mawr*?)[4]라고 개탄했던 때에 비하면 금석지감이 있다.

그러나 오늘날 대다수의 독자들이 리비스가 지적했던 『쓴트모어』의 "창조적·기법적 독창성"(creative and technical originality)을 실감하는지는 여전히 의문이다. 리비스의 해당 대목을 그대로 옮기면, "내가 보기에 『쓴트모어』는 『황지』보다 한층 괄목할 창조적·기법적 독창성을 보여주는바, 『황지』와 달리 『쓴트모어』는 완전히 성취된, 온전하고도 자족적인 창작품인 것이다"(*D. H. Lawrence: Novelist* 235면)*라고 했다. 이는 일찍이 T. S. 엘리엇의 위상을 확립하는 데 앞장섰던 평론가로서는 극찬에 해당한다. 『황지』(*The Waste Land*, 1922)와 『쓴트모어』가 다 같이 '현대문명의 정신적 황폐성'이라는 주제를 다루면서도 후자만이 예술적 완성도를 제대로 성취했다는 말이기 때문이다.

그러나 리비스의 평가에 반발하는 비평도 뒤를 이었고, 설혹 『쓴트모어』의 예술적 성취를 사주더라도 리비스와는 전혀 다른 시각을 드러내기 일쑤였다. 전자를 대표하는 초기의 사례가 이 소설이 끌어모은 이런저런 사건들이 하나의 일관된 이야기를 이루지도 못했다면서 작품의 "본질적인 미형성 상태"(its essential inchoateness)로 인해 "이야기가 끝나기는 했지만 완료되지는 않는다"(the story is not finished though it has ended)[5]라는 등의 비판을 제기한 엘리세오 비바스라면, 뒤에 다시 언급할 마이클 라구씨스(Michael Ragussis)는 로런스의 사상적 탐구를 실질적으로 부정하는 방향으로 작품의 예술성을 '옹호'하기도 한다. 과문한 탓인지 몰라도 2002년 당시 검토한 선행연구 중 "새로운 문명을 향한 적극적인 모색과 참다

4 F. R. Leavis, *D. H. Lawrence: Novelist* (1955) 190면.

5 Eliseo Vivas, *D. H. Lawrence: The Failure and the Triumph of Art* 〔1960〕, Midland Book 58 (Indiana University Press 1964) 162-64면.

운 인간긍정을 탁월하게 보여준 이 소설은 로렌스 문학이 거둔 최대의 성취 가운데 하나"[6]라고 거침없이 주장한 예는 리비스 이후로 국내 연구자가 유일했고 지금도 그럴지 모르겠다.

하지만 『쓴트모어』가 과연 제대로 성취되고 완성된 예술작품인가에 대해서는 오늘도 많은 독자들이 의문을 느끼는 게 사실이다. 『쓴트모어』에 대한 높은 평가에 동의하는 후대의 한 비평가조차 로런스 작품 중에서 『쓴트모어』는 특이한 "하나의 변종이며 비밀스러운 텍스트"(a freak among his writings, an arcane text)로서, 입문용으로는 적합지 않으며 독자들이 느끼는 "의문과 곤혹감과 불만"(doubt, puzzlement and dissatisfaction)이 어떤 면에서 당연한 것이라고 주장한 바 있다.[7]

『쓴트모어』가 어려운 건 흔히 말하는 '전위적'인 기법실험을 수행해서가 아니다. 이야기의 순차적 흐름을 무시한 시간상의 분방한 이동이라든가 화자의 설명이 생략된 채 장면들이 어지럽게 나열되는 일도 없다. 실

---

6 강미숙 「『쓴트 모르』에 대한 한 읽기: 루의 여정과 '국제 주제'」, 『안과밖』 7호(1999년 하반기) 256~75면.

7 Keith Brown, "Welsh Red Indians: Lawrence and *St Mawr*" (1982), *Rethinking Lawrence*, ed. K. Brown (Open University Press 1990) 23면. 브라운이 이렇게 주장하는 이유는 소설에서 켈트족과 아메리카 원주민 신화에 대한 지식이나 저자의 개인사적 배경이 얽혀서 빽빽한 의미를 구성하는 정도가 로런스의 여느 작품과 다른 차원에 이르렀다고 보기 때문이다. 그의 해설에는 흥미로운 점이 많지만, 그가 주장하듯 "로런스가 실제로 쓴 내용을 세심하게 읽음으로써 도달할 수 있는 순차구조가"(a sequence that may be arrived at by detailed attention to what Lawrence has written, 26면) 뚜렷한지는 의문이다. 브라운의 독법을 따른다면 『쓴트모어』는 셰익스피어의 시극을 대할 때와 다름없는 주의력뿐 아니라 조이스 소설 읽기가 요구하는 좀 다른 종류의 주의력과 해박한 지식마저 요하는 작품인데, 브라운이 해명한 요소들을 미처 인식하지 못하는 독자는 결국 『쓴트모어』를 실패한 작품으로 볼 수밖에 없다는 것인가? 브라운 자신도 그렇다고 단정하는 것은 아니려니와, 신화적 주제들의 은밀한 작용이 작품을 더욱 풍성하게 해주는 정도가 아니고 독자의 작품감상을 결정적으로 좌우하기까지 한다면 이는 『쓴트모어』의 '창조적 독창성'을 제한하는 결과가 될 것이다.

제로 이런 '난해한' 수법들은 20세기 내내 수많은 전위문학·전위예술을 겪어온 요즘 독자들에게는 오히려 친숙할 수 있다. 『쓴트모어』는 화자가 인물을 소개하고 배경을 설명하면서 사건의 순차적 전개를 따라가는 '전통적'인 기법을 대체로 따르고 있고, 작중현실이 사실주의적 표면을 아예 저버리고 환상의 세계로 진입하는 일도 없다. 문제는 일견 알기 쉽게 다가오는 장면에 독자가 좀 마음을 붙이려다보면 어느덧 딴 장면으로 바뀌어버리고 때로는 화자의 말투에도 갑작스런 변화가 일어나곤 한다는 것이다.

그런데 실제로 한 장면에서 다른 장면으로 전환하는 대목을 살펴보면 "수월하고도 불가피한 장면이동들"(easy and inevitable transitions)[8]이라는 리비스의 지적대로 그때마다 적절한 계기가 발견되기는 한다. 그러나 장면이 계속 바뀌는 것 자체가 불만스러운 독자에게는 이런 '자연스러운' 이동이야말로 도스패쏘스(John DosPassos) 같은 작가에게서 보이는 단속적인 장면들의 나열보다 더욱 곤혹스러울 수 있다. 아니, 『황지』처럼 장면과 어조가 줄곧 바뀌는 토막들의 집합인 시는 오히려 그러려니 하고 읽지만, 『쓴트모어』는 겉보기에 낯익은 기법의 꽤 긴 중편 내지 짧은 장편이면서[9] 그 다양한 서사가 단 한번의 행 비우기도 없이 진행된다. 물론 그보다 앞서 쓰인 중편 「여우」(The Fox, 1922)도 그렇긴 하지만, 『쓴트모어』는 분량이 더 길 뿐 아니라 훨씬 더 다양하고 복잡한 이야기를 '단숨에 몰아치는' 독특한 효과를 노리고 있다. 이 과정에서 "각 장면마다 파격적인 변화를 동반하는 다양한 문체는 독자로 하여금 소설문학이 주는 재미와 더

8 Leavis, *D. H. Lawrence: Novelist* 236면.

9 케임브리지판으로 본문 총 135면. 『쓴트모어』만 따로 간행한 크노프(Alfred A. Knopf)사의 초판은 약 220면이었다고 함.

불어 교육의 효과도 누리게 한다"[10]는 상찬도 가능하지만, 이는 어느정도 재미를 붙인 독자들의 경우이고 그 '다양성'이 오히려 좌절감을 더해주는 사례도 적지 않은 듯하다.

작품은 유럽을 떠돌며 사는 미국인 루 위트(Lou Witt)와 오스트레일리아 출신의 남편 리코(Rico)의 결혼이 이미 성사된 시점에서 출발한다. "루 위트는 하도 오랫동안 저 하고 싶은 대로 해왔기 때문에 스물다섯의 나이가 되었을 때는 뭐가 뭔지 모를 지경이었다. 자기 멋대로 하다보면 완전히 어찌할 바를 모를 상태에 빠지는 법이다"(*SM* 21면)*라는 말로 시작하여, 화자는 경쾌하고 약간은 비웃음 띤 어조로 두 사람의 성격과 그들이 결혼하기까지의 경위, 뒤이어 결혼 후 런던에서 루의 어머니 위트부인(Mrs. Witt)을 포함한 세 사람이 생활하는 모습을 속도감 있게 전해준다. 당장 이 부분에 대해서도 논자들의 평가는 엇갈린다. 리비스는 이 출발 대목의 특징으로 "아무렇게나 편하게 하는 말투를 놀랍도록 닮은 어떤 것"(something extraordinarily like careless ease)[11]을 지목했고, 이에 대해 비바스는 아무렇게나 편하게 쓰는 것이 예술인지는 의문이라고 응수한 바 있다.[12] 물론 이는 입씨름으로 해결할 문제가 아니고, 소설을 읽어나가면서 '저 하고 싶은 대로' 사는 삶에 대한 냉소가 루가 속한 사회의 전반적인 풍조와 병폐를 얼마나 깊이있게 짚어내는가 같은 '내용상'의 문제와 연계해서 판단할 문제다.

10 강미숙, 앞의 글 259면.

11 Leavis, *D. H. Lawrence: Novelist* 235면.

12 Vivas, 앞의 책 157면.

3. 쓴트모어: 신화인가 현실인가

아무튼 첫머리의 '냉소적 희극'(sardonic comedy)투의 서술에 독자가 익숙해질 만하자 쓴트모어라는 이름의 수말(stallion, 거세되지 않은 수말)이 등장하면서 전혀 다른 어조로 바뀐다. 여기서 작품 줄거리를 상세히 소개할 건 아니지만, 쓴트모어의 등장과 그 여파를 좀 자세히 들여다볼 필요가 있다. 겉보기에 화려하지만 내면으로 공허한 런던에서의 생활 도중 루는 자기네 암말을 보관해주는 마구간에 갔다가 쓴트모어를 발견한다. 처음부터 그의 남다른 힘과 생명력을 직감한 루는 그 말이 성깔이 있어 사고를 낸 적도 있지만 말이란 다루기 나름이라는 마구간 주인의 이야기를 듣고 그길로 구입하기로 한다. 그리고 전혀 새로운 경험을 한다. 그녀는 원래 울지를 않는 사람이었지만,

> 그러나 이제, 마치 그 말의 몸뚱이가 지닌 저 신비로운 불길이 그녀 내면에서 어떤 바위를 갈라놓은 것처럼, 그녀는 집에 가서 방에 숨어 그냥 울었다. 쓴트모어의 야생적이고 빛나며 방심을 모르는 머리가 마치 딴 세계로부터 그녀를 쳐다보는 것 같았다. 그녀는 마치 어떤 계시를 본 듯하였다. 마치 그녀 자신의 세계의 벽이 갑자기 녹아 없어지면서 그녀를 거대한 어둠 속에 남겨둔 결과, 저 말의 비인간적인 머리의 발가벗은 선(線)에서 벌거벗은 두 귀가 단도처럼 솟아오르고 거대한 그의 몸뚱이가 힘으로 벌겋게 번뜩이는 가운데, 말의 크고 번쩍이는 눈이 그 어둠의 한복판에서 악령 같은 질문을 던지며 그녀를 내다보고 있는 것 같았다.

무엇일까? 그녀에게 말의 눈은 영원한 어둠 속으로부터 무시무시하게 그녀를 내다보는 거의 신과 같은 것으로 느껴졌다. 질문을 담아 홉

뜬, 그리고 하나의 위협처럼 빛의 흰 날을 담은 커다랗고 빛나며 무서운 눈이었다. 그의 비인간적 질문, 그리고 그의 기이하고 섬뜩한 위협은 무엇인가? 그녀는 알지 못했다. 그는 어떤 멋진 악령이었고 그녀는 그를 경배해야만 했다.(*SM* 30-31면)*

이 대목은 뒤따르는 다른 여러 대목과 더불어 작가가 쓴트모어를 '신화'(myth)로 만들었다는 해석의 빌미가 될 소지가 충분하다. 그래서 로런스의 지나친 낭만주의나 설교 취향으로 비판받곤 했는데, 라구씨스는 '작가를 믿지 말고 이야기를 믿으라'(Never trust the artist. Trust the tale) '예술의 속임수'(subterfuge of art) 등 로런스의 개념을 동원하여 작품이 작가의 낭만주의적 신화를 해체하는 예술적 성취를 이루었다고 주장한다.[13] 그런데 이를 낭만적 신화화도 아니고 작가의 신화를 작품이 해체하는 사례도 아닌, 다분히 사실주의적인 서사 도중에 자연스럽게 일어날 수 있는 사건이고 루라는 인물이 얼마든지 보일 수 있는 반응이라고 읽으면 안 되는가? 인용된 문장을 보면 '마치'(as if)라는 표현이 거듭 나오고 신(神)이라는 단어가 나올 때도 '거의 신과 같은 것으로'(almost like a god)라는 단서가 붙는 등, 현실에서 벗어나지 않으려는 작가의 노력이 엿보인다. 다만 "그는 어떤 멋진 악령이었고 그녀는 그를 경배해야만 했다"라는 마지막 문장이 '신화화'의 여지가 있다면 있다.[14] 그러나 이 문장도 작중의 그 대

---

13 Michael Ragussis, "The False Myth of *St Mawr*: Lawrence and the Subterfuge of Art," *Papers on Language and Literature* 11 (Spring 1975) 186-96면. '형식적·심미적 비판'(formal aesthetic critique)을 강조하는 포플로스키는 그런 종류의 비평이 거의 없는 현실에서 라구씨스를 드문 예외로 지목하기도 한다(Paul Poplawski, "*St. Mawr* and the Ironic Art of Realization," *Writing the Body in D. H. Lawrence: Essays on Language, Representation, and Sexuality*, ed. P. Poplawski, Greenwood Press 2001, 185면 주4).

14 여기서 '악령'으로 옮긴 *demon*은 영어에서 *devil*(악마)과는 다른 개념으로서 '사악하다'는

목에서 루라는 특정 인물의 느낌을 자유간접화법으로 재생하고 있는 것이라는 점을 인식할 필요가 있다.

더 중요한 것은 루의 이런 실감을 독자가 공유하고 공감하는 일이다. 문명의 최첨단이자 행복과 재미로 가득 찼다고 자부하는 생활이 사실은 공허하고 메마른 삶이며, 그러다가 쓴트모어를 보고 무언가 다른 세상이 있고 다른 삶이 가능하다는 느낌에 사로잡히는 것이 얼마든지 발생 가능한 현실적 사건이고 독자 자신에게도 하나의 도전일 수 있음을 인정하는 일 말이다. '거짓신화의 예술적 해체'를 내세워 이 도전을 외면하는 것은 결국 리코와 루의 기존생활에 본질적으로 동조하는 꼴이 된다.[15]

이후의 진행은 쓴트모어가 루에게 아무리 충격적이고 신비스러운 존재일지라도 결국 한 마리의 말임을 분명히 보여준다. 그가 일으키는 첫번째 사고는 리코가 그를 타고 하이드파크를 산책하던 중에 일어난다. 위트부인의 다분히 악의적인 도발로 말이 거의 통제불능의 상태에 빠지는데 인디언 하인 피닉스(Phoenix)의 개입으로 겨우 수습된다. 그러나 런던의 사교계철이 끝나고 무대가 슈롭셔(Shropshire)로 바뀐 뒤(42면 이하) 진짜 큰 사고가 벌어진다. 웨일즈가 보이는 접경지대로 맨비(Manby) 자매 등 동

뜻이 없이 쓰이는 경우도 많다. 가령 소크라테스가 말한 그의 *daimon*은 일종의 수호신이며 천재들을 쉴새없이 작업에 몰두하게 하는 *demon*도 여기에 가깝다. 그러나 루에게는 이 대목의 쓴트모어가 일종의 위협으로 다가오기도 하므로 '악령'으로 느껴졌을 수 있다. 나중에 루가 "그의 무서운 눈의 혼돈 속에서 무수한 악령들"(demons upon demons in the chaos of his horrid eyes, 41면)을 감지하는 대목이 나오는데 이것도 전혀 다른 세계, "다른 종류의 지혜"(another sort of wisdom)를 지닌 듯이 보이는 쓴트모어가 루에게 익숙한 세계에 적응하지 못해서 벌어진 상황이다.

15 "쓴트모어를 시적 상징이라 부르는 것은 별로 도움이 안 된다. 그를 성적 상징이라 부르는 것은 적극적인 오도행위이다"(To call St Mawr a poetic symbol doesn't help much. To call him a sexual symbol is positively misleading)라는 리비스의 지적도 그런 취지일 게다(Leavis, *D. H. Lawrence: Novelist* 239면).

네 친지들과 소풍을 갔다 돌아오는 길에 쓴트모어가 갑자기 앞다리를 치켜들며 그를 억지로 제어하려는 리코를 태운 채 뒤로 넘어진다. 리코는 발목이 부러져 결국 절름발이가 되고 옆에서 도우려던 금발의 친구는 쓴트모어의 발길질에 얼굴을 차여 용모가 망가지는 상처를 입는다. 끔찍한 사고지만 말이 갑자기 일어선 것은 발 앞에서 독사의 사체를 보았기 때문이고 리코가 무리하게 자기 의지로 말을 누르려 했기 때문에 뒤로 넘어진 것이다.

이 사고에 대한 복수로 거세 위험에 처한 쓴트모어는 일단 빼돌려졌다가, 루 모녀와 함께 미국으로 간 뒤에는 텍사스의 널널한 공간에서 암말의 뒤를 좇는 평범한 수말로 변해버린다. 루도 더는 쓴트모어에 신경을 안 쓰고 뉴멕시코 산속의 산장(ranch, 농장이 딸린 산장)으로 들어가 소설의 마지막 장면을 연출한다. 여기서 쓴트모어의 '탈신화화'는 굳이 '예술의 속임수'를 들먹일 것 없이 처음부터 서사의 표면에 명시된 사안인 것이다.[16]

4. '악에 대한 계시'

쓴트모어가 사고를 일으킨 직후 인근에 도움을 청하기 위해 말을 타고 가는 동안 루는 계시(vision) 비슷한 것을 경험한다.

---

16 그 점에서 같은 해에 출판된 미국 시인 로빈슨 제퍼스(Robinson Jeffers, 1887~1962)의 서사시 『얼룩 수말』(*Roan Stallion*)과 대조적이다. 이 작품에서는 수말이 신과 동일시되는 면이 없지 않고 여주인공의 성적 욕망의 대상이기도 하다. 그러나 핍진한 사건전개와 생생한 묘사 그리고 비극적 결말을 보건대 결코 현실을 떠난 판타지문학이 아니며, 저자의 사상적 탐색도 『쓴트모어』와 대조하며 음미할 여지가 많은 역작이다.

루는 얼굴을 농장을 향해 고정한 채 계속 말을 달렸다. 말할 수 없는 지겨움이 그녀를 사로잡은 상태였다. 그녀는 고통을 느낄 수조차 없었다. 정신의 지독한 피로가 그녀를 일종의 무감각 상태에 빠뜨렸다.

그리고 그녀는 하나의 계시를, 악의 계시를 보았다. 아니, 엄밀히 말하면 계시가 아니었다. 그녀는 커다란 파도를 지으며 지구를 덮어가는 악, 악, 악을 의식하게 되었다.(78면)*

농장에 도착하기까지 약 3면에 걸쳐 이어지는 이 대목도 많은 비판의 대상이 되었다.[17] 그러나 스스로 나서서 설교하기를 즐기는 로런스의 고질병이 도졌다는 선입견을 떠나서 살피면 실제로 기법상 크게 문제될 성질은 아니다. 현재형 문장으로 바뀌는 마지막 몇단락을 빼면 루의 생각이 '자유간접화법'으로 전달되었다고 보아 무리가 없다. 현재형 단락들(80면)의 경우도, 화자의 느닷없는 개입이라기보다 자유간접화법의 연장이되 루의 긴 성찰이 일반론의 성격을 띠고 정리되면서 문법상 시제의 일치에 얽매이지 않는, 이른바 '항구적 진실을 말하는 현재형'으로 읽는 것이 가능하다. 현재형도 "파시즘이 사고를 내는 순간"(79면)이라는 가정적 표현에서 처음 선보인 뒤 술어동사 없는 불완전 문장이 계속되다가 '창조와 파괴'에 관한 일반론으로 넘어가기 때문에, 루의 관점을 분명히 채택했던 부분으로부터의 이행이 자연스럽게 이루어진다.

---

17 예컨대 『쓴트모어』 화자의 '대화적' 문체를 자상히 분석하고 상찬하는 플리시먼도 정작 쓴트모어가 사고를 일으킨 직후 루의 '계시'를 서술하는 결정적인 대목에 관해서는 "대화적인 산문으로부터 독백적인 산문으로, 숨겨진 논쟁에서 단순한 논쟁으로"(From the dialogical, the prose turns monological, from hidden polemic it becomes mere polemic) 변했다고 비판한다(Avrom Fleishman, "He Do the Polis in Different Voices: Lawrence's Later Style," *D. H. Lawrence: A Centenary Consideration*, ed. Peter Balbert and Phillip L. Marcus, Cornell University Press 1985, 176면).

루의 생각이 로런스 자신의 작품 외적 발언들과 너무 닮았다는 점이 '작가 개입'의 혐의에 일조하는 것은 사실이다. 그러나 루의 계시 또는 깨달음이 '반어적 전복' 또는 '해체'의 장치로 제시된 것이 아니고 결정적인 인식확장에 값하는 것이라면, 작가 자신의 골똘한 지적 탐색과 그 내용이 상당부분 일치하는 것은 너무도 당연한 일이다. 문제는 아무래도 그 '내용'에 독자가 얼마나 공감할 수 있느냐이다.

많은 독자들, 특히 서양의 주류문화에 속하는 연구자들에게 가장 곤혹스러운 점은 루의 명상이 자유주의를 주적(主敵)으로 설정하고 있다는 느낌일 것이다. 루가 사회주의를 신봉하기 때문에 그런 것이라면 크게 곤혹스러울 일도 없으나, 사회주의도 똑같은 악의 일부로 규정될뿐더러 볼셰비즘은 지배적 이념의 일탈적인 변주에 불과한 것으로 간주된다(79면). 이는 로런스의 지론이나 다름없다. 「민주주의」(1919)라는 산문에서도 사회주의와 '근대 민주주의'를 동일 범주에 넣고 부정한 바 있으며,[18] 진지한 중하층 인물들이 등장하는 「여우」에서는 상류사회의 '너무너무 재밌어!'(Lots of fun!) 식의 경박한 외침이 아니라 의식적인 '행복의 탐구'(the search for happiness)—미국의 독립선언문 이래 여러 나라의 헌법에도 곧잘 채택되는 표현으로는 '행복의 추구'(the pursuit of happiness)—가 비판의 표적이 되기도 했다.[19] 경박한 '너무너무 재밌어!' 타령만이 아니라 진지한 행복추구 노력마저 비판한다는 점이 의미심장하고 자칫 곤혹스러울 수 있으며, 특히 「여우」에서는 로런스의 그런 비판이 아내 마치(March)가

---

18 D. H. Lawrence, "Democracy," *Reflections on the Death of a Porcupine and Other Essays*, ed. Michael Herbert (Cambridge University Press 1988) 〔이하 *RDP*〕 66면. 로런스의 민주주의론과 정치사상은 본서 제10장에서 더 상세히 다룬다.

19 D. H. Lawrence, "The Fox" 〔1923〕, *The Fox, The Captain's Doll, The Ladybird*, ed. Dieter Mehl (Cambridge University Press 1992) 68-69면 참조.

남편 헨리(Henry)에게 모든 것을 내맡겨야 한다는 주장과 겹쳐 성차별 논란이 가세하기도 한다. 성차별 시비는 다른 자리에서 좀더 본격적으로 다룰 문제지만,[20] 아무튼 자유주의와 근대적 민주주의의 근간에 해당하는 행복추구권에 대해 본질적인 문제제기를 하는 점이 특이하다. 물론 로런스는 인간의 행복 자체를 반대하는 것이 아니고, 다만 어떤 본질적 모험을 수행하고 걸맞은 성취를 이룩한 결과로 행복해지는 게 아니라 각 개인이 행복을 지상목표로 설정하고 추구하는 삶을 반대하는 것이다. 하여간 이런 발언들 때문에 로런스와 파시즘의 친연성이 거론되기도 한다. 그러나 루의 명상에서는 파시즘 또한 지배이념의 한 변형이며, 볼셰비즘과 달리 삶의 표면을 유지해준다는 점에서 아직까지는 '점잖은' 대안이지만 결국은 일탈을 범하여 배척되게 마련임을 예견하고 있다(*SM* 79면).[21] 하지만 딱히 파시즘 지지가 아니더라도, 로런스의 자유주의 규탄과 행복추구권 부정이 무책임한 문명비판이 아니려면 한결 깊은 '사유모험'의 산물이어야 할 것이다.

리코와 그 주변인물들의 "너무너무 재밌어!"를 연발하는 삶의 경박성을 비판하는 것 자체야 누구나 동조함직하다. 그런데 이를 '악'(evil), 그

20 본서 제8장 참조.

21 무쏠리니의 대두(1922) 직후, 그러나 파시즘의 전면화 이전 시점에 씌어진 이 대목이 장차 파시즘, 그리고 더욱 거대한 규모로 나찌즘이 저지를 사고를 예견하고 있음은 주목에 값한다. 강미숙, 앞의 글 265면 및 주7, 8 참조. 이 무렵 파시즘이 유럽의 상당수 대중과 지식인에게 매력을 지녔던 문제에 대한 로런스의 반응을 두고 마이클 벨은 "로런스가 관심을 끄는 이유의 일부는 이 문제와 깊숙이 대면했고, 정치적 선동가들이 메우겠다고 나서는 정신적·정서적 공백상태가 어떤 것인지를 알아보았다는 점이다"*(M. Bell, *D. H. Lawrence: Language and Being*, Cambridge University Press 1992, 152면)라고 하면서, 로런스는 시종일관 'bullying'(약자에 대한 을러대기 또는 '갑질')에 반대하는 입장이었고 파시즘의 대두를 보면서도 같은 태도로 임했음을 강조한다(154면).

것도 전지구를 휩쓰는 보편적인 악 그 자체로 인식하는 태도를 어떻게 볼까? 『쓴트모어』의 화자가 이 점에서 일관된 자세를 견지함은 분명하다. '계시' 장면 훨씬 전, 쓴트모어를 알게 된 순간부터 루는 바로 이런 "즐김의 유령들"(wraiths of enjoyment)이 설치는 생활의 공허함을 깨닫는다(42면). "너무너무 재밌어!"에 따라다니는 또 하나의 상투구가 "역대 최고잖아!"(Isn't this the best ever!)라는, 말하자면 진보사관을 대변하는 감탄인데(같은 면), 맨비 자매들이 주도해서 '악마의 의자' 봉우리로 원행을 갔다가 낙마사고가 일어나기까지의 과정에도 이들 표현이 의미심장하게 되풀이된다.

> "나는 요즘 세월이 역대 최고라 생각해. 특히 젊은 여자들에겐 말이야." 플로라 맨비가 말했다. "그리고 어쨌든 요즘 세월은 우리 자신의 시대인데 그걸 깎아내려서 어쩌자는 건지 모르겠어."
>
> 강렬한 *joie de vivre*〔삶의 환희, 원문에 프랑스어로 나옴〕의 마지막 메아리가 웨일즈의 산들 너머로 트럼펫 소리처럼 공중에 울려퍼지는 가운데 일행은 잠시 침묵했다.
>
> "당당한 말씀이었어, 플로라." 리코가 말했다. "한번 더 말해봐. '악마의 의자'를 설교단 삼아 발언할 기회가 다음번엔 없을지 모르니까."
>
> "난 정말 그래." 플로라가 거듭 말했다. "내 생각엔 젊은 여자가 즐길 수 있기로는 이제까지 중에서 지금이 최고의 시대야. 나는 H. G. 웰즈의 역사책을 다 읽었는데 책장을 덮으면서 내가 천구백이십몇년에 살고 있는 걸 운명에 감사했어. 여자가 고리타분한 억압적 사내들 앞에서 벌벌 떨어야 하는 어떤 더러운 딴 시대가 아니고 말이야."(74면)*

이것은 자유주의와 진보주의의 관점에서 정치적 정답에 걸맞은 태도일지는 몰라도, 그들이 찾아온 장소에서는 일종의 신성모독에 해당한다. 돌아오는 길에서도 이런 '즐기기'의 분위기가 계속되며 금발의 젊은이가 "무지무지하게 매력적인" 최신 춤곡을 휘파람으로 되풀이해 불어대는 도중에, 죽은 뱀이 앞에 가로놓인 것을 알아차리고 갑자기 비켜서는 쓴트모어를 리코가 억지로 몰려다가 사고가 일어나는 것이다(75-76면).

그러므로 루의 명상이 "저들 맨비네 여자들, 그들이 하고자 하는 것은 무엇인가?"라는 질문에 그들의 목표는 언제나 '잠식하여 망가뜨리는'(undermine) 일이라고 스스로 답한 끝에 볼셰비즘·파시즘과의 본질적 연속성에 대한 성찰로 나아가는 것은 적어도 작품의 흐름에서는 자연스러운 진행이다.

> 잠식하고 잠식하고 잠식하라. 그들은 리코를 잠식하고 싶어했다, 금발의 젊은이가 루를 기꺼이 잠식했을 것처럼. 아무것도 믿지 말고 아무 일에도 신경쓰지 말 것 — 다만 표면을 평온하게 유지하면서 인생을 즐길 것. **우리 서로서로를 잠식하자. 믿을 것이란 아무것도 없으니 모든 것을 잠식하자. 하지만 조심! 시끄럽게 말썽을 피우거나 게임을 망치는 일 없기. 게임의 규칙을 지킬 것. 놀 줄 아는 사람답게, 소동을 일으킬 짓은 하지 말 것.** (…) **동료 인간을 절대로 공공연하게 해치지 말 것. 항상 은밀히 해칠 것. 그를 바보로 만들고 그의 본성을 잠식할 것. 가능하다면 그를 잠식해서 파괴할 것. 그건 재미좋은 놀이니까.**(79면, 원저자 강조)*

이런 진단은 로런스 당대나 20세기 중반까지보다 지금 시점에 한층 공감하기 쉬워지지 않았는가 한다. 볼셰비즘이 자본주의·자유주의에 대한 진정한 대안이 못 되면서도 (앞서 파시즘이 그랬듯이) 게임의 규칙을 안 지키고 소동을 일으키다가 퇴출된 이래로 '역사의 종말'("역대 최고")을 외치는 자유주의자들과, 다른 한편 일체의 진리나 실재에 대한 불신을 가르치는 '포스트모던'한 가벼움이 전지구적 자본주의 문화를 주도하고 있는 것이다.[22] 그런데 『쓴트모어』가 씌어진 시기에는 근대 세계체제의 지배적 이념으로서의 자유주의가 아직도 수십년의 전성기를 앞두고 있었다는 역사해석에 동의한다면,[23] 로런스의 시대인식은 그것이 대단한 선견지명인 만큼이나 고독한 입장일 수밖에 없었다. 따라서 "무엇을 할 건가? 일반적으로 말하면 아무것도 할 게 없다"는 결론에 루가 다다르는 것도 당연한 일이다.

> 무엇을 할 건가? 일반적으로 말하면 아무것도 할 게 없다. 지구가 송장 냄새로 가득한 채 죽은 자가 죽은 자를 묻어야 할 것이다. 개인은 무리로부터 떠나 자신을 깨끗이 하려는 노력을 할 수 있을 따름이다. 파괴하면서 나아가지만 단맛을 잃지 않는, 저 살아 있는 것을 굳건히 붙들려는 노력을. 그리고 자신 안의 생명인 것을 수많은 악인들의 소름끼치는 입맞춤과 독 묻은 이빨로부터 지켜내기 위해 영혼 속에서 싸우고

22 강미숙은 이들 인간상을 니체의 '말인'에 연결시킨 바 있다(앞의 글 263~84면). 본서 제1장에서는 『무지개』에서 어슐라와 결별한 뒤의 스크리벤스키를 '말인'에 견주어 논했다.

23 1917년부터 1968년(또는 1989년)의 기간이야말로 자유주의의 절정기였고 레닌주의 또한 스스로 극렬한 반자유주의를 표방했음에도 자유주의의 한 변형이었다는 월러스틴의 주장(Immanuel Wallerstein, *After Liberalism*, The New Press 1995, 특히 "Three Ideologies or One? The Pseudobattle of Modernity" 및 "The Collapse of Liberalism" 참조)은 물론 만인이 동의하는 학설은 아니다. 그러나 로런스의 역사인식과는 공통점이 많으며, 러시아혁명의 핵심을 후진국의 자체개발 과정으로 파악한 점에서도 일치한다. 레닌 및 볼셰비끼혁명에 대한 로런스의 논평으로는 *RDP*에 실린 "Blessed Are the Powerful" 〔1925〕, 월러스틴의 글 중에서는 특히 "Marx, Marxism-Leninism, and socialist experiences in the modern world-system," *Geopolitics and Geoculture: Essays on the changing world-system* (Cambridge University Press 1991) 참조.

싸우고 싸우는 일을. 사막으로 물러나서 싸우는 일을. (80면)*

루의 이런 결의는 뉴멕시코 산중에서의 독신생활을 선택하는 소설의 결말을 암시한다. 루의 선택이 도피주의나 문자 그대로 아무것도 못한다는 체념상태가 아니라, 『쓴트모어』를 집필하던 무렵 로런스의 산문에서 자주 언급되던, 로마제국 멸망 직후의 과도기·암흑기에 신생 그리스도교의 수도승들이 맡았던 새로운 문명창조의 전위역을 자임하는 자세임이 예고되어 있는 것이다.[24]

5. 루의 입산과 문명화 작업

미대륙으로의 귀환 결정이 내려지고도 일행(루 모녀와 루이스, 피닉스 그리고 쓴트모어)이 아메리카땅을 밟기까지 적잖은 지면과 에피소드를 거친다. 특히 위트부인과 루이스가 거세 위험에 처한 쓴트모어를 빼돌려서 옥스포드셔로 가는 긴 여정은 이 작품의 빼어난 대목 가운데 하나다. 인간에게 말을 거는 나무들이라든가 '달 속의 사람들', 별똥별 등에 대한 루이스의 긴 사설(107-10면)은 작품의 '극시적 효과'의 좋은 예이기도 하다. 남한테 미신스럽게밖에 안 들릴 것을 본인도 뻔히 알지만 그때 그곳

---

24 로런스는 뉴멕시코 푸에블로인디언들의 타오스 마을에서 로마제국 멸망 직후의 암흑기에 인간정신을 지켜낸 수도원들을 떠올린다("Taos," *MM* 125면). 중세 수도원 및 수도승의 역할에 대해서는 비슷한 시기에 쓰인 "Books" "On Human Destiny" 등에서 좀더 길게 언급한다(*RDP* 199면, 207면). K. Sagar, *D. H. Lawrence: Life into Art* (University of Georgia Press 1985) 제7장 "The Monk and the Beast: *St Mawr*"에서는 『쓴트모어』의 주요 모티프의 하나로 '수도승'을 꼽으면서 이와 관련된 로런스의 다른 저술들을 풍부하게 소개하고 있다(특히 252-58면).

의 분위기에 끌려서 나온 말들인 이런 이야기를 통해, 작가는 독자의 상상력을 한껏 자극하면서 쓴트모어가 루에게 준 '다른 세계'에 대한 암시, 슈롭셔의 예술가 카트라이트(Cartwright)와의 대화에서 나왔던 목신(牧神) 판(Pan)의 기억들을 보완해준다. 하지만 그 이상의 의미부여는 사절한 채 '치고 빠지는' 솜씨를 다시 보여준다.[25] 루는 등장조차 않고 쓴트모어도 별 역할이 없는 이런 장면들이 길게 이어지고 내용도 알차다는 사실이 이 작품에 마치 장편소설과 같은 풍성함을 더해주는 요소지만, 처음 읽는 독자에게는 『쓴트모어』가 산만하며 종잡기 힘들다는 인상을 안기는데 일조한다. 더구나 대서양을 건너 텍사스에 도착했다가 루 모녀와 피닉스만이 다시 뉴멕시코의 산중으로 들어간 지점에서 작품은 마치 중동무이하듯 끝나버린다.

물론 사건이 완결되지 않은 상태에서 이야기를 멈추는 기법은 현대소설에서 흔하다. 로런스 자신의 장편 『연애하는 여인들』도 버킨과 어슐라의 대화 도중에 두 사람의 견해차가 뚜렷해진 채로 갑자기 끝난다. 『쓴트모어』의 경우 문제는 앞서도 지적했듯이 수많은 장면전환이 이루어지면서 일정한 방향성이 안 잡힌다는 느낌을 받는 독자가 많은데다가, 뉴멕시

25 권영희 「『쓴트모어』의 켈트적 타자성」(『D. H. 로렌스 연구』 16권 2호, 한국로렌스학회 2008)은 키스 브라운도 언급한 바 있는 켈트적 주제를 발전시키며 웨일즈인 마부 루이스에 대한 상세한 검토를 제시한다. 『쓴트모어』는 중편이라 부르기에 어폐가 있을 정도로 풍성한 작품이므로 스토리상 부차적 인물에 불과한 루이스 한 인물만 두고도 많은 논의가 가능하다. 특히 루는 이름을 보면 루이스의 동명이인으로 해석될 소지가 있으며(Lou는 Lewis 또는 Louis의 여성형 Louise의 애칭), 루이스는 리코에게는 오스트레일리아 원주민을, 위트부인에게는 어릴 적 루이지아나의 흑인 하인들을 연상시키고 피닉스와의 뚜렷한 대조를 제공하는 등 여러모로 중요한 인물이다. 그러나 그의 중요성에 너무 정색하고 집중하다보면 소설의 풍성하면서도 경쾌한 맛('치고 빠지는' 수법)을 놓칠 수 있으며, "켈트적 타자성을 매개로 백인 주인공의 제국주의적 주체성이 해체되는 흐름"(20면)이라는 결론은 로런스가 뉴멕시코에서 달성한 깨달음을 '켈트적 타자성'과 '제국주의 비판'으로 국한할 우려가 있다.

코를 무대로 벌어지는 마지막 부분이 특별한 논란과 의문의 대상이 되곤 한다는 사실이다.[26]

이 부분 자체도 수많은 장면전환을 거치는 복잡한 구성이다. 그중에서도 특히 해석이 힘든 대목은 루가 피닉스를 대동하고 산중 농장으로 가는 과정을 (주로 루의 관점에서) 서술하다가 루가 도착하여 "바로 이곳이다!"(This is the place! 140면)라고 마음속으로 선언한 직후, 전지적 화자의 진술로 전환하면서 목장의 역사를 길게 들려주는 대목이 아닐까 한다. 하필 이 지점에서 이런 식으로 딴 이야기를 시작하는 것이 예술적으로 적절하냐는 의문도 들려니와, 농장의 역사에 대한 서술이 루의 삶에 대해 함축하는 바가 무엇이냐를 가늠하는 문제도 있다.

전지적 화자의 개입이 불가피하다는 점은 쉽게 납득할 수 있다. 그녀가 선택한 장소가 실제로 어떤 곳인지를 독자에게 알려줄 필요가 있는데, 루의 관점에 머무는 한은 일시적인 인상들 아니면 남에게 얻어듣는 것밖에는 제시할 수가 없기 때문이다. 한편 묘사와 서술의 생동하는 실감으로 말한다면, 뉴멕시코 일대 자연의 아름다움을 재현하면서 산중생활의 거의 괴기스러운 어려움들을 실감케 해주는 이 대목이 로런스 글쓰기의 한

---

26 가령 비교적 초기에 『쓴트모어』에 대해 호의적 평론을 쓴 앨런 와일드는 "본질적으로 삽화적인"(essentially episodic) 형식의 진행경로가 "혼란스러움으로부터, 그리고 그녀 남편의 사교적 세계에 매몰된 상태로부터 홀로 자기인식의 상태로 나아간 루의 진전"(the progress of Lou from confusion and from immersion in the social world of her husband to a state of solitary self-knowledge)을 보여준다고 하면서도, 그러한 진전의 결정판이어야 할 마지막 대목에서 '아메리카의 야생적 영' 운운하는 루의 발언이 "소설에서 유일하게 절대적으로 안 어울리는 음조"(the one absolutely false note in the novel)라고 비판한다. Alan Wilde, "The Illusion of *St Mawr*: Technique and Vision in D. H. Lawrence's Novel" (*PMLA* 79, 1964), *D. H. Lawrence: Critical Assessments*, ed. David Ellis and Ornella De Zordo (Helm Information Ltd. 1992) 제3권, 각기 325면 및 332면.

정점을 이룬다는 데에 많은 독자가 공감하고 있다.

실제로 이 성취는 상당부분 '대화화된'(dialogized) 문체에 의존하고 있기도 하다. 화자의 서술 중 큰 부분이 루 직전에 이 산장에 살았던 '뉴잉글란드 여인'의 관점을 빌려 그 체험을 전달하기 때문에 그만큼 더 강렬한 인상이면서, 동시에 전지적 화자의 요약과 정리가 적당히 배합되어 있다. 기법상으로 굳이 문제될 대목이 있다면 — 루의 '계시'에서도 그랬듯이 — 마지막에 화자가 현재형 문장으로 전환하는 몇단락이다.

> 문명화의 새로운 진격은 번번이 수많은 용감한 사람들의 생명을 앗아갔다. 헤스페리데스의 사과나 황금 양털을 획득하려고 노력하다가 '악룡'에 패배해 쓰러진 사람들. 창조의 더 낮은 단계들의 낡고 반쯤 지저분한 야만상태를 극복하고 다음 단계를 쟁취하려는 노력 중에 쓰러진 것이다.
>
> 왜냐하면 모든 야만상태는 반쯤 지저분하기 때문이다. 그리고 그 지저분함을 극복하기 위해 계속해서 싸울 때만 인간은 인간답다.
>
> 그리고 모든 문명은 그 내면적 비전과 자신의 한층 깨끗한 기운을 상실할 때 낡은 야만보다 더욱 대대적이고 더욱 엄청난 새 종류의 지저분함으로 떨어진다. 금속 오물이 가득한 아우게아스왕의 외양간(30년간 청소를 안 한 외양간을 헤라클레스가 강물을 끌어들여 하루에 다 치웠다고 함)이 되는 것이다.
>
> 그리고 언제나 인간은 새로운 쓰레기더미를 치우기 위해 새로이 자신을 떨쳐 일으켜야 한다. 생짜의 길들지 않은 자연으로부터 승리와 다시 출발할 힘을 쟁취하기 위해, 그리하여 한 세기 내내 쌓인 그 퇴적물을, 심지어 그것이 깡통들의 쓰레기일지라도 치워버리고 나아가기 위해.(151면)*

'악에 대한 계시' 끝부분이 여전히 루의 관점을 떠나지 않는다고 주장할 여지가 있었던 데 반해, 이 대목은 전지적 화자의 직설적 개입이라는 것 외의 다른 해석이 불가능하다. 루가 다시 전면에 등장하기 전이요 뉴잉글란드 여인은 퇴장한 뒤이기 때문이다. 다만 이것이 작가의 부주의 탓이 아니라 의도적인 선택임은 분명하다. "겨우 160에이커의 대지로 된 이 찌그러져가는 작은 농장은 말하자면 인간이 로키산맥의 야생의 심장부를 향해 밀고 나간 이 지점에서의 마지막 노력에 해당하는 것이었다"(140면)* 라는 문장으로 농장의 역사를 서술하기 시작하면서 이미 그 요지를 밝혔던 것이다.

내용 면에서는 루의 도착이 문명으로부터의 도피가 아니라 차라리 인간의 본분이라고도 할 문명화의 지속적인 싸움에서 그 한 자락을 떠맡은 행위임을 알려주는 구실을 한다. 도리어 로런스가 '문명화의 진격'을 말하는 것이 생소하게 느껴질지 모른다. 더구나 그는 문명의 '단계'를 언급하기조차 한다. 자신이 줄곧 비판해온 진보사관을 뒤늦게 채택한 것인가? 하지만 이는 앞서 인용한 '계시' 대목에서 루가 현대문명의 그럴싸한 표면이 감춘 본질적 사악함을 통찰하고 도달한 결심의 연장일 뿐 아니라, 그에 앞서 모녀간 대화(59~62면)를 통해 그녀가 두뇌(mind) 또는 사고(thinking)를 부정하기는커녕 그 본래 의미를 찾고 있음을 보여준 대목으로도 밑받침되는 신념이다. 그리고 루의 이 싸움이 비록 깊은 산속에서 '아무것도 할 게 없는' 생활의 형태를 취하지만, '금속 오물'과 '깡통들의 쓰레기'로 대표되는 현대문명과의 대결임을 분명히 하고 있다.

그런데 "공격에 임하는 새로운 피"(152면)로 등장한 루의 앞날에 대해 뉴잉글란드 여인 이야기는 무엇을 말해주는가? 작품에 의한 작가의 신화해체('예술의 속임수')를 강조하는 라구씨스는 루가 그 여인의 전철을 밟게 될 터인데 그 사실을 모르고 있다는 '아이러니'에 주목했다. '위대한 염소 판'(Great Goat Pan)의 타락한 세계를 피해 '위대한 신 판'(Great God Pan)을 찾아나선 루의 여정이 염소와 쥐떼가 들끓는 *Las Chivas*(스페인어로 '암염소들') 농장으로 귀착하는 것은 기막힌 아이러니로서, 루가 이제 '위대한 암염소 판'이 되려는 순간임을 로런스가 꼬집고 있다는 것이다.[27]

루의 탐구과정에 한층 공감하는 쎄이가 역시 이 대목에서는 다분히 유사한 진단을 내린다. "뉴잉글란드 여인은 궁극적으로 패배했다. 루는 쓰라린 체험을 통해 그녀의 교훈을 새로 배워야 할 참이다. 작품의 마지막에서 루는 여전히 사랑과 봉사에 관해 이야기하고 있다."* 다만 쎄이가는 루 자신마저 싸구려로 전락한다고는 보지 않는다. "루가 자신의 사명을 아무리 낭만적으로 인식할지라도 이는 최소한 그녀를 싸구려로부터 건져준다. 루는 목장을 바라보며 아름다움과 희망을 본다. 위트부인에게는 '온통 희망없음과 수많은 쥐들'밖에 안 보인다. 실패가 예정된 낭만주의와 불모의 냉소주의이다."[28]*

위트부인의 냉소주의와 그 불모성은 『쓴트모어』의 중요한 주제 가운데 하나다. 소설의 마지막 대목에서도 그녀의 냉소가 두드러지는데, 이를 '예술언어'(art speech)의 진면목으로 읽는 것도 문제지만 '불모의 냉소주의'와 '실패가 예정된 낭만주의'가 대립하고 있다는 양비론 역시 작품의 의미를 부당하게 제약하는 것이다.

실제로 이 문제는 『쓴트모어』가 어떤 작품인지를 가늠하는 데 결정적이다. 물론 위트부인이 냉소주의 일변도의 인물만은 아님은 슈롭셔 체류 중의 모녀간 대화(92-93면)에서도 드러나고, 쓴트모어를 빼돌려 들판을 가

---

27 Ragussis, 앞의 글 193면.

28 Keith Sagar, *D. H. Lawrence: Life into Art* 276면.

로질러가던 중 루이스에게 뜬금없이 청혼을 하는 것도 '마님의 갑질'만은 아니었다. 하지만 청혼을 거절당한 이래로 극도의 무력감과 허탈감에 사로잡힌 상태에서 그녀가 루의 결단에 대해 특유의 냉소와 야유를 던지면서 작품이 끝난다. 그러나 리코들의 세계를 풍자할 때와 달리 그녀는 루의 말을 제대로 알아듣지 못한 채 습관적인 야유를 던지는 상태다.

와일드가 '소설에서 유일하게 절대적으로 안 어울리는 음조'를 들려준다고 비판했던 발언이자 쎄이가 역시 루가 여전히 '사랑과 봉사'를 말하고 있다고 주장하며 인용하는 대목은 다음과 같다.

> 야생의 정신이며 그토록 오래 기다려온—심지어 나 같은 사람을 오래 기다려온—영(靈)을 위해 나 자신을 지키는 것이 내 사명이에요. 이제 내가 온 거예요! 이제 나는 여기 있어요. 이제 나는 내가 원하는 곳에 있는 거예요. 나를 원하는 영과 더불어.(155면)*

그런데 '음조' 문제를 일단 제쳐둔다면, 루는 '사명'을 말할지언정 그리스도교적 뉘앙스가 짙은 '봉사'를 말하고 있지 않다. 만약 그랬다면 뉴멕시코의 경험이 작가로 하여금 "내 성격의 기반을 이루고 있던 본질적인 기독교"를 드디어 넘어서게 했다는 산문 「뉴멕시코」의 진술(앞의 각주2 참조)과 상충할 것이다. 당연히 작가의 비판이 실려야 옳은데, 사실이 그러한지는 살펴볼 문제다.

산속에서 혼자 살아서 도대체 어쩌겠다는 거며 자칫하다가는 피닉스와 내연의 관계나 맺게 되는—그리하여 세상의 눈에 그야말로 '암염소'로 비치게 되는—것 아니냐는 어머니의 의구심에 대해서도 루는 자기 나름의 방비가 없지 않다. "도대체 여기 옴으로써 무엇을 성취하기를 기대하느냐?"(But what do you expect to achieve by it?)라는 위트부인의 질문에 그녀는 "엄마, 나는 오히려 성취라는 걸 피하려는 게 소망이에요"(I was rather hoping, mother, to escape achievement)라고 답한다(152면). 어머니와 함께, 그리고 피닉스가 말들을 돌보며 운전기사 노릇이나 해주는 상태에서 그냥 혼자서 살고 싶다는 것이다. 위트부인은 즉각 "피닉스를 배경에 두고 말이지! 머잖아 그가 전경으로 나서지 않을 건 확실하니?"(With Phoenix in the background! Are you sure he won't be coming into the foreground before long?)라고 꼬집지만, 루는 "아니에요 엄마, 그런 건 이제 끝났어요. 굳이 말한다면 피닉스는 하인이에요. 내가 아는 한 그는 그걸로 자기 자리가 제대로 매겨진 거예요"(No mother, no more of that. If I've got to say it, Phoenix is a servant: he's really placed, as far as I can see)라고 단호하게 답한다(153면). 위트부인도 그 점은 더 들먹이지 않는다. 따라서 '암염소 농장'이라는 이름이 갖는 의미도 단순히 루의 환상을 폭로하는 아이러니라기보다, 키스 브라운의 주장처럼 키바(Kiva)라는 아메리카 원주민의 성소(聖所)를 연상시킴으로써 좀더 복합적인 의미를 지닌다는 읽기가 가능하다. 현대세계에서 목신 판이 염소 모양의 신으로 전락했듯이 스페인 정복자들에 의해 치바스(Chivas)로 바뀌어버린 거룩한 장소에 루가 도달했으며, 또 하나의 암염소로 오해받을 상황에서 자신과의 싸움을 이어나갈 것임을 함축한다는 것이 브라운의 해석이다.[29]

결말 가까이 가서 루가 열을 올리는 문제의 발언도 그 '극적' 맥락에 유

---

29 Brown, 앞의 글 25-26면. "암염소에서 연상되는 것들이 작품이 강조하는 대로 루가 진정한 정령을 찾기 위해 과거에 버리고 온 바로 그 염소신이라고 할 때, 로런스가 그토록 서툴렀을 수 있을까? 이 이야기가 실제로 루 자신이 또 하나의 암염소(비록 남달리 고매한 생각을 지닌 암염소일지라도)가 되는 모습으로 끝나도록 의도된 것일까? 그것이 위트부인의 상황인식일 수는 있지만, 작품 전체가 기도하는 바의 일부는 현대세계에 대한 그녀의 정당한 불만에도 불구하고 그녀의 사태파악이 지닌 한계를 드러내는 일이다"(25면)*라고 브라운은 반문한다.

의하여 읽으면 루의 결단을 풍자하는 일방적인 아이러니가 아닐뿐더러 작가의 실수("안 어울리는 음조")라 보기도 어렵다. 처음에는 비교적 담담하게 대화를 시작했던 루가 끝내 열변을 토하고 마는 건 사실이다. 하지만 이는 위트부인의 계속되는 '도발'이 낳은 결과다. 피닉스와의 수상쩍은 관계를 암시했다가 곧장 수그러든 위트부인은 루가 원래 싸구려 남자를 좋아하는 취향이 있었다느니, 자기 젊은 시절에도 '무언가 더 큰 것'을 찾아 수녀원에 가는 애들이 있었다느니, 환상이라도 차라리 있는 게 낫다느니 하면서 루가 진지하게 해명을 할 적마다 말머리를 돌려가며 딸의 심기를 계속 건드린다. 마지막으로 이러다간 루가 평생을 홀몸으로 살지 모르겠다고 부인이 염려했을 때, 루는 드디어 "내가 그걸 싫어할 것 같나요! 내게는 다른 무엇이 있어요, 엄마…"(Do you think I mind! There is something else for me, mother…) 하며 예의 열변을 토하는 것이다.

루의 이런 격앙된 폭발은 당연히 일정한 수위조절을 요한다. 그리고 농장의 가격을 묻고, 딸려오는 이름까지 감안할 때 그만하면 싸구려라고 받아넘기는 위트부인의 마지막 발언이 일정하게 그런 역할을 하는 것도 사실이다. 하지만 루의 주장을 완전히 뒤엎음으로써 비로소 균형이 이룩된다기보다, '극적인 대화'의 진행 도중에 루의 발언에 불가피하게 끼어들어간 '거품'을 빼는 수준이라 보는 게 옳다. 여기서도 감정이 고양된 순간을 빌려 냉정한 상태에서는 언표화하기 힘든 내용을 인물의 대사를 통해 표면에 띄움으로써 독자의 성찰을 자극하는 '극시적' 수법이 구사되고 있는 것이다.

작품의 큰 흐름을 보더라도 뉴멕시코에 도달할 무렵의 루는 뉴잉글랜드 여인의 좌절을 가져온 삶의 태도를 이미 대부분 청산한 상태다. 뉴잉글란드 여인은 '사랑의 신'이란 없고 그를 모시던 시대가 끝났음을 무의식 속에서는 실감하지만 이를 의식적으로 수용하여 본질적으로 새로운 사유모험의 계기로 삼지는 못한다. 그에 반해 루가 산장을 처음 보는 순간부터 이곳이 아름다울뿐더러 거룩하다고 느끼는 것은 그녀가 이미 등을 돌린 기존의 신성 개념과는 다른 무엇의 실재를 직감하기 때문이다. 물론 루가 떠나온 영국의 사교계는 뉴잉글란드 여인의 진지한 이상주의와는 거리가 멀지만, '계시'의 시간에 "너무너무 재밌어!"의 세계를 거부함과 더불어 루는 "이상적 인류의 소름끼치는 구세군"(the ghastly salvation army of ideal mankind, 80면)과 결별했으며 "심지어 아름다운 쓴트모어의 환영(幻影)조차"(Even the illusion of the beautiful St. Mawr, 137면) 졸업했던 것이다.[30] 바로 그렇기 때문에 루는 뉴멕시코 산중에서 거룩함을 느끼면서 동시에 "지저분한 흙 같은 타성의 무게"(a great weight of dirt-like inertia, 140면)도 예민하게 포착한다. 이것이 곧 그녀의 성공을 보장하지는 않지만, 어쨌든 뉴잉글란드 여인의 전철을 그대로 밟으며 철없이 뛰어든다고 예단할 일은 아니다.

6. 로런스의 길과 루의 '성공' 문제

그런데 루의 '성공'이라면 어떤 것일까? 도대체 '성취'란 것을 피해보려고 왔다는 인물에게서 무슨 구체적 사회활동의 전망을 기대하는 것은 무리다. 아니, 이런 기대야말로 루가 일찍이 거부했던 '행복의 추구'라는 근대세계의 공인된 목표를 고집하는 꼴일 수 있다. 또한 베스타 여신의 처녀 사제처럼 자기를 지키는 것을 목표로 삼은 여인을 두고 『달아난 수

30 졸업했다고 표현한 것은, 사라진 환영에 대한 아쉬움이 없지는 않으나 초점은 '쓴트모어도 떨쳐버리고 온 내가 피닉스 따위에게 휘둘릴까보냐'라는 루의 오연한 자기단속에 있기 때문이다.

닭』(*The Escaped Cock*)에서 이시스 여신의 사제가 부활한 예수와 결합하는 것 같은 새로운 남녀관계의 가능성을 점쳐보는 것도 성급한 일이다.

부활한 예수는커녕 피닉스 같은 남자와 선부른 관계에 빠져 또 하나의 '암염소'로 전락하는 통속소설적 실패는 위트부인도 잠시 내비쳤다가 루의 완강한 반박을 듣고 철회하는 상상이지만, 루도 뉴잉글란드 여인처럼 인간에게 신비스러운 악의를 행사하는 저 로키산맥 지대의 기운을 못 견뎌 '시체'나 다름없이 되어 퇴각할(150면) 가능성은 더 진지한 검토를 요한다. 아니, 그런 상황까지는 아니더라도 과연 루가 얼마나 오래 산중에서 견딜지를 의심해볼 수 있는데, 리비스는 그 점에 대한 불확실성이 이 작품의 거의 유일하게 아쉬운 대목이라고 지적한 바 있다.[31]

루가 뉴잉글란드 여인과는 전혀 다른 자세로 산중생활을 시작하는 것은 분명하지만 "깊숙한 산중에서 번져오는 쥐 같은 회색빛 영"(the grey, rat-like spirit of the inner mountains, 147면)이 행사했던 위력을 얼마나 깊이 통찰하고 있는지는 작품 자체에 밝혀져 있지 않다.[32] 독자는 작품이 제공하는 모든 단서를 따라 최적의 판단을 시도할 뿐인데, 여기서 루와는 전혀 다른 인물인 저자 로런스의 경우를 참고하는 에움길을 거쳐보는 것도

---

31 이는 그가 『쓴트모어』론에서 정면으로 제기하기보다 단편 「모녀」(Mother and Daughter)의 완벽성을 상찬하면서 지나가는 말처럼 던지는 비판이다. Leavis, *D. H. Lawrence: Novelist* 288-89면.

32 작품이 그 점을 밝히지 않은 것과 '반어적 구조'를 통해 루가 오판하고 있다는 답을 주었다는 것은 물론 전혀 다른 이야기다. 앞서 언급했던 라구씨스는 화자가 들려주는 라스치바스 목장의 선행역사는 "루가 끝내 듣지 못하는 경고"(a warning that Lou never hears)이며, 따라서 와일드가 '유일하게 절대적으로 안 어울리는 음조'라고 책잡았던 루의 열변도 "산장에 대한 루의 환상은 명백히 이 소설의 중심적인 반어적 패턴의 일부"(Lou's illusions about the ranch are clearly part of the central pattern of irony in the novel)라고 칭송한다(Ragussis, 앞의 글 192면, 194면).

방법이다.

로런스는 우선 남성이자 영국인이고 작가로서의 구체적인 활동이 있었으며 키오와 산장(Kiowa Ranch)에서도 독신생활을 하지 않았다. 루가 계획하는 은둔생활과 달리 그는 멕시코와 영국 등을 오가기도 하다가 나중에는 (건강 문제도 있어) 영영 못 돌아오고 말았다. 이런 개인사적 차이를 떠나서 중요한 또 한가지는, 로런스가 뉴멕시코의 자연을 체험함과 더불어 그 고장의 '기운' 또는 '영'과 일치된 삶을 살아왔고 아직도 살고 있는 인간사회를 목도했다는 점이다. 에쎄이 「뉴멕시코」는 주로 전자를 말하지만, 인근 인디언들의 축제를 방문한 기록들에서는 자신이 찾던 어떤 다른 삶을 보여주기도 한다. 예컨대 인디언의 원무(圓舞, round dance)에 대해 그는 이렇게 말한다.

> 그것은 적나라한 피의 존재가 우주의 리듬 속에서 자신의 고립을 지켜내는 춤이다. 기술도 용맹도 영웅적 행위도 아니다. 인간 대 인간의 일이 아니다. 고립되고 순환하는 피의 흐름의 창조물이 자신의 고립이 안겨주는 위험 속에서 자신의 단독자적 존재를 뽐내며 춤추고 있는 것이다.("Indians and Entertainment," *MM* 64면)*

인디언들의 경주에 대한 성찰도 있다.

> 그들은 경주에서 이기려고 뛰고 있는 게 아니다. 상을 타려고 뛰는 것도 아니다. 자신의 용맹을 과시하려고 뛰고 있지도 않다.
>
> 그들은 자기 영혼 속으로 창조적 불길을, 그들의 부족으로 하여금 세월의 변화를 통과하여 한해 내내 인류의 길 없는 창조의 길을 끊임없이 달리도록 해줄 창조적 에너지를 더욱더 많이 거두어들이기 위해, 받은

괴로움이고 반은 황홀경인 긴장 속에서 혼신의 힘을 다해 뛰고 있는 것이다. 그것은 인간이 반드시 해야 하고 계속 수행해야 하는 영웅적 노력, 거룩한 영웅적 노력이다.(같은 글 68면)*

로런스가 항상 강조하는 *singleness*(단독자, 홀로 있음)라는 표현만 보아도 그가 파악한 인디언 문화의 특징이 막연한 자연과의 합치 또는 집단과의 일체화가 아닌 것이 분명하다. 그것은 자신보다 더 큰 창조의 원천과 접촉함으로써 "인류의 길 없는 창조의 길"을 달리는 문명화 작업이기도 하다. 그렇다고 그들의 삶이 현대인을 위한 답은 아니다. 로런스는 자신(및 동료 현대인)은 그들과 다른 길을 멀리 걸어왔기 때문에, 그들로부터 새로운 삶의 단서와 계기를 얻을지언정 그들에게 돌아갈 수는 없음을 거듭 강조한다.[33] 그뿐만 아니라 인디언의 전통적 생활, 삶 자체도 현대문명에 밀려 도태될 위기에 있음을 로런스는 충분히 인식하고 있다.[34]

다른 길을 멀리 걸어온 백인들이 이곳에 뿌리박고 사는 일이 얼마나 어려운지를 가장 절절하게 보여주는 대목이 『쓴트모어』에서 뉴잉글란드 여인의 실패담일 것이다. 그러나 이것도 그냥 허망한 실패는 아니고 문명화의 끝없는 길에서 수행된 영웅적 노력이었으며 루가 감당할 다음 단계를 준비하는 작업이기도 했다. 게다가 산장에서 본 풍경의 아름다움에 대

---

33 "우리의 가장 어두운 세포조직들은 부족의 옛 경험에 얽혀 있고 우리의 가장 뜨거운 피는 부족의 옛 불길에서 나왔다. 그리고 우리의 피, 우리의 세포조직은 여전히 화답으로 떨린다. 하지만 나 자신은, 의식을 가진 나는, 그때로부터 먼 길을 왔다. 그리고 돌이켜볼 때 마치 유혈처럼 무서운 기억인 듯, 밤중에 모닥불 둘레에 모인 거뭇한 얼굴들이 있고 나와 그들 속에 하나의 피가 박동하고 있다. 그러나 나는 결코, 아 결코 그들에게 돌아갈 마음이 없다. 나는 절대로 그들을 부정하거나 그들과 단절할 생각이 없지만 돌아갈 일은 없다. 항상 앞으로, 더 멀리 나아갈 따름이다."("Indians and an Englishman," *MM* 120면)*

34 "Indians and Entertainment," *MM* 68면, "The Hopi Snake Dance," *SM* 94면 등.

한 그녀의 경험은 로런스가 겪었고 루도 실감했을 뉴멕시코 일대 자연의 생생한 재현인 동시에 서구인의 정신이 도달한 하나의 정점을 대표한다. "그것은 순수한 아름다움이요 절대적인 아름다움이었다!"(It was pure beauty, *absolute* beauty! *SM* 145면, 원저자 강조)라거나 "아, 그것은 하루의 어느 때건 아름다움, 절대적인 아름다움이었다"(Ah: it was beauty, beauty absolute, at any hour of the day: 146면)라는 문장은 풍경의 아름다움과 여인의 황홀감을 전달해주는 가운데, 서구인 특유의 심미적 태도를 떠올린다. 『무지개』에서 윌 브랭귄이 아내의 육체에 탐닉하며 발견한 것이 '절대미'(Absolute Beauty)였고 『연애하는 여인들』의 구드런이 스위스 산중의 풍경에서 느낀 황홀감이 그런 것이었다.[35] 다른 점은 그 아름다움이 "언제나 장대하고 눈부시며 무슨 이유에선지 자연스러웠다"(always great, and splendid, and, for some reason, natural)는 점이고(*SM* 146면), 더 중요하게는 여전히 서구문명의 틀 안에서 진행된 감수성의 변혁 내지 진전과 달리 그리스도교의 신뿐 아니라 구세계의 어느 기존 관념에도 적대적인 '터의 기운'을 품고 있다는 점이다.

이런 사실을 감안할 때 루가 산장에서 오롯이 버텨내는 것만 해도 엄청난 성공이요 서양인의 정신사에서 뜻깊은 성취라 할 수 있다. 그런데 루가 자신감에 차 있는 이유 중 하나는 자신이 터의 영에 끌렸을 뿐 아니라 그 터의 영도 "나를 필요로 해요. 나를 갈망하고 있어요"(It needs me. It craves for me. 155면)라고 믿기 때문이다. 이건 무슨 말인가? 그야말로 루가 환상에 빠져 있음을 폭로하는 일방적 발언이 아니라면 로런스가 아메리카대륙 백인들의 역사가 열어주기를 기대하는 어떤 혁명적('개벽적')

35 에쎄이 「뉴멕시코」에서 로런스는 "리오 스타인이 언젠가 내게 편지하기를, '그곳은 내가 아는 중에 가장 심미적으로 만족스러운 풍경이오'라고 했는데 내게는 훨씬 그 이상의 것이었다"(*MM* 177면)*라고 말한다. 로런스의 뉴멕시코 경험과 심미적 경험의 차이를 말해주는 대목이다.

돌파를 은연중에 암시하는 대목일 것이다. 그러한 돌파는 대륙의 영을 무시하는 '문명화'가 아니려니와 그 영과 그 나름으로 일치하는 문명을 개척했던 지난날의 부족문화에 복귀하는 일도 아닐 것이다. 로런스가 휘트먼의 몇몇 최고 걸작에서 감지한 '백인 원주민'(white aboriginal)의 탄생과 같은 사건일 터이며,[36] '터의 영'도 인간의 지속적인 창조행위와 문명화 작업을 요구한다는 점에서 루가 또 하나의 '백인 원주민'으로 거듭나기를 '갈망'한다는 말이 헛말이 아닐 수 있다.

그렇다면 루가 산중생활을 감당하지 못해서 퇴각한다면 분명한 실패겠지만 반드시 일생 내내 또는 특정한 기간 이상의 장구한 동안 그 생활을 지속하느냐가 성패의 관건은 아니다. 요는 그녀가 새로운 생활을 통해 진정한 '백인 원주민'으로 거듭날 수 있느냐는 것이며, 그러한 변신이 얼마간 진행된 뒤라면 다른 생활을 도모하거나 심지어 독신생활을 마감하고 하산하는 것도 굳이 실패라 볼 일은 없다.

작가 로런스는 자신이 돌아갈 수 없는 아메리카대륙의 토착문화에 귀의하거나 루처럼 '아무것도 할 게 없는' 삶을 견디는 대신 아직 살아 있는 멕시코의 신들이 현실변혁의 동력으로 귀환하는 상황을 다음 장편소설에서 탐구했다. 『날개 돋친 뱀』의 소설적 성취에 대해서는 논란이 분분하지만, 이 야심적인 시도를 한마디로 '실패작'이라고 제쳐버릴 일은 아니며 본서 제5장에서 한층 자상하게 검토할 예정이다. 하지만 바로 『날개 돋친 뱀』의 지나치거나 불만스러운 면들도, 그런 실책을 저지름 없이 독자의 궁금증을 유발하는 지점에서 끝나는 소설 『쓴트모어』의 빼어난 예술적 성취를 실감케 한다.

---

36 『미국고전문학 연구』(1923)에서 로런스는 휘트먼을 '최초의 백인 원주민'이라 부르고 있다(*Studies in Classic American Literature*, ed. E. Greenspan, L. Vasey and J. Worthen, Cambridge University Press 2003, 157면). 로런스의 휘트먼론에 관해서는 본서 제9장 참조.

제5장

『날개 돋친 뱀』에 관한 단상

1. 글머리에

『무지개』와 『연애하는 여인들』을 집중적으로 검토한 나의 학위논문에는 본론 챕터들에 맞먹는 길이의 서장과 더불어 「『날개 돋친 뱀』에 관한 성찰」(Reflections on *The Plumed Serpent*)이라는 훨씬 짧은 에필로그(이하 「성찰」)를 달았다. 첫 장에서 로런스 사상 전반에 걸친 개략적 논의를 시도하긴 했지만 『무지개』와 『연애하는 여인들』 두 장편에 대한 검토만으로 논문을 끝맺기에는 이후의 작품세계가 너무 큰 공백으로 남기 때문이었다. 로런스는 그뒤로 장편소설만도 5편 이상을 더 썼다. 공저 『수풀 속의 소년』을 더하면 논문 집필 당시 알려진 것이 6편, 뒤에 미완작인 『미스터 눈』, 그리고 『날개 돋친 뱀』의 1차본에 해당하는 『께쌀꼬아뜰』(*Quetzalcoatl*)이 추가로 간행되었다.[1]

1 앞장에서 지적한 대로 『미스터 눈』의 간행은 1984년이었고(*Mr Noon*, ed. Lindeth Vasey,

1972년의 「성찰」에서 내세울 게 있다면 한편으로 작품에 대한 문예비평적 읽기를 시도하면서 동시에 제3세계적 시각을 아마도 처음으로 도입했다는 점일 것이다. 로런스 소설의 비평적 읽기와 적극적 평가를 선도해온 리비스는 일찍이 『날개 돋친 뱀』을 "나쁜 책이자 유감스러운 작업"(a bad book and a regrettable performance)[2]이라고 일축했는가 하면, 초기에 한층 긍정적인 비평을 내놓은 윌리엄 요크 틴덜, L. D. 클라크 등은 주로 '상징적' 읽기를 통해 리비스가 지적하는 문제점들을 피해간 느낌이었다.[3]

Cambridge University Press), 『께쌀꼬아뜰』은 1995년에 처음 간행되었다가(*Quetzalcoatl*, ed. Louis L. Martz, Black Swan Books) 그보다 6년 뒤에야 케임브리지판이 나왔다(*Quetzalcoatl*, ed. N. H. Reeve. Cambridge University Press 2011). 「성찰」 집필 당시는 『날개 돋친 뱀』도 케임브리지판(*The Plumed Serpent*, ed. L. D. Clark, Cambridge University Press 1987 〔이하 *PS*〕)이 나오기 전이어서 빈티지판(Vintage Edition 1959)을 이용했다. 이는 1926년의 영국 초판에 근거해서 미국의 크노프사가 1933년에 내놓은 미국 초판본을 1955년부터 보급판으로 찍어낸 것인데, 케임브리지판은 물론 영국 초판본에 비해서도 문헌적 권위가 떨어지는 판본이었다. 본서에서는 인용문을 전부 케임브리지본으로 바꿨다. 제목은 '깃털 달린 뱀'이라고 옮기는 게 더 정확하겠으나(실제로 께쌀꼬아뜰은 하늘을 날기도 하지만 용마처럼 날개가 달린 것은 아니고 깃털 달린 새의 역할을 겸했다고 함), 이미 어느정도 관행으로 굳어진 번역을 그대로 따랐다.

2 F. R. Leavis, *D. H. Lawrence: Novelist* (1955) 30면. 하지만 그가 이 한마디만 던지고 끝낸 것은 아니고 69-72면에서 그러한 비평적 판단을 내리는 이유를 간략히 설명한 뒤 다음과 같이 결론짓는다. "로런스의 천재성이 플로베르와 다른 데서 오는 예술적 강점이 그에 따르는 일정한 불완전함과 소홀함으로 상쇄되는 현상은 어쩌면 거의 불가피할지 모른다. 그리고 그 천재성이 당대 문명생활의 문제들에서 도전을 인지하고 대면하는 작업에는 불가피하게 실패들이 따랐다. 당대 세계에서 그가 인간의 삶 또는 삶들을 지켜보면서 찾던 답을 발견하려면 그는 위대한 창조적 작가를 넘어 거의 상상을 초월하는 어떤 인물이 되어야 했을 것이다."(72면)*

3 William York Tindall, Introduction to *The Plumed Serpent* (Alfred A. Knopf 1951) 및 L. D. Clark, *Dark Night of the Body: D. H. Lawrence's* The Plumed Serpent (University of Texas Press 1964). 틴덜은 일찍부터 『날개 돋친 뱀』을 "그의 월등하게 뛰어난 최고의 소설이자 우

학계에서 제3세계적 시각과 통하는 논의들은 1990년대 들어 이른바 탈식민주의(postcolonial) 담론으로 풍성해졌고 『날개 돋친 뱀』에 대한 관심도 부쩍 높아졌다. 하지만 '제3세계적 시각'이나 '탈식민주의'는 둘 다 방대한 개념이어서 구체적인 상황과 작품을 두고 세밀하게 따지지 않으면 실속 없는 논의로 끝나기 십상이다. 게다가 구미학계의 탈식민주의 담론 자체가 또다른 제1세계 담론에 머물렀다는 혐의도 없지 않다. 1970년대 초 나의 「성찰」은 탈식민주의 담론을 알기 전이어서라기보다 한편으로 멕시코라는 특정 제3세계 국가의 현실과 문화적 전통에 대한 무지로

리 시대 원시주의의 탁월한 사례"(by far his best novel as well as the outstanding example of primitivism in our time)로 지목하면서 멕시코 및 인류학, 견신론(theosophy, 見神論, 神知學) 등에 대한 로런스의 지식을 작품해석에 동원했다(William York Tindall, *D. H. Lawrence and Susan His Cow*, 1939 중 *D. H. Lawrence: Critical Assessments*, Vol. 3, ed. Ellis and De Zordo, 1992에 재수록된 "*The Plumed Serpent*," 3-4면). 그는 1951년의 'Introduction'에서도 『날개 돋친 뱀』을 "우리 시대의 위대한 창조물 중 하나"(one of the great creations of our time)로 지목했다. 하지만 그의 읽기는 온갖 신화 및 연관 지식을 거의 무분별하게 동원하면서 작품의 "의미있는 진전은 상징에서 상징으로 나아가는 것"(the significant progress is from symbol to symbol)이라고 단정하며 이 소설에서 "인물들은 패턴보다 덜 중요하다"(the characters are less important than pattern)는 식으로(빈티지판 v, vi, viii면) 작중의 사건전개나 인물형상에 대한 엄격한 비평을 피해간다. 반면, 클라크는 인디언 및 멕시코 신화와 전설에 대한 한층 본격적인 탐구를 통해 작품이해를 도운 공로자인데다, "예술작품으로서 『날개 돋친 뱀』의 성공 또는 실패에 관한 판단을 형성하는 일"(to form judgment upon the success or failure of *The Plumed Serpent* as a work of art)을 또 하나의 주요 연구목표로 제시하고(같은 책 서문 v면) 훨씬 자상한 읽기를 시도했다. 그러나 그가 이 작품의 예술적 결함을 명시적으로 짚어내는 것은 1976년에 가서인데, 작품의 "목가적·야생적 그리고 숭고한 요소들이 페이지를 더해갈수록 더 큰 응집성을 보여줬어야 하는데 실제로는 응집에서 더 멀어지며, 결국 로런스는 의례(儀禮) 장면을 계속 쌓아가고 강렬한 산문으로 소설의 장면들을 빛내는 것으로 자신의 딜레마에서 벗어나지는 못한다"*(L. D. Clark, "〔Reading Lawrence's American Novel: *The Plumed Serpent*〕," *Critical Essays on D. H. Lawrence*, ed. Dennis Jackson and Fleda Brown Jackson, G. K. Hall 1988, 124면)고 지적하는 정도였다.

인해, 다른 한편으로 '제3세계적 시각'이라는 나 자신의 문제의식이 다소 막연했던 탓에 많은 보완의 여지를 남겼다. 당시 꾸바혁명은 나의 시야에 들어와 있었으나 로런스가 방문했을 때 이미 혁명과 내전의 소용돌이에 휘말려 있는 동시에 혁명 및 개혁 진영 내부에서 '아스떽 정체성'(Aztec identity)의 재발견에 관심이 높던 멕시코에 대해 나는 거의 아는 바가 없었다.[4]

「성찰」 이후의 수많은 연구들을 나는 극히 일부밖에 접하지 못했다. 그런 과문함을 전제로 말한다면, 본서의 취지에 가장 부합하는 논의는 역시 리비스의 후기 저서 『사유, 말 그리고 창조성』 제2장의 『날개 돋친 뱀』 재평가 시도가 아닌가 한다.[5] 재평가라고 하지만 그가 1955년 저서에서 내렸던 부정적 판단을 거둬들인 건 아니다. 다만 그런 소설을 로런스가 왜 자신의 '이제까지의 가장 중요한 작품'이라고 했는지를 이해하는 일이 로런스의 천재성과 사상을 온전히 파악하는 데 필수적이라는 것이다(39-40면). 이를 위해 그는 자신이 존경하던 선배 평론가 릭워드(C. H. Rickword)가 『날개 돋친 뱀』 출간 직후에 발표한 서평을 예로 들면서, 같은 부정적 평가라도 어떤 전제에서 출발하느냐에 따라 전혀 수긍할 수 없는 이야기가 됨을 지적한다. 다만 1920년대의 시점에서 로런스의 천재성과 그 사상적 탐구를 제대로 이해하는 일은 그 자신을 포함해서 릭워드나 T. S. 엘리엇 누구에게도 불가능했고 오직 로런스만이 그 일을 도울 수 있었는데, "그(로런스)는 우리가 익숙하게 알며 자라왔던 상식과 문화적 기풍 및 우

---

4 이와 관련한 최근의 글로 David Barnes, "Mexico, Revolution, and Indigenous Politics in D. H. Lawrence's *The Plumed Serpent*," *Modern Fiction Studies* Vol. 63 No. 4 (Winter 2017) 674-93면 참조. 하지만 이 글 역시 해설에 치중했고 비평적 읽기라고 보기는 어렵다.

5 F. R. Leavis, *Thought, Words and Creativity: Art and Thought in Lawrence* (Chatto and Windus 1976) 제2장 "My Most Important Thing So Far".

리 사고의 틀 전체를 초월할 것을 — 그토록 불가능할 정도로 초월할 것을 — 요구했다."(48-49면, 원저자 강조)* 리비스가 아울러 강조한 것은 작품의 예술적 성과에 관한 비평은 곧 그 사상적 성취에 대한 평가에 다름아니라는 점이다. "복합적인 로런스적 주제를 다룸에 있어 포괄적이고 설득력이 강하며 구체적인 『연애하는 여인들』은 『날개 돋친 뱀』보다 훌륭한 예술작품이며, 예술로서의 우월함은 곧 사상으로서의 우월함이고, 이는 사상의 한층 큰 설득력에 해당하기도 한다."(58면)*

리비스가 1976년의 저서에서 『날개 돋친 뱀』에 대해 벌이는 전보다 한결 곡진한 — 그러나 여전히 대체로 비판적인 — 분석은 대부분 수긍할 수 있는 내용이다. 또한 『날개 돋친 뱀』에 나타나는 종교에의 집착을 지적하면서도 로런스 특유의 종교성을 중요시한다(51면). 다만 그는 로런스가 기존의 "상식과 문화적 기풍 및 우리 사고의 틀 전체를 초월할 것을 — 그토록 불가능할 정도로 초월할 것을—요구했"음을 강조할 뿐, 제3세계의 사회운동이나 이질적인 종교와의 만남에서 그러한 초월의 가능성을 찾아보려는 별다른 시도를 하지 않는다. 이 점은 「성찰」에서도, 리비스가 "이 작품이 지닌 역사적이고 창조적인 필연성, 다시 말해 현실적으로나 이념적 측면에서나 유럽의 지배에서 벗어나는, 정치적·경제적 지배뿐만 아니라 유럽 특유의 의식형태의 패권에서도 벗어나는 운동을 상상하는 이 시도의 밑바탕에 깔린 그런 필연성에는 거의 주목하지 않는다"[6]고 꼬집은

6 국역본 307면. 아울러 라몬이 비록 오늘의 제3세계 현실에 적합한 혁명가는 아니지만 "식민지배를 받던 민족이 새로운 국가적 정체성을 추구하면서 총체적인 문화적 혁명에 역점을 두는 께쌀꼬아뜰운동은 아시아, 아프리카, 라틴아메리카의 여러 핵심적 변혁운동들을 예감하게 한다"고 주장하면서, 예술적 완성도가 높다고 평가되는 콘래드나 E. M. 포스터의 작품에 견주어도 달리 사줄 면이 있음을 지적했다. "『날개 돋친 뱀』은 주요 영국소설가가 제3세계의 각성을 긍정적으로 다룬 최초의 소설이 아닐까? 콘래드의 『노스트로모』와 포스터의 『인도로 가는 길』이 식민지 상황이나 반(半) 식민지 상황에 대한 통찰력 있는 연구로서 로

바 있다.

리비스의 새로운 논의에 대해서는 한국로렌스학회 회지 『D. H. 로렌스 연구』 창간호에 「성찰」을 재수록하면서[7] 각주로 언급한 바 있다. 원래는 1991년도의 이 영문본을 바탕으로 약간 수정 보완한 제5장을 쓰리라 생각했었는데, 학위논문 전체가 동학들의 번역으로 본서와 동시 출간됨에 따라 그런 글은 불필요하고 부적절해졌다. 그래서 그 대신 「성찰」에 대한 부연 또는 주석에 해당하는 일련의 단상(斷想)을 쓰기로 했다. 원래의 논의와 일부 중복되는 내용도 없지는 않다. 한마디 덧붙인다면, 나는 「성찰」에 많은 부족함을 느낄지언정 크게 잘못된 판단은 없었다는 믿음에서 '수정본'보다는 '보론'에 가까운 글을 쓰기로 한 것이다.

The Plumed Serpent 하면 떠오르는 분이 있다. 작년 초에 작고한 미국의 로런스 연구자 버지니아 크로스화이트 하이드 여사인데, 그는 L. D. 클라크에 이어 일찍부터 『날개 돋친 뱀』의 멕시코 및 뉴멕시코 배경에 대한 심층적 연구를 토대로 이 소설의 가치를 옹호해왔다. 로런스 소설에 대한 '예표론적(豫表論的)' 해석을 시도한 그의 저서 『부활한 아담』(1992)이나 펭귄 로런스판 『날개 돋친 뱀』에 부친 그의 서문(Introduction, 1995)이 내 기준으로는 '해설'에 치우쳐 '비평'이 미흡해 보였지만,[8] 그가 세심하게

런스 소설보다 먼저 나왔고 예술적 완성도도 앞서지만, 두 작품 중 어느 쪽도 세계의 그 지역에서 새 인류가 탄생할 수 있다는 열렬한 희망으로 고무된 것은 아니다."(같은 책 311면)

7 Paik Nak-chung, "Reflections on *The Plumed Serpent*," 『D. H. 로렌스 연구』 창간호(한국로렌스학회 1991. 12.) 184~210면. 재수록은 학회측의 요청에 의한 것이었고 학위논문 '에필로그'에 부분적 수정과 약간의 각주를 더했을 뿐임을 서두에 밝혔다.

8 Virginia Hyde, *The Risen Adam: D. H. Lawrence's Revisionist Typology* (Pennsylvania State University Press 1995) 및 Virginia Crosswhite Hyde, Introduction to *The Plumed Serpent*, Penguin Lawrence Edition, ed. L. D. Clark and Virginia Crosswhite Hyde (1987, 1995). 사실 후자는 성격상 해설의 성격을 띠는 게 당연하기도 하다. 전자의 경우에도 『날개 돋친 뱀』에

적시하는 작품의 미덕과 복합적인 면모는 비평작업에서도 당연히 주목해야 할 성질이었다. 어쨌든 나는 미국의 하이드 교수, 영국의 마이클 벨 교수와 더불어 세 권의 『D. H. 로렌스 연구』 국제특집호를 편집했고(2012, 2015 및 2018년. 벨 교수는 1999년부터 줄곧 참여), 공동작업 과정에서 로런스에 관한 하이드 교수의 방대하고 세밀한 지식과 학자로서의 성실성, 편집자로서의 헌신성, 그리고 다소 미흡한 기고문이라도 어떻게든 개선을 유도해보려는 따뜻한 마음씨에 깊은 감명을 받았다. 그러는 사이 편집작업과 직접 관련이 없는 지적 교류도 있었고 로런스와 무관한 내 글을 그가 찾아 읽고 논평해주기도 했다.

내가 그를 직접 만난 것은 딱 한번이었는데 최초이자 마지막인 그 만남 또한 인상적이었다. 1996년 영국 노팅엄에서 열린 'D. H. 로런스 국제학술대회'에 나로서는 최초로 참석해서 첫인사를 나누었을 때 그가 나의 『날개 돋친 뱀』론을 잘 읽었다고 말하는 것 아닌가! 나는 깜짝 놀랐지만 인사치레로 그런 말을 할 사람은 없을 터라 어떻게 내 글을 보았을까 혼자서 의아해했다. 나중에 짐작한 것은 일찍부터 국제활동이 활발하던 정종화(鄭鍾和) 교수가 『D. H. 로렌스 연구』 창간호를 그에게 전했고, 『날개 돋친 뱀』에 남다른 관심과 애정을 가진 하이드 교수가 그때만 해도 흔치 않던 적극적인 작품평가를 읽고 기억했으리라는 것이다.(하지만 정교수는 작고한 지 오래되었고 생전에 그 점을 확인해볼 기회도 없었다.) 노팅엄에서의 만남 이후 한동안은 내 사정으로, 뒤에는 그분 쪽의 이런저런 우환 때문에 국제대회에 함께 참석하는 기회가 없었다. 그러다가 2011년 호

대한 비판이 전혀 없지는 않은데, 아스떽과 그리스도교 및 고대 그리스 신화들을 복합적으로 활용하는 로런스의 방식으로 인해 "『날개 돋친 뱀』이 때로는 그런 복합작용의 무게에 눌려 거의 쓰러질 지경이다"(*The Plumed Serpent* almost topples at times under the burden of these complications)라고 지적하기도 한다(180면).

주에서 열린 제12차 대회 이후 그와 각별한 친분이 있는 유두선(柳斗善) 교수의 중개로 내가 해오던 특집호 공동편집에 그가 2012년부터 합류하게 되었고, 그는 건강상의 어려움에도 불구하고 이후 두 호를 더 편집한 뒤 마지막 호가 출간되기 직전에 작고한 것이다. 2018년 12월호(실제 출간은 2019년)의 머리글을 쓴 마이클 벨 교수는 끝머리에 다음과 같은 추모의 헌사를 남겼다. 원문 그대로 옮기고 번역을 각주에 담는다.[9]

In Memoriam

Virginia Crosswhite Hyde

(1938~2019)

The principal burden of editing these essays was assumed by Virginia Hyde who died shortly before they went to print. Her tireless dedication to the appreciation of Lawrence is well known to other scholars, many of whom have benefitted personally from her combination of scholarly rigour, critical acumen and personal kindness. This volume is gratefully and affectionately dedicated to her memory.

---

9 추모 버지니아 크로스화이트 하이드(1938~2019): 여기 실린 논문들의 편집작업의 주된 부담은 책이 인쇄에 넘겨지기 조금 전에 작고한 버지니아 하이드 여사가 감당했다. 로런스의 정당한 이해를 위한 고인의 지칠 줄 모르는 헌신은 동료 학자들에게 익히 알려진 바이며, 그들 중 많은 사람이 학문적 엄밀성과 비평적 통찰 그리고 개인적 친절을 겸비한 그녀로부터 개인적인 은덕을 입었다. 감사와 애정을 담아 이 특집호를 고인에게 헌정한다.

2. 단상 일곱 개

1

「성찰」은 『연애하는 여인들』 제23장에서 어슐라와의 화합을 이룩한 버킨이 "세상의 어떤 곳들로부터 우리들 자신의 '아무데도 아닌 곳' 속으로"(from the world's somewhere, into our own nowhere)[10] 방랑의 길을 떠나자고 하는 제안이 장편소설이라는 장르에 어떤 문제를 야기하는지를 검토하는 데서 출발했다. 장편소설은 그 속성상 '세상의 어떤 곳들'에 대한 구체적 형상화를 요구하기 때문이다. 『연애하는 여인들』도 로런스에게 가장 친숙한 자기 나라 영국의 현실에 대한 탐구와 점검을 수행한 작품인데, 다른 한편 그러한 탐구와 점검 그리고 그 과정에서 버킨과 어슐라가 힘겹게 개척한 '또 하나의 길'은 거의 현실에 없는 장소로의 진출을 요구하게 된 것이다. 바로 그러한 결론에 이르는 과정을 *being* 차원의 탐구와 사회현실에 대한 장편소설다운 재현을 두루 갖추고 진행할 수 있었던 것이 『연애하는 여인들』의 위대성이고 로런스의 소설세계에서 두번 다시 되풀이하기 힘든 성취였다고 할 수 있다.

실제로 이후 로런스가 쓴 장편소설들은 『연애하는 여인들』과는 사뭇 다른 단편성·실험성·혼종성을 보여준다. 이 시기 장편들의 구체적 분석과 이들을 통해 드러나는 '고전적 로런스 소설의 파편화'에 대해서는 마이클 벨의 분석이 예리하다.

실제로 우리가 보기에 이 두 작품(『아론의 막대』와 『캥거루』)에서 고전적 로

---

10 D. H. Lawrence, *Women in Love*, ed. D. Farmer, L. Vasey and J. Worthen (Cambridge University Press) 315면.

런스 소설이 그 다양한 구성요소들로 파편화되는 사태에 직면하는 것 같다. 그러나 『아론의 막대』에서도 그렇지만 이 점이 『캥거루』에서 더욱 뚜렷이 흥미를 끄는 것은, 로런스 자신이 그 붕괴의 과정을 타고 가는 듯한 현상을 볼 수 있다는 사실이다. 달리 말해, 로런스 소설의 '붕괴'를 말하는 게 적절하다면, 이 문구는 단순한 해체라기보다 '폭파된 도형'(exploded diagram)〔분해조립도를 뜻함〕에서와 같은 분석적 인식이라는 그 적극적 의미를 포함해야 한다. (…) 로런스의 매체 자체가 그가 극화하는 상황 속으로 끌려들어가고 있다고 말한다면—우리는 마땅히 그렇게 말해야 하는데—서사의 실패나 '모방적' 형식의 의도적 사용보다 한층 복잡하고 의미있는 무엇인가가 일어나고 있는 것이다. 우리가 목격하는 것은 로런스의 진화하는 비전의 내적 논리가 대단히 근본적인, 아니 존재론적인 차원에서 그의 서사형식에 부과하는, 혹은 부과하도록 허용되는 사태이다. 이들 작품의 형식상의 자의식이 모더니스트식의 초연 모드가 아니라 최전선으로부터의 일련의 전황보고라는 느낌을 주는 것도 분명히 그 때문일 테다.[11*]

다른 한편 로런스가 『날개 돋친 뱀』을 완성한 직후 그것이 "이제까지 내 장편 중 가장 중요한 것"(my most important novel, so far)[12]이라고 자부했을 때 이는 아마도 '세상의 어떤 곳들'과도 다른 '아무데도 아닌 곳'(nowhere)치고는 한두 사람만의 곳이 아니라 '또 하나의 길'이 대중적

11 M. Bell, *D. H. Lawrence: Language and Being* (Cambridge University Press 1992) 〔이하 *Language and Being*〕 제5장 "The personal, the political and the 'primitive': *Aaron's Rod and Kangaroo*," 161-62면.

12 *The Letters of D. H. Lawrence* 〔이하 *Letters*〕 제5권, ed. James T. Boulton and Lindeth Vasey (Cambridge University Press 1989) 271면, 1925. 6. 23. Cutis Brown 앞.

으로 실현되는 장소를 찾아낸 장편소설을 드디어 저술했다고 믿은 까닭이었을 것이다. 바로 그렇기 때문에 리비스는 『연애하는 여인들』이야말로 로런스가 이룩한 최선의 성취임을 재차 논증하려 했고, 벨 역시 『날개 돋친 뱀』이 고전적 로런스 소설의 파편화 과정을 역전시킨 것이 아니라 여행기와 픽션, 철학적 명상과 시 등의 구성요소들을 재통합하지 못한 채 도리어 '감상적 원시주의'에 빠지게 되었다고 비판했던 것이다(*Language and Being* 제6장 "Sentimental primitivism in *The Plumed Serpent*").

2

앞장에서 주목했듯이 『연애하는 여인들』로부터 『날개 돋친 뱀』으로 가는 길에서 또 하나 중요한 이정표는 『쓴트모어』이다. 흔히 『날개 돋친 뱀』을 『아론의 막대』 『캥거루』와 묶어서 '지도자소설'로 부르곤 하지만, '지도자' 주제가 안 나타나는 『쓴트모어』가 『날개 돋친 뱀』을 이해하고 평가하는 데 오히려 더 뜻있는 참조가 될 수 있다.

『쓴트모어』의 루 위트는 버킨이 갈구하던 *our own nowhere*(굳이 번역하자면 '아무데도 아닌 우리들 자신의 곳')를 발견한 인물이다. 다만 남녀 '우리'의 일치를 이룬 끝에가 아니고 허망하고 경박한 세상살이에 질린 나머지 로키 산맥 속 홀로의 은둔생활을 택한 것이다. 세상이 볼 때는 그야말로 '아무데도 아닌 곳'으로 실종해버린 꼴이다. 하지만 루는 그곳에 도달하여 비로소 수말 쓴트모어를 통해 처음 느꼈던 다른 세상, 다른 삶의 가능성을 체감하고 '아무것도 할 게 없이'도 지난날과 전혀 다르게 사는 일에 헌신하기로 한다. 로런스가 휘트먼을 두고 말한 '백인 원주민'으로 거듭 나고자 하는 것이다.

그러나 버킨이 어슐라와 둘만의 '아무데도 아닌 곳'을 찾을 때는 두 남녀의 완성된 관계를 핵으로 종국에는 다른 사람들도 합류해서 이제까지의 그 어느 곳과도 다른 새세상의 '어떤 곳'을 만들 꿈을 포함하고 있었다. 로런스 자신도 뉴멕시코 산장에서 아내 프리다(Frieda)와 함께했음은 물론, 비록 도로시 브렛(Dorothy Brett)이 유일하게 호응했지만 여러 벗들의 합류를 기대했었다.

하지만 뉴멕시코건 미국의 다른 어느 곳에서건 아메리카땅의 기운과 가장 긴밀히 교감하는 원주민들의 문화가 그것이 여전히 살아 있는 인디언 보호구역(Indian reservations)을 넘어 사회 전체의 변혁을 이루는 힘으로 번질 가능성은 거의 없었다. 아니, 로런스는 인디언들이 지켜온 살아 있는 우주의 체험을 감명깊게 기록하는 글들에서조차 결론으로는 백인들의 근대문명 앞에서 그 전통이 무너지게 되어 있다는 비관적 전망을 내비치곤 한다.[13] 이에 그는 미국과는 전혀 다른 '제3세계적 상황'의 멕시코로 눈을 돌리게 된다.

멕시코는 스페인의 식민통치에 반대하는 투쟁 끝에 1821년에 독립에 성공했다. 그러나 멕시코 내의 가톨릭교회와 대지주계급 등 기득권세력과 개혁파의 갈등, 프랑스의 침략과 패퇴, 뽀르피리오 디아스(Porfirío Díaz)의 장기독재에 이은 멕시코혁명의 파란만장한 격동의 세월이 지속되었다. 로런스가 멕시코를 여행한 것은 1920년에 집권한 오브레곤(Álvaro Obregón)의 개혁정권을 까예스(Plutarco Elias Calles)가 계승하던 무렵인데, 『날개 돋친 뱀』의 몬떼스(Montes) 대통령은 후자와 닮은 바 있다고 한다.[14] 또한 이 시기는 혁명적 지식인·예술가들 사이에서 사회에 대한

---

13 예컨대 *Mornings in Mexico and Other Essays*, ed. Virginia Crosswhite Hyde (Cambridge University Press 2009) 〔이하 *MM*〕 중 "Indians and Entertainment," 68면, "The Hopi Snake Dance," 94면.

14 펭귄 로런스판 *The Plumed Serpent*, Appendix II: A Sketch of Post-Conquest Mexican History 참조.

책무와 아스떽 전통의 재생에 관심이 활발하던 때였다.

물론 소설 속의 께쌀꼬아뜰운동과 같은 현실은 존재하지 않았다. 하지만 단순한 사회주의혁명이나 전통문화의 부활을 넘어 (한반도식 표현으로) '후천개벽'에 값할 새세상 건설이 로런스의 꿈이었던 만큼, 그 꿈을 개연성 있는 소설적 현실로 제시하는 실로 엄청난 도전을 『날개 돋친 뱀』에서 그가 떠맡은 것이다.

3

이 도전에 부응하기 위해 로런스가 『달아난 수탉』(1929. 미국에서는 *The Man Who Died*라는 제목으로 1931년에 초판이 나옴) 같은 우화 형식이 아니라 「말을 타고 가버린 여인」에서 발견되는 우화적 면모조차 제거된 사실주의적 골격을 유지한 기법을 선택한 것은 당연했다. 비록 없는 현실이라도 능히 있을 수 있는 현실임을 설득하기 위해서는 자신의 정치적·철학적 비전을 우화 형태로 전달하기보다 독자가 인지하고 공감할 수 있는 사실주의적 묘사와 서사가 중요하기 때문이다.[15] 나아가, 로런스가 산문 「장편소설」에서 강조하듯이 작가가 자신의 비전을 지나치게 강조하거나 자기도취에 빠질 때 밟고 미끄러질 '바나나 껍질'을 늘어놓는 검증장치가 필요하기도 했다.[16]

---

15 작품의 전설적 배경과 상징적 의미를 강조하는 클라크도 "로런스는 낯설고 오래된 아메리카 종교의 복원을 수행하는 그의 작업을 사실주의적 맥락 속에 펼쳐놓기를 선택했다"(Lawrence chose to set forth his restoration of a strange and ancient American religion in a realistic context)고 지적하면서 "그 환경이 거의 마법적으로 생생해서 소설에서 다른 어떤 의미있는 성취도 알아보지 못하는 독자를 끄는 역할을 한다"(the setting is vivid, almost magically so, and this quality serves to attract those who fail to see any other significant accomplishment in the novel)고 한다(L. D. Clark, "Reading Lawrence's American novel: *The Plumed Serpent*," 122면).

「성찰」에서의 진단은 대체로 『날개 돋친 뱀』의 제10장까지는 사실주의적 기율과 로런스 특유의 비전이 큰 무리 없이 결합되어 있다는 것이었다. 실은 제7장 '광장'(The Plaza)의 춤 장면도 자연주의적 핍진성 차원에서 문제삼을 여지가 있지만, 이는 께쌀꼬아뜰운동이라는 현실에 없는 움직임이 그 거점인 싸율라(Sayula) 지역에서 벌이는 의례의 일환이니만큼 문제를 삼더라도 자연주의와는 다른 차원에서 뒤에 따로 거론할 일이다. 아무튼 제1장의 투우경기장 방문과 제2장의 멕시코 지식인들과의 차 모임에 이어 제3장부터 아일랜드, 영국, 유럽에서의 40년 삶에 지쳐 이제 멕시코에서 새로운 삶을 찾아나선 케이트 레즐리(Kate Leslie)의 생각과 경험을 그녀의 관점에서 서술하는 제10장 '돈 라몬과 도냐 까를로따'(Don Ramón and Doña Carlota)까지의 진행은 박진감과 암시적 울림을 겸한 소설적 성취이다.

제11장 '낮과 밤의 주인들'(Lords of the Day and Night)에서 처음으로 케이트의 관점이 사라지고 라몬 까라스꼬(Ramón Carrasco)에 관한 서사와 그의 발언 및 노래가 케이트라는 매개 없이 제시된다. 물론 케이트는 제12장부터 다시 간헐적으로 등장하며 그녀의 회의적인 발언이나 생각이 라몬의 종교적 메씨지에 대해 견제작용을 하는 것은 분명하다. 이를 두고 '균형의 회복'을 인정하는 비평도 있고, 라몬이건 케이트건 작중의 한 인물에 불과할 뿐 로런스 자신은 아니라는 옹호론도 있다.[17] 그러나 실제 작품을 읽으며 받는 실감으로는—「성찰」에서 이미 지적했지

---

16 "The Novel," *Studies in Classic American Literature*, ed. E. Greenspan, L. Vasey and J. Worthen (Cambridge University Press 2003) 181면. 또한 본서 서장의 관련 논의 참조.

17 전자의 예로 Keith Sagar, *The Art of D. H. Lawrence* (Cambridge University Press 1966) 159면, 후자는 Duane Edwards, "Locating D. H. Lawrence in *The Plumed Serpent*," *The Midwest Quarterly: A Journal of Contemporary Thought* Vol. 51 No. 2 (Winter 2010) 183-99면.

만 — 스스로 말린씨(Malintzi)라는 여신으로 등극하고 우이찔로뽀츠뜰리(Huitzilopochtli) 신이 된 씨쁘리아노 비에드마(Cipriano Viedma) 장군과 결혼하여 깊은 관능의 만족을 경험한 뒤에도 케이트는 마치 이런 의미심장하고 획기적인 경험 이전의 그녀처럼 반응하기 일쑤다.

이는 단순히 서사의 일관성이나 핍진함 차원의 문제라기보다 로런스가 떠안은 과제의 본질적 어려움과 관련된다고 보아야 옳다. 제11장부터 작품의 핍진성이 떨어진다고 했지만, 제19장 '하밀떼뻭 습격'(The Attack on Jamiltepec)에서 어느 활극물 못지않은 생생함을 잠시 회복하는데 이후부터 문제가 더 심각해진다. 그 원인이 부상당한 라몬과 그를 살린 케이트 간에 형성된 특이한 관계를 작품이 제대로 소화하지 않고 넘어가는 탓도 있지만,[18] 더 근본적으로는 라몬이 암살 위협에 노출되고 께쌀꼬아뜰운동이 폭력적 공격의 대상이 되는 현실 속에서 운동이 과연 어떻게 존속하며 성공할 수 있을까 하는 현실적 문제에 맞닥뜨리기 때문이다. 또한, 라몬을 배신하고 그의 저택에 대한 습격을 실행했던 인간들의 처리도 현안으로 대두한다.

라몬은 그들의 처리 문제를 씨쁘리아노에게 일임하는데, 이는 잔혹한 처형에 대한 자신의 책임을 더는 면이 있으나 어찌 보면 혼란기 멕시코의 군벌과 유사한 면모의 씨쁘리아노에 대한 라몬의 의존성, 곧 구시대 무력에 대한 께쌀꼬아뜰운동 자체의 의존성을 부각시킨다. 어떤 의미로 이는 냉엄한 현실인식의 표현이다. 실행력 없는 현실개조운동은 성공하기 어려운데 멕시코 같은 혼란상황에서 실행력은 군사적 실력을 포함하지 않을 수 없다. 게다가 라몬의 사상과 지도력에 대한 씨쁘리아노의 승복이 완전하지 않다는 점도 지극히 현실주의적 통찰이다. 다만 그럴수록 께쌀

---

18 두 사람의 관계에 대한 분석으로 「성찰」 323~25면 참조.

꼬아뜰운동이 과거로의 역주행(reversal)이 아닌가 하는 케이트의 의문에 무게가 실린다. 물론 그녀 자신은 그러한 의문과 라몬에 대한 믿음 사이를 오가다가 결국 멕시코에 남기로 결정하지만, 독자로서는 유럽에서의 낡은 삶으로 돌아간다는 생각만 해도 진저리치는 케이트 개인의 결단을 존중해줄 수는 있을지언정[19] 께쌀꼬아뜰운동의 진로에 공감하게 되지는 않는다.

전체 운동의 안위와 성공 문제는 다분히 환상적으로 해결된다. 몬떼스 대통령은 라몬이 그의 후계자가 되기를 바라다가 급기야 께쌀꼬아뜰 종교를 국교로 선포하기까지 하는 것이다(제26장 420면). 오브레곤 및 까예스 정권하의 멕시코 정부와 급진파 지식인들이 토착문화의 부활을 겸한 사회변혁을 추구하고 있었다는 점에서[20] 몬떼스가 께쌀꼬아뜰운동에 호의적이라는 설정 자체는 무리한 것이 아니다. 그러나 대통령이 가톨릭교회를 불법화한 데 이어 새 종교를 국교로 만들기까지 한다는 것은 사실적 개연성을 포기하고 판타지문학의 영역에 진입하는 꼴이다. 이는 작품의 예술적 결함일 수밖에 없는데, 예술적 수준이 곧 사유의 수준이기도 하다는 리비스의 명제에 따른다면 『날개 돋친 뱀』에서 로런스의 사상적 탐구가 드러내는 문제점이 역으로 예술적 결함을 낳는다는 명제도 성립한다.

---

19 『날개 돋친 뱀』의 초기본에 해당하는 『께쌀꼬아뜰』(*Quetzalcoatl*, ed. Louis L. Martz, New Directions 1998)에서는 케이트(여기서는 케이트 번즈)가 씨쁘리아노와의 결혼이나 새 종교로의 귀의를 모두 거부하고 유럽에 돌아가기로 결심한다. 편자 마쯔를 포함한 여러 평자가 이 버전을 선호하는데, 『날개 돋친 뱀』이 독자를 불편하게 만드는 여러 요소가 제거되어 있는 건 사실이지만 결말이 익숙한 삶으로의 '역주행'에 해당하는 면이 없지 않고, 특히 케이트가 씨쁘리아노의 청혼을 거절하는 이유가 인종이 다른 남녀끼리의 결혼에 대한 거부감이라는 점은 성찰해볼 문제다.

20 D. Barnes, 앞의 글 참조.

4

께쌀꼬아뜰운동과 정부의 관계는 하나의 종교가 어떻게 현실 속에 자리잡고 대중에 대한 영향력을 갖게 되느냐는 문제를 제기하며, 나아가 정치와 종교의 관계가 어떠해야 하는가라는 본질적인 물음을 던진다. 종교의 영향력을 확보하는 가장 손쉬운 해법은 종교와 정치가 하나가 되는 방식이다. 인류역사에 일찌감치 나타난 제정일치(祭政一致) 내지 신정(神政) 체제가 그런 것이었는데, 개중에는 제사장 또는 사제계급이 우위에 서는 유형과 국교를 채택하더라도 교회가 정치권력에 종속되는 유형이 있었다. 근대국가로 오면서는 정교분리(政教分離)라는 새로운 이념이 확립되었다. 물론 현대에도 이란의 이슬람공화국 같은 제정일치체제가 존재하고, 싸우디아라비아의 경우는 왕권 우위의 신정체제로 분류할 수 있지 않을까 한다.

로런스는 정교분리를 포함한 근대 민주주의 이념을 근본적으로 부정했지만 『날개 돋친 뱀』 이외의 어느 작품에서도 제정일치로의 복귀를 주장한 바 없다. 실제로 이 소설에서도 원래 께쌀꼬아뜰교의 국교화를 주장한 것은 씨쁘리아노였고 라몬은 반대했다.

> 그러나 세상은 쇠붙이의 세상이었고 저항의 세상이었다. 다른 관리들 사이에는 증오심을 불러일으키지만 병사들에 대해서는 기이한 위력을 지닌 씨쁘리아노는 쇠붙이에 쇠붙이로 맞서자는 주장이었다. 몬떼스로 하여금 께쌀꼬아뜰의 종교가 멕시코의 종교다라는 선언, 공식적이고 확정적인 선언을 하도록 하자, 그리고 이를 군대로써 뒷받침하자는 것이었다.
>
> 하지만 아니야! 아니야! 하고 라몬은 말했다. 저절로 퍼져나가게 내버려두자.(*PS* 359면)*

종교적인 혁명운동이라 하더라도 그 과정에서 무력행사가 불가피해지는 경우는 얼마든지 있다. 하지만 정부로 하여금 국교로 선포하도록 강제하고 이를 군사력으로 뒷받침하자는 발상은 전혀 다른 이야기다. 저절로 퍼져나가게 내버려두자는 라몬의 입장이야말로 현대의 종교인으로서 가장 합리적인 태도라 할 것이다. 또한 그렇게 점진적으로 나간다고 해서 케이트가 멕시코에 남기로 하는 결단에 부정적인 영향을 줄 이유도 없다. 오히려 국교가 안 된 채 대안종교운동의 성격에 충실할 때 라몬과 씨쁘리아노에 대해 그녀가 틈틈이 느끼는 반발심이 줄어들 확률이 크며, 유럽 출신 백인 '여신'으로서 케이트가 의미있는 기여를 할 소지가 커지기 쉽다. 멕시코 같은 제3세계적 상황에서 토착전통을 재생한 새로운 종교가 발생하여 전면적인 사회변혁을 목표로 분투하면서 혁명정권에 의해 국교로 강제되지 않고도 성장하는 현실, 이는 여전히 상상의 현실에 불과하지만 훨씬 호소력을 지니는 상상이며 정치와 종교의 관계라는 세계적 현안에 대해 훨씬 깊이있는 사유를 촉발했을 법하다.

로런스가 『날개 돋친 뱀』에서 그러한 사유의 모험을 끝까지 지속하지 못한 까닭이 무엇인지는 더 검토가 필요하지만, 일단 소설 속에 제시된 정부와 께쌀꼬아뜰교의 관계만 보더라도 신판 제정일치 이외의 다른 가능성들이 열려 있다. 가장 바람직한 길은 몬떼스 또는 그의 후계자가 새 종교에 귀의하되 국교를 만들지는 않고, 께쌀꼬아뜰에 대한 불법적 공격을 확고히 막아줌과 동시에 다종교사회 속에서 라몬의 가르침에 충실한 정치를 하는 것이다. 이때 라몬의 몫은 한편으로 씨쁘리아노를 적절히 제어하면서 다른 한편으로 정부와 사회에 지혜와 영감을 공급하는 일이 될 것이다. 국교의 수장이 되기보다 훨씬 어렵고 복잡하다면 복잡한 역할인데, 장기적 지속가능성과 전지구적 전파력에서 월등한 길이 아닐 수 없다.

이는 곧 간디(M. K. Gandhi, 1869~1948)가 말한 독특한 '세속성', 근대 국민국가의 세속주의와 전혀 다른 의미의 정교관계와도 통한다. 곧, 종교적 신심이 깊은 사람이 정치를 하되 남의 종교를 배척하거나 차별하지 않는 것이다.[21] 한반도의 후천개벽운동에서는 이런 사상을 더욱 진화시켜 '정교동심(政教同心)', 곧 정치와 종교가 한 몸은 아니되 한마음으로 움직여야 한다는 원칙을 개념화했다. 물론 그러려면 정치도 종교와 시민의 권리를 존중하는 좋은 정치가 되어야 하고 종교 또한 세속적인 인간도 감복시키고 사회통합과 시민들의 협동을 이끌어낼 수 있는 좋은 종교(들)로 되어야 한다.[22] 쉽게 달성할 수 있는 목표가 아니고 그야말로 개벽세상의 도래를 수반하는 기획임이 분명하다. 그러나 로런스 같은 작가가 제3세계를 무대로 토착종교의 재생을 상상할 때 충분히 추구하고 탐색해볼 만한 목표일 것이다.

5

『날개 돋친 뱀』의 예술적 미흡함은 종교와 종교성에 대한 로런스 자신의 첨단적 사상이 제대로 담기지 못한 점과도 연관된다. 아메리카대륙 인디언들의 종교에서 그가 가장 깊은 감명을 느낀 것은 유일신교뿐 아니라 다신교마저 넘어선 살아 있는 우주와의 교감이었다.

물활론적 종교는 — 우리의 관행에 따라 그렇게 부르는 거지만[23] —

---

21 간디의 세속주의와 근대국가의 세속주의에 관한 논의로 Ashis Nandy, "An Anti-Secularist Manifesto," *The Romance of the State* (Oxford University Press 2003), 특히 34-36면.

22 원불교 2대 종법사 정산(鼎山) 송규(宋奎, 1900~62)의 정교동심론에 관해서는 졸고 「문명의 대전환과 종교의 역할」, 백낙청 지음, 박윤철 엮음 『문명의 대전환과 후천개벽』, 모시는사람들 2016, 384~87면 '종교의 정치참여와 "정교동심"' 참조.

대문자 '정신'의 종교가 아니다. 정령들의 종교인 것은 맞다. 그러나 '정신'의 종교는 아닌 것이다. 하나의 정신이란 없다. 하나의 신도 없다. 창조주도 없다. 엄밀히 말해 신이란 없는 것이다—모든 것이 살아 있으니까. 우리네 종교 개념에서는 하나님과 그의 창조물, 둘이 있다. 우리는 신의 피조물이기에 아버지, 구세주, 조물주인 하나님께 기도한다.

그러나 아메리카대륙의 토착종교에는 엄밀히 말해 아버지도 없고 조물주도 없다. 생명의 거대한 살아 있는 근원이 있을 뿐이다.("The Hopi Snake Dance," *MM* 81면)*

이런 생각을 로런스는 유럽으로 돌아간 뒤에 쓴 산문 「뉴멕시코」에서 거듭 밝힌다.

원주민 인디언은 내가 보기에 그리스인이나 힌두인, 또는 어느 유럽인이나 심지어 이집트인들보다도 오래되었다. 남쪽(미국의 서남부)에서 보듯이 문명화되고 진정으로 종교적인 인간, 터부와 토템을 넘어 문명화된 원주민 인디언은 '종교적'이라는 단어의 아마도 가장 오래되고 깊은 의미로 종교적일 것이다. 다시 말해 그는 아직도 살아 있는 가장 깊이 종교적인 민족의 잔존자인 것이다. 내가 보기에는 그렇다.(*MM* 178면)*

이것은 방대한 오래된 종교, 우리가 아는 그 무엇보다 더 거대한 종교였다. 더 깊은 어둠 속의 더 적나라하게 종교적인 것이었다. 유일신은

---

23 로런스가 이렇게 토를 다는 이유가 있다. 우리말의 한자어 '물활론(物活論)'만큼 전문용어는 아닐지라도 *animism*이라고 하면 존재론 내지 우주론의 한 종류로서 만물이 살아 있다는 형이상학적 학설을 생각하기 쉬운데 이는 로런스가 생각하는 *animism* 신앙(또는 체험)과 이미 멀어진 관념인 것이다.

> 없고 하나의 신이라는 개념이 없다. 모든 것이 신이다. 그러나 우리에게 익숙한 '범신론(汎神論)', '신은 도처에 있고 만물 속에 신이 있다'는 식으로 표현되는 범신론은 아니다. 가장 오래된 종교에서는 만물은 초자연적으로가 아니라 자연스럽게 살아 있었다.(*MM* 180면)[24]*

물론 로런스는 「종교성에 관하여」 같은 산문이나 「조물주」「창조 작업」 같은 말년의 시에서 그러한 우주의 생명력과 창조력 자체를 '신'(God)이라 부르기도 한다.[25] 하지만 유일신교 또는 다신교 신앙 자체는 인류의 원초적 체험에서 한발 멀어진 것이라 보며, 그 점에서 멕시코의 신들은 푸에블로인디언들의 종교인식이 잘못 진화한 결과라는 것이다("The Hopi Snake Dance," *MM* 83면). 따라서 『날개 돋친 뱀』에서 라몬 등이 멕시코의 다신교 신앙을 부활시키려는 노력은 비록 종교성 자체를 외면하는 근대인의 무신론이나 근대사회 기득권세력의 일부로 존속해온 가톨릭교회 등

---

24 로런스는 말년에 쓴 『에트루리아 유적 탐방기』에서도 비슷한 신념을 피력한다. "우주의 생명력이라는 오래된 생각은 역사시대가 출발하기 훨씬 전에 발달했고, 우리가 이를 엿볼 수 있게 된 즈음에는 방대한 종교로 구체화되어 있었다. 역사시대가 실제로 시작되었을 때, 우리는 중국이나 인도, 이집트, 바빌로니아, 심지어 태평양의 섬들과 원주민 시대의 아메리카대륙에서 동일한 종교적 관념이 바닥에 깔려 있음을 목격한다. 곧, 살아 있는 우주, 그리고 무수한 생명력들의 길들지 않은 혼란을 담고 있지만 동시에 어떤 종류의 질서에 묶여 있는 혼란이라는 생각이다. 또한 그 모든 백열의 혼란 속에서 삶, 생명력, 더 많은 생명력, 그 단 한가지를 얻고자, 우주의 빛나는 생명력을 더욱더 자기 속에 끌어들이고자, 모험하고 분투하며 진력하는 것이 인간이라는 생각이다."(D. H. Lawrence, *Sketches of Etruscan Places and Other Essays*, ed. Simonetta de Philippis, Cambridge University Press 1992, 57면)*

25 "On Being Religious," *Reflections on the Death of a Porcupine and Other Essays*, ed. Michael Herbert (Cambridge University Press 1988) 187면; "Demiurge," "The work of Creation," D. H. Lawrence, *The Poems*, ed. Christopher Pollnitz (Cambridge University Pres 2013) 제1권 603-604면.

기존의 유일신교에 대한 의미있는 도전이지만, 종교에 대한 로런스의 가장 깊은 신념의 표현에는 미달하며 로런스적 사유모험의 엄밀성에도 결함을 드러낸다. 앞서 지적한 제7장 '광장'의 자연주의적 핍진성 문제도 마찬가지다. 케이트가 호반의 휴양지 싸율라에 와서 목격하는 그곳 사람들의 춤과 노래는 실은 그곳 인디언 전통과 거리가 멀고[26] 로런스가 미국의 푸에블로인디언문화에서 옮겨다놓은 것인데, 이 자체가 반드시 소설의 결함일 까닭은 없다. 그러나 멕시코의 사회현실과 푸에블로인디언문화의 가장 깊은 통찰과 의식을 결합하려는 진지한 노력이 견지되지 못할 때, 이는 소설 속의 현실을 '분식'한다는 비판에 직면할 수 있다.

실제로 라몬과 씨쁘리아노, 나중에는 케이트까지 께쌀꼬아뜰교의 신전(神殿)에 등극하는 문제는 케이트의 거듭되는 의문의 대상이 될 뿐 아니라 라몬 스스로 확실하게 정리하고 있는 것 같지도 않다. 원래 라몬이 씨쁘리아노에게 자신의 포부를 설명할 때는 "께쌀꼬아뜰의 선임인간"(the First Man of Quetzalcoatl)이자 어느 민족에게나 필요한 "지상의 선각자 중 하나"(one of the Initiates of the Earth) "선도자의 하나"(one of the Initiators)가 되고자 한다고 했고(*PS* 248면), 철저한 가톨릭 교육을 받은 그의 아들이 아빠가 아스떽 신 행세를 한다더라고 힐난하자 그게 아니라고 잘라 말한다. "전혀 안 그래. 나는 단지 아스떽 신 께쌀꼬아뜰이 멕시코인들에게 돌

---

26 로런스와 멕시코 여행을 일부 동행했던 위터 바이너에 의하면 로런스가 이 사실을 잘 알고 있었고 심지어 오악사까 지방을 여행하던 중 어느 편지에서 "이곳엔 춤이라곤 없어요. 이들 싸뽀떽과 믹스떽 인디언들은 엄청나게 비(非)무도적이지요"(There's never a dance down here. They're terribly un-dancy, these Zapotec and Mixtec Indians)라고 했다고 전한다(D. Barnes, 앞의 글 684면에서 재인용). 1925년 초에 이디스 아이작스(Edith Isaacs) 앞으로 보냈다는 이 편지는 *Letters*에서는 찾을 수 없는데, Witter Bynner, *Journey with Genius: Recollections and Reflections Concerning the D. H. Lawrences* (Peter Nevill 1953) 195면을 반즈가 재인용하고 있다.

아오고 있다고 주장할 뿐이야."(Not at all. I only pretend that the Aztec god Quetzalcoatl is coming back to the Mexicans. *PS* 269면) 그러나 운동이 더 진행되고 씨쁘리아노가 '우이찔로뽀츠뜰리의 선임인간'이 되며 케이트도 한 여신의 '선임여인'으로 가담하도록 설득하는 대목에 가면 이야기가 훨씬 모호해진다. 케이트가 창피해서 그런 짓은 못 한다고 거부감을 보이자,

> "창피하다니요?" 라몬이 웃었다. "아, 까떼리나 여사, 왜 창피합니까? 이것은 하지 **않을** 수 **없는** 일입니다. 외면으로의 현시(顯示)는 **반드시** 있어야 해요. 우리는 살아 있는 우주의 비전으로 **반드시** 되돌아가야 합니다. **반드시요.** (…) 나는 내 영혼 속의 가장 오래된 판(Pan)과 가장 새로운 나로부터 오는 그 '반드시'라는 필연을 받아들입니다. 한 인간이 자신의 영혼 전체를 온전히 모아서 어떤 결론에 도달하면 선택의 시간은 지나가버린 거예요. 나는 반드시 해야만 합니다. 그것뿐이에요. 나는 진실로 '께쌀꼬아뜰의 선임인간'입니다. 굳이 그렇게 말씀하시겠다면, 께쌀꼬아뜰 자신이기도 하고요. 현시인 동시에 인간인 겁니다.(*PS* 316면, 원저자 강조)*

여기까지는 우주적 생명과의 연관을 회복하는 사명을 띤 한 탁월한 개인과 그 사명의 실현을 위해 필요한 '현시'—불교적 표현을 빌리면 '방편'으로서의 신격화—사이의 균형이 아슬아슬하게 유지된다. 로런스가 뉴멕시코 인디언들의 가장 오래되고 깊은 종교성을 말하면서 적시하는 '신으로서의 인간' 개념을 아주 벗어나지는 않는 것이다.[27] 그러나 소설

---

27 "지상의 유일한 신들은 인간들이다. 인간과 마찬가지로 신들도 미리부터 존재하지 않는다. 그들은 무한히 긴 세월의 노력을 통해 삶의 불길과 용광로 속에서 점진적으로 창조되고 진화한다. 그들은 창조된 최고의 존재들로서, 생명-태양의 아궁이 사이에서 제련되고 비의

이 더 진행될수록 그 아슬아슬한 균형은 현실 속의 대중장악이라는 방향으로 기울며 드디어는 정권에 의한 께쌀꼬아뜰교의 국교화라는 비현실적 해법으로 귀결하고 만다.

6

「성찰」에서도 지적했고 리비스도 일찍이 말했듯이 『날개 돋친 뱀』에서 로런스가 떠맡은 과제는 너무나 엄청난 것이어서, 만약에 이를 성공적으로 완수하여 『연애하는 여인들』에 맞먹는 예술적 성취를 달성했다면 『날개 돋친 뱀』이 『연애하는 여인들』보다 훨씬 더 위대한 소설이 되었음은 물론, 로런스는 리비스가 일찍이 말한 대로(앞의 각주2 참조) "위대한 창조적 작가를 넘어 거의 상상을 초월하는 어떤 인물이 되어야 했을 것이다."

'상상을 초월하는 어떤 인물'이 된다는 것이 위대한 소설가를 겸해 위대한 종교적 지도자도 된다는 공상적인 이야기일 필요는 없다. 소설가로서의 사상적 탐구를 하더라도 당시 로런스에게는 객관적으로 가능하지 않았던 알음알이와 경험을 수렴하는 불가능한 성취를 뜻하는 말일 수 있는 것이다. 그러한 성취를 실제로 이룩하는 로런스—또는 그 어떤 다른 작가—는 상상을 초월하지만, 거의 백년이 지난 오늘의 시점에서 그런 성취의 가능성을 상상하는 일은 결코 무의미한 일이 아닐지 모른다.

예컨대 한반도의 후천개벽운동은 수운 최제우의 동학을 그 시발점으로 본다면 로런스 출생 전에 이미 시작되었고 그의 당대에 해월(海月)과

모루 위에서 벼락의 해머와 불어치는 바람의 풀무로 단련된다. 우주는 영웅과 반신(半神)인 인간들이 자신을 불려서 만들어내어 존재를 획득하는 거대한 화덕이며 용들의 소굴이다. 우주는 영혼들이 땅속의 금강석처럼 극도의 압력 아래 형태를 갖추는 방대하고 격렬한 매트릭스이다./신들은 그러므로 시원이 아니고 결과이다. 그리고 이제까지 나온 가장 훌륭한 신은 인간들인 것이다."("The Hopi Snake Dance," *MM* 83면)*

증산(甑山)을 거쳐 소태산으로의 진화과정을 밟고 있었다. 그러나 그것이 로런스에게 알려질 확률은 태무했고 설혹 알려졌더라도 로런스에 의해 생산적으로 수용될 정도로까지 알려질 가능성은 없었다.

그러므로 우리가 굳이 후천개벽운동의 전통을 끌어댄다면 이는 어디까지나 로런스의 '개벽사상가'다운 면모를 더 잘 이해하고 평가하는 방편으로 삼자는 것일 뿐이다. 이때 섣부른 아전인수(我田引水)나 견강부회(牽强附會)는 극도로 경계할 일이다.

예컨대 께쌀꼬아뜰운동의 전개에 대한 로런스의 성찰이 국제적인 맥락을 전혀 도외시하고 이루어지는 점을 비판하기 위해 한반도의 동학이 조선왕조로부터 탄압받고 1894년의 농민전쟁이 일본군의 개입으로 무참하게 좌절된 역사를 굳이 끌어들일 필요는 없다. 리비스는 "멕시코는 고립되거나 외부세계로부터 단절되어 있지 않았다. 현실적으로 라몬은 멕시코가 외부의 간섭으로부터 오랫동안 면제되리라고 기대할 수 없었을 것이다"(Mexico was not isolated or insulated; Ramón couldn't realistically count on its remaining for long immune from outside interference)[28]라는 극히 상식적인 비판을 이미 내놓았으며, 라틴아메리카에 대한 세계자본(더 구체적으로는 미국자본)의 지배력을 실감케 해주는 영문학의 걸작으로 콘래드의 장편 『노스트로모』(*Nostromo*, 1904)도 진즉에 출간된 상태였다.

그럼에도 『날개 돋친 뱀』에서 국가와 종교의 관계가 중요한 주제로 떠올랐을 때 후천개벽운동의 일환으로 제출된 '정교동심'의 개념을 끌어들이는 것이 무의미하거나 무리한 일은 아니다. 근대국가의 정교분리 이념과 이를 빙자한 그리스도교회의 기득권화에 반발한 새 종교운동이 고대와 중세의 제정일치로 복귀하지 않는 어떤 가능성이 있을지를 탐구하는

---

28 Leavis, *Thought, Words, and Creativity* 61면.

데 적절한 참고가 될 수 있기 때문이다. 마찬가지로 신과 인간의 관계 문제와 관련하여 서양에 익숙한 유일신교나 다신교와는 다른 사고방식도 참조함직하다. 불교만 하더라도 엄격히 말해 무신론의 한 종류가 아니며 힌두교의 신들 중 대다수가 불교전통에 살아 있는데, 다만 힌두교나 고대 그리스에서처럼 신이 불멸자(Immortals)가 아니고 육도변화(六道變化) 속에 연기법(緣起法)에 따라 천상계에 머무는 존재일 뿐이다. 그곳에서 천상락(天上樂)을 누릴지언정 인도(人道)를 경유하지 않고는, 그것도 인간으로서 숙생(宿生)의 적공이 없이는 부처나 보살이 못 되는 존재인 것이다.[29]

다른 한편 최수운의 '시천주(侍天主)' 사상은 사람이 자기 속에 한울님을 모신 지고한 존재라고 이해하여 '사람이 곧 하늘이다'라는 천도교의 인내천(人乃天) 교리로 정착되었다. 그런 의미로 일신교나 다신교가 아니려니와 서양적인 휴머니즘도 아니다. 이런 흐름이 소태산(少太山) 박중빈(朴重彬, 1891~1943)에 이르러 불교와 융합되었을 때 "지상의 유일한 신들은 인간들이다. 인간과 마찬가지로 신들도 미리부터 존재하지 않는다. 그들은 무한히 긴 세월의 노력을 통해 삶의 불길과 용광로 속에서 점진적으로 창조되고 진화한다. (…) 그리고 이제까지 나온 가장 훌륭한 신은 인간들인 것이다"(앞의 각주27)라고 한 로런스의 생각에 가까워진다. 적어도 께쌀꼬아뜰신의 '현시'를 자처한 끝에 국교의 수장으로 군림하게 되는 라몬에 비해 훨씬 방불한 것이다.

---

29 유일신교의 하나님조차 육도변화 속의 무상(無常)한 존재라고 주장한다면 신도들에게는 신성모독으로 느껴질 것이며 그러니까 불교가 무신론의 종교라는 응수가 나옴직하다. 개인적으로 나는 하나님을 '지고의 존재자'(Supreme Being)로 받들기보다 '없으며 계신 분'으로, 또는 한층 불교적인 표현으로 유무를 초월한 진리로 섬긴다면 불교 등 다른 종교들과의 회통이 가능해질뿐더러 우상숭배로 흐를 염려를 원천적으로 배제하는 길이 되지 않을까 하는 생각이다(이와 관련해 앞의 졸고「문명의 대전환과 종교의 역할」370면 참조).

로런스 자신의 불교 이해는 남방불교에 국한되었고 따라서 붓다는 예수와 마찬가지로 삶을 부정하는 인물로 간주되었다. 하지만 본서 제11장에서 살펴보듯이 「죽음의 배」(The Ship of Death) 같은 말년의 시에서 그가 도달한 사상은 차라리 대승불교에 가깝다.[30] 그러나 이 경우도 로런스의 작품에 이러저러한 대승불교적 면모가 눈에 띈다고 열거하는 방관자적('평론가적') 태도가 아니라, 로런스의 사상적 탐구를 어떤 식으로 진전시킬 때 동서양이 새롭게 만날 길이 열리며 후천개벽운동에 뜻을 둔 인간이 로런스 문학을 어떻게 수용하여 운동을 더 진전시킬지를 탐구하는 당사자·탐험자의 자세를 지녀야 할 것이다.

7

『날개 돋친 뱀』이 출간되고 3년 뒤 로런스는 친구 위터 바이너에게 보낸 편지에서 다음과 같은 자기비판을 했다. 바이너는 로런스가 뉴멕시코에서 처음 만난 미국 시인으로 멕시코 여행을 함께 했으며 작품 서두에 케이트와 함께 투우장에 간 오언 리스(Owen Rhys)의 모델이었다고 한다. 오언이라는 인물에서도 짐작되듯이 그는 『날개 돋친 뱀』의 기획이나 사상에 처음부터 비판적이었고 1927년 말께는 작심하고 자기 생각을 정리해서 로런스에게 보낸 모양이다. 이에 대해 로런스는 처음에는 엉뚱한 소리라고 생각했지만 숙고 끝에 수긍하게 되었다고 답신했다.

> 영웅은 이제 폐물이 됐고 사람들의 지도자라는 것도 낡은 타령이지. (…) 대체로 나는 '지도자와 추종자' 관계가 따분한 이야기라는 자네 생

---

30 이 문제에 관해 본서 이전에 영어논문으로 발표한 바 있다(Nak-chung Paik, "Lawrencean Buddhism? An Attempt at a Literal Reading of 'The Ship of Death'," *D. H. Lawrence Review* Vol. 40 No. 2, 2015, 103-17면).

각에 동의하네. 새로운 관계는, 하나는 위에 있고 하나는 밑에 있고, 이끌어주시라 나는 따르겠소, '나는 봉사한다'(독일어 ich diene로 표현되며 로런스의 시 「코끼리」Elephant에서는 ich dien으로 표기. 당시 영국 왕세자의 모토) 따위가 아닌, 남자와 남자 사이 그리고 남자와 여자 사이의 어떤 따뜻함, 섬세한 따뜻함이 될 걸세.[31]*

이는 『날개 돋친 뱀』의 어느 일면에 대한 중대한 자기비판이다. 그러나 소설 전체를 부정하는 말은 아니며 새로운 지도력에 대한 자신의 탐색을 완전히 포기했다고도 보기 어렵다. 『께쌀꼬아뜰』을 마치고 그 개정본인 『날개 돋친 뱀』을 구상하던 1924년 여름의 한 편지에서도 로런스는 태고인의 우주관·생명관을 되찾아야 하지만 그건 '의지'의 문제가 아니고 '두목질'과도 무관한 어떤 '자발적인 내맡김'이 되어야 함을 강조한다.

나는 삶에 대한 옛날의 비전으로 돌아가야 함을 알고 있소. 하지만 균일한 일치를 위해서는 아니오. 그리고 의지로 할 일도 아니오. 그것은 우리 속에 닫혀버린 종교적 원천들이 샘솟아오르는 일이어야 하오. 의지에 따른 행동보다 하나의 커다란 내맡김, 더 깊은 어둠 속의 더 오래된 미지의 것에 자신을 내맡기는 일이며 어떤 화해지요. 두목질과는 무관한 거요. 힘의 자연스러운 신비인 것이오.(*Letters* 제5권 68면, 1924. 7. 4. Rolf Gardiner 앞, 원저자 강조)*

그렇더라도 로런스가 『날개 돋친 뱀』 이후로 정치소설이라 할 만한 것

---

31 *Letters* 제6권, ed. James T. Boulton and Margaret H. Boulton with Gerald M. Lacy (Cambridge University Press 1991) 321면, 1928. 3. 13. Witter Bynner 앞.

을 더 쓰지 않은 것은 사실이다. 하지만 말년의 로런스가 정치적·사회적 관심을 접고 개인관계, 특히 남녀간의 개인관계에 몰입한 것은 아니다. 마지막 장편 『채털리부인의 연인』만 해도 남녀의 애정과 성애에 관한 탐구일 뿐 아니라 풍부한 사실주의적 세태묘사와 신랄한 문명비평, 우화적 요소 등을 아우르고 있고, 동시에 성에 대한 당대 사회의 금기를 깨려는 목표를 지닌 선전·선동문학이자 일종의 참여문학이라 할 만하다. 게다가 이 소설의 1차본은 전반적으로 두 남녀의 사랑에 훨씬 집중하지만 남자 주인공 파킨(Parkin, 3차본에서 Mellors로 이름이 바뀌고 정치적 성향도 달라짐)은 공산당 지구당 서기이며, 2차본은 정통 사회소설에 더 가깝다.[32] 세 판본은 각기 선호하는 평자들이 갈리지만 어느 것도 마이클 벨이 지적한 '고전적 로런스 소설의 파편화'를 극복하여 『무지개』나 『연애하는 여인들』의 예술적 완성도나 근대의 이중과제에 대한 철저한 인식을 보여주지 못하는 것 또한 분명하다.[33]

말년의 로런스가 목전의 정치문제들로부터 멀어지는 데는 더 깊은 이유가 있을 듯하다. 『날개 돋친 뱀』에서 그는 원초적 종교성의 회복이 진정한 사회변혁을 위해서도 필수적임을 부각하고 그 가능성을 서방세계가 아닌 멕시코 같은 '제3세계'에서 찾아야 함을 통찰했다. 하지만 그런 변혁과정의 실감있는 형상화는 로런스의 천재성으로도 역부족이었거니와, 이는 우리 시대에 와서야 비로소 실질적인 전망이 열리게 되는 과제인지도 모른다.

아무튼 유럽으로 돌아간 로런스는 "오히려 성취라는 걸 피하려는" 소

32 D. H. Lawrence, *The First and Second Chatterley Novels*, ed. Dieter Mehl and Christa Jansohn (Cambridge University Press 1999).

33 『채털리부인의 연인』 3차본에 대한 벨의 분석과 비평은 이 소설이 그 나름으로 지닌 미덕을 설득력 있게 짚어낸다(*Language and Being* 제7장 참조).

망을 갖고 '아무것도 할 게 없는' 산중생활을 택한 『쓴트모어』의 루처럼 지금은 신실한 기다림의 시간이라는 생각에 더 기울어진다. 시집 『팬지꽃들』(*Pansies*, 1929)에 실린 「고요히!」(Be still!)는 그런 생각의 표현이다.

> 이제 할 수 있는 유일한 일은
> 멸망의 파도가 우리를 덮치기 시작한 이제 할 일은
> 스스로 참고 견디는 일이다.
>
> 고요히 있으면서, 난파한 우리 자신의 잔해를 보내주는 것
> 파도가 우리를 부술 때 모든 것을 보내주는 것
> 그러면서도 고요를 잃지 않고
> 어떠한 파도도 쓸어갈 수 없는 무언가의 미세한 알맹이를,
> 운명의 가장 거대한 파도도 어찌 못 하는 그것을 지키는 일이다.
>
> 나 자신의 부서진 모든 잔해들 틈에서
> 고요히 있으며 기다리는 것이다.
> 왜냐면 우리의 표어는 '부활'이니까.
> 바다 중의 바다도 그 죽은 자들을 내놓아야 할 테니까.(*Poems* 제1권 446면)*

이때의 '부활'(Resurrection)이 정확히 어떤 뜻인지는 단정하기 어렵다. 개인의 거듭남일 수 있고 문명의 갱생일 수도 있다. 다만 뉴멕시코에서의 결정적인 의식전환에 이어 『날개 돋친 뱀』을 쓰고 유럽에 돌아와 『에트루리아 유적 탐방기』와 『계시록』(*Apocalypse*)을 쓴 작가가 그리스도교의 교리로 회귀했을 리 없는 것만은 분명하다.

'고요히 있음'이 통상적인 정적주의와 거리가 먼 것도 물론이다. 로런

스는 지병인 폐병이 악화하여 죽음이 다가오는데도 왕성한 집필활동을 멈추지 않았다. 장편 『채털리부인의 연인』을 세 차례나 썼고 중·단편, 시와 산문, 그리고 미술 개인전을 통해서까지 세상에 맞서기를 서슴지 않았다. 그것이 마음의 고요를 유지하는 가운데 이루어졌기에 더욱 빛났고 실제로 가능했던 것 아닌가 한다.

제2부

제6장
‘다른 어떤 율동적 형식’과 리얼리즘

1. 글머리에

제2부를 여는 이 장은 그 다루는 대상이 1914년의 로런스 편지다. 제1부에서 작품론을 연대순으로 검토하면서 형성된 일정한 서사적 진행을 되돌리는 꼴이다. 그러나 제1부에 내놓은 작품 분석과 해석을 성찰적 산문이나 시를 통해 다른 각도에서 부연하고 더러 확장하는 것이 제2부의 목표이니만큼 『무지개』 이전에서 출발하여 말년의 산문과 시에 이르기까지 연대순으로 새롭게 검토하는 것도 무방하지 싶다.

이 글은 『황찬호 교수 정년기념논문집』(명지당 1987)에 초본이 실렸다. 황찬호(黃燦鎬, 1922~2003) 선생님은 서울대학교 어학연구소(현 언어교육원) 소장을 오래 하셨기에 같이 동숭동 캠퍼스에 근무하면서 비교적 자주 뵙던 사이였다. 그러다가 내가 해직에서 돌아왔을 때 그간 이루어진 종합화의 결과로 관악 캠퍼스에서 같은 과 선배 교수로 모시게 되었다. 호쾌하고 소탈한 성품으로 언제나 스스럼없이 따뜻하게 나를 대해주셨다. 그분

이 정년을 맞아 기념논문집을 헌정한다기에 나도 기꺼이 동참하였다.

『무지개』를 논하다보면 당시로서는 '결혼반지'라는 가제로 집필 중이던 작품에 대한 로런스의 편지가 으레 거론된다.(본서 제1장에서도 그랬다.) 하지만 엉뚱하게 이용되는 경우도 많다는 생각인데, 황찬호 교수께 헌정할 논문을 청탁받고 그 편지의 상세한 읽기를 시도해보기로 했다.

1987년은 국내 평단에서 이른바 '민족문학논쟁'이 활발하던 시기이고 리얼리즘에 대한 독자들의 관심도 높았다. 주로 나 같은 1970년대의 민족문학 주창자들이 젊은 후배들에 의해 '소시민적 민족문학론자'로 몰린 그 논쟁 자체는 리얼리즘에 관한 깊이있는 논의를 수행하지 못했다. 하지만 나 자신은 1970년대 내내, 아니 60년대부터 리얼리즘 문제에 골몰했고, 90년대 중반 이후 리얼리즘이 평단이나 학계의 관심에서 멀어진 뒤에도 '리얼리즘'이라는 용어를 덜 쓰기는 했을지언정 리얼리즘론의 기본적 문제의식을 저버린 일이 없다.

본장은 비록 소략한 논의지만 내게는 리얼리즘에 대한 관심이 로런스에 대한 관심만큼이나 중요하며 동시에 통상적인 리얼리즘론과 나의 논지가 어떤 점에서 차별화되는지를 정리하는 하나의 계기였다. 이 글에서 시도한 로런스와 루카치의 비교 고찰도 그런 노력의 일환이다.

사실 루카치에 대한 성찰과 활용은 로런스와의 비교를 본격적으로 시도한 나의 학위논문(1972) 이전부터의 일로서, 평론활동 초기에 쓴 「역사소설과 역사의식」 및 「소설 『이성계』에 대하여」(각기 『창작과비평』 1967년 봄호 및 가을호)는 루카치의 역사소설론에 크게 빚지고 있었다. 학위논문은 당시로서 흔치 않을 정도로 루카치와 로런스의 비교를 시도했으며, 이후로도 「문학의 사회적 의미와 사회학적 연구」(1979) 「리얼리즘에 관하여」(1982) 「모더니즘 논의에 덧붙여」(1985) 등에서[1] 루카치를 계속 언급하다가 본장의 초본에 해당하는 기고문을 쓸 때 다시 로런스와의 비교를 시도했던 것이다.

본서의 제6장으로 이 글을 배치하면서 루카치 논의를 약간 보태는 것은 최근에 김경식(金敬埴)의 저서 『루카치의 길: 문제적 개인에서 공산주의자로』(산지니 2018)를 접하게 되었기 때문이다. 그는 앞선 저서 『게오르크 루카치: 과거와 미래를 잇는 다리』(한울아카데미 2000)에서 "필자가 백낙청의 루카치 이해에 전적으로 동의한다는 말은 아니다"라고 토를 달면서도, 나의 루카치 수용이 "현재의 정세적·문학적 흐름 속에서 자기 나름의 철학적·문학적 입장을 견지하는 가운데 루카치를 용해해내는, 루카치에 대한 주체적 수용의 한 모범을 보여준다"(43면)고 평가한 적이 있다. 한국의 서양문학 연구에서 보기 드문 적공의 소산인 그의 이번 책을 보고 나는 루카치 읽기의 중요성을 한층 실감하는 동시에, 루카치와 로런스 사이의 불일치 지점도 조금 더 소상하게 밝힐 필요를 느끼게 되었다.

사람들이 흔히 놓치고 있는 두 사람의 상통성을 내가 거듭 지적해왔지만, 김경식의 다음과 같은 설명은 이를 더욱 분명히 한다. "루카치에게 문학은 철학적·과학적 각성으로 환원되는 것이 아니다. 그것을 내적 계기로 포함하는 살아 있는 인간이 '온몸으로, 바로 온몸을 밀고 나가는 것'(김수영)으로써 이룩하는 창조적 작업이다."(『루카치의 길』 144면) 또한 내 공부가 소홀했던 후기 루카치가 리얼리즘론에 국한되지 않는 훨씬 풍부하고 복잡한 미학적 사유에 도달했다는 지적도 새겨들을 만하다.

> 1930~40년대와 마찬가지로 후기 미학에서도 "위대한 문학"은 '리얼리즘적'이지만, 그때와는 달리 리얼리즘이 "위대한 문학"의 필요충분조건은 아니게 된다. 이제 "위대한 문학"은 리얼리즘의 심화를 필요조건

---

1 모두 졸저 『민족문학과 세계문학 2』, 창작과비평사 1985에 수록.

으로 포함하면서 그 이상의 요건을 충족시키는 것이 된다. 리얼리즘은 위대한 문학을 구성하고 있는 한가지 핵심적 질이요 원리이지, 위대한 문학의 모든 구성소가 리얼리즘으로 환원되는 것은 아닌 것이다.(같은 책 169면)

이는 리얼리즘에 대해 이런저런 토를 달아온 나 자신의 태도를 뒷받침해주는 지적이기도 하다. 따라서 "루카치 미학의 정태적·인식론주의적 편향"[2]이라는 나의 비판적 표현도 수정되거나 적어도 부연할 필요성을 느낀다. 물론 나는 루카치의 '정태주의'를 열심히 공격하던 당시 헝가리 및 동독 공산당의 논객들과는 선을 그었고(『통일시대 한국문학의 보람』 389~90면), 루카치 자신의 '서사냐 묘사냐?'(Erzählen oder Beschreiben?)라는 유명한 질문이 정태주의·실증주의에 대한 통렬한 반박임을 망각한 일도 없다.[3] 하지만 "정태적·인식론주의적 편향"이라는 표현은 오해를 부추길 만한 것이고, 여하튼 루카치에게 어떤 의미로 '정태적·인식론주의적 편향'의 혐의가 남는가에 대해 한층 정교한 논의가 필요하다.

실제로 「작품·실천·진리」라는 1986년의 글에서 나는 그런 논의를 일부

---

2 졸고 「민족문학론과 리얼리즘론」(1990), 『통일시대 한국문학의 보람』, 창비 2006, 389면(책에는 '인식론주의적'이 '인신론주의적'으로 잘못 인쇄되어 있음).

3 김경식은 『루카치의 길』의 제5논문 「루카치의 마르크스주의 존재론의 발생사와 근본요소」의 제3장 '대안적인 문제틀로서의 존재론'에서 후기 루카치의 존재론이 "자본주의의 필연적인 이데올로기 현상인 '인식론의 철학적 지배'"(193면)에 맞선 것이었음을 강조하는데, 이 부분에 관해서는 나의 공부가 부족한 상태였지만 루카치에 대한 내 비판의 요체는 그를 칸트적 또는 실증주의적 인식론자로 오인한 것은 아니고, 맑스와 니체가 시작하고 하이데거에 의해 새로운 돌파가 이루어지는 '형이상학의 극복' 노력을 루카치가 오해하고(특히 하이데거를 '실존주의자'로 오독하고) 아리스토텔레스적 형이상학의 영역에 머물렀다는 인식에 근거한 것이었다.

나마 시도했다. 루카치가 예술이 추구하는 진리가 수학이나 자연과학의 진리와 다른 성질임을 명시하고 있다는 점을 인정하면서도 결국은 서양 철학의 전통적 진리 개념에서 근본적인 전환을 이룩하지 못했다는 문제를 제기한 것이다.

> 초월적인 진리가 부정되었을 때일수록 우리에게 무엇이 진리고 무엇이 아닌지는 중요한 문제로 남는다. 인간의 실천이 진리를 만든다고 할 때일수록 실천이 진리에 근거할 필요 또한 절실해진다. (…)
>
> 여기서 우리가 부닥친 문제는 다름아닌 진리관의 일대전환, 좀더 엄밀히 말하면 진리와 우리의 관계를 크게 새로이하는 문제가 아닐까 싶다. 진리에 대한 우리의 물음에 대해, 도대체 그런 진리가 어디 있느냐고 힐문하는 태도 자체가 잘못된 진리관의 소산이다. 진리를 단순히 명제의 정확성이나 정합성 아니면, 어떤 초월적 실체라거나 실재하는 모든 것이라거나 앞으로 만들어질 무엇이라거나 하는 식으로 있고없음·맞고틀림의 차원에서만 끝내 생각하는 태도이다. 다시 말해 전통적인 형이상학의 테두리 안에서 '인식론적 진리' 또는 '존재론적 진리'의 수준에 진리개념을 여전히 한정시키는 자세인 것이다.[4]

---

4 졸고 「작품·실천·진리」, 『민족문학의 새 단계』, 창작과비평사 1990, 372면. 김경식은 맑스의 『정치경제학비판 서설』(*Zur Kritik der politischen Ökonomie*) 서문에 '진리'라는 낱말이 없다는 이 글의 지적을 두고, "나로서는 이해하기 힘든 말을 하고 있다. '진실성' '본연의 모습' 등으로 옮긴 'Wahrheit'를 '진리'와는 전혀 무관한 표현으로 읽는 것일까"(『루카치의 길』 345면 주41)라고 묻는다. 나의 주장인즉 루카치를 포함한 대다수의 근대철학자들이 *Wahrheit* 또는 *truth*를 말할 때 그것은 우리말의 '진실'에 해당하는 개념이고, 비록 진리와 '전혀 무관'한 표현은 아닐지라도 '진실' 또는 '진실성'과는 차원이 다른 '진리'는 망각되기 일쑤라는 것이었다. 이 문제를 직접 논한 대목으로 졸고 「학문의 과학성과 민족주의적 실천: '인문과학'의 문제와 관련하여」(1983), 『민족문학의 새 단계』 320~21면 참조.

이 대목이 직접 겨냥한 것은 『구체성의 변증법』(국역본 박정호 옮김, 거름 1985)의 저자 카렐 코지크(Karel Kosik)이지만 루카치에 관한 논의(1983년의 졸고 367~69면)의 연장선에서 나온 발언이며, 루카치 역시 전통적 형이상학의 테두리 안에서 미학을 말하고 존재론을 말하며 미학적 실천을 말하고 있다고 본 것이다. 그 점에서 "마지막까지 로고스"[5]였던 루카치는 위대한 맑스주의 철학자이기는 해도, 형이상학을 근본적으로 넘어서고자 했고 '개벽사상가'의 면모마저 지녔던 맑스 자신의 경지로부터는 후퇴한 면이 있다.

물론 이는 많은 연구와 논증을 요하는 주장이다. 그럴 능력이 태부족인 나는 본장에서 루카치의 '특수한 것'(das Besondere) 개념을 로런스의 사상과 간략히 대비, 대조하는 방편을 취했다. 곧 루카치의 '특수성'이 예술작품의 성격에 대한 중요한 통찰임을 인정하면서도, 로런스에서 특수성은 루카치의 생각처럼 실재하는 것들의 '결합'이라기보다 형이상학에 의해 잘못 설정된 것들 이전의 *being*이 지닌 특수성 내지 독자성임을 강조한 것이다(본장 6절 298~99면 참조).

이런 차이점은 단지 '특수성' 문제에 국한되지 않는다. 본서가 제2장 4절 등 여러 군데서 주장하듯이 서양의 '휴머니즘'은—비록 루카치의 '공산주의적 휴머니즘'[6]일지라도—인간의 존귀함을 충분히 알아주지 못하며 버킨과 어슐라의 '또 하나의 길'을 제대로 열어주지 못한다. 한마디 덧붙인다면, 루카치를 통상적인 '인간중심주의자'로 규정하는 데는 무리가 따르지만 그의 역사인식이 다분히 '유럽중심적'인 것은 분명하다. 특히 문

---

5 루카치의 제자 아그네스 헬러(Agnes Heller)의 말. 김경식, 『루카치의 길』 178면에서 재인용.

6 이에 관해 같은 책 150~51면 참조.

학사의 영역에서는 1848년을 결정적인 분기점으로 설정하는 일이 — 매우 다른 역사의 산물임을 루카치 스스로 인정하는 러시아문학이나 그가 별로 취급하지 않는 미국문학은 물론이고 — 당장에 영국문학에 대해서도 설득력이 떨어진다. 물론 루카치는 당시 프랑스문학을 일종의 '전형'으로 보고 유럽문학사의 중대한 변곡점을 주목한 것이지 유럽 내에서조차 모든 나라 문학에 적용하자는 것은 아니었을 것이다. 그러나 크게 보아 여전히 유럽중심적 문학사 인식임이 분명하며, 이는 1848년 프랑스에서 벌어진 계급투쟁에서 노동자들이 패배하고 부르주아지가 지배계급으로 안착하는 사태의 세계사적 파급력을 과대평가했을 가능성과도 이어진다. 유럽의 계급투쟁사에서 부르주아계급이 해방적 기능을 거의 상실하고 프롤레타리아트가 대안으로 떠오른 것은 세계사적으로도 주목할 만한 사건이지만, 당시의 유럽 노동계급이 점차 산업노동자 위주의 구성에서 벗어나고 식민지 민중들과도 대오를 함께하며 자본주의 세계체제에 적응하면서 이를 극복해야 할 '근대의 이중과제'에 얼마나 부응하는 존재였는지, 사상적·문화적 능력은 충분한데 단지 강제력의 부족으로 패퇴했을 따름인지 등의 문제는 오늘의 시점에서 재검토의 여지가 많은 것이다.

이러한 문제들의 무게에 견줄 때 본장은 너무도 빈약한 소논문이지만, 30여년 전에 나의 생각이 도달했던 지점을 기록하는 의미도 있어 일부 각주를 첨삭하고 약간의 윤문을 더한 것 말고는 (본서의 다른 장들과 달리) 초본을 거의 그대로 수록한다. 다른 장들과 더러 중복되는 부분도 굳이 손보지 않았다.

2. 1987년 당시의 여는 말

'리얼리즘' 문제가 우리 시대의 절실한 문학적 현안이라고 믿는 논자가 20세기 영문학에서 최대의 작가로 D. H. 로런스를 꼽는다면, 이 작가와 리얼리즘의 관계를 올바로 밝히는 일이 개인적으로도 중요한 과제가 될 수밖에 없다. "영문학의 경우 해당 시기의 실상을 얼마나 정당하게 보느냐를 알려주는 일종의 리트머스 시험이 D. H. 로런스에 대한 평가"[7]라고 주장한 바 있는 나는 로런스의 걸작들이 기본적으로 리얼리즘적 성격을 띤다는 전제 아래 구체적인 작품분석을 시도하기도 했다. 그런데 로런스 소설의 '리얼리즘적 성격'을 말하는 것은 기존의 리얼리즘 개념들에 대한 도전을 뜻하기도 한다. 소박한 사실주의 개념으로 로런스 문학의 성과를 포용할 수 없음은 물론, 한층 변증법적인 '현실주의'를 내세운다 할지라도 그것이 과연 어떤 의미로 변증법적인 인식인지를 근본부터 다시 묻지 않을 수 없는 것이다.

이 글은 리얼리즘의 개념이나 로런스 작품의 성격에 대한 본격적인 논의라기보다 이런 문제와 관련하여 자주 인용되는 로런스의 한 발언을 다소 세밀하게 검토해보려는 시도이다. 당시 '결혼반지'라는 제목이던 — 그러다가 또 한 차례 수정을 거쳐 이듬해 『무지개』로 간행된 — 장편소설 원고에 관한 작가의 1914년 6월 5일자 편지는 이미 거론한 바 있다.[8] 그러나 이 편지에 대한 (내가 보기에) 그릇된 해석이 국내외 연구자들 사이에 여전히 퍼져 있을 뿐 아니라, 나 자신의 논의도 "하나의 지속되는 역사적

---

7 졸고 「모더니즘 논의에 덧붙여」, 『민족문학과 세계문학 2』 463면.

8 졸고 「D. H. 로렌스의 소설관」, 『민족문학과 세계문학 1』, 창작과비평사 1978, 233면; 『민족문학과 세계문학 1/인간해방의 논리를 찾아서』, 창비 2011, 280면; 본서 제1장 65~66면에서도 재론.

싸움으로서의 리얼리즘운동에 충실하면서 리얼리즘 개념의 형이상학적 성격을 극복하는 데"[9] 기여하겠다는 거창한 포부에 비추어 한참 모자랐던 것이 사실이다. 기왕의 작품론들에 대해서도 보완의 기회가 있기를 바라는 터이지만, 우선 편지 하나만이라도 제대로 읽음으로써 좀더 본격적인 작업의 준비로 삼을까 한다.

3. 편지에 대한 기존의 지배적인 해석

예의 편지에 대한 지배적인 해석은 리얼리즘 소설과는 전혀 별개의 실험적인 소설을 쓰겠다는 작가의 선언으로 읽는 것이다. 이런 해석이 일단 설득력을 갖는 데는 몇가지 그럴듯한 이유가 있다. 첫째, 바로 전의 작품 『아들과 연인』이 크게 보아 자연주의 내지 사실주의 범주에 들어갈 수 있는 데 비해 『무지개』에 이르러 로런스의 작품세계에 커다란 변화가 일어나는 것이 분명하다는 점, 둘째, 저자 스스로 그러한 변화를 선언하면서 기존의 소설작법이나 뚜르게네프, 도스또옙스끼, 똘스또이 등 리얼리즘 소설의 대가들에 대해 전면적인 비판을 서슴지 않는다는 점, 그리고 특히 이딸리아 미래파 시인 마리네띠를 원용하면서 탄소라는 동일하고 순수한 단일 요소가 자신의 주제라느니 "다른 어떤 율동적 형식"(some other rhythmic form)을 추구한다느니 했던 말들이 20세기 초 서구 모더니즘 문학에서 흔히 나오는 반리얼리즘적 발언을 연상시킨다는 점이다. 말하자면 버지니아 울프의 『파도』(*The Waves*, 1931)처럼 줄거리나 작중인물이 거의 없는 소설을 로런스가 구상하고 있다는 듯이 들리는 것이다.

9 「모더니즘 논의에 덧붙여」 446면.

그럼에도 불구하고 로런스 당대에 영국의 모더니즘운동을 주도하던 사람들, 예컨대 울프라든가 T. S. 엘리엇 및 그 주변 인사들 사이에 로런스의 평판이 결코 높지 않았던 것은 알려진 사실이다. 이는 로런스의 편지가 그의 사후에야 공개된 탓일 수도 있지만,[10] 그보다는 『무지개』를 비롯한 실제 작품들이 『파도』나 여타 모더니즘 소설들과 너무나 다를뿐더러 저들에 대한 로런스 자신의 평가도 결코 호의적이 않았기 때문일 것이다. 그런데 세월이 갈수록 로런스의 작가적 위치가 무시할 수 없는 것으로 굳어짐에 따라 로런스를 아예 배제하기보다는 또 하나의 모더니즘 고전으로 편입시키는 전략이 강단의 대세가 된다. 이런 상황에서 문제의 편지는 바야흐로 안성맞춤의 문헌이 아닐 수 없었다. 작품 『무지개』가 그 줄거리와 인물들을 포함한 온갖 소설적 성과를 통해 말해주고 있는 것을 귀담아듣지 않고서도 모더니즘 특유의 '다른 어떤 율동적 형식'에 대한 감각을 자랑하고 신기한 이론을 개진할 알맞은 구실이 주어지는 것이다.

이러한 해석이 아직도 한창 유행하고 있다는 증거로는, 본격적인 연구서라기보다 일종의 학습지도서라고 할 어느 로런스 소개서의 예가 오히려 적절할지 모른다. 『무지개』를 논의하는 부분 중 '다이아몬드와 석탄과 탄소: 로런스의 작중인물관'이라는 대목에서 저자는 바로 그 편지의 일부를 인용하며 이렇게 말한다. "그런데 '낡은 인간적 요소'야말로 장편소설이 전통적으로 관심의 대상으로 삼았던 것이며 그것 말고 어떤 다른 길이 있었을지도 상상하기 힘들다. '낡은 인간적 요소'라는 이 문구에 담긴 것

---

10 헉슬리(Aldous Huxley)가 엮은 *The Letters of D. H. Lawrence* (Heinemann 1932)에 처음 활자화됨. Harry T. Moore, ed., *The Collected Letters of D. H. Lawrence* (Heinemann 1962) 상권 281-83면에도 실렸는데, 본고에서는 케임브리지판인 *The Letters of D. H. Lawrence* 〔이하 *Letters*〕 제2권, ed. George Zytaruk and James T. Boulton (Cambridge University Press 1981)을 대본으로 이용했다.

은 남녀 인간을 구체적인 시간과 장소의 산물로 보는 사고방식이며 또한 개인을 윤리적 존재로 보는 사고방식으로서, 이들 윤리적 존재가 일정한 도덕적 가치를 준수하거나 침범하려고 하는 행위가 서양소설에 그 존재 이유를 제공해온 것이다. (…) 로런스가 자신의 관심사라고 주장하는 것은 불변하는 화학적 구성, 즉 다이아몬드나 석탄이나 숯검댕 저변에 있는 탄소이다. 이렇게 되면 소설가는 몇가지 실제적인 문제에 부딪치는데, 로런스가 『무지개』에서 그것을 모두 성공적으로 해결하지는 못했다."11*

이는 최근의 한 사례로 들어본 것인데, 비슷한 주장을 훨씬 앞서 제기하기로는 줄리언 모이너핸의 로런스 연구서가 있었다. 그는 로런스 편지거의 전문을 인용한 다음, "예술을 위한 이러한 계획을 통해, 인간 자아의 기본적 온전성과 자유를 좌우하는 인간 자아 내의 생명력의 핵심에 대한 로런스의 관심은, 작중인물과 플롯 등 원래는 쓸모있었지만 이제는 타락한 사회의 경직성과 무기력을 반영하기에 이른 전통적 관념에 대한 공격으로 전환된다"*라고 그 의도를 일응 긍정적으로 평가하면서도 곧이어 이런 의문을 제기했다.

> 보통의 소설에서 어떤 인간은 오로지 그가 특정 행위의 맥락 및 역사적·사회적 맥락에서 무엇을 말하고 행동하고 생각하고 느끼는가를 통해 드러난다. 그러나 존재의 어떤 궁극적인 차원, 'isness'에 집착하는 소설가는 인간 기능의 이러한 피상적 차원이 그의 주된 작업과 무관하다고 느낄 수밖에 없다. (…)
>
> 이런 생각들이 소설에 적용될 때 생기는 곤란한 문제는 — 발레라든

11 Gāmini Salgādo, "Diamond, coal and carbon: Lawrence's view of character," *A Preface to D. H. Lawrence* (Longman 1982) 114면.

가 작곡 또는 존재의 궁극상태에 관한 그림의 경우에는 동일한 난제가 안 생길지 모르지만—명백할 것이다. 모든 서사예술에서 실존은 본질과 씨름함으로써 본질의 의미규정에 일조하게 마련이다. 바꿔 말해, 작중인물들을 분별 가능하도록 만들 생각이 있다면—극적·서사적 구성의 가능성은 바로 그러한 분별에 의존하는 것인데—이 작업은 인물들이 인간적·사회적으로 말하고 행동하고 생각하고 느끼는 것을 통해 이루어져야 하고 이것이 그들이 '비인간적으로' 존재하는 실상을 매개해야만 한다. 순전한 'isness'의 재현은 한 인물을 다른 인물과 분간할 수 없게 만들고 모든 인물들을 분화되지 않은 생명 자체와 분간할 수 없게 만들 것이다. 한 인물의 본질이 탄소라면 당연히 모든 인물들의 본질이 탄소인데, 오로지 탄소에만 관한 소설을 쓰는 것은 불가능한 일이다.*12

물론 실제 작품에서 로런스가 이런 불가능한 일에만 끝까지 매달려 있다는 것은 아니고 작가가 천명한 의도와 소설 장르의 전통적 요구가 일정한 타협을 이룬다는 것이 모이너핸의 주장이다. 그래서 『무지개』의 주요 등장인물들은 각기 '평범한 사회적·가족적 경험'의 차원과 '본질적 존재'의 차원에 속하는 두개의 다른 자아를 지닌다는 것이다. 그러나 이런 거추장스러운 두 겹 자아를 설정함이 없이도 『무지개』를 어엿한 극적·서사적 구성을 지닌 소설로 읽을 수 있다. 나의 여러모로 미흡한 『무지개』론(1978년의 초본)도 이 점을 밝히고자 했지만, 도대체 '실존'(existence) 대 '본질'(essence)이라는 형이상학의 낯익은 공식을 도입하는 것부터가 로런스의 사고방식에는 전혀 어긋나는 일이다.

---

12 Julian Moynahan, *The Deed of Life* (Princeton University Press 1963) 41~42면.

4. 편지 읽기

아직도 지배적인 이런 해석의 허점을 좀더 면밀히 따지기 위해 편지 전문을 새로 읽어볼 필요가 있겠다. 알려진 대로 이 편지는 당시 이딸리아에 머물던 로런스가 에드워드 가넷(Edward Garnett)이라는 편집자에게 보낸 것이다. 러시아문학 번역가로 유명한 콘스탄스 가넷의 남편이기도 한 그는 당시 덕워스(Duckworth)출판사에 관계하고 있었는데, 『아들과 연인』의 간행과정에서 원고를 수정, 개선하는 데 결정적으로 기여했고 젊은 신인작가 로런스에게는 단순한 편집자라기보다 후견인 비슷한 존재이기도 했다. 그러나 그는 『아들과 연인』 이후의 야심작인 『자매들』에서 '결혼반지', 『무지개』로 모양을 잡아가면서 차츰 뚜렷해진 로런스의 새로운 작품세계에는 공감할 수 없었던 것 같다. 로런스는 1914년 1월 29일자와 4월 22일자 편지에서 이미 '결혼반지' 초고의 앞부분에 대한 가넷의 비판을 일면 수긍하면서도 일면 더 깊은 이해를 촉구했는데,[13] 작가가 다시 한번 개작하여 진지한 설명의 편지와 함께 보낸 작품에 대해서도 계속 냉담한 반응이 나오자 6월 5일자의 유명한 답장을 쓰게 된 것이다. 좀 길지만 전문을 옮겨본다.

---

13 "이제 나는 이 소설에 대해 확신이 섭니다. 그것은 거대하고 아름다운 작품입니다. (…) 나는 당신이 '결혼반지'의 초고를 돌려보내신 데 감사합니다. 나는 내가 하고자 하는 것을 거기서 해내지 못했거든요. 그러나 선생이 그걸 비판하는 **두번째** 편지는 언짢았습니다. 왜냐하면 당신이 내가 말하고자 하는 것을 모욕했다고 느꼈거든요. 나 자신이나 내가 실제로 해놓은 말이 아니라 내가 말하고자 하면서도 말하는 데 실패했던 것을 말이지요."*(*Letters* 제2권 164면, 1914. 4. 22. Edward Garnett 앞, 원저자 강조) 1월 29일자 편지는 같은 책 142-43면.

가넷 선생께

먼저 내가 부탁했던 책 두 권을 스뻬찌아의 영사 앞으로 우송하도록 해주신 데 대해 감사의 말을 드려야겠군요.

핑커〔장차 로런스의 저작권 대리인이 될 J. B. Pinker〕와의 일은 당신 말씀대로 하지요. 장편 문제는 아직 미결이라고 해놓겠습니다. 한 보름 내지 20일 후에 그를 찾아가보도록 하지요.

'결혼반지'에 관해서는 당신 의견에 동의하지 않습니다. 얼마 안 가서 당신도 이 책을 전체적으로 좋아하게 될 겁니다. 나는 작중인물들의 심리가 틀렸다고 생각하지 않습니다. 다만 인물들에 대한 나의 태도가 다른 것이고, 따라서 당신 쪽에서도 다른 태도를 취할 필요가 있는데, 당신이 그럴 준비가 아직 안 되어 있는 거지요. 그리고 내가 교묘한 재주로 작품을 끌어가려 한다고 하셨는데, 그건 좀 이상하게 들립니다. 나는 그런 식으로 재주가 많은 사람이 못 된다는 생각이거든요. 내 생각에 이 책은 약간 미래파적입니다. 아주 무의식적으로 그렇단 말이지요. 마리네띠가 하는 말을 읽으면—"삶에 대한 그것들의 비논리적 발상을 따라 심오한 직관을 하나씩 더해놓은 것, 낱말을 하나하나 더해놓은 것이 물질의 직관적인 생리학의 대체적 윤곽을 우리에게 줄 것이다" 운운할 때—나는 내가 추구하는 것과 비슷한 것을 봅니다. 물론 이건 나의 서툰 번역이고 그의 이딸리아어 원문에도 혼란이 있지요. 게다가 나는 물질의 생리학에는 취미가 없습니다. 하지만 어쩐 일인지 인류에게 있어 물질적인 것, 비인간적인 것이 내게는 낡은 인간적 요소—한 인물을 일정한 도덕적 공식에 맞춰 설정하여 그를 수미일관하게 만들도록 요구하는 그 낡은 인간적 요소보다 더 흥미가 있습니다. 그 일정한 도덕적 공식이 나는 싫다는 거예요. 뚜르게네프에서건 똘스또이, 도스또옙스끼에서건, 모든 작중인물들을 거기다 맞춰놓은 도덕적 공식은—

그건 거의가 똑같은 공식이기도 하지요 — 그 인물들 자신은 아무리 특이하달지라도, 지루하고 낡고 죽어 있습니다. 마리네띠가 "그 자체로서 흥미로운 것은 한 조각 강철의 견고성이다. 즉 강철의 분자들이 가령 총알에 저항할 때의 그 무의식적이고 비인간적인 동맹상태 말이다. 우리에게는 나무나 무쇠 한 조각의 가열상태가 여자의 웃음이나 눈물보다 실제로 더 열정적이다"라고 쓴 것을 읽으면, 나는 그가 무슨 말을 하려는지 알겠어요. 그가 무쇠의 열과 여자의 웃음을 대비시키는 건 예술가로서 바보 같은 짓이지요. 왜냐하면 여자의 웃음에서 흥미로운 건 강철 분자들의 결합이나 가열상태에서의 그 동작과 똑같은 거니까요. 즉 그것을 생리학이라 부르든 마리네띠처럼 물질의 생리학이라 하든, 나를 매혹하는 건 그 비인간적 의지라는 겁니다. 나는 여자가 — 우리가 보통 말하는 뜻으로 — 무엇을 느끼는지에는 별로 관심이 없습니다. 그것은 그런 느낌을 가질 자아를 전제하는 거지요. 나는 여자가 무엇인지에 대해서만 관심이 있는 겁니다. 여자가 — 방금 말한 어법대로 — 비인간적으로, 생리학적, 물질적으로 무엇인가에 대해서 말입니다. 그러나 내 식으로 말한다면, 여자가 인간의 관념에 따라 느끼는 것이 아니라 하나의 현상으로서 (또는 어떤 더 큰 비인간적 의지를 대표하는 존재로서) 무엇인가라는 거지요. 이게 바로 미래파의 아둔한 대목인데, 그들은 새로운 인간현상을 찾는 대신에 인간에게서 발견되는 물리적 현상만 찾으려 하는 거예요. 그들은 형편없이 아둔합니다. 하지만 누군가가 그들에게 눈을 달아준다면 그들은 나무에서 옳은 사과를 딸 겁니다. 그들 뱃속의 식욕은 진짜니까요. 당신은 내 소설에서 작중인물의 안정된 낡은 자아를 기대해서는 안 됩니다. 그러한 것과는 다른 자아가 있어서, 이 자아의 행동에 따르면 개인은 알아볼 수가 없고 말하자면 일종의 동소체적(同素體的)인 여러 상태들을 거쳐나가는데, 이것이 근본적으로 변함이 없는 동일한 한 원소의 다양한 상태임을 알아보려면 우리가 흔히 동원해온 것보다 훨씬 심층적인 감각이 필요한 겁니다.(마치 다이아몬드와 석탄이 탄소라는 동일한 한 원소인 것처럼 말이지요. 보통의 소설들은 다이아몬드의 역사를 추적하려고 하지만 나는 "다이아몬드라니! 이건 탄소야!"라고 말하는 겁니다. 그리고 내 다이아몬드가 석탄이든 숯검댕이든, 내 주제는 탄소인 거지요.)

내 소설이 부실하다고 말해서는 안 됩니다. 물론 내가 하고자 하는 일에 숙달되지 않았기 때문에 소설이 완벽할 수는 없지요. 그러나 당신이 뭐라 하든 그건 진짜입니다. 그리고 나는 설혹 지금 당장이 아니더라도 머지않아 인정을 받을 겁니다. 거듭 말하거니와, 소설의 진행이 일정한 인물들의 노선을 따르기를 기대하지 마세요. 인물들은 다른 어떤 율동적 형식에 맞아들어가게 되어 있어요. 마치 멋진 쟁반 위에 모래를 곱게 깔아놓고 바이올린의 활로 선을 그으면 모래가 우리도 모르는 선을 만드는 것과 마찬가지로요.

이게 당신에게 너무 지루한 소리가 아니기를 바랍니다. 우리는 8일 월요일에 이곳을 떠납니다. 프리다〔로런스의 아내〕는 바덴바덴에 열흘 내지 열나흘 머물 예정이지요. 나는 날씨가 더러워서 배편으론 안 가렵니다. 루이스(이곳 비커스 맥심 공장의 기술자 중 하나지요)와 함께 걸어서 스위스를 거쳐 프랑스로 갈 겁니다. 그때그때 내 소재지를 알려드리지요.

내게 쌀쌀하고 불쾌하게 나오지 마십시오.

다시 만날 때까지, D. H. 로런스 드림

이 편지를 버리지 마십시오. 미래파에 관해 글을 써볼 생각인데 그때 소용이 있을 테니까요. — 덕워스 사장을 찾아가 만나도록 하겠습니다. 버니〔에드워드 가넷의 아들 데이비드, 훗날 소설가가 됨〕에게 꼭 내 소설을 보여주세요. 나는 누구보다도 그가 이 작품을 이해하길 바랍니다.

버니를, 그리고 부인과 당신을 만나는 것이 내게는 무척이나 반가운 일이 될 겁니다.(*Letters* 제2권 182-84면, 원저자 강조)*

이 인용문에 대해 먼저 말해둘 것은, 나의 번역도 서툴거니와 로런스의 원문 또한 시종 명쾌하지만은 않다는 점이다. 사사로운 편지에 불과하기 때문이기도 하지만 로런스 스스로 생각이 제대로 정리되지 않은 상태였음이 분명하다. 그러나 '결혼반지'라는—몇차례의 개고 끝에 『무지개』로의 완성 직전 단계에 이른—특정 작품에 대한 가넷이라는 특정인의 반발에 답하는 로런스의 반응으로 읽을 때 그 대체적인 취지에는 의문의 여지가 없지 않은가 한다.

편지는 우선 작중인물의 '심리'(psychology)에 대한 옹호로 시작되는데, 가넷은 '결혼반지'에 인물이 없다거나 인물의 변화(및 줄거리)가 없다는 게 아니라 변화의 일관성이 결여됐다는 뜻에서 심리가 '틀렸다'고 했음이 분명하고, 이에 대해 로런스는 그렇지 않다고 항변하고 있다. 그뿐만 아니라 뚜르게네프, 똘스또이, 도스또옙스끼 들의 소설에서 생동감 있는 작중인물들의 존재를 로런스가 부정하는 것이 아니고, 그들의 진가가 충분히 살아나지 못하게 제약하는 '일정한 도덕적 공식'에 대해 반발하고 있을 따름이다. 즉 관념적인 틀을 이루는 플롯이 아니라 삶의 진수를 드러내줄 플롯, 진정으로 사건다운 사건을 요구하는 것이며, 그런 의미로 한정한다면 이것이 "비극에서는 인물(characters)보다 행동(action, 사건·플롯)이 중요하다고 말한 아리스토텔레스의 원뜻에 따른 '극적 구조' 내지 '극적 논리'와 크게 다를 바가 없다"[14]라는 나의 주장도 유효하다.

---

14 본서 제1장 63면.

그러나 마리네띠 인용이나 '비인간적 의지' 운운은 아무래도 아리스토텔레스의 시학에 순순히 포섭되기 힘든 요소가 있음을 상기시킨다. 다만 여기서도 마리네띠 등 미래파 예술가들이 여자의 웃음보다 무쇠의 가열상태 어쩌고 하는 것은 '형편없이 아둔하다'고 못박고 있음을 주목해야 한다. '낡은 인간적 요소'에 대한 그들의 거부의 자세와 새것에 대한 건강한 '식욕'을 사주는 것일 뿐, 로런스 자신은 정말 중요한 새것은 물리적 현상보다도 "새로운 인간현상"(the new human phenomenon)임을 강조하고 있는 것이다.

'동소체'(allotropy) 비유도 '결혼반지'의 심리묘사에 흠이 없다는 해명의 연속이다. 작중에서 아무런 변화나 발전을 모르는—심지어는 영구불변의 형이상학적 '본질'에 해당하는—어떤 인물의 존재를 옹호하는 것이 아니라, 너무 급격하고 일관성 없어 보이는 변화가 사실은 한층 깊은 차원의 일관성·동질성을 전제한 변화라고 주장하고 있는 것이다. 다시 말해, 종전의 소설처럼 다이아몬드면 다이아몬드, 석탄이면 석탄이라는 한정된 차원에서의 아기자기한 변화를 추적하는 이야기가 아니고, 다이아몬드가 때로는 느닷없이 석탄이나 숯검댕으로 둔갑하는 듯하여 어리둥절해질 때도 있지만 어디까지나 '탄소'라는 더 기본적인 차원에서의 진행이며 그런 의미에서 그 나름의 일관성을 지닌 이야기라는 해명이다.

이렇게 앞뒤 문맥에 맞춰 읽으면 로런스가 생각하는 '다른 어떤 율동적 형식'이 일체의 극적·서사적 구조를 배제한 무슨 극단적인 전위주의적 형식이 아님이 분명해진다. 물론 로런스가 말하는 '여자가 무엇인지'를 보여주는 형식이 구체적으로 어떤 것이며 실제로 『무지개』에서 그것이 얼마나 달성되었느냐는 것은 별개의 문제로 남는다. 더구나 로런스가 생각하는 *being* 내지 'what she *is*'의 차원이 어떤 것인지는, 그것이 전통적 형이상학의 *essence*와 다르다는 점을 로런스의 명시적 발언을 통해 확인한 뒤에도 선뜻 잡히지 않을 수 있다.[15] 그러나 여기서는 로런스의 편지가 모더니즘보다는 리얼리즘에 가까운 발언이요 그러면서도 재래의 리얼리즘 문학이나 개념에 하나의 도전을 담고 있음을 확인하는 선에서 일단 멈추기로 한다.

5. 루카치와 로런스

로런스 편지에 대한 오해는 리얼리즘에 호의적인 비평가들 사이에도 널리 퍼져 있다. 개중에는 아놀드 케틀처럼 『무지개』의 실제 성과에 비추어 편지 내용이 크게 문제될 게 없다고 변호하는 경우도 있고, 레이먼드 윌리엄즈처럼 소설의 성과와 결점 모두가 편지의 발언에 의미심장하게 함축되어 있다고 주장하는 평자도 있다.[16] 특히 흥미로운 것은 루카치의 경우인데, 그는 로런스의 작품 자체를 전형적인 퇴폐예술로 보는 입장일 뿐더러 예의 편지에 대해서도 통렬한 비판을 가한 바 있다.

『미학 범주로서의 특수성에 관하여』라는 저서에서 그는 현대예술의 특

15 예컨대 그의 에쎄이 "Reflections on the Death of a Porcupine"에서 "Being is not ideal, as Plato would have it: nor spiritual. It is a transcendental form of existence, and as much material as existence is"라고 하는 대목(*Reflections on the Death of a Porcupine and Other Essays*, ed. Michael Herbert, Cambridge University Press 1988, 470면). 나는 로런스의 'being'을 '존재'라고 옮겼을 때 '있음'이라는 뜻이 더 부각되는 것이 못마땅하여 '~이다'를 명사화한 '~임'으로 번역해서 쓰기도 했는데, 이런 부연설명이 안 붙으면 '~임'이라는 표현은 또 그것대로 오해를 일으킬 소지가 있기는 마찬가지인 듯하다.

16 Arnold Kettle, *An Introduction to the English Novel*, Vol. II (Hutchinson 1953) 102면; Raymond Williams, *The English Novel from Dickens to Lawrence* (Oxford University Press 1970) 176-79면 참조.

징으로 초현실주의에서 보는 바와 같은 "추상적으로 직접적이며 미학적으로 그릇된 주관성"(die abstrakt unmittelbare, ästhetisch falsche Subjektivität)이 "마찬가지로 그릇되고 극단적인 객관주의"(der ebenso falsch-extreme Objektivismus)와 함께 나타나며 상호전환을 이룩하곤 한다고 지적한다. 그리고 "추상적으로 직접적인 주관성에서 비인간성으로, 비인간적 객관주의로의 이러한 전환이 너무나 완벽하게 이루어져서 그것이 그의 창작의도의 본질이 되는 교과서적인 사례가 유명한 영국작가 D. H. 로런스"* 라면서 예의 가넷 앞 편지를 길게 인용하고 있다.[17] 이것이 로런스가 '비인간적' 운운한 발언에 대한 매우 피상적인 이해에 불과함은 굳이 재론할 필요가 없다. 루카치의 이런 반응에는 로런스가 "성애(性愛) 문제를 남근(男根)적인 것으로 환원시킨" 극단적인 모더니스트라는 선입견이 깔려 있는데,[18] 실제로 그가 『채털리부인의 연인』 이외에 로런스 소설을 얼마나 읽었는지도 의심스럽다. 따라서 루카치의 비판이 흥미로운 것은 진지한 로런스론으로서가 아니라, 도리어 그의 비판 속에 로런스의 본뜻에 가까운 주장이 많다는 점과, 그러면서도 끝까지 일치할 수 없는 면이 그만큼 더 분명하게 드러난다는 이유에서다.

로런스의 소설관이 루카치의 리얼리즘론과 얼마나 통하는 바가 많은지는 새삼 재론할 필요가 없겠다.[19] 여기서는 논의를 좀더 한정시켜 '특수성'(die Besonderheit)에 관한 루카치의 설명 자체가 로런스의 예술관과 합치하는 측면을 살펴보자. 로런스 편지에 대한 언급은 『미학 범주로서

---

17 Georg Lukács, *Über die Besonderheit als Kategorie der Ästhetik*, in: *Werke* 제10권 (Luchterhand 1969) 700면.

18 Lukács, *Werke* 제4권 531면(영역본 *The Meaning of Contemporary Realism*, tr. John and Necke Mander, Merlin Press 1962, 74면).

19 졸고 「D. H. 로렌스의 소설관」, 특히 제3절 참조.

의 특수성에 관하여』의 제6장 4절 '미적 주체성과 특수성의 범주'에 나오는데, 극단적 주관주의와 극단적 객관주의라는 현대예술의 양면을 동일한 특성으로 파악하는 루카치의 이론적 근거는 주관성(주체성)과 객관성의 독특한 결합이라는 예술작품 특유의 성격, 바로 그 '특수성'의 본질에 대한 그의 인식이다. 따라서 "인식론에서는 오류에 빠진 관념론일 수밖에 없는 '주체가 없으면 대상도 없다'라는 명제가, 미학에서는 미적 주체를 떠나서는 미적 대상이 있을 수 없다는 점에서 미학의 기본원리 가운데 하나로 된다. 대상(예술작품)은 그 전체 구조에 의해 속속들이 주관성으로 짜여 있다. 그것은 주관성이 안 들어간 어떠한 '원자'나 '세포'도 갖고 있지 않으며, 대상 전체가 그 기본적 구상의 요소로 주관성을 수용하고 있는 것이다."[20]* 이러한 주장이 로런스가 반고흐의 해바라기 그림을 두고 그것은 결코 "해바라기 자체를 재현하지 않으며"(does not represent the sunflower itself), 캔버스에 담긴 비전은 "해바라기 그 자체와 반고흐 자신의 생산물이며 전혀 손에 잡히거나 설명될 수 없는 제3의 것"(a third thing, utterly intangible and inexplicable, the offspring of the sunflower itself and Van Gogh himself)[21]이라고 말한 것과 통한다면, 루카치의 다음 문장—"물론 객관적 현실의 인간적 주관으로부터의 독립성은 언제나 전제되어 있다. 그러한 현실의 예술적 반영과 재생산이 출발점이자 목표가 아니라면, 우리의 질문들은 도대체 제기될 수도 없을 것이다"*[22]라는 명제—역시 로런스의 입장과 상충한다고 볼 수는 없다. 반고흐의 그림에서도 '해바라기 그 자체'가 전제되어 있거니와, 특히 쎄잔느를 논하는 자리에서 '객관

---

20 Lukács, *Werke* 제10권 699면.

21 D. H. Lawrence, "Morality and the Novel," *Study of Thomas Hardy and Other Essays*, ed. Bruce Steele (Cambridge University Press 1985) 171면.

22 주20과 같은 면.

적 실체'(objective substance)와 '물질'(matter)의 실재를 거듭 말할 때의 강한 말투는 어느 유물론자에 뒤지지 않는다.[23] 이러한 강조와 더불어 그는 모더니즘에서 곧잘 내세우는 '순수한 형식' '의의있는 형식' 따위 구호에 대해 어느 리얼리즘론자 못지않게 격렬한 공격을 가하기도 한다.

그러면 로런스와 루카치의 예술관에 근본적인 차이가 없다고 볼 것인가? 그렇지는 않은 듯하다. 두 사람 다 낡은 사실주의와 반리얼리즘적 전위예술을 동시에 배격하며 크게 보아 현실주의적인 문학을 지향함에서는 일치하지만—그리고 이 정도의 일치도 현대 서양에서는 결코 흔한 것이 아니고 정치적·사상적 배경이 전혀 다른 두 사람 사이에서는 더구나 뜻깊은 일치이지만—로런스의 경우 낡은 것으로부터 탈피하려는 욕구는 미래파에 공감하고 '비인간적인 의지'를 내세울 정도로 더욱 강렬하고 극단적이다. 이것이 결국 루카치가 말하는 예술작품의 '특수성'을 저해하는 잘못된 극단주의로 흐르지 않으려면—그리하여 극단적 주관주의와 인간 자체가 아예 빠져버린 잘못된 객관주의 사이를 오락가락하게 되지 않으려면—그가 추구하는 '다른 어떤 율동적 형식'이 루카치적 '특수성'은 그것대로 구현하면서 루카치의 리얼리즘론이 미처 탈피하지 못한 전통적 인간관·세계관의 일대 전환을 성취하는 것이어야 할 것이다.[24]

---

23 D. H. Lawrence, "Introduction to These Paintings", *Late Essays and Articles*, ed. James T. Boulton (Cambridge University Press 2004) 201면 및 211면의 "Cézanne was a realist, and he wanted to be true to life" 운운한 대목들 참조.

24 여기서 들뢰즈의 *the singular* 내지 *singularity*('단독자' 내지 '특이성'으로 흔히 번역됨) 개념을 떠올리는 독자들이 있을 것이다. 이 주제에 관해 제대로 연구한 바 없는 나로서 루카치와 로런스의 대비를 부연하는 의미에서 개략적인 의견을 말한다면, 들뢰즈의 '특이성' 내지 '단독성' 역시 미학적 현상에 국한되지 않는다는 점과 하나의 '사건'으로 설정된다는 점에서 루카치보다 로런스에 가까운 일면이 있다. 그러나 로런스의 *being* 또는 *singleness*와는 전혀 다른 차원의 사유—로런스나 하이데거가 볼 때 형이상학과 존재론의 영역에 굳건히

6. 제임슨의 로런스론 그리고 루카치와 블레이크

로런스를 리얼리스트로 읽지는 않지만 당대의 모더니스트들보다 훨씬 심오하고 새로운 인간관에 도달했다고 보는 비평가로 프레드릭 제임슨이 있다. 그에 따르면 모더니즘 소설의 전형적 양식은 '내적 독백'을 비롯한 개인적 의식의 탐구인데, 이러한 소설형식은 단자(monad)적인 자아 내지 주체를 전제한다. 이에 반해 개인적 경험 그 자체보다 '관계'를 중시하는 '대화적 전통'은, 도스또옙스끼의 선례도 있으나 로런스 당대만 해도 몇몇 예외적인 경우에 한정된 것이었고 20세기 중반 이후 '포스트모더니즘'의 시기에 이르러서야 주류를 형성한다는 것이 제임슨의 견해다.[25] 그리고 바로 이런 관점에서 그는 기존의 '작중인물'에 대한 로런스의 문제제기에 주목하는바, 그것이 주도적 모더니스트들의 개인주의·주관주의와는 달리 '주체' 내지 '자아' 자체가 구성과 해체의 과정을 겪는 하나의 현상임을 통찰한 발언이라는 것이다.

> 오늘의 이론에서 주체의 '탈중심화'라 부르는 작업을 우리가 진지하게 수행하려고 한다면, 즉 주체는 '구조의 효과'라는 요즘의 (라깡적) 견해—인간연구에서 '코페르니쿠스적 혁명'을 꾀한 프로이트의 원래

머무는 사유—의 소산인 것 같다. 로런스의 *being*이 성취되는 사건이 (딱히 의식적은 아니더라도) 창조적인 주체가 관여하는 사건이라는 생각은 들뢰즈의 존재론에 생소한 발상이며, 로런스의 *being*은 비록 하이데거의 '~임' 자체(das Sein selbst)는 아니고 물질로 실존하는 존재자(Seiendes)가 어떨 때 도달하는 경지지만 '~임/있음 자체'를 사유하는 능력을 떠나서는 이해할 수 없는 경지이기도 하다.

25 Fredric Jameson, *Fables of Aggression: Wyndham Lewis, the Modernist as Fascist* (University of California Press 1979) 39-40면 참조.

계획을 라깡이 확대한 것—에 부합하는 궁극적인 실천적 결론을 우리가 내리고자 한다면, 우리는 주체의 전통적 재현이 붕괴되는 증상을 제시하는 형식들에 특히 주목하지 않을 수 없다. 구조주의자들 및 탈구조주의자들이 휴머니즘의 패러다임이라 부르는 미리 주어진 인간본성에 대한 기존의 관념이나 자율적이고 중심 잡힌 '자아' 내지 개성적 정체(正體)라는 환상을 이야기서술 자체가 잠식하기 시작하는 형식들에 주목해야 하는 것이다.

D. H. 로런스가 미래파의 한층 심오한 파괴적 사명을 고찰하는 유명한 편지에서 부각시키는 것은 바로 이러한 범주들의 붕괴이다.[26*]

이런 말 끝에 제임슨 역시 로런스가 마리네띠의 '물질의 생리학'을 거론하면서 자신의 주제가 '탄소'라고 말했던 대목을 인용하고 있다.

최근의 비평이론들이 유행처럼 들먹이는 주체의 '탈중심화'(decentering)니 '해체'(deconstruction)니 하는 과제가 '안정된 낡은 자아'(the old stable ego)에 대한 로런스의 거부에 이미 제시되었다는 제임슨의 인식은 정확하고 값진 것이다. 루카치도 '미리 주어진 인간본성'(a preexisting human nature)을 간단히 설정한 사상가랄 수는 없지만, 휴머니즘에 대한 그의 서슴없는 옹호나 아리스토텔레스의 '정치적 동물'(zoon politikon) 개념에 기본적으로 의존하는 자세는 무언가 "구조주의자들 및 탈구조주의자들이 휴머니즘의 패러다임이라 부르는" 것에 아직 머물고 있다는 혐의를 남긴다. 그에 반해 로런스는, 가령 벤자민 프랭클린 같은 18세기 진보사상가들이 주장한 인간의 완성가능설을 비웃으면서 "어느 인간의 완성가능성인가? 나는 여러 사람이다. 그중 누구를 완성시키겠다는 거냐?"(The

26 같은 책 50-51면.

perfectibility of which man? I am many men. Which of them are you going to perfect?)[27]라고 반문하는 대목에서도 일종의 탈구조주의적 해체작업을 몸소 수행하고 있다.

그러나 탈구조주의 또는 포스트모더니즘과의 이러한 일치는 로런스의 한쪽 면에 지나지 않는다. '안정된 낡은 자아'를 부정하는 바로 그 편지에서도 '다른 자아'(another ego)의 존재를 말하고 있는바, 이는 데까르뜨적 주체와는 달리 역사적이고 복합적인 구성물이기는 하지만 어디까지나 생명체의 기본단위로서의 '나'라는 개체이며, 내가 무엇(들)이건 간에 내 삶은 나의 책임사항이라는 실천적 주체의식의 선포이기도 하다. 이 점은 프랭클린의 신조에 맞서는 자신의 '신조'를 열거한 데서도 분명해진다.

"나는 나다."
"나의 영혼은 어둑어둑한 숲이다."
"나의 알려진 자아는 숲속의 작은 개간지 이상이 결코 될 수 없다."
"신(神)들, 낯선 신들이 숲에서부터 나의 알려진 자아라는 개간지로 왔다가, 되돌아간다."
"나는 그들이 오가도록 내버려둘 용기를 지녀야 한다."
"나는 사람들이 나를 둘러먹는 일을 결코 용납하지 않으며 항상 내 안에 있는 신들과 다른 남녀 인간 안에 있는 신들을 알아보고 순종하도록 노력한다."(*SCAL* 26면)*

로런스의 이런 '다른 자아'에 대한 인식이 빠졌기 때문에 제임슨의 해

27 D. H. Lawrence, *Studies in Classic American Literature* 〔1923〕, ed. E. Greenspan, L. Vasey and J. Worthen (Cambridge University Press 2003) 〔이하 *SCAL*〕 20면.

석은 그 참신한 일면에도 불구하고 결국 모이너핸 등의 기존 해석과 비슷해지고 만다. 그는 로런스 편지의 서사적 기획이 윈덤 루이스가 도달한 "윤리와 무관하며 순전히 외면적인 새로운 재현양식"과 유사하다고 보며 이는 "시간적 예술보다 시각적 예술과의 친화성"을 내세우는 기법이라고 풀이한다.[28] 이는 로런스의 구상이 소설의 서사적 성격과 양립할 수 없다는 모이너핸의 결론을 일부 수정하기는 했지만 기본적으로 같은 해석방식이며, 바로 루카치가 '비인간적 객관주의'라고 규정했던 모더니즘 예술의 동전 한 면을 '포스트모더니즘'의 이름으로 독립시킴으로써 과분한 가치를 부여하는 결과가 된다. 이렇게 볼 때 모더니즘에 있어 극단적 주관주의와 극단적 객관주의의 연속성을 갈파한 루카치의 논리는 로런스 편지의 정당한 해석을 위해서도 여전히 하나의 필수조건이라 하겠다. 다만 루카치 자신의 엉뚱한 오독에서도 드러나듯이 그것은 충분조건과는 거리가 멀다. 충분조건에 다소 미달하는 정도가 아니라, 인간관·세계관에 있어 요구되는 또 한번의 본질적 비약을 이루지 못한 상태가 아닐까 하는 의심을 앞서도 내비쳤었다. 이는 바로 '형이상학의 극복' 또는 '서구적 인간주의의 한계 극복' 등등의 표현으로 내가 이따금씩 다루어온 문제이기도 하다.

이 문제의 본격적인 정리는 본고의 범위를 벗어나며 어차피 나의 현재 능력에도 벅찬 것이다. 다만 글의 마무리를 대신하여 루카치의 '특수성' 개념이 로런스의 사상에서 어떻게 수용될지를 추측해보기로 한다. 반 고흐나 쎄잔느의 그림에 관한 로런스의 발언이 루카치의 개념과 흡사한 바 있음은 이미 지적했는데, 여기서 양자의 결정적인 차이 또한 드러난다. 곧, 로런스가 보기에 예술작품의 이러한 성격은 미적인 것의 독특한

28 Jameson, 앞의 책 52면.

성격이라기보다 모든 생명체의 공통된 성격이며 이는 또한 모든 실체, 우주 삼라만상의 기본적인 성격으로 파악되는 것이다. 이 말은 얼핏 듣기에 극단적 신비주의에 다름아니다. 그러나 루카치의 어법을 빌려 부연한다면, 루카치의 주장대로 '보편적인 것'(das Allgemeine)과 '개별적인 것'(das Einzelne)이 결합해서 '특수한 것'(das Besondere)을 이룬다기보다, 생명이라는 것은 항상 개별적이고 창조적인, 그런 의미에서 루카치적 '특수성'을 지닌 개체로서만 존재하며, 예술작품의 '특수성'은 이러한 삶의 창조성이 구현되는 하나의 방식이요, '보편적인 것'과 '개별적인 것'은 모두가 그보다 본원적인 '특수한 것' — 로런스의 표현으로는 *individual*한 것 — 으로부터 추상된 관념으로나 존재한다는 말이 된다.(물론 추상된 관념들 가운데도 그것이 어떻게 추상되었느냐에 따라 한갓 망상에 가까운 것과 좀더 과학적인 개념 간의 차이가 생긴다.) 그러므로 『무의식의 환상곡』에서 로런스가 생명이 먼저 있고 그 주검에서 물질적 우주가 형성되었다는 일견 황당한 주장을 펼칠 때,[29] 자연과학에서 검증하는 우주의 성립과정에서 무생물보다 생물이 먼저 출현했다는 억지주장으로 속단할 일은 아니다. 또한 신에 의한 천지창조를 설교하려는 것도 아니다. 자연과학이나 신학 또는 전통적 철학의 한 분야로서의 우주론 내지 우주생성론과는 전혀 다른 차원의 사유를 시도하는 것이며, 창조적인 개체 내지 특수자로서밖에는 있을 수 없는 삶에 대한 깨달음(겸 그러한 삶의 실천)에 값하는 사유를 떠나서는 도대체 과학이건 신학이건 철학이건 성립하지 않으며 학문대상으로서의 우주와 신, 학문주체로서의 인간 따위가 모두 공허한 관념에 불과해진다는 진실을 일깨우려는 것이다. 바로 그렇기 때문에 쎄잔

29 D. H. Lawrence, *Psychoanalysis and the Unconscious* and *Fantasia of the Unconscious*, ed. Bruce Steele (Cambridge University Press 2004) 69면 및 제13장 "Cosmological" 166-74면 참조.

느의 사과와 관련해 그가 말하듯이, '객관적 실체' 또는 '물질'을 그 자체로서 옳게 안다는 것은 결코 두뇌적 지식으로 되는 일이 아니고 진정으로 삶다운 삶, 예술다운 예술에서나 성취되는 기적과도 같은 것이며 온몸으로의 실행을 뜻하는 것이다.

거듭 말하지만 나의 이런 풀이는 앞으로 좀더 본격적인 검토를 위한 하나의 윤곽에 해당하지 검증을 마친 결론으로 제출하는 것이 아니다. 무엇보다도 로런스의 사상이 공공연한 관념론보다도 한층 악성의 관념론이 아닐까 하는 의문을 해소하기 위한 정밀한 논증이 필요하리라 믿는다. 여기서는 그 작업의 필요성을 시인하는 선에서 멈추고자 하며, 제시된 윤곽에 한가지만 보탠다면, 앞에서 "창조적인 개체 내지 특수자로서밖에는 있을 수 없는 삶"이라고 했을 때의 '특수자'란 물론 이 글에서 거듭 언급된 루카치의 *das Besondere*를 일차적으로 염두에 둔 표현이었지만, 정작 이 지점에 이르러서는 블레이크가 "엄밀히 말해 모든 지식은 특정의 지식이다"(Strictly Speaking All Knowledge is Particular)[30]라고 할 때의 '특정성'에 더 가깝다는 점을 상기시킬 수 있을 것이다.

---

30 William Blake, "Annotations to Sir Joshua Reynolds's "Discourses"," *Complete Writings*, ed. Geoffrey Keynes (Oxford University Press 1972) 459면. 블레이크의 이 말은 조슈아 레놀즈가 'general nature' 운운한 것을 반박한 말로, 이때의 'Particular'는 김경식이 '추상적 개별자' 또는 '추상적 개별성'으로 번역하는(『루카치의 길』 231면, 313면) 루카치의 *das Partikuläre* 또는 *Partikularität*처럼 보편성과 분리된 개별성이 아니라, '보편/개별'로의 분화·추상화 이전에 '특수자'(das Besondere)로 존재하는 '특정' 존재자 및 '특정의' 알음알이를 뜻한다.

제7장

재현과 (가상)현실

1. 글머리에

'재현' 문제에 관한 로런스의 입장을 한번 정리해볼 생각을 품은 지는 꽤 오래되었다. 더욱이나 이는 한국 평단의 '리얼리즘' 논의와도 직결된 문제라서 전공학도로서의 작업이 일반독자의 관심사와 부합할 수 있는 행복한 경우가 되리라고 보았다. 그러나 준비의 부실로 하염없이 미뤄오던 중, 1996년 7월 영국 노팅엄대학에서 열린 'D. H. 로런스 국제학술대회'의 발제문을 서둘러 마련하면서 이 문제를 다루기로 했다. 원래 의도와는 달리 전공학도들의 모임을 위해, 그것도 영어로 작성하게 된 것이다.

구두발표문을 이 책(『안과밖』 창간호)에 싣기 위해서는 어차피 보완작업이 필요했다. 그러나 영어로 먼저 쓴 글을 한국어 독자를 위해 새로 손을 보려니, 이것이 필요한 대목을 추가하면서 나머지를 대충 번역하면 되는 손쉬운 작업이 아님을 새삼 실감하게 되었다. 외국어로 작문하는 일이 그것대로 고역임은 더 말할 나위 없지만, 예컨대 로런스의 사상을 영어로 논할 때는 적어도 원래의 사유에 동원됐던 용어와 개념을 그대로 옮겨쓰면서 논의를 전개할 수 있다. 그런데 '재현' 문제만 하더라도, 한국어의 해당 낱말은 로런스가 어떤 대목에서 *representation*이라고 말한 것을 대체로 무난하게 전달하기는 하지만 원어가 갖는 여러 다른 의미와 어감이 개입된 *representation* 논의 — 예컨대 *represent*가 '재현하다' 외에 '대표하다' 라는 뜻도 되고 때로는 *re-present* 즉 '다시 제시하다'로 해석될 수도 있음으로 하여 복잡해지는 논의 — 의 맥락을 제대로 살려내기에는 미흡하다. 더구나 *reality*에 이르면 우리가 흔히 내놓는 번역만도 '현실'과 '실재' 등 최소한 두가지가 있으며 그중 후자는 생소한 전문용어, 심한 경우 외국어로 된 특정 개념을 가리키는 부호 같은 느낌을 준다. 따라서 이 글의 제목에서도 당연히 '실재'보다 '현실'이라는 표현을 썼는데, 로런스를 포함한 영어사용자들이 *reality*라든가 *real* 운운할 때는 그냥 '현실'이라기보다 '진정으로 있는 것' '실답게 존재하는 것' '진실의 실감으로 다가오는 것' 등등을 뜻하기 일쑤다. 다시 말해 '실재'가 '현실'로는 옮겨지지 않는 의미를 지칭하는 부호로나마 필요할 때가 있는 것이다.('사실주의' '현실주의' 등으로 번역이 가능함에도 '리얼리즘'이라는 외래어를 계속 쓰게 되는 것도 그런 까닭이리라.)

개념의 정확한 전달 문제를 떠나서, 원작들의 번역이 국내에 없거나 부실하다는 사실도 우리말로 논문을 쓰려는 외국문학도의 일반적인 고민거리다. 인용문 하나하나를 번역해야 하는 수고가 들어서만이 아니다. 자신이 거론하는 문헌을 읽었거나 당장 읽을 수 있는 독자가 소수의 전공학도로 한정된다는 사실에 어떻게 대응하느냐는 고민 또한 따르는 것이다. 어차피 전공논문이니 소수의 전문가들이 읽고 인정해주면 된다는 주장은 자연과학처럼 공인된 객관적 기준을 갖고 극도로 영역이 분화된 경우에는 타당할지 모른다. 그러나 인문학, 특히 문학이나 예술은 다르다. 작품의 경우 일반인에게까지 수용되기를 얼마나 진지하고 창의적으로 겨냥한 작품인지가 '전문적' 평가에서도 중요해지는데(물론 그런 게 중요하지 않다는 예술관도 없는 건 아니지만), 창작이 아닌 평론의 경우도 그 점은 마찬가지일 것이다. 다만 평론은 일단 기존의 작품을 논하는 형태의 글이니만큼 해당 작품을 얼마나 많은 사람들이 어떤 정도로 알고 있는가에 좀 더 직접적으로 영향을 받는다. 이때 대상작품이 원문을 읽는 전공자들에게만 알려졌다는 점이 불행한 것은 단지 독자수가 한정되어서가 아니다. 비전문가가 비전문가 나름의 이점을 갖고 작품에 관해 회화하며 전문가의 논의에 개입하기도 하는 풍토의 결여가 더 큰 문제가 되는 것이다. 그러다보면 학계에서는 '평론'으로서의 가치가 별무한 '연구논문'이 양산되게 마련인데, 문학의 경우 특정한 분야의 조사연구 작업을 빼면 이런 업적은 논문으로서도 별로 보아줄 게 없기 십상이다.

아무튼 이 글은 '재현' 문제가 우리 문학의 현재적 관심사일 뿐 아니라 이에 관한 로런스의 사유가 오늘날의 가장 첨예한 문제의식에서 결코 멀지 않다는 인식을 갖고 그 점을 되도록 널리 공유하려는 취지로 집필했다. 결과는 전문가가 보기에는 너무 허술하고 비전문가에게는 어렵기만 한 글이 될지 모르지만, 이는 오늘날 한국에서 동시대의 독자들을 위해 글을 쓰려는 영문학도 내지 외국문학도라면 누구나 감당해야 할 부담이다. 그래도 그 짐을 제대로 떠맡을 때 한국어로 쓰인 글이 한국 영문학계 특유의 학풍을 일으키면서 세계적인 담론에 새로움을 보탠다는 상호불가분의 작업을 성취할 수 있다고 하면, 실패를 거듭하더라도 노력 자체를 포기해서는 안 되리라 믿는다.

재현 문제와 로런스를 연결시키는 본고의 대전제 중 두가지에 관해서는 로런스에 대해 사전지식을 웬만큼 가진 사람이면 쉽게 동의할 수 있을 듯하다. 첫째, 흔히 모더니즘의 시대로 일컬어지는 20세기 초엽 영국에서 로런스는 전통적 사실주의에 남달리 깊은 뿌리를 둔 작가라는 점, 그리하여 『아들과 연인』까지의 초기작들은 물론이고 가넷에게 보낸 1914년 6월 5일자의 유명한 편지[1]에서 다음 소설은 전혀 다르게 쓰겠노라고 밝힌 뒤에도 그의 작품세계는 여전히 사실주의적 재현이 풍부하며 19세기 리얼리즘 소설의 전통에 여러모로 가까운 특성을 보여준다는 점이다. 둘째로, 이러한 특성의 근거이기도 한 그의 *reality*(현실 내지 실재)에 대한 관심, 당대의 '현실'이 어떠하며 무엇이 진정한 '실재'인가에 대한 그의 끈질긴 물음은 소설과 시에서의 탐구뿐 아니라 산문을 통한 이론적 성찰을 거듭 낳았다는 점이다. 이 또한 그의 생애 전반에 걸쳐 확인되는 사실이다.

이러한 비교적 분명한 사실에서 출발하여 이 글이 전제하는 또 한가지는 로런스의 그러한 성찰들이 이론적으로 매우 높은 수준이며 소설가로서의 탁월한 성취와 떼어놓을 수 없는 관계이기도 하다는 것이다. 로런스 당시에 (적어도 오늘날과 같은 의미로는) 없던 '가상현실'(virtual reality) 문제에 대해 그의 작품이 뜻깊은 발언을 담고 있다는 점도 탁월한 소설적 성취를 말해주는 사례이다. 물론 이런 주장을 입증하는 정공법은, 그의 소설들을 상세히 검토하여 이 문제에 관한 오늘날의 핵심적 논의가 어떻게 예견되었고 어떤 의미심장한 통찰을 일찍부터 보여주었는가를 예증하는 길일 터이다.[2] 그러나 본장에서는 '현실' 및 그 '재현'에 관한 로런스의 이론적 성찰을 검토하는 에움길을 택하고자 하며, 마지막 대목에 가서 그러한 성찰의 깊이에 걸맞은 성취가 소설을 통해서도 이루어졌음을 간략히 살펴볼 것이다.

---

1 본서 제6장 참조.

2 '전형성'의 재현에서 로런스 사후에 대두한 사조인 포스트모더니즘의 여러 특징이 탁월하게 포착된 점에 대해서는 본서 제3장에서 논했다.

*

이상은 영미문학연구회의 반년간지 『안과밖』 창간호(1996년 하반기)에 「로렌스와 재현 및 (가상)현실 문제」를 발표할 때 쓴 머리말을 거의 그대로 되풀이한 것이다. 이후 25년 가까이 지나는 동안 리얼리즘이나 재현에 관한 한국 평단의 관심은 한결 축소된 것이 사실이다. 그러나 이런 상황이 그 낱말들을 통해 제기된 문제의식을 충분히 소화하고 뛰어넘었기 때문이랄 수는 없다. 어떤 의미로 그것은 더욱 절실한 우리의 과제로 남아 있으며, 따라서 이하 본론에서도 당시의 논의를 약간만 첨삭한 상태로 대부분 재생했고 다른 장이나 학위논문과 중복되는 대목도 일부만 정리했다.

2. 반고흐의 해바라기와 해체론

로런스가 사실주의 문학을 풍부히 계승하면서도 전통적인 재현론 또는 반영론과 가장 분명히 선을 긋는 대목으로 산문 「도덕과 소설」에서 반고흐의 해바라기 그림을 언급한 대목을 들 수 있다. 이 글은 로런스가 소설의 형식에서나 사상적 탐구로나 다분히 새로운 시도에 해당하는 『캥거루』를 발표하고(1923) 『날개 돋친 뱀』을 탈고한 뒤인 1925년에(출간은 이듬해 1926년) 써낸 것으로서, 「예술과 도덕」 및 「장편소설」이라는 에쎄이와 같은 달에 씌어졌고 몇개월 후 그는 「소설이 왜 중요한가」 「장편소설과 느낌」 등 두 편을 더 썼다.[3] 산문집 『호저의 죽음에 관한 명상』(1925)[4]에 실린

3 원제는 (집필순으로) 'Art and Morality' 'Morality and the Novel' 'The Novel' 'Why the Novel

다른 산문들도 대부분 이때 쓰인 점을 감안하면 당시 로런스는 소설 및 예술의 성격과 좀더 일반적인 '철학적' 문제들에 대해 에쎄이 형식으로 집중적인 탐구를 진행했음이 드러난다.

그중 「도덕과 소설」의 첫 대목은 예술의 본분이 어떤 대상에 관한 재현과 다른 것임을 분명히 한다.

> 예술이 하는 일은 인간과 그를 둘러싼 우주 사이의 관계를 그 살아 있는 순간에 드러내는 일이다. (…)
>
> 반고흐가 해바라기를 그릴 때 그는 인간으로서의 자신과 해바라기로서의 해바라기의 생생한 관계를 시간 속의 그 살아 있는 순간에 드러내고 또는 이룩한다. 그의 그림은 해바라기 자체를 재현하지 않는다. 우리는 해바라기 자체가 무엇인지는 영영 모를 것이다. 그리고 시각적으로 재생하는 일로 말하면 카메라가 반고흐가 할 수 있는 것보다 훨씬 완벽하게 해낼 것이다.(*STH* 171면)*

카메라에 대한 언급이 있기는 하지만—이 점은 특히 직전에 쓴 「예술과 도덕」에서 '코닥 카메라'를 거듭 몰아치는 데서 두드러지는데—여기서 로런스가 뜻하는 바는 단순히 '사진식 사실주의'(photographic realism)나 루카치가 '자연주의'라 부르는 특정 종류의 재현방식을 부정하는 데

Matters' 'The Novel and the Feelings'이며 케임브리지대학출판부 간행 전집 가운데 *Study of Thomas Hardy and Other Essays*, ed. Bruce Steel (Cambridge University Press 1985) 〔이하 *STH*〕에 수록되어 있다. 각 편의 집필 및 간행 경위에 대해서는 이 책의 편자 해설 참조. 이 책의 번역은 나의 것이다.

4 *Reflections on the Death of a Porcupine and Other Essays*, ed. Michael Herbert (Cambridge University Press 1988) 〔이하 *RDP*〕.

그치는 것이 아님이 분명하다.[5] 아무튼 반고흐의 그림에 관한 로런스의 발언은 자연주의보다 훨씬 복잡하게 중재되고 현실의 총체적 실상에 근접한 재현 또는 반영(Widerspiegelung, reflection)일지라도 그것이 적어도 예술의 주된 임무는 아님을 단언하고 있다. 이런 의미의 반리얼리즘론에서는 루카치의 반영 개념의 다른 일면인 '전유'(Aneignung, appropriation) 개념도 비판대상이 되겠는데, 그 비판은 이 개념을 루카치보다 한층 정교하게 발전시킨 로베르트 바이만에게도 마찬가지로 적용될 듯하다.[6] 비록 로런스가 말하는 '생생한 관계'가 '전유'와 일맥상통하는 것일 수는 있으나, 앞의 인용문에 이어 그가 "캔버스에 담긴 비전은 전혀 손에 잡히거나 설명될 수 없는 제3의 것"(The vision on the canvas is a third thing, utterly intangible and inexplicable)이라고 말할 때는 '사회적 실천으로서의 전유'와는 다른 차원의 발상임이 분명하다. 더구나 반고흐의 해바라기 그림처럼 그 재현적 성격을 무시하기 힘든 경우를 두고도 "캔버스에 담긴 비전은 캔버스나 물감, 인간적 유기체로서의 반고흐, 식물학적 유기체로서의

5 로런스의 소설관과 루카치의 리얼리즘론 사이에는 두 사람의 정치적 입장이나 용어상의 차이 때문에 간과하기 쉬운 중대한 공통점이 많다. 이에 대해서는 본서 서장과 제6장에서도 잠시 언급했다.

6 Robert Weimann, *Structure and Society in Literary History: Studies in the History and Theory of Historical Criticism*, Expanded Edition (Johns Hopkins University Press 1984) 중 특히 이 증보판에 추가된 마지막 장 "Text and History: Epilogue, 1984"에서 '전유' 개념이 한층 정교하게 발전되었다. 구동독의 대표적 문예이론가 중 한 사람이자 국제적 명성을 지닌 영문학자인 바이만은 재현과 미메시스(mimesis) 개념을 데리다, 푸꼬, 지라르 등의 새로운 이론들을 참조하며 검토한 끝에 자기 나름의 '전유'와 '재현' 개념을 전개해나간다. 예컨대 바이만은 재현 개념에 대한 데리다 등의 전면적 부정이 '재현의 산물'과 '재현의 과정'을 복잡다양하게 결합하는 '재현의 순간'(moment of representation)을 단순화하고 재현작업의 바탕에 깔린 전유와 소외, 동화(assimilation)와 소격(distanciation) 등 다양한 문화적 기능과 실천을 외면했음을 지적한다(288-89면).

해바라기 그 어느 것과도 영원히 동일 차원에서 비교할 수 없다"(*STH* 171면)*라고 말하는 것을 보면, 재현 개념과의 거리가 발본적인 성격임을 인정하지 않을 수 없다.

사족이지만 "우리는 해바라기 자체가 무엇인지는 영영 모를 것이다"라는 로런스의 명제는 칸트의 '물(物) 자체'(das Ding an sich)와도 다르다. 본체세계의 '객관적 속성'보다 인간 이성의 인식능력으로 초점을 돌린 칸트의 시도와 로런스의 취지가 판이함은 명백하다. 또한 주체와 분리된 어떤 '대상물'의 재현이 아닌 '주·객체간 관계'의 재현을 로런스가 말한 것이라는 주장도 성립하기 어렵다. 그가 "인간과 그를 둘러싼 우주 사이의 관계를 그 살아 있는 순간에 드러내는 일"을 강조한 것은 사실이지만, 그 관계란 예술가가 그의 작업을 통해 "드러내고 또는 이룩하는" 것이지 작품 이전에 성립된 어떤 재현대상은 아닌 것이다.[7]

「도덕과 소설」 첫머리의 극단적인 반재현론은 차라리 데리다의 해체론을 상기시키는 면이 있다. 선행하는 무엇—그것이 객체든 주체든 또는 주·객체간의 관계이든—에 대한 재현이 아니라 그림 그리는 행위의 절대적인 독자성을 고집하는 태도만 해도 데리다가 말하는 '글쓰기'(écriture)의 특성을 연상케 한다. 데리다는 '글쓰기'를 통해 드러나며 유희하는 '차연'(差延, différance)이 개념도 아니며 사물도 아니라고 주장하는데, 로런스가 반고흐 그림을 두고 "그것은 어떤 순간에 인간과 해바라기 사이의 완성된 관계의 드러냄이다. 그것은 '거울 속의 인간'도 '거

---

7 '드러내고 또는 이룩하는'이라는 표현이 다소 어색한 것은 사실이다. 원문의 'reveals, or achieves'를 범상하게 옮기면 '드러내거나 성취한다'가 되겠지만, 이 대목의 'or'는 '양단간 하나'라기보다 동격의 뜻도 있는 것 같다. 후술하겠지만 실제로 작품을 통한 '드러남'과 '이룩됨'의 관계는 극히 미묘한 것이어서 로런스의 발언 중에는 '이룩되며 드러난다'라고 순서를 바꾼 경우도 있다.

울 속의 해바라기'도 아니며, 그 어느 것의 위에 있거나 아래 있거나 걸쳐 있지도 않다. 그것은 모든 것의 사이에, 제4의 차원에 존재한다"(*STH* 171면)*[8]라고 할 때 바로 그러한 개념도 사물도 아닌, 불안정하면서도 '유희하는' 무엇을 떠올리게 되는 것이다. 실제로 이러한 로런스의 입장은 데리다가 예컨대 「이중 수업」(La double séance)[9]에서 수행한 전통적 미메시스(mimesis)에 대한 집요하고 면밀한 해체작업에 못지않게 발본적이라 함직하다.

---

8 그런데 로런스의 '제4의 차원'(the fourth dimension)은 이 대목의 문맥으로 봐도 그렇고 「호저의 죽음에 관한 명상」에서의 좀더 상세한 논의를 참조하더라도, 케임브리지판 편자의 설명주가 말하듯 "공간의 세 차원에 더한 시간의 차원"(282면)이 아님이 분명하다. 로런스는 아인슈타인의 4차원적 '시공간'(time-space) 개념에 대한 논의를 듣기는 했지만 아인슈타인 이후의 세대들이 '4차원적 시공간'이라 부르는 물리적 세계를 여전히 '3차원의 공간'이라는 말로 지칭했으며, 로런스가 '제4의 차원'이라고 말할 때는 3차원이건 4차원이건 공간세계 자체를 초월한 "영원과 완벽의 성격"(quality of eternity and perfection)을 지닌 어떤 경지를 가리킨다고 보아야 한다.

9 Jacques Derrida, *La dissémination* (Éditions du Seuil 1972). 영역본은 *Dissemination*, tr. Barbara Johnson (University of Chicago Press 1981). 'La double séance'('The Double Session')를 '이중 수업'으로 번역한 것은 궁여지책이다. 이 글은 원래 두 차례의 모임에 걸쳐 진행된 수업 내지 강의였고 I, II부로 나뉘어 있다. 이 사실을 반영해서 평범한 직역에 가깝게 만드는 것이 그나마 거의 유일한 대책일뿐더러, 서두(203-206면; 영역본 177-80면)에 데리다 자신이 말하는 제목 달기를 '중단'해놓는 효과와도 어느정도 통한다고 생각했다.(실제로 이 제목은 *Tel Quel*지에 글이 처음 실릴 때 편집자가 달았고 저자는 단행본에 수록하면서 이를 그대로 받아들인 것이라고 한다(198면; 영역본 173면).) 그러나 '중단하다'(suspendre)라는 말 자체가 '공중에 매달다'라는 뜻이 있듯이 데리다는 사실상 매우 특이한 제목을 '공중에 달아놓은' 것이며, 데리다의 'double'은 그것이 닮는 대상으로서의 'le simple'이 없는 '복제물' 또는 '분신'이라는 뜻 말고도 여러가지 의미와 어감을 담고 있다. '이중'이라는 말이 그냥 '두 차례'가 아니라 무엇의 'double'이라는 암시를 동시에 전하기를 바란다. 인용문을 번역하면서 영역본에 크게 의존했음을 밝히며, 본서 끝의 '인용 원문'은 다수 독자의 편의를 위해 영역본으로 대체했다.

주지하다시피 데리다가 문제삼는 것은 통념상의 '모방' 내지 '사실주의적 재현'에 해당하는 미메시스만이 아니라 "사물 자체 내지 자연을 (…) 그 모습의 현전 속에 제시하는 일"(la présentation de la chose même, de la nature, ... dans la présence de son image), 즉 그리스적 의미의 "스스로 생성하는 자연의 움직임"(le mouvement de la *physis*)으로서의 미메시스까지도 포함하는 것이다(*La dissémination* 219면; 영역본 193면).[10] 더구나 「잔혹극(殘酷劇)과 재현의 울타리」에서 데리다가 아르또(Antonin Artaud)의 연극론을 소개하면서 "잔혹극은 재현이 아니다. 그것은 삶이 재현 불가능한 한에서 삶 그 자체이다. 삶은 재현의 재현 불가능한 근원이다"[11*]라고 말할 때는—비록 그것이 아르또의 입장이고 데리다 자신의 결론은 좀 다르지

---

10 바이만은 통념상의 '모방'과는 다른 미메시스 개념을 제시한 바 있다. 미메시스를 재현과 아예 분리해 독특한 생산 내지 재생산 행위로 간주하는 최근의 이론들에 대해 이들이 생산과 가치를 연결시킨 맑스의 '전유' 개념에 담긴 본질적 도전을 외면했고 따라서 미메시스와 생산의 관계를 충분히 고려하지 못한다고 비판한다(Weimann, 앞의 책 310-12면). 르네 지라르(René Girard)가 미메시스를 모방적 재현이라기보다 욕망에서 비롯되어 갈등을 촉발하는 행위—가령 남이 즐기는 것을 자기도 갖고 싶어서 그 행위를 '모방'할 때 일어나는 충돌—로 이해하여 그러한 원시적 충돌이 공인된 희생양을 통한 욕망의 의례적 표현으로 발전했음을 설파한 데 대해서도, 바이만은 일단 그 통찰은 높이 사주지만 미메시스가 그러한 인간적 상호작용의 사회적 과정으로서 출발했다 하더라도 그후 역사의 진전에 따라 재현의 형태를 띤 미메시스가 (그때그때 다른 의미를 갖고) 개입해왔음을 상기시키면서(314-18면), 미메시스와 재현을 연결하는 대안으로서 "담론을 통한 세계의 언어적 전유"(appropriation of the world in language through discourse, 321면) "사회 속의 재현적 활동과 비재현적 활동의 총화"(an ensemble of representational and nonrepresentational activities in society, 322면)로서의 미메시스 개념을 주장한다. 물론 데리다는 이런 미메시스에 대해서도 부정적일 것이다.

11 Jacques Derrida, "The Theater of Cruelty and the Closure of Representation," *Writing and Difference*, tr. Alan Bass (Routledge and Kegan Paul 1978) 234면. 이 글의 논의에서 특히 representation에 담긴 '재현'뿐 아니라 '대표' '대행' 등의 의미가 중요한 몫을 차지한다.

만 — 로런스의 반재현론과의 유사성이 한층 눈에 띈다.

3. 쎄잔느의 사과와 하이데거의 예술관

물론 로런스는 문체뿐 아니라 기본적인 태도에서도 데리다와 매우 다른 작가다. 이는 그림에 관한 그의 또다른 유명한 발언을 접할 때 더욱 분명해진다. 1929년 자신의 전시회에 부친 「이 그림들에 대한 소개」라는 글에서 쎄잔느의 사과를 논한 대목이 그것이다. 액면 그대로 받아들인다면 이 대목은 「도덕과 소설」에서 재현 문제에 관해 말했던 내용과 모순되는 발언일 수도 있다. 로런스가 세상을 떠나기 바로 전해에 쓰인 이 글은 자기 그림의 소개나 해설이라기보다는 서양 미술사 및 정신사 전반에 대한 성찰과 더불어 자신의 핵심적 사상을 피력한 기념비적 산문인데, 당시 첨단 모더니스트 화가로 추종자들을 모으던 쎄잔느가 상투형(cliché)에 맞서 벌인 싸움에 관해 한참 언급한 뒤 로런스는 다음과 같이 말한다.

> 그는 상투형의 요새를 폭파하기 위해 이런저런 폭발을 감행했는데, 그의 추종자들은 공격의 본뜻을 짐작도 못 한 채 그 폭발들을 화려한 불꽃놀이로 모방해낸다. 정녕코 그들은 재현에 대해, 현실을 그대로 그려내는 재현에 대해 일대 공격을 수행한다. 쎄잔느의 그림들에서 일어나는 폭발이 그것을 폭파했기 때문에. 그러나 쎄잔느 자신이 원한 것은 다름아닌 재현이었다고 나는 확신한다. 그는 현실에 충실한 재현을 실제로 원했다. 다만 그것이 현실에 더욱 충실하기를 원했을 뿐이다.[12*]

---

12 D. H. Lawrence, "Introduction to These Paintings," *Late Essays and Articles*, ed. James T. Boulton

이어서 로런스는 "쎄잔느는 리얼리스트였고 현실을 핍진하게 그리기를 원했다"(Cézanne was a realist, and he wanted to be true to life)라고 단언한다. 게다가 바로 이런 재현을 시도했다는 점에서 쎄잔느야말로 "순수한 혁명가"(a pure revolutionary)였다는 것이다(같은 면).

이는 「이중 수업」에서 데리다가 쎄잔느와 거의 같은 시대를 산 시인 말라르메(Stéphane Mallarmé, 1842~98)에게서 가장 뜻깊고 '혁명적'이라고 간주하는 측면과는 매우 대조적이다. 데리다는 말라르메가 「무언극」(Mimique)이라는 산문에서 묘사하는 어릿광대의 '흉내내기'(mimique, mimicry)를 두고 이렇게 말한다.

> 만약에 모든 흉내내기가 실제로 사라지고 그것이 진리의 경전적 생산 속에 자취를 감추어버렸다고 한다면 우리는 정녕 말라르메를 가장 '시원적'인 진리의 형이상학으로 다시 밀어넣을 수 있을 것이다.
>
> 그러나 실상은 그렇지 않다. 흉내내기가 엄연히 있다. 말라르메는 모사품〔simulacre〕에 대해서와 마찬가지로 흉내내기도 끝까지 중시한다. (…) 우리는 아무것도 모방하지 않는 흉내내기, 말하자면 어떠한 단일 원품도 복제하지 않는 복제물〔un double qui ne redouble aucun simple〕, 그에 선행하는 것이 아무것도 없는—적어도 그 자체가 이미 복제물이 아닌 것은 아무것도 없는—복제물을 대하고 있는 것이다. 단순한 지시작용이란 없다〔Aucune référence simple〕. 바로 이 점에서 무언극 배우

(Cambridge University Press 2004) 〔이하 *LEA*〕 211면(원저자 강조); *Phoenix: The Posthumous Papers of D. H. Lawrence*, ed. Edward D. McDonald (Heinemann 1936) 〔이하 *Phoenix*〕 577면(케임브리지판 *LEA*를 찾아보기 힘든 독자의 편의를 위해 이 글이 처음 발표된 로런스 유고집의 해당 면수를 병기한다).

의 동작은 인유(引喩)를 수행하지만 그 무엇에 대한 인유도 아니며〔fait allusion, mais allusion à rien〕, 거울을 깨뜨리거나 거울 너머로 나감이 없이 인유한다.(*La dissémination* 234면; 영역본 206면)[13]*

사실 로런스와 데리다의 차이점은 「도덕과 소설」 직전에 씌어진 「예술과 도덕」에서도 뚜렷이 드러난다. 로런스는 여기서 이미 쎄잔느의 사과를 중요한 화두로 삼고 있는데 물론 이 글의 내용도 데리다의 입장과 일치하는 바가 적지 않다. 예컨대 고대 그리스 이래, 적어도 플라톤 이래 서양인의 의식적인 노력이 눈앞에 현전하는 실체로서의 '진짜 객관적 현실'(real objective reality)을 추구해온 끝에 이제 각자가 하나의 '그림', 심지어는 '코닥 스냅사진'이 되어버렸다는 것이 로런스의 주장이며(*STH* 164-65면), 이처럼 서양문명이 절대시해온 '만유를 보는 눈'(All-seeing Eye)을 정면으로 부정하고 나온 것이 쎄잔느의 정물화라는 것이다. 또 바로 그 점이 당대 세인이 규탄한 쎄잔느의 '비도덕성'이다. "인류의 '만유를 보는 눈'이 코닥식으로 볼 수 있는 것보다 더 많은 것을 그는 보기 시작한다. 만약에 누가 사과에서 복통과 머리에 떨어지는 충격을 볼 줄 알고 이런 것들을 예쁘장한 그림들 틈에 형상으로 그려낸다면, 이건 코닥과 영화의 죽음이요 따라서 비도덕적일 수밖에 없다."(*STH* 166면)*

여기서 말하는 고대 그리스 이래의 서양역사 전체에 걸친 뿌리깊은 관

13 이 인용문 바로 앞대목에서 데리다는 무언극 배우가 아무것도 재현하거나 모방하지 않는다고 하면서 혹시 이 말이 그(배우)가 '진리의 움직임 그 자체', 즉 모방자와 모방대상의 일치가 아니라 하이데거가 말하는 것과 같은 '탈은폐'로서의 진리에 해당하는 것으로 오해되어서는 안 된다는 점을 강조한다. 이런 해석이야말로 "글쓰기에 대한 가장 전형적이고 가장 유혹적인 형이상학적 재흡수의 일종"(l'une des plus typiques et plus tentantes réappropriations métaphysiques de l'écriture)이 되리라는 것이다.

념화 경향은 데리다가 비판하는 '현전의 형이상학'(la metaphysique de la présence)을 상기시킨다. 그러나 로런스는 사과라는 물체, 눈에 안 보이는 복통, 머리에 떨어지는 충격 따위가 엄연히 실재하며 쎄잔느야말로 이런 실재(리얼리티)를 화폭에 재현한 인물임을 분명히 하고 있다.

그렇다면 로런스 또한 '현전의 형이상학' 비판을 한동안 잘해나가다가 결국 '형이상학으로의 재흡수'로 끝나는 경우인가? 로런스뿐 아니라 그 누구의 발언일지라도 형이상학에서 벗어나지 못했다거나 그 울타리 안으로 재흡수됐다는 데리다의 비판으로부터 자기방어를 하기는 쉽지 않다. 여기서는 이 문제에 대한 검토는 잠시 미루고, 예술관에서 로런스와의 공통점이 가장 두드러지는 사상가는 데리다보다 하이데거라는 점에 눈을 돌리고자 한다. 하이데거 역시 스스로 생각한 만큼 형이상학에서 벗어나지 못했다는 비판을 데리다로부터 받았음은 알려진 일이지만, 동시에 "데리다는 하이데거적 사상의 계보에 속한다는 것을 부정한 적이 없다."[14]

예술에 관한 하이데거의 발언 중 유명한 것으로 「예술작품의 기원」(Der Ursprung des Kunstwerkes)이 있다.[15] 제목의 '작품'이라는 낱말부터가 '텍스트' 개념을 선호하는 해체론자·탈구조주의자들과의 거리를 느끼게 하지만, '기원'은 그야말로 '형이상학적 시원(또는 근원)'을 설정한 것이

---

14 김상환 「데리다의 해체론」, 『人文科學』 74집(연세대학교 인문과학연구소 1995, 실제 발행은 1996) 12면. 이 글은 하이데거가 데리다에 미친 영향뿐 아니라 전자에 대한 후자의 비판에 관해서도 흥미있는 논의를 담고 있다.

15 원래 1935~36년에 걸쳐 강연한 것으로 그뒤에 씌어진 '후기'(Nachwort)와 더불어 Martin Heidegger, *Holzwege* (Frankfurt am Mein: Vittorio Klostermann 1963)에 수록. 영역으로는 M. Heidegger, "The Origin of the Work of Art," *Poetry, Language, Thought*, tr. Albert Hofstadter (Harper & Row 1971) 참조. 영역의 저본은 *Der Ursprung des Kunstwerkes*, Universal-Bibliothek Nr. 8446/47 (Reclam 1960)로서 이는 *Holzwege*판에 대한 약간의 수정과 1956년에 씌어진 덧글(Addendum)을 포함하고 있는데 이 원본을 찾아보지는 못했다.

라는 의혹을 낳기에 충분하다. 그러나 '형이상학'의 혐의가 짙은 또 하나의 낱말인 *das Wesen*(본질 또는 본성)의 경우에도 그렇듯이, 하이데거가 이런 단어를 쓸 때는 독일어의 어원을 살린 독특한 역동적인 의미를 부여하고—따라서 영역자들도 *das Wesen*을 *essence* 대신 *presencing*이라는 낯선 동명사로 옮기는 경우가 흔한데—어떤 실체를 뜻하지 않는다는 점을 염두에 두면서 그의 논의를 따라가볼 필요가 있다.

하이데거는 예술작품의 '기원'을 묻기 위해 먼저 작품의 '본성' 내지 '작품의 작품스러운 성격'을 묻고, 이를 규명하는 방편으로 '물건의 물건스러운 성격' '도구의 도구스러운 성격' 등과의 변별성을 밝히고자 한다. 이를 위해서는 또 '사물'[16]에 관한 전통적 개념들을 먼저 검토하여 그 개념들이 작품에 대해서는 물론이고 도구와 물건의 고유한 성격을 밝혀내는 일과 얼마나 동떨어졌는지를 확인하며 그러한 선입견에서 벗어날 필요가 있다고 말한다. 좀 길지만 그 발언에 이어지는 대목을 인용해본다.

> 이러한 〔기존의 사물 개념들에 관한 올바른〕 앎은 우리가 물건의 물건스러운 성격, 도구의 도구스러운 성격 및 작품의 작품스러운 성격을 눈앞에 드러내고 말로 표현하려는 시도를 감행할 때 더욱이나 필요해진다. 이를 위해서는 그러나 단 한가지만이 필요하다. 곧, 앞서 말한 사고방식들의 예단과 침해를 멀리하면서 예컨대 사물을 그 사물적 존재 속에 가만있게 해주는 것〔das Ding z. B. in seinem Dingsein auf sich beruhen lassen〕이다. 하나의 존재자로 하여금 그것이 그것인 바로 그 존재자이게 놓아두는

---

16 '물(物)'은 한글로 쓰거나 말소리로만 들을 경우 혼동이 심하므로 'das Ding'을 '事物'로 옮겼으나 '物'이 더 정확하다. 문맥에 따라서는 '물건의 물건다운 성격'에서처럼 '물건'이라고 번역해도 무방하지만 철학자들이 말하는 *das Ding* 또는 *thing*의 뜻을 너무 좁히게 되는 경우가 많은 것이 사실이다. 우리 옛말의 '몬'을 되살리는 일이 이래저래 필요하지 않은가 한다.

것〔das Seiende eben das Seiende sein zu lassen, das es ist〕보다 더 쉬워 보이는 일이 어디 있을까? 아니면 바로 이 과제에 이르러 — 특히 존재자를 있는 그대로 놓아둔다는 이러한 의도가 존재자에게 단순히 등을 돌리는 무관심과는 정반대의 것일 경우 — 우리는 가장 힘든 일에 부닥치는 것인가? 우리는 존재자 쪽으로 향해서 그 자체의 ~임〔Sein〕과 연관지어 그 존재자에 관해 생각하되 그 자체의 본성대로 스스로 가만있게 놓아두기〔in seinem Wesen auf sich beruhen lassen〕 위해 그리해야 할 것이다.[17]*

이것이 '가장 힘든 일'이라는 점에 대해 쎄잔느 — 적어도 로런스의 쎄잔느 — 는 전적으로 동의할 것이다. 「이 그림들에 대한 소개」에서 쎄잔느가 사과 하나라도 제대로 그리려고 평생을 고투했다고 설명하는 대목에는 어떤 존재하는 것을 '스스로 가만있게 놓아두는 일'이야말로 지난한 과제라는 하이데거의 말을 마치 예견한 듯한 표현마저 나온다. "엄연한 사실인즉 쎄잔느에 와서 현대 프랑스미술은 진정한 실체, 이렇게 표현해도 된다면 객관적 실체로 되돌아가는 최초의 작은 발걸음을 내디뎠다. 반고흐의 대지만 하더라도 아직 주관적인 대지, 자신을 대지 속에 투영한 것이었다"라고 하면서 로런스는 이렇게 덧붙인다. "그러나 쎄잔느의 사과는 개인적 감정을 사과에 주입하지 않고 사과로 하여금 독립적인 실체로 존재하도록 놓아두려는 진정한 시도이다. 쎄잔느의 거대한 노력은 말하자면, 사과를 자신으로부터 밀어내서 사과가 사과로 살게 해주려는 것이었다."(*LEA* 201면; *Phoenix* 567면)* 사과가, 밀어내지 않으면 사람한테 다가오지 않고 못 배기는 물건이기나 하단 말인가!

문제는 물론 사과가 아니라 인간에게 있다. 인간의 고질적인 관념성이

---

17 *Holzwege* 20면; 영역본 31면.

사과를 사과로 대하지 못하고 자신의 관념 속으로 끌어들여 사과가 아닌 관념으로 만들기 때문이다. 이 고질병과의 싸움에 쎄잔느는 평생을 바쳐야 했고 극히 부분적인 성과밖에 못 이루었으나 그것만으로도 서양미술, 나아가서는 서양의 정신사에서 혁명적인 전환을 이루었던 것이다. 이 전환을 규정하는 로런스의 입장은—하이데거의 입장도 그렇다고 할 수 있겠지만—그 어느 유물론자의 그것보다 유물론적이다. (물론 이때의 '유물론'은 '유심론 대 유물론'의 대립을 포함하는 일체의 형이상학을 넘어서는 것이므로 반드시 적절한 표현은 아닐 수 있다.) 쎄잔느가 해낸 일이 별것 아닌 듯도 하지만 사실은 "물질이 실제로 존재한다는 것을 인간이 인정할 용의가 있다는 최초의 진정한 신호를 수천년 만에 보여준 일"(the first real sign that man has made for several thousands of years that he is willing to admit that matter actually exists, *LEA* 201면; *Phoenix* 567-68면)이라는 것이다.[18]

18 로런스의 「이 그림들에 대한 소개」가 훌륭한 미술평론이요 쎄잔느라는 위대한 예술가에 대한 감동적인 약전일뿐더러 진지한 사상적 모색을 담은 논문이기도 함을 논한 글로는 John Remsbury, "Real Thinking: Lawrence and Cézanne" (*Cambridge Quarterly* Vol. 2 No. 2, Spring 1967; *D. H. Lawrence: Critical Assessments*, ed. D. Ellis and O. De Zordo, Vol. 4, Helm Information Ltd. 1992에 재수록)가 있다. 나는 이 논문의 존재를 모르는 상태에서 학위논문 제1장과 훗날 그 장을 압축 수정한 "Being and Thought-Adventure: An Approach to Lawrence," *Phoenix* 23집(고려대 영문학회 1981)에서 「이 그림들에 대한 소개」가 하이데거 사상과도 비견되는 진지한 사유를 담은 글임을 논증하고자 했고, 그 내용의 일부를 이번 글에 원용했다. 렘즈버리는 플로티노스(Plotinos), 메를로뽕띠(M. Merleau-Ponty) 등과 로런스 사상의 상통점을 찾아내는데, 그러한 대비가 흥미롭고 설득력도 있지만 로런스적 사고와의 근본적 친연성이라는 점에서는 역시 하이데거가 더 적절한 예라고 믿는다. 그밖에 로런스의 수많은 '반철학적' 발언이 인식론을 포함한 여러 철학적 과제에 대한 진지한 사색의 결과임을 폴라니(Michael Polanyi, 1891~1976)와의 공통점을 중심으로 논한 글로 M. Elizabeth Wallace, "The Circling Hawk: Philosophy of Knowledge in Polanyi and Lawrence" (*The Challenge of D. H. Lawrence*, ed. M. Squires and K. Cushman, The University of Wisconsin Press 1990)도 일독함직한데, 다만 로런스의 사상을 '인식론'(epistemology)으로 규정한 것은 하이데거 또

4. 하이데거, 데리다 및 로런스의 진리관

재현에 관한 로런스의 생각을 좀더 정확히 이해하는 방편으로 잠시 하이데거와 데리다의 비교로 되돌아가본다. 양자의 차이 가운데 특히 눈에 띄는 쟁점의 하나는 '진리'에 관한 것이다. 데리다 자신이 「이중 수업」에서 그 점을 충분히 강조한다.

> 모방대상(l'imité)과 모방자 중 어느 것을 선호하든 간에(그러나 양자의 관계의 성질상 누가 뭐라건 선호는 모방대상 쪽으로 기울 수밖에 없음을 보여주는 일은 어렵지 않을 것이다), '문학'의 철학적 내지 비평적 해석과 어쩌면 문학적 글쓰기 작업 자체를 규제하는 것은 근본적으로 바로 이러한 순서(질서), 즉 모방대상이 먼저 온다는 사실이다. 이 나타남의 순서는 **나타남 그것의 질서**이며 나타남 일반의 과정 그 자체이다. 그것은 진리의 질서이다(C'est l'ordre de la vérité).[19*]

곧이어 데리다는 '진리'는 항상 두가지 다른 뜻으로 쓰여왔는데 그중 하나는 하이데거가 말하는 '숨겨진 것의 드러남' 또는 '탈은폐'(Unverborgenheit, alētheia)[20]로서의 진리요 다른 하나는 어떤 사물과 그 재현 또는 재제시

는 데리다에 의한 형이상학 비판과 상통하는 차원을 흐려버릴 위험이 크다. 마이클 폴라니와의 유사성을 일찍이 지적한 리비스의 선례를 따라 로런스 등 진정으로 위대한 예술가들의 작품이 구현하는 사고는 엄밀한 의미에서 '반철학적인' 사고임을 좀더 확고히 인식해야 할 것이다.

19 *La dissémination* 218-19면; 영역본 192면(원저자 강조).

20 보통 '진리'로 번역되는 그리스어 alētheia를 하이데거는 때로 일부러 a-lētheia라고 써서 반

(re-présentation) 사이의 일치였다고 말한다. 다만 하이데거는 전자가 후자에 의해 대치되어온 역사에 주목하여 '탈은폐'의 회복을 꾀하는 데 반해, 데리다는 하이데거가 인지하는 것으로 보이는 선후관계를 굳이 받아들임이 없이 양자를 분류한 뒤(*La dissémination* 219면; 영역본 192면), 둘 다 이제까지 미메시스에 대한 해석을 지배해온 '진리의 과정'을 이룬다는 점에서 대동소이하다는 입장을 취한다.[21]

데리다가 말라르메의 무언극 배우가 수행하는 작업에 그처럼 큰 의미를 부여하는 것은 이 흉내내기가 두가지 진리관 모두에서 드디어 해방되어 '진리의 질서' 자체로부터 벗어났다고 보기 때문이다. "진리의 체계에 더는 속하지 않는 그 작업은 아무런 현전도 나타내지 않고 생산하지 않으며 드러내지 않는다. 또한 어떤 현전과 재현 사이의 유사성이나 정합성에 근거한 일치를 구성하지도 않는다."(*La dissémination* 236면; 영역본 208면)[22*] 이

망각(反忘却) 혹은 탈망각(脫忘却)이라는 뜻을 부각시키기도 한다.

21 여기서 데리다가 언급하는 하이데거의 글은 *Vorträge und Aufsätze* (Günther Neske Pfullingen 1954)에 나오는 "Moira"(영역본은 "Moira," *Early Greek Thinking*, tr. David Farrell Krell and Frank A. Capuzzi, Harper & Row 1975)이다. 그러나 *Wegmarken* (Vittorio Klostermann 1967)에 수록된 "Vom Wesen der Wahrheit"(영역본은 "On the Essence of Truth," *Existence and Being*, tr. Douglas Scott, Henry Regnery 1946)도 참조할 필요가 있다.

22 덧붙여 데리다는, 그렇다고 이 작업이 '하나의 통일성'을 이루는 것도 아님을 강조함으로써 배우의 공연 그 자체가 하나의 자기목적적(autotelic) 심미대상이라는—모더니즘 예술론에서 흔히 보는—해석을 배제한다. 그가 그 대신에 제시하는 "그 자체를 빼고는 말이든 행동이든 그 무엇도 예시하지 않음으로써 아무것도 예시하지 않는 장면의 다중적인 놀이"(le jeu multiple d'une scène qui, n'illustrant rien hors d'elle-même, parole ou acte, n'illustre rien, 같은 면. 영역본은 "the manifold play of a scene that, illustrating nothing—neither word nor deed—beyond itself, illustrates nothing")가 정확히 어떤 것인지는 논의의 여지가 있지만 그것이 단순히 '무(無)의 표현'이나 어떠한 '특정 실재의 구현'도 아닌 것만은 분명하다. 그 점에서 앞서 언급한 바이만이 '(재)생산으로서의 미메시스' 이론들을 검토하면서 데리다가 칸트 미학의 허점을 짚어내는 데는 성공했지만 자신의 입장에 담긴 모순을 역사적으로

러한 발언이 전통적인 재현론뿐 아니라 하이데거의 예술관도 겨냥하고 있음은 이 글에서 — 다른 글에서의 '차연'에 맞먹는 — 핵심적인 비중을 차지하는 '처녀막'(hymen, '결혼'을 뜻하기도 함)에 관한 다음과 같은 진술에도 드러난다. "그러므로 처녀막은 드러냄〔dévoilement, 除幕, 베일을 걷어냄〕의 진리가 아니다. *alētheia*는 없다. 오직 처녀막의 눈짓 신호가 있을 뿐이다."(*La dissémination* 293면; 영역본 261면)*

이에 반해 하이데거는 예술작품 속에서 '존재하는 것〔存在者〕들의 진리'가 일어난다고 말한다. 이때의 '진리'가 대상과 명제 또는 재현물 사이의 일치가 아님은 물론인데, 데리다가 비판한 또 하나의 진리관인 '탈은폐' 내지 (데리다의 표현으로) '제막'에 해당한다고 할 수 있으나 그냥 드러냄이라기보다는 로런스가 말하는 '일어남이자 드러냄'이라는 점에서 데리다의 비판이 적중하지는 않는다.

"예술작품은 그 나름의 방식으로 존재자의 '~임'을 열어준다. 이러한 열어줌, 다시 말해 캐어냄, 다시 말해 존재하는 것들의 진리가 작품에서 일어난다. 예술작품에서 존재자의 진리가 스스로를 작품 속으로 들어앉혀 작업상태로 정립한 것이다. 예술은 진리의 '스스로를 작품(작업) 속으로 들어앉힘'이다."[23]* 이 주장을 뒷받침하기 위한 하이데거의 설명이 반 고흐의 그림(이 경우는 농부의 구두 그림이지만)을 예로 들고 있는 점에서도 다시 한번 로런스를 상기시킨다.

인식하거나 심지어 개념화하는 일조차 소홀히 했다고 비판하는 것은, 데리다의 작업에 관한 일반적인 비판으로는 유효할지언정 통상적인 의미의 '재생산으로서의 미메시스' 즉 사회적 생산활동으로부터 독립된 '예술생산'을 옹호하는 것과는 다른 작업을 시도하는 데리다의 취지를 충분히 인지했다고는 보기 어렵다(Weimann, 앞의 책 305-309면 참조). 바이만 자신의 재현론은 뒤에 다시 언급할 것이다.

23 *Holzwege* 28면; 영역본 39면.

반고흐의 그림에서 진리가 일어난다. 이 말은 무언가 현전하는 것이 올바르게 묘사되었다는 뜻이 아니라 구두의 도구적 존재의 드러남을 통해 존재하는 것 전체 — 대립, 길항하는 세계와 대지 — 가 탈은폐의 경지에 도달한다는 뜻이다.

작품에서는 그러므로 단순히 진실된 어떤 것이 아니라 진리가 작동하고 있다.(*Holzwege* 44면; 영역본 56면)*

이것은 반고흐의 해바라기가 해바라기 자체를 정확하게 재현하는 것이 아니라 "인간과 그를 둘러싼 우주 사이의 관계를 그 살아 있는 순간에 드러내는 일"을 한다는 로런스의 발언을 거의 그대로 되풀이한 느낌이다.

물론 「도덕과 소설」에서 로런스는 '진리'보다 '삶' 또는 '삶 그 자체'(life itself)라든가 '영원과 완벽' '인간과 그를 둘러싼 우주 사이의 완성된 관계' 등을 말하고 있는 게 사실이다. 그러나 이는 *truth*를 본래 의미의 '진리'라기보다 진술과 사실(내지 기호와 지시대상)의 일치 또는 진술 자체의 내부적 정합성으로서의 '올바름'으로 이해하는 전통이 유난히 강한 영미문화권의 어법이 가세한 하나의 우연일 뿐, 하이데거처럼 진리가 예컨대 작품을 통해 "발생하고 다시 말해 역사적으로 되는"(seiend und d. h. geschichtlich wird, *Holzwege* 65면; 영역본 78면) 어떤 것이라고 한다면 반고흐의 해바라기나 쎄잔느의 사과 그림에서 발생하고 (수용자의 창조적 반응에 따라) 계속 작동하는[24] 그 '드러냄/이룩됨'을 '진리'라 일컫기를 망설이

24 오해를 피하기 위해 한마디 덧붙이면, 「이 그림들에 대한 소개」 중 앞서 인용한 대목(316면)에서 반고흐가 그린 대지(大地)가 쎄잔느의 사과와 같은 경지에 아직 못 미쳤다고 말한 것과 반고흐의 해바라기를 본보기로 예술의 '주된 임무'를 논한 것은 모순될 바 없다. 후자는 예술의 본분에 관한 일반론에 해당하며, 반고흐와 쎄잔느를 비교한 대목은 그러한 본분

지 않을 것이다.

「이 그림들에 대한 소개」에서의 용법은 또 좀 다르다면 다르다. 여기서는 과학적 진실의 경우도 그것이 '위대한 발견'의 경지에 이를 때는 진정한 예술작품과 마찬가지로 본능과 직관을 포함한 인간의 온전한 의식이 일체가 되어 작용한 결과임을 강조한다. 그러나 과학자의 '객관성'에 대한 그릇된 통념을 교정하는 데 주안점을 둔 이 대목도 엄밀히 따지면 과학의 위대한 발견이라야 진정한 예술작품과 같은 경지에 이른다고 본 점에서 예술과 과학을 전적으로 동일한 차원에 놓았다고 할 수는 없다. 적어도 쎄잔느가 "말하자면, 사과를 자신으로부터 밀어내서 사과가 사과로 살게 해주려는" 구도자적 노력으로 거둔 성과가 통상적인 과학적 진리의 발견과는 전혀 다른 차원의 뜻깊은 역사적 업적이요 더 위대한 '진리의 일어남'이라고 보는 것만은 분명하다.[25]

그러나 예술적 진리에 대한 이와같은 생각이 형이상학으로의 재편입 — 그야말로 "글쓰기에 대한 가장 전형적이고 가장 유혹적인 형이상

을 자기 나름으로 수행한 여러 예술가 중 두 화가가 서양의 미술사 및 정신사에서 차지하는 자리를 상대평가한 발언으로 이해하면 된다. 더구나 같은 반고흐라도 대지를 그릴 때와 해바라기를 그릴 때 그 '주관성'의 정도는 다를 수 있다.

25 실제로 로런스가 (근대)과학자의 앎을 통해 드러나는 *truth* 또는 *reality*가 삶의 최고의 경지가 못 된다고 주장하는 사례를 찾기는 어렵지 않다. 예컨대 『미국고전문학 연구』에서 포(Edgar Allan Poe)가 "예술가라기보다 과학자에 가깝다"(*Studies in Classic American Literature*, ed. E. Greenspan, L. Vasey and J. Worthen, Cambridge University Press 2003 〔이하 *SCAL*〕 66면)는 진술이 그러한 발상의 표현이며, 이런 발상은 이 책의 최종본 이전의 작업을 모은 『상징적 의미』(*The Symbolic Meaning*, ed. Armin Arnold, Centaur Press 1962, 120-21면; *SCAL* 229-30면 등)에 좀더 상세히 개진되어 있다. 하이데거도 「예술작품의 기원」에서 예술(및 사유의 물음 등 그가 열거하는 다른 몇가지 활동)이 진리를 구현하는 데 반해 "과학은 진리의 근원적 일어남이 아니고 항상 이미 열린 진리 영역의 확장"이라고 못박는다(*Holzwege* 50면; 영역본 61-62면).

학적 재흡수의 일종"—이 된다는 해체론자의 비판에는 어떻게 답할 것인가? 여기서는 데리다의 하이데거 비판을 상세히 검토할 여유도 없고 내게 그런 능력도 없다. 하지만 로런스의 '완성된 관계'든 하이데거의 '비진리로서의 진리'든 그것이 데리다가 말하는 '모방대상/모방자 관계'에 해당한다든가 '진리의 질서' 내부의 또 하나의 변형에 불과하다고 보기는 힘들다는 생각이다. 가령 「도덕과 소설」에서 말하는 "진정한 관계맺음에 선행하며 이를 동반하는, 나와 나를 둘러싼 우주 사이의 저 섬세하고 영원히 떨리며 변화하는 **균형**"(*STH* 172면, 원저자 강조)은 '차연'이나 '처녀막'의 떨림을 포용하는 균형이지 저울추가 멈춘 상태가 아니며, 하이데거의 "진리는 비진리다"(Die Wahrheit ist Un-Wahrheit. *Holzwege* 49면)라는 주장에 이르면 적어도 '탈은폐로서의 진리'라는 해석조차 아리송해지고 다시 한번 흔들리게 된다는 점에서, 데리다의 해체작업에 대해 일정한 면역성을 선취했음이 드러난다.[26]

26 물론 이것이 데리다의 비판에 대한 결정적 반론이라고 단정하는 것은 아니다. 이 문제에 관해서는 논의가 분분하다. 양자 모두에 호의적인 입장을 취해 그 어느 하나도 '형이상학적'이라고 보기 힘들다는 대체로 중립적인 결론을 내리지만 바로 그 점에서 데리다의 하이데거 비판 중 가장 핵심적인 주장을 부인하는 결과를 낳는 예로서 Charles Spinosa, "Derrida and Heidegger: Iterability and *Ereignis*," *Heidegger: A Critical Reader*, ed. H. Dreyfus and H. Hall (Blackwell 1992) 참조. 다른 한편 앞서 인용한 김상환 「데리다의 해체론」에서는 데리다의 비판을 수긍하는 편인데 이에 관해서는 곧 다시 언급하겠다. 아무튼 로런스의 예술관에서 '드러남'과 '이룩됨'의 관계는 앞서 말했듯이 극히 미묘한 것이어서, 「도덕과 소설」 첫머리에서 'reveals, or achieves'라고 했을 때는 '이룩하다(성취하다)'에 약간의 우선권이 주어지는 듯하지만 방금 인용한 대목에서 "진정한 관계맺음에 선행하며 이를 동반하는"(which precedes and accompanies a true relatedness)이라고 할 때는 '순수한 관계맺음'에 미세하게나마 선행하는 어떤 '균형'의 성취를 명시하기도 한다. 어쨌든 이러한 '드러남/이룩됨'에 '진리'라는 용어를 적용하는 것은 하이데거인데, 분명한 점 한가지는 로런스와 하이데거 어느 쪽도 '순수한 관계맺음'이나 '진리'가 먼저 있고 그것의 드러남이 따로 일어난다는 입장은 아니라는 것이다.

이런 문제는 훨씬 더 철저한 이론적 검토를 요하지만, 동시에 우리는 형이상학적 진리에 대한 아무리 엄밀한 '해체'와 그 너머의 어떤 경지에 대한 아무리 섬세하고 훌륭한 암시가 있다 할지라도 그러한 것이 "우리 자신과 우리 둘레의 살아 있는 우주 사이 순수한 관계의 이러한 성취"(this achieving of a pure relationship between ourselves and the living universe about us, *STH* 172면)를 대신해줄 수는 없지 않은가 되물어볼 필요도 있다. 동아시아의 전통적 어법으로 바꾼다면 결국 중요한 것은 '도(道)'를 깨치고 실행하는 일이지 '도'에 미달하는 관념들을 깨뜨리는 것만으로는 부족하다는 것이다. 실제로 (전공 학인들의 좀더 엄정한 검증을 요하는 문제지만) 노장사상(老莊思想)의 '도'나 불가의 '진여(眞如)'가 모두 하이데거의 '탈은폐'(Unverborgenheit/Wahrheit)로 국한되지 않는, '탈은폐'를 수반하며 그것을 가능케 하기도 하는 '숨김' 내지 '비진리'까지 포괄하는 것이다. 따라서 이에 미달하는 '진리'에의 집착을 해체하는 일은 수도(修道)의 불가결한 일부지만, 해체작업에 대한 집착 또한 원만한 공부길은 아니라는 점도 주목해야 할 것이다.

실제로 하이데거에 대한 비판을 포함한 데리다의 해체작업에 분명 이런 집착이 있다는 것이 나의 잠정적 결론이다. 김상환(金上煥)은 "하이데거는 누구보다도 형이상학의 극복이 형이상학으로 재전락할 위험성을 경계하였다"고 인정하면서 심지어 "하이데거가 차라리 극복의 과제를 포기해야 할지 모른다는 생각에 부딪"혔다고 한다.[27] 이러한 의심은 하이데거

---

27 김상환, 앞의 글 24면. 덧붙여 한가지 지적할 점은, "하이데거가 차라리 극복의 과제를 포기해야 할지 모른다는 생각"을 피력한 근거로 인용된 하이데거의 *Zur Sache des Denkens* (Tübingen: Max Niemeyer 1969) 25면의 "Darum gilt es, vom Überwinden abzulassen und die Metaphysik sich selbst zu überlassen"(김교수의 번역으로 "때문에 극복의 과제를 그만 내버려두고 형이상학을 그 자신에게 내맡겨둘 필요가 있다")이라는 문장은, 극복 노력의 포

뿐 아니라 그 누구에 대해서도 끊임없이 제기되어 마땅한 공부법의 일부지만, 정말 중요한 것은 '귀기울여 듣고 복종하는' 것이 '도'로서의 진리+비진리 — 불교식 표현으로 은현자재(隱現自在)한 진리 — 의 부름인가 아니면 그에 못 미치는 편벽된 목소리나 허상인가 하는 점이다. 의심만으로 시종한다면 그 자체가 하나의 집착을 더한 것밖에 안 되게 마련이다.

사실 근년의 우리 지식계에서 현실과 그 재현가능성을 논의할 때는 데리다보다 자끄 라깡(Jacques Lacan), 특히 슬라보예 지젝(Slavoj Žižek)의 매개를 거친 라깡이 큰 비중을 차지하는 실정이다. 그가 말하는 'le Réel'(영어로 the Real)은 '실재(實在)'로 번역되지만, 일단 인식과 언어활동을 시작한 인간이 결코 인지하고 재현할 수 없으며 인식 가능하고 재현 가능한 현실을 그 경계선까지 사유했을 때 비로소 감지되는 어떤 것이다. 그렇다고 칸트의 '물 자체'가 아님은 물론이다. 라깡의 이론을 본격적으로 검토하거나 소개하는 일은 나로서 역부족인데, 여기서는 이 '실재'가 데리다의 '차연'보다 로런스의 사유에 어떤 점에서는 더 가까움에도 불구하고 후자와의 엄연한 차이가 존재함을 지적하는 데 그치고자 한다.

라깡의 '실재' 개념 — 적어도 지젝이 해석하는 그의 '실재' 개념 — 이 오히려 루카치적 리얼리즘의 문제의식과 연결될 수 있음을 강조한 국내 연구자는 황정아(黃靜雅)인데, 그는 이 개념을 해체주의의 윤리, 곧 "행위가 결코 일어나지 않고 언제나 지연된다는 논리, 그리고 행위가 일어나

기라기보다 데리다처럼 형이상학적 요소의 적발과 해체에 지나치게 열중하는 데 대한 경계, 그리고 하이데거 만년의 또다른 저서 제목이기도 한 'Gelassenheit'('놓여남', 즉 집착에서 놓여나 고요하고 평안해진〔放念安心〕 상태)의 경지에 대한 권유를 담은 말로 읽는 것이 옳을 것 같다. M. Heidegger, *Gelassenheit* (Günter Neske Pfullingen 1959); 영역본 *Discourse on Thinking*, tr. John M. Anderson and E. Hans Freund (Harper & Row 1966) 참조. *Zur Sache des Denkens*의 영역으로는 *On Time and Being*, tr. Joan Stambaugh (Harper & Row 1972)이 있다.

지 않게 하는 장애물이 우연적인 게 아니라 구조적이라는 논리에 토대를 둔"[28] 윤리와 구별하고, "'실재'는 현실 너머에 숨어 있는 진리기는커녕 언제나 상징적 현실의 결과이며 현실을 총체적으로 이해하려는 불가능한 시도를 투입하고서만 드러나는 잔여나 공백"(같은 글 255면)임을 강조한다. 따라서 그것은 '실재'를 빙자해서 "심연과 재앙의 흔적, 불안과 분열의 징표에 너무 안이하게 또 너무 오래"(같은 면) 머물기를 일삼는—우리 평단에 만연하고 지젝도 어쩌면 거기 일조하는—'실재주의'보다는 "사실상 '현실'주의에 가까워 보인다"(같은 면)는 것이다.

이는 적잖은 설득력을 지니는 주장인데, 다만 로런스가 쎄잔느에게서 발견한 '리얼리즘'과는 거리가 엄연하다. 로런스도 우리의 인식작용, 재현작업의 대부분이 관념에 의존하여 진정한 실재에 도달하지 못한다고 역설하지만, 쎄잔느의 '혁명적' 성취에서 보듯이 예컨대 사과라는 구체적인 사물을 있는 그대로 있게 놓아두는 재현작업이 원천적으로 불가능하다는 입장과는 전혀 다르다. 오히려 '상상계' '상징계' 등의 관념을 동원하여 쎄잔느가 "물질이 실제로 존재한다는 것을 인간이 인정할 용의가 있다는 최초의 진정한 신호를 수천년 만에 보여준" 혁명을 되돌려놓는 '반혁명적' 모더니스트들의 유난히 명석한 후예로 라깡을 꼽을 수 있을지 모르겠다. 라깡의 지적 작업도 절정의 순간에는 그 나름대로 주위의 우주와 자신 사이의 완성된 관계에 도달했을 수 있지만, 그가 수행한 작업의 내용은 역설적으로 "인간과 그를 둘러싼 우주 사이의 완성된 관계를 그 살아 있는 순간에 드러내는 일"이 원천적으로 불가능함을 특유의 치밀하고 난삽한 이론으로 논증하는 것이었다.

---

28 황정아 『개념비평의 인문학』, 창비 2015, 제3부 제2장 「실재와 현실, 그리고 '실재주의' 비평」 252면.

5. 진리와 소설적 재현

이제까지 주로 데리다, 하이데거, 로런스의 예술론 및 진리관을 비교하는 가운데 전통적 리얼리즘론의 근거를 이루는 반영론과 재현주의를 기본적으로 부정한다는 점에서 세 사람이 일치함을 보았다. 동시에 예술작품이 독특한 의미에서 사물의 본성을 드러내고 진리를 구현한다고 믿는 점에서 로런스는 하이데거에 가깝고, 이런 진리조차 형이상학적 '진리의 질서'에 복속한다고 믿는 데리다와 구별됨을 확인했다. 그런데 로런스가 쎄잔느의 '리얼리즘'과 그의 '재현' 노력을 극구 칭송하는 데서도 짐작되듯이 로런스와 하이데거 사이에도 일정한 강조점의 차이가 있다. 그리고 이는 "장편소설은 섬세한 상호연관성의 복합체 중 인간이 발견한 최고의 것"(The novel is the highest complex of subtle interrelatedness that man has discovered. *STH* 172면)이라는 「도덕과 소설」에서의 주장이나, 뒤이어 「장편소설」에서 그것이 "위대한 발견이며 갈릴레오의 망원경이나 다른 누구의 무선통신보다 훨씬 위대한 발견이다. 소설은 이제까지 이룩된 인간표현의 형식 중 최고의 것이다"(*STH* 179면)*라는 발언에 나타난 로런스의 장편소설관과 직결된 문제이다.

다시 말해 단순히 하이데거가 리얼리즘 소설보다 (횔덜린, 릴케 등의) 시를 원용하는 게 자신의 사상을 개진하기에 더 편리하다고 느낀 데서 오는 차이보다 좀더 실질적인 문제가 걸려 있다는 것이다. 예컨대 소설이 '인간표현의 형식' 중에서 갖는 탁월성이 소설에서는 "모든 것이 그 자체의 때와 장소와 여건에서만 참이고 그 자체의 시간, 장소, 여건을 떠나서는 참이 아니다"(Everything is true in its own time, place, circumstance, and untrue outside of its place, time circumstance. 같은 면)라는 사실에 기인한다면,

장편소설에서 사실주의적 재현의 풍성함과 충실성은 그러한 특정 형태의 '순수한 관계'를 성취하는 데 불가결한 요소일 것이다. 또한 사실주의적 세목들이나 흔히 근대소설의 한 특징으로 지목되는 '자질구레한 진실들'(petits faits vrais)[29]은, 완벽에 미달하거나 심지어 전혀 엉뚱한 관계를 작가나 독자가 순수하고 생생한 것으로 오인할 위험을 줄여줄 수 있다. 「장편소설」에서 로런스가 펼치는 주장도 바로 그것이다.

> 소설은 못 속인다. (…)
>
> 거의 모든 다른 매체는 속일 수가 있다. 시를 경건주의적으로 만들어놔도 그건 여전히 시일 것이다. 『햄릿』을 드라마로 쓸 수는 있다. 장편소설로 쓴다면 그는 반쯤 희극적이거나 아니면 약간 수상쩍을 게다. 도스또옙스끼의 '백치'처럼 수상쩍은 인물이 되는 거다. 아무튼 시나 드라마에서는 마당을 좀 너무 깨끗이 쓸어버리고, 인간의 '말씀'이 좀 너무 멋대로 날아다니게 한다. 그런데 소설에서는 항상 수고양이, 검정 수고양이가 한 마리 있어서 말씀의 흰 비둘기가 조심 안 하면 비둘기를 덮쳐버린다. 그리고 잘못 밟으면 미끄러지는 바나나 껍질이 있고, 울안 어딘가에 변소가 있다는 사실도 누구나 안다. 이 모든 것들이 균형을 유지하는 데 도움을 준다.(*STH* 180-81면)*

이것이 소설가로서 자기 직업에 대한 당연한 긍지 이상의 의미를 지님을 서장에서도 지적했지만, 실은 이런 장편소설론에서 강조된 건전한 상식 및 세상 물정에 대한 알음알이가 예술적 진리에 관한 근본적 재검토와 결합되었다는 점이 예술가로서나 사상가로서 로런스 특유의 위대성이며,

---

29 A. 하우저, 『문학과 예술의 사회사: 현대편』, 백낙청·염무웅 옮김, 창작과비평사 1974, 41면.

그의 경우 설혹 더 오래 살았더라도 하이데거의 (일시적) 나찌 가담과 같은 과오를 상상하기 힘든 이유이기도 하다.

그리하여 로런스는 이미 지적했듯이 소설세계의 성격이나 문학관에서 오히려 루카치 같은 리얼리즘론자와 많은 공통점을 보여주게 된다. 루카치가 높이 평가하는 19세기의 위대한 소설가들에 대해 로런스는 거침없는 독설을 퍼붓기도 하지만, 말라르메라든가 자기 시대의 모더니스트들을 거의 무시하는 태도와는 사뭇 다르게 똘스또와 디킨즈, 하디 등에 대해서는 기본적인 존중심을 깔고 비판하고 있다. 흥미로운 것은 쎄잔느에 대한 평가에서조차 두 사람이 일치하는 면을 보인다는 점이다. 루카치 역시 쎄잔느를 모더니즘 예술의 '일차원화' 경향에 맞서 '현실의 모든 면의 본질적 국면들'을 형상화하려 했던 예술가로 이해한 것이다(학위논문 제1장 49~50면 참조). 물론 앞서도 말했듯이 루카치는 어디까지나 '객관적 현실'을 '재현'하는 일—여기에 '전유'라는 주체의 작용이 개입하지만—을 예술의 본분으로 삼고 있다는 점에서 로런스와는 기본적인 전제를 달리한다. 로런스는 '재현'을 말하든 하지 않든 "인간과 그를 둘러싼 우주 사이의 관계를 그 살아 있는 순간에 드러내는 일"(*STH* 171면)과 "우리의 삶은 우리 자신과 우리 둘레의 살아 있는 우주 사이의 순수한 관계를 성취하는 것을 바로 그 내용으로 삼고 있다"(같은 면)는 사실을 핵심에 두었고, '재현'은 경우에 따라 이런 성취의 한 동기일 수도 있고 그러한 관계가 작품에서 성취될 때 어떤 식으로든 따라오는 성과이기는 하지만 '삶 그 자체'는 아닌 것이다.

'재현'보다는 '전유' 개념이 이런 '관계의 성취'에 더 방불하기는 하다. 그러나 '전유' 역시 '드러나면서 이룩되는 관계'를 가장 '리얼한' 삶 그 자체로, 그런 의미에서 오히려 근원적인 실재로 보는 입장은 아니며, 로런스처럼 '살아 있는 우주'를 강조하는 태도와 엄연히 거리가 있다. (수사학적 표현이 아니라 문자 그대로 '우주가 살아 있다'는 로런스의 신념은 곳곳에 드러나지만 특히 그가 마지막으로 완성한 책 『계시록』[30]에 분명히 제시된다.) 한가지 유의할 점은, 로런스의 이런 태도나 신념을 '물활론'이든 '범신론'이든 또는 다른 무슨 이름이든 '우주'를 이미 대상화해놓고서 그것이 생명체냐 아니냐를 판별하는 — 그야말로 재현주의적이고 데리다와 하이데거가 공유하는 의미로 '형이상학적'인 — 학설로 보아서는 안 된다는 것이다.[31] 오히려 '삶 자체' 또는 '순수한 관계맺음'이 이룩되고 드러나면서 생물·무생물 모두가 존재할 가능성이 비로소 열린다는 발상이며, 그런 특수한 의미에서 '생명체'가 '죽은 물체'에 선행한다는 주장이 성립하는 것이다.

그런데 '살아 있는 우주와의 생생한 관계'가 빈말이나 신비주의가 아니라면, 그것이 성취되는 과정에서 사회적 실천으로서의 '전유'도 당연히 따라온다고 보아야 옳다. 이 점에서 미메시스와 재현을 구분하는 탈구조주의적 이론을 일부 수용하여 지라르가 말한 비재현적 미메시스의 원초성을 인정하고 출발하는 바이만의 입장이 상당한 설득력을 지닌다. 바이만은 미메시스에서 재현적 요소와 비재현적 요소가 갖는 비중 및 의미가 시대와 사회관계에 따라 달라짐을 지적하면서, "일단 미메시스의 이런 기호작용 이전의 차원들이 초기 유럽 역사의 세계에 투영되면, 미메시스적 활동의 전맥락이 바뀜을 볼 수 있다. 제사행위의 세속화와 의례적 기능의 분화(의식 참여자가 결국에는 계절적인 배우로 바뀌는 등)를 통해 미메

30 D. H. Lawrence, *Apocalypse and the Writings on Revelation*, ed. Mara Kalnins (Cambridge University Press 1980), 특히 제6장 참조. 이는 그전에 『무의식의 환상곡』 등 여러 곳에서 이미 피력했던 신념이다.

31 물활론이라는 용어에 대한 로런스 자신의 유보적 발언으로 본서 제5장 257~58면 「호피족의 뱀춤」에서 인용한 대목 참조.

시스의 의례적 맥락이 재현의 요소를 채용하고 이들 요소와 융합되는 경향이 있다"[32]*는 사실을 셰익스피어 이래의 여러 사례를 들어가며 설명한다(같은 책 319면 이하). 그리하여 이렇게 결론짓는다.

> 그렇다면 20세기에도 계속해서 미메시스는 사회 속의 재현적 활동과 비재현적 활동의 총화로 구성된다. 지식인의 사회적 기능에 대한 브레히트의 개념은 연극(및 그 안에서의 미메시스)을 정치적·경제적 권력의 전유인 동시에 그러한 전유와 별개의 것으로 보는 것이었다. 그의 처지는 대략 근대(즉 모더니즘 이전) 시기 작가의 처지와 비슷한 것으로서, 그 시기에 특수한 지적 활동은 개인적 고립 의식과 사회적 관계 의식 사이에서 평형상태를 이루고 있었다. 그런데 현대의 형식주의와 구조주의의 여파로 그 양극 사이 긴장의 역동성이 지적 생산을 위한 에너지를 탕진해버렸다는 주장을 따른다면, 재현의 양식들은 이제는 정녕코 사용 불가능한 과거의 일부로 밀려나고, 달갑지 않은 도전이자 새로운 글쓰기에 종사하는 사람들의 '텍스트 읽어내기' 위주의 지적 자율성 의식이라는 특권에 부담을 주기 때문에 배제될지 모른다. 그러나 동시에, 아니 재현의 위기에도 불구하고, 재현이 지닌 풍부한 가능성은 비재현적 미메시스의 당당한 성취와 약점들에 물음을 던지고 심지어 이들을 고취하는 데도 도움이 된다.(같은 책 322-23면)*

데리다를 포함한 최근의 여러 이론가들이 재현의 중요성을 너무 쉽게 제쳐버리는 데 대해 이보다 더 알맞은 충고도 드물지 않을까. 또한 바이만의 이런 성찰을 통해, '재현주의'를 부정하면서도 진정한 예술적 진리

---

32 Weimann, 앞의 책 318면.

를 구현하는 데 재현작업이 갖는 중요성을 간과하지 않는 로런스의 입장이 한층 자상한 이론적 근거를 획득하기도 한다. 그러나 이 또한 재현적 미메시스뿐 아니라 비재현적 미메시스 내지 "기호작용 이전의 차원들"(presignifying dimensions)—그리고 주어진 상황에 가장 알맞은 재현적·비재현적 요소들의 결합—이 '살아 있는 우주와의 순수한 관계' 성취 속에서 이루어질 것을 고집하는 로런스의 인식과는 상당한 거리가 있다. 아니, 데리다로서도 (비록 오해의 소지가 많고 오용의 소지는 더욱 크지만) "'텍스트 바깥'이란 없다"(*Il n'y a pas de hors-texte*)[33]라는 원칙에 입각하여 '기호작용(또는 의미작용) 이전'의 미메시스란 것도 있을 수 없다는 주장을 제출할 수 있는데, 바이만은 이 점을 제대로 검토하지 않는다. 데리다가 '진리' 개념을 배제하긴 하지만 '텍스트' '차연' 등은 '개념' 이전의 드러남/일어남 그 자체로서의 하이데거적 진리나 로런스의 '삶' 또는 '생명'과 통하는 바가 있는 것이다. 문제는 어떤 대상을 '올바로' 전유 또는 재현하느냐를 따지기 전에, '올바름' 그 자체가 어떤 '살아 있는 우주와의 관계'나 '존재의 열림' 속에서 성립된 것인가 하는 점이다. 현실을 올바르게 반영하고 전유하는 일이 중요하지 않다는 것이 아니라, 올바름에의 집착이 인간됨의 더 중요한 차원을 닫아버리거나 잊어버리도록 만들어서는 안 되기 때문이다. 이 점을 감안하지 않은 전유나 재현 개념은 아무래도 형이상학의 울타리 안에 굳건히 자리잡았다는 비판을 데리다뿐

---

33 Jacques Derrida, *Of Grammatology*, tr. Gayatri Spivak (Johns Hopkins University Press 1976) 158면. 이 명제에 관한 국내의 논의로 김영희 『비평의 객관성과 실천적 지평』, 창작과비평사 1993, 23~29면 참조. 또한 브레히트의 업적에 대한 전체적 평가에서 누가 더 정당하냐는 문제를 떠나서, 데리다가 「잔혹극과 재현의 울타리」에서 '소격효과'를 노리는 브레히트의 연극 또한 서양의 고전적 재현주의의 울타리 안에 머무는 여러 유형의 하나에 불과하다고 비판한 데 대해(*Writing and Difference* 244-45면) 바이만이 정면으로 대응하고 있는 것 같지도 않다.

아니라 하이데거, 로런스로부터도 들어야 하지 않을까 싶다.[34]

6. 로런스 소설과 가상현실

아무튼 로런스가 재현주의에 대한 비판을 앞질러 수행하면서도 그가 최고의 예술형식으로 자부한 장편소설에서 재현이 차지하는 그 나름의 결정적 중요성을 간과하지 않은 것을 그의 특이한 위대성이라 주장하려면, 그 증거가 소설을 통해 드러나야 마땅하다. 말하자면 그의 최고의 소설은 하이데거가 횔덜린의 시에서 발견하는 것과 같은 '존재사적' 의식을 보여주되 저자와 우리 당대 모두의 사회현실에 대한 진단이라는 면에서도 풍부한 구체성을 띠어야 하는 것이다.

서두에 말했듯이 본장에서는 이 문제와의 정면대결을 생략하고 좀 색

34 '전유'와 관련하여 흥미로운 것은 하이데거가 만년에 가서 *das Sein*보다 오히려 더 비중을 두는 *Ereignis*라는 용어가 독일어의 통상적인 의미대로 *event*(사건)로 영역되는 것이 아니라 *Aneignung*이나 마찬가지로 (그러나 대문자를 써서) Appropriation(또는 event of Appropriation)으로 옮겨진다는 사실이다(영역본 *On Time and Being* 참조. *Ereignis*의 해석에 관해서는 *Poetry, Language, Thought*의 역자 해설 및 앞서 든 Charles Spinosa, "Derrida and Heidegger: Iterability and *Ereignis*" 참조). 이 낱말은 아마도 「휴머니즘 서간」(Brief über den 'Humanismus', 1946)에 처음 나온 것일 텐데 *Zur Sache des Denkens*에서 본격적으로 논의된다. 이 '자기 것으로 만드는 일어남'은 '존재'와 '시간' 모두를 선물하면서 동시에 스스로 감추기도 하는 시원적 사건—일종의 개벽—이다. 로런스가 '영원과 완벽의 4차원적 성격'을 지니면서도 '순간적'으로 성취되는 "인간과 그를 둘러싼 우주 사이의 완성된 관계야말로 인류에게는 삶 그 자체다"(this perfected relation between man and his circumambient universe is life itself, for mankind. *STH* 171면)라고 한 말을 다시금 상기하게 되며, 좀 다른 맥락이긴 하지만 인간의 인간다움이 현상적인 시간과는 전혀 성격을 달리하는 "4차원적인 진정한 시간"(die vierdimensionale eigentliche Zeit)이 우리에게 다가올 때 실현된다는 하이데거의 발언(*Zur Sache des Denkens* 24면; 영역본 23면)은 로런스와의 친연성을 새삼 일깨워준다.

다른 검증방법을 시도해볼까 한다. 즉 거의 한 세기 전에 쓰인 그의 작품이 이른바 싸이버스페이스(cyberspace) 같은 '가상현실'이 뜨거운 관심사가 되고 심지어 지배적인 현실로 되어가는 오늘의 세계에서 얼마만큼의 현재성을 지니는가를 따져보려는 것이다. 싸이버스페이스니 가상현실이니 하는 말들은 로런스 시절에 나오지 않았고 인공지능(AI)이라거나 '4차 산업혁명'이 운위되지 않았음은 더 말할 나위 없다. 그럼에도 불구하고 그의 작품, 특히 그의 장편과 중·단편들이 오늘의 우리들로 하여금 현대의 우리 자신을 둘러싼 우주—새로운 '가상현실'도 엄연히 포함하는 우주—와 '순수한 관계'를 맺는 데 과연 무슨 도움을 줄 수 있는가?

오늘날 창궐하는 기술탐닉주의는 물론이고 싸이버기술 그 자체에 대해서도 로런스가 개인적으로 그다지 달가워하지 않았으리라는 것은 짐작하기 어렵지 않다. 그렇다고 그가 가령 컴퓨터의 폐기 따위를 주장했을 리는 없다. 「토마스 하디 연구」에서 기계 일반에 관해 한 말을 돌이켜보면 더욱이나 그렇다. "그러므로 나는 기계와 그 발명자에게 경의를 표한다. 기계는 우리가 원하는 것을 생산하고 우리들로부터 많은 노동의 필요성을 덜어줄 것이다. 그것이 기계를 발명한 목적이었기도 하다."(*STH* 36면)* 그러므로 로런스가 싸이버스페이스에 찬동할 것인가 반대할 것인가를 묻는 일, 아니 그중 어느 것을 찬성하고 어느 것은 반대할까를 묻는 일도 잘못된 문제제기 방식이다.

사실 그의 작품이 갖는 주된 현재적 의미는 바로 이런 종류의 무의미한 질문의 무의미성을 적극적으로 일깨워준다는 점이다. 싸이버스페이스가 발명되기 훨씬 전부터 더 넓은 의미의 가상현실은 우리 생활의 일부였고 그 지배력을 계속 증대해왔다는 것이 로런스의 주장이자 작품을 통한 증언인 것이다. 최근의 한 평자도 싸이버스페이스는 '자본의 총체화하는 체제'(the totalizing system of Capital) 아래 '사물'과 '물질'이 궁극적으로 사라지는 현상을 대표하는 것이라는 지적을 한 바 있다.

싸이버스페이스는 또한, 그에 대한 포스트모던 옹호자들의 주장과는 정반대로, 자본의 총체화 체제의 구현이기 쉽다. 이 대목에서도 아도르노와 호르크하이머가 적절하다. "계몽주의의 입장에서는 계량(computation)과 공리성의 규칙을 따르지 않는 것은 무엇이든지 미심쩍다. (…) 계몽주의는 전체주의적이다."〔Theodor Adorno and Max Horkheimer, *Dialectic of Enlightenment*, London 1973, 6면 — 원주〕 그것은, "형태들의 다양성이 위치와 배열로 환원되고, 역사는 사실로, 사물은 물질로 환원되는"〔같은 책 7면 — 원주〕 과학적 통일성의 원칙을 목표로 한다. '물질'을 '데이터'로 바꾸면 이 모두는 싸이버스페이스에 직접 해당된다.[35*]

18세기 계몽주의에 관해서는 로런스도 누구 못지않게 신랄한 비판을 가한 바 있지만 그는 하이데거(및 데리다)와 더불어 그 과정이 18세기가 아니라 적어도 플라톤에서 비롯되는 것으로 이해한다. 그렇다고 그리스 또는 그후 서양역사의 공적을 부인하는 것은 물론 아니지만, 어쨌든 로런스 당대에 오면 '코닥식 비전'이 거의 전면적인 승리를 거두었고 이는 곧 가상현실의 승리에 다름아니라고 본다. 「이 그림들에 대한 소개」의 해당 대목을 좀 길게 인용하자면 다음과 같다.

우리 시대의 역사는 생식(生殖)하는 육체를 정신, 즉 두뇌적 의식을 찬미하기 위하여 십자가에 매달아온 구역질나고 혐오스러운 역사이다.

---

35 줄리언 스탤러브라스 「싸이버스페이스의 탐험」, 『창작과비평』 91호(1996년 봄) 401~402면(원문은 Julian Stallabrass, "Empowering Technology: The Exploration of Cyberspace," *New Left Review* 211, May/June 1995, 31면).

플라톤은 이 십자가 처형의 대사제였다. 예술이라는 시녀는 적어도 3천년 동안을 그 비열한 행위에 겸허하고 충직하게 봉사했다. 르네쌍스는 십자가에 이미 박힌 몸뚱이 옆구리를 창으로 찔렀고 상상의 창이 만든 상처에 매독이 독을 부어넣었다. 그러고도 육체가 끝장나는 데는 300년이 더 걸렸다. 그러나 18세기에 그것은 시체, 비정상적으로 활동적인 두뇌를 지닌 시체가 되었고, 오늘날은 썩는 내가 진동하고 있다.

친애하는 독자여, 당신과 나, 우리 모두는 시체로 태어났고 시체로 존재하고 있다. 우리 중에 단 한 사람이라도 사과 하나를, 온전한 사과 하나를 제대로 안 적이 있는지 나는 의문이다. 우리가 아는 것이라곤 심지어 사과까지도 온통 그림자들뿐이다. 우리는 무덤 속에 있고, 비록 낙관주의적 페인트로 하늘색 칠을 해서 그게 세상의 전부라고 생각하지만 무덤은 지옥처럼 널찍하고 컴컴하다. 우리의 세계는 귀신들과 복제물(replicas)이 가득한 널찍한 무덤이다. 우리는 모두 유령들이고 사과 한개도 만져보지 못했다. 우리는 서로서로에게 유령이다. 당신은 나에게, 나는 당신에게 유령인 것이다. 심지어 당신은 당신 자신에게도 그림자다. 그림자라고 하는 것은, 관념이요 개념이며 추상화된 현실이라는 말이다. 우리는 단단한 물체가 아니다. 우리는 육신으로 살고 있지 않다.(*LEA* 203면; *Phoenix* 569-70면)*

성에 관한 로런스의 (아직도 다분히 조명이 난) 관심은 바로 이러한 '육신으로 살고 있음/그러지 못함'이라는 맥락에서 이해되어야 한다. 요즘은 싸이버공학의 발달로 '가상쎅스'(virtual sex)가 생기고—이는 올더스 헉슬리(Aldous Huxley)가 『멋진 신세계』(*Brave New World*, 1932)라는 미래소설에서 이미 제시했던 것이지만—그 환각술은 나날이 세련되고 총체화되어갈 것이 분명한데, 로런스는 그러한 발명이 있기 훨씬 전에 남녀간의 성관계에서, 보통 말하는 '성적 만족'에 도달하는 경우까지 포함해서 진정한 현실 내지 실재에 미달하는 *unreality*의 요소가 어떻게 개입하는지를 섬세하고 끈질기게 탐구했던 것이다.

어떤 면에서는 『연애하는 여인들』의 제23장 '나들이'에서 버킨과 어슐라가 이루는 관계보다 훨씬 열정적이며 강렬한 사랑의 고뇌가 담긴 제럴드와 구드런의 접촉을 로런스가 전혀 다른 성질로 파악하며 심지어 그 차이에 세계사적 의의마저 부여하는 것도 그 때문이다. 예컨대 (성행위 장면은 아니지만) 제24장 '죽음과 사랑'(Death and Love)에서 구드런과 제럴드가 철도가 지나가는 다리 밑에서 처음으로 포옹하며 애무하는 대목을 보면, 바로 앞장에서 어슐라와 버킨이 시골 주막 거실에서 포옹할 때를 연상시키는 표현이 많이 나온다. 그러나 곧이어 작가가 구드런이 느끼는 매혹감을 "그녀의 넋은 완벽한 앎으로 전율했다"(Her soul thrilled with complete knowledge)라거나 "그에 대해 알아야 할 얼마나 더 많은 것이 있을까? 아아, 너무나 많은 것, 그녀의 큼직하면서도 더없이 섬세하고 명민한 손으로 그의 방사능을 발하는 듯한 살아 있는 육체의 들판에서 수확을 할 많은 날들이 있었다. 아아, 그녀의 손은 앎을 갈망했고 탐욕스러웠다"[36]*라는 등으로 표현할 때면, 이 격렬한 육체적 접촉도 '두뇌적 의식'(mental consciousness)이 주도하고 있음을 실감하게 된다. 이 장면을 두고 그들이 '가상섹스'를 즐기고 있다고 말한다면 분명 어폐가 있겠으나, 아무튼 두 남녀의 관계가 어슐라와 버킨이 절정의 순간에 맛보는 경이감과는 일견 비슷하면서도 질적으로 다름이 확인된다.

『연애하는 여인들』에서만큼 실감있게 형상화되지는 못했고 바로 그렇

36 D. H. Lawrence, *Women in Love*, ed. D. Farmer, L. Vasey and J. Worthen (Cambridge University Press 1987) 332면.

기 때문에 신비화의 혐의가 더 따르게 마련이지만, 『날개 돋친 뱀』 제26장에서 저자가 "거품의 아프로디테"(Aphrodite of the foam)와, 케이트가 그러한 절정을 추구할 때마다 씨쁘리아노가 그녀를 제지하며 이끌고 가는 "부드럽고 묵직하며 뜨거운 새로운 흐름"(the new, soft, heavy, hot flow)을 구별한 것도 그 취지는 마찬가지다.[37] 또한 『채털리부인의 연인』에 거듭 노골적으로 묘사되는 성교 장면도, 말하자면 진정한 쎅스와 가상쎅스의 경계선이 동일한 남녀가 육체적 교섭을 갖는 경우에도 그때그때 상황에 따라, 그리고 어쩌면 그들을 둘러싼 '살아 있는 우주'와의 관계 여하에 따라 어떻게 변동하는지를 탐구한 것이라 할 수 있다. 이 작품이 다른 면에서 비판받을 여지가 많다 하더라도, 이러한 장면들에서의 탐구는 (비슷비슷한 성교 장면의 되풀이가 지루하다는 일부 평자들의 해석과 달리) 대체로 성공적으로 수행되었다고 보아야 할 것이다.

가상현실적 요소에 대한 탐구는 성적 관계에 한정된 것만도 아니다. 예를 들자면 한이 없으나, 가령 『무지개』 제1장에서 톰 브랭귄이 "코세테이와 일크스턴의 현실"이 "자신을 흡수해버리고자 하는 범상한 비현실"(the commonplace unreality which wanted to absorb him)이라고 느끼며 끝까지 저항하여 이 '가상현실화한 현실'을 돌파하고 한결 삶다운 삶을 이룩하는 것이 그렇고, 『쓴트모어』에서 여주인공 루가 미국에 갓 돌아와 텍사스 어느 목장에서 한 보름 지내면서 미국인들로부터 받은 인상을 서술한 (다분

37 알려져 있다시피 이 대목(D. H. Lawrence, *The Plumed Serpent*, ed. L. D. Clark, Cambridge University Press 1987, 422면)은 케이트 밀렛(Kate Millett)을 비롯한 페미니스트 비평가들로부터 집중포화를 맞아왔다. 여성의 성욕마저 남자가 통제하려는 극단적인 사례라는 것이다. 장면 자체가 주로 작가의 서술로 이루어졌기 때문에 그러한 비판의 정당성을 검증할 형상화된 근거가 충분치 않은데, '거품의 아프로디테'를 '순전한 앎'(sheer knowing)과 연결짓는 로런스의 취지를 이해한 비판들은 아닌 것 같다.

히 보드리야르적이면서도 예찬의 기미는 전혀 없는) 다음과 같은 대목도 그렇다.

> 루는 그 모든 것이 아무 의미도 없다는 느낌을 지울 수 없었다. 거기에는 실재의 뿌리가 전혀 없었다. 표면 아래로는 아무런 의식이 없고, 뻔한 것, 너무나 거침없이 뻔한 것 말고는 아무것에도 무슨 의미가 없었다. 마치 거울 속에서 공연되는 삶 같았다. 시각적으로 그것은 야생적인 생기를 띠고 있었다. 그러나 그 뒤쪽에는 아무것도 없었다. 아니면 영화 같다고나 할까. 인간들과 똑같지만 아무런 현실적 실체가 없는 평면적인 형체들로, 이야기와 감정과 활동으로 재빨리 지껄여대는데 모두가 평면이고 뒤에는 아무것도 없는 것이다.[38]*

이러한 관찰이 포스트모던한 세계에 대한 예견으로 실감되는 바 있다면 이는 예술과 실재, 진리 등에 대한 로런스의 성찰의 깊이와 무관하지 않을 터이다. 그런데 지나가는 말처럼 던지는 "영화 같다고나 할까"라는 발언과 관련해서는 약간의 설명이 필요하다. 로런스는 연극을 좋아한 만큼 영화를 싫어했고 여기저기서 그런 태도를 내비치는데 이를 개인적 취향의 문제로 넘길 일만은 아니다. 여기에 요즘에는 3D영화라는 것이 나와서 영화가 평면으로만 구성되지 않는다고 응수하는 것도 답은 아니다. 로런스 당대로부터 한 세기가 더 흐르면서 영화예술의 걸작들이 적지 않게 나온 오늘날 이들이 모두 '나와 나를 둘러싼 우주의 완성된 관계'의 성

---

38 D. H. Lawrence, *St Mawr and Other Stories*, ed. Brian Finney (Cambridge University Press 1983) 131면. 극단적인 비판을 담은 듯하면서도 결과적으로 묘하게 예찬으로 기우는 느낌을 주는 보드리야르의 미국 인상기로 Jean Baudrillard, *America*, tr. Chris Turner (Verso 1988) 참조.

취가 원천적으로 불가능한 장르의 작품이라고 배제하는 것은 곤란하지만, 영화 전체를 싸잡아서 비판한 로런스의 진의를 놓쳐서도 안 될 것이다. 「인디언과 놀이」(Indians and Entertainment)에서 보듯이 로런스는 연극에 대한 영화의 득세가 가상현실의 지배에 해당한다고 볼 뿐 아니라, 연극의 발생 자체도 미국 원주민들의 춤이 재연하는 살아 있는 우주와의 일체감에서 멀어지는 과정의 시작이었다고 본다.

> 그리고 여기서 마침내 우리는 인디언의 놀이가 심지어 그리스 연극의 최초 형태와도 구별되는 차이를 본다. 구세계의 연극적 공연이 시작하는 지점에 이미 그 연극이 헌정되는 관객이 있었다. 비록 그가 신 자신이나 여신 자신의 형태의 관객일지라도 말이다. 그리고 이 남신 또는 여신은 결국 어떤 특정한 생각이나 관념을 지닌 '정신'(Mind)으로 귀결된다. 그리고 오랜 발달의 역사를 거치면서 우리 스스로가 우리 자신의 연극의 신들이 된다. 구경거리는 우리에게 바쳐지고, 우리는 어떤 배타적인 관념에 지배된 채 '정신'의 왕좌에 드높이 앉아서 쇼를 판단하는 것이다.
>
> 인디언들의 춤에는 도대체 이런 게 없다. 신이 없고, 관객도 없고, '정신'도 없고, 지배적인 관념도 없다. 그리고 마지막으로 판단이 없다. 도대체 판단이 없는 것이다.[39]*

이처럼 삶 그 자체로부터 멀어져온 발달과정의 산물인 현대연극에서 다

---

39 D. H. Lawrence, *Mornings in Mexico and Other Essays*, ed. Virginia Crosswhite Hyde (Cambridge University Press 2009) 67면. 로런스는 소설에서도 독자가 신이 된 관객처럼 무대를 굽어보는 작품이 많음을 지적했고 그런 작가가 되기를 단호히 배격한다고 말한 바 있다(본서 서장 45~46면에 인용된 Carlo Linati 앞 편지 참조).

시 한걸음 더 나간 것이 활동사진 내지 영화라는 것이다.

> 활동사진에서 대중은 단단한 대지의 물체로부터 한층 더 떨어져나갔다. 그 속에서 인간은 진짜 그림자들이다. 그림자 영상들은 그의 머릿속의 생각들이다. 인간은 추상의 신속하고 만화경(萬華鏡) 같은 영역 속에 산다. 그리고 이 그림자 구경거리를 지켜보는 개인은 환희에 차고 잔뜩 지켜보는 정신으로 용해되어 추상의 광란상태를 즐기는, 그야말로 신으로 앉아 있다.(같은 책 60면)*

하지만 로런스의 이런 진의를 이해하는 것과 영화예술에 대한 그의 판단을 수용하는 것은 별개 문제다. 그리스 이래의 연극이 로런스가 미국 남서부의 원주민 춤에서 감지하는 살아 있는 우주와의 일체감에서 멀어져왔다고 해서 그가 서양연극 3천년의 전통과 그 작품상의 성취를 부정하지 않음은 물론이다. 그렇다면 영화가 현대연극에서마저 본질적으로 멀어진 예술이라 해서 영화라는 장르 자체를 배제하는 논리도 성립하지 않는다. 로런스 자신이 장편소설을 "둘도 없는 빛나는 생명의 책"(the one bright book of life)이라 예찬하면서도 즉각 "책이 삶 자체는 아니다"(Books are not life)라고 덧붙이지 않았던가.[40] 스크린에 비친 영상이 무대 위의 실물과는 다른 '가상현실'이라 해서 이를 활용한 예술이 생명의 떨림을 일으킬 가능성을 배제할 일은 아닌 것이다. 다만 영화라든가 텔레비전, 비디오, 온라인 게임 등 점점 더 명백히 '가상화'되어가는—그리고 가상현실을 이용할뿐더러 이용자들 상호간의 실제 접촉을 점점 더 드물게 만드는—장르들로의 쏠림이 단순히 여러가지 예술적 가능성들 사이에서 하

---

40 "Why the Novel Matters," *STH* 195면.

나를 선택 또는 선호하는 문제만은 아닌 심각한 시대적 현실임을 로런스는 인식하고 있었던 것이다.[41]

한마디 덧붙인다면, 아인슈타인 이후의 물리학도 '만유를 보는 눈'의 '보편적 비전'에 관한 로런스의 주장을 뒷받침한다는 점이다. 현대과학에 따르면 시각적 경험뿐 아니라 촉각까지 포함하여 "감각과 신경계에 의한 지각의 기능은 빛의 주고받음(광자의 교환)이 기본적 과정이므로 결국 대상에 관한 정보를 얻는 유일한 방식은 빛을 써서 오감으로 보는 것뿐이라고 전제하고 있는 셈이다. 따라서 인간이 대상이라고 인지하는 모든 것은 빛으로 만든 간접적인 영상을 보는 것에 불과하며, 시공간이란 비유하자면 이 영상이 펼쳐지는 스크린이라고 할 수 있겠다."[42] 그렇다면 과학 자체는 '가상현실'과 '진짜 현실'을 판별할 근거를 제공하지 못하며—비록 그 '가상성'의 정도나 종류에 대해서는 어느 때보다 다양한 대상에 관해 더없이 풍부한 수학적 계산을 동원하여 판별해주지만—엄밀히 말

---

41 「이 그림들에 대한 소개」와 같은 해(1929)에 그보다 늦게 집필한 「남자들은 일해야 하고 여자들도 마찬가지다」(Men Must Work and Women as Well)도 비슷한 생각을 피력한다. "감정의 세련과 결벽증적인 꾀까다로움이 크게 진전된 것은 우리가 모든 사람의, 심지어 우리 자신의 것일지라도, **육체적** 존재를 증오한다는 사실을 뜻한다. 전인류가 추상화를 향해 놀랍도록 나아간 현실—영화와 라디오, 축음기 등—은 우리의 오락에서도 우리가 육체적 요소를 혐오한다는 것, 우리가 신체적 접촉을 **원하지** 않는다는 것, 우리는 이로부터 멀어지고 싶어한다는 것을 뜻한다. 우리는 피와 살로 된 사람들을 보는 것을 **원하지** 않는다. 그들의 그림자가 스크린에 비친 것을 지켜보고 싶어한다. 우리는 사람들의 실제 음성을 듣기를 **원하지** 않는다. 기계로 전달되어야만 하는 것이다. 우리는 신체적인 것으로부터 멀어져야만 한다."(*LEA* 283면, 원저자 강조)* 「이 그림들에 대한 소개」에서 "친애하는 독자여, 당신과 나, 우리 모두는 시체로 태어났고 시체로 존재하고 있다"는 주장처럼 앞의 인용문도 현실의 어느 한 면만을 일방적으로 강조했다고 말할 수는 있다. 요는 그 일면이 우리 시대의 핵심적인 문제점인데도 대다수가 너무 당연시하는 일면이 아닌가 하는 것이다.

42 소광섭 「상대론적 시공간에 대한 고찰」, 『과학사상』 10호(1994년 가을) 23면.

하면 실제로 신체적 접촉이 일어나는 경우에도 그것이 고도로 세련된 '싸이버쎅스'와 진정한 결합 중 어느 쪽에 더 가까운지 판별해줄 '과학적 근거'는 없다는 뜻이 된다. 오직 진정한 예술과 인간의 여타 창조적 행위를 통한 '생생한 관계'의 드러냄 또는 이룩함을 통해서만 가상과 실재의 구별이 가능해진다. 그리고 이런 드러냄/이룩함이야말로 로런스의 말대로 '삶 자체'이며, 가상현실로 하여금 진정한 삶에 복무토록 하는 유일한 길일 것이다.

제8장

『무의식의 환상곡』과 프로이트, 그리고 니체

1. 글머리에

제7장은 처음에 영어로 발표했다가 우리말 논문으로 키운 것을 대본으로 작업했는데 이번 장의 경우는 초본 자체가 영어 논문이었다. 내 경험상 이럴 때 번역본을 만드는 것은 별로 바람직한 방법이 아니다. 스스로 번역하든 남에게 부탁하든 아무리 윤문을 해도 직접 쓴 글의 기운이 느껴지지 않게 마련이다. 어차피 상당부분 고칠 참이라 영어 논문에 그대로 의존할 생각은 처음부터 없었지만 그래도 번역문을 참고해가며 작업하는 게 도움이 될 듯싶어서 그 걸 해줄 번역자를 물색했는데, 이 공 없는 일을 김성호 교수가 기꺼이 맡아주었다. 깊은 고마움을 전한다.

원제목은 'Freud, Nietzsche and *Fantasia of the Unconscious*'로 2003년 일본 쿄오또에서 열린 제9회 D. H. 로런스 국제학술대회에서 구두발표를 했고 이듬해 한국로렌스학회의 *D. H. Lawrence Studies* 국제호 특집(제12권 2호, 2004년 8월, 객원편집자 Michael Bell, Chong-wha Chung, Keith Cushman, Nak-chung

Paik)에 수록되었다.

프로이트 및 니체를 논하는 이번 장이야말로 내가 로런스를 지적 탐구를 위한 일종의 베이스캠프로 활용한 단적인 예라 할 수 있다. 프로이트나 니체에 관해 독자적인 논문을 쓴다는 것은 나로서 엄두도 못 낼 일인데, 로런스가 그들에 대해 의미있는 발언을 한 덕분에 그것을 빌미 삼아 나도 추가적 성찰을 해볼 마음을 먹을 수 있었던 것이다. 그리고 이 작업이 계속되면서 개고의 폭이 넓어졌다.

원래의 발표문은 영어권 독자를 겨냥했기에 로런스의 생각이 그들의 상식에 비추어도 어불성설이 아님을 설득하려는 '변호조'가 두드러졌다. 이는 로런스를 '개벽사상가'로 내세우는 본서의 기조와는 상당한 거리가 있다. 다만 국내 독자나 연구자라 해도 서양적 상식에 젖어든 면이 무시 못 할 정도인 게 현실인 만큼 그러한 조심스러운 접근이 전혀 불필요한 건 아니라서 이곳저곳에 그 흔적을 남겼다. 일단 근대인의 상식을 공유하면서 로런스의 거대한 도전을 조금씩 더 실감해가는 것도 하나의 방법이겠기 때문이다.

애초의 글이 안 다룬 건 아니지만 남녀의 차이에 대한 로런스의 입장을 충분히 논하지 않았던 것도 당장에 껄끄러운 논란을 가급적 줄이려는 속셈이었다. 껄끄럽기는 지금도 마찬가지고 충분히 다룰 능력 또한 여전히 미흡하다. 그러나 성차 및 성차별 문제가 날로 절박해지는 오늘의 상황에서 조금 더 파고들 필요가 뚜렷하기에 본장에서 보완을 시도했다.

이와 관련해서 일종의 신상발언을 해둘 겸, 현직교수 시절의 에피소드를 하나 소개한다. 당시에도 대학원에 여학생들이 많았다. 모두 그들 나름의 지적 욕구가 있고 대부분 전문인으로서의 사회진출을 목표로 대학원에 왔음은 당연하다. 이들이 내 로런스 수업을 들으며 가장 궁금해한 것 중 하나는 '로런스가 여자들의 사회진출을 반대했다는데 백아무개 선생도 거기 동조하는가'였던 것 같다. 더러 수업 중에 대놓고 묻는 경우도 있었는데 그때마다 나는 "내가 어떻게 생각하느냐가 뭐가 그리 중요한가? 여러분 스스로 어떻게 생각하느냐가 중요하지" 하며 피해가곤 했다. 그러다가 어느 학기 종강 뒤풀이 자리에서 그 질문이 또 나왔다. 로런스가 여자들이 집안으로 돌아가야 한다고 했는데 선생님은 어떻게 생각하시냐? 나는 대중가요에 "안 되는 줄 알면서 왜 그랬을까"라는 가사가 있지 않느냐고 답했다. 그 말에 모두가 적이 안도하는 분위기였고 화기애애한 뒤풀이가 되었다.

물론 그것으로 모든 의혹이 해소된 건 아니지만, 어쨌든 그때만 해도 '호시절'이었다는 생각도 든다. 요즘의 여학생들이나 여성 독자라면 그 정도로 넘어갔을까? 실제로 나의 정년퇴임기념논문집을 두고 2004년에 영문학계의 몇몇 후학과 좌담을 했는데 그중 한 대목에는 '여성관, 로런스와 백낙청의 아킬레스건인가'라는 소제목이 달렸다.[1] 이때도 로런스의 여성관(내지 남성관) 문제와 정면으로 대결한 것은 아니고, 본장의 논의도 여전히 미흡하리라 예상된다. 그러나 이 중요한 문제에 관해 내가 생각해온 바를 최대한 정직하게 개진하고 독자의 판단을 구하고자 한다.

초본 발표 당시는 해당 로런스 저작의 케임브리지판이 나오기 전이어서 펭귄판을 사용했다.[2] 이는 1922년의 초판본을 그대로 따른 것이었는데

---

1 백낙청·여건종·윤혜준·손혜숙 좌담 「지구화시대의 한국 영문학」, 『백낙청회화록』 제4권, 창비 2007, 536~41면(첫 발표는 『안과밖』 17호, 2004년 하반기. 회화의 소재가 된 기념논문집은 설준규·김명환 엮음 『지구화시대의 영문학』, 창비 2004).

2 D. H. Lawrence, *Fantasia of the Unconscious* and *Psychoanalysis and the Unconscious* (Penguin Books 1977). 케임브리지판은 D. H. Lawrence, *Psychoanalysis and the Unconscious* and *Fantasia of the Unconscious*, ed. Bruce Steele (Cambridge University Press 2004) 〔이하 *FU*〕. 케임브리지판을 못 보는 독자의 편의를 위해 면수 외에 장 번호를 로마숫자로 병기하며, *Psychoanalysis and the Unconscious*를 따로 언급할 경우에는 약칭 *PU*를 사용한다.

출판사측이 로런스가 쓴 머리말(Foreword)의 앞부분 꽤 많은 분량을 포함해서 여기저기 삭제한 상태로 간행했다. 케임브리지판에서야 애초의 타자본을 토대로 로런스의 원고에 가깝게 복원되었고, 펭귄판이 『무의식의 환상곡』을 시기적으로 먼저 나온 『정신분석과 무의식』보다 앞에 놓은 이색적인 배치도 바로잡혔다.

2. 로런스의 '심리학 서적들'

로런스는 프로이트의 정신분석과 관련해서 두 권의 책자를 썼다. 흔히 그의 '심리학 서적'(psychology books)으로 불리는 『정신분석과 무의식』(1921) 및 『무의식의 환상곡』(1922)이 그것이다. 둘 다 프로이트나 정신분석을 잘 알고 쓴 비판서라고는 보기 어렵다.[3] 그럼에도 불구하고 로런스가 프로이트 이론에 대해 중대하고 근본적인 문제제기를 했다는 것이 본고의 주장인데, 대다수 평자들은 로런스의 '독창적'인 발상과 표현들을 인정하는 선에서 정작 중요한 문제제기는 외면하기 일쑤였다. 그러나 유

3 Mark Kinkead-Weekes, *D. H. Lawrence: Triumph to Exile 1912-1922* (Cambridge University Press 1966)에 따르면 로런스는 아내 프리다가 프로이트에 대해 관심이 많았고(독일인인 그녀는 프로이트 저서를 원어로 읽었다) 바바라 로우(Barbara Low), 데이비드 에더 부부(Edith and David Eder) 같은 프로이트주의자와 친분이 두터웠으며 어니스트 존즈(Ernest Jones)와도 접촉이 있었지만 정작 "그 자신은 프로이트의 저작을 결코 많이 읽은 것 같지 않고 아예 안 읽었을 수도 있다"(he never seems to have read much if any Freud, 133면). 같은 저자의 "The Genesis of Lawrence's Psychology Books: An Overview," *D. H. Lawrence Review* Vol. 27 No. 2-3 (1997)도 참조. 케임브리지판의 편자도 대체로 같은 판단이다. 로런스는 지인들이 정신분석에 관해 쓴 글들을 더러 읽고 그들과 토론도 했지만, "프로이트의 저술에 관한 로런스의 지식은 한 다리 건너 또는 두 다리 건너 얻은 것이었다. 당시 〔영어로〕 나와 있던 프로이트 텍스트를 하나라도 읽었다는 분명한 증거는 없다."(B. Steele, Introduction, *FU* xxviii면)*

럽중심적이고 근대주의적인 지식·진리 개념과 우주관을 뿌리째 문제삼을 필요성이 절실해진 오늘, 로런스의 도전은 남다른 의미를 지닌다.

로런스는 첫번째 책에서부터 프로이트 학설의 핵심이랄 수 있는 '오이디푸스 콤플렉스'(Oedipus complex) 개념을 공격하고 나선다. 정신분석에서는 그것이 "근친상간 갈망"(incest-craving)에 대한 억압(repression)이라고 하지만 실은 "원초적 충동"(primal impulse)의 결과가 아니라 "실행이 거부된 하나의 관념"(an *idea* which is refused enactment)일 뿐이라는 것이다(*PU* 10면, 13면, 원저자 강조). 로런스의 이런 주장은 『안티오이디포스』의 저자들로부터 열렬한 지지를 얻은 바 있다.

> '이상'의 권리를 내걸고 프로이트와 맞서 싸우는 것이 아니라 성욕의 흐름과 무의식의 강렬한 상태들에 의존해 발언했고, 성욕을 오이디포스적 육아실에 가두는 프로이트의 행동에 분개하며 이를 납득하지 못한 D. H. 로런스는 이 전치(轉置)작용을 예감하고 온힘을 다해 반대한다. 그렇다, 오이디포스는 욕망과 욕동의 상태가 아니며 하나의 관념, 욕망에 관해 억압이 우리 안에 불러일으키는 관념에 불과한 것이다. 그것은 타협조차 아니며, 억압에 봉사하는 관념이요, 억압의 선전 및 증식 장치인 것이다.[4*]

물론 이런 진술이 로런스가 옳다는 입증은 아니다. 『안티오이디포스』 자체가 논란의 대상인 저작인데다가, "원래의 진정하고 깨끗한 무의식"(the true, pristine unconscious, *PU* 12면)을 역설하는 지점에서부터 로런

---

4 Gilles Deleuze and Félix Guattari, *Anti-Oedipus: Capitalism and Schizophrenia*, tr. Robert Hurley et al. (Athlone Press 1984) 115면.

스는 프로이트의 '무의식'뿐 아니라 들뢰즈와 가따리의 '무의식' 개념과도 결정적으로 갈라진다. 하지만 들뢰즈와 가따리가 "전치된 표상내용"(the displaced represented)의 개념을 옹호하면서 로런스를 인용한다는 사실은(*Anti-Oedipus* 115면, 162면), 비록 프로이트에 관한 로런스의 주장이 더러 부정확하고 부당할지라도 그것이 정신분석에 대한 틀에 박힌 비판과는 차원을 달리하며 오늘날의 지적 담론에서도 의미있는 도전이라는 점을 상기시킨다.

『무의식의 환상곡』에서도 로런스는 "오늘날 우리에게 있는 내향성과 도착(倒錯)의 비밀"(*FU* 146면)을 포함하여 '충동'과 '본능'의 본질을 두고 프로이트와 맞서는데, 여기서는 이 두번째 저서를 중심으로 논하려 한다. 로런스는 이 책을 앞선 책의 '속편'이라 부르지만 처음부터 그 어조나 작가가 취하는 태도는 뚜렷하게 다르다.

> 이번 책은 『정신분석과 무의식』의 속편이다. 대다수 독자는 이 책을 그냥 내버려두는 게 좋을 거다. 대다수 평자도 마찬가지다.(*FU*, Foreword 61-62면)*

일전불사의 기세로 거침없이 나오는 이런 태도는[5] 전작에서 한층 합리적인 자세로 설득하려 했지만 사람들이 전혀 호의적으로 반응하지 않은 데 실망한 탓도 있을 것이다. 그러나 문체의 특징을 과잉해석하여 로런스

5 앞의 인용문은 초판본(및 펭귄판)의 첫 문장인데, 원고 전문이 복원된 케임브리지판에서 'Foreword: An Answer to Some Critics'라는 제목을 걸고 전작에 대한 여러 서평에 대한 반박으로 시작하는 내용을 함께 읽으면 저자의 도발적인 태도가 더욱 실감된다. 참고로 "대다수 독자는 이 책을 그냥 내버려두는 게 좋을 거다"라는 말에도 평자들이 '대다수 독자'를 들먹이며 부정적인 발언을 쏟아낸 것을 비꼬는 뜻이 곁들어 있다.

의 주장을 일종의 '시적 발언'이라든가 하나의 기발한 발상 정도로 규정하는 것은 바람직하지 않다.[6] 로런스의 목적은 근대인이 망각한 "아직 우리에게 대부분 닫혀 있는 과학의 광대한 영역"(a great field of science which is as yet quite closed to us, *FU* 62면)을 탐색하려는 것이며, 사실 이 대목에서 그의 어조는 도발적이라기보다 오히려 겸손하다. "나는 우리의 과학〔근대과학〕을 부정할 생각이 없다"(I have nothing to say against our science, 같은 면)라고 전제하면서 "나는 내가 단지 잊혀진 앎의 기본적인 언어를 떠듬떠듬 발음해보려고 노력하고 있을 따름이라고 믿는다"(I believe I am only trying to stammer out the first terms of a forgotten knowledge, *FU* 64면)는 것이다. 프로이트에 대한 비판도 그런 시도의 일환으로 읽어야 옳다.

3. 성적 동기와 종교적 동기

『무의식의 환상곡』에서 로런스는 "정신분석학에 약간의 사과를 하는 것

---

6 예컨대 에벌린 힌즈가 보여주는 태도가 그렇다. 그는 로런스의 두 저서에서 "경험적 방법론과 시적 방법론, 무의식에 대한 분석적 접근과 원형론적 접근의 차이"(difference between an empirical and poetic methodology, between an analytic and archetypal approach to the unconscious)를 읽어낸다(Evelyn J. Hinz, "The Beginning and the End: D. H. Lawrence's *Psychoanalysis and Fantasia*," *D. H. Lawrence: Critical Assessments*, ed. Ellis and De Zordo, Vol. 4, Helm Information Ltd. 1992, 146면). 이에 대해 데이비드 엘리스는 힌즈 글의 적잖은 장점을 인정하지만 그가 두 책의 본질적 차이를 상당히 과장했다고 보며, 로런스의 우주론적 사변을 '시적 방법론'이라는 식으로 얼버무리는 대신 다음과 같이 논평한다. "여기서 로런스의 역설적이지만 분명한 의도는, 자신은 우주가 어떻게 운행되는지 알지 못하고 정통 과학의 설명을 수용할 수도 없지만 우주가 이런 어떤 대안적인 과학적 방식으로 운행되고 있을 가능성이 크다고 말하려는 것이다."*(David Ellis, "Poetry and Science in the Psychology Books," D. Ellis and Howard Mills, *D. H. Lawrence's Non-Fiction*, Cambridge University Press 1988, 79면).

으로" 글을 시작하는데, 자신이 전작에서 "마치 프로이트가 발명하고 묘사한 것이 무의식밖에 없는 양 정신분석학을 조롱한 것"(to jeer at Psychoanalysis as if Freud had invented and described nothing but an unconscious)은 온당하지 못했다고 고백한다. 하지만 이어지는 말도 얼핏 부당하게 들리기는 마찬가지다.

> 프로이트가 하는 말은 언제나 부분적으로 옳다. 반쪼가리 빵이라도 있는 편이 없는 편보다는 낫다.
> 그러나 사실 다른 반쪼가리가 있다. 성이 전부는 아니다. 인간의 활동이 전부 성적 동기에서 비롯되었다고 볼 수는 없다. 우리는 그 점을 굳이 따져볼 필요 없이 알고 있다.(*FU*, I 66면, 원저자 강조)*

프로이트 역시 성이 전부라고 주장하지는 않는다. 후기작에 가서 에로스(Eros)와 타나토스(Thanatos)라는 두가지 원초본능(Urtriebe)을 제기하기 전에도 그는 언제나 성적 본능 이외의 어떤 것—그걸 자아 본능이라 부르든 자기보존 본능이라 부르든—을 상정하고 있었다. 다만 프로이트는 로런스가 '따져볼 필요 없이' 안다고 한 동기들—전통적 종교들은 물론 매슈 아놀드 같은 세속적 인문주의자가 말하는 '인간다움의 실현'과 '문명화'를 향한 인간본성의 요구[7] 등—이 바로 성적 동기의 변형된 표현이라고 주장한 점에서 로런스의 비판이 완전히 빗나간 것은 아니다.

프로이트 자신은 『쾌락원리를 넘어서』(1920)에서 다음과 같이 말한다.

> 성적 본능을 제외하면 이전 상태를 복원하려 하지 않는 본능은 없다는 것,

7 Matthew Arnold, "Equality," *Mixed Essays*, Popular Edition (John Murray 1903) 63-64면 등.

아직까지 도달한 적이 없는 상태를 목표로 하는 본능이 없다는 것이 정말 사실인가? 나는 내가 지금까지 제시한 설명을 반박할 만한 유기체 세계의 그 어떤 확실한 사례도 알지 못한다.[8]*

로런스가 공격하는 것은 바로 이런 입장이다.

『무의식의 환상곡』 첫 장에서 로런스는 다음과 같이 자신의 입장을 밝힌다.

대성당의 건축은 성교 행위를 향해서 나아가는 흥분의 과정이었나? 그 역동적인 충동은 성적인 것이었나? 아니다. 성적인 요소가 있었고, 중요했다. 그러나 지배적이지는 않았다. 빠나마운하의 건설도 마찬가지였다. 가장 광범위한 형태의 성적 충동은 빠나마운하의 건설을 향한 아주 거대한 충동이었다. 그러나 뭔가 다른 것, 성적 충동보다 한층 더 중요한 무엇, 더 거대한 역동적 힘을 지닌 무엇이 있었다.

이 다른, 더 거대한 충동은 무엇인가? 세계를 건설하려는 인간 남성의 욕망이다. (…) 빠나마운하조차 단지 배가 지나가기 위한 것이라면 건설되지 않았을 것이다. 그것은 자신의 머리와 자신의 자아로부터, 그리고 자기 영혼의 믿음과 환희로부터 뭔가 경이로운 것을 만들어내고자 하는 인간 남성의 순수하고 사심없는 갈망—이것이 모든 것의 시

8 Sigmund Freud, *Beyond the Pleasure Principle, Group Psychology and Other Works: The Standard Edition of the Complete Psychological Works of Sigmund Freud*, tr. under the general editorship of Lytton Strachey, Vol. 18 (Hogarth Press 1955) 〔이하 *BPP*〕 41면, 원저자 강조. 여기서 역자가 'sexual instincts'라고 번역한 것은, 영어로 drive로 번역되기도 하는 심적(psychic) 작용으로서의 욕동 내지 추동 Trieb과 생물학적 본능으로서의 Instinkt를 프로이트가 구별하고 있다는 점을 흐릴 우려가 있다. 다만 로런스 자신은 성적 동기건 종교적 동기건 instinct, impulse, motive 등을 엄밀히 구별하지 않고 사용한다.

작이다. 이것이 주된 원동력이다. 성적 원동력은 이에 보조적이고, 종종 그것과 정면으로 대립하기도 한다.

다시 말해 본질적으로 종교적인 또는 창조적인 동기가 모든 인간활동의 으뜸가는 동기인 것이다.(*FU*, I 67면, 원저자 강조)*

여기서 '성교 행위를 향해서 나아가는 흥분의 과정' 운운한 것은 성적 만족을 '향해서 나아가는' 과정이 아니라 만족되지 못한 성적 충동의 '승화'(Sublimierung, sublimation)라는 프로이트의 개념을 왜곡한 혐의가 없지 않다. 그러나 이는 뒤에 보듯이 '승화' 자체를 달리 이해하는 로런스의 관점에서 크게 문제될 사안은 아닌 것 같다. 논란의 소지가 오히려 더 큰 대목은 '이 다른, 더 거대한 충동'을 인간 남성(the human male)의 것으로 규정한다는 점이다. 이는 다분히 전통적인 입장이랄 수 있지만, 로런스는 전통적인 발상을 넘어 더욱 극단적인 남성주의로 치닫는 혐의를 자초하는 모양새다. 사실 로런스의 글 중에서도 『무의식의 환상곡』은 이 문제를 두고 가장 단정적인 표현을 구사하는 사례일 것이다.

이는 뒤에 다시 검토할 사안이지만, 로런스가 남성적인 것과 여성적인 것을 — 동아시아의 음양사상과 마찬가지로 — 개인의 남자와 여자로 한정하지 않는다는 점만은 상기할 필요가 있다.[9] 그렇지 않고 이 종교적 충동이 남자들만의 욕구라면 그것은 스스로 말하듯 '모든 인간활동의 으뜸가는 동기'가 될 수는 없을 것이다. 로런스가 단지 남성적인 속성으로 한정한 것을 인간 일반의 속성이라고 주장한다면 그것은 자가당착에 빠지는 꼴이기 때문이다.

그렇더라도 로런스가 이 책에서 '남성'과 '남자'를 특정하는 발언을 계

9 본서 서장 27~28면 참조.

속한다는 것은 엄연한 사실이다. 이를 종교적 내지 창조적 충동이 인간 남성을 통해 우선적으로 또는 집중적으로 표현된다는 취지로 해석하더라도, 그러한 남성편중 현상이 어디까지 인간의 본래적 모습이며 장래에도 그래야 하는지는 별도로 따져볼 문제다.

주지하다시피 프로이트 자신은 전통적인 종교들의 인간동기 해석에 대해 꽤나 회의적이었다. '아직까지 도달한 적이 없는 상태를 목표로 하는' 본능으로는 성적 본능이 유일하리라고 밝힌 데 이어 그는 다음과 같이 말한다.

> 우리 가운데 많은 이들에게는, 인간을 현재와 같은 높은 수준의 지적 성취와 윤리적 승화로 이끌었고 초인으로의 발달까지 돌봐주리라 기대할 수도 있는 완전함을 향한 본능이 인간 내부에 작동하고 있다는 믿음을 포기하는 것 또한 어려운 일일지 모른다. 하지만 그런 어떤 내적 본능이 존재한다는 것을 나는 믿지 않으며, 어떻게 이런 선의의 환상이 유지될 수 있을지도 알 수 없다. 내가 보기에 현재까지 인간의 발달은 동물의 경우와 다른 설명을 요구하지 않는다. 소수의 개인들에서 나타나는 더 완전한 상태를 향한 지칠 줄 모르는 충동이란 것은 인간문명에서 가장 소중한 모든 것의 기초를 이루는 본능억압의 한 결과로 쉽게 이해할 수 있다.(*BPP* 42면)*

'초인으로의 발달'은 니체를 의식한 언급일 텐데, 인간에 내재하는 '완전함을 향한 본능' 운운은 『무의식의 환상곡』을 반박하는 꼴이다(물론 후자가 나오기 전이었고 나온 뒤에도 프로이트가 로런스를 읽었을 가능성은 희박하지만). 아무튼 프로이트는 '본질적으로 종교적인 또는 창조적인 동기'를 억압된 성적 충동의 '승화'로 설명할 뿐 별개의 원초적 충동을 인정하지 않는다.

그런데 로런스의 견해에 논란의 여지가 있다 해도 그가 승화라는 요소를 아예 무시하고 있지 않다는 점 또한 인정해야 할 것이다. “가장 광범위한 형태의 성적 충동은 빠나마운하의 건설을 향한 아주 거대한 충동이었다”라는 발언도 프로이트의 승화론과 일맥상통하거니와, ‘승화’라는 용어에 대해 독자적인 해석을 내놓기도 한다. 그것이 프로이트의 주장에 대한 논리적 반박이랄 수는 없겠지만, 인간의 발달과 교육에 대해 프로이트와 확실히 구별되는 관점을 제시하는 것은 분명하다.

> 원초적 의식으로부터 공인된 두뇌적 의식으로 옮아가는 과정은 다른 모든 이행과정과 마찬가지로 하나의 신비이다. 하지만 그것은 그 특유의 법칙을 따른다. 그리고 여기서 우리는 정통적 심리학의 영역에 접근하기 시작하는데, 그 영역을 침범하고 싶은 생각은 없다. 다만 이렇게 말하는 것이 가능은 하겠다. 원초적 의식에서 두뇌적 의식으로 이행하는 정도는 개인에 따라 다른데, 대다수의 개인에서 그 정도는 매우 낮다고.
>
> 원초적 의식으로부터의 이행과정은 승화라 불리는데, 잠재적 앎의 바탕을 확정된 관념의 상태로 승화시키는 것이다. 우리는 모든 교육을 이 과정과 동일시해왔다.(*FU*, VI 106면, 원저자 강조)*

프로이트가 승화작용을 모든 인간에게 공통적으로 일어나는 현상—비록 그 형태와 성과는 천차만별이지만—으로 보는 데 반해, 로런스는 그가 ‘원초적 의식’ 또는 ‘역동적 의식’(dynamic consciousness)이라고 부르는 것으로부터 자연스럽게 우러나오는 경우만이 ‘승화’의 이름에 값한다고 주장한다. 대부분의 사람들은 승화능력이 높지 않다는 주장이 대중의 잠재력을 과소평가한다는 비판을 받을 수는 있으나, 역동적 의식의 자연스러운 발전이 아닌 두뇌적 의식의 주입을 목표로 삼는 현대교육에 대한 그의 비판은 충분히 경청할 만하다.

성적 충동과 종교적 충동의 연관성에 관해서도 로런스는 프로이트와 완전히 다른 상호관계를 설정한다. 곧, 프로이트가 말하듯 진정한 창조적 에너지는 성적 에너지의 억압이 아니라 그 충족에서 나온다고 역설하는 것이다.

> 성교 뒤에 새 피가 돈다고 우리는 말한다. 깨끗하고 생기에 찬 그 새 피에서 새로운 전율이, 느낌·충동·에너지의 새로운 전율이 신체 하부의 주요한 정동적 중심들로 전해진다고 말한다. 그렇다면 이 새로운 전율은 어찌 되는가?
>
> 이제 새로운 사태가 펼쳐진다. 그 새로운 전율은 역동적 신체 상부의 주요 중심들로 전해진다. 이제 개체의 체계 내부에서 개체의 대극관계(對極關係)가 변화한다. (…)
>
> 그러면 어떻게 되는가? 상부의 중심들이 적극성을 띠면서 섬세하게 활동적이 되면 어떻게 될까? 사태는 이제 달라진다. 이제 눈은 새로운 것을 보고, 귀는 새로운 것을 듣고, 목은 새로운 소리를 발하고, 입술은 새로운 말을 전한다. 이제 새 노래가 울려나오고, 두뇌는 새로운 생각을 향해 설레며, 가슴은 새로운 활동을 갈망한다.
>
> 가슴은 새로운 활동을 갈망한다. 새로운 **집단적** 활동을. 즉, 다른 존재들, 다른 남자들과의 새로이 대극화된 관계를. (*FU*, IX 135면, 원저자 강조)*

이 대목은 신체 상하부의 여러 '중심'들에 대한 로런스의 견해를 포함해 부연하고 검토할 것들이 많다. 하지만 우선 주목할 것은 이런 대목이 단순히 인간심리의 작동에 대한 관찰을 넘어 사람이 어떻게 살아야 옳은가에 대한 로런스의 구상을 표현하고 있다는 점이다. 곧, 프로이트와 달리 로런스는 무엇이 진정으로 창조적인 활동이고 무엇이 그렇지 못한지에 대한 분명한 기준—단지 억압된 본능적 에너지의 분출에 불과한 것과 프로이트의 표현대로 '높은 수준의 지적 성취와 윤리적 승화'에 실제로 기여하는 것을 구별할 기준—을 제시한다. 프로이트는 로런스가 주장하는 창조적 충동도 더 깊이 분석해보면 다름아닌 승화의 산물임이 드러난다고 주장할 테지만, 승화의 성과 중 무엇이 진정으로 창조적인 것인지, 말하자면 그 종차(種差, differentia specifica)를 규명하지는 못한다. 정신분석이 과학을 자처하는 한은 당연한 일일 수 있다. 창조적 예술가인 레오나르도 다빈치(Leonardo da Vinci)에 관한 연구에서도 프로이트는 명시적으로 발뺌을 한다.

병력학(病歷學)은 결코 위대한 인물의 업적을 이해할 수 있게 함을 목표로 하지 않는다. 그리고 확실히 그 누구도 자신이 하겠다고 약속한 적이 없는 일을 안 했다 해서 비난받아서는 안 된다. (…) 우리는 예술활동이 어떻게 정신의 원초적 본능에서 파생되는지를 기꺼이 설명하고 싶지만 바로 이 지점에서 우리의 능력이 우리를 저버리고 마는 것이다.[10*]

그러나 로런스의 관점에서는 이를 과학자의 겸허한 고백으로만 볼 수 없는 것이, 성적 충동의 만족이 아닌 억압에서 인간의 창조적 활동이 파생

10 Sigmund Freud, *Five Lectures on Psycho-Analysis, Leonardo and Other Works: The Standard Edition*, Vol. 11 (Hogarth Press 1957; rpt., 1973) 제6절 130면, 132면.

한다는 전제 자체가 사실관계에 어긋날뿐더러 진정한 창조성을 저해하는 발상이기 때문이다.[11]

> 어떠한 위대한 동기나 이상이나 사회적 원리도 해당 개인들 압도적 다수의 성적 충족에 기초하지 않고서는 웬만큼 긴 시간을 견뎌내지 못한다.
>
> 이는 양날의 칼이다. 성을 지배적인 충족으로 고집하다가는 남자의 살아 있는 목적이 무너진다. 결과는 무정부적 혼란이다. **목적성**만을 삶의 유일한 가장 높은 순수한 활동으로 고집하다가는 메마른 불모상태로 떠내려간다. 오늘날 우리의 기업활동이나 정치생활처럼 말이다. 우리는 이렇게 불모성을 피할 길이 없어지고 무정부적 혼란이 불가피해진다. 이게 우리 처지다. 우리는 우리의 거대한 목적의식적 활동을 모든 개인들의 강렬한 성적 충족에 기초하도록 해야 한다. 이집트는 그렇게 해서 지속되었다. 하지만 그렇더라도 우리는 성적 충족을 목적이라는 거대한 열정의 하위에, 바로 밑에 두어야 한다. 간발의 차이일지라도 그 간발의 차이만큼은 하위에 두어야 하는 것이다.(*FU*, IX 138면, 원저자 강조)*

프로이트가 성적 충족을 외면하지 않음은 더 말할 나위 없지만, "소수의 개인들에서 나타나는 더 완전한 상태를 향한 지칠 줄 모르는 충동"의 근거를 성본능의 **충족**보다 그 억압에서 찾고 창조적 활동의 바탕에 성본능의 깊은 충족이 있어야 한다는 인식을 결여함으로써, 로런스가 「토마스

---

11 더구나 프로이트의 다음과 같은 대목은 과학적 진술로서도 거의 무의미한 순환논법의 기미마저 보인다. "그렇다면 정신분석의 노력으로는 해명할 수 없는 다빈치의 다음 두가지 특징이 남게 된다. 곧 본능을 억압하려는 그의 상당히 특별한 경향과 **원초적 본능을 승화시키는 그의 비범한 능력**이 그것이다."(같은 책 136면, 인용자 강조)*

하디 연구」 등 여러 곳에서 비판하는 본능의 좌절이 낳는 '이상주의'와 그에 따른 무정부적 혼란, 심지어 대대적인 살육에 대해 거의 무방비 상태가 되기 쉬운 것이다.

4. 인간의 공격적 충동과 '문명의 불편함'

프로이트의 후기 저작에 에로스와 타나토스라는 두 원초본능이 등장함으로써 사정이 근본적으로 나아지는 것도 아니다. 그에 따르면,

> 문명은 에로스에 봉사하는 과정인데, 에로스의 목적은 개인들을, 그다음에는 가족들을, 그다음에는 종족들, 민족들, 국가들을 하나의 거대한 통일체, 즉 인류라는 통일체로 결합하는 것이다. 왜 이런 일이 일어나야 하는지는 우리도 모르지만, 이것이 바로 에로스가 하는 일이다. 이런 인간집단들은 리비도를 통해 서로 결합하게 되어 있다. 필요만으로는, 공동노동의 이점만으로는, 그들을 단결상태로 유지시키지 못할 것이다.[12*]

여기서 프로이트는 드디어 '인류라는 통일체'를 이야기하며, 그것이 공리주의적 논리로 설명되지 않는 어떤 힘의 작용임을 인정한다. 이는 로런스가 역설하는 점이기도 하다. 다만 로런스는 "하나의 세계를 능동적으로 만들어가는 과정에서의 열정적인 일치"(a passionate unison in actively

---

12 Sigmund Freud, *The Future of an Illusion, Civilization and Its Discontents and Other Works: The Standard Edition*, Vol. 21 (Hogarth Press 1961), *Civilization and Its Discontents* (1930, 이하 *CD*) 제6절 313면.

making a world)와 그때 벌어지는 "다수 인간의 진정한 어울림"(a real commingling of many)이 비록 성적 충동과 무관하게 발생하는 것은 아니지만 그 본질이 전혀 다르다는 입장이다(*FU*, IX 137면). 사실 이런 대목에서 프로이트는 자신의 말이 가설 내지 '추론'(conjectures, *CD*, IV 288면)일 뿐임을 밝히는데, 그의 가설과 로런스의 가설 중 어느 쪽이 인류의 경험적 자료를 더 잘 설명하는지는 쉽게 가려질 일이 아니다. 더구나 프로이트에서 그 긍정적 성취의 최대치는 인류에 머물러 있고, 그는 동물의 세계라든가 나아가 로런스의 '나를 둘러싼 우주'(circumambient universe)와의 관계에는 별다른 관심이 없다.

프로이트의 이론에 죽음 본능이 도입된 것은 설명력의 일정한 진전임이 분명하다. 그러나 『문명의 불편함』(독일어 원제 *Das Unbehagen in der Kultur*) 마지막 대목에서 다음과 같이 말할 때, 그는 문명의 의미와 그 당대적 곤경에 관해 사실상 낡은 계몽주의 이상으로 돌아가는 듯하다.

> 내가 보기에 인류의 운명이 걸린 문제는 인간의 공격 및 자기파괴 본능이 그들 공동의 삶을 교란하는 것을 인류의 문화적 발전이 과연, 그리고 어느 정도까지 성공적으로 제어할 수 있느냐 하는 것이다. 이런 면에서 현시대야말로 아마도 특별한 관심의 대상이 될 만하다. 인간은 자연의 힘을 빌려 서로를 마지막 한 사람까지 쉽게 몰살시킬 수 있을 만큼 자연의 힘에 대한 지배력을 확보했다. 인간은 이 사실을 알고 있으며, 오늘날 그들의 불안과 불행, 근심은 그로부터 비롯된 것이다. 이제 두 '천상의 힘' 중 다른 하나, 즉 영원한 에로스가 자신과 똑같이 불멸의 존재인 적수와의 싸움에서 힘을 발휘하도록 애써주기를 기대하는 수밖에 없다.(*CD*, VII 339-40면)*

게다가 프로이트가 '에로스가 하는 일', 곧 인간집단들을 리비도적으로 결합시키는 일에 두는 무게는 니체적 신랄함을 지닌 저서 앞대목의 많은 통찰을 거의 무화시키는 느낌마저 준다. 가령 '양심'의 본성에 대한 프로이트의 분석은 니체의 '계보학적' 비판의 정신분석적 인증이자 그 연장선에 놓이는데,[13] 이는 보편적 사랑의 명령이 지닌 효능에 대한 회의를 불러일으키며 프로이트식의 승화가 오히려 '이상주의'라는 억압과 파괴의 악순환을 낳는다는 로런스의 주장에 근접하기조차 한다. 이어서 프로이트는 '사랑의 복음'에 대한 다음과 같은 날카로운 주장도 내놓는다.

> 상당수의 사람들을 사랑으로 결속시키는 일은 그들이 공격성을 발산할 대상으로 다른 사람들이 남아 있는 한 언제나 가능하다. (…) 사도 바울이 사람들 간의 보편적 사랑을 그의 그리스도교 공동체의 토대로 일단 정립하고 나자, 그리스도교 세계 외부에 남아 있는 사람들을 향한 극단적 불관용은 불가피한 결과였다. 로마인들은 국가라는 공동체적 삶의 토대를 사랑에 두지 않았기 때문에, 비록 그들에게 종교가 국가의 관심사였고 국가 전반에 종교가 스며들어 있었지만 종교적 불관용이 낯선 것이었다.(*CD*, V 305면)*

---

13 "그리고 마침내 이 대목에서, 전적으로 정신분석에 속하고 사람들의 평범한 사고방식에는 생소한 하나의 관념이 개입한다. 이는 왜 그 주제가 우리에게 그토록 혼란스럽고 불명료할 수밖에 없는지를 이해할 수 있게 해주는 성격을 지닌 관념이다. 이에 따르면 양심(더 정확히 말해, 후에 양심이 되는 불안)은 처음에는 본능포기의 원인임이 분명하지만 후에 그 관계는 역전된다. 모든 본능포기는 이제 양심의 역동적인 원천이 되고, 모든 새로운 포기는 후자의 가혹함과 불관용을 증대시킨다."(*CD*, VII 321면)* 니체, 특히 『도덕의 계보』(*Zur Genealogie der Moral: Eine Streitschrift*, 1887)의 독자라면 그 관념이 "전적으로 정신분석에 속"한다는 데는 이의를 제기하겠지만 그것이 "사람들의 평범한 사고방식에는 생소"하다는 점을 쉽게 인정할 것이다.

프로이트는 본능 내지 욕동(Triebe)을 "심리학 연구의 가장 중요하면서도 가장 난해한 요소"(at once the most important and the most obscure element of psychological research, *BPP*, V 34면)로 규정한 적이 있다. 프로이트 스스로 그렇게 말한 마당에 내가 그 논의에 섣불리 뛰어들 일은 아니다. 다만 『무의식의 환상곡』 검토의 일부로 로런스는 프로이트가 지목하는 현상을 어떻게 설명하는지를 살펴볼 수 있을 것이며, 곁들여 니체를 참조하는 것도 하나의 방편이 될 듯하다.

로런스도 파괴의 충동을 인간심리에 내재하는 요소로 본다. 그러나 『무의식의 환상곡』과 그밖의 저서에 따르면, 진짜 중요한 선택은 파괴와 자기보존 사이가 아니라 '필연적으로 파괴를 포함하는 창조'와 '자기보존의 형식을 취하기 일쑤인 생명 부정' 사이의 선택이다.[14] 이 문제에 관해 니체는 잔인성을 인간 본능의 일부로 보는 점에서 프로이트의 공격본능설에 동조하는 셈이지만, 그것을 '건강한 동물적 본능'의 일부로 긍정한다는 점에서 로런스의 '반이상주의'와 통하는 면이 있다. (물론 두 사람의 차이도 중요한데 이는 뒤에 따로 논한다.)

> 내가 보기에, 길들여진 가축—다시 말해 근대인, 다시 말해 우리들—의 고상한 감수성과 더군다나 위선은 어느 정도까지 잔인성이 좀

---

14 이 점은 『쓴트모어』에서 루 위트의 명상에 꼭 집어서 언급된다. "창조는 그 진행과 더불어 파괴한다. 한 나무가 자라도록 다른 나무를 쓰러뜨린다. 그러나 이상을 좇는 인류는 죽음을 폐기하려 하고, 수백만 수억만이 되도록 자기증식을 하고 수많은 도시를 잇달아 세우며 기생하는 온갖 생명체가 살아남게 하고자 한다. 그리하여 급기야 그냥 존재만 하는 것들이 쌓이고 또 쌓여 끔찍한 상태로 부풀어오르도록 하는 것이다."(*St. Mawr and Other Stories*, ed. Brian Finney, Cambridge University Press 1983, 80면).*

더 원시적인 인간의 축제에서 큰 쾌락의 일부를 이루었고 또 실제로 그들의 거의 모든 쾌락의 한 구성요소였는지, 그리고 잔인성에 대한 그들의 갈증이 얼마나 순진무구하게 나타났는지, 그들이 어떻게 근본적으로 '사심없는 악의'(스피노자의 표현으로 악의적 공감sympathia malevolens)을 인간의 **정상적** 속성으로 설정했는지를 생생하게 제대로 이해하는 일을 가로막는다.[15]*

물론 니체는 근대인의 잔인성은 전혀 다른 성격임을 전제하고 있다. 그가 개탄하는 이런 근대인의 잔인함을 만들어내는 것은 바로 그런 본능에 대해 흔히 사랑의 이름으로 행해지는 억압이다.

이러한 심적 잔인함에는 전혀 유례가 없는 의지의 광기가 있다. 자신이 절대로 속죄할 수 없을 만큼 죄가 있고 비난받아 마땅하다고 여기려는 인간의 **의지**, 벌이 죄에 상당한 것이 될 그 어떤 가능성도 없는 만큼 자신을 벌해야 한다고 생각하려는 **의지**, 사물의 가장 기본적인 근거를 벌과 죄의 문제로 오염시키고 독을 타서 이 미궁 같은 고정관념들로부터 스스로 벗어날 길을 영영 차단해버리려는 **의지**, 하나의 이상—'거룩하신 하느님'의 이상—을 세워놓고 그 앞에서 자신의 명명백백한 무가치함을 느끼려는 **의지**. 오, 이 정신 나간 한심한 짐승 인간이여!(같은 책, 제2논문 22절 93면, 원저자 강조; 국역본 442~43면)*

---

15 Friedrich Nietzsche, *On the Genealogy of Morals/Ecce Homo*, tr. Walter Kaufmann (Vintage Books 1989), *On the Genealogy of Morals* 〔이하 *Genealogy*〕 제2논문 6절 66면(원저자 강조). 국역본으로 프리드리히 니체 『선악의 저편·도덕의 계보』, 김정현 옮김, 책세상 2002가 있는데(해당 대목은 406~407면), 나 자신이 영문판을 갖고 작업했고 독일어 원문을 대조하지 못했기 때문에 국역본은 참고만 하고 나의 영문판 번역을 제시하는 방식을 택했다.

로런스도 순수한 본성의 일부를 이루는 잔인함과 파괴성을 인생의 패배자들이 품은 원한 내지 앙심(니체의 Ressentiment)이 낳는 흔히 은폐된 공격성과 구별하는 점에서 니체와 기본적으로 같은 입장이다. 어찌 보면 로런스의 입장은 더 균형잡히고 정교하게 제시된다. 그는 한편으로 신체 내의 '공감적 중심'(sympathetic centres)과 '의지적 중심'(voluntary centres) 사이의 균형을 강조하며, 다른 한편 파괴적 충동을 동반하곤 하는 개인의 자기주장을 주도하는 의지적 중심들을 다시 신체 '하부'의 것과 '상부'의 것으로 세분하는 것이다. 이 둘 중에서 하부의 의지적 중심—로런스가 요부신경절(腰部神經節, lumbar ganglion)이라 부르는[16]—의 활동은 니체가 말하는 건강한 공격성에 상응할 것이다.

또한 아이가 엄마에게서 구별되기를 주장하고 자기 존재의 독자적 정체성과 주변 환경에 대한 지배력을 주장하는 것은 요부신경절이라는 거대한 의지적 중심으로부터이다. 이 중심에서 격렬한 유아적 자존심과 활력이 발원한다. 환희에 겨워 발길질하거나, 조그만 아이지만 자신의 존재에 의기양양하여 까르륵대거나, 난폭한 탐욕으로 젖가슴을 움켜쥐고, 모든 엄마들이 알고 있는 막 생겨나는 지배욕을 드러내는 것이

16 『무의식의 환상곡』에서 상세하게 제시되는 각종 신경총(plexus)과 신경절(ganglion)에 대해 여기서 길게 소개하는 것은 불필요하고 도움도 안 될 것 같다. 그 발상은 힌두사상(특히 요가)의 차크라(chakra)—인간의 두뇌의식 이전의 의식 내지 기운이 자리한 몸 안의 지점들—개념을 로런스가 블라바쯔키(Helena Petrovna Blavatsky, 흔히 Madame Blavatsky로 불림), 프라이스(James Morgan Pryse) 등 당대의 견신학(見神學, theosophy) 저자들을 통해 접하고 자기식으로 발전시킨 것이라고 한다(B. Steele, Introduction, *FU* xxxvi-xxxvii면). 현대 해부학의 관점에서는 황당한 이야기지만, 인도 의학뿐 아니라 혈(穴)과 기맥(氣脈) 등을 전제하는 동아시아 의학에 친숙한 독자라면 처음부터 일축할 까닭은 없다.

다. 막 생겨나는 이 지배욕, 어린것이 자신의 독자적 존재에 대해 느끼는 이 순전한 기쁨, 어린아이의 저 경이로운 장난기, 엄마의 사랑에 대한 심술궂은 조롱, 성질부리기와 화내기, 이 모든 것이 유아기의 일부분이다.(*FU*, III 80면)*

이는 유아기를 특정한 서술이지만 니체가 고대인에게서 발견하는 인간의 '정상적 속성으로서의 사심없는 악의'와 통하는 특징이다. 그런데 앞서도 지적했듯이 로런스의 진술이 한결 정교한 것은, 요부신경절 등을 특정해서 설명하기 때문만이 아니라 아이가 공감작용에서 멀어지는 또다른 방식을 분별해서 제시하기 때문이기도 하다. 상부의 '의지적 중심' 중에도 로런스가 흉부신경절(thoracic ganglion)이라고 부르는 것의 작용은 요부신경절과 마찬가지로 '공감적 중심'에 대한 반발이지만, 이 경우 냉정한 객관성이라는 부정적 형태를 취한다. 상체의 공감적 중심인 흉부신경총(cardiac plexus)이 하체의 태양신경총(solar plexus)과 달리 나 아닌 것과의 공감을 일으키는 데 반해, 흉부신경절은 외부 사물들을 차갑게 대하도록 만드는 것이다. 물론 진실로 조화로운 균형상태에서는 그것이 "진정하고 적극적인 호기심, 사물을 조각조각 분해해보는 즐거운 욕망, 그것을 다시 조립해보려는 욕망, '알아내려는' 욕망, 그리고 발명하려는 욕망이라는 한층 행복한 활동의 중심"(*FU*, III 84면)*이 되기도 한다.

거듭 말하지만 이런저런 신경총·신경절에 대한 로런스의 구체적 설명을 일단 괄호 속에 넣은 채 니체와의 비교에 주목할 때, 로런스의 논의가 더 상세하고 정교한 점은 분명하다. 나아가 니체는 고대인의 건강성을 상기하며 근대인의 광기를 질타함에 그치는 반면, 로런스는 근대인의 실상에 관해 니체 못지않게 신랄하면서도 인간 누구에게나 내재하는 균형과 조화, 행복의 가능성을 열어놓고 있다. 사실 이런 면이 없는 동물적 건강성 예찬은 원시적 인간들의 상태를 오늘날 복원해야 하고 복원할 수 있다는 논증이 따르지 않는 한 대책없는 비분으로 끝나기 십상이다.[17]

두 사람의 이런 차이는 예수와 그리스도교를 보는 시각에도 드러난다. 알려졌다시피 니체는 그리스도교야말로 노예의 종교요 노예적 열등감과 앙심의 우회적 표현이라고 보았고 그 원흉으로 사도 바울을 지목했다. 예수는 현실과의 단절을 통해 앙심으로부터의 해방을 주장하고 실천한 '유일한 크리스천'이었는데 바울은 그런 예수를 현실종교의 창시자로 만드는 거짓을 범했다는 것이다.[18] 로런스 역시 그리스도교에는 두가지 전혀 다른 유형이 있다고 본다. 하지만 이는 예수와 바울의 대립이 아니라 예수, 바울, 사도 요한 등 '강한 영혼' 내지 '진정한 귀족'의 종교와 계시록의 요한이 대변한 '약한 영혼'의 종교 간에 형성된 대립이다. "예수 시대에 내면적으로 강한 영혼들은 모든 곳에서 지상을 지배하려는 의욕을 잃은 뒤였다. 그들은 지상의 지배와 지상의 권력으로부터 자신의 힘을 거둬

17 니체의 사상을 이렇게 단순화하려는 것은 아니다. 니체 나름의 대안 구상은 분명히 있었고 그 가장 중요한 표현이 아마도 『짜라투스트라는 이렇게 말했다』(*Also sprach Zarathustra*, 1883, 1884, 1891)일 것이다. 니체 사상을 그의 생애와 함께 개관하면서 독자적인 해석을 시도한 국내의 역저로 고명섭 『니체 극장: 영원회귀와 권력의지의 드라마』, 김영사 2012 참조.

18 Friedrich Nietzsche, *The Anti-Christ*, in *Twilight of Idols/The Anti-Christ*, tr. R. J. Hollingdale (Penguin Books 1990) 163면 등. 이와 관련해서 황정아 『개념비평의 인문학』, 제1부 5장 「보편주의와 공동체: 바디우, 지젝, 니체의 기독교 담론」, 특히 111~13면이 참고할 만한데, 그는 니체의 예수관을 소개하면서 날카로운 비판도 곁들인다. "니체에게 예수는 죄의식과 원한에서 자유롭긴 했지만 그것은 어디까지나 다른 모든 것, 즉 '실제의 모든 것'과 단절했기 때문에 가능한 것이었다. 따라서 근본적으로는 니체가 기독교식 가치전도의 하나로 누누이 비판한 현실부정의 의지가 예수에게서도 발동되고 있으며, 그런 점에서 그는 원한에서 벗어난 유일한 사례가 아님은 물론이고 가장 바람직한 사례는 더구나 못 된다."(112~13면) 반면에 대체로 니체적인 발상의 연장선에서, 현실에서 실패할 수밖에 없었지만 '생명문화공동체운동'을 창시했던 '청년 예수'를 드높이고 그런 예수를 승리자 메시아로 둔갑시킨 바울을 비판하는 한국 신학계의 업적으로 문동환 『예수냐 바울이냐』, 삼인 2015 참조.

들여서 다른 형태의 삶에 적용하고 싶어했다."[19]* 그래서 '서로 사랑하라'는 복음의 종교가 창시되었는데, 이에 따른 현실세계의 공백을 「요한계시록」이 집약적으로 표현한 약자들의 권력욕과 복수심이 메우게 되었다고 (니체와 비슷하게) 진단한다. 그러나 로런스는 예수와 바울을 같은 편으로 보는 점이 니체와 다를 뿐 아니라, 그들의 사랑의 가르침이 당시로서는 어떤 거대한 세계사적 전환에 부응하여 강자의 권력의지를 부정한 것임을 인정하는 점에서 훨씬 '역사적'이고 긍정적인 해석을 제시한다. 이후 약자의 그리스도교가 점점 우세해지는 역사가 전개되는 가운데 한때 중세의 가톨릭교회가 양자 사이의 일정한 균형을 성취한 면도 있지만, 중세 말기 교회의 타락과 개신교의 등장으로 약자의 권력의지가 '사랑'의 이름으로 지배하는 세상이 되었다는 것이다.[20] 더구나 로런스는 중세 교회가 빵에 대한 대중의 현실적 욕구를 중시한 것 자체를 타락으로 보지 않는다. 이것이 도스또옙스끼의 『까라마조프 형제들』 중 이반 까라마조프가 들려주는 '대심문관' 이야기가 별도의 단행본으로 출간되었을 때 로런스가 내놓은 독창적인 해석이다. 이 우화에서 재림해서 스페인의 어느 시골에 나타난 예수를 '대심문관'이 만나 하늘로 되돌아가시라고 권유한다. 사람들에게는 '지상의 빵'이 절대적으로 필요한데 공연히 사랑과 희생의 교훈을 다시 들고 오셔서 그들을 고생시키지 마시라는 것이다. 로런스는 이것이 도스또옙스끼의 의도와 관계없이 『까라마조프 형제들』이라는 작

---

19 D. H. Lawrence, *Apocalypse and the Writings on Revelation*, ed. Mara Kalnins (Cambridge University Press 1980) 65면.

20 같은 책 70면. 가톨릭교회가 훗날의 개신교와 달리 개별 영혼보다 '결혼'이라는 남녀결합을 성찬(sacrament)으로 만들고 삶의 토대로 삼았다는 점에 대한 로런스의 찬사는 *A Propos of "Lady Chatterley's Lover," Lady Chatterley's Lover*, ed. Michael Squires (Cambridge University Press 1993) 320~22면 참조.

품이 포착한 심오한 진실이라고 보며, 한걸음 더 나아가 '지상의 빵'이야말로 민중에게 '하늘의 빵'이기도 하다는 주장으로 나아간다.[21] '밥이 하늘이다'(食以爲天)라는 후천개벽사상과의 친화성이 약여한 대목이다.

니체에 대해서도 로런스는 다분히 역사적이고 복합적인 평가를 내놓는다. 예수의 시대가 힘의 시대에서 사랑의 시대로 옮겨가는—「토마스 하디 연구」의 어법으로는 여성적 원리에 해당하는 '법칙'(Law)의 시대에서 남성적 원리인 '사랑'(Love)을 절대시하는[22]—대전환의 시기였듯이, 그리스도교 2천년, 특히 근대의 이상주의가 극에 달한 끝에 힘의 시대가 다시 돌아오고 있으며 니체의 '힘에의 의지'(Wille zur Macht)는 이 새로운 전환을 선포하고 있다고 본다. 그러나 로런스 자신은 니체의 '건강한 동물성'으로의 단순 복귀가 아니라 '법칙'과 '사랑'이 서로 모순되면서도 연결되고 양자의 분열이 치유되는 새로운 조화의 시대, '성령'의 시대를 꿈꾼다. "(성부와 성자가) 비록 모순되기는 하지만 그 둘이 서로 모순이라고 선언하는 것은 '용서할 수 없는 죄'이다. 그 둘 사이에는 화해자인 성령이 연결되어 있고, 그 누구든 성령을 해치는 말을 하면 용서받지 못할 것이다."[23]*

이후 1920년대 중반의 에쎄이 「힘있는 자는 복되나니」(Blessed Are the

---

21 D. H. Lawrence, "Introduction to *The Grand Inquisitor*, by Dostoevsky," *Introductions and Reviews*, eds. N. H. Reeve and J. Worthen (Cambridge University Press 2005) (이하 *IR*) 132-33면.

22 본서 서장 27면 참조.

23 D. H. Lawrence, *Study of Thomas Hardy and Other Essays*, ed. Bruce Steele (Cambridge University Press 1985) 79-80면. 이어서 그는 이렇게 말한다. "이제는 분열을 종식시킬 때가 되었다. 사람들이 성부를 성자의 반대편에, 성자를 성부의 반대편에 두는 일을 그만둘 때가 된 것이다. (…) 어째서 성자를 숭배하는 일이 필연적으로 성부의 부정을 가져와야 하는가?"(It is time that the schism ended, that man ceased to oppose the Father to the Son, the Son to the Father. ... Why should the worship of the Son entail the denial of the Father?, 같은 글 80-81면)

Powerful)에 오면—뉴멕시코 경험의 영향도 있었겠지만—성부·성자 등 그리스도교적 표현 대신에 힘과 사랑의 대립으로 정리된다. "사랑의 시대가 끝나고 힘의 시대가 다시 오고 있다"(The reign of love is passing, and the reign of power is coming again)[24]라는 문장으로 시작하는 이 산문은 나아가 사랑에 대한 힘의 우위를 주장하여 얼핏 니체의 입장에 가까워지는 느낌을 줄 수도 있다. 그러나 로런스는 '힘'과 '의지'를 혼동하는 흔한 잘못을 강조함으로써 니체와 거리를 둘 뿐 아니라,[25] "힘의 성찬(聖餐)은 사랑의 성찬을 배제하지 않는다. 그것은 후자를 포함한다. 사랑의 성찬은 힘의 더 큰 성찬의 일부일 뿐이다"(*RDP* 325면)라고 단언한다. 다시 말해 '의지'와 달리 생명의 신비한 근원에서 용솟음치는 기운을 오롯이 수용하는 데서 오는 '힘'은 「토마스 하디 연구」의 분류법으로 '성부의 시대'에 해당하는 힘이 아니라 성부와 성자의 대립과 분열이 치유된 '성령의 시대'에 속하는 것이다. 이렇게 볼 때 현대문명에 대한 진단에서 프로이트 및 니체와 많은 점을 공유하면서 그들과 입장을 달리하는 로런스가 상당한 일관성을 유지하고 있는 것만은 분명하다.

---

24 D. H. Lawrence, *Reflections on the Death of a Porcupine and Other Essays*, ed. Michael Herbert (Cambridge University Press 1988) 〔이하 *RDP*〕 321면.

25 유대인들이 "하느님의 윤리적 의지를 신격화"(deifying ... the ethical Will of God)하는 오류를 범했듯이 독일인들은 "인간의 이기적 의지, 곧 힘에의 의지를 신격화"(deifying the egoistic Will of Man: the will-to-power)하는 또다른 잘못을 저질렀다는 로런스의 주장(*RDP* 321면)이 니체의 'Wille zur Macht' 개념에 대한 온당한 해석인지는 별개 문제다. 참고로 니체의 'will to power'를 '권력의지'로 옮기는 관행을 포함해서 영어의 *power*를 '권력'으로 번역하는 일이 흔한데, '권력'에는 정치권력 내지 남을 누르는 힘이라는 어감이 따르기 때문에 이는 *power* 또는 *Macht*의 원뜻을 왜곡하는 면이 있다. 그래서 일각에서는 '역능(力能)'이라는 표현을 쓰기도 하지만 한글로만 써서는 뜻이 잘 안 통할 뿐 아니라 *power* 또는 *Macht*와 달리 너무나 생소한 전문용어가 되어버린다.

5. 프로이트와 과학, 그리고 니체의 '진실에의 의지'

『무의식의 환상곡』은 "아직 우리에게 대부분 닫혀 있는 과학의 광대한 영역" "생명을 중심으로 진행되며 살아 있는 경험과 확실한 직관의 자료에 기초하는 과학"(*FU*, Foreword 62면)*을 복원하려는 원대한 포부를 지녔기 때문에 기존 과학의 새로운 영역으로 정신분석을 개척하고자 한 프로이트와는 그 성찰의 내용이나 '환상곡풍'의 논술방식이 모두 극히 대조적일 수밖에 없다. 그 차이를 보여주는 또 한가지 예는 바로 프로이트 작업의 출발점이자 정신분석의 초석에 해당한달 수 있는 '꿈의 해석' 문제다. 로런스는 대다수의 꿈은,

> 밤시간의 흐름이라는 마당비로 우연히 한데 쓸어온 이미지들의 이질적인 잡동사니이고, 그것들에 무슨 실질적인 중요성을 부여하는 것은 우리의 위신에 맞지 않는다. 우연에 불과한 것, 열등하고 기계적인 우연의 일치와 자동적인 사건 따위의 너절한 쓰레기 틈에서 위축되어 굽실거리며 개별 영혼의 품위를 떨어뜨리고 다니는 것은 위신있는 사람이 할 일이 결단코 아니다. 단지 티없이 온전한 영혼에서 발원하거나 그런 영혼에 걸맞은 사건들만이 의미심장한 것이다.(*FU*, XIV 178면)*

이는 사소하고 무의미해 보이는 디테일을 집요하게 축적하고 분석함으로써 새로운 앎의 영역을 개척하는 근대과학의 방법론을 제대로 이해하지 못한 발언일 수 있다. 프로이트의 정신분석도 "우연에 불과한 것, 열등하고 기계적인 우연의 일치와 자동적인 사건 따위의 너절한 쓰레기"를 끈질기게 헤집고 다님으로써 이룩한 새로운 과학적 성취이다. 그러나 이 득의

의 분야에서도 로런스의 도전이 무의미한 것은 아니다. 꿈에 대한 정신분석적 접근에서 특기할 점은 프로이트가 『정신분석 입문 강의』(*Introductory Lectures to Psycho-analysis*)에서 말하듯이 "꿈을 꾼 사람이 자기 꿈을 다시 떠올리면서 무엇을 망각하거나 변형시켰든지 간에, 그 사람이 우리에게 말해주는 것은 무엇이든 그의 꿈으로 간주되어야 한다"(5장 85면)*는 데 있다. 이것이야말로 엄밀한 과학적 자료수집의 원칙에 어긋나지 않는가. 물론 프로이트가 나중에 설명하듯이 문제의 핵심은 다른 데 있다.

> 이제 우리는 또한 꿈이 얼마나 많이 또는 얼마나 적게 기억되는지, 그리고 무엇보다 얼마나 정확히 또는 얼마나 불확실하게 기억되는지가 그다지 중요한 일이 아님도 이해할 수 있다. 기억된 꿈은 진정한 자료가 아니라 그것의 왜곡된 대체물로서, 후자는 다른 대체 이미지들을 불러내서 우리가 진정한 자료에 더 가까이 다가가도록, 꿈속의 무의식적인 것을 의식되게 만들도록 우리를 도와주는 것이기 때문이다.(같은 책 7장 114면)*

다시 말해 분석의 진짜 대상은 꿈 자체가 아니라 '꿈-작업'(Traumwerk, dream-work)의 기제와 이를 통해 드러나는 그 사람의 무의식의 내용이다. 프로이트의 과제는 엄밀히 말해 그의 주저의 제목대로 '꿈의 해석'(Traumdeutung, interpretation of dreams)이라기보다 정신(psyche)의 분석, 그가 개척한 과학의 새 분야 이름대로 '정신분석'(Psycho-analyse, psycho-analysis)인 것이다.

그에 반해 로런스는 흔히 말하는 '개꿈'은 대범하게 잊어버리되 '영몽(靈夢)'이랄 수 있는 특별한 꿈을 꾸었을 때는 정신 바짝 차리고 그 뜻을 헤아리라고 한다. 이는 꽤나 상식적이며 유구한 민중의 지혜를 담은 주장이기도 하다. 정신분석에 이런 특별한 꿈에 대한 개념이 따로 없다는 사실도 로런스가 보기에 '생명을 중심으로 진행되며 살아 있는 경험과 확실한 직관의 자료에 기초하는 과학'의 복원 필요성을 일깨워준다. 물론 오이디포스 콤플렉스 현상 등 프로이트가 그 나름의 방법으로 캐낸 분석적 자료는 가볍게 제쳐놓을 일이 아니지만, 들뢰즈와 가따리가 역설하듯이 그 자료가 가리키는 것이 주로 원초적 충동인지 아니면 왜곡, 전치된 충동인지는 여전히 논란거리다.

두 사람 간의 근본적 차이는 '무의식'의 이해에 관한 것이다. 프로이트는 의식되지는 않지만 정신분석을 통해 인지할 수 있는, 어디까지나 기계적 우주론의 범위에 들어 있는 심리적 현실을 지목했던 데 비해, 로런스에게 '진정하고 깨끗한 무의식'은 근대과학에 의한 증명은 물론 인식조차 거부하는 '삶' 자체의 발현이다. "진짜 무의식은 진정한 동력의 샘물이며 원천이다."(The true unconscious is the well-head, the fountain of real motivity, *PU* 12면) 이때 프로이트의 접근법이 더 과학적인 진행을 가능하게 한다는 주장은 일종의 순환논리다. 사실 근대과학에 대해 조금이라도 의구심을 지닌 사람이라면 심적인 삶을 기계적 장치로 환원하는 프로이트의 입장에 대해 사람을 태운 자전거가 자기 운동을 설명하려 애쓴다고 한 로런스의 조롱 섞인 비유(*FU*, V 95-97면)를 떠올릴 법하다. 아무튼 원인 없는 물질세계를 상정하고 그로부터 인과적 설명을 통해 신경계를 포함한 제반 생물학적 현상들을 이끌어내려는 프로이트의 태도와 인과관계 이전의 '삶'을 상정하는 로런스의 태도는 적어도 논리상으로는 대등한 가치를 부여받아 마땅하다.

프로이트가 기계론적 전제를 고집스럽게 고수함으로써 전혀 새로운 지식영역을 개척했을 뿐 아니라 근대과학의 지식과 진리 개념을 해체하는 데도 혁혁한 공을 세운 것은 사실이다. 이러한 프로이트의 위상은 탈구조주의 담론의 대표적 이론가 중 하나인 미셸 푸꼬가 '니체, 프로이트, 맑스' 3인조(연대순을 무시한)를 제시한 데서도 알아볼 수 있으며, 국내에서도 같은 순서로 세 사람을 배열한 저서가 나온 바 있다.[26] 그런데 프로이트 자신의 과학에 대한 신뢰는 예컨대 『한 환상의 미래』(*The Future of an Illusion*) 마지막 대목을 보면 차라리 비과학적 독단의 낌새마저 보인다. "아니다. 과학은 환상이 아니다. 그러나 과학이 줄 수 없는 것을 다른 데서 얻을 수 있다고 가정하는 것이야말로 환상일 것이다."[27]*

주목할 점은 로런스가 프로이트의 성적 충동 위주의 설명을 거부하고 그의 과학주의를 비판한다고 해서 한층 추상적이고 철학적인 설명을 선호하는 것은 아니라는 사실이다.

> 오늘날의 커다란 욕망은 종교적 충동을 전면 부인하든가 아니면 그것이 성과 전적으로 무관함을 주장하려는 것이다. 정통 종교계는 성을 백안시한다. 그래서 우리는 프로이트가 똑같이 맞받아치는 걸 감사하게 생각한다. 그러나 정통 과학계는 종교적 충동을 멸시한다. 과학자는 매사에 원인을 찾아내고 싶어한다. 종교적 충동에는 원인이 없다. 그리고 프로이트는 과학자 편이다. 융은 박사 가운을 슬쩍 벗어던지고 성직자 가운으로 갈아입는데, 그 통에 우리는 더욱 갈피를 못 잡게 된다. 융이 말하는 리비도나 베르그송의 엘랑 비딸보다는 프로이트의 성이 낫다. 성은 최소한 일정한 지시대상을 지닌다. 프로이트가 성으로 모든 것을 설명할 때 아무것도 설명하지 못하는 것으로 만들어버리는 셈이긴 하

26 Michel Foucault, "Nietzsche, Freud, Marx," *Nietzsche*, Cahiers de Royaumont (Les Éditions de Minuit 1966); 김상환 『니체, 프로이트, 맑스 이후: 현대 프랑스철학의 쟁점』, 창작과비평사 2002 참조.

27 Sigmund Freud, *The Future of an Illusion*, in *CD* 56면.

지만 말이다.(*FU*, I 67면, 원저자 강조)*

실제로 로런스 주변에는 에더 부부 등 융의 추종자가 된 이들이 있었고 프로이트에 대한 이들의 비판이 로런스에게 영향을 주었을 가능성도 없지 않다. 로런스가 『정신분석과 무의식』에서 거론했고(*PU*, I 11면) 훗날 호의적인 서평을 써준 트라이건트 버로(Trigant Burrow)도 융 학파에 속한 미국인이었다.[28] 그럼에도 불구하고 로런스가 융보다는 차라리 프로이트를 선택한 것은 일체의 형이상학적 사고를 넘어서려는 그의 노력과 떼어 생각하기 힘들다. 비록 기계적인 우주관을 고집할지라도 생물적 개체의 정신분석에 골몰하는 프로이트의 접근법이 '낫다'고 본 것인데, 로런스의 '무의식'도 '신비'이긴 하지만 어디까지나 개별 생명체로 구현되는 구체적 현실이기 때문이다. 그 생명체는 성적 충족을 바탕으로 "새로운 **집단적** 활동"(new *collective* activity. *FU*, IX 135면, 원저자 강조)으로 나가는 한층 중요한 '종교적 충동'을 지녔지만, 집단성에 대한 그러한 욕구도 어디까지나 개별 생명체의 것이다.

흥미로운 점은 근대적 과학주의와 전혀 다른 방식으로 프로이트를 재해석하여 정신분석의 새 영역을 개척한—그 결과 주류 프로이트주의 조직으로부터 파문을 당하기도 한—자끄 라깡 역시 프로이트의 융 배척에 동조했다는 사실이다.

프로이트의 무의식은 상상력에 의한 창조의 낭만적 무의식이 전혀

---

28 D. H. Lawrence, "Review of The Social Basis of Consciousness, by Trigant Burrow" (1927), *IR*. 그뿐만 아니라 융의 경우 로런스가 적어도 영역본 한 권—『리비도의 변형과 상징들』(*Wandlungen und Symbole der Libido*, 1912)의 영어판 *Psychology of the Unconscious* (1916)—을 읽은 것으로 확인된다(B. Steele, Introduction, *FU* xxix면).

아니다. 그것은 일각에서 프로이트적 무의식을 드러내줄 수 있다고 아직도 믿는 야간세계 신들의 소재지가 아니다. 이 장소가 프로이트의 시선이 향하는 장소와 분명 무관하지는 않지만, 낭만적 무의식의 용어들과 연결고리를 제공하는 융이 프로이트로부터 배척당해야 했다는 사실은 정신분석이 무언가 다른 것을 내놓고 있음을 충분히 말해준다.[29*]

라깡은 '정통 종교계'의 섹스 배제에 동조하지 않는다는 점에서도 로런스와의 일정한 접점이 인정된다. 사실 오늘의 시점에서 로런스의 프로이트 비판을 충분히 고찰하려면 프로이트나 융뿐 아니라 라깡이 훗날 감행한 '프로이트로 돌아가기' 작업도 감안해야 할 것이다. 다만 이는 나로서 감당할 수 없는 과제이며, 앞서 라깡의 '실재'를 잠시 짚고 넘어갔듯이 (본서 제7장 325~26면) 여기서도 그가 재해석한 무의식 역시 로런스의 무의식과 전혀 다르고 라깡 특유의 '욕망'(désir) 개념도 오히려 로런스적 욕망(desire) 충족의 원천적 불가능성을 설정하는 혐의가 짙다는 점을 지적하는 선에서 멈추고자 한다. 『무의식의 환상곡』이 그토록 강조하는 '종교적 충동' 역시 라깡은 — 정통 종교와 동일시하진 않겠지만 — '낭만적 무의식'의 또 하나의 변형으로 간주했기 쉽다.

여기서 근대적 과학주의와 일찍이 결별했고 탈구조주의자로 분류되기도 하는 라깡이 니체가 진단한 근대인의 한층 근본적인 질환으로서의 '진리(진실)에의 의지'(will to truth)를 얼마나 넘어서 있는지를 살펴볼 필요가

---

29 *The Seminar of Jacques Lacan*, ed. Jacques-Alain Miller, *Book XI: The Four Fundamental Concepts of Psychoanalysis*, tr. Alan Sheridan (Norton paperback 1981) 24면. 영역본을 중역했지만 프랑스어 원본의 한 대목(인용문 둘째 문장 "야간세계 신들의 소재지"를 수식하는 절 où certains croient encore pouvoir révéler l'inconscient freudien에 해당하는 대목)을 추가했다. 누락 부분을 지적해준 설준규 교수에게 감사한다.

있겠다. 니체는 자신이 노예의 도덕으로 규탄해온 금욕적 이상(the ascetic ideal)에서 오늘날 유일하게 위력을 지닌 것이 바로 그 의지라고 한다.

> 이제 정신은 어떤 종류의 이상도 필요로 하지 않는다(이러한 절제를 지칭하는 통속적인 표현이 '무신론'이다)—진리를 향한 자신의 의지를 제외하고는. 그러나 독자가 내 말을 믿어준다면, 이러한 의지, 이상의 이러한 잔여물은 가장 엄격하게, 가장 정신적으로 정식화된 이상 자체이며, 모든 외부적 첨가물이 제거된 철두철미 비전(秘傳)적인, 따라서 이상의 잔여물이라기보다 그 핵심인 것이다.30*

라깡은 『정신분석의 네개의 기본개념』의 영문판 서문에서 '진실 말하기'에 대해 특유의 모호한 화법을 보여준다. "내가 할 수 있는 것은 진실을 말하는 것밖에 없다. 아니, 그건 아니다. 나는 진실을 놓쳤다. 의식을 통과하면서 거짓말을 하지 않는 진실은 없다." 그런데 이는 진실을 과연 말할 수 있는가를 의심하는 말이지 그의 '진실에의 의지' 자체는 확고함을 이어지는 단락이 밝혀준다. "그러나 여전히 진실을 쫓아다니게 마련이다."(Lacan, 앞의 책 vii면)*

니체 자신이 '진실에의 의지'로부터 얼마나 자유로웠는지도 논란의 여지가 있다. 그는 "우리들 가운데서 진실에의 의지가 스스로 문제로 의식될"(in us the will to truth becomes conscious of itself as a *problem*) 때 엄청난 변화가 일어나고 "도덕이 이제 점차 소멸할 것"(morality will gradually *perish*

---

30 *Genealogy*, 제3논문 27절 160면; 국역본 537면(원저자 강조). '진리(진실)에의 의지'라고 어색하게 일단 옮겨본 것은 니체를 포함한 근대 서양철학에서 *truth*는 이미 우리말의 '진리'보다 '진실'에 해당하는 의미로 바뀌었기 때문이다. 하지만 인용한 대목에 '진실에의 의지'를 마치 '진리를 향한 의지'처럼 절대시하는 태도가 담긴 것 또한 사실이다.

now)을 예언했다(*Genealogy* 161면; 국역본 539면). 그러나 '진실'과 다른 차원의 '진리'나 새로운 도덕에 대한 모색은 하지 않았고 따라서 무의식에 관한 로런스의 책이 받아온 조롱에서는 면제되었다.[31] 하지만 그 자신이 제시하는 진실에 대한 높은 가치평가는 여전히 (프로이트의 경우와 꽤 유사한) 진실 대 허위의 대립에 기초해 있다.

> 그러나 내 진실은 **무시무시하다.** 지금까지 사람들은 **거짓을** 진실이라 불러왔기 때문이다.—**모든 가치의 대전환**, 이것이 인류가 최고의 자기성찰에 이르게 하는 행위를 요약하는 나의 공식인데, 내게 이르러 그것이 살(肉)과 천재성을 획득하게 된 것이다. 내가 최초의 **염치있는** 인간이 될 수밖에 없다는 것, 수천년의 허위에 스스로 맞서고 있음을 아는 것, 이것이 나의 운명이다. 나는 거짓을 거짓으로 감지한—그 **냄새를 맡아** 낸—최초의 인간이기에 진실을 **발견한** 최초의 인간이 되었다. 나의 천재성은 나의 후각에 있다.[32]*

31 여성관의 영역에서도 실제로 니체는 여성비하를 넘어 여성혐오에 해당하는 독설을 쏟아내기 일쑤였지만, 페미니스트로부터 오히려 너그러운 평가를 받기도 한다(*Feminist Interpretations of Friedrich Nietzsche*, ed. Kelly Oliver and Marilyn Pearsall, Pennsylvania State University Press 1998 참조). 물론 이 책 필자들의 의견은 다양하다. 예컨대 Linda Singer, "Nietzschean Mythologies: The Inversion of Values and the War Against Women"은 니체의 여성혐오가 그 자신의 최상의 통찰을 배반했다고 주장한다. 반면에 쌔러 코프만(Sarah Kofman), 자끄 데리다(Jacques Derrida), 켈리 올리버(Kelly Oliver), 모드마리 클라크(Maudemarie Clark) 등은 각자의 고유한 페미니즘적 관점에서 니체를 변호한다.

32 Friedrich Nietzsche, *Ecce Homo*, tr. R. J. Hollingdale (Penguin Books 1979), "WHY I AM A DESTINY," 제1절 126면(원저자 강조). 니체의 *transvaluation of all values*(독일어로 *Umwertung aller Werte*)는 '모든 가치의 재평가'로 번역되곤 하지만, '완전히 거꾸로 만드는 전면적인 재평가'이므로 '대전환'이라는 표현이 더 적절할 것 같다.

물론 진실을 중시하는 것 자체가 나쁘다는 건 아니다. 다만 그것이 '진리'의 깨달음으로 가는 길을 가로막을 때 문제가 된다. 그래서 하이데거는 니체가 선포한 '모든 가치의 대전환'조차 형이상학의 극복을 달성했다기보다 "형이상학에서 '~임'이 드디어 하나의 가치로 전락한"(Zuletzt ist in der Metaphysik das Sein zu einem Wert herabgesunken) 세계사적 순간을 대표하며, 니체가 표방한 허무주의의 극복은 도리어 허무주의의 완성이 된다고 한다.[33]

프로이트, 라깡, 니체 모두 자기 나름으로 로런스가 말하는 '종교적 충동'을 따라 합목적적인 창조활동에 나선 인물임은 분명하다. 특히 니체는 '서양의 개벽사상가'의 하나로 일컬어질 만한 면모마저 지녔다. '모든 가치의 대전환'이라는 표어도 그렇고 자신에게 와서 그리스도교 2천년의 역사가 드디어 막을 내리고 새로운 '초인'의 시대가 열린다는 주장도 그렇다. 다만 이에 대한 하이데거의 비판은 차치하고 로런스와 비교하더라도, 뉴멕시코의 경험을 통해 그리스도교적 정신주의로부터 드디어 완전히 벗어났다는 로런스와 대조적으로 니체는 여전히 그리스도교 프레임에 붙잡혀 있었다고 할 수 있으며, 젊은 시절부터 "무엇보다 나는 열정적으로 종교적인 인간"(primarily I am a passionately religious man)[34]임을 고백하며 일종의 '탈종교적 종교성'에 대한 사상적 탐구를 지속하여 동아시아의 개벽사상과도 만날 여지를 창출한 로런스보다 한 단계 이전에 머물렀다고 봐야 할 것이다.

---

33 Martin Heidegger, "Nietzsches Wort 'Gott ist tot'," *Holzwege* (Frankfurt am Mein: Vittorio Klostermann 1963) 239면; 영역본 *The Question Concerning Technology and Other Essays*, tr. William Lovitt (Harper Colophon Books 1977) 104면.

34 *The Letters of D. H. Lawrence*, 제2권, ed. G. Zytaruk and J. Boulton (Cambridge University Press 1981) 165면, 1914. 4. 22. Edward Garnett 앞.

그런데 인간의 창조적 충동이 곧 '남성적 충동'이라는 『무의식의 환상곡』의 거듭된 주장은 과연 어떻게 받아들여야 할까?

6. 로런스의 남성론

'글머리에'에서 잠시 언급했듯이 로런스가 실제로 현대여성의 가정복귀를 주장했다면 '안 되는 줄 알면서 왜 그랬을까'라는 응수를 들어도 할 말이 없을 것이다. 그러나 그 자신의 작품을 읽어봐도 그가 그것을 무망한 일로 생각했음을 알 수 있다. 특히 『무지개』에서 제3세대의 주인공 어슐라가 책임있고 독립된 개인이 되기 위해 벌이는 모험과 고투가 쉽게 떠오른다. 물론 어슐라는 당대의 페미니즘운동에 적극 나선 친구 매기 스코필드(Maggie Schofield) 등과 생각이 같은 건 아니지만, 아버지 윌의 가부장적 통제에서 벗어나고 사회의 여성차별을 이겨내기 위해 '남자의 세계'로 진출하는 것을 필수적인 과제로 설정하고 실행하며, 장차 무엇이 되건 종전 상태로 돌아갈 여성은 아니다. 그뿐만 아니라 제2세대 윌의 이야기에서는 시원찮은 남자일수록 가부장적 권위를 내세운다는 점도 보여준다. 신혼생활의 잦은 부부싸움 도중의 다음 대목도 그렇다.

> 그는 바보 같은 짓들을 했다. 그는 자기 권리를 내세웠고 집안의 가장이라는 낡은 지위를 끌어들였다.
>
> "당신은 내가 원하는 대로 하는 게 도리야," 그가 소리쳤다.
>
> "바보!" 그녀가 대꾸했다. "바보!"
>
> "누가 주인인지 보여주겠어," 그가 소리쳤다.
>
> "바보!" 그녀가 대답했다. "바보 같으니! 당신 같은 건 열이라도 파이

프에 넣어 손끝으로 꾹 눌러내릴 수 있는 우리 아빠를 보며 컸는데, 당신이 얼마나 등신인지 내가 모를 줄 알아."

그는 자신이 얼마나 바보인지 알았고 그렇기에 쓰라리게 괴로웠다. (…) 그녀의 아버지가 아무런 권위를 내세우지 않고도 남자다운 남자일 수 있었음을 알았기에 부끄러웠다.[35]*

『연애하는 여인들』에 이르면 남녀의 사랑에 더해 남자들끼리의 의형제 같은 유대마저 가지려다가 실패한 버킨에게 어슐라는 원래 그런 건 없는 것이라고 주장한다. 이에 버킨이 그 말을 안 믿는다고 응수하면서 소설이 끝난다. 이후 『무의식의 환상곡』과 함께 1920년대에 씌어진 『아론의 막대』 『캥거루』 『날개 돋친 뱀』 등 장편소설에서는 남자의 지도적 역할에 대한 남주인공의 집념이 두드러지는데, 옆에서 그런 생각을 때맞춰 비판하거나 조롱하기도 하는 아내의 개입이 — 적어도 처음 두 소설에서는 — 주목을 끈다.

『무의식의 환상곡』은 물론 소설이 아니고 에쎄이다. 그래도 굳이 소설에 적용되는 '문예비평적' 고찰을 해본다면 일종의 1인칭 서사라 할 수 있다. 에쎄이니만큼 1인칭 화자가 전지적 관점에서 자유롭게 개입하고 발언하는 게 무슨 흠결일 까닭은 없다. 다만 제4장 '나무들과 아기들과 아빠들과 엄마들'(Trees and Babies and Papas and Mamas) 같은 면을 보면 1인칭 화자가 분명한 개성을 지닌 특정 인물로 발언하기도 한다. 이는 로런스 논설문에서 흔한 일인데, 『이딸리아의 황혼』에서 그 지역의 극장 방문 이야기가 자연스럽게 본격적인 『햄릿』론으로 이어진다거나 「호저의 죽음

---

35 D. H. Lawrence, *The Rainbow*, ed. Mark Kinkead-Weekes (Cambridge University Press 1989) 161면.

에 관한 명상」이 뉴멕시코 산장생활의 경험담으로 시작되는 식이다. 아무튼 『무의식의 환상곡』의 화자가 시종 남성이라는 점은 의심의 여지가 없으며, 이는 남성 화자가 마치 성별과 무관한 중립적 인사인 듯이 발언하는 '관점의 남용'과는 거리가 있다.

더구나 로런스는 '남성적인 것'과 '여성적인 것'이 반드시 남자 및 여자와 일치하지 않는다는 일관된 입장을 갖고 있다. 『무의식의 환상곡』에서는 이 점이 「토마스 하디 연구」에서처럼 강조되지는 않는데, 이는 '남성적' 성격의 여자와 '여성적' 성격의 남자가 얼마든지 있는 현실을 몰라서가 아니라 근대세계의 특징으로 "두 대극이 역전상태로 들어갔다"(the poles have swung into reversion, *FU*, VIII 129면)고 보므로 굳이 그 점을 강조할 필요가 없어졌기 때문이다.

물론 이런 주장만으로도 온갖 논란에 휘말리기에 충분하다. 현존하는 성차별에 눈감거나 심지어 옹호하는 구태의연한 '가부장주의'라든가 남녀의 차이를 절대화하는 '본질주의'라는 등의 반박이 쉽게 예상된다. 나 자신은 성차별 철폐의 중·단기적 절박성을 공유하되 궁극적인 목표는 '성평등'보다 '음양의 조화'로 설정하는 게 낫지 않느냐는 소견을 제출한 바 있다.[36] 로런스가 근대과학의 우주론과는 전혀 다른 우주론·생명론을 모색했고 「토마스 하디 연구」 이래로 동아시아의 음양론과 친연성이 있는 사고를 해왔다는 사실을 인정한다면[37] 그가 적어도 근대세계의 성차별적 질서를 옹호하거나 전통적 형이상학의 '본질'에 해당하는 남녀차이를 설정한다는 혐의는 벗을 수 있을 듯하다.[38]

---

36 백낙청 외 『문명의 대전환을 공부하다』 255~58면, 315~16면.

37 이에 관해 본서 서장 27~28면, 그리고 학위논문 제1장 73~74면(Paik 1972, 48면)의 한층 상세한 논의 참조.

38 로런스의 여성관이 가진 문제점들을 지적하면서도 그것을 일축하지 않고 이해하려는 여

『무의식의 환상곡』이 개진하는 남성역할론의 실제 내용은 물론 별개 문제지만, 예의 '문예비평적' 시각을 적용할 때 이 책의 1인칭 서술에서 어떤 예술적 결함을 지적할 수도 있다. 앞서 말한 대로 1인칭 화자가 곧잘 전지적 화자로 바뀌는 것을 소설이 아닌 논설문에서 탓할 바는 아니나, 결정적인 대목에서 전지적 화자의 서술대상에서 여성의 시각이나 음성이 제거되는 현상이 벌어진다면 문제가 아닐 수 없다. 예컨대 제8장 '교육, 그리고 남자와 여자와 아이의 성'(Education, and Sex in Man, Woman and Child)의 결말은 남자의 사명을 한참 힘주어 밝힌 끝에 마지막 단락에 가서 특유의 유머를 동원해서 일방적 남성주의(요즘 말로 하면 '마초이즘')에 제동을 걸기도 하지만,[39] 『아론의 막대』의 태니(Tanny)나 『캥거루』의 해리엣(Harriet) 또는 『날개 돋친 뱀』의 케이트(Kate) 같은 여자의 음성은 들리지 않는다. 더구나 "아내가 당신을 믿을 때, 그녀 너머에 있는 당신의 목적에 아내가 승복할 때"(when she *believes* in you and submits to your purpose that is beyond her), 남자들만의 세계에서 활동하다 어둘 녘에 집에 돌아오는 황홀한 기쁨을 찬미하는 대목(*FU*, XV 199면, 원저자 강조)에 이르면 여자(들)한테 물어봤더라면 무어라 했을까 궁금해진다. 남편들이 밖에서 활동하는 동안 그녀들은 과연 어떤 시간을 보냈으며, 집만 지키고 있어야 했다면 아무런 불만도 없었을까? 남자가 남자들의 세계에서 '동지애'를

성 평자의 시도로 강미숙「로런스의 여성관에 대하여」, 설준규·김명환 엮음『지구화시대의 영문학』참조.

39 "그리고 모든 남자가 때가 되면 신발을 벗고 긴장을 풀며 자기 여자와 그녀의 세계에 자신을 내맡기는 게 맞다. 자신의 목적을 포기하는 게 아니라 자기 짝인 여자에게 자신을 한동안 내맡기는 것이다. — 그렇기 때문에 우리는 시계 같은 칸트를 싫어하고 합스부르크 왕녀를 택해 조세핀과 이혼한 쁘띠부르주아 나뽈레옹을 싫어한다. 심지어 '여자여 나와 무슨 상관이 있나이까' 어쩌고 한 예수조차 싫어한다. — 그는 '지금 당장에'라고 덧붙일 수도 있었는데 말이다. — 저들은 모두가 실패작들이었다."(*FU*, VIII 130면)*

누리며 활동했듯이 여자들도 낮에 '자매애'를 누리며 활동하다가, 또는 남녀가 함께하는 사회활동을 벌이다가 귀가해서 저녁시간을 함께 즐기는 일은 불가능한가? 이때 남자들의 '동지애'와 여자들의 '자매애'가 반드시 대칭적인 것이 아니라면 어떤 차이가 있을까? 아무튼 남성 화자의 관점에서지만 남자와 여자에 대해 이야기하던 로런스는 이런 대목에서 갑자기 남자의 관점만 대변하는 화자로 바뀌는 느낌이다.

그렇다고 그 서술 내용을 깡그리 무시해도 좋다는 건 아니다. 특히 근대과학과 정신분석에 대한 로런스의 발본적 문제제기에 조금이라도 공감하는 독자라면 『무의식의 환상곡』의 이렇듯 '예술적 결함'이 있는 진술에서도 얻을 바가 있는지를 고민해봄직하다. 이를 위해 나는 남자의 역할에 대한 로런스의 발언을 그의 **남성론**으로 읽어볼 것을 제의하고 싶다.

물론 남성론은 언제나 그것에 상응하는 여성론을 함축하게 마련이다. 하지만 로런스가 이 글에서 소홀히 다루고 넘어가는 여성론을 추정하고 비판하기에 앞서 그가 역점을 둔 남성론을 우선적으로 검토하는 것이 좋겠다는 것이다. 오늘날 성차별을 비판하면서 남자들 스스로 기존의 남성문화를 반성하고 남자들의 부당한 행태를 분석하는 '착한' 남성론은 적지 않으나, 남녀가 함께 성차별을 극복하고 지금과는 다른 세상을 만든다고 할 때 어떤 남성상이 바람직한지에 대한 진지한 논의를 찾아보기는 의외로 힘들다.[40] 물론 착한 남성들이 더 많이 나오는 것을 반대하는 건 아니

---

[40] Michael Bell, "*Vive la différence*: A Note on Sexuality, Gender and Difference in Lawrence," *Études Lawrenciennes*, No. 49 (2019)와 같은 잡지의 같은 특집('Lawrence and Women')에 발표된 Sanatan Bhowal, "Lawrence and Feminism"은 로런스의 여성론에 대한 진지한 논의를 펼친다. 하지만 전자는 남녀차이에 대한 로런스의 주장을 정면으로 다루기보다 '차이' 일반에 대한 로런스의 강조라는 한결 '안전한' 주제에 집중하며, 후자는 이른바 페미니즘 3기(Luce Irigaray, Hélène Cixous 등)의 여성론과 로런스의 공통점을 부각하면서 그들과도 또다른 로런스의 여성론이나 다른 페미니스트들이 3기 여성론자들에 대해 제기한 문제들을 천착하

다. 그와 별도로 제대로 된 남성론도 필요하다는 것이다. 나 자신도 그 점에서 부족했기는 매한가지인데, 다만 성차별 철폐라는 중·단기 과제가 워낙 절실하니 우선 거기 몰두했다가 장기적 목표의 설정과 추구는 다음에 생각하자는 일종의 근대주의적인 단계론을 비판하면서 양자를 동시적으로 추구하며 그 실행방안을 적절히 조율해가는 '이중과제론'적 접근을 제의해왔다.[41] 김영희(金英姬)는 「페미니즘과 근대성」에서 페미니즘과 이중과제론에 친연성이 내재함을 지적하기도 했는데,[42] 말을 바꾸면 차별을 철폐하고 평등을 획득한다는 페미니즘의 기획을 근대주의의 틀 안에서는 달성할 수 없다는 뜻이다. '우선 급한 대로' 그런 근대적 기획부터 달성해놓고 음양조화든 한층 완벽한 평등사회든 다음 단계의 과제로 밀어두자고 해서는 예의 근대적 기획의 달성 자체가 부지하세월이며 자칫 근대사회의 갈등과 혐오만 더 키울 우려마저 있다.

이제 로런스의 남성론을 좀더 구체적으로 따져보자. 예컨대 "우리는 남자됨의 위대한 목적, 하나의 세계를 능동적으로 만들어가는 과정에서의 열정적인 일치로 돌아가야 한다"(*FU*, IX 137면)*는 주장을 두고 몇가지 세분화된 질문을 던져볼 수 있다. 첫째, 이제까지 인류역사의 진행과 인류문명의 성취에 과연 이런 '남자됨'이 긴요한 역할을 했는가? 둘째, 현대로 와서 그러한 역할이 위축됨으로써 인간사회가 훨씬 혼란스럽고 불만스러워졌는가? 셋째, 그렇다면 이런 상태를 극복하고 문명의 갱신을 이루기 위해 그런 '남자됨'을 되살려야 하는가?

'인류역사'는 너무나 방대한 영역이라 첫째 질문에 쉽게 답할 수는 없

지는 않는다.

41 백낙청 외 『문명의 대전환을 공부하다』 257면.

42 김영희 「페미니즘과 근대성」, 이남주 엮음 『이중과제론』, 창비 2009, 특히 그 결론 대목(136~37면) 참조.

지만, 대부분의 사회에서 뜻을 세운 남자들이 '열정적인 일치' 속에 불고가사(不顧家事)하고 개척자적 역할을 한 것은 사실이라 말해도 무방할 게다. (그래 봤자 역사 자체가 본질상 폭력과 범죄의 기록일 따름이라고 보는 관점은 또다른 이야기며, 바로 남성들이 개척한 역사이기에 폭력의 역사가 되었다는 주장도 물론 가능하다.)

둘째로, 전통적 가부장사회로부터 근대로의 이행을 문명화의 진전으로 본다 하더라도, 오늘의 문명이 인류에게 행복과 평안을 가져다주지 못하고 있다는 점은 프로이트, 니체, 로런스가 (각기 다른 방식으로) 진단하고 있다. 이는 대다수 페미니스트도 — 그 원인을 전근대적 가부장제의 온존에서 찾든 새로운 양상을 띠는 자본주의 특유의 성차별로 인식하든 — 부정하지 않는 진단이다. 이런 '문명의 불편함'이 남자됨의 위축과 무관하다는 학설도 있을 수 있지만, 양자가 동시에 드러난 현실을 볼 때 로런스의 입장이 터무니없다고 하기는 어렵다.

결국 중요한 것은 세번째 질문, 곧 로런스가 이런 상황을 극복하고 새로운 세상을 만들기 위해 합당한 처방을 내놓고 있느냐는 문제일 것이다.

그에 대한 나의 확실한 답은 물론 없다. 다만 로런스의 모색이 근대 세계체제와 그 이념, 나아가 서양 전래의 형이상학과는 근본적으로 다른 차원을 향해 나아가고 있는 만큼 그의 남성론에 대한 비판 역시 계몽주의적 평등이념을 동원한다거나 그의 주장을 형이상학적 '본질주의'라고 일축하는 것과는 차원을 달리해서 진행되어야 할 터이다. 또한 로런스가 여성의 사회진출이라는 현대사회의 불가역적 현실을 무시했다는 오해도 청산해야 한다.

이 대목에서 말년의 에쎄이 「가모장제」(Matriarchy)를 일별하는 것도 한가지 방법이겠다. 앞서 로런스가 『무지개』를 통해 근대여성의 사회진출이 불가피할뿐더러 해방적이기도 함을 여실하게 보여주었다고 했는데,

「가모장제」에서 여성진출의 불가역성을 드디어 확언하기에 이르렀다는 점도 일단 주목할 만하다.[43] 그러나 로런스의 취지는 여전히 여성들이 가정에 더 몰두하는 것이 바람직하다는 것이다. 곧, 여성에게 근대세계의 성역할분담에 따른 '주부'가 되기를 요구하는 방식과 달리, 그는 여성이 재산권과 경제권, 자식들에 대한 친권까지 장악하는 '가모장제'를 제안한다.[44] 물론 이런 가모장의 자리라 해도 오늘의 여성들이 수용하리라고 로런스 스스로 생각했는지, 아니면 더 본질적인 문제제기의 한 방편으로 던져본 것인지는 확언하기 어렵다. 어쨌든 나 자신은 앞서 언급한 좌담에서 분명한 입장을 밝혔다.

> 로런스가 남성적인 충동으로 보는 이른바 '창조적인 충동'—쎅스와는 근본적으로 다르다고 하는 이 creative impulse를 여성이 구현하는 방식은 어떤 것인가, 또 집단적 존재로서 성취를 열망하는 근대여성에 대해 로런스가 상대적으로 비현실적인 처방을 내린 것이 아닌가 하는 것은 모두 중요한 문제들입니다. 나 자신은 로런스의 구체적인 처방이 굉장히 무리하고 현실성이 없다고 생각해요. 여성뿐만 아니라 남성에 대해서도 현실성이 없는 면이 많지요. 아까 나의 로런스 연구와 관련시켜서 여성문제가 나의 아킬레스건이 아니냐 하셨는데, 우선 내가 로런스의 처방에 따라 살고 있질 않잖아요? 게다가 로런스의 처방에 따라 살

43 "여자는 밖으로 나왔고 그를 안으로 되돌려보낼 길은 없다. 그리고 모르고서라면 몰라도, 자발적으로 돌아가지도 않을 것이다."(*Late Essays and Articles*, ed. James T. Boulton, Cambridge University Press 2004 〔이하 *LEA*〕 104면)*

44 "여자들에게 완전한 독립을, 그리고 독립과 함께 완전한 책임을 주라. 그것이 여자들을 다시금 만족하게끔 만드는 유일한 길이다. 그들에게 완전한 독립성과 어머니 및 가장으로서의 완전한 자기책임을 주는 것이다. 아이들이 어머니 이름을 가질 때 어머니는 그 이름을 잘 돌볼 것이다."(*LEA* 106면)*

고 있지 않는 수많은 여성들을 가르쳐왔고, 그들의 사회진출을 나름대로 돕고자 했고, 그러니까 내가 이 분야에서 로런스의 생각을 그대로 추종한다면 이거야말로 내 인생 최대의 모순이 되겠지요.(웃음)

(…) 지금 여성들이 대거 사회진출을 하는데 이 사람들 몽땅 집으로 돌려보내서 애 보고 집안 살림만 하라고 하면 되겠어요? 로런스는 "Matriarchy"라는 에쎄이에서 단순히 옛날식 주부가 아니라 경제권을 포함해서 가정사에 대해 완전한 결정권까지 주자고 하지만, 그런다고 통하겠어요? 유행가 가사에 "안 되는 줄 알면서 왜 그랬을까"라는 게 있지만,(웃음) 절대 안 되는 일이죠.[45]

하지만 어떤 때는 안 되는 줄 알면서도 해보는 말이 무의미하지 않을 수도 있다. 이때 그 현실성 여부를 따지기보다, 「가모장제」나 『무의식의 환상곡』에서 로런스가 하는 말들이 현대인에게 어떤 본질적 문제제기를 하는지를 음미하는 것이 더 유익하지 싶다. 예컨대 '가모장제' 제의도 남성론으로 읽을 필요가 있다. 각주44의 인용문은 끝에서 두번째 단락인데 최종 단락은 이렇다.

그리고 남자들에게는 그들끼리 만나 자신의 깊은 사회적 욕구, 여자들과 떨어져서만 충족될 수 있는 그들의 심오한 사회적 욕망을 충족시킬 새로운 모임의 터를 만들어주라. 남자들의 이런 궁극적인 사회적 욕망은 남자에게 종교처럼 깊은 욕구인데, 이를 충족시킬 어떤 방도를 찾아내는 일이 절대적으로 필요하다. 사회의 삶을 위하여, 우리의 유기적

45 백낙청·윤혜준·여건종·손혜숙 좌담 「지구화시대의 한국 영문학」, 『백낙청회화록』 제4권, 538~39면.

인 생명력을 유지하며 산업사회의 혼돈과 반란의 엉망진창 상태로부터 우리를 건져주기 위하여 필요한 것이다.(*LEA* 106면)*

남녀가 사회활동을 함께 수행하는 현실을 되돌리기 힘들다고 했을 때 제기되는 핵심적인 질문은, 그런 현실에서도 '남자들끼리만 모여서 충족할 수 있는 심오한 사회적 욕망'이라는 것이 과연 있으며 있다면 어떤 것일까 하는 것이다. 쉽게 말해, 여자에 비해 아이 돌보기 능력이 — 가사노동을 공유하는 문제와 별도로 — 특히 유아를 상대로 하는 육아능력이 현저히 떨어지고 임신·분만·수유에는 결격사유가 엄연한 남자들이 사회활동마저 남녀가 공동으로 하는 것이 상례화된 현실에서 고유의 설 자리가 과연 있겠느냐는 물음이 불가피해진다. 책임있는 남성론이라면 제기해야 마땅한 물음인데, 과문한 탓인지 몰라도 전통적인 남성옹호론이 아니면서 이 문제를 정면으로 제기한 경우는 로런스가 거의 유일하지 않은가 한다. 더구나 로런스가 『주홍 글씨』론에서 주장하듯이 남자다운 목적의식과 신념을 갖지 못한 남자는 여자로부터 무자비하게 '악마의' 응징을 받게 마련이라면(본서 제9장 3절 4항 참조), 현대남성들의 처지는 더욱 난감하고 거의 처량한 것일 수밖에 없다. 로런스가 푸에블로인디언들에게서 목격하고 베르베르족(Berbers)에 대해 추정해본 가모장제 사회에서 주목하는 것은, 가부장사회 남성의 권한을 대부분 여성이 차지한 그 사회의 남성들이 조금도 기죽은 모습이 아니라는 점이다. 오히려 성평등을 표방하면서 친권과 재산권, 직장에서의 우월한 지위 등 가부장제의 온갖 잔재를 그대로 움켜쥔 근대사회의 남성들이 (로런스가 보기에) 전통적 가부장사회나 가모장사회의 남성처럼 당당하거나 늠름하지 못하고, 『주홍 글씨』의 젊은 목사만큼은 아닐지라도 여자들에게 '당하며' 살기 일쑤인 것이다.

그 모든 병폐가 성평등이 아직 덜 실현되어서 그렇다고 주장할 수는 있지만, 이는 실사구시의 원리에 따라 도달한 결론이라기보다 이데올로기적 신조이기 쉽다. 남자들의 동지애, 여자들의 자매애, 남녀공동의 사회참여 등을 모두 인정하더라도 각각의 활동 사이에 어떤 차이를 두는 것이 바람직할지는 이른바 '젠더 불문'(gender blind)의 평등이념으로 결정할 일은 아니다. 나 자신의 관찰에 의하더라도, 남자들만이 모였을 때와 남녀가 같이 있을 때 그리고 (추측건대는) 여자들끼리만 모였을 때 모임의 기운이 어떤 식으로든 다르다.(이는 이성애자 중심으로 범박하게 말한 것이며 성소수자의 경우, 그리고 어떤 성적 취향의 소수자가 얼마나 참여하느냐에 따라 상응하는 변화들이 있을 것이다.) 요는 인간의 성적 본성을 간과한 인간관계론에는 한계가 있게 마련이라는 데 로런스와 프로이트가 동의하고 있다는 점이다. 여성들의 독자적 활동이나 남녀공동의 활동을 금지한다거나 성소수자를 배제한다면 부당한 차별이 틀림없지만, 남성간의 유대만이 채워줄 수 있는 어떤 '심오한 사회적 욕구'가 있는지, 그 욕구와 기운을 얼마나 어떻게 살리는 것이 최적의 방도일지는 남녀가 함께 연마할 과제이되 응답의 일차적 책임은 남성의 몫이 아닐 수 없다.

실제로 『연애하는 여인들』은 이런 욕구의 존재나 그 충족가능성에 대한 불신이 팽배해 있는 것이야말로 '기술시대'의 핵심적 문제 가운데 하나임을 보여준다. 버킨조차 어슐라와의 합일이 성취된 뒤에야 자기 속의 그런 욕구를 분명히 의식하게 되며, 제럴드는 이에 끝까지 냉소적이다. 어슐라의 동의거부는 제럴드의 냉소와는 좀 다른데, 버킨이 자신과의 사랑을 이루자마자 '다른 종류의 사랑'을 찾는 데 대한 반발심과 버킨 스스로 아직 온전한 승복을 받아낼 경지에 못 미쳤다는 직관이 동시에 작용했을 법하다. 그렇다고 어슐라가 종국에는 버킨의 입장에 완전히 동의하게 되리라고 보는 것도 무리한 추론이다. 끝내 완전한 동의를 않고서도 버킨의 '다름'을 인정하고 포용하며 그런 의미로 '승복'하는 반려자가 되는 것이 로런스가 꿈꾼 '섬세하고 떨리는 균형'일 수 있으며, 어슐라가 완전한 동의를 안 해준다는 사실 자체가 로런스의 남성론에 일리가 있음을 보여준다는 해석도 가능하다. 그렇다면 『연애하는 여인들』의 끝머리는 주류학계의 평자들이 애호하는 일반적인 '불확정성'(undecidability)이나 '열린 결말'(open ending)의 사례라기보다, 한편으로 버킨 주장의 불확실함과 다른 한편 그것이 실제로 옳은 말일 수 있는 가능성을 동시에 함축한 절묘한 끝맺음으로 읽을 수 있겠다.

아무튼 로런스가 인간과 우주에 대한 새로운 사유모험을 진행하는 과정에 독자적인 남성론을 탐색하는 것은 당연한 진행이며 개벽사상가다운 면모의 일부로 보아야 할 것이다.

제9장

미국의 꿈과 미국문학의 짐

『미국고전문학 연구』

1. 글머리에

앞장의 프로이트, 니체 논의와 마찬가지로 이번 장의 미국문학 논의도 내게 로런스라는 '베이스캠프'가 없었더라면 감당 못 했을 과제다. 전공 분야인 영국문학에 대한 지식도 부실한데 미국문학은 더 말할 나위 없다. 개별 작품 한둘이라면 몰라도 19세기 미국의 고전적 작가들을 한꺼번에 다룬다는 건 엄두도 못 낼 일이다. 오직 로런스가 그들을 다룬 책을 썼기 때문에 그 논의를 논하는 형식으로 내 생각을 정리해볼 기회가 생긴 것이다.

그 첫 기회는 1981년 서울의 미국문화원에서 한국영어영문학회·미국문화원 공동주최 연속강연 '소외와 산업화와 미국의 경험'의 일환으로 발표하는 자리였다. 이후 강연내용을 보완하여 이듬해 '미국의 꿈과 미국문학의 짐: 로렌스의 『미국고전문학 연구』를 중심으로'라는 제목으로 『세계의 문학』 26호(1982년 겨울)에 발표했고, 나의 두번째 평론집 『민족문학과 세계문학 2』(창작과비평사 1985)에 수록하면서 약간의 수정을 더했다. 본서 제2부에 수록된 글들 중에서는 가장 먼저 초본이 씌어진 셈이다.

당시 글에서 언급했듯이 1982년은 한미수교 100주년이 되는 해이자 직접 언급은 피했지만 미국문화원 방화사건이 일어난 해이기도 했다. 학생들과 민주화운동권의 반미 분위기가 고조된 상태에서 미국문학에 관한 영국작가의 별로 알려지지 않은 '연구서'를 상세히 소개하는 것을 답답하게 느끼는 독자도 없지 않았을 것이다. 적어도 당시 나와는 무연한 타 대학 학부생으로 강연을 들었던 한기욱(韓基煜)은 그때의 실망감을 뒤늦게 털어놓은 바 있다.[1] 다행히 한기욱 자신은 그후 부단한 연구와 성찰을 통해 로런스의 미국문학론에 대한 인식을 달리하게 되었고 이 책이 "로런스의 비평적 저작 가운데서도 최고의 성취에 속한다는 확신"(같은 글 516면)에 도달했음을 술회했다. 다른 한편 나의 발언이 시대적 분위기에 아주 어긋나지 않는다고 평가해준 문단 동료도 없지 않았다. 소설가 황석영(黃晳暎)이 해준 말인데, 급진운동권의 후배들에게 "야, 너희들 화염병만 던지지 말고 이런 글도 좀 읽어봐라"고 했다는 것이다.(그에게서 들은 말의 정확한 자구는 기억나지 않고, 실제로 후배들에게 정확히 어떻게 말했는지도 물론 확인한 바는 없다.)

아무튼 당시나 지금이나 나는 『미국고전문학 연구』의 내용을 되도록 상세하게 소개하는 일 자체가 큰 의의가 있다는 생각이다. 따라서 애초의

1 "당시의 필자로서는 시종일관 로런스의 미국문학론을 끌어들이는 그 강연이 탐탁지 않았거니와 강연의 논점도 도무지 알아들을 수 없었다. (…) 당시 필자의 생각으로는 현재적인 문학적 관심에서 벗어난 19세기 미국작가들을 비교적 소상히 언급하면서 로런스의 '삐딱한' 견해를 일일이 소개하는 것을 참고 듣자니 여간 고역이 아니었다."(한기욱 「로런스의 미국문학론에 대한 체험적 고찰」, 설준규·김명환 엮음 『지구화시대의 영문학』, 창비 2004, 508면. 이 진술한 '체험적 고찰'에 대한 논평으로 『백낙청회화록』 제4권 544~45면 참조.

글도 로런스의 비평을 길게 분석한다거나 그가 다룬 작품에 대한 나 자신의 비평을 시도하기보다 책 내용의 충실한 소개에 치중했고, 이번에도 그 점은 바뀌지 않았다. 물론 그때도 나 자신의 생각을 전혀 말하지 않은 건 아니고 이번에 그런 발언 일부를 첨삭하기도 했다.

달라진 점 가운데 하나는 '소외' 논의를 대폭 줄인 것이다. 1980년대 초는 '소외' 및 '소외문학'이 일종의 유행을 타고 있던데다 연속강연 기획의 큰 주제로까지 되다보니 나 또한 그에 호응하여 '소외'를 하나의 키워드로 삼았다. 그러면서 '미국의 꿈'(American Dream)을 내세우는 나라가 '소외의 문학'의 활발한 생산을 은근히 자랑하는 역설에 주목하는 것으로 논의를 시작했었다. '미국의 꿈'이라고 하면 뭐니뭐니 해도 미국이라는 나라가 자유와 평등의 이상이 실현되는 신천지요 누구나 노력하면 잘 살 수 있는 기회의 땅이라는 생각을 떠올리게 마련인 반면에, '소외'라고 하면 무언가 바람직하지 못한 것, 극복되어 마땅한 것을 뜻한다. 바로 그 꿈의 나라가 유독 문학에서만은 '소외의 문학'이라는 이름에 값하는 작품들을 낳았거나 낳고 있다고 한다면 이는 한번 되새겨볼 문제가 아닐 수 없다는 것이었다. 더구나 미국문학이 곧 소외의 문학이라는 이야기를 가령 해외주재 미국문화원처럼 '미국의 꿈'을 전파하는 임무를 띤 공공기관에서도 곧잘 듣지 않는가! 이런 현상을 우리가 무심히 지나쳐버리는 것은 '소외'에 대한 빗나간 인식과도 일부 관계가 있을 듯했다. '소외' 논의가 유행에 가깝도록 성행하는 가운데 '소외'는 인간이면 누구나 맛보아야 할, 적어도 현대인이면 누구나 갖추어야 할 자격요건처럼 생각되고 따라서 소외의 문학을 산출했다는 것 자체가 하나의 자랑거리로 통하게 되는 것이다. 만인의 자격요건은 아니더라도 산업화가 진전되면서 필연적이고 보편적인 조건으로 화하는 것이라면 역시 소외현상을 '발전'의 징표로 내세울 만하고, 미국이 소외의 문학을 양산하고 있다는 사실은 결과적으로 '미국의 꿈'이 착실히 이루어지고 있다는 증거로 내세울 만해진다. 이렇듯 소외문학론은 소외를 개탄하는 척하면서 사실은 발전과 선진성을 자랑하는 '즐거운 비명'으로 둔갑할 염려가 있으며, 이미 이룩된 산업화의 모델을 유일무이한 것으로 설정하여 그에 따라오는 온갖 인간적 문제점을 숙명적인 것으로 만드는 효과도 거둘 수 있게 되는 것이다. 당시의 이런 지적은 지금도 유효하다고 믿지만, '소외'는 『미국고전문학 연구』의 주제어도 아닐뿐더러 로런스 특유의 사상적 탐구를 따라가는 데 아주 걸맞은 개념은 아닌 듯해서 해당 대목을 크게 줄였다.

초본의 마지막 절이 '제3세계적 관점에서의 점검'인 데서 보듯이 당시 내 나름으로 생각한 '제3세계'는 나의 중요한 관심사였고 평단과 학계에서도 활발한 논의대상이었다. '내 나름으로 생각한'이라고 토를 단 것은 나 자신 '제3세계주의'와 구별되는 제3세계적 시각을 추구했고[2] '후천개벽사상'으로의 진행이 거기 잠재해 있었다고 믿기 때문이다. 아무튼 본서는 '개벽사상가 로런스'를 주제어로 삼은 만큼 '제3세계'라는 표현을 줄이고 내용도 일부 수정했다.

다른 한편 최근 약 20년 사이에 부각된 새로운 담론이자 로런스의 미국문학 논의를 보강해주는 개념으로 '정착식민주의'(settler colonialism)가 있다.[3] 보통 식민주의라고 하면 식민지에 진출하여 현지 주민들을 억압적

---

2 졸고 「제3세계와 민중문학」, 『창작과비평』 53호(1979년 가을) 제2절 '민중의 입장에서 보는 제3세계'; 합본평론집 『민족문학과 세계문학 1/인간해방의 논리를 찾아서』, 창비 2011, 579~85면.

3 이 주제에 대한 논의를 내가 접한 것은 비교적 최근의 일이고 현재 나의 지식도 다음 몇개의 문헌에 한정되어 있다. Patrick Wolfe, "Settler colonialism and the elimination of the native," *Journal of Genocide Research* Vol. 8 No. 4 (2006); Lorenzo Veracini, "Introducing, *settler colonial studies*," *settler colonial studies* Vol. 1 No. 1 (2013); Mahmoud Mamdani, "Settler Colonialism: Then and Now," *Critical Inquiry* No. 41 (Spring 2015) 및 국역본 마흐무드 맘다니 「미국 기

으로 통치하는 현상을 말하지만 정착식민주의는 현지인의 땅을 차지하는 데 주안점을 두고 그들의 노동을 착취하는 일에는 무관심하며, 궁극적인 목적은 원주민의 소멸과 더불어 정착식민주의 자체가 없어지는 상태로 설정된다.[4] 이것이야말로 로런스가 아메리카대륙 이주민들의 '신대륙 발견'에서 주목한 핵심적 현실이다. 게다가 로런스는 설혹 원주민들이 모두 사라진다고 해도 문제가 해결되는 것이 아니며 미국역사의 이 고질적 문제가 기존 근대문명의 틀 안에서의 '평등권'이나 '화해'로 결코 해결될 수 없음을 역설한다. 그리고 뒤에 다시 논하겠지만 이는 단지 미국이나 '원주민'이 있는 나라들의 문제만이 아니라 자본주의 세계체제 전체의 문제이기도 한 것이다.

2. 『미국고전문학 연구』를 읽는 시각

로런스의 『미국고전문학 연구』는 1923년에 뉴욕에서 초판이 나왔다. (영국판은 이듬해에야 간행되었다.) 모두 12개 장으로 되어 있고 여덟명의 작가를 다루었는데, 제법 학술적인 냄새마저 풍기는 제목과는 달리 책

원 '정착형 식민주의': 과거와 현재」, 『창작과비평』 169호(2015년 가을); 백영경 「태평양 지역 섬의 군사화와 탈식민, 그리고 커먼즈」, 『耽羅文化』 58호(2018); Lorenzo Veracini, "Containment, Elimination, Endogeneity: Settler Colonialism in the Global Present," *Rethinking Marxism* Vol. 31 No. 1 (2019). 맘다니 국역본 제목에서 '정착형 식민주의'라고 따옴표를 붙였듯이 그 용어의 번역이 국내 학계에 정착된 것 같지는 않다. 나는 *settler colonialism*이 단순히 식민주의의 한 유형이 아니라 여러 면에서 양자가 대치된다는 베라치니 등의 주장을 살리기 위해 '정착형'이라고 하기보다 그냥 '정착식민주의'로 붙여 쓰는 번역이 낫다는 생각이다.

4 Veracini, "Introducing, *settler colonial studies*" 참조.

의 문체는 허물없이 마구 지껄여대는 투의 구어체인데다가 일견 기상천외의 단정들로 가득 차 있기 때문에 독자는 로런스가 이 책을 단숨에 내리갈겨 썼을 것 같은 느낌을 가질 수도 있다. 사실은 전혀 다르다. 로런스는 『연애하는 여인들』을 완성한 직후 1917~18년에 걸쳐 이 미국작가론의 집필에 많은 정력을 쏟았고 단행본으로 나오기까지 여러 차례 손질을 가했다. 그중 여섯 편은 1918년 10월부터 1919년 6월 사이에 영국의 한 잡지에 게재되었으며 9월까지 열두 편이 일단 완성되었다. 그러나 단행본으로 출판되지 않은 채 이듬해 전면적인 수정작업을 거쳐 새 원고를 마련했는데, 이 역시 로런스 생전에는 간행되지 않았고 1962년에 애초의 잡지 게재본과 더불어 '상징적 의미'라는 제목으로 처음 빛을 본 바 있다. 오늘날 『미국고전문학 연구』로 알려진 내용은 로런스가 1922년 미국에 도착한 이후 또 두번이나 새로 쓰다시피 하여 이듬해 8월에 드디어 책으로 나온 것이다.[5]

이런 경위를 소개하는 것은 책이 저자의 유난히 진지하고 끈질긴 노력의 산물임을 강조할 필요가 있기 때문이다. 『미국고전문학 연구』에 대해 일찍부터 몇몇 평자의 높은 평가가 있기는 했다. 미국문학에 관해 그때

---

5 D. H. Lawrence, *Studies in Classic American Literature*, ed. Ezra Greenspan, Lindeth Vasey and John Worthen (Cambridge University Press 2003) 〔이하 *SCAL*〕. 이 저서는 로런스의 작품 중에서도 유달리 복잡한 전사(前史)를 지녔고 케임브리지판의 Introduction, xxiii-iviii면에 상세한 설명이 나온다. 최종본 이전의 개별 간행물들을 더 일찍이 모아 펴낸 D. H. Lawrence, *The Symbolic Meaning: The uncollected versions of 'Studies in Classic American Literature'*, ed. Armin Arnold (Fontwell: Centaur Press 1962)의 편자 해설도 그 집필경위를 상당부분 밝힌 바 있다. 다만 케임브리지판 편자들이 그 경위를 다섯 단계로 대별하고 각 단계 내의 여러 과정을 소상히 설명하는 데 반해, 아민 아놀드는 최종본을 포함한 3개 판본의 존재만을 설정함으로써 로런스가 이 책에 들인 노력을 충분히 전달하지 못한다. 더구나 그는 1918~19년 잡지에 수록된 '제1판본'(휘트먼론의 경우 '제2판본'에 속하는 것의 첫 발표본)을 선호하며 1923년의 최종본이 전보다 나빠졌다는 입장이다(*Symbolic Meaning* 6면, 254면 등).

까지 씌어진 모든 책을 통틀어 "몇 안 되는 일급의 저서 가운데 하나"(one of the few first-rate books that have been written on the subject)라는 에드먼드 윌슨의 찬사(1943)를 비롯하여 1960년대에 와서도 미국문학을 논한 비평가들 가운데 "내가 보기에 진실에 가장 가까이 간 사람은 (…) 두말할 것 없이 D. H. 로런스"(the one who has seemed to me closest to the truth ... is, of course, D. H. Lawrence)라는 레즐리 피들러의 주장(1960)에 이르기까지 수많은 사람들이 그 중요성을 증언한 바 있다.[6] 그다음 세대의 연구자들에 이르면, '신화와 상징' 읽어내기를 중심으로 체이스(R. Chase), 루이스(R. W. B. Lewis), 피델슨(C. Feidelson) 등이 시도한 미국문학의 국민문학적 정체성 수립과 정전 확립 작업을 로런스가 선도했다는 비판이 쏟아졌으나, 리 젠킨스 같은 더 근년의 연구자는 로런스가 그 세대 연구자들의 과오를 부당하게 뒤집어썼다고 하면서 『미국고전문학 연구』가 "미국문화에 대해 이제까지 씌어진 가장 흥미로운 책"(the most interesting book ever written about American culture)이라는 쑤전 쏜택(Susan Sontag)의 강연 발언(2003)을 소개하기도 한다.[7]

그렇기는 해도 『미국고전문학 연구』가 로런스라는 '천재'의 재기발랄하고 흥미진진한 저서지만 그 이상은 못 되는 것으로 보아넘기는 경향은 여전히 널리 퍼져 있다. 문체도 특이하려니와 주장하는 내용이 통념적인 문학연구서와는 너무나 딴판이기 때문이다. 그래서 저자의 진지한 발언

6 Edmund Wilson, ed., *The Shock of Recognition* 제2판 (Farrar, Straus & Cudahy 1955) 906면; Leslie Fiedler, *Love and Death in the American Novel* 개정판 (Stein and Day 1966) 14면. 특히 피들러는 도서관의 아동문학 서가에 비치되기 일쑤인 19세기 미국작가들의 작품에서 로런스가 '표리부동성'(duplicity)과 '충격적인 불미스러움'(outrageousness)을 읽어낸 것이 자신이 의심하던 바를 확인해주었다고 상찬한다(14-15면).

7 Lee M. Jenkins, *The American Lawrence* (University Press of Florida 2015) 12면, 13면.

으로 경청하는 읽기가 기본임을 우선 강조하는 것이다.

'머리말'(Foreword)을 읽으면 그 특이한 말투에도 불구하고 저자의 야심이 실로 만만찮음을 알 수 있다. 로런스는 미국인들 자신도 제대로 알지 못하는 새로운 미국인의 모습을 밝히고 미국에서 이룩될 인류역사의 새로운 장을 여는 산파역을 떠맡겠다고 말하는 것이다.

> 합중국이 외치는 소리를 들어보라. "때는 왔다. 미국인은 이제 미국인이 되리라. 예술적으로 미합중국은 성숙했다. 이제 우리는 유럽의 치마꼬리에 매달리거나 마치 유럽의 선생님들한테서 풀려나온 애들처럼 굴 때가 지났다" 운운.
>
> 좋다, 미국인들아, 어디 한번 해내는 걸 보자. 어서 그 대단한 짐승을 자루에서 꺼내보려무나. 자루에 들어 있는 게 확실하기나 하다면 말이다.(*SCAL* 11면)[8]*

이것이 책의 서두이다. 이어서 로런스는 짐승이 자루에 들어 있기나 한 것이냐고 물으면서 다음과 같이 말한다.

> 만약에 들어 있다면, 오 미국인이여, 그것은 물론 그대 안에 어디 있을 것이다. 그를 찾아 낡은 대륙들 여기저기로 뛰어다닐 필요가 없는

---

8 번역은 나의 것이며, 케임브리지판을 조회할 수 없는 독자의 편의를 위해 인용문의 면수 외에 군데군데 장 번호를 로마숫자로 표시했다. 국내에 원본의 7개장을 옮긴 역본이 을유문고(1976)로 나온 바 있으나 원용하지 않았다. 다음 인용문의 "들어 있다면"은 두 인용문 사이에 나오는 일종의 라틴어 장난시의 *inventus*라는 단어를 직역한 것인데 로런스는 영어의 *invent*(발명하다, 만들다)를 염두에 두고 말장난을 하고 있는 것 같다(짐승을 '발명한다'고 하면 어폐가 있지만 '호문쿨루스'는 발명 또는 제작의 대상일 수도).

건 물론이다. 하지만 덮어놓고 말로만 우겨대는 것도 똑같이 소용없는 일이다. 진정한 미국인이라 불리는 이 새로운 녀석이 도대체 어디 있는가? 새 시대의 호문쿨루스(胎兒, 模型人間)를 우리에게 보여다오. 우물거리지 말고 어서 좀 보여다오. 왜냐하면 미국에서 유럽인의 육안에 보이는 건 일종의 탈선한 유럽인밖에 없으니까. 새 기원으로 연결해줄 '잃어버린 고리'를 우리는 보고 싶단 말이다.

한데 여전히 그는 우리 앞에 나타나지 않는다. 그러니 우리는 미국의 덤불 속에서 그를 찾아보는 도리밖에 없다. 먼저 미국의 옛 문학부터 들춰보는 거다.(같은 면, 원저자 강조)*

근대문학 중에서 정말 벼랑 끝까지 가본 문학은 19세기의 미국문학과 똘스또이, 도스또옙스끼, 체호프, 아르쯔이바셰프 등의 러시아문학이라는 것이 로런스의 생각이다. 20세기 서구의 전위문학이라는 것들은 아예 벼랑 너머로 가버린 듯하므로 논외로 하자고 한다(같은 면). 그런데 러시아 작가들이 항상 분명한 것을 좋아하는 데 반해 미국의 고전작가들은 하나같이 애매한 표현을 즐긴다는 것이다. 그러니 영국사람인 로런스 자신이라도 거들어줄 필요가 생긴다. "자, 미국이 낳아놓은 지 한참 되는, 포대기에 싸인 갓난아기 상태의 진실을 누군가가 꺼내올 때가 이제 되고도 넘었다. 아무도 안 돌봐줘서 아이는 어지간히 말라가고 있을 게다."(12면)*

머리말의 이런 인용으로도 우리는 로런스의 문체는 물론 그의 집필의도가 대다수 문학연구자들과 사뭇 다름을 짐작할 수 있다. 아니, 문체의 파격스러움이 의도의 특이함과 어떤 관련이 있지 않을지 생각해보게 된다. 실제로 이 책의 문체는 마지막 개작을 거치기 전까지만 해도 통상적인 에쎄이 문장에서 크게 벗어나지 않았다. 그런데 최종본으로 확정하면서 문체도 바꿨다는 사실은 저자 나름의 의도가 있었음을 말해준다. 또한 만약에 이 책이 '천재적'이지만 액면 그대로는 도저히 믿어줄 수 없는 엉뚱한 이야기로 되어 있다면 그 문체가 이처럼 개성적이고 '버릇없는' 말투임으로 해서 독자가 오도될 위험은 그만큼 줄어드는 셈이다. 그런 의미에서 문체 자체가 어떤 최소한의 정직성을 담보하고 있다고 할 것이다. 물론 결정적인 사안은 로런스의 주장들이 사리에 맞느냐 아니냐는 것인데, 판단을 위해 책의 성격을 조금 더 살펴볼 필요가 있다.

먼저 강조할 점은, 그 문체의 특이함이나 주장의 기발함에도 불구하고 미국문학 및 미국역사를 다루는 로런스의 자세가 역사학 또는 문학비평 분야에서 널리 인정되는 원칙에서 크게 벗어나 있지 않다는 사실이다. 그는 미국의 역사에 관한 미국인들 자신의 관념이나 주장보다 미국에서 이루어진 경험 자체를 중시하자는 지극히 '과학적인' 자세로 출발한다. 그가 미국의 고전문학에 주목하는 것도 그것이 미국역사에 대한 진실을 담고 있다고 믿기 때문인데, 미국인들 자신이 기피하는 진실이 작품 속에는 어쩔 수 없이 드러난다는 로런스의 주장 역시 문학비평의 기초적 상식이다.

> 해묵은 미국의 고전들에는 새로운 목소리가 있다. 세상은 그 목소리를 듣기를 거부하고 어린이 이야기책이라느니 어쩌니 하며 주절대왔다.
>
> 왜냐? 겁이 났기 때문이다. 세상은 무엇보다도 새로운 경험을 두려워한다. 새로운 경험은 너무나도 많은 낡은 경험을 밀어내기 때문이다. 그리고 그것은 어쩌면 한번도 쓰지 않은 근육, 또는 내내 굳어져오던 근육을 쓰려고 하는 것과 같다. 못 견디게 아프다.
>
> 세상은 새로운 관념을 두려워하지 않는다. 관념은 얼마든지 묵살할 수 있다. 그러나 진짜 새로운 경험은 묵살할 수가 없다. 피해갈 수 있을 뿐이다. 세상은 피해가기의 명수이고 미국인들은 그중에서도 최고의

명수들이다. 바로 그들 자신으로부터 피해가고 있으니까.(I 13면)*

그러므로 로런스는 "예술언어가 유일한 진리다"(Art-speech is the only truth)라고 말한다. "예술가는 대개가 형편없는 거짓말쟁이지만 그의 예술은 그것이 예술인 한은 그날의 진리를 일러줄 것이다."(An artist is usually a damned liar, but his art, if it be art, will tell you the truth of his day. I 14면) 이는 '리얼리즘의 승리'에 관한 엥겔스의 유명한 명제와도 상통하는 주장이다.

그뿐만 아니라 그것은 철저히 역사적인 사고방식의 표현이다. 이런 인식은 『미국고전문학 연구』의 올바른 독법을 위해 특히 중요하다. 예컨대 서장에서 말하는 각 나라와 대륙마다 다르다는 '장소의 기운' 내지 '터의 영'(the spirit of place)을 비역사적이고 미신적인 개념으로 받아들이면 책 전체가 꽤나 우스워지고 만다. 하지만 동서양의 많은 사람들이 그런 어떤 기운을 느끼며 개념화하기도 하는 것은 흔한 일이며, 어쨌든 긴 역사 속에서 지리적인 여건이 우리가 흔히 인정하는 것 이상으로 결정적임을 강조하는 입장 자체가 비역사적인 태도일 수는 없다. 여기서 지리적 특성을 절대화하지 않고 어디까지나 역사적으로 보는 것이 중요한데, 로런스의 '장소의 기운'론이야말로 바로 그런 것이다. 쌘프란시스코의 중국인은 이미 중국인이 아니라는 지적은 지리학적 인식이자 역사적 인식이며, 고대의 로마처럼 한때 왕성하던 터의 기운이 세월이 흐르면서 죽기도 한다는 이야기는 그야말로 역사적인 발상이다.

그러므로 아메리카로 건너온 유럽인들이 자신도 모르는 그 무엇의 명령을 따랐다든가 아메리카대륙에서 이 대륙 나름의 기운이 그들을 지배하고 있다는 발언을 우리는 미국의 역사에 관한 진실을 밝히려는 진지하고 이성적인 노력으로 일단 접수할 필요가 있다. 그의 이러한 노력이 남다른 방식으로 전개되는 것도 불가피한 면이 있다. 온 세상이 알기를 꺼려할 만큼 새로운 진실인데다가 그중에서도 제일 꺼려하며 요리조리 피해가기를 잘하는 것이 미국의 작가를 포함한 미국인들 자신이기 때문이다. 따라서 "비평가의 고유한 기능은 이야기를 창작한 예술가로부터 이야기 자체를 건지는 일이다"(The proper function of a critic is to save the tale from the artist who created it. 같은 면)라는 명제는 어느 나라 문학에나 통용되지만 특히나 미국문학에서 절실하다는 것이다. 그리고 로런스는 미국의 작가들이 어쩌다가 이처럼 구제불능의 거짓말쟁이들이 되었는지를 애당초 아메리카로의 이민이 이뤄지던 경위로부터, 다시 말해서 '미국의 꿈'이 성립되던 시초부터 살펴나간다.

이렇게 볼 때 로런스의 『미국고전문학 연구』가 단순히 몇몇 18, 19세기 미국작가들에 관한 평론을 모아놓은 것이 아니라 미국의 역사 내지는 미국에서 이룩되는 새로운 인류역사의 전개과정을 추적하는 뚜렷한 서사구조를 지녔음이 드러난다. 곧, 책의 제1장은 기본입장을 밝히는 서론이자 신대륙 이민의 본질적 의미를 규명하는 대목이며, 2, 3장은 18세기의 두 작품을 통해 건국 전후 미국인의 두 유형을 분석하고 있다. 이어서 4, 5장에서는 미국문학이 아메리카의 신화를 창조하면서 동시에 낡은 삶이 붕괴하는 과정을 기록하는 문학으로 정립되는 순간을 19세기 초 쿠퍼의 문학에서 찾아보고, 6, 7, 8장에서는 그 붕괴의 경험이 19세기 중엽 포와 호손의 소설에서 어떻게 진전되는가를 살핀다. 9, 10, 11장이 다루는 데이나와 멜빌의 해양문학은 더욱 극단화된 탐구와 붕괴를 증언하며 『모비 딕』에서 종래 백인 역사의 종말이 기록된다고 본다. 그렇다면 제12장 휘트먼론은 일종의 후일담이거나 새로운 시작일 수밖에 없다. 실제로 휘트먼의 시가 바로 그러한 '사후효과(死後效果)'이자 최초의 '백인 원주민'의 발언이라는 양면을 지녔다는 것이 로런스의 결론이다.

이러한 역사서술이 문학비평의 형태로 진행된다는 점 또한 눈여겨볼 대목이다. 로런스의 비평에 대해 흔히 제기되는 비판은 그가 남의 작품을 제대로 평하기보다 자기식으로 개작하다시피 한다는 것이다. 이는 토마스 하디의 소설이나 미국작가들에 대한 로런스의 비평에 대해 그럴듯한 비판으로 들릴 법도 하다. 그러나 이런 비판 또한 미국문학에서 미국과 인류 역사의 새로운 진실을 캐내는 로런스의 시도를 격하하고 진정한 예술가가 성취한 '그날의 진리' 내지 '그가 살던 날의 진리'를 피해가는 방식일 수 있다. 이와 관련해서 F. R. 리비스의 비평방법에 관한 마이클 벨의 설명을 참고할 만하다.

> 리비스의 특정 텍스트 읽기에서 느끼는 남다른 강렬함은 그 작품이 존재하지 않는 상태를 상상하며 자신을 그런 상황에 집어넣곤 하는 그의 습관에서 말미암는다고 나는 믿는다. 그는 단순히 작품을 한 줄씩 따라 읽는 것이 아니라 그것이 창작되는, 때로는 어마어마한 과정을 환기하는 것이다.[9*]

물론 리비스가 창작 당시의 전기적 여건이라든가 기타 집필과정을 확인하며 비평작업을 수행한다는 뜻은 아니다. 위대한 작품일수록 그것이 존재하지 않는 상황을 상정하기 힘든데—별로 힘들지 않다면 별로 위대하지 않다는 뜻이기 십상이다—그 작품이 이미 해당 '분야'의 일부로 확정된 상태의 진부함을 거부하면서 그 진부함을 피하기 위해 작품과 동떨어진 평자의 '해석'을 가미하는 일도 거부하는 자세이다. 벨은 리비스의

9 Michael Bell, "Creativity and Pedagogy in Leavis," *Philosophy and Literature* Vol. 40 No. 1 (April 2016) 183면.

이런 읽기를 '창작 예술가'의 면모가 한결 두드러진 로런스의 평문과 대비시키지만(같은 글 184면), 이는 스타일의 차이일 뿐 본질적으로 로런스 역시 하디나 미국작가들의 작품이 탄생하기 전의 상태에서 그 창작의 본질적 취지에 동조하면서 성과에 대한 자기 나름의 시비를 가리고 있는 것이다.

로런스 문학비평의 이러한 '객관성'을 인정할 때 "영원한 진리 따위는 소용없다. 진리는 그날그날로 살아 있는 것이다"(Away with eternal truth. Truth lives from day to day. I 14면)라는 발언이 갖는 사상적 도전도 제대로 인식할 수 있다. 이는 작품이 단순히 한 시대의 진실을 전해준다는, 상대주의나 역사주의는 아니라도 니체의 구성주의(Perspektivismus, perspectivism)처럼 진리(Truth) 자체를 부정하기는 마찬가지인 입장과도 구별되며, 예술이 구현하지만 형이상학에서는 간과되는 진리의 문제를 제기한다.[10] 그리고 예술작품이 '제4의 차원'을 성취한 진정한 예술일 때 "영원과 완벽의 성격"(quality of eternity and perfection)[11]을 갖는다는 주장과도 연결된다. 위대한 작품의 항구적 가치는 후세의 수많은 사람들이 그것을 '고전'으로 인정하여 두고두고 읽거나 감상한다는 뜻이 아니라, 수용자가 번번이 '그것이 존재하지 않는 상태에서 창작되는 과정'을 재연함으로써 그 수용의 순간에 자신도 '제4의 차원'을 성취하고 '영원과 완벽의 성격'을 공유함을 뜻한다.

---

10 원문의 *truth*를 (이 글의 초본에서처럼) '진실'로 옮기면 굳이 이런 문제에 봉착하지 않는다. 그러나 '절대적 진리'를 부정하면서도 예술이 단순한 진실이 아닌 '진리'의 차원에 도달할 수 있다고 하는 로런스의 주장(서장 28면 등)에 따라 본고에서는 '진리'로 고쳐서 번역했다.

11 D. H. Lawrence, "Morality and the Novel," *Study of Thomas Hardy and Other Essays*, ed. Bruce Steel (Cambridge University Press 1985) 171면. 본서 제7장 참조.

이런 비평행위를 통해 읽어내는 역사는 단순한 사실과 진실의 기록을 넘어 한층 본질적인 차원의 사건을 포착할 수 있다. 『미국고전문학 연구』에서의 문학비평을 통한 미국역사 읽기가 바로 그런 본보기라 생각되며 이제부터 그 내용을 순차적으로 따라가면서 되도록 많은 직접인용을 통해 그 내용을 선별적으로나마 소개하려 한다.

3. 로런스가 읽은 미국문학과 미국역사

1. 아메리카 이민의 의미

최초의 미국인들은 어째서 유럽에 그냥 살지 않고 아메리카로 건너갔는가? 이에 대해 미국인들 자신은 물론이고 다른 나라의 교과서들도 대부분이 '종교의 자유를 찾아' 대서양을 건넌 청교도들의 이야기를 꺼내곤 한다. 종교의 자유를 비롯한 이 '자유'야말로 '미국의 꿈'의 핵심으로 제시되기도 한다. 그런데 로런스는 17세기 초 청교도들이 자유를 찾아 미국으로 갔다는 통설부터가 미국문학의 진실된 '이야기'를 덮어버리는 미국인들 자신의 거짓말이라고 단정한다.

자, 내 말을 듣고 그(미국인인 예술가 개인)의 말을 듣지 마라. 그는 당신이 기대하는 거짓말이나 들려줄 게다. 그리고 그건 거짓말을 기대했던 당신의 잘못이기도 하다.

그는 예배의 자유를 찾아서 온 것이 아니다. 1700년의 시점에 이르러 영국은 미국보다 예배의 자유가 훨씬 더 많았다. 그것은 자유를 원했기 때문에 고향에 남아 싸웠던 영국인들에 의해 획득된 자유였다. 싸워서 얻어낸 것이다. 예배의 자유라고? 뉴잉글란드 최초 백년의 역사를 읽어나봐라.

아무튼 자유라고? 자유인의 땅! 이게 자유인의 땅이라니! 아니, 내가 그들 마음에 안 드는 소리를 조금이라도 하면 자유로운 폭도들이 나를 린치할 판이다. 그게 바로 나의 자유다. 자유라고? 도대체 나는 이 나라에서처럼 개인이 참담하게 자기 동포들을 겁내는 나라에 가본 적이 없다. 왜냐하면 내가 말했듯이 이 나라에서는 개인이 남들하고 다르다는 것을 드러내는 순간 그를 린치할 자유가 있기 때문이다. (…)

그들〔최초 청교도 이민자들과 그 후계자들〕은 자유를 위해 오지 않았다. 혹시 그랬다면 그들은 서글플 만큼 자신을 배반한 거다.(I 14-15면)*

이러한 로런스의 주장은 과연 도전적이고 파격적이다. 그런데 역사적 사실로서는 어떤가? 청교도 교부들(Pilgrim Fathers)과 그 후예들에 대한 터무니없는 중상은 아닌가? 말 한마디 잘못해도 곧바로 린치를 당한다는 것은 확실히 과장된 표현이요 다분히 수사학적으로 씌었음이 분명하다. 그러나 1700년 현재 뉴잉글란드보다 잉글란드(영국)에 더 많은 종교의 자유가 있었다거나 청교도 정착지에서 다른 종파들에 대해 혹독한 박해가 시행되었다는 것은 어김없는 사실이다.

사실 여부보다 더욱 핵심적인 질문은 자유의 본질에 관한 것이다. 로런스는 정말 자유를 원하는 사람들은 바로 그렇기 때문에 고향에 남아 싸워서 이를 쟁취하게 마련이고 딴 세상으로 달아난 사람들이 표방하는 '자유'는 별개의 어떤 것이라고 한다. 단순히 누구의 지배를 받지 않고 자기 하고 싶은 대로 하는 것은 진정한 자유가 아니라는 것이다.

인간은 생명있는 자기 땅[12]에 있을 때 자유롭지 떠돌아다니고 탈출할 때 자유로운 게 아니다. 인간은 종교적인 믿음에서 오는 어떤 내면의 깊숙한 음성에 순종하고 있을 때 자유롭다. 자기 마음속으로부터 순종하고 있을 때 말이다. 살아 있고 유기적이며 **신념을 가진** 공동체에 소속하여 어떤 이룩되지 않은, 어쩌면 인식되지도 않은 목적을 성취하기 위해 활동하고 있을 때 인간은 자유로운 것이다. 무슨 미개척의 서부로 달아나는 것이 자유가 아니다. 가장 부자유스러운 영혼들이 서부로 간다. 그리고 자유에 관해 외쳐댄다. 인간은 그가 자유를 가장 의식하지 않을 때 가장 자유롭다. 자유롭다고 외쳐대는 소리는 사슬을 흔들어내는 소리다. 항상 그랬다.(17면, 원저자 강조)*

그렇다면 아메리카로 이민한 사람들의 진정한 동기는 무엇인가? 예나 이제나 가장 단순한 이유는 '벗어나기'(to get away)이고 대부분의 이민자들은 '도망노예'(escaped slaves)와 크게 다를 바 없다고 로런스는 말한다. 그러나 최초의 청교도들이라든가 오늘날 사색의 고뇌에 찬 진지한 일부 미국인들마저 함부로 그렇게 부를 수 없다는 점도 시인한다. 이들을 아메리카로 몰고 간 것은 유럽에 대한 한층 근원적인 반발, 유럽의 낡은 권위 일체에 대한 반발이자 왕과 가부장의 권위를 중심으로 건설되었던 중세의 질서를 대신하여 르네쌍스기에 들어선 인본주의·자유주의에 대한 반발을 겸했다는 것이다. 이것이 로런스가 *it* 대신 *IT* 라고 대문자로 표기하

---

12 원문의 'in a living homeland'를 'living in a homeland'로 오독하여, 로런스가 조국과 고향의 삶을 절대시하는 보수 이데올로기를 주창할뿐더러 생의 대부분을 떠돌이로 산 자신의 삶과도 모순된 발언을 한다고 비판하는 경우가 더러 있다. 로런스에게 중요한 것은 사람이 자리잡고 있는 곳이 "살아 있고 유기적이며 **신념을 가진** 공동체"의 터전이냐 여부이며 태생지나 국적지의 문제가 아닌 것이다. 평생을 고향이나 모국에 살지만 'living homeland'를 잃은 실향민이 되는 것도 얼마든지 가능하다. 반면에 로런스가 '장소의 기운'에 부응한 공동체에 뿌리내린 삶 자체를 부정하고 '유목주의'(nomadism)를 제창했다는 일부 논객들의 해석도 근거가 박약하다.

기도 하는 그들의 '가장 깊은 자아'(the deepest self)가 내린 명령이었다. 그러므로 유럽의 구질서에 대한 반발은 그들이 떠안은 세계사적 사명의 절반, 더구나 그 부정적인 절반밖에 안 되며, 원래 유럽의 이상인 '자유'와 '민주주의'를 부르짖는 것도 그야말로 자기회피요 자기망각이다.

> 미국의 의식적 동기라든가 이곳에서의 민주주의에 대해서는 그 정도로 해두자. 미국에서의 민주주의란 유럽의 옛 주인, 유럽적 정신을 망가뜨리는 도구에 불과하다. 유럽이 잠재적으로 파괴되고 나면 미국 민주주의는 증발하고 말 것이다. 그리고 아메리카가 시작될 것이다.
>
> 이제까지 미국의 의식은 거짓새벽이었다. 민주주의라는 부정적 이상. 그러나 그 밑에, 이 공개적 이상에 거슬러, '그것'의 암시들과 계시들이 있어왔다. '그것', 곧 미국의 온전한 영혼 말이다.(19면)*

미국땅에서 끝내 승리할 자가 누구인지, 허위의식에 찬 '도망노예들'일지 아니면 아메리카에 주어진 역사의 소명에 순종하는 참다운 자유인들일지, 이것은 로런스 자신도 하나의 질문으로 남겨놓고 있다.

2. 건국 전후의 미국인

벤자민 프랭클린(Benjamin Franklin, 1706~90)은 미국 '건국의 아버지들' 가운데 한 사람일뿐더러 흔히 전형적인 미국인으로 일컬어진다. 그는 무일푼으로 출발하여 자수성가한 사업가이고 사회개혁가이자 정치가이며 미국독립전쟁 중의 프랑스주재 대사, 제헌의회의 중요인물, 건국 후 초대 우정장관 등으로 이름을 떨쳤다. 게다가 그는 과학자이며 발명가였고 그가 쓴 자서전은 미국문학의 고전이 되었다. 청교도들의 개척정신을 현실적인 업적으로 연결시키면서 18세기 유럽의 진보적이고 개명한 이상을 구현하는 것이 미국의 건국이념이었다고 할 때, 프랭클린이야말로 미국이 자랑할 만한 모범인간이라 하겠다.

이러한 프랭클린을 로런스는 '표본 미국인'(pattern American)이라 부른다. 이는 정말 제대로 된 미국인이라는 뜻과는 거리가 멀다. 오히려 인간이라는 살아 있는 신비로운 존재에서 '사회인' 내지 '생산자'라는 측면만을 떼어내어 절대화시킨 인조인간에 가까우며, 이런 '마네킹 미국인'(dummy American)을 신세계의 이상으로 처음 제시한 장본인이 프랭클린이라는 것이다. 이런 인간형의 탄생은 18세기 유럽의 계몽사조가 유럽의 토양을 떠나 미국의 '거짓새벽'에 동원될 때 불가피한 것이지만, 로런스는 그 최초의 명세서를 프랭클린의 『자서전』(*The Autobiography*)[13]에서, 특히 거기 나오는 절제·침묵·질서 기타 등등의 좌우명에서 찾고 있다.

프랭클린의 좌우명 13조목에 대한 로런스의 논평을 여기서 다 소개할 필요는 없다. 그러나 가령 열두번째인 '순결'(Chastity) 조목에서 프랭클린이 "건강과 자손을 위해서 말고는 여색을 사용하는 일이 드물도록 하며, 정신이 흐려지거나 몸이 약해지거나 너 자신 또는 남의 평정이나 명성을 해치는 결과가 절대로 없도록 하라"(Rarely use venery but for health and offspring, never to dulness, weakness, or the injury of your own or another's peace or reputation)라고 말하고 있는 것만 보더라도 이런 '여색 사용자'에 대한 로런스의 경멸을 짐작할 만하다.

로런스는 이 좌우명들 자체에 대한 비판과 야유에 머물지 않고 프랭클

---

13 1771~88년에 걸쳐 집필된 이 미완의 저서는 그 일부가 프랑스어로 먼저 발표되었다가 1817~18년에야 *Memoirs of the Life and Writings of Benjamin Franklin*이라는 제목으로 영문 초판이 나왔는데, 일찍부터 *Benjamin Franklin's Autobiography*로 일컬어지곤 했다. 자세한 경위는 *Benjamin Franklin's Autobiography*, ed. Joyce E. Chaplin (Norton Critical Edition 2012) xxii-xxiv면 참조.

린에 관한 논의에서 흔히 간과되는 다른 일면을 들춰낸다. 즉 그처럼 원만하고 경위 바른 모범시민 프랭클린이지만 원주민들이 밤새 술 먹고 떠들던 이야기를 하고 나서는, "대지의 경작자들에게 자리를 마련해주기 위해 이들 야만인을 멸절시키는 것이 하나님의 섭리가 계획한 바라면 럼주야말로 그 지정된 수단이라는 것이 실제로 있을 법한 일이다"(if it be the design of Providence to extirpate these savages in order to make room for the cultivators of the earth, it seems not improbable that rum may be the appointed means)라는 발언을 서슴지 않았던 것이다. 『자서전』의 이 대목을 인용한 다음 로런스는 이렇게 말한다.

> 대지의 경작이라니, 아이고 맙소사! 인디언들이야말로 대지를 경작했다. 자신들에게 필요한 만큼 경작했고, 그걸로 끝냈다. 시카고를 세운 게 누군가? 대지를 경작해서 피츠버그를 내지르게 만든 게 도대체 누구란 말인가?(II 26면)*

그리고 그는 인디언에 대한 이런 위선적 태도야말로 프랭클린의 좌우명이 주는 인상과 어울린다고 주장한다.

> 여기서 우리는 애초의 질문으로 돌아온다. 도대체 벤자민의 어디가 어때서 우리는 그를 참아줄 수 없는가? 아니면 우리가 어디가 잘못돼서 그처럼 티도 없는 옥을 두고 이러쿵저러쿵하는가?
>
> 인간은 도덕적인 동물이다. 좋다. 나는 도덕적인 동물이다. 나는 도덕적인 동물로 남을 작정이다. 나는 벤자민이 시키는 대로 착하고 조그만 자동기계로 변신할 생각은 없다. "이건 좋고 저건 나쁘다. 조그만 손잡이를 돌려서 착한 수돗물이 나오게 해라"라고 벤자민이 말씀하시고 미

국 전체가 따라서 말한다. “그러나 우선은 항상 나쁜 수돗물을 틀어놓는 야만인들부터 멸절시켜라”라고.(26면)*

‘미국 전체’가 따라 말한다는 로런스의 주장이 과장일 수 있지만, 프랭클린의 이런 태도는 뒤에 논할 정착식민주의의 전형적인 태도다. 유럽 이민자들이 아메리카대륙을 ‘발견’하고 ‘텅 빈’ 대지를 성실·근면으로 일구어 잘살게 된 것이 ‘미국의 꿈’ 달성이라지만, 이때 간과되는 사실 하나는 흑인 노예들의 노동이요 다른 하나는 대륙 자체가 결코 빈 땅이 아니고 인디언 원주민들의 거처였다는 사실이다. 그런데 흑인들의 경우는 하나라도 더 살려놓고 — 한때 남부에서 노예의 ‘피 한 방울’이라도 섞여들면 흑인으로 분류되고 노예가 되었듯이 — 그의 노동을 착취하려 했지만, 원주민은 그들의 땅을 뺏는 것이 목적이었기 때문에 강제로 몰아내거나 그들을 ‘멸절’시키는 일을 서슴지 않았던 것이다.

그런데 프랭클린은 어째서 이런 ‘마네킹 미국인’을 내세웠는가? 경제사적 동기 외에도 미국인의 의식 밑바닥에 숨겨진 유럽에 대한 증오심이라는 더욱 깊은 이유가 있었다고 로런스는 주장한다. 프랭클린은 참다운 아메리카인이 되고 싶었는데 그것은 몇세대, 몇세기가 걸리는 일이었고 그 자신은 끝내 ‘탈선한 유럽인’밖에 못 되었다. 그러나 새로운 것의 탄생을 위해 낡은 것이 무너짐은 어쨌든 필요한 일이며, 프랭클린은 미국독립을 위한 활약과 사이비 신인간상을 통해 유럽의 지배력과 생명력을 잠식함으로써 그 나름으로 세계사의 도구로 복무했다는 것이다(II 30-31면). 이렇듯 프랭클린에 대한 로런스의 평가는 파격적이고 우상파괴적인 가운데서도 그의 역사적 비중에 대해서는 누구 못지않은 인식을 전제하고 있다.

프랭클린을 흔히 전형적인 미국인이라고 하지만 그와 무척 대조적인 또 하나의 미국적 인간형이 있다. 로런스는 그 원형으로 『한 아메리카 농부의 편지』(*Letters from an American Farmer*, 1782)의 저자 크레브꾀르[14](Hector St. John de Crèvecœur, 1735~1813)를 든다.

> 프랭클린은 미국인의 진정한 **현실주의적** 원형이고, 크레브꾀르는 그 정서적 원형이다. 유럽인들 보기에 미국인은 무엇보다도 달러귀신이다. 우리는 앙리 쓴트 존 크레브꾀르의 정서적 유산을 잊어버리기 일쑤인 것이다. 예컨대 우리는 우드로 윌슨의 미어진 가슴과 젖은 손수건을 안 믿는 경향이 있다. 하지만 이것들도 그 나름대로 사실 아닌가.(III 32-33면, 원저자 강조)*

크레브꾀르는 프랑스의 귀족 태생으로 청년기에 캐나다로 건너갔다가 뒤에 뉴욕주에 정착하여 농사를 지었다. 이 무렵에 일련의 편지 형태로 쓴 글에서 그는 대자연 속에서 일하며 생활하는 즐거움과 구세계의 온갖 인습과 편견에서 벗어나 신천지에서 새 삶을 창조하는 기쁨을 찬미했다. 이 책이 1782년 영국에서 처음 간행되고 이듬해 프랑스어판이 나오면서 유럽 각지에서 큰 반향을 일으켰는데, 사실 오늘날까지도 그것은 이른바 '미국의 꿈'을 전파하는 결정적인 문헌의 하나로 남아 있다. 로런스 자신도 한때 거기 그려진 신세계의 삶을 정신없이 흠모했노라고 고백한다. 그

---

14 로런스는 장제목에 'Henry St. John de Crêvecoeur'라 적고 시종 'Henry' 또는 'Henri'라 부르며 때로는 'Henri St. Joan de Crêvecoeur'라고도 하는데, 종전의 편집자들은 이를 교정해서 수록했으나 케임브리지판에서는 로런스 원고의 착오를 그대로 살렸다. 크레브꾀르는 원래 'Michel-Guillaume-Jean de Crèvecoeur'라는 이름의 프랑스인인데 젊은 나이에 프랑스령 캐나다로 갔다가 나중에 영국령인 뉴욕주로 이주하면서 'J. Hector St. John Crèvecoeur'로 개명했다. 그의 생애에 관한 간략한 소개로 J. Hector St. John de Crèvecoeur, *Letters from an American Farmer and Sketches of Eighteenth-Century America*, ed. Albert E. Stone (Penguin Books 1986) 〔이하 *LAF*〕 편자 해설 9-14면 참조.

런데 정작 미국에 와서 농사꾼의 괴로운 생활—특히 농사꾼 아내의 생활—을 알고 나니 그게 아니더라는 것이다.

> 앙리 쌩장, 그대는 내게 거짓말을 했다. 그대 자신에게는 더욱 더럽게 거짓말을 했다. 앙리 쌩장, 그대는 정서적 거짓말쟁이다.
>
> 장자끄(루쏘), 베르나르댕 드 쌩삐에르, 샤또브리앙, 섬세하기 그지없는 프랑솨 르바이앙—모두들 '달콤하고 순결한 자연' 어쩌고 하는 거짓말쟁이들이다. 마리 앙뚜아네뜨는 목장의 처녀 흉내를 내며 놀다가 목이 달아났는데, 그대들이 우리한테 해댄 온갖 거짓말의 값으로는 아직까지 그대들의 볼기 한번 때려준 사람이 없었다.(34면)*

이런 대목에서 짐작할 수 있듯이 로런스가 문제삼는 것은 특정 사실의 착오가 아니라 낭만주의적 이상화 경향이다. 사실 크레브꾀르의 경우에는 그의 실제 경험과 그가 쓴 글 사이의 괴리가 특히 두드러진다. 『한 아메리카 농부의 편지』가 출판되었을 때 그는 이미 농사를 그만두고 프랑스에 와 있었고, 그가 없는 사이에 그의 집터는 그가 예찬하고 미화했던 인디언들의 습격으로 쑥밭이 되고 말았다. 1783년에 크레브꾀르는 프랑스 영사의 신분으로 미국에 돌아와 1790년까지 복무한 뒤, 23년의 여생을 고향 노르망디에서 마쳤다.

하지만 로런스의 크레브꾀르론은 이런 모순을 폭로하고 낭만주의적 자연미화의 허위성을 규탄하는 데 머물지 않는다. 한편으로 그는 크레브꾀르의 '정서적 거짓말'이 프랭클린의 좌우명과 상호보완 관계에 있으며 둘 다 인생을 제멋대로 조종해보려는 부질없는 시도임을 지적한다. "이 달콤하고 순결한 자연 어쩌고 하는 짓거리는 두뇌화의 또다른 시도에 지나지 않는다. 모든 자연으로 하여금 인간 두뇌의 한두 법칙에 굴복하게 만들려는 기도일 뿐이다."(34면)* 동시에 로런스는 크레브꾀르가 프랭클린과는 달리 진정한 예술가로서의 일면을 지녔음을 강조한다. 이는 벌새나 뱀 등 아메리카의 자연에서 마주치는 구체적인 대상의 묘사에서 드러나는데, 이때 크레브꾀르의 비전은 감미로운 자연과는 거리가 멀고 오히려 인디언 원주민들의 때때로 섬찟한 자연관을 무의식중에 계승하고 있다는 것이다(34-37면). 크레브꾀르는 이처럼 아메리카라는 '장소의 기운' 내지 '터의 영'에 충실한 본능적 앎과 유럽인의 관념적 지식을 모두 갖고 싶었을 테지만 그 둘은 양립할 수 없었다. 그러므로 그는 본능적인 삶, 자연의 삶을 적당히 머릿속에서 미화하였고 몸은 유럽으로 돌아가는 '거짓말쟁이'가 되었던 것이다(38-40면).

로런스는 『한 아메리카 농부의 편지』가 미국문학의 효시임을 최초로 짚어낸 평자로 인정받기도 하는데,[15] 로런스가 지적한 크레브꾀르의 예술가적 면모에 한두 마디 덧붙일 여지가 있다. 먼저, 형식 자체로도 이 편지들은 뉴욕주의 주민 크레브꾀르가 아닌 '제임스'라는 이름의 펜실베이니아 농부가 쓴 것으로 되어 있다. 다시 말해 수기가 아닌 픽션인 것이다. 나아가 진정한 예술작품에서 흔히 보듯이 작품이 들려주는 '거짓말'을 작품 스스로 부정하는 효과를 거두기도 한다. 제4~8장의 낸터킷섬(Nantucket. 고래잡이의 본거지로 멜빌의 『모비 딕』에서 피쿼드호가 출항하는 항구) 소개 대목까지는 제1~3장의 목가적 풍경의 다른 버전을 추가한 것이랄 수 있지만, 제9장에서 찰스타운(Charles Town, 오늘날의 Charleston, South Carolina)과 거기서 목격되는 노예무역 및 노예제도의 참상, 구세계의 신분격차가 재연되는 모습은 전혀 다르다. 이뿐만 아니라 화자는 이런 현실을 두고 앞에 그려진 북부의 너무도 다른 현실을 한층 부각시키며 감사하는 계기로 삼는

---

15 A. Stone, *LAF* 편자 해설 7면.

대신, 인류역사 전체에 대한 절망감과 조물주의 뜻에 대한 회의마저 토로한다.[16] 게다가 마지막의 제12장 '개척민의 곤경들'(Distresses of a Frontier Man)은 바로 북부 농촌의 변화도 그런 회의감을 자아내기에 충분함을 보여준다. 미국독립전쟁의 소용돌이 속에서 크레브꾀르의 농장이 폐허가 되고 아내마저 사망한 사실은 그가 프랑스에서 돌아온 뒤에나 확인한 것이지만, 백인 정착민 내부의 대립과 무장 원주민 출몰에 따른 개척민들의 곤경과 '제임스'가 느끼는 위협은 제12장에 이미 생생히 그려진다. 다만 저자(및 화자)는 앞서 그렸던 아메리카 농촌의 이상화된 모습과 이런 현실 사이의 모순을 직시하는 대신, 로런스가 꼬집듯이 또 한번 이상화된 미개척지역 원주민들의 삶에서 피난처를 기대하는 새로운 '거짓말'로 끝을 맺는다. 하지만 이렇듯 설득력 없는 결말 자체가 스스로 자신의 거짓말을 해체하고 자기모순을 노출하는 예술 특유의 효과를 갖는다는 해석도 가능하다.

3. 쿠퍼의 문학과 미국의 꿈

오늘날 세계문학의 대열에 일급 작가로 내세울 만한 최초의 미국인은 아마 페니모어 쿠퍼(James Fenimore Cooper, 1789~1851)일 것이다. 그는 생전에 소설·비소설 합쳐서 45권가량의 책을 썼는데, 그의 명성을 오늘까지 유지해주는 것은 『개척자』 『최후의 모히칸족』 『사슴잡이』 등 다섯 편의 이른바 '가죽양말' 연작(Leatherstocking Tales, 1823~41)이다. 로런스는 『미국고전문학 연구』 제4장과 5장에서 각기 쿠퍼의 '백인 소설'과 '가죽양말 소설'을 다룬다.

---

16 "그렇다면 세계의 물리적 작용뿐 아니라 도덕적 작용도 이끌어가는 권능있는 감독자가 없단 말인가?"(Is there, then, no superintending power who conducts the moral operations of the world, as well as the physical?, *LAF* 173면)

널리 알려졌다시피 후자는 개척자와 인디언이 등장하는 모험소설로서 '서부극'의 원조에 해당한다. 주인공 내티 범포(Natty Bumppo)는 '서부 사나이'의 원형인 셈이다. 그에게는 인디언 추장 출신의 충실한 전우 칭가츠구크(Chingachgook)가 있는데, 이 두 사람의 관계에서 로런스는 미국의 현실에서 이루어질 수 없는 미국의 꿈이 예술적으로 형상화된 것을 본다. 이 꿈은 인디언을 멸절시키고 백인들만의 생산적인 문명을 건설하려는 프랭클린의 꿈도 아니요 인디언들과 신천지 개척민들을 송두리째 이상화한 크레브꾀르의 꿈도 아니다. 각자의 기존사회에서 벗어나 인간다움의 새로운 경지에 이른 다른 인종의 두 사나이가 이룩하는 말없는 유대관계인 것이다. 다만 "현재로서 그것은 순전한 신화이다."(At present it is a sheer myth. V 56면)

쿠퍼론에서 로런스는 인디언과 백인의 관계야말로 미국역사의 핵심적 문제임을 특히 강조한다. 프랭클린은 '럼+야만인=0'이라는 편리한 공식을 신의 섭리라고 내세웠지만 결코 그렇게 될 수가 없다는 것이다.

> 럼 더하기 야만인이 죽은 야만인일지는 모른다. 하지만 죽은 야만인이 '제로'일까? 토착민들을 다 죽여 없앰으로써 땅을 처녀지로 만들 수 있는가?(IV 42면)*

원주민들이 거의 사라져버렸다 해도 그들은 반드시 돌아온다고 로런스는 말한다. 인디언들이 미국땅을 다시 차지하는 날이 온다는 뜻이 아니고 그들의 '망령'이 지배하게 마련이라는 것이다. 백인들에 의한 인디언땅의 '발견'과 '개척'은 과거의 솔직한 정복전쟁에서의 승리와도 또다르게 패자의 승복을 받아내지 못했음은 물론, 백인들 자신의 마음속에 아직 정리되지 않았고 앞으로도 쉽사리 정리되지 못할 특별한 문젯거리를 남겨놓았다.

> 믿음이란 신비스러운 물건이다. 그것은 영혼의 상처를 아물게 하는 유일한 치유자다. 그런데 세상에는 믿음이 없다.
>
> 인디언은 우리 백인들을 믿지 않으면서 죽었다. 그는 죽었고 화해하지 않았다. 그가 인디언들의 '행복한 사냥터'에 행복하게 가 있다고 생각지 마라. 그렇다. 믿음을 갖고 죽는 자만이 행복하게 죽는다. 인생에서 원통하게 밀려난 자들은 화해를 모르고 복수하러 돌아오는 법이다.(같은 면)*

이러한 죽은 인디언들의 존재는 미국 특유의 '장소의 기운'의 일부가 된다. 여기서 로런스의 '장소의 기운'이 갖는 역사적 성격을 다시 확인하게 되는데, 아메리카의 터의 기운 내지 그 '영'도 백인 정착 이전과 이후가 똑같은 것이 아니고 정착식민주의의 역사로 인해 새로운 성격이 더해진 기운인 것이다.[17] 그리고 백인 영혼의 끝없는 불만과 불안이 거기서 나오며, 로런스는 이를 "미국의 큰 퉁퉁증"(the great American Grouch)이라 부른다(V 52면).

이러한 미국정신의 고뇌로부터 쿠퍼가 비록 '아름다운 반 거짓말'의 형태로나마 '민주주의'를 넘어서는 새로운 인류사회의 꿈을 찾았다는 점에서 로런스는 그의 작가적 위대성을 본다. 이 또한 오해되기 쉬운 말이다. 그러나 신대륙에 온 백인들이 내세운 '민주주의'(Democracy)는 유럽에서의 '자유'(Liberty)와 본질적으로 다르다는 것이 로런스의 지론이다.

---

17 제6장의 「라이지아」를 논한 대목에 가면 백인들 자신의 만족하지 못한 삶과 죽음이 이런 땅기운에 추가됨을 지적한다. "미국의 공기에는 무시무시한 정령들, 유령들이 있다."(There are terrible spirits, ghosts, in the air of America. VI 75면)

미국에서의 민주주의란 유럽에서의 자유와 결코 같은 것이 아니었다. 유럽에서 자유란 커다란 생명의 고동이었다. 그러나 미국에서 민주주의는 언제나 무언가 반생명적인 것이었다. 에이브러햄 링컨 같은 가장 위대한 민주주의자들은 항상 희생적이고 자해적인 가락을 그들의 목소리에 담고 있었다. 미국 민주주의는 항상 일종의 자기살해 행위였다. 아니면 다른 누구를 살해하든가.

그럴 수밖에 없었다. 그것은 궁여지책이었으니까. 그것은 유럽의 자유에 맞선 궁여지책이었다. 그것은 낡은 허물을 벗는 행위의 잔인한 한 형태였다. 사람들은 이 민주주의에 자신을 집어넣어 죽였다. 민주주의는 낡은 허물, 낡은 형체, 낡은 정신의 전면적인 굳어짐이다. 그것은 굳어지고 굳어져서 꽉 끼이고 고정되며 무기질이 된다. 그러고는 번데기의 허물처럼 터지지 **않을 수가 없다**. 그리고 부드러운 유충이, '마침내 아메리카인'이라는 부드럽고 물기 머금은 나비가 나오는 것이다.(V 57-58면, 원저자 강조)*

그러면 쿠퍼가 꿈꾼 세계는 어떤 것인가? '민주주의'를 부정한다고 해서 우리가 흔히 말하는 반민주적이고 불공정한 질서로 되돌아가는 것이 아님은 물론이다. 오히려 그것은 누가 사회적 신분이 높고 낮으며 누구의 재산이 많고 적으냐가 전혀 문제되지 않는 철저히 민주적인 세계다.

칭가츠구크와 내티 범포의 불멸의 우정을 통해 쿠퍼는 새로운 사회의 핵을 꿈꾸었다. 다시 말해 그는 새로운 인간관계를 꿈꾼 것이다. 두 사나이의 적나라하고 걸림이 없는 인간관계, 성(性)의 깊이보다도 더욱 깊은 관계다. 재산보다 깊고 부성(父性)보다 깊으며 결혼보다 깊고 사랑보다도 깊다. 너무나 깊어서 사랑도 없다. 자신의 밑바닥까지 다다른 두 사나이의, 사랑도 말도 없는 적나라한 일치. 이것이 새로운 사회의 새로운 핵이요, 새로운 세계기원의 실마리다. 그것은 무엇보다 먼저 잔인하고 대대적인 허물벗기를 요구한다. 그러고서야 새로운 세계, 새로운 도덕, 새로운 풍경으로의 위대한 해방을 찾아낸다.(58면)*

이것이 어디까지나 '반 거짓말'인 꿈이라는 점을 잊고 섣불리 현실로 만들려는 경우에는 그야말로 반민주적인 질서를 강요하는 결과가 될 것이다. 그러나 로런스가 쿠퍼의 꿈에서 발견하는 해방과 자기성취는 불교적 의미의 해탈과 적나라(赤裸裸)에 통하기도 하여 동양의 독자에게 쉽게 이해되는 일면이 없지 않다. (물론 내티는 흔히 말하는 불교적 인간상과는 정반대로, 타고난 사냥꾼이요 총잡이다. 하지만 그는 총질을 할 때 선禪의 경지에 가장 근접한 인상을 주는 인물이기도 하다.) 어쨌든 쿠퍼의 꿈은 크레브꾀르식의 '정서적 거짓말'과는 다른 차원에 다다랐는데, 이 점은 쿠퍼가 개인적으로도 당시의 미국 민주주의에 대한 신랄한 비판자였고 그의 작품세계가 (로런스가 제5장에서 상세히 보여주듯이) '백인의 정신'이 와해되어가는 과정을 아울러 기록하고 있다는 사실로도 밑받침된다. 쿠퍼의 문학에서 미국의 꿈은 처음으로 '신화'의 이름에 값하게 되었지만 그 내용은 앞세기 두 미국인의 미국관과는 상당히 다른 것이었다.

4. 미국의 꿈과 미국의 악몽: 포와 호손

포(Edgar Allan Poe, 1809~49)의 문학에서는 프랭클린식이건 크레브꾀르식이건 도대체 '미국의 꿈'이랄 만한 것을 만날 수가 없다. 「라이지아」(Ligeia) 「엘리노라」(Eleonora) 「어셔가(家)의 몰락」(The Fall of the House of Usher) 등은 미국 이야기를 직접 하고 있지도 않으려니와, 이것이 꿈이라면 분명히 '악몽'에 해당하는 것들이다. 이에 관해 로런스는, 미국문학에는 쿠퍼가 보여주듯이 '낡은 의식의 와해'와 그 '저변에서의 새로운 의식의 형성'이라는 두개의 떨림이 병존하고 있는데 포는 단 하나, 와해의 떨림을 지녔을 뿐이라고 말한다. "이것은 그를 예술가보다 거의 과학자에 가깝도록 만든다."(This makes him almost more a scientist than an artist. VI 66면)

포와 쿠퍼의 이러한 대조는 개인적인 차이도 물론 있지만 미국의 정신사에서 낡은 영혼의 붕괴과정이 그만큼 더 진척되었다는 뜻도 된다. 어쨌든 포가 '소외문학'의 한 극단적인 예를 제시하는 것은 분명하고 보들레르 이래 서구의 새로운 시적 감수성의 발달에 큰 영향을 미친 것도 그 때문인데, 로런스는 포가 겪고 표현한 붕괴의 경험을 미국에서 특히 두드러진 현상으로 파악한다. 곧 그것은 삶을 인간의 의지대로 좌우하고자 하며 따라서 모든 것을 지식의 대상으로 만들려고 하는 미국인 특유의 억지가 낳은 현상이고, 여기서 '미국의 꿈'은 '미국의 악몽'으로 탈바꿈하게 마련이라고 보는 것이다.

로런스에 의하면 포의 비극은 그가 정신적 사랑의 황홀경을 무한정으로 맛보기 위해 의지일변도·의식일변도의 억지를 썼던 데서 온다. 사랑이 아무리 좋은 것이라도 개개 생명체의 단일성을 영구히 폐지하려는 데까지 몰고 가면 육체적 사랑이든 정신적 사랑이든 해당 유기체의 파멸을 초래하는 것이 생명의 이치인데, 포와 그의 주인공들은 사랑을 통한 인간의식의 무한정한 확대, 인간의지의 절대적인 주장을 꾀함으로써 '성령에 대한 죄'를 짓고 있다는 것이다. 그의 걸작 단편 「라이지아」에 나오는 여주인공이야말로 이처럼 "미국이 성령에 반역해온 그 모든 세월"(all the years of American rebellion against the Holy Gohst, 72면)의 산물이라고 한다.

그런데 쿠퍼론에서 말했듯이 "진정한 신화는 옹근 넋의 전진적인 모험을 중심적인 관심사로 삼는다"(True myth concerns itself centrally with the onward adventure of the integral soul. V 65면)고 할 때, 포의 작품세계가 '미국의 꿈'과 관련해서 그 악몽만을 기록한다는 사실은 예술로서의 어떤 한계를 암시하기도 한다. 그의 작품들이 다분히 기계적인 느낌을 주고 그중 상당수는 통속물과의 구분이 모호하기도 하며 실제로 포가 추리소설의 창시자가 되었다는 사실도 모두 우연이 아닌 것이다.

이러한 포를 두고 그가 '거의' 과학자에 더 가깝지만 최고의 단편들에서는 역시 예술가였다는 로런스의 평가는 음미해볼 만하다. 이 말은 과학과 예술이 똑같은 차원의 진리를 탐구하는 것이고 단지 그 방법이 다를 뿐이라는 입장과는 사뭇 다르다. 예술은 심미적 효과나 추구하지 진리와는 무관하다는 입장에서는 더욱 알 수 없는 이야기가 된다. 그의 발언은 과학의 지식이 그 자체로서는 — 다시 말해 인간의 창조적 실천의 일부로 수용되지 않고서는 — 예술이 진정한 예술일 때 드러내는 것과 동일한 차원의 진리를 구현하지 못한다는 전제 아래서만 포의 문학에 대한 심오한 통찰이 될 수 있다. 즉 포의 상당수 작품이 그렇듯이 붕괴의 과정을 여실하게 기록하는 것만으로는 — 또는 소외의 산물로서 소외를 반영하는 것만으로는 — 진정한 예술이 못 된다는 것이다. 그런 종류의 문학은 단순한 지식 내지 자료의 차원에 머문다. 그러면서 과학자의 엄밀성과 그것이 낳는 창조적 응용의 가능성마저 결하기 십상이므로 '통속화' 일보 직전에 있는 것이다.

그러나 포의 최선의 작업에는 다른 차원이 있음을 로런스는 아울러 짚어낸다. 반드시 어떤 '낙관적인 비전'을 제시하지 않더라도 자기붕괴의 과정을 완전히 깨어 있는 의식으로 지켜보는 일은 현실적으로 희귀한 만큼이나 인류 전체를 위해 소중한 것이다. "왜냐하면 인간영혼은 그것이 어떻게든 살아남으려면 자신의 와해를 깨어 있는 의식으로 겪어내야 하기 때문이다."(For the human soul must suffer its own disintegration, *consciously*, if ever it is to survive. 66면, 원저자 강조) 이것이 바로 포가 과학자에 가까우면서도 창조적인 예술가로 되는 일면이다. 그가 남긴 소외의 기록은 결코 기계적인 것만이 아니고 살아 있는 영혼의 증언이기 때문이다.

포 속의 인간영혼은 미쳐나갈 지경이었다. 그러나 잃어버린 영혼은 아니었다. 그는 사태가 어떤지를 우리가 알 수 있도록 우리에게 명백히 말해주었다.

그는 인간영혼의 동굴과 지하실과 무시무시한 지하통로에로의 모험자였다. 그는 자신의 운명적 몰락의 끔찍함을 알리고 경종을 울렸다.

그는 운명의 선고를 받은 몸이었다. 그는 더 많은 사랑을 원하면서 죽어갔고, 사랑이 그를 죽였다. 끔찍한 질병으로서의 사랑. 자신의 질병을 알려주면서, 심지어 그것을 보기 좋고 멋있게 만들어보려 했던 포. 심지어 이 짓에 성공하기도 했던 포.

이야말로 예술의, 특히 미국예술의 필연적인 허위성이요 표리부동성이다.(80면)*

미국예술의 이러한 표리부동성은 미국문학의 가장 완벽한 예술품인 호손(Nathaniel Hawthorne, 1804~64)의 『주홍 글씨』(*The Scarlet Letter*, 1850)에 이르러 그 절정에 달한다.

우리는 반드시 미국예술의 표면을 꿰뚫어보고 그 상징적 의미의 내면적 악마성을 보아야 한다. 그러지 않으면 전부가 한갓 어린애 장난일 뿐이다.

저 푸른 눈의 귀염둥이 너새니얼은 그의 깊은 영혼 속의 불미스러운 사실들을 알고 있었다. 그는 이를 위장해서 내보내는 일을 잊지 않았다.

> 언제나 그렇다. 미국인들의 의도적인 의식은 그토록 예쁘고 비단 같은데 심층의식은 그토록 악마적이다. "**파괴하라! 파괴하라! 파괴하라!**"라고 심층의식은 웅얼대고, 상층의식은 "**사랑하고 생산하라! 사랑하고 생산하라!**"라고 재잘거린다. 그리고 세상은 단지 '사랑과 생산'의 재잘거림만을 듣는다. 밑바닥에 있는 파괴의 웅얼댐을 듣기를 거부한다. 안 듣고는 **못 배길 때가** 오기까지는.(VII 81면, 원저자 강조)*

어쨌든 진정으로 새로운 인간의 탄생을 위해 종래 백인들의 정신을 파괴하는 것이 미국의 운명이자 사명이며 『주홍 글씨』는 이러한 파괴의 작업을 탁월하게, 그러나 어디까지나 은밀하게 수행하고 있다는 것이다.

그러면 『주홍 글씨』가 어떻게 이 과업을 해낸다는 것인가? 이에 대한 로런스의 견해는 그야말로 독창적인데 여기서는 극히 부분적인 소개로 그칠 수밖에 없다. 『주홍 글씨』를 둘러싼 학계의 논의는 '초월주의적' 입장과 '청교도주의적' 입장의 대립이라는 큰 테두리에서 맴도는 일이 흔했다. 물론 양쪽에 모두 여러 변형이 있게 마련이고 두 입장을 절충한 예도 있다.[18] 그러나 기본적으로는 호손이 그의 청교도적 유산에도 불구하고 헤스터 프린(Hester Prynne)과 아서 딤즈데일(Arthur Dimmesdale)의 사랑으로 대표되는 인간본성의 옹호에 기울고 있는가, 아니면 그가 비록 청교도 신앙 자체는 버린 지 오래지만 결국은 인간의 원죄에 대한 뿌리깊은

---

18 예컨대 『미국의 아담』의 저자 루이스는 초월주의와 청교도주의 어느 한쪽에도 분명히 속하지 않는 호손의 입장을 적절히 설명한다. 그러나 '길 잃은 에머슨주의자, 깜짝 놀란 아담'이 이 세상을 받아들이느냐 도피하느냐 하는 '도덕적 선택'의 문제가 핵심적인 주제라고 말할 뿐 청교도사상과 초월주의를 포함한 미국정신의 역사적 성격에 대한 이해는 통설에 머물고 있다는 점에서 로런스의 시각과는 거리가 멀다. R. W. B. Lewis, *The American Adam: Innocence, Tragedy and Tradition in the Nineteenth Century* (University of Chicago Press 1955) II 6, 특히 113면 참조.

신념을 표현하고 있는가라는 논란이 주류를 이루어온 것이다. 로런스의 해석이 독창적이라는 것은 그가 이런 식의 문제제기 자체를 무시하기 때문이다. 아니, 그러한 일체의 논의가 표면을 꿰뚫어보지 못하는—어쩌면 꿰뚫어보기를 굳이 회피하는—'어린애 장난'이며 호손의 소설이 폭로했던 가식적 놀음의 일부를 이루는 셈이다.

로런스에 따르면 작중사건의 단초가 되는 헤스터와 딤즈데일의 불륜 자체가 남녀의 자연스러운 사랑도 아니고 예사로운 '원죄'의 확인도 아니다. 그것은 미국정신의 자기전개 과정에서 일어난 매우 특수한 성격의 역사적 사건이다. 곧 유럽의 삶에 대한 부정이 본능적인 삶 자체에 대한 정신의 일방적 승리를 고집하는 질환으로 발전한 것이 미국의 정신사인데, 이런 경우일수록 일견 가장 정숙해 보이는 청교도 여인이 누가 보나 순결하기 그지없는 청교도 목사를 유혹하는 사건이 첫밗에 벌어지게 마련이다. 그들은 젊음의 충동으로 율법을 깬 것이 아니라 금기를 범한다는 '정신적' 유혹에서 간음한 것이며, '전락'한 두 사람은 이 죄를 남들 몰래 부둥켜안고 그 괴로움을 한껏 즐기면서 이를 '이해'하고자 한다. 로런스는 이것이야말로 '뉴잉글란드의 신화'라고 말한다(85면).

이어서 로런스는 이 관계에서 주동적인 역할을 하는 것이 여자라고 주장하는데, 이는 마치 '여자＝가해자, 남자＝피해자'라는 전형적인 여성혐오 담론처럼 들릴 수 있다. 더구나 그는 헤스터를 한마디로 '악마'라 부른다(90면). 포의 라이지아에서 한걸음 더 나간, 라이지아가 악마가 되어 환생한 꼴이라는 것이다. 하지만 이것이 남자의 책임이 조금이라도 덜하다는 말은 아니다. 남자가 뜨거운 신념을 상실하고 '순결'이니 '사심 없는 사랑'이니 '순수한 의식'이니 하는 사이비 신념에 매달릴 때 여자는 사랑과 자기희생의 이름으로 그를 괴롭히는 마귀로 변하게 마련이다. 그런 의미에서 남자가 여자에게 악마 역을 강요하는 가해자인 셈이고, 아무튼 로런스는 이것이 미국의 정신주의적 남녀가 공유하는 '불미스러운 일'임을 밝힌다.

> 남자가 자신과 자신의 신들을 **진심으로** 믿지 않을 때, 그 자신의 성령에 치열하게 복종하지 않을 때, 그의 여자가 그를 파멸시킬 것이다. 여자는 믿음없는 남자에게 오는 복수의 여신이다. 여자 스스로가 안 그럴 힘이 없는 것이다.
>
> 라이지아를 거쳐 헤스터에 오면서 여자는 남자에게 복수의 여신이 된다. 그녀는 겉으로는 남자를 붙들어주면서 안으로는 그를 파괴한다. 그리고 남자는 딤즈데일이 그랬듯이 그녀를 증오하면서 죽어간다.
>
> 딤즈데일의 정신주의는 너무 오래, 너무 멀리 나간 상태였다. 그것은 거짓으로 변해 있었다. 그의 업보가 여자로 왔다. 그리고 그는 망한 것이다.(VII 89면, 원저자 강조)*

그런데 헤스터의 딸 펄(Pearl, 진주)은 거기서도 또 한걸음 더 나간, 최첨단의 현상을 대표한다. 펄은 도대체 세상에 무서운 것이 없는 어린아이로서, 아이답지 않게 극진한 사랑과 이해심에 차 있다가는 다음 순간 상대방을 골탕먹이며 깔깔거리곤 한다. 로런스는 "헤스터 속의 악마가 펄 속의 더욱 순수한 악마를 낳은 것"이라고 말하면서 이것이 현대문명의 필연적이고 그 나름의 역사적 의의가 있는 전개라고 본다.

> 그리고 이것은 진화의 과정이다. 헤스터 속의 악마가 펄 속의 더욱 순수한 악마를 낳은 것이다. 그리고 펄 속의 악마는 (…) 한층 더 순수한 악마의 화신을 산출할 것이다.
>
> 이렇게 우리들은 시시각각으로 더욱더 익어간다,

그러고는 시시각각으로 더욱더 썩어간다.

그 아이에게는 무엇인가 "헤스터로 하여금 비통한 마음으로, 그 가엾은 어린것이 도대체 태어났다는 사실이 좋은 일이었는지 나쁜 일이었는지 묻지 않을 수 없게 만드는 데가 있었다."〔원저자 인용〕

나쁜 일이었단다, 헤스터여. 하지만 걱정하진 마라. 나쁜 일도 좋은 일만큼 필요하니까. 악의도 선의 못지않게 필요한 거다. 그대가 어린 악의(惡意) 덩어리를 낳았을 적에는 세상에 이 악의가 작용해야 할 형편없는 거짓이 횡행하고 있거니 하면 틀림없다. 거짓은 깨물고 깨물어서 물려 죽도록 해야 한다. 그렇기 때문에 펄이 나오는 거다.(92-93면)*

펄에게 비록 이러한 역사적 기능이 주어졌다 할지라도 그녀로서는 이를 자기 자신의 온전함을 파괴, 거역하는 방식으로—로런스의 표현에 따르면 거역할 성부도 성자도 애당초 없는 대신 성령에 거역하는, 결코 용서받지 못한다는 그 죄를 범하는 방식으로—수행하는 것이므로 당자의 운명은 더없이 괴롭고 꼴사나운 것이다. 다음 장에서 로런스는 호손 당대에 가까운 이야기인 『블라이드데일 설화』(*The Blithedale Romance*, 1852)에 나오는 여인상에서 현대판 펄들의 모습을 확인하고 있다.

이러한 로런스의 논지가 기본적으로 정당한 것이라면 호손은 포와 동일한 과정을 그려내면서 적어도 두 단계를 더 멀리 보는 셈이다. 라이지아처럼 죽지 않고 살아남아서 신념없는 남자에의 응징을 구체적으로 관철하는 헤스터의 단계와 그다음 펄의 단계까지. 더구나 호손의 시선은 미래로만 더 멀리 나아가는 것이 아니다. 라이지아 부부나 로더릭 어셔 오누이가 그 지경에 이른 역사적 경위에 대해서도 포가 못 가진 통찰을 보여준다. 초기 청교도사회의 됨됨이에 관한 구체적 묘사가 그렇고, 헤스터와 딤즈데일의 관계에서 아직껏 도덕적 선택의 여지가 전혀 없어지지 않았다는 지적도 그러하며, 특히 헤스터의 본남편 칠링워스(Chillingworth)의 존재가, 로런스에 따르면 이전 시대의 남성적 권위—그러나 열렬한 믿음은 사라지고 지적인 신조로만 남은 권위—에 대한 기억과 그 변질과정에 대한 인식을 담고 있다는 점도 그렇다. 이런 점들은 한마디로 호손이 포보다 더 큰 작가라는 이야기가 된다. 그리고 이는 얼마나 많은 것을 보느냐는 양적인 문제라기보다, 똑같이 절망적인 붕괴의 과정을 기록하면서도 호손은 그 앞과 뒤를 좀더 냉철하게 살핌으로써—다시 말해서 어디까지나 역사적인 안목을 견지함으로써—"참된 예술에는 언제나 창조와 파괴의 이중의 리듬이 있다"(in true art there is always the double rhythm of creating and destroying. VI 66면)는 원리에 한결 충실했던 때문이다.

5. 바다로의 진출: 데이나와 멜빌

미국문학은 미국땅에서의 붕괴와 자기소외의 과정을 추적함에 있어 포와 호손에 이르러 할 말을 다 해버린 셈이다. 이제는 새로운 창조의 과정을 보여주지 않는 한 이미 끝난 이야기의 되풀이밖에 안 된다. 곧, 로런스가 말하는 '사후효과'에 다름아닌 것이다. 로런스가 자기 시대의 미국문학 대부분이 19세기의 고전들로부터 오히려 후퇴했다고 보는 까닭도 거기 있다.

그러나 창조적 삶과 사후효과의 양자택일 이전에 마지막으로 남은 가능성이 하나 더 있다. 육지에서 갈 데까지 간 인생이 이제 대지보다 더욱 광대하고 원초적인 바다에 대한 탐험과 정복으로 나서는 것이다. 미국에서 멜빌의 『모비 딕』 같은 해양문학의 고전이 나오는 것은 이러한 논리의 귀결이다.

대지 자체도 이상주의자의 사랑을 받아들이지 않는다. 인간에 의한 이상화가 결코 먹혀들어가지 않는 것이 대지인 것이다. 19세기 유럽의 문학에서 흙에 대한 지극한 사랑과 인간의 이상을 결합시키려 했던 똘스또이, 하디, 베르가 등은 모두 비극적 비전의 작가가 되었고 그럴 수밖에 없었다. 그런데 미국에서는 이런 비극작품이 나올 수 없다고 로런스는 말한다. 아메리카는 아직껏 미국인에게 '피의 고향땅'이 아닌 '정신의 고향땅'일 뿐이며 그래서 향토니 조국 따위는 우습게 보는 초월주의(Transcendentalism)가 미국에서 발생한다. 그러나 다른 한편으로는 똘스또이나 하디보다 한술 더 떠서, 바다라는 더욱 큰 '어머니'에게로 사랑을 돌린다. 결과는 물론 영원한, 절대적인 실패다. 영국에서 스윈번(A. C. Swinburne)이 비슷한 시도를 했지만 최대의 시도를 하고 가장 생생한 실패를 맛본 것은 미국인들이었다(IX 106면).

여기서 주목할 점은 로런스가 이러한 문학의 위대성을 십분 인정하면서 동시에 그 '보편적' 성격을 확보해주는 특정한 역사의 계기를 명시하고 있다는 사실이다. 덮어놓고 '보편성'을 추구한다고 해서 보편적 성격의 예술이 달성되지 않는다. 미국의 해양문학에서 보듯이 보편성의 추구는 실제로 극심한 역사적 위기의 표현이기 쉽다. "일정한 지점에 오면 인간들이 인간의 삶에 흥미를 잃게 된다. 그러면 어찌 되는가? 그들은 어떤 보편적인 것으로 마음을 돌린다."(같은 면)* 그리고 데이나와 멜빌의 경우에 보듯이 그러한 관심은 비록 추상에 가까우면서도 엄연히 물질적인 — 사실은 그 무엇보다 엄연히 물질적인 — 바다에서의 구체적 경험을 충실히 살고 기록함으로써만 뛰어난 예술적 성과에 다다른다. 그러나 그 성과의 중요한 일부는 이러한 성과가 (지속적인 창조의 역사에서 저절로 획득되는 보편성과는 달리) 무한정 되풀이될 수 없다는 교훈이다.

어쨌든 데이나(Richard Henry Dana Jr., 1815~82)의 수기 『선상(船上)의 2년』(*Two Years Before the Mast*, 1840)에서 "앎에 있어서 또 하나의 거대한 발걸음"이 이루어지고 동시에 그것은 "자신의 존재가 와해되는 과정에서의 새로운 국면"(107면)이었다고 로런스는 말한다. 데이나에 대한 제9장의 논의는 여기서 길게 소개하지 않겠지만 인간의 앎을 어떤 극한까지 밀고 나갔다는 점에서 데이나는 포를 연상시키기도 하며, 로런스는 『선상의 2년』에 대해 아낌없는 찬사를 던진다.

> 데이나의 작은 책은 매우 위대한 책이다. 지식의 위대한 극단, 커다란 원소에 대한 앎을 담은 책이다.
>
> 그리고 따져보면, 우리는 모든 것을 안 뒤에야 앎이 아무것도 아님을 알 수 있다.
>
> 우리는 상상을 통해서는 모든 것을, 심지어 원소적인 바닷물까지도 알아야 한다. 알고 또 안 끝에 문득 앎이 쪼그라들며 우리가 영원히 모른다는 것을 알 때까지 나아가야 한다.
>
> 그때에 어떤 평화가 올 것이고, 우리는 우리가 모른다는 것을 알며 새로이 출발할 수 있을 것이다.(IX 121면)*

허먼 멜빌(Herman Melville, 1819~91)을 로런스는 가장 위대한 바다의 시인이요 예언자라 부르며 『모비 딕』(*Moby Dick*, 1851)은 바다에 관해 씌어진 최대의 작품이라고 단언한다. 그러나 멜빌이라는 인간은 어딘가 육상동물이라기보다 바다짐승에 가까운 느낌을 주는 인물이라고 한다.

> 그의 생전에 사람들은 그가 미쳤다거니 돌았다거니 했다. 그는 미친 것도 돈 것도 아니었다. 하지만 그는 한계를 넘어간 인물이었다. 삐죽한 배를 타고 파도 사이를 뚫고 나왔던 저 노란 구레나룻의 무서운 바이킹들처럼 멜빌도 절반은 바다짐승이었다.(X 122면)*

이 현대판 바이킹은 이제 인류와 인간사에 염증을 느껴 바다로 돌아간다. 그리고 멜빌이 찾아간 곳은 바다 중에도 제일 크고 오래된 바다 태평양이었다.

그런데 남태평양의 지상낙원을 찾은 멜빌은 거기서도 행복해지지 못한다. 이것이 그의 초기 소설 『타이피』(*Typee*, 1846)와 『오무』(*Omoo*, 1847)의 증언이다. 어째서 그는 행복할 수 없었던가? '배신자'가 아니고서는 아무도 옛날로 돌아갈 수 없기 때문이라는 것이 로런스의 설명이다.

> 내가 '백인'의 우월감 따위를 내세우는 것은 결단코 아니다. 그러나 그들〔남태평양의 원주민들〕은 야만인들이다. 그들은 유순하고 명랑하며 신체적으로 대단히 잘생겼다. 그러나 내가 생각건대는, 우리네 문명의 쓰디쓴 여러 세기를 살아오면서 우리는 어쨌든 앞으로 나아오면서 살아왔다. 이제 막다른 골목에 들어선 느낌인 거야 누구나 아는 일이다. 하지만 토인 아무나 만나보고 다음 순간 그대 자신의 영혼에 귀를 기울여보라. 그대의 영혼은 오늘날 우리의 생활형식과 체제가 아무리 거짓되고 더러운 것일지라도 어쨌든 이집트 이래의 수많은 세기 동안 우리는 하나의 위대한 삶의 전개였던, 길 아닌 어떤 길을 따라 살아왔고 앞을 향해 분투해왔음을 말해줄 것이다. 우리는 하나의 위대한 삶의 전개를 따라 싸워왔다. 그리고 우리 내부의 영혼은 우리가 계속 나아가야 한다고 말한다. 우리는 많은 것을 파괴해야 할지 모른다. 그렇다면 파괴하자. 그리고 우리의 길은 에움길로 크게 벗어나야 할지 모르고 뒷걸음질처럼 보일지 모른다.
>
> 그러나 우리는 되돌아갈 수 없다.(X 127면)*

멜빌이 아무리 인류사회에 대한 혐오감에 차 있었다 해도 그는 이 장구한 역사의 소산인 자기 자신에 대한 배신자는 아니었던 것이다.

멜빌의 최고 걸작은 두말할 것도 없이 『모비 딕』이다. 그것은 '모비 딕'이라 불리는 흰 고래를 사냥하는 이야기인데, 로런스는 이를 '마지막 큰 사냥'이라 일컫는다. 무엇을 사냥하는가? 흰 고래가 무슨 상징인 것만은 분명한데 도대체 무엇의 상징이란 말인가? "나는 멜빌 스스로도 정확히는 모르지 않았을까 싶다. 바로 그 점이 제일 멋진 대목이다."(I doubt if even Melville knew exactly. That's the best of it. XI 133면)

여기서도 로런스는 작가 자신도 몰랐기 쉽고 대다수의 학자·비평가들이 전혀 생각지 않았던 작품의 의미를 서슴없이 짚어낸다. 『모비 딕』은 진짜 고래사냥의 실감나는 묘사인 동시에 '영혼의 여행'이기도 하다는 말 자체는 멜빌비평에서 진부한 이야기다. 그러나 로런스는 포경선 피쿼드(Pequod)호가 '미국 영혼의 배'이고 흰 고래는 백인들의 의식이 쫓고 또 쫓는 그들 자신의 "가장 깊은 피의 본성"(deepest blood-nature)이라고 못박음으로써 또다시 구체적인 역사의 문제를 제기한다. 피쿼드호의 선장은 모비 딕에 대한 복수의 일념으로 미쳐버리다시피 한 에이헙(Ahab)인데 그의 휘하에는 실무적으로 유능하지만 배의 항로를 수정할 힘은 없는 세명의 항해사와 마치 인종박물관처럼 가지각색인 선원들이 있다.

> 영혼의 미친 선장과 세명의 탁월하게 실무적인 항해사들.
>
> 미국이다!
>
> 게다가 그 희한한 선원들—배신자들, 도망자들, 식인종들, 이쉬마엘과 퀘이커들.
>
> 미국이다!
>
> 커다란 흰 고래에 창질을 할 세명의 거대한 포경수들.
>
> (…)

이렇게 미친 배를 타고 미친 선장 아래 광신자의 미친 사냥을 벌인다.

무엇을 사냥하는가?

모비 딕, 크고 흰 고래 사냥이다.

하지만 일처리는 훌륭하다. 세명의 뛰어난 항해사들. 그 전체가, 그 모든 작업이 실무적이다. 더없이 실무적이다. 미국의 산업이다!

그리고 이 모든 실무적 능력은 완전히 미친 추격에 복무하고 있는 것이다.(137-38면)*

이러한 미친 추격의 결말로 소설의 마지막에 흰 고래와의 사흘에 걸친 사투 끝에 에이헙과 피쿼드호 전체가 물속에 잠겨버린다. 거기서 로런스는 백인 역사의 숙명적 결말을 읽는다. 지식과 이상과 의지의 이름으로 자신의 본능적 삶을 에이헙이 흰 고래를 쫓듯 추격하고 박해하여 드디어 문명의 멸망을 자초하고 거대한 한 시대의 막이 내린다는 것이다. 이런 해석은 가령 모비 딕을 악의 상징으로 보는, 학계에서 곧잘 제시되는 해석에 비해 확실히 엉뚱하다면 엉뚱하다. 그러나 다시 생각해보면, 멀쩡한 고래를 두고 '악의 상징' 운운하는 것이 더 엉뚱한 일이 아닐까? 소설 『모비 딕』은 실제 고래잡이의 묘사로서도 탁월한 핍진성을 띤 대목들로 가득한데, 현실에서의 고래는 물짐승 가운데도 순한 짐승이요 더운 피가 도는 젖먹이동물이다. 고래가 자기를 잡으려던 인간의 다리를 물어뜯은 것은 당연한 반응이며 나중에 피쿼드호를 침몰시키는 것도 그렇다. 모비 딕이 '악의 상징'처럼 특수한 존재가 되는 것은 에이헙이라는 광인의 머릿속에서인데, 로런스는 그것을 한 개인의 망상으로 남겨두면서 동시에 이 소설이 미국 및 서양 역사상의 어떤 엄청난 사건의 상징이 될 가능성을 제시한다. 즉 고래의 됨됨이에 관한 자연주의적 인식을 희생시킴이 없이 고래 사냥의 상징적 의미를 풀이하고 있는 것이다.

어쨌든 로런스가 추적해온 미국의 정신사는 1851년의 『모비 딕』과 더불어 결정적인 고비에 이른다. "거대한 흰 고래가 거대한 흰 영혼의 배를 1851년에 가라앉혔다면 그후로는 무슨 일이 일어나고 있는 것인가?"(If the Great White Whale sank the ship of the Great White Soul in 1851, what's been happening since?) 이 물음에 대해 "추론컨대 사후효과겠지"(Post mortem effects, presumably)라는 답이 나오는 것은(147면) 지극히 논리적이라면 논리적이다.

6. 휘트먼

그런데 사후효과란 정확히 무엇을 말하는가? 육체의 생명이 끊어진 뒤에도 시체가 남아 온갖 물리적 작용을 일으키듯이 인간의 옹근 넋이 깨져버린 뒤에도 '자아'와 '의지'가 남아 영혼 없는 인간을 계속 가동시킬 수 있다는 것이 로런스의 주장이다. 그렇다 해도 다른 누구도 아닌 월트 휘트먼(Walt Whitman, 1819~92)이 사후효과란 말인가? 알려졌다시피 그는 미국 민주주의의 계관시인으로 일컬어질뿐더러 육체적인 사랑을 대담하게 찬미하고 만물과의 공감을 노래했던 인물이다. 그러나 로런스는 휘트먼의 '민주주의'니 '하나의 정체'(One Identity)니 하는 외침들이 어김없는 사후효과라고 한다. "월트는 정말이지 너무 초인적이었다. 초인의 위험은 그가 기계적이라는 점이다."(Walt was really too superhuman. The danger of the superman is that he is mechanical. XII 149면)

일정한 물질에만 끌리고 일정한 다른 물질을 기피하며 우주 안의 대다수 물질에는 무관심한 것이 생명체의 특징이다. 그렇다면 휘트먼이 그의 몸뚱이가 만유인력의 법칙을 따르는 물체처럼 자신이 만나거나 아는 모두에게 끌린다고 주장하는 것은 그가 이미 생명체가 아니라는 증거일 따름이다.

월트 휘트먼, 그대는 태엽이 끊어졌네. 그대 자신의 개별성의 태엽 말이지. 그래서 그대는 큰 소리로 윙윙거리며 내리닫고 아무것하고나 융합하는 거야.

그대는 그대의 독립된 모비 딕을 죽여버렸어. 그대는 그대의 깊숙한 관능의 몸을 두뇌에 복속시켰어. 몸에는 그것이 죽음인 거야.(150면)*

휘트먼이 삼라만상과 자신을 일체화시키는 공식은 간단하다. "월트는 어떤 사물을 아는 즉시로 그것과의 '하나의 정체'를 가정했다."(As soon as Walt *knew* a thing, he assumed a One Identity with it. 151면, 원저자 강조) 이렇게 하여 그는 손쉽게 전체성에 도달하지만 그것은 허장성세요 환상이다. 로런스는 또 밤길을 맹목적으로 달려가는 자동차의 비유를 들기도 한다. '한 방향으로'라고 휘트먼과 미국은 외치며 전속력으로 차를 몬다.

'전체성!' 하고 월트는 네거리에서 소리지른다. 그러면서 방심하고 있던 인디언을 치고 달린다.

'하나의 정체!' 하고 민주주의적 '단결 대중'은 바퀴 밑에 늘비한 송장들은 잊은 채 자동차를 타고 줄줄이 따라가며 외쳐댄다.

하느님 맙소사! 나는 '하나의 정체'라는 외길로 '전체성'의 목적지를 향해 달리는 이 모든 자동차들을 피해서 토끼굴 속으로라도 기어들어가고 싶은 심경이다.(152면)*

휘트먼의 시가 이게 전부라면 그는 『모비 딕』 이후의 무수한 사후효과의 한 예에 불과할 것이다. 그러나 시집 『풀잎』(*Leaves of Grass*, 초판 1855년, 이후 1892년까지 여러 차례의 증보판이 나옴) 중에서 「창포」(Calamus) 「북소리」

(Drum-Taps) 등의 연작으로 오면서 새로운 가락이 나타난다. 그는 동지들의 사랑, 사나이와 사나이의 사랑과 그 신비를 노래하고 뜻밖에도 죽음을 노래하기 시작한다. 로런스는 이것이 필연적인 전개임을 지적한다. 최후의 융합은 남녀의 사랑을 넘어 남자들 간의 사랑이 되며 죽음으로 이어지게 마련이라는 것이다. 휘트먼이 이 마지막 단계까지 거치면서 죽음을 들여다보지 않았더라면 그는 위대한 시인이 못 되었으리라고 한다. 휘트먼은 "삶의 종말에 속하는 매우 위대한 시인이다. 영혼이 그 온전함을 상실하는 이행과정들의 매우 위대한 사후시인이다."(Whitman is a very great poet, of the end of life. A very great post mortem poet, of the transitions of the soul as it loses integrity. 155면)

그런데 로런스가 여기서 한걸음 더 나아가 휘트먼을 위대한 개척자요 지도자로 칭송하는 것은 결코 모순이 아니다. 새로운 삶은 낡은 삶의 붕괴를 끝까지 겪어내는 가운데서 쟁취된다는 것이 애초부터 그의 주장이었다. 미국문학에서 휘트먼이 독보적인 것은 그가 이 작업을 더욱 멀리까지 밀고 나갔다는 것만이 아니고 미국예술의 고질인 표리부동성을 처음으로 극복하기 시작했기 때문이다. 호손·포·에머슨·멜빌 등은 모두 마음속 깊이에서는 낡은 도덕을 배격했지만 그들의 정신은 여전히 거기 얽매여 있었다. 에머슨(Ralph Waldo Emerson)도 육신에 대한 영혼의 '우월성'이라는 낡은 윤리 개념을 고집했고 멜빌조차 그것을 넘어서지 못했는데 휘트먼이 비로소 육신과 분리된 영혼을 명백히 부정하고 나왔다는 것이다(156면). 이것이 '열린 길'(open road)이라는 휘트먼 사상의 위대성이다.

> '열린 길.' 영혼의 위대한 고향은 열린 길이다. 천당도 아니고 극락도 아니다. '위'에 있는 것이 아니다. '안'에 있는 것조차 아니다. 영혼은 '위'에도 '안'에도 있지 않다. 그것은 열린 길을 가는 나그네이다.

명상을 통해서가 아니다. 금식도 아니다. 위대한 신비주의자들이 했던 식으로 내면으로 하늘을 계속 찾아내는 것도 아니다. 정신적 고양감이나 황홀을 통해서도 아니다. 이런 어떤 방법으로도 영혼이 자신을 이루지 못한다.

단지 열린 길로 나섬으로써만 되는 일이다.

자비로도 안 되고 희생으로도 안 되며 사랑으로조차 되지 않는다. 선행으로써도 안 된다. 이런 어떤 것으로도 영혼이 자신을 성취하지 않는다.

오로지 열린 길을 걷는 여행을 통해서만이다.(같은 면)*

이 열린 길에서 영혼과 영혼이 만날 때 지키는 마음가짐을 휘트먼이 '사랑'이 아닌 '공감'(Sympathy)으로 표현하는 점에 로런스는 주목한다. 이것은 위대한 새 윤리요 종전의 '구원의 윤리'와는 전혀 다른, "자신의 삶을 사는 영혼의 도덕"(a morality of the soul living her life, 157면)이다. 아메리카대륙의 진정한 리듬이 휘트먼을 통해 처음으로 발화된 것이며 따라서 휘트먼이야말로 "최초의 백인 원주민"(the first white aboriginal)이라는 것이다(같은 면).

여기서 휘트먼의 '민주주의' 역시 두개의 상반된 면을 지닌 것임을 알게 된다. 즉 유럽의 '자유'와 달리 반생명적이던 낡은 이념이 마침내 완전히 '사후효과'가 되어 아무데나 '하나의 정체'를 적용하는 제국주의로 변한 일면이 있는가 하면, '열린 길'의 사상이라는 미국 자신의 '영웅적인 메씨지'를 표현하는 또 하나의 면을 갖는다.

그것〔휘트먼의 열린 길〕은 아메리카의 영웅적인 메씨지다. 영혼은 자기 주위에 방어물을 쌓아올릴 필요가 없다. 신비주의적 황홀감 속에 자기 내면으로 침잠하여 천국을 찾을 일도 아니다. 영혼은 피안의 어떤 하느님에게 구원을 찾아 간구할 필요도 없다. 단지 길이 열리는 대로 열린 길을 걸어 미지의 세계로 갈 뿐이다. 미지로 향한 인생의 긴 여로에서 만나는 사람들 중 그 영혼이 내 영혼을 그들 가까이로 끌어가는 그런 사람들과 사귈 것이고, 여행 그 자체와 여행에 부수되는 일들 말고는 아무것도 성취하지 않을 것이며, 영혼은 그 섬세한 공감들을 통해 도중에 자신을 성취해나가는 것이다.

이것이 휘트먼의 본질적인 메씨지요 아메리카 앞날의 영웅적인 메씨지다. 그것은 오늘날 수천명의 미국인들, 남녀를 막론하고 가장 나은 영혼들의 영감을 이루고 있다. 그리고 그것은 아메리카에서만 완전히 이해되고 최종적으로 받아들여질 수 있는 메씨지다.(157면)*

다만 휘트먼 자신은 이 '공감'의 원리를 낡은 기독교적 '사랑'과 '구원'의 원리로부터 완전히 구별하는 데까지는 못 갔다고 로런스는 덧붙인다. 가령 상처 입고 피 흘리는 흑인 노예를 보았을 때, 휘트먼처럼 "저 흑인 노예도 나와 같은 인간이다. (…) 아, 아, 상처 입고 피 흘리는 것이 나 아닌가?"(That negro slave is a man like myself. ... Oh, oh, is not myself who am also bleeding with wounds?)라고 말하는 것은 참다운 공감, 즉 진정으로 그와 '더불어 느낌'이 아니다. 그것은 융합이요 기독교적 자기희생이다. 진정한 공감은 노예가 자유를 열망하는 마음에 동조하고 그가 압제에서 벗어나려는 싸움을 내 힘닿는 데까지 도와주는 것이지 그의 상처와 노예상태를 내가 떠맡아오는 일이 아니라는 것이다(159면).

휘트먼이 구각을 완전히 벗지 못하고 그 결과 '사후시인'의 일면을 갖게 되었다 해도, '열린 길에 나선 영혼의 공감'이라는 그의 가르침으로 해서 미국 민주주의의 이념은 결정적인 도약을 이룬다. 이는 종래의 이상을 한층 성실하게 실천하는 게 아니라, 영혼의 개념 자체가 바뀌고 새로운 종류의 영혼이 나타나면서 '이상'이라는 것이 불필요해지는 과정이다. 왜냐하면 영혼의 공감으로 산다는 것은 자신의 참자아가 시키는 대로 사랑하고 미워하고 또 무관심하기도 하는 것이지 어떤 '이상'—또는 '율법'이나 '계율'—에 따라 자기를 희생하면서 온갖 이웃들을 다 사랑하는 것이 아니기 때문이다. 그리하여 자유의 개념은 영혼이 자신의 참마음 그대로 움직이는 자유일 때 비로소 남의 대륙을 강점한 '탈선한 유럽인'의 자유—프랭클린처럼 멋대로 원주민을 매도했다가 크레브꾀르처럼 멋대로 미화하는 자유, 에이헙처럼 남들과의 공감을 모른 채 자기 뜻만 관철하는 자유—와 결별하게 되며, 평등의 개념도 열린 길에 함께 선 영혼들의 평등일 때 비로소 '마네킹 미국인'의 규격에 맞춘 평준화를 지양하게 되는 것이다.

그러므로 로런스가 풀이한 휘트먼의 '미국 민주주의의 메씨지'는 내티 범포와 칭가츠구크의 '새로운 인간관계'가 그랬듯이 대승적인 해탈의 가르침을 떠올리게 한다. 이는 인간이 모든 욕망을 여의고 독선기신(獨善其身)하는 경지가 아니며, 이때 자유는 자신의 영혼 또는 '가장 깊은 자아'에 복종함으로써 얻는 자유이자 『연애하는 여인들』의 버킨이 꿈꾼 '함께 자유로움'(freedom together)이다. 또한 '열린 길'에서 모두가 평등하지만, 깨달음의 등급마저 무시하는 평등주의는 넘어서 있는 것이다.[19]

---

19 케임브리지판 Appendix V로 수록된 휘트먼론(약간 축약된 상태로 *The Nation and Athenaeum* 지 1921년 7월 23일호에 발표되었고 *Symbolic Meaning*에 재수록)에서는 남자들의 동지애가 수직적이고 다단계적인 지도자 사랑으로 나타남을 명시하고 "남자들의 최종적인 지도자, 거룩한 참주(僭主)"(the final leader of men, the sacred tyrannus, *SCAL* 416면)라는 표현까지 나온다. 최종본의 '영혼들의 더욱 위대한 영혼들에 대한 기꺼운 숭배'는 훨씬 원만하고 심오한 사상으로의 진전이 아닐까 한다. 민주주의와 지도력 문제는 본서 제10장 '로런스의 민주주의론'에서 다시 논한다.

내가 나의 영혼을 천국으로 인도하는 것이 아니다. 내가 나의 영혼에 이끌리어 모든 사람이 걷는 열린 길을 가는 것이다. 그러므로 나는 사랑이나 미움, 자비심, 혐오감, 무관심 등 영혼의 깊은 움직임을 받아들여야 한다. 나는 내 영혼이 가자는 대로 가야 한다. 내 발과 내 입술과 나의 남근이 곧 나의 영혼이기 때문이다. 내가 영혼에 복종해야 하는 것이다.

이것이 휘트먼이 발신하는 미국 민주주의의 메씨지다.

열린 길에서 영혼이 영혼을 만나는 진정한 민주주의다. (…)

(…) 민주주의, 그것은 모두 열린 길을 가고 있는 영혼들의 만남이며, 위대한 영혼은 산 자들의 공통된 길을 남들과 더불어 도보로 여행하며 그의 위대함 그대로 인지되는 일. 영혼들 사이의 기쁜 알아봄이요, 위대한 영혼과 한층 더 위대한 영혼들에 대한 더욱 기꺼운 숭배다. 위대한 영혼들이야말로 유일한 보화이기 때문에.(161면)*

이런 '위대한 영혼들'이란 말하자면 불보살들이며 '길이 열리는 대로 열린 길을 걸어 미지의 세계로' 가는 '도인(道人)'들이기도 하다. 쿠퍼의 문학에서 하나의 아름다운 몽상으로 제시되었던 것이 드디어 휘트먼이라는 시인의 육성으로 현실에 뿌리를 내리게 된 셈이며, 여기서 미국 민주주의의 토착화가 처음으로 시작되었다고 볼 수 있다. 로런스의 『미국고전문학 연구』가 끝나는 것은 이 대목에서다.

4. 로런스 미국문학론의 현재성

과문 탓인지 몰라도 미국의 미국문학계에서는 로런스의 미국문학론에 대한 충분한 평가가 아직 안 이루어진 것 같다. 그가 실제 역사에 대한 깊은 이해와 관심을 갖고 미국문학을 논했다는 사실이 여전히 무시되기 일쑤고, 따라서 『미국고전문학 연구』에 담긴 일련의 작가론·작품론이 미국역사의 핵심적 진행과정에 대한 일관된 서술로 읽히고 해석되지 않는 것이다.[20]

그 가장 큰 이유 중 하나는 로런스와 달리 미국의 대다수 연구자가 미국역사에서 원주민의 축출과 제거 문제를 간과하거나 적어도 충분히 유의하지 않기 때문인 것 같다. 로런스가 『미국고전문학 연구』에서 원주민 인디언과 백인의 관계를 중요하게 다루는 데 반해 흑백차별에 대해서는 언급이 비교적 적은 것을 두고 흑인에 대한 로런스의 편견을 의심하기도 하지만—실은 제12장 휘트먼론의 흑인 노예 언급에서 보듯 그가 흑인에 대한 압제에 결코 무관심했던 건 아니다—'정착식민주의'에 대한 논의가 활발해진 우리 시대의 시각으로 보면 백인들이 건설한 사회 내부의

---

20 예컨대 서두에 언급했던 피들러의 『미국소설에서의 사랑과 죽음』만 하더라도, 저자는 주류학계의 미국사 해석에 반대하는 입장이고 로런스에게 최고의 찬사를 보냄과 동시에 미국문학의 심층적 의미에 대한 로런스의 통찰을 매우 창의적으로 활용하고 있지만, 구체적인 작품평에서는 로런스의 입장과 양립하기 힘든 평가를 빈번히 내놓는다. 이는 단순한 취향의 차이라든가 감식력의 수준 문제가 아니고, 미국사의 핵심적 문제점이나 진정으로 새로운 미국의 탄생에 대한 로런스의 집요한 관심을 공유하지 않기 때문에 미국문학의 '고딕 양식'(gothic mode)의 추적에 안주해버리는 경향이 있기 때문이다. 또한 로런스는 미국문학과 미국예술의 '표리부동성'을 남다른 이해를 갖고 보면서도 어디까지나 그것을 극복의 대상으로 설정했던 데 반해, 피들러는 그것을 미국의 특징적 업적으로 자랑한다는 느낌이다. Fiedler, 앞의 책 참조.

공정성과 인간평등 문제보다 미국 건국과 사회건설의 전제조건이 된 백인과 원주민의 관계가 더 본질적인 문제일 수 있다. 더구나 로런스는 그것을 아메리카에서 백인들이 백인 동족을 포함한 모든 타인과 맺는 관계의 문제로—"럼 더하기 야만인이 죽은 야만인일지는 모른다. 하지만 죽은 야만인이 '제로'일까?"(IV 42면)—나아가 미국인들이 아메리카대륙의 진정한 토착민이 되어 참된 '미국 민주주의의 메씨지'를 수용하고 실천할 가능성과 전제조건의 문제로 파악했다. 그리고 휘트먼론을 소개할 때 내가 일부러 불교용어를 삽입하여 시사했듯이, 이것은 사상적으로도 서양 전통의 테두리 안에서는 풀기 어려운 숙제이다.

미국의 정착식민주의에 대해 미국인들이 인식하기가 어려운 것은 미국적 정착식민주의의 독특한 성격 때문이기도 하다. 미국에서 원주민 토벌전쟁은 19세기에도 진행되었지만, 중남미대륙에서와 같은 원주민 제국(아스떽제국, 잉까제국 등)이 없던 북미대륙에서는 고립 분산된 원주민 부족들과 개척민들의 전력차이가 너무 압도적이어서 개척민에게 원주민과의 충돌은 신대륙 '발견'의 뒤처리 정도로 간주되기 일쑤였다. 따라서 여느 식민주의와 구별되는 특성으로 하루빨리 원주민 청산을 완료하고 정착식민주의 자체를 완료한다는 목표는 이미 달성되어 과거지사가 되었다는 (허위)의식이 자리잡았다. 게다가 미국의 백인 정착자들은 모국 잉글란드를 상대로 독립전쟁을 일으켜 그 지배를 벗어던짐으로써 반식민지 민족해방운동의 선발주자가 되었다는 또다른 자기인식마저 갖게 되었다.

이후의 세계사는 주류 미국인들의 그런 인식과는 상반되는 현실을 너무나 많이 낳았고 이는 적잖은 미국 지식인들 스스로 인정한다. 그러나 세계자본주의의 현단계에 이르러 정착식민주의적 지배와 수탈 방식이 원주민 문제가 없는 사회들에까지 적용되는 전지구적 현상이 되었고 이 과정에 '원조 정착식민주의 국가'라고 할 미국이 주도적 역할을 했다는 인식은 비교적 근년에야 퍼지고 있다.[21] 데이비드 하비는 신자유주의 단계에 와서 세계자본주의가 노동력 착취라는 '고전적' 방식보다 '약탈에 의한 축적'(accumulation by dispossession)에 치중하는 '신제국주의'로 이행했다는 입장이고, 그와 대화하면서 나는 실제로 그런 축적이 정도의 차이만 있을 뿐 자본주의 출범기의 식민지 개척 등 '본원적 축적' 단계 이래로 줄곧 유지되어온 자본의 본질적 특성의 하나가 아니겠느냐고 토를 달기도 했다.[22] 다만 여기에 미국 특유의 정착식민주의적 성향이 작동했고 지구상에서 공식 식민지가 거의 사라진 오늘날의 세계를 지배하는 것이 식민주의보다 정착식민주의의 현대적 변형이라고 특정하지는 못했다. 그러나 로런스의 미국문학론이 '제3세계의 관점'에서도 현재성을 지닌다는 주장에 그런 인식이 내포되어 있었다는 생각은 여전하다.

아무튼 『미국고전문학 연구』의 역사적 통찰은 정착식민주의론의 대두와 더불어 한층 돋보이는 것이 분명하다. 또한 그의 통찰은 위대한 문학작품들의 진지한 읽기에 근거한 역사인식이기 때문에 개척기·건국기의 정착식민주의가 어떻게 미국정신의 본질적 속성이자 악몽의 근원으로 남았는가를 알려준다. 그뿐만 아니라 기존의 여하한 진보주의, 반식민주의, 반제국주의, 반인종주의와도 전혀 다른 차원의 미래에 대한 비전마저 제시한다. 휘트먼의 '열린 길'로 대표되는 이 대전환을 사유하기 위해서는 '제3세계론'보다 더욱 발본적인 '후천개벽' 같은 사상이 요구된다. 내티

---

21 그 과정과 현재 상황에 대한 간명한 논의로 각주3의 Lorenzo Veracini, "Containment, Elimination, Endogeneity: Settler Colonialism in the Global Present" 참조.

22 David Harvey, *The New Imperialism* (Oxford University Press 2003); 데이비드 하비·백낙청 대담 「자본은 어떻게 작동하며 세계와 중국은 어디로 가는가」 중 '새로운 제국주의와 "약탈에 의한 축적",' 『창작과비평』 173호(2016년 가을) 39~44면; 『백낙청회화록』 제7권, 창비 2017, 444~49면.

범포와 칭가츠구크의 우정이 표상하는 백인과 원주민의 새로운 관계는 물론 바람직하지만, 더욱 중요한 것은 다수 백인을 포함한 북미대륙의 주민들이 이제껏 유럽인과 미국의 '일탈한 유럽인'들이 주도해온 근대 세계체제를 근본적으로 넘어설 새로운 민주주의의 메씨지에 부응하여 그 땅의 토착민이 되는 일일 것이다.

덧글: 바틀비, 표리부동성, 사후효과

『미국고전문학 연구』가 문학 독자에게 안겨주는 숙제 가운데 하나는 책에서 제시된 구체적인 작품평가를 점검하는 일에 더하여, 로런스가 직접 다루지 않은 미국문학의 명작들을 그의 시각에서 그의 방식으로 비평한다면 어떤 결과가 나올 것인가 하는 물음이다. 로런스는 당시에 꽤나 성가가 있던 미국작가 셔우드 앤더슨(Sherwood Anderson, 1876~1941)이 미국적이라기보다 러시아적이라고 일축했지만(Foreword 12면), 헤밍웨이(Ernest Hemingway, 1899~1961)의 첫 단편집(1925)에 대해서는 호의적인 서평을 썼다.[23] 그러나 큰 작가로 보지는 않았고 헤밍웨이의 더 많은 작품이 나온 뒤에도 그러지 않았을 것 같다. 반면에 로런스 당대에 아직 두각을 나타내지 않았던 윌리엄 포크너(William Faulkner, 1897~1962)를 어떻게 평가했을지는 우리의 궁금증을 자아낸다. 더구나 19세기로 돌아가 마크 트웨인(Mark Twain, 1835~1910)의 『허클베리 핀』(*The Adventures of Huckleberry*

---

23 Review of *Nigger Heaven*, by Carl Van Vechten, *Flight*, by Walter White, *Manhattan Transfer*, by John Dos Passos, and *In Our Time*, by Ernest Hemingway (1927), D. H. Lawrence, *Introductions and Reviews*, ed. N. H. Reeve and John Worthen (Cambridge University Press 2005). 헤밍웨이 대목은 311-12면.

Finn, 1885)에 로런스적 독법을 적용하면 어떤 결과가 나올지는 『미국고전문학 연구』에 공감하는 모든 독자가 탐색해볼 만한 과제다.

여기서는 그러한 본격적인 작업보다 로런스가 멜빌론을 쓰면서 언급하지 않은 중편 「필경사 바틀비」(Bartleby the Scrivener, 1853, 이하 「바틀비」)[24]를 그가 어떻게 읽었을까 잠시 추측해보고자 한다. 물론 이것은 또 하나의 독자적인 「바틀비」론을 더하는 게 아니라, 로런스의 멜빌론에 충실한 「바틀비」론이 어떤 것일지를 추론함으로써 『미국고전문학 연구』 읽기에 이바지하려는 것이다.

「바틀비」에 관해서는 20세기 후반 이래 '바틀비 산업'이라는 말이 나올 만큼 수많은 논의가 벌어졌고, 국내에서도 20세기 말엽 이후로 다양한 논자들이 논의해왔다. 이 작품의 역자이기도 한 한기욱은 오늘날 세계적으로 영향력이 큰 들뢰즈, 지젝, 아감벤, 네그리와 하트, 랑씨에르 등 철학자들의 다양한 「바틀비」론과 함께 국내 논의들도 폭넓게 검토하면서 자신의 작품해석을 제시한 바 있다.[25] 기존 해석들에 대한 한기욱의 비판(2013)은 대부분 수긍할 만하고 무엇보다 작품의 구체적 디테일에 주목하는 문학비평가의 미덕이 돋보인다.

반면에 '불가해성' 또는 '애매성'을 중심개념으로 사용한 그 자신의 해석이 로런스의 관점과 온전히 일치하는 것 같지는 않다. "바틀비는 흰 고래보다 흰 고래의 불가해성을 증오하며 그것을 죽이고자 하는 에이헙에

24 국역본 「필경사 바틀비」, 한기욱 엮고 옮김 『필경사 바틀비』, 창비세계문학 단편선 미국편, 창비 2010.

25 한기욱 「근대체제와 애매성: 「필경사 바틀비」 재론」, 『안과밖』 34호(2013년 상반기) 314~42면. 그는 이보다 앞서 「「필경사 바틀비」: 상처입은 영혼의 초상」, 『영학논집』 19호(서울대학교 인문대학 영어영문학과 1995) 및 「모더니티와 미국 르네쌍스기의 작가들」, 『안과밖』 4호(1998년 상반기)에서도 이 작품을 논했다.

더 가깝다"(같은 글 341면)는 점을 지적할 때 비로소 로런스적 통찰에 근접하는 정도다. 로런스와 들뢰즈의 차이점을 한층 본격적으로 논한 훗날의 영어 논문에 가서야 이런 면모가 더욱 확실해진다.[26]

로런스의 「바틀비」론을 추리할 때 유의할 점은 그가 말하는 미국 고전문학의 '표리부동성'(duplicity)이 흔히 말하는 '애매성'(ambiguity)이나 '불가해성'과 다르다는 점이다. '애매성'은 미국의 신비평가(New Critics)를 비롯한 많은 비평가들이 작품이 어느 한가지 의미로 한정되지 않는다는 미덕으로 거론하곤 하며, '불가해성'도 도무지 알아먹을 수 없는 소리라는 비난의 뜻이 아닐 때는 어떤 신비스러움의 대명사에 가깝다. 반면에 로런스가 미국작가들의 표리부동성을 말할 때는 단순히 작품의 다의성(多義性)이라든가 예술언어 특유의 불투명성 내지 신비가 아니라, 작가가 독자를 적극적으로 오도하려는 (많은 경우 스스로도 의식하지 못한) 의도가 작용한 결과이다. 그만큼 자기 작품이 내포한 "무시무시한 의미"(hellish meaning, *SCAL*, VII 81면)를 자신도 직면하기가 두렵기 때문이다.

이렇게 볼 때 「바틀비」에 대한 철학자들의 이런저런 해석들은 작품의 구체적 세목을 충분히 유의하지 못한 정도가 아니라 저자가 일부러 심어둔 거짓 단서들에 홀려든 꼴이다. 그들 자신은 '표층 텍스트' 아래 숨겨진 '심층 텍스트'를 발굴했다고 자부하기 일쑤지만, 『모비 딕』에서 피쿼드호의 침몰이 백인 영혼의 죽음을 선포했다는 로런스의 진단과는 무관하게 바틀비가 인류의 새로운 역사를 특이한 형태로 열어가고 있다는 이런저

---

26 Kiwook Han, "Would Lawrence Agree with Deleuze's View of American Literature?: A Comparative Study of Their Critical Essays on Melville," *D. H. Lawrence Studies* Vol. 23 No. 2 (December 2015). 이 글에서 그는 바틀비를 들뢰즈가 말하는 '새로운 아메리카의 영웅'이기는커녕 "과묵하고 핏기 없지만 똑같이 무자비한 에이헙"(a taciturn, bloodless yet no less implacable Ahab, 38면)으로 규정하기도 한다.

런 해석들을 내놓곤 한다.(논자에 따라서는 아직 불완전한 형태라고 토를 달기도 한다.)

'사후효과'에 관해서는 휘트먼론에서 더 상세히 언급했다. 『모비 딕』 이후의 역사가 일종의 사후효과라는 로런스의 주장을 따른다면 「바틀비」도—딱히 그 작품이 『모비 딕』보다 뒤에 씌어져서가 아니라—사후효과 단계의 이야기로 읽는 것이 논리적이다. 에이헙과 바틀비가 결국 남의 말을 전혀 안 듣고 제멋대로의 길을 고집하는 공통점을 지녔으면서도, 적극적인 광기를 발휘해서 선박과 선원들을 모두 파멸시키는 '미친 선장'과 달리, 바틀비는 아무도 어찌 못 해보는 고집스러움을 과시하여 주위 사람들에게 불편을 주는 것 이상의 위력을 발휘하지 못한다. 이는 그가 이미 사후효과 단계에 들어섰기 때문일지 모른다. 그런데 이런 진단이 '월가의 이야기'(A Story of Wall Street)라는 작품의 부제가 암시하듯 미국자본주의의 심장부에 대한 여실한 소묘이자 비판이라는 해석을 부정하는 것은 아니다.[27] 오히려 열악한 작업환경이나 소외된 노동에 대한 비판적 묘사라는 차원을 넘어 월가로 상징되는 미국자본주의 전체를 '사후효과'의 진행 현장으로 읽을 가능성을 열어준다.

끝으로 번역에 관해 한마디. 「바틀비」는 읽을 만한 한국어본이 있다는 게 행운인데, 다만 바틀비의 '정형어구'라 할 *I would prefer not to*를 "그렇게 안 하고 싶습니다"라고 옮긴 것은 불만스럽다. 보통 어떤 것을 *prefer* 곧 선호한다고 할 때는 그것을 하고 싶어하며 더 좋아하거나 덜 싫어하는 감정이 작용하는 게 사실이지만, 바틀비의 경우는 어떠한 정서적 또는 이성적 이유도 없는 '순수한 선택'이라는 점이 특징이다. 그의 선택은 예컨대

---

27 국내에서 그런 해석의 선구적 사례로 김영희 「"Bartleby, the Scrivener": 일상인을 향한 아이러니」, 『장왕록 박사 회갑기념논문집』, 탑출판사 1984 참조.

마르틴 루터가 종교개혁선언을 철회하라는 요구를 거부하면서 "나는 달리 할 수가 없습니다"(Ich kann nicht anders)라고 거역 불가능한 신의 명령을 내세운 것과도 다르고, 로런스가 강조하는 자연스러운 '욕망'을 따르는 것도 아니며, 보통 인간의 희로애락과도 무관해 보인다. 능력이 안 돼서 못 하겠다는 말도 아니다. 할 수도 있지만 그냥 안 하는 쪽을 선택하는 '순수한 의지행사'인 것이다. 듣는 사람을 그야말로 환장하게 만드는 것도 바로 그 점이다. 따라서 "차라리 안 하렵니다"가 더 적절한 번역이 아닐까 한다. 이는 바틀비가 어쩌다 호오의 감정을 드러내며 *would not like*라는 표현을 쓰는 대목을 "하고 싶지 않습니다"로 번역한 것[28]과 구별하는 이점도 있을 터이다.

---

28 『필경사 바틀비』 93면 "점원 일은 하고 싶지 않습니다"(원문 I would not like a clerkship); 94면 "그 일〔바텐더 일〕은 전혀 하고 싶지 않습니다"(원문 I would not like it at all).

제10장

로런스의 민주주의론

에쎄이 「민주주의」와 그후

1. 글머리에

로런스의 에쎄이 「민주주의」에 관해서는 2011년 6월 호주 씨드니에서 열린 제13회 D. H. 로런스 국제학술대회에서 처음 발표했고, 내용을 수정 보완한 한국어본이 『창작과비평』 154호(2011년 겨울)에 'D. H. 로런스의 민주주의론'이라는 제목으로 게재되었다. 그 첫 단락은 이 주제의 현재적인 의의를 다음과 같이 요약했다.

로런스는 체계적 이론가는 아니었지만 예술작품 자체가 지니는 사상성을 떠나서, '창작'이 아닌 산문들을 보아도 오늘날 여전히 값진 이론적 통찰들로 가득하다. 민주주의에 관한 발언도 상당부분 현재의 문제들과 맞닿아 있다. 이 글은 한편으로 로런스 사상의 현재성을 검증하면서 다른 한편으로 로런스에 기대어 오늘의 민주주의 논의에 기여하고자 한다.[1]

당시는 촛불혁명 전이었지만 2008년의 대대적인 촛불시위로 깨어 있는 시민들의 위력을 실감한 뒤였으며, 2011년은 '월스트리트를 점령하라'(Occupy Wall Street) 등 대중적 저항운동이 세계적으로 번진 시점이었다. 직접민주주의와 대의민주주의의 관계 재설정은 물론이고 민주주의의 의미를 처음부터 다시 생각하려는 노력이 활발해지고 있었다. 한국에서도 그런 노력이 눈에 띄었다. 한편에서 대중의 주권행사를 '포퓰리즘'으로 낙인찍으며 민주주의와 공화주의가 상충함을 강조하는 보수적 담론이 세계적인 추세의 일환으로 번져갔지만, 반대로 인민주권을 확립하고 국가기구의 대표성을 확보하는 것과 본래 의미의 민주주의는 전혀 별개의 것이라는 급진적인 주장도 대두했고 이 글의 초본(403면 각주23)에서도 그한 예를 언급했다.[2]

2016~17년의 촛불항쟁은 2008년의 촛불시위와도 또다른 차원의 사건이었다. 그 지속성과 규모, 대중의 창의적 참여도 새로운 수준이었거니와 현직 대통령의 탄핵을 이끌어내고 '촛불정부'를 자임하는 정권을 창출했다. 이에 대해 '촛불혁명'이라는 호칭이 적절한지는 견해차가 있다. 나 자신은 2016~17년의 시위운동 자체를 혁명으로 부르는 데는 찬동하지 않지만, 그것을 시발점으로 한국뿐 아니라 한반도 전체에 거대한 변화의 길을

---

1 『창작과비평』 154호(2011년 겨울) 388면. 여기 인용하면서 약간 첨삭했다.

2 고병권 『민주주의란 무엇인가』(그린비 2011)는 근대 민주주의, 나아가 근대 정치 일반이 '주권-인민-대표의 삼각형 구도'를 취하고 있음을 지적하고(47면), "근대 '인민=주권'의 완성은 (…) 전체로서 막강한 권력이 만들어진 과정이지만, 동시에 한없이 나약한 개인들이 만들어지는 과정"(68면)인데 이것을 가능케 하는 것이 바로 "'대표'의 매개"(69면)이며 "넓은 의미에서 근대 정치는 모두 '대의제'(대표제, 표상제)이다. (…) 대의제는 민주주의를 실현하는 방식으로 발명된 것이 아니다. 오히려 근대 민주주의야말로 대의제의 하나로 등장했다고 해야 한다"(71면)는 주장을 펼치고 있다.

열었다는 점에서 현재진행형의 '촛불혁명'을 충분히 말해봄직하다는 생각이다. 적어도 기존의 '혁명' 개념에 너무 얽매이지 말고, 남한사회와 한반도 분단체제에 일어나고 있는 혁명적 변화를 인지하고 한층 의식적으로 추진할 필요는 있겠다는 것이다.[3] 다른 한편 전세계적인 형세는, 시민적 저항운동이 속출하고는 있지만 현실정치에서 이룩한 성과는 한국이 예외로 보일 만큼 극우적·반민주적 선동가들의 진출이 두드러지고 빈부격차와 사회혼란이 날로 더해가는 느낌이다. 바야흐로 정치와 민주주의에 대한 발본적 사고가 요청되는데, 나는 정치학의 문외한으로서 또다시 로런스의 '사유모험'에 기대어 내 생각을 정리해보고자 한다.

초본에서도 에쎄이 「민주주의」 이후의 로런스 발언을 다루기는 했으나 본장에서는 「민주주의」가 남긴 과제들을 조금 더 구체적으로 살펴보고자 하며, 아울러 로런스와 동아시아 사상의 회통가능성에 대해 그간 연마한 내용도 미흡하게나마 개진해볼 생각이다.

2. 에쎄이 「민주주의」

민주주의에 관한 로런스의 관심은 평생 지속되었지만 '민주주의'를 제

---

3 그동안 촛불혁명에 관해 길고 짧은 여러 편의 글을 써왔는데 그중 「촛불혁명과 촛불정부」, 『창비주간논평』 2017. 12. 28.(https://magazine.changbi.com/171228/); 「어떤 남북연합을 만들 것인가」, 『창작과비평』 181호(2018년 가을); Nak-chung Paik, "South Korea's Candlelight Revolution and the Future of the Korean Peninsula," *The Asia-Pacific Journal: Japan Focus*, December 1, 2018 (https://apjjf.org/2018/23/Paik.html) 참조. 가장 최근의 글인 신년칼럼(『창비주간논평』 2019. 12. 30. https://magazine.changbi.com/191230/?cat=2466)에서는 혁명이냐 아니냐라는 문제에 집착하기보다 '촛불혁명'을 하나의 화두 삼아 연마하고 정진하는 게 좋겠다는 견해를 밝혔다.

목으로 독립된 에쎄이를 쓴 것은 1919년의 「민주주의」가 처음이자 마지막이었다.[4] 이 산문은 1919년에 네 꼭지로 나뉘어 씌어졌고 그중 제1~3장이 당시 네덜란드 헤이그에서 4개 국어로 간행되던 조그만 잡지 『말』(*The Word*)에 연재되었다.[5] 그러나 일반독자에게는 유고집 『피닉스』(*Phoenix: The Posthumous Papers of D. H. Lawrence*, 1936)에 수록될 때까지 거의 알려지지 않았는데, 로런스 자신은 소설 『캥거루』의 작중인물을 통해 이 글의 존재를 상기시킨 바 있다.[6]

근년의 로런스학계에서는 이 글이 주로 '타자성'(Otherness) '차이'(difference) 등 현대 비평담론의 주요 쟁점을 다룬 점에 주목해왔다.[7] 그러나 이들 연구는 로런스의 정치사상 자체를 중시하는 성향은 아니며, 더구나 그의 사상을 이해하기 위해 서양의 전통적 사고방식과는 전혀 다른 사유가 요구된다는 인식은 태부족인 듯하다.

「민주주의」는 4개 장 모두 미국시인 월트 휘트먼을 거론하면서 시작하

---

4 D. H. Lawrence, "Democracy," *Reflections on the Death of a Porcupine and Other Essays*, ed. Michael Herbert (Cambridge University Press 1988) 〔이하 *RDP*〕. 시의 경우는 만년의 시집 *Pansies* 및 *More Pansies*에 수록된 "Democracy" "Robot-Democracy" "Real Democracy" "Democracy Is Service" "False Democracy and Real" 등 '민주주의'가 제목에 들어간 작품이 여럿 있다.

5 *RDP*의 편자 해설 xxix면 및 xliii면.

6 소설 제6장에서 흔히 로런스의 자화상으로 간주되는 쏘머즈(Somers)가 '캥거루'라는 별칭을 가진 호주의 정치운동가 벤 쿨리(Ben Cooley)를 처음 만났을 때, 쿨리가 "민주주의에 관한 당신의 연속 기고문을 읽었소"라고 말한다(D. H. Lawrence, *Kangaroo*, ed. Bruce Steele, Cambridge University Press 1994, 110면).

7 예컨대 M. Elizabeth Sargent and Garry Watson, "D. H. Lawrence and the Dialogical Principle: The Strange Reality of Otherness," *College English* Vol. 63 No. 4 (March 2001) 및 Amit Chaudhuri, *D. H. Lawrence and 'Difference'* (Oxford University Press 2003), 특히 제5장 "Conclusion: Lawrence's 'Difference' and the Working Class" 참조.

는데, 제1장은 휘트먼의 민주주의 양대 원칙의 하나인 '평균적인 것의 법칙'(the Law of Average)[8] 곧 '평등' 개념을 비판하는 데 집중된다.

프랑스대혁명의 '자유, 평등, 우애'를 차치하고도, 근대 초기의 자유주의나 이후의 자유민주주의는 모두 설혹 '평등'을 앞세우지 않더라도 실은 평등의 이념에 근거했다고 말할 수 있다. 자유주의(liberalism)는 사람들을 능력—특히 재산을 포함한 경제적 능력—이 아닌 혈통과 신분에 따라 불평등하게 배치하는 사회에 반발했고, 이러한 자유주의의 '자유'를 경제영역을 넘어서까지 대중에게 평등하게 적용할 것을 요구하는 민주주의자들과의 갈등과 절충을 거쳐 자유민주주의(liberal democracy)가 성립했다.[9] 그런데 이렇게 확산된 자유민주주의의 자유조차 사회적 약자에게는 무용지물이라는 인식에서 사회민주주의, 사회주의, 공산주의 등 좀더 적극적으로 평등을 추구하는 노선이 대두했다. 오늘에 이르면 현존하는 온갖 불평등에도 불구하고 "평등은 정치적 수사와 철학 양쪽에서 모두 하나의 공통된 이상으로 기능한다. '한층 불평등한 사회'를 부르짖는 정치인은 없으며, 정치이론에서도 온갖 다른 입장의 철학자들이 어떤 형식의 것이든 평등주의를 주장하고 있다."[10*]

그런데 바로 이 평등주의야말로 근대 민주주의의 기본적인 문제점이라는 것이 로런스의 진단이다.

---

8 『민주주의적 전망』(*Democratic Vistas*, 1871)에서 휘트먼 자신이 사용한 표현은 "principle of the average"이다. 그와 상반되면서도 보완적인 또 하나의 원리는 "individuality, the pride and centripetal isolation of a human being in himself-identity-personalism"인데(제2절, http://www.bartleby.com/229/20022.html), 로런스는 제2장 "Identity", 제3장 "Personality", 제4장 "Individuality"에서 그 둘째 원리를 비판적으로 재해석한다.

9 그 경위에 대해서는 자유주의와 민주주의의 관계를 간명하게 분석, 서술한 Norberto Bobbio, *Liberalism and Democracy*, tr. Martin Ryle and Kate Soper (Verso 1990) 참조.

10 Malcolm Bull, "Levelling Out," *New Left Review* 70 (July/August 2011) 5면.

사회라든가 민주주의라든가 다른 어떤 정치적 국가나 공동체도 개인을 위해 존재하지 않고 결코 개인을 위해 존재해서도 안 되며 단지 '평균적인 것'(the Average)을 확립하기 위해 존재하는 것으로 되어 있다. (…) 민주주의와 사회주의는 죽은 이상들이다. 저들〔민주주의, 사회주의뿐 아니라 국가와 민족도〕은 하나같이 국민의 가장 낮은 욕구를 채워주기 위한 인공적 장치일 뿐이다.(*RDP* 66면, 원저자 강조)*

그리고 물질생활을 위한 이러한 장치를 이상화하고 '평균적인 것'의 다른 이름인 '하나의 정체'(One Identity)를 진정한 정체성(identity)으로 오해하는 데서 현대세계의 온갖 혼란과 불행이 야기된다는 것이다.

로런스가 제4장에서 휘트먼의 핵심적 진리라고 재해석한 '새로운 민주주의'는 평등과 불평등을 넘어선 곳에서 성립한다.

어떤 사물이 그것 자체로 유일한 경우에는 비교가 성립하지 않는다. 한 사람은 다른 사람과 평등하지도 불평등하지도 않다. 내가 어느 다른 사람 앞에 있고 내가 순수한 나 자신일 때 나는 나와 평등한 인간이나 나보다 저급한 인간이나 우월한 인간을 의식하는가? 아니다. 스스로 그 자신인 사람과 함께 서 있고 내가 진정으로 나 자신일 때, 나는 어떤 '현존'(Presence)을, '다름'(Otherness)의 기이한 실재를 의식할 뿐이다. (…)

그리하여, 우리는 '민주주의'의 첫번째 위대한 목적을 깨닫는다. 곧, 평등이냐 불평등이냐라는 문제가 전혀 개입함이 없이 각자가 자연발생적으로 그 자신이 되는 것—남자마다 그 자신이 되고 여자마다 그녀 자신이 되는 것—그리고 아무도 다른 남자 또는 다른 여자의 존재를

규정하려 하지 않는 것이다.(*RDP* 80면)*

이것이 현존하는 사회적 불평등을 옹호하는 이야기는 결코 아니다. 앞의 인용문에서 "아무도 다른 남자 또는 다른 여자의 존재를 규정하려 하지 않는 것"이라는 원칙은 불평등한 외부조건에 기인하는 '규정'도 당연히 배격한다. 실제로 앞서 인용한 민주주의와 사회주의가 모두 죽은 이상들이라는 로런스의 발언은 '평균적인 것'이 물질생활에서 갖는 그 나름의 의미를 인정하는 대목에 뒤따르는 것이었다.

이제 우리는 '인간의 평등'과 '인간의 권리들'에 대해 최종적으로 정리하려 한다. 사회란 사람들이 함께 사는 것을 뜻한다. 사람들은 함께 살 수밖에 없다. 그리고 함께 살기 위해서는 어떤 기준, 어떤 **물질적** 기준이 있어야 한다. 이 대목에서 '평균적인 것'이 끼어든다. 그리고 이 대목에서 사회주의와 근대 민주주의가 끼어든다. 민주주의와 사회주의는 '인간의 평등', 곧 '평균적인 것'에 근거한다. 그리고 이는 평균적인 것이 인류의 진짜 기본적인 물질적 욕구 — 거듭 강조하지만 기본적인 물질적 욕구 말이다 — 를 대표하는 한에서는 충분히 건전하다.(*RDP* 65~66면, 원저자 강조)*

따라서 '정신의 평등' 운운하면서 물질적 불평등을 외면하는 논리를 그는 단호히 배격한다. 소설 『연애하는 여인들』 제8장에서 버킨이 허마이어니에게 언성을 높이는 것도 바로 그 문제 때문이다.

"혹여," 하고 마침내 허마이어니가 입을 열었다. "우리가 정신에서는 모두 하나라는 것, 정신에서는 평등하다는 것, 모두 형제라는 것을 혹여 우리가 깨닫기만 한다면, 나머지는 문제가 안 될 거예요. 파괴하고 파괴할 줄밖에 모르는 온갖 불평불만과 시기와 권력투쟁이 없어질 거예요."

(…) 다른 사람들이 떠나자 버킨은 신랄한 연설조로 그녀를 몰아세웠다.

"그건 정반대야, 허마이어니, 완전히 거꾸로야. 우리는 정신에서는 모두 다르고 불균등해요. 우연적인 물질적 여건에 근거한 차이인 사회적인 차이들이 있을 뿐이지. 우리는 굳이 말하자면 추상적으로 또는 수학적으로 평등한 거야. 사람마다 배고픔과 목마름이 있고 눈 두개, 코 하나, 다리 두개가 있어. 숫자상으로 우리는 모두 똑같아요. 그러나 정신적으로는 순수한 차이가 있을 뿐 평등도 불평등도 문제가 안 되는 거야."[11]*

그런데 에쎄이 「민주주의」에서 로런스가 자유주의, 공화주의, 보수주의뿐 아니라 사회주의, 볼셰비즘, 공산주의까지 싸잡아서 "다 똑같다"(81면)고 단죄하고 있음에도 불구하고 실제로 그의 주장에는 맑스와 상통하는 면이 적지 않다. 예컨대 정부라는 것이 사실상 "대기업가들의 임원회의"(67면)라는 인식은 근대 대의제 국가의 집행기구가 '전체 부르주아지의 공동업무를 관리하는 위원회'에 불과하다는 『공산당선언』의 구절을 상기시킨다.[12]

---

11 D. H. Lawrence, *Women in Love*, ed. D. Farmer, L. Vasey and J. Worthen (Cambridge University Press 1987) 103면(원저자 강조).

12 또한, "미래의 수상은 일종의 집사장이고 상무장관은 큰 가정관리인이며 교통장관은 수석 마부에 지나지 않을 것이다. 모두들 우두머리 하인들이요, 그 이상의 아무것도 아닌 것이다"(82면)*라는 발언도 국가의 궁극적 폐기에 대한 맑스, 엥겔스, 레닌 등의 사상과 통하는 지점이다. 다만 로런스가 국가폐기론에 전적으로 동의할지는 의문인데, 이에 대해서는 이하 제6절에서 논한다.

더 중요한 것은 평등 문제에 대한 두 사람의 입장이 흔히 알려진 것보다 유사하다는 점이다. 맑스는 계급사회의 불평등 철폐에 앞장섰지만 '평등의 왕국'을 이상향으로 삼는 노선에는 극도로 비판적이었다. 그가 꿈꾼 것은 '각자의 자유로운 발전이 모든 사람의 자유로운 발전의 전제가 되는 연합(Assoziation, association)'이었고, "맑스에게 언제나 공산주의는 평등의 실현이라기보다 오히려 개성의 실현이었다."[13] 다만 이때 '개성'은 로런스의 '개별성'에 해당하는 *individuality*(독일어 Individualität)로 표현되기도 하고 때로는 우리말 '개성'의 통상적 의미에 한층 어울리는 *personality*(독일어 Persönlichkeit)를 쓰기도 하는데, 이는 「민주주의」 제3~4장에서 양자를 엄격히 구별하는 것과 대조된다. 로런스는 '개성'이란 본래의 자아가 아니라 관념화된 자아, "한 인간의 전달 가능한 효과"(*RDP* 75면)라고 혹독하게 비판하는 것이다. 단순한 어법상의 차이로 볼 수도 있지만, 맑스가 그런 구별에 무심한 것이 로런스가 '살아 있는 자아'(the living self)의 개별성을 말할 때의 사유(思惟)에 미달한 까닭인지를 따로 검토해볼 필요가 있다. 아무튼 개성(Persönlichkeit)에 대한 호의나 '각자의 자유로운 발전(Entwicklung)'의 강조에서 교양소설(Bildungsroman)의 시대에 성장한 맑스의 교양주의가 엿보이는 것은 사실이다.

---

13 유재건 「맑스의 공산주의 사상과 '개성'의 문제」, 『코기토』 69호(2011년 2월) 344면. 유재건은 일찍이 『창작과비평』 85호(1994년 가을)의 「맑스의 과학적 사회주의와 현실적 과학」에서도, "그가 공산주의 목표로서 언제나 '자유와 개성과 연대'만을 내세울 뿐 일생동안 '평등'이란 구호를 깃발에 내걸지 않는 것"(268면)에 주목하면서, 맑스가 『고타강령비판』에서 '모든 사회적·정치적 불평등의 제거'라는 조목을 비판하고 이런 막연하고 포괄적인 문구 대신에 "계급차별의 폐지와 더불어 거기서 비롯되는 온갖 사회적·정치적 불평등이 저절로 사라진다고 했어야만 했다"고 지적한 대목을 인용하기도 했다.

3. '새로운 민주주의'와 지도자 문제

근대 민주주의와 자본주의, 나아가 근대 일반에 대한 격렬한 비판이라는 점에서 로런스의 민주주의론은 니체를 상기시키는 면도 많다. 로런스 자신이 맑스보다 니체를 훨씬 자주 언급했으며 직접적인 영향도 더 많이 받은 것으로 보인다. 특히 로런스가 특출한 개인의 지도력과 사회의 위계질서를 주장하고 나설 때 니체의 '초인'사상이나 다수 약자에 대한 강자 지배의 옹호를 연상할 법하다. 그런데 니체 자신도 결코 파시즘의 선구자로는 볼 수 없으려니와, 로런스의 민주주의 비판이 니체와 어느 정도의 공통점을 갖는지는 좀더 살펴볼 문제다.

「민주주의」에서는 지도자와 추종자의 위계적 관계 문제가 부각되지 않는다. 이는 논의가 '평균성'이나 '하나의 정체'보다 '살아 있는 자아'의 개별성과 독자성에 초점을 두고 있기 때문이기도 하고, 기고한 잡지의 급진주의적 성격과도 무관하지 않을지 모른다(*RDP* 편자 해설 xxx면 참조). 그러나 「민주주의」보다 4년여 전에 로런스는 버트런드 러쎌에게 보낸 편지에서 "지혜를 가진 사람들의 귀족정치가 있어야 하고 대통령이니 민주정치니 하는 것 대신에 통치자, 카이저가 있어야 하오"[14]*라고 역설한 바 있다. 이것이 로런스의 확정된 입장은 아니었지만 「민주주의」를 집필함으로써 완전히 청산된 입장도 아니다. 다만 같은 편지에서 그는 이것이 특정 계급의 문제가 아니라 "지혜 또는 진리의 문제"(a case of Wisdom, or Truth)라고 했는데, 그가 이때부터도 정치의 어떤 발본적인 새 원리를 모색하고 있었음이 분명하다.

---

14 *The Letters of D. H. Lawrence* 제2권, ed. George J. Zytaruk and James T. Boulton (Cambridge University Press 1981) 364면, 1915. 7. 14.(?) Bertrand Russell 앞.

「민주주의」 다음해에 집필된 「인민의 교육」에 이르면 사회혁명보다 교육을 통해 새로운 사회를 만들어가야 한다는 쪽으로 초점이 이동한다. 그런데 사회에는 계급이 있어야 하고 이에 맞춘 차등교육이 실현되어야 한다는 주장이라든가, 남자들 간의 동지관계는 "자신의 영웅들에 대한 새로운 외경심, 동지들에 대한 새로운 존중심"(a new reverence for their heroes, a new regard for their comrades)[15]에서 비롯되는 위계질서를 포함하게 마련이라는 주장은 「민주주의」에 없던 것들이다. 그중 차등교육론과 계급론은 반민주주의론의 원조랄 수 있는 플라톤을 상기시키기도 하는데, 로런스가 거의 입만 열면 비판하는 플라톤과 어떤 차이가 있는지는 뒤에 다시 논하기로 하고 동지들 간의 상하관계 문제를 먼저 살펴보고자 한다.

남녀의 결혼을 넘어 남자들 사이의 유대가 추가적으로 필요하다는 생각은 『연애하는 여인들』에도 드러나 있다. 그런데 「인민의 교육」에서 '영웅들에 대한 외경심'을 언급한 로런스는 『미국고전문학 연구』 1921~22년본의 휘트먼론에서, 남자들 간의 동지애에는 지도자와 추종자의 상하관계가 필연적이며 각 지도자는 또 자기보다 훌륭한 지도자를 알아보고 추종하여 결국에는 "남자들의 최종적인 지도자, 거룩한 참주"(the last, the final leader of men, the sacred tyrannus)"[16]라는 정점에 도달한다는 주장으로까지 나간다. 이는 1915년 서신의 카이저 논의로 되돌아가는 느낌마저 준다.

그러나 출간된 『미국고전문학 연구』(1923)의 '휘트먼'장에서는 '거룩한 참주'가 사라지고 휘트먼의 시 「열린 길의 노래」(Song of the Open Road)를 원용한 '열린 길'의 사상으로 이 문제가 한결 원만하게 정리된다(본서

15 "Education of the People," *RDP* 166면. 여기서 'the people'은 인민대중이고 로런스의 주제는 초등교육이다. 이 글은 로런스 생전에 발표되지 못했고 유고집 *Phoenix*에 처음 실렸다.

16 D. H. Lawrence, *Studies in Classic American Literature*, ed. E. Greenspan, L. Vasey and J. Worthen (Cambridge University Press 2003) 〔이하 *SCAL*〕, Appendix V 416면.

제9장 참조). 여기서 로런스는 "열린 길에서 영혼이 영혼을 만나는 진정한 민주주의"를 말하면서 이런 영혼들 사이에 성립하는 위계질서는 "위대한 영혼은 산 자들의 공통된 길을 남들과 더불어 도보로 여행하며 그의 위대함 그대로 인지되는 일. 영혼들 사이의 기쁜 알아봄이요, 위대한 영혼과 한층 더 위대한 영혼들에 대한 더욱 기꺼운 숭배"(*SCAL* 161면)*로 정리한다. 곧, 모두가 '열린 길'에 도달해서 함께 '걸어서' 여행하는 '위대한 영혼'이라는 점에서는 기본적으로 동등하지만, 그들 사이에도 '지혜 또는 진리'의 역량(또는 불교식으로 말해 '법력')은 각각이고 그 차이를 알아보는 능력 자체가 지혜요 깨달음의 징표인 것이다. 이 대목에서 로런스가 '영혼'(soul)이라는 단어를 그리스도교적 의미와 전혀 다르게 사용하고 있음은 물론이다. 낡은 도덕에 대한 '정신적 충성'을 최초로 깨뜨리고 '영혼'에 전혀 다른 의미를 부여한 것이야말로 휘트먼의 위대성이라고 한다.[17]

아무튼 로런스는 이 상태를 여전히 '민주주의'라 일컫고 있다. 나아가 그것이야말로 종래의 미국식 민주주의를 극복하면서 아메리카대륙이 세상에 새롭게 내놓는 진짜 민주주의라고 한다. 따라서 이 새로운 민주주의는 근대 민주주의의 평등론을 넘어섬은 물론 플라톤 '공화국'의 고정된 위계질서 및 그 '기하학적 평등'[18]과도 본질적으로 다를 수밖에 없다. 이

---

17 "휘트먼은 그러한 정신적 충성을 깨뜨린 최초의 인간이었다. 그는 인간의 영혼이 육신보다 '우월'하다거나 '상위'에 있다는 낡은 도덕적 관념을 깨부순 최초의 인물이었다."(Whitman was the first to break the mental allegiance. He was the first to smash the old moral conception, that the soul of man is something "superior" or "above" the flesh. *SCAL* 156면)

18 랑씨에르는 플라톤이 각자의 이해타산에 입각한 '산술적 평등'을 배격하고 이상적 공화국의 위계질서를 우주와 사물의 (기하학적인) 본래 질서에 부합하는 '기하학적 평등'으로 설정했다고 한다. 랑씨에르 자신은 바로 이런 질서를 뒤흔드는 것이 곧 '정치'라는 입장이다. Jacques Rancière, *Disagreement: Politics and Philosophy*, tr. Julie Rose (University of Minnesota

'열린 길'의 사상은 에세이 「민주주의」에서 휘트먼의 민주주의가 "단지 하나의 정치체제나 통치의 체계가 아니고 심지어 사회체제도 아니다. 그것은 새로운 삶의 양식을 착상하고 새로운 가치들을 정립하려는 시도다. 이상들의 고정되고 자의적인 통제에서 인간을 해방하여 자유로운 자연생동성으로 이끌려는 투쟁이다"(*RDP* 78면)*라고 말했을 때 이미 예견된 것으로, 『미국고전문학 연구』의 결말에 와서 지도자론과 원만한 조화를 이루게 된 것이다.

이를 두고 미국의 어느 논객은 로런스가 엘리트 민주주의가 아닌 대중민주주의(popular democracy)의 핵심적 성격을 짚었다고 평가한다.

> 로런스는 또 '그의 위대함 그대로 인지되는 위대한 영혼'을 언급하는 바, 영혼들 간의 공감 또는 알아봄을 통해 능숙한 지도자들이 평등주의적인 민중 가운데서 일시적 우위에 서는 일이 가능해짐을 암시한다. 이는 중요한 포인트다. 대중민주주의의 비판자들은 곧잘 평등주의자들이 모든 권위를 부정할 따름이라고 비난한다. 사실은 정반대다. 대중민주주의의 실행방식들이 생겨난 것은 지도력의 필요성에 대한 인식, 이들 지도자가 계속 '남들과 더불어 도보로' 여행하고 근사한 거짓말이나 저들 멋대로 만들어낸 정치적 말〔馬〕을 타고 앞서 달려가지 않도록 적절한 견제와 균형을 수반하는 지도력이 필요하다는 인식이 있었기 때문이다.[19]

Press 1999) 〔이하 *Disagreement*〕 15면, 63면 등(원저 *La Mésentente: Politique et Philosophie*, 1995).

19 Glen W. Smith, "The Promise of Popular Democracy: Origins," *Dog Canyon* 2010년 1월 31일 게시(www.dogcanyon.org/2010/01/31), 2008년 6월 4일 OpenLeft 싸이트에 처음 발표했다고 함. 그런데 본서에서의 원문 인용을 위해 다시 접속을 시도했더니 dogcanyon.org와 OpenLeft

'열린 길의 여행자'라는 이미지를 곧이곧대로 읽어서 무정부주의나 '유목주의'에 편입하려는 시도들을 감안할 때,[20] "능숙한 지도자들이 평등주의적인 민중 가운데서 일시적 우위에 서는 일"이 가능한 대중민주주의의 원리를 읽어낸 이런 평가는 훨씬 적절한 것이라 생각된다. 로런스는 낡은 세계를 벗어나 새로운 삶으로 이동할 것을 강조하고는 있지만 동시에 "인간은 생명있는 자기 땅에 있을 때 자유롭지 떠돌아다니고 탈출할 때 자유로운 게 아니다"라고 못박았고(*SCAL* 17면; 본서 제9장 408~409면의 논의 참조), 게다가 특정한 '터의 영'과 교감하는 삶을 중시했던 것이다.

4. '살아 있는 우주'와 공동체

'열린 길'의 사상은 효율적인 지도체제의 가능성을 포함한 진정한 민주주의의 비전을 선포했다. 「민주주의」에서는 휘트먼의 민주주의가 "정부들과 심지어 이상들도 넘어선 어떤 것"(something beyond governments and even beyond Ideals, *RDP* 70면)인데 "하나의 개념으로서는 아직 존재하지 않는다"(As an idea it doesn't yet exist. 같은 면)고 했지만, 『미국고전문학 연구』

모두 스미스의 이 글을 보관하고 있지 않았다(저자의 활동은 Glen Smith, Glenn Smith, G. W. Smith 등의 이름으로 검색 가능함).

20 리 젠킨스는 Michael North, *Reading 1922: A Return to the Scene of the Modern* (1999)을 인용하며 로런스가 이상적인 공동체를 꿈꾸었지만 결국은 '이동상태'(in transit)에 머물고 말았음을 지적하는데(Lee M. Jenkins, Introduction, *The American Lawrence*, University Press of Florida 2015, 6면, 23면), 로런스의 개인적 행적과 그의 사상은 별개 문제다. 시류를 탄 '유목주의' 담론에 대한 은근한 동조가 작가 개인의 떠돌이 삶을 들어 그의 사상을 경시하는 판단으로 이어졌을 가능성도 의심된다.

의 로런스는 휘트먼이 던진 '힌트'(같은 면)를 살려 적어도 그 윤곽을 그려 낸 셈이다. 다만 '열린 길'에 값하는 새로운 민주주의가 아메리카대륙과 미국사회에서 구체적으로 어떤 모습으로 실현될까 하는 문제는 여전히 남았다.

또끄빌(Alexis de Tocqueville) 이래로, 미국사회가 유럽과 달리 봉건체제의 잔재가 없는 상태로 출발했다는 점을 강조하면서 미국의 민주주의를 '미국 예외주의'의 근거로 내세우는 흐름이 대세를 이루었다.[21] 하지만 로런스는 바로 이런 미국의 민주주의야말로 미국사회를 지배하는 부정적 에너지라고 단언한다. "미국에서의 민주주의란 유럽에서의 자유와 결코 같은 것이 아니었다. 유럽에서 자유란 커다란 생명의 고동이었다. 그러나 미국에서 민주주의는 언제나 무언가 반생명적인 것이었다"(*SCAL*, V 57-58면; 본서 제9장 420면)라는 쿠퍼론에서의 지적은 미국의 민주주의가, 봉건체제와의 투쟁에서 탄생한 유럽의 자유주의와 달리 유럽에 대한 반발만 있을 뿐인 '도망노예'들의 이념에 불과하다는 주장이다.

그렇다면 그 나름의 '커다란 생명의 고동'(a great life-throb)을 들려주는 미국의 새로운 민주주의는 구체적으로 어떤 모습일까? 『미국고전문학 연구』가 처음부터 강조한 것은 '터의 영' 내지 '장소의 기운'(the spirit of the place)이었고, 앞서 살펴보았듯이 이는 단지 지리적인 개념이 아니라 역사적인 성격을 지니기도 한다. 나라마다 지역마다 그 '기운'에 성쇠가 있으며, 아메리카대륙의 경우 밀려나고 살해당한 인디언 원주민들의 원한이

21 또끄빌과 미국 예외주의에 관해 마흐무드 맘다니 「미국 기원 '정착형 식민주의': 과거와 현재」, 『창작과비평』 169호(2015년 가을) 500~17면 참조. 미국 예외주의론자들이 모두 미국사회의 예찬자는 아니지만, 맘다니는 설혹 흑백 인종차별을 벗어나더라도 미국은 "여전히 정착민의 사회이자 정착민의 국가"(517면)임을 지적한다. 곧, 저들 논자 모두에게 '정착식민주의'에 대한 인식이 결여되었다는 것이다.

더해진 근대 아메리카 특유의 '터의 영'이 자리잡았다는 것이다. 새로운 민주주의는 당연히 이 기운과 교감하고 화해하면서 새로운 정치, 새로운 인간사회를 만들어가야 한다. 자유주의, 민주주의, 사회주의, 파시즘 등 일체의 근대이념과 결별한 『쓴트모어』의 루 위트가 뉴멕시코 산중의 은둔생활을 선택하는 것도 그러한 관계맺음을 찾아서이며, 로런스가 중편 규모로 성공적으로 수행한 루 위트의 개인적 탐구에 만족하지 못하고 『날개 돋친 뱀』에서와 같은 다소 무리한 시도를 이어간 것도 그 때문이다. 아메리카대륙의 '터의 영'과의 진실된 교감을 구체화하여 성공적인 장편소설로 보여주는 작업은 로런스에게 벅찬 과업이었지만, 『쓴트모어』와 비슷한 시기에 씌어진 「말을 타고 가버린 여인」 「공주」 같은 중·단편과 『멕시코의 아침들』(*Mornings in Mexico*)에 실린 일련의 산문에서 로런스의 사유모험이 지속되었음을 확인할 수 있다.

터의 영과의 교감은 로런스가 늘 강조하는 "인간과 그를 둘러싼 살아있는 우주 사이의 생생한 관계맺음"(a vivid relatedness between the man and the living universe that surrounds him)[22]이 구체화되는 한 양상이다. 이러한 관계맺음은 『날개 돋친 뱀』을 쓰고 나서 로런스가 통념적인 '지도자-추종자 관계'(the leader-cum-follower relationship)를 '따분한 이야기'(본서 제5장 265면)라고 정리한 이후 그의 사상에서 더욱 큰 비중을 차지하게 된다. 물론 그전부터도 로런스와 생태주의적 사고의 친연성은 분명하다.[23] 여기

---

22 "Pan in America," *Mornings in Mexico and Other Essays*, ed. Virginia Crosswhite Hyde (Cambridge University Press 2009) 160면.

23 쎄이가는 마지막 시기의 로런스를 '심층 생태주의'(deep ecology)와 연결시키지만(Keith Sagar, "How to Live?—The End of Lawrence's Quest," *Windows to the Sun: D. H. Lawrence's "Thought-Adventures"*, ed. Earl Ingersoll and Virginia Hyde, Rosemont Publishing and Printing Corp., Associated University Presses 2009, 207-208면), 동시에 그는 자신이 분류한 1~4기의 로런스가 상당부분 중첩되는 성격임을 강조한다(211면).

서는 그 점을 부연하기보다 로런스의 사유가 일반적인 생태주의와 구별되는 지점을 짚어볼까 한다.

에쎄이 「호저의 죽음에 관한 명상」(Reflections on the Death of a Porcupine)은 로런스가 뉴멕시코 산장에 살던 시절 이웃의 개에게 말 못 할 고통을 안긴 호저를 마지못해 죽이고 난 뒤의 명상을 담고 있다. 생태주의와 관련해서 특히 주목되는 점은, 그가 생물들 사이의 등급을 설정하고 "삶의 더 높은 순환기"(higher cycle of life)에 속하는 생명체가 더 낮은 단계의 생명체를 지배하며 먹어치우는 현실을 '자연의 철칙'으로 인정한다는 것이다. 다만 이는 *being*이 아닌 *existence*의 영역에서 그렇다.

> 이 모든 것은 실존의 차원에서다. 실존에 관한 한 경쟁상대인 모든 다른 생물종을 잡아먹거나 파괴하거나 지배할 수 있는 생물종이 가장 상급이다.
>
> 이것은 하나의 법칙이다. 이 법칙에서 벗어날 길은 없다. 거기서 벗어나려는 그 누구든, 어느 족속이든 남의 희생자가 되고 정복당할 것이다.
>
> 하지만 거듭 역설할 점은, 지금 우리는 실존에 관해, 종들과 유형, 인종, 민족 들을 말하고 있지 단독의 개인이나 *being*을 이룬 존재들을 말하고 있지 않다는 것이다. 활짝 핀 민들레, 푸른 대지 위에서 햇빛을 번뜩이는 작은 태양인 민들레는 유일무이한 천하일품이다. 그것을 지상의 다른 어떤 것과 비교하는 것은 어리석고 어리석고 어리석은 짓이다. 그 자체로 비교가 불가능하며 고유한 존재다.
>
> 그러나 그건 제4의 차원, *being*의 차원이다.(*RDP* 358면, 원저자 강조)*

이런 발언은 얼핏 생존경쟁과 약육강식을 옹호하는 인상을 주기도 한다. 사실이라면 로런스의 생태주의는 일종의 자가당착에 빠지는 꼴이다.

하지만 이는 '실존'의 세계에 머물면서 생명존중주의와 현실주의가 일으키는 자가당착이 아니라, 로런스의 표현으로 인간이 숙명적으로 "실존과 *being*의 엉킴에"(in the tangle of existence and being) 빠져 있기 때문에 당면하는 상황이다(*RDP* 359면). 곧, "모든 실존의 단서는 *being*"이지만 "실존 없이는 *being*이 있을 수 없다. 잎사귀와 길고 곧은 뿌리 없이 민들레꽃이 있을 수 없는 것처럼 말이다."[24]* 다시 말해 서양 전통철학의 틀 안에서 현실주의냐 생태주의냐 또는 물질이냐 정신이냐를 따지는 대신, 어디까지나 물질적 실존의 영역에 속하는 생명체가 "천국의 상태"(the state of heaven)에 도달하는 '제4의 차원', "완벽을 이룬 관계 속의 사물들이라는 이 신비스러운 다른 현실"(this mysterious other reality of things in a perfected relationship, *RDP* 361면)을 사유할 필요가 있는 것이다.[25] 어쩌면 그때 비로소 생태주의도 하나의 이상주의—니체의 '금욕적 이상'—에서 벗어날 수 있을지 모른다.

「민주주의」 등 여러 글에서 개별성(individuality)과 개인주의(individualism)를 강조한 로런스가 이후 『미국고전문학 연구』 등에서 공동체와 집단성(collectivity)을 중시하게 되는 것도 자가당착 아니면 적어도 노선의 전환으로 읽힐 수 있다. 하지만 이 경우에도 중요한 것은 로런스의 사유가 진

---

24 같은 면. 이 대목은 서장 31면에 인용하면서 더 길게 논한 바 있다.

25 앞장에서 인용한 「예술과 도덕」의 한 구절은 이를 "영원과 완벽의 성격"(quality of eternity and perfection)이라고 표현하기도 했는데(본서 제9장 406면), 작품의 '영원성'이든 생명체가 성취한 '천국의 상태'든 그것이 문자 그대로 영구히 지속되는 것이 아님은 물론 중요하다. 예컨대 실존의 세계에서 민들레는 로런스가 지적하듯이 사람이 밟고 지나가면 사라지게 마련이고 소나 개미떼가 먹어치울 수도 있다(*RDP* 358면). 다만 그런 덧없는 존재가 어느 순간 성취한 *being*은 그 성취를 알아보고 공감하는 경험을 통해 언제나 재생될 수 있다는 점에서 '영원'한 것이다. 세상에 '영원한 진리'가 없지만 예술작품이 그날의 진리를 말해준다는 명제도 같은 뜻이다. 본서 제9장 403면 참조.

행되는 차원에 독자가 동참하는 일이다. 실상 봅비오가 지적하듯이 개인을 사회의 기본단위로 보는 발상이야말로 자유주의, 민주주의, 사회주의 등이 공유하는 근대 정치사상의 특징인데,[26] 「민주주의」에서 로런스는 이 경우의 개인은 결국 "재산의 소유자라는 관념화된 단위"(the idealised unit, the possessor of property)이고 바로 그렇기 때문에 "사회주의, 보수주의, 볼셰비즘, 자유주의, 공화주의, 공산주의 — 다 똑같다"(socialism, conservatism, bolshevism, liberalism, republicanism, communism: all alike)고 단언한 바 있다(*RDP* 81면).

그러면 로런스가 말하는 개인주의의 개별체는 어떤 단위인가? 여기서도 로런스의 발언을 제대로 이해하려면 살아 있는 한 인간을 '핵심적 신비'(the central Mystery)와 '정의할 수 없는 현존'(indefinable presence)으로 파악하는 그의 사유가 어떤 차원에서 진행되는지를 실감해야 한다.

> 우리의 삶, 우리의 *being*은 헤아릴 수 없는 핵심적 신비로부터 출현하여 정의할 수 없는 현존을 이루는 데 달려 있다. 이것 자체가 하나의 추상처럼 들린다. 하지만 아니다. 도리어 추상의 완전한 부재다. 핵심적 신비는 일반화된 추상이 아니다. 그것은 사람마다 내면에 지닌 원초적이고 근원적인 영혼 혹은 자아다. 그리고 현존은 신비주의적이거나 유령 같은 게 전혀 아니다. 정반대로, 그것은 우리 앞에 현존하는 실제 인간이다. 우리 앞에 현존하는 한명의 실제 인간이 육신을 지닌 헤아릴 수 없는 '신비'이고 달리 번역될 수 없다는 사실, 이것이야말로 사회생활의 모든 거대기획이 토대로 삼아야 할 사실이다. 다름이라는 사실 말이다.(*RDP* 78면, 원저자 강조)*

---

26 Bobbio, 앞의 책 8-9면.

이런 발언이 본질주의(essentialism)라든가 요령부득의 횡설수설이라는 시비가 당연히 일어날 수 있다. 이에 대해서는 2011년의 졸고 「D. H. 로런스의 민주주의론」에서 '새로운 사유인가 낯익은 본질주의인가'라는 절을 따로 설정하여 비교적 상세히 논했으며 본서에 일관되게 다루어온 만큼 여기서 되풀이할 필요는 없다.[27] 다만 로런스의 *being*이나 '정의할 수 없는 현존'이라는 발상은 하이데거의 "전적으로 무규정적인 것이지만 특정된 존재"(das Sein als das bestimmte völlig Unbestimmte)라는 모순 속에 놓인 인간의 처지가 "우리가 실답다(wirklich)라 부르는 다른 어느 것보다 실다우며, 개와 고양이, 자동차와 신문보다 훨씬 엄연한 현실이다"[28*]라는 주장과도 통한다. 이는 '형이상학적 본질'도 아니고 '물질적 실존' 그 자체도 아니지만 그런 것들보다 훨씬 실감나는 다른 차원을 사유하도록 요구하는 발상인 것이다.

---

27 예컨대 "인간의 본성은 자연생동적 창조성과 기계적·물질적 활동 사이에 균형을 잡고 있다. (…) 인간은 본성의 거의 절반이 물질세계에 속해 있고, 자연생동적 본성이 **살짝** 우위를 점한다"(*RDP* 79면, 원저자 강조)라는 「민주주의」의 한 대목을 두고, 제프 월러스는 로런스가 "인간본성의 주된 두 요소의 상대적 비중을 계산하고 있다"*고 비판한다(Jeff Wallace, "51/49: democracy, abstraction and the machine in Lawrence, Deleuze and their readings of Whitman," *New D. H. Lawrence*, ed. Howard J. Booth, Manchester University Press 2009, 99면). 로런스의 이 대목이 (실존과 *being*의 관계에 대한 훗날의 정의만큼 명료하진 않지만) 실존의 영역에 국한된 공간 속에서 *being*의 상대적 비중을 계산하는 발언이 아님은 더 말할 나위 없다. 월러스는 이어서 그런 암묵적 계산의 결과는 "자연생동적 창조성 대 기계적·물질적 활동의 비율이 51:49"(the spontaneous creativity/mechanical-material ratio to be 51:49)인 모양이라면서, "'거의 절반'이라는 문구는 인간을 하나의 폐쇄된 체계로 보는 공간화된 모델을 함축하기도 한다"*고 주장한다(같은 글 100면).

28 Martin Heidegger, *Einführung in die Metaphysik* 〔1953〕 (Tübingen: Max Niemeyer 1966) 59–60면(영역본은 *An Introduction to Metaphysics*, tr. Ralph Manheim, Anchor Books 1961, 66면).

그러므로 에쎄이 「민주주의」 이후 로런스가 『무의식의 환상곡』에서 '종교적' 충동을 '집단적 행위'에 대한 충동으로 파악하는가 하면 『미국 고전문학 연구』에서 공동체를 강조하는 등 일견 초기의 민주주의론과 모순되는 듯한 발언을 내놓는 것은 강조점의 이동일지언정 본질적 전환이라 볼 수 없다. 그의 개인주의 자체가 근대적 이념들의 공통분모인 '관념화된 단위로서의 개인' 개념을 극복하려는 시도였으며 그의 '살아 있는 개인' 내지 개별체는 새로운 집단성에 대한 욕구를 내재하고 있기 때문이다. 그리하여 로런스는 거의 마지막 저술인 『계시록』 끝머리에 가면 문제를 이렇게 정리한다.

> 인간의 개인적 자아만 고려하고 그의 집단적 자아를 무시하는 개인이라는 이상을 갖는 것은 길게 볼 때 치명적이다. 위계질서의 현실을 무시하는 개별성이라는 신조를 갖는 것은 종국에 가면 무정부주의적 혼란을 낳을 뿐이다.[29*]

'위계질서'는 뒤에 따로 논의할 문제지만, 그가 말하는 '집단적 자아'는 타인과의 관계뿐 아니라 '살아 있는 우주와의 생생한 관계맺음'을 요하는 자아임을 상기할 필요가 있다. 『계시록』의 마지막 두 단락은 다음과 같다.

> 그러므로 나의 개인주의는 실제로 하나의 환영(幻影)이다. 나는 거대한 전체의 일부이며 절대로 거기서 벗어나지 못한다. 그러나 나의 관계들을 부정하고 깨버림으로써 내가 파편이 되는 일이 가능하긴 하다. 그

29 *Apocalypse and the Writings on Revelation*, ed. Mara Kalnins (Cambridge University Press 1980) 147면.

러면 나는 비참해진다.

우리가 원하는 것은 우리의 거짓되고 비유기적인 관계들, 특히 돈과 관련된 관계들을 파괴하고 우주, 태양과 대지, 인류와 민족 및 가족과의 살아 있는 유기적 관계를 다시 수립하는 일이다. 태양으로부터 시작하자. 나머지는 천천히, 천천히 뒤따를 것이다.(같은 책 149면)*

5. 정치와 살림

로런스 민주주의론이 도전적인 것은 '4차원'이나 '핵심적 신비'에 대한 인식이 "사회생활의 모든 거대기획이 토대로 삼아야 할 사실"(*RDP* 78면)임을 강조하기 때문이다. 한국사회만 해도 민주주의를 위한 싸움이 진행 중이고 '사회생활의 거대기획'을 새로 짜려는 논의가 활발한데, 로런스의 민주주의론이 어떤 도움을 줄 수 있는가? 시대도 장소도 다른데다 직접적 정치참여의 경험이 태무했던 로런스가 한국 민주주의의 앞날을 위한 구체적 지침을 줄 것을 기대하는 건 무리다. 반면에 적어도 1987년 이후, 특히 촛불혁명을 계기로 한국의 정치와 담론 지형은 세계적 수준의 민주주의론을 수용하고 검증할 기반이 마련되었는데 로런스의 논의가 이곳에서 아무런 도움이 안 된다면 그 현재성에 심각한 한계를 드러내는 꼴이다.

예컨대 대의제 민주주의와 직접민주주의의 관계는 세계적인 의제가 되어 있고, 민주정치와 위계질서의 양립가능성도 새롭게 논의되는 사안이다. 나아가 국가나 법률 자체의 근원적 폭력성도 논란의 대상이다.

국내에도 소개되어 많은 영향을 끼치고 있는 정치담론 중 하나가 랑씨에르에 의한 '정치'(politics)와 '치안'(police)의 구별이다.[30] 보통 우리가 정치라 부르는 것은 주어진 틀 안에서 사회를 관리하고 주민을 다스리는 치안활동에 해당하며 '대중(demos)의 힘'으로 기존의 틀 자체를 바꿔내는 행위만이 진정한 의미의 정치라는 것이다. 랑씨에르는 그 둘 사이의 괴리 내지 상충이라는 문제를 안고 씨름해온 '정치철학'의 형태로 1) 플라톤의 『공화국』으로 대표되는 '원리정치'(archipolitics), 곧 정당한 원리에 입각한 치안행위야말로 올바른 정치이고 이를 흔드는 민주주의는 통제의 대상이라는 입장, 2) 아리스토텔레스의 『정치학』이 탁월하게 정리한 '초(超)정치' 내지 '준(準)정치'(parapolitics), 곧 민주주의적 요구를 현실의 일부로 인정하면서 주어진 상황에 맞춰 그것과 적절한 균형을 잡는 국정운영을 추구하는 입장, 3) 맑스처럼 정치를 진실의 왜곡된 표현인 이데올로기의 영역으로 설정하고 사회의 실질적인 움직임을 통해 그런 정치(및 국가)를 폐기하고자 하는 '상위정치'(metapolitics) 등 세가지를 꼽는다.[31] 노동계급의 운동에 대해서도, 그것이 배제됐던 집단의 주체화라는 '민주적 정치'의 성격을 띠지만 모든 계급의 해소라는 상위정치적 명분은 "원리치안의 가장 급진적 형상"(the most radical figure of the archipolice order, 같은 책 90면)을 등장시키는 데 일조했다고 한다. 더구나 사회주의진영 몰락 이후 위세를 더하게 된 '합의민주주의'(consensus democracy)는 국민여론과 국가경쟁력에 대한 전문가의 과학적 판단을 명분으로 정치를 완전히 배제하려는, 사실상 플라톤적 '원리정치'의 저급한 재현에 해당한

30 Rancière, *Disagreement*, 제2장 등 참조. 이 구별은 그의 후속 저서 *The Hatred of Democracy*, tr. Steve Corcoran (Verso 2006; 원저 *La haine de la démocratie*, 2005)에서도 견지되며, 오윤성 옮김 『감성의 분할: 미학과 정치』, 도서출판b 2008(원저 *Le Partage du sensible: Esthétique et politique*, 2000; 영역본 *The Politics of Aesthetics*, tr. Gabriel Rockhill, Continuum 2004) 등 그의 미학논의에도 등장하여 국내 평단에서 적잖은 관심을 모았다. 나도 「현대시와 근대성, 그리고 대중의 삶」에서 그 논의에 개입한 바 있다(졸저 『문학이 무엇인지 다시 묻는 일』, 창비 2011, 특히 84~85면 참조).

31 *Disagreement*, 제4장 "From Archipolitics to Metapolitics".

다고 신랄하게 공격한다.[32]

랑씨에르의 이러한 민주주의관은 앞서 잠시 비쳤듯이 휘트먼의 민주주의가 "단지 하나의 정치체제나 통치의 체계가 아니고 심지어 사회체제도 아니다. 그것은 새로운 삶의 양식을 착상하고 새로운 가치들을 정립하려는 시도다. 이상들의 고정되고 자의적인 통제에서 인간을 해방하여 자유로운 자연생동성으로 이끌려는 투쟁이다"(*RDP* 78면)라는 「민주주의」의 한 대목과 통한다. 랑씨에르가 평등 문제의 제기를 정치의 원동력으로 보면서도 오늘날 민주주의국가로 자처하는 사회들에서 '모든 개인들의 예외없는 평등'(the equality of anyone and everyone)이 새로운 삶의 양식을 개척하기는커녕 기존질서를 절대화하고 인민을 과학적 계산의 대상으로 고정시킨다고 보는 점도(*Disagreement* 105면) 로런스의 근대민주주의 비판에 부합한다.

다른 한편 '치안'에 대한 배려, 그리고 '새로운 민주주의'의 가능성에 대한 인식에서 둘은 입장을 달리한다. 그런데 바로 이런 대목들이 랑씨에르 민주주의론의 심각한 문제점이기도 한 것은 아닐까?

랑씨에르가 '정치'와 '치안'을 구별하면서 후자를 지나치게 가볍게 보는 경향을 나도 지적한 바 있는데,[33] 물론 치안의 수준이나 형태가 그 나름으로 중요함을 그도 인정하기는 한다("치안은 온갖 좋은 것들을 조달할 수 있고 어느 한 종류의 치안이 다른 종류보다 비할 바 없이 나을 수 있

---

32 *Disagreement*, 제5장 "Democracy or Consensus"와 제6장 "Politics in its Nihilistic Age" 및 *The Hatred of Democracy*, 제1장 "From Victorious Democracy to Criminal Democracy", 제4장 "The Rationality of a Hatred" 등 참조. 랑씨에르는 현대세계에서 플라톤적 공화국에 그나마 근접한 사례는 '인민공화국'을 표방하면서도 공공연한 과두정치를 통해 공산주의자들이 노동자를 지배하는 현대중국이라고 본다(J. Rancière, "Communists Without Communism?" *The Idea of Communism*, ed. Costas Douzinas and Slavoj Žižek, Verso 2010, 170면).

33 졸고「현대시와 근대성, 그리고 대중의 삶」85면.

다."* *Disagreement* 31면). 하지만 본격적인 관심을 기울이지는 않는 것 같다.

'치안'은 우리에게 익숙한 표현으로 하면 나라와 공동체의 '살림'이다. 대중의 일상적인 삶을 직접적으로 좌우하는 요인임은 물론, 사실 어디까지가 '정치'고 어디부터가 '치안'인지를 구별하는 일이 결코 간단치 않다. 예컨대 랑씨에르는 한국의 2008년 촛불시위에 특별한 의미를 부여한 바 있지만,[34] 그 촛불군중의 위력이 2010년의 6·2지방선거나 이후의 10·26 서울시장보선 같은 대의제 정치('치안')의 영역에서 지속되면서 기존의 틀을 더욱 흔들고 민중의 감수성 변화의 새로운 가능성을 열어주게 될 복합적 현상에 대한 인식은 보여주지 않은 것 같다. 물론 한국 사정에 밝지 못한 그가 이런 면들을 굳이 언급하지 않았다고 탓할 일은 아니다. 문제는 '정치' 대 '치안'의 이분법 구도 속에 그러한 인식의 여지가 얼마나 있느냐는 것이다.[35]

그에 비해 로런스는 일국의 수상이나 장관들이 나라살림 챙기는 실무자 머슴에 불과하게 될 것이라고 말하면서도 살림을 제대로 해야 한다는 점은 늘 전제하고 있다.[36] 아니, 「인민의 교육」에서 그가 초·중등교육을 중심으로 구체적인 국민교육 프로그램을 구상하는 것도 새로운 세상을 열기 위해 지금 이곳의 살림을 정돈할 필요성을 절감하기 때문이다.

로런스의 그런 구상이 일견 플라톤의 공화국을 연상시키는 바 있음을 앞서 언급했다. 반면에 '존재'에 대한 그의 사유가 플라톤에서 출발하는

---

34 자크 랑시에르 「민주주의에 맞서는 민주주의 '들'」, 아감벤 외 『민주주의는 죽었는가?』, 김상운 외 옮김, 난장 2010, 131~32면.

35 고병권, 앞의 책 104~109면의 촛불 논의도 랑씨에르적 이분법에 매여 있다는 인상이다.

36 예컨대 「민주주의」에서도, "사고파는 일을 제대로 잘하자. (…) 우리는 인간다운 남자 및 여자가 되어 집안을 정돈하자."(Let us have the buying and selling well done. ... Let us be men, and women, and keep our house in order. *RDP* 68면)

서양 형이상학을 넘어서는 새로운 성격임도 줄곧 강조해왔는데, 「인민의 교육」에 개진된 로런스의 인간관·우주관도 플라톤적인 것과 판이하다. 따라서 교육의 내용과 방법에 대한 구상도 당연히 다르다. 다만 플라톤의 국가론 역시 교육론이기도 하다는 점은 로런스의 관점에서 평가해줄 대목이다.

플라톤의 주된 관심이 '철학자군주' 집단의 양성인 데 반해 로런스는 모두가 초·중등교육을 함께 받음으로써 공동의 인간적 기반을 지녀야 한다는 입장이다. 이 시기에 '읽기, 쓰기, 셈하기' 외에 지적인 교육을 하지 말라고 한 것도 우민화(愚民化) 노선이 아니라 "아이를 가만 내버려두기"(*leaving the child alone*)[37]라는 대원칙을 따른 것이다. 내버려두면 아이들은 자기가 알아서 배우게 마련이고 그 과정에서 드러나는 각자의 *life-quality*, 말하자면 근기(根機)에 따라 장래 역할에 걸맞은 교육과정의 분화를 시행한다는 것이다.

그런데, "체계가 있어야 한다. 사람들 간에 계급이 반드시 필요하고 차별화가 필요하다. 그런 것 없이는 무정형의 허무뿐이다"(There must be a system; there must be classes of men; there must be differentiation: either that, or amorphous nothingness. 같은 글 111면)라는 주장은 어떻게 볼까? 앞서 『계시록』에서 인용했던 "위계질서의 현실을 무시하는 개별성이라는 신조를 갖는 것은 종국에 가면 무정부주의적 혼란을 낳을 뿐이다"(147면)라는 발언과 더불어 로런스의 반민주적 소신을 드러낸 것인가? 로런스에게 그런 면모가 전혀 없는 건 아니지만, 지금 같은 계급사회를 옹호하는 게 아

---

37 "Education of the People," *RDP* 139면(원저자 강조). 그에 앞서 제6장은 이렇게 시작하기도 했다. "아이 교육을 어떻게 시작할 것인가.—첫번째 규칙, 가만 내버려두라. 두번째 규칙, 가만 내버려두라. 세번째 규칙, 가만 내버려두라."(How to begin to educate a child.—First rule, leave him alone. Second rule, leave him alone. Third rule, leave him alone. 같은 글 121면)

니라면 실제 사회생활의 과정에서 '체계'와 '차등'이 필요하다는 말은 일종의 상식이다. 엥겔스(Friedrich Engels)는 계급이 사라진 뒤 '인간들에 대한 지배'(government of persons)가 아니라 '사물들의 관리'(administration of things)를 본업으로 삼는 국가 아닌 국가를 내다보았는데(프리드리히 엥겔스 『반뒤링론』, 1878, 제3편), 실은 행정이나 관리 작업에서야말로 일정한 지휘체계가 불가피하다. 맑시스트인 데이비드 하비도 그 점에 유의하여 나와의 대담에서 이렇게 말한 적이 있다.

> 기후변화라든가 대규모 인프라 구축의 경우가 그렇지요. 그런 큰 스케일로 작업하는 일이 유익한 것이라고 하면 모종의 위계적 통제와 생산구조 없이 어떻게 그 일을 해낼 수 있나요?[38]

이에 나도 동의하면서, '좋은 위계질서'를 확보하는 문제를 넘어 평등에 관해서도 기계적 평등에 반대하는 데서 한걸음 더 나갈 필요성을 제기했다. "평등한 인생기회가 주어진 상황에서 결과의 불평등이 가능케 하는 다양성을 중시하는 데서 한걸음 더 나가, 성취된 지혜라든가 삶을 제대로 사는 진정한 능력이라든가 뭐 그런 것에서의 일종의 불균등 개념을 정립했으면 하는 겁니다."(같은 잡지 53면; 같은 책 458면) 하지만 월러스틴과의 1998년 대담에서도 그랬듯이(I. 월러스틴·백낙청 「21세기의 시련과 역사적 선택」, 『창작과비평』 1999년 봄; 『백낙청회화록』 제4권, 창비 2007) '지혜'를 기준으로 삼는 위계질서 구상은 그다지 호응을 얻지 못했다. 내가 염두에 두었던 것은 '열린 길'에서의 위대한 영혼이 자기보다 더 위대한 영혼을 알아보고

---

38 데이비드 하비·백낙청 대담 「자본은 어떻게 작동하며 세계와 중국은 어디로 가는가」, 『창작과비평』 173호(2016년 가을) 50면; 『백낙청회화록』 제7권, 창비 2017, 456면.

자발적으로 승복하는 지혜 같은 것이었고, 로런스는 러셀에게 보낸 편지에서 *Wisdom, or Truth*라고 대문자를 쓴 지혜와 진리를 말할 때(본장 460면) 이미 그런 발상을 하고 있었다. 하지만 앞에 언급한 두 대담에서 모두 로런스를 들먹인다든가 불교적 반야지(般若智)로서의 '지혜'를 끌어댈 계제는 아니었다.

로런스 자신도 '영혼의 위대성'에 따른 위계질서와 사회생활의 관리와 운영에 필요한 '체계'를 어떻게 결합할지에 대한 답을 내놓지는 못했다. 이 대목에서는 소태산의 '지자본위(智者本位)' 사상이 한결 원만한 해법을 제시한 것 같다. 『정전(正典)』 '지자본위' 절에서는 '지자본위의 조목'을 다음과 같이 열거한다.

1. 솔성(率性)의 도와 인사의 덕행이 자기 이상이 되고 보면 스승으로 알 것이요,
2. 모든 정사를 하는 것이 자기 이상이 되고 보면 스승으로 알 것이요,
3. 생활에 대한 지식이 자기 이상이 되고 보면 스승으로 알 것이요,
4. 학문과 기술이 자기 이상이 되고 보면 스승으로 알 것이요,
5. 기타 상식이 자기 이상이 되고 보면 스승으로 알 것이니라.[39]

여기서 제1항을 빼면 나머지는 현대사회가 표방하는 '능력주의'(meritocracy)와도 통한다. 다만 제1항은 근대 서양사상에 생소한 '도'와 '덕'의 개념을 전제하고 있으며, 그에 앞서 "어떠한 처지에 있든지 배울 것을 구할 때에는 불합리한 차별 제도에 끌릴 것이 아니라"('지자본위의 강령', 41면)고 하여

39 『정전』 교의편 제3장 사요(四要) 2절 지자본위 3. 지자본위의 조목, 『원불교전서』(1977), 원불교출판사 2014, 42면.

물질적 불평등을 비롯하여 기존의 온갖 불평등을 대물림하는 데 이용되기 일쑤인 '능력주의'와의 차이를 분명히 했다. 사실 자본주의사회의 능력주의는 그 평등이념의 숨겨진 뒷면에 해당하는데, 따라서 능력주의로 인해 실질적 불평등이 더욱 강화되기도 한다. '지자본위의 조목'들에는 나아가 이런 단서가 덧붙는다. "이상의 모든 조목에 해당하는 사람을 근본적으로 차별 있게 할 것이 아니라, 구하는 때에 있어서 하자는 것이니라."(42면) 이는 지우(智愚)의 차이가 플라톤식의 현자지배 체제로 고정되지 않는 유동적이고 '민주적'인 성격임을 말해준다.

랑씨에르의 민주주의론에서 부딪히는 또 하나의 문제는, 그의 민주주의가 기존의 질서를 끊임없이 흔드는 힘일 뿐 대안적 질서는 '치안'의 영역으로 간주되어 진지한 탐구의 대상이 못 된다는 점이다. 실제로 민주주의가 기존질서에 대한 끊임없는 교란행위에 불과하고 대중의 살림을 더욱 힘들게 만든다는 혐의를 받는다면 그런 민주주의론이 널리 설득력을 갖기는 힘들 것이다.

'살림'에 대한 로런스의 배려가 결국은 국가의 폐기보다 다른 형태의 국가에 의한 다스림을 수긍하는 입장일 수 있다. 이는 더 깊은 탐구를 요하는 문제인데, 어떻든 인간에 대한 지배를 사물에 대한 관리기능으로 바꾼다는 국가소멸론 자체가 또 하나의 유토피아주의로 비치기 쉬운 까닭은 바로 민중이 스스로 다스리는 대안적 질서 내지 '체계'에 대한 경륜의 부재 때문은 아닌가? 그러한 사회로의 전환을 가능케 하며 그렇게 바뀐 사회가 자유인들의 연합체이면서도 적절한 지도력을 갖추도록 해줄 자기교육의 과정과 질서의 원리를 탐구할 필요가 절실한 것이다.[40]

---

40 미래사회의 조직원리·운영원리 문제가 물질적 평등을 이룩한 후에나 생각할 사안이 아니라 당면한 노력의 긴요한 일부라는 점을 나는 방민호와의 대담에서도 주장한 바 있다(백낙청·방민호 대담 「시대적 전환을 앞둔 한국문학의 문제들」(1999), 『백낙청회화록』 제4권,

6. 예치(禮治)와 법치, 그리고 도치(道治)

정작 오늘의 세계에서는 그것을 치안의 영역으로 보든 정치의 영역으로 보든 대중의 살림살이가 점점 힘들어져가는 실정이다. 일부에서는 통계상 평균소득이나 평균수명의 증가를 들며 어쨌든 생활수준이 나아지고 있다고 주장하기도 하지만, 빈부격차의 확대, 생태환경의 악화, 세계대전이 없는 대신 국지전과 난민사태가 더욱 잦아지는 상황, 사회의 윤리의식과 방향감각 상실 등으로 대다수 인류는 월러스틴이 말한 "지상의 생지옥"(hell on earth)을 경험하고 있다.[41] 이론상으로도 민주주의, 나아가 국가의 존재와 법 자체가 공격의 대상이기 일쑤다. 신자유주의는 재산권과 기업활동의 자유를 위해 국민의 참정권 등 민주주의의 제한을 공공연하게 추진하고 있으며, 이에 맞선 구자유주의, 자유민주주의, 사민주의의 수호나 자유주의와 사회주의의 결합을 새롭게 달성하려는 노력은 뚜렷한 성과를 보여주지 못하고 있다.[42] 그나마 한국에서는 촛불혁명으로 지구적 대세인 극우세력의 득세를 거스르는 변혁의 가능성이 열렸고, 여기에 한반도 고유의 후천개벽사상이 자유, 민주, 인권 등 근대적 가치와 창의적으로 결합한다면 새 시대에 걸맞은 정치사상을 개척할 수 있을 것이다.

221~24면).

41 이매뉴얼 월러스틴 『유토피스틱스: 또는 21세기의 역사적 선택들』(원저 *Utopistics*, 1998), 백영경 옮김, 창작과비평사 1999, 제2장 '어려운 이행기, 또는 지상의 생지옥?'.

42 봅비오는 『자유주의와 민주주의』 결말에서 민주주의의 '통치불능' 사태가 그러한 결합을 촉진할 가능성에 한가닥 희망을 건다(Bobbio, *Liberalism and Democracy*, ch. 17 "Democracy and Ungovernability"). 그러나 자유주의, 민주주의, 사회주의 들이 '다 똑같다'는 로런스의 진단이 옳다면 설혹 그중 두개를 결합하는 일이 가능하더라도 근본적인 해결책이 되기는 어렵다.

그러기 위해서는 로런스 같은 서양의 개벽사상가가 모색한 *being*이나 '열린 길'의 사상과 지금 시대의 요구에 부응할 동아시아의 전통적 자산이 한층 적극적으로 만나야 한다. 앞서 근대 서양사상에 생소한 '도'와 '도의 힘으로서의 덕'을 들먹인 것도 그런 취지였는데, 정치의 기본을 '예치(禮治)'로 보고 '법치'는 그로부터의 일탈이거나 기껏해야 그 보조수단에 불과한 것으로 설정했던 유교정치의 이념도 다시 살펴볼 필요가 있다. 역사 속의 제왕들이 그 이념에 얼마나 충실했는지는 별개 문제지만, 요·순의 시대에 예치가 실제로 시행되었다는 믿음은 후세 모든 지배자들의 권력남용을 비판하고 견제하는 담론을 제공했다. 임형택(林熒澤)은 '다산의 민주적 정치학'에 관한 최근 발표에서 다산(茶山) 정약용(丁若鏞)이 「흠흠신서 서(欽欽新書序)」에서 말하는 천권(天權) 개념에 관해 다음과 같이 주장했다. "다산이 '제왕의 법'—현행법을 부정하고 제기한바 고대적인 '예(禮)를 지향한 법'은 사실상 새로운 법 개념이다. 인간의 기본권을 옹호하려는 취지에서 천권이란 개념을 끌어왔다. 인간의 생명은 기본적으로 천권에 달린 것으로 사고한 것이다. 이 천권에 의거해서 현행법의 문제점을 근원적으로 제기하여 하늘의 이치와 인간현실에 기초하여 합리적이고 보편적인 법으로 돌아갈 도리를 강구하였다."[43]

흥미롭게도 최근에는 서양사상 내부에서도 기존의 법치주의가 지닌 본질적인 문제점—실정법은 특정 공동체의 규범일 뿐이라는 한계라든

---

43 임형택 「다산의 민주적 정치학을 재론함: 민주주의에 대한 역사적 성찰을 위하여」, 한국학중앙연구원·다산연구소 공동학술회의 자료집 『다산학의 인문학적 가치와 미래』, 2019. 11. 15. 24~25면. 다만 그는 다산의 '예치'론이 「원목(原牧)」 같은 글에서 제시했던 상향식 민주적 위임제도가 실현될 가망이 없는 현실에서 소환할 수밖에 없는 것이었다는 다소 방어적인 태도를 보이고, 민주적 법치 자체를 오히려 새로 사유할 계기임을 적극적으로 주장하지는 않았다.

가, 법의 지배 자체가 결국은 국가나 지배자의 폭력에 근거하고 있다는 점 등—을 시정할 원리에 대한 탐구가 활발하다. 이 과정에서 예컨대 바디우, 아감벤, 지젝 등은 모두 예수와 사도 바울이 선포한 사랑의 복음을 소환하여, 이 복음과 메시아의 도래로 종전의 모든 율법(및 공동체의 규범들)이 완전히 폐기되지는 않고 어떻게 새로운 '법 아닌 법'을 낳는지를 탐구한다.[44] 지금 이 논의를 상세히 소개할 계제는 아니고 나의 연구도 태부족인데, 여기서는 '예치'론의 연장선에서 '예'를 근본으로 하고 '법'을 보조수단으로 삼는 정치가 바디우가 말하는 (기존의) 법에 대한 "무심함"(indifference)이나 아감벤의 메시아주의에서 "법 없이 법을 준수하기"(observing the law without law)[45]와 어떤 유사성과 차이점을 지니는지를 생각해보려 한다.

먼저 차이점을 말하자면 너무나 명백하다. 하나는 요순시대에 실행되었다고 믿는 왕도정치를 후세의 현실에서 어떻게든 재연해보려는 발상이고, 다른 하나는 예수 이전에는 그 어디에서도 실현된 바 없는 '사랑의 복음에 의한 보편주의적 법의 완성'이라는 구상이다. 전자가 실현가능성이 희박한데다 유교문화권 중심의 '천하'라는 한계를 지닌다는 비판을 감당해야 한다면, 후자는 '법 없이 법 준수하기'의 구체적인 내용을 설명하고 실행해 보일 과제뿐 아니라 세상의 많은 성현 중에 유독 예수 그리스

---

44 Alain Badiou, *Saint Paul: The Foundation of Universalism*, tr. R. Brassier (Stanford University Press 2003); Giorgio Agamben, *The Time That Remains: A Commentary on the Letter to the Romans*, tr. P. Dailey (Stanford University Press 2005); Slavoj Žižek, *The Fragile Absolute: or, Why Is the Christian Legacy Worth Fighting For?* (Verso 2000) 등 참조.

45 각기 Badiou, *St. Paul* 99면과 Agamben, *The Time That Remains* 107면. 이들(및 지젝 등)의 논의와 관련해서 황정아 『개념비평의 인문학』, 창비 2015, 제1부 3~5장과 제2부 2장이 참고할 만하다. 다만 그는 '예치' 등의 개념을 끌어대기보다 논자들 자신의 담론에서 답을 모색하던 끝에 각 논자가 답하지 못한 질문을 던지는 데 머문다(67면, 80~81면, 88면 등).

도(메시아)의 가르침을 특권화해야 하느냐는 타종교·타문명권의 반발을 무마할 부담을 안고 있다. 그럼에도 불구하고 '법 없이 법 준수하기' 또는 실정법이나 율법에 대한 '무관심'은 예치의 작동방식에 대해 시사하는 바 없지 않다. 왕도정치가 시행되는 사회라 해서 강제적인 규정들이 없을 수는 없는데, 다만 형벌이 두려워서 또는 실정법을 절대시해서라기보다 그러한 규정을 포함하는 문물제도의 존재가 편하고 유리하다고 보기 때문에 — 원불교 문자로는 '법률은(法律恩)'의 일부라 보기 때문에[46] — 준수하는 것이고, 그런 점에서 바울에게 "사랑의 법은 과거 율법의 내용을 재생함으로써 심지어 보강될 수 있"고(the law of love can even be supported by recollecting the content of the old law), 가는 곳마다 바울이 현지의 규범을 준수하면서 "정치적 동맹세력을 확대할 기회를 절대로 놓치지 않았다"(Paul never misses an opportunity for an extension of political alliances)는 점과 흡사하다.[47] 법에 대한 '무관심'도 같은 시각으로 해석할 수 있는데, 실제로 불교에서는 해탈한 자유인일수록 계율에 '무관심'하지만 계율을 무시하고 자행자지(自行自止)하지도 않는다.

불교적 발상이 긴요해지는 것은, 유교의 예치는 결국 군주 또는 목민자의 덕치(德治)를 통해 구현되는 것이기에 민주적 대등관계의 개념과 거리가 있기 때문이다. 예치가 근대적 법치주의와 근본적으로 다른 정치의 원리에 대해 중대한 참고가 되지만 로런스의 '열린 길'과 '진정한 민주주

---

46 이때 '법률'은 실정법이 아니고 성현들이 밝혀준 "인도 정의의 공정한 법칙"(『정전』 교의편 제2장 4절, 37면)이다. 법률에 관해서는 졸고 「변혁적 중도주의와 소태산의 개벽사상」, 『어디가 중도며 어째서 변혁인가』, 창비 2009, 328~29면(졸저 『문명의 대전환과 후천개벽』, 박윤철 엮음, 모시는사람들 2016에 재수록) 참조. 1998년의 백낙청·백영서·김영희·임규찬 좌담 「회갑을 맞은 백낙청 편집인에게 묻는다」(『백낙청회화록』 제4권, 70~71면)에서는 '여성문제를 보는 시각' 논의 도중에 법률은 개념을 원용한 바 있다.

47 Badiou, 앞의 책 89면.

의'에 부합하려면 한걸음 더 나갈 필요가 있고,[48] 그럴 때 로런스 민주주의론의 미비점도 보완할 수 있을 것이다.

정산(鼎山) 송규(宋奎)는 유·불·선의 '3결합'을 추구하면서도 아울러 근대적응에 적극적인 원불교의 지도자답게 덕치, 정치(政治)와 더불어 '도치(道治)'까지 세가지 치교(治教, 다스리고 교화함)의 길을 밝히고 "이 세가지 교화가 아울러 행하여지면 원만한 세상이 되는 것이요, 이 세가지 길에 결함이 있는 때에는 원만을 이루지 못하나니"[49]라고 주장했다. 이어서 「세전(世典)」 제6장 2절 '치교의 도'는 이렇게 부연한다.

> 다스리고 교화하는 도에는 여러가지가 있을 것이나 강령을 들어 말하자면 첫째는 「도」로써 다스리고 교화함이니, 모든 사람으로 하여금 각각 자기의 본래 성품인 우주의 원리를 깨치게 하여 불생불멸과 인과보응의 대도로 무위이화의 교화를 받게 하는 것이요, 둘째는 「덕」으로써 다스리고 교화함이니, 지도자가 앞서서 그 도를 행함으로써 덕화가 널리 나타나서 민중의 마음이 그 덕에 화하여 돌아오게 하는 것이요, 셋째는 「정(政)」으로써 다스리고 교화함이니, 법의 위엄과 사체(事體)의 경위로 민중을 이끌어 나아가는 것이라, 과거에는 시대를 따라 이 세가지 가운데 그 하나만을 가지고도 능히 다스리고 교화할 수 있었으나 앞으로는 이 세가지 도를 아울러 나아가야 원만한 정치와 교화가 베풀어지게 되나니라.(같은 책 744면)

여기서 '정'에 의한 다스림이란 동서양의 각종 현실정치 및 법치에 해

48 임형택의 다산 논의를 원용해서 표현한다면, 다산이 설파한 예치 이념과 그가 「원목」에서 주장했으나 구체화에 이르지 못한 상향식 민주주의의 원칙을 종합할 필요가 있는 것이다.

49 『정산종사법어』 경륜편 제16장, 『원불교전서』 809면.

당하는 셈이고 '덕'에 의한 다스림은 유가적 예도정치의 주된 수단인 지도자의 덕치를 뜻하는 반면, '도치'는 민중 각자가 도인의 경지에 이름으로써 자연스럽게 원만한 세상을 이룬다는 새로운 개념이다. 도가의 '무위이화(無爲而化)' 사상은 로런스의 '영혼들'이 '열린 길'에서 수행하는 진정한 민주주의 개념으로도 예시되었다는 점에서 아주 새로운 개념은 아니지만, 그러한 영혼들 하나하나가 깨달음의 경지에 달했을 때야 가능한 현실임을 명시하고 있다. 아울러 정치와 덕치도 여전히 함께 시행할 필요성을 인식하는 현실주의가 돋보이는데, 조금 더 엄밀히 들여다보면 아직껏 국가 단위로 시행된 바 없다고 봐야 할 도치는 물론이고 정치와 덕치도 현대세계에서는 세가지 치교의 결합 없이는 성립하기 힘들다는 날카로운 현실인식이 전제되어 있다.

이렇게 본다면 에쎄이 「민주주의」의 다소 막연한 결론에서도 새로운 발상의 실마리를 발견할 여지가 있다. 글의 마지막 단락에서 로런스는 "사람들이 그들 본래의 버젓한 자아들이 다시 되고 나면 우리는 물질적 세계를 너무도 쉽게 조정할 수 있다"(*RDP* 82면)*고 하면서 "우리는 비켜서야 한다. 그리고 많은 사람들이 비켜서면 그들은 새로운 세계에 서고 인간들의 새로운 세상이 다가온 것이다. 이것이 바로 진정한 민주주의요 새로운 질서다"(같은 책 83면)*라고 선언한다. 공허하게 들릴 만큼 막연한 결론이긴 하지만, '열린 길'의 사상을 거쳐 '도치·덕치·정치'의 병진 사상과 만날 여지가 마련되어 있다 하겠다.

물론 '세가지 도'의 원만한 동시수행도 구체적인 역사적 상황에 맞는 구체적인 방도를 찾아가는 모험을 감당해야 한다. 후천개벽사상의 본고장이자 촛불혁명이라는 세계사 초유의 변화를 수행 중인 한반도는 그러한 창조적 모험의 핵심현장 가운데 하나일 테며, 이때 로런스의 민주주의론을 숙고하는 것도 긴요한 공부가 아닐까 한다.

제11장

「죽음의 배」

동서의 만남을 향하여

1. 글머리에

제8장, 제10장과 마찬가지로 이 장의 내용도 D. H. 로런스 국제학술대회에서 짧은 구두발표로 처음 제출되었다. 2014년 이딸리아 가르냐노(Gargnano)에서 열린 제13회 대회였고, 이어서 "Lawrencean Buddhism?: An Attempt at a Literal Reading of 'The Ship of Death'"라는 논문으로 완성한 것이 *D. H. Lawrence Review* 제40권 2호(로런스 시 특별호, 객원편집자 Holly A. Laird)에 게재되었다.(간기에는 2015년으로 되어 있으나 잡지는 실제로 2016년에야 출간됐다.) 부제에 '축자적(逐字的) 읽기'를 말한 것은 로런스와 불교사상의 회통가능성을 탐구하는 작업은 일단 시의 발언을 액면 그대로 읽고 고려하는 데서 출발해야 하건만 기존의 비평들이 그 점을 회피하기 일쑤였기 때문이다.

제8장의 경우처럼 내가 쓴 영문을 스스로 번역하는 일이 너무 괴로워 동학의 도움을 요청했다. 이번에는 김명환(金明煥) 교수가 번역본 초고를

만들어주었다. 참고용으로만 활용될 원고를 만드는 공 없는 일을 마다하지 않은 것이다. 깊은 감사를 전한다.

제8장과 달리 이번에는 큰 폭으로 개고하지는 않았다. 그러다보니 아쉬움이 남기도 하는데, 불교에 관한 언급이 다분히 영어권 독자들을 위한 계몽적인 성격에 머물렀고 참고문헌도 주로 영문 자료인 점이 그 하나다. 다른 하나는, 로런스와의 회통을 원만히 달성할 수 있는 불교는 개벽세상—불교에서는 미륵세상—을 내다보는 불교여야 하는데 초본은 그 대목을 부각시키지 않았던 것이다. 불교 중에 대승불교라야 로런스와의 친화성을 말할 수 있다고 영어권 독자들을 설득하는 일도 만만찮은데, 여기에 한반도의 개벽사상까지 끌어넣는 것은 설명이 길어짐은 물론 '민족주의'의 혐의를 자초하여 설득력을 반감할 것이었기 때문이다.

그러나 본서의 주제어가 '개벽사상'이고, 불교 또한 전통불교의 국한을 넘어 후천개벽사상을 수용하여 그 세계적 실천에 나설 때만 로런스의 사유모험과 제대로 만날 수 있다는 점에서,[1] '로런스적 불교인가?'라는 원래의 제목 대신 '동서의 만남을 향하여'를 부제로 삼았다. 사실 로런스는 통상적인 의미의 '동서 대화'나 '문화간 대화'에는 무관심했고, 무엇보다 이집트 이래로 문명의 첨단에서 전진해온 유럽인들이 "에움길로 크게 벗어나야 할지"는[2] 몰라도 자기식의 전진을 계속해야 함을 강조했다. 그 점은 '동아시아 사상'을 특정해가며 동서양의 사상적 회통을 소망한 하이데

1 예컨대 오늘날의 세계적 현안인 기후위기에 대응하기 위해서는 이른바 소승불교뿐 아니라 대승불교도 종전의 관습에서 벗어날 필요가 있으며 그렇지 못할 때 불교는 인류에게 소용없는 종교가 될 것이라고 불교계 내부에서 주장한 데이비드 로이 「불교는 기후위기에 맞설 수 있을까?」, 『녹색평론』 2020년 3-4월호 참조. 원문은 David Loy, "Can Buddhism Meet the Climate Crisis?" *Buddhadharma: The Practitioner's Quarterly* (Spring 2019).

2 D. H. Lawrence, *Studies in Classic American Literature*, ed. E. Greenspan, L. Vasey and J. Worthen (Cambridge University Press 2003) 〔이하 *SCAL*〕, X 127면.

거도 마찬가지였다. 그는 그런 회통이 아직 요원한 과제임을 누차 표명했고, 한때 노자의 『도덕경(道德經)』을 중국인 학자와 함께 읽고 번역하려는 시도까지 했으나 결국은 동아시아 사상 공부를 포기했다고 한다.[3] 여기에는 동아시아의 고전을 원문으로 읽을 수 없는 자신의 한계에 대한 인식과 더불어, 자신과 소통하겠다는 동아시아인들이 과연 '기술시대'와 '기술의 본질'을 얼마나 깊이 사유하면서 '대화'나 '회통'을 추구하고 있는지에 대한 불신도 작용했을 것이다. 다른 한편 평생을 강단에서 활동한 석학답게 그는 동아시아 언어와 고대 그리스어, 근대 독일어에 두루 통달한 학자들 위주로 '만남'을 생각했기 때문에 그것을 지나치게 요원하게 생각했을 가능성도 있다. 로런스의 '진리'가 그렇듯이 하이데거의 *Wahrheit*(진리)도 사상가의 사유 이외의 여러 형태로 이루어질 수 있다는 그 자신의 입장을 감안할 때, 20세기 초엽에 이미 『연애하는 여인들』 등에서 자신의 예술언어로 기술시대를 깊이 사유한 작가가 동아시아 후천개벽사상과의 회통 가능성을 열어주는 데로 나아간 사실은 하이데거가 꿈꾼 동서의 만남이

---

3 그 상세한 경과는 Lin Ma and Jaap van Brakel, "Heidegger's Comportment toward East-West Dialogue," *Philosophy East and West* Vol. 56 No. 4 (October 2006)에 상세히 기술되어 있다. 저자들이 찾아낸 여러 구절 중 나의 염두에 오래 머문 것은 「과학과 성찰」(Wissenschaft und Besinnung) 〔1954〕에서 "동아시아 세계와의 불가피한 대화"(das unausweichlich Gespräch mit der ostasiatischen Welt)를 언급한 대목이었다(*Vorträge und Aufsätze*, Günter Neske Pfullingen 1954, 47면; *The Question Concerning Technology and Other Essays*, Harper Colophon Books 1977, 158면). 하이데거는 그 전제조건이 고대 그리스인들의 언어 및 사유와의 대화인데 그 작업을 아직 제대로 시작조차 하지 못했다고 한다. 당연히 동아시아와의 대화가 요원할 수밖에 없다. 앞의 공저자들은 하이데거가 결국 동아시아 사상과의 소통 노력을 포기한 이유로 "언어의 장벽으로 인해 그가 동아시아 사상에 접근할 수 없을지 모르고, 더 중요하게는 *Ge-stell*이 만연한 결과 고전적 동아시아 사상이 당대의 동아시아 사상가들도 접근할 수 없게 되었는지 모른다"(547면)*고 생각했기 때문이라는 결론을 내린다. *Ge-stell*에 관해서는 본서 제2장 126~27면 참조.

그토록 불가능에 가까운 일은 아님을 보여주는지 모른다.

영어로 글이 나온 뒤 외국의 몇몇 지인들과 내용을 공유했는데, 칠레와 미국 양쪽에서 활약하는 작가(소설가, 극작가, 시인)이자 나의 오랜 벗 아리엘 도르프만(Ariel Dorfman)은 뒤늦게 읽고서, 집필 당시 내가 아내의 죽음을 예측하고 있었느냐고 물었다. 나는 아니라고 사실대로 답했다. 가르냐노 여행은 우리 부부가 함께한 마지막 해외 나들이였는데, 당시 아내에게 지병이 있기는 했지만 우리 둘 다 그의 회복을 자신했고 나는 거의 마지막까지 그가 나보다 먼저 가리라는 생각을 해보지 않았다. 이 주제를 택한 일차적 이유는 로런스의 시에 대한 지식이 태부족인 나로서는 좋아하는 시 한 편을 집중 검토함으로써 새로운 영역에 손댈 수 있겠다는 평범한 타산이었고, 나 자신이 70대 후반의 나이가 되면서 아무래도 영적인 세계와 죽음에 대해 자주 사색하게 된 면도 없지 않았다. 그러나 예측이라기보다 무의식적인 예감이라는 것이 있어 그런 게 작용했는지는 나로서는 모를 일이다.

한 권의 저서로 묶으면서 「죽음의 배」 논의가 마지막에 배치되는 것은 작품의 창작연도로 보나 본서에서 유일하게 시를 다룬 글이라는 점에서나 자연스럽다. 동시에 '서양의 개벽사상가 로런스'를 탐구한 책이 로런스가 오랜 사유의 모험 끝에 동아시아 사상과의 만남에 도달했거나 적어도 육박했다는 점을 확인하며 끝나는 것도 적절하다는 느낌이다.

2. 시의 축자적 의미 직시하기

로런스의 시 「죽음의 배」를 일단 문자 그대로 읽어보는 시도는 이 작품이 시적 진술임을 무시하려는 게 아니다. 다만 어떤 시들은 다른 시들에 비해 축자적인 의미—흔히 말하는 '산문적' 의미—가 더 큰 비중을 차지할 수 있다. 예컨대 『'쐐기풀' 노트북』(*The 'Nettles' Notebook*)에 들어 있는 시 중 하나인 「가장 깊은 관능」(The deepest sensuality)의 전문은 다음과 같다.

> 우리의 모든 관능 중 가장 깊은 것은
> 진실의 느낌이요
> 다음으로 깊은 관능적 경험은
> 정의감이다.

> The profoundest of all our sensualities
> is the sense of truth
> and the next deepest sensual experience
> is the sense of justice.[4]

여기서 *truth*(진실 또는 진리)의 뜻이 결코 분명한 것은 아니더라도, 작품 감상은 로런스가 적어도 이 순간에는 자신의 발언을 액면 그대로 내놓고 있다는 전제에서 출발해야 한다. 다시 말해 상징적, 심리적, 또는 여타 비-축자적 해석의 필요성 때문에 시가 되는 것이 아니라, '적어도 이 순간에

4 D. H. Lawrence, *The Poems*, ed. Christopher Pollnitz (Cambridge University Press 2013) 〔이하 *Poems*〕 제1권 563면. 이 전집은 두 권으로 나왔지만(2018년에 미수집 작품들을 모은 제3권 발행), 작품 및 서문들을 수록한 제1권과 편자 해설, 주석 등 각종 부속물을 실은 제2권의 면수를 일련번호로 매겨놓았기 때문에 인용할 때 면수만 표기한다. 로런스 시의 경우 원문은 뒤로 돌리지 않고 본문 속에 병기한다. 제목의 대문자와 소문자 사용은 편자가 원고에서 옮겨놓은 대로 따랐다.

는'이라는 단서가 이 작품을 평범한 산문적 발언과 구별하는 주요인이 된다. 로런스가 「『팬지꽃들』의 미발표 서문」(The Unused Foreword to *Pansies*)에서 말했듯이 그의 시는 "오늘 마음과 몸에 일어나고, 사라지고 다시 나타나는 생각들, 별개의 생각들이지만 의식의 흐름 속에서 함께 어울리는 생각들"(*Poems*, Appendix VII 667면)*이라는 그 잠정적 성격에서 산문적 주장과 다른 시적 발언이라는 담보를 얻는 것이다.

「가장 깊은 관능」에 비하면 「죽음의 배」[5]는 명백히 시적인, 즉 비산문적이고 문자 그대로가 아닌 측면들을 풍부히 지니고 있다. "이제 가을이고 떨어지는 과일들/그리고 망각을 향한 긴 여행"(Now it is autumn and the falling fruit/and the long journey towards oblivion)이라는 첫머리(630면)는 정상적인 구문을 다소 무시하는 '시적 허용'(poetic licence)을 누린다. 첫 절의 두번째 연에서 "사과들은 커다란 이슬방울처럼 떨어지며/스스로에 상처를 내어 자신으로부터 벗어날 출구를 만든다"(the apples falling like great drops of dew/to bruise themselves an exit from themselves)라는 표현은 비유적 언어일뿐더러 마치 사과들이 자신을 상처 내어 자신으로부터의 출구를 낼 의도를 갖고 떨어지는 것처럼 '의인화'하는 기법을 구사하기도 한다.

제3절에서 시인은 단검 하나로 자신을 끝장내는 일에 대한 햄릿의 독백을 반박하면서[6] 한층 산문적인 발언으로 돌아온다.

---

5 *Poems* 630-33면. 시전집에는 동일한 또는 유사한 제목의 시가 몇편 있다. 본고에서는 따로 명기하지 않는 한 전집에 "The Ship of Death. 〔1〕"이라고 표기된 작품을 다룬다. 이 시는 여러 앤솔로지에 실렸고 인터넷에서도 전문을 쉽게 찾아 읽을 수 있다.

6 셰익스피어 『햄릿』 3막 1장의 유명한 독백 중 해당 대목(When he himself might his quietus make/With a bare bodkin?)을 설준규는 다음과 같이 옮긴다. "벌거벗은 단검 한자루면 만약 자신을/청산할 수 있을진대."(설준규 옮김 『햄릿』, 창비 2016, 93면) 원문의 *quietus*는 '청산' '(부채 따위의) 최종 면제' '의무의 종결' 등을 뜻하는 법률용어인데, 로런스 시의 다음 절에 나오는 *quiet* 곧 '고요'가 주는 어감도 따르게 마련이다. '단검'이라 옮긴 *bodkin*은 셰익스

그런데 인간은 단지 단검 하나로
자신의 종결을 이룩할 수 있는가?

단검, 송곳바늘, 총알로 인간은
자기 삶에서 탈출할 상처나 출구를 만들 수 있다.
하지만 그게 종결인가, 오 말해다오, 그게 종결인가?

분명히 아닐 게다! 도대체 어떻게 살인이, 심지어 자기살해일지라도,
종결이 될 수 있단 말인가?(같은 면)

And can a man his own quietus make
with a bare bodkin?

With daggers, bodkins, bullets, man can make
a bruise or break of exit for his life;
but is it quietus, O tell me, is it quietus?

Surely not so! for how could murder, even self-murder
ever a quietus make?

피어 시대에는 '송곳 모양의 단검' 곧 *stiletto*를 뜻했지만 현대영어에서는 '송곳바늘'이라는 의미로 자주 쓰인다. 로런스는 셰익스피어의 용법을 일단 따르면서도 '단지 송곳바늘 한개로'라는 뜻도 함께 담았기 쉽다. 시의 같은 대목에 *daggers*(찌르기만 하는 *bodkin*이 아니라 양날로 베기도 하는 단검)가 이어서 나오기에 더욱이나 그렇다.

제4절의 제언과 물음 또한 별다른 시적 꾸밈이 없는 언어로 진행된다.

오, 우리가 아는 고요를 이야기하자,
우리가 알 수 있는, 깊고 아름다운 고요,
평화를 얻은 강한 가슴의 고요를!
이것을, 우리 자신의 종결을, 어떻게 이룰 것인가?(같은 면)

Oh let us talk of quiet that we know,
that we can know, the deep and lovely quiet
of a strong heart at peace!
How can we this, our own quietus, make?

그러나 이 질문에 답하는 과정에서는 산문적 진술이 아니라 시적 진술의 온갖 특성을 보여준다. 작품의 나머지 부분(제5~10절)에서 영혼의 사후여행에 대한 생생한 시적 제시가 이어지는데, 그것을 비전, 환상, 은유 중 무엇으로 부르든지 간에 이들은 사실주의적인 묘사와 거리가 멀며 어조 또한 죽음을 깊이 성찰하는, 아마도 죽음을 눈앞에 둔 한 인간의 개인적 절박함이 우러난다.

그렇다고 해도 이 작품은 시인의 생각을 꽤 직설적으로 서술하며, 따라서 여기 피력된 죽음에 대한 로런스의 비전을 사실적인 차원에서도 직시할 것이 요구된다. 그것은 사후의 생에 대한 로런스 나름의 분명한 생각, 더 구체적으로 인간영혼이 새로운 몸을 입고 다시 태어난다는 비전을 담고 있는 것이다.

마지막 10절의 결정적 사건에 앞서 제9절부터 읽어보자.

그러나 영원으로부터 한 가닥 실이
암흑 위로 분리되어 나온다
가로로 뻗은 실이
어둠 위에 창백한 빛으로 살짝 서리면서.

저것은 환영인가? 아니면 저 창백함이
조금 더 높이 번져가는가?

아, 잠깐, 잠깐만, 저기 새벽이
적멸에서 나와 삶으로 돌아오는
잔인한 새벽이.(632-33면)

And yet out of eternity a thread
separates itself on the blackness,
a horizontal thread
that fumes a little with pallor upon the dark.

Is it illusion? or does the pallor fume
A little higher?
Ah wait, wait, for there's the dawn,
the cruel dawn of coming back to life
out of oblivion.

제8절에서 배와 배에 탄 몸이 완전히 시야에서 사라지면서 "끝이요 적멸이다"(It is the end, it is oblivion)[7]라고 선포했다가 극적인 반전이 일어나

기 시작하는 것이다. 이어서 창백한 어스름이 장밋빛 홍조로 커지더니 마지막 절에서 드디어 영혼이 다시 집을 찾아 들어선다.

> 높은 물결이 잦아들고, 닳아진 바닷조개껍질 같은 몸이
> 낯설고 아름답게 드러난다.
> 그리고 작은 배는 나는 듯이 집을 향해 간다
> 분홍빛 물결 위로 출렁대고 미끄러지면서,
> 그리고 연약한 영혼이 걸어나와 자기 집으로 다시 들어간다,
> 가슴을 평화로 채우면서.(633면)

> The flood subsides, and the body, like a worn sea-shell
> emerges strange and lovely.
> And the little ship wings home, faltering and lapsing
> on the pink flood,
> and the frail soul steps out, into her house again
> filling the heart with peace.

내가 보기에 이런 발언을 일단 문자 그대로 대면하지 않으면 작품의 의미를 축소할 수밖에 없다. 동시에 이 대목은 지나친 축자적 읽기의 위험을 보여주기도 한다. 예컨대 "닳아진 바닷조개껍질 같은 몸"은 4행 아래의 "자기 집으로 다시" 걸어들어가는 "연약한 영혼"과 문법상 동격을 이루는 비유적 표현으로 받아들여야지, 육신이 소멸한 뒤에 몸이 문자 그대

---

7 영어의 oblivion은 보통 '망각'으로 번역된다. 그러나 이 시를 비롯한 여러 시에서 로런스는 통상적인 잊어버림이 아닌 경지를 뜻하므로 아예 '적멸(寂滅)'이나 '적정(寂靜)' 같은 불교 용어를 쓰는 게 낫겠다는 강미숙 교수의 제언에 따라 군데군데 '적멸'로 옮겼다.

로 몸으로 존속한다는 것은 자기모순일 뿐만 아니라 지극히 로런스답지 않은 발상일 것이다. 첫 줄에서 영혼을 '몸'(the body)이라고 한 것은 시적 화자가 보는 '비전'에서 영혼을 몸의 형체로 볼 수밖에 없기 때문이다.

죽음과 재생, 망각과 육신으로의 부활에 대한 로런스의 관심은 말년의 시들만이 아니라 초기작에서부터 뚜렷하다. 그러나 그가 재생과 부활을 개인적인 환생(reincarnation)으로 보는 경우는 드물다. 이 점에서 「죽음의 배」, 그리고 이 작품과 직접 관련된 일군의 작품들은 예외적이며, 이들 작품 가운데서도 「죽음의 배」는 시인 자신의 환생을 명시적으로 사색한다는 점에서 독특하다. 거의 동일한 제목을 달고 있는 두 편의 시, 즉 『'쐐기풀' 노트북』의 「죽음의 배」(Ship of Death)와 「최후의 시편들 노트북」(The Last Poems Notebook)의 「죽음의 배 〔2〕」(The Ship of Death. 〔2〕)를 보면,[8] 전자는 어떤 애틋한 소망을 내비치기도 하지만 결론은 본고가 주로 다루는 「죽음의 배」(The Ship of Death. 〔1〕)보다 한결 불확실하다.

> 오, 가장 긴 여행 끝에 순수한 적멸에 이르는,
> 죽음의 아름다운 마지막, 마지막 소멸,
> 평화, 완전한 평화, —!
> 그러나 혹시 그것이 새 생명의 생산일 수도 있을까?(597면)

> Oh lovely last, last lapse of death, into pure oblivion
> at the end of the longest journey
> peace, complete peace, —!

---

8 제목에 정관사의 있고 없음은 물론 마침표가 붙는 것도 편자가 로런스의 원고 그대로 표기한 것이라고 한다.

But can it be that also it is procreation?

반면에 「죽음의 배 (2)」는 "적멸의 최후의 경이"(the last wonder of oblivion, 634면) 이상의 어떤 것도 제시하지 않고 '죽음의 배'가 향해 가는 "경이로운 목표"(the wonder-goal)를 환기하는 데 그친다.[9]

어쩌면 로런스가 환생을 명시적으로 언급했기 때문에 오히려 축자적 읽기에 진지한 비평적 관심이 없었는지 모른다. 로런스 시를 일찍부터 옹호해온 비평가이자 연구자인 쌘드라 길버트는 이 작품에 들어 있는 윤회(metempsychosis)의 주제를 분명히 알아보았다. 그러나 영혼이 자기 집으로 다시 걸어들어간다는 앞서 인용한 구절(97-102행)을 두고는 로런스가 모든 교조적인 교리를 거부했다는 당연한 사실만 언급함으로써 이 대목의 명시적 도전을 피해간다.

> 많은 비평가들이 이 대목의 정확한 의도에 대해 고민해왔다. 로런스가 동양이나 피타고라스적인 윤회의 일종을 제안하는 것이었을까, 아니면 기독교적인 부활의 개념과 비슷한 것을 시사하는 것이었을까? 로런스가 (『날개 돋친 뱀』에 도입한 견신론적 사유는 물론이고) 이 두가지 종류의 신학 모두로부터 영향을 받은 것은 틀림없지만, 그는 어떤 교리가 되었든 언제나 그 교조적인 구조를 격렬하게 거부해왔다.[10*]

---

9 그러나 「죽음의 배 (2)」에 바로 이어지는 시 「어려운 죽음」에서는 "Ship of Death"에 담긴 불확실한 소망의 메아리가 들린다. "그러니 너의 죽음의 배를 지어 영혼이 어두운 망각으로 떠내려가게 하라. 어쩌면 망각의 쓰라린 항해 뒤에 삶이 여전히 우리의 몫일지도 모른다."(So build the ship of death, and let the soul drift/to dark oblivion./Maybe life is still our portion/after the bitter passage to oblivion. "Difficult Death," 634면)

10 Sandra M. Gilbert, *Acts of Attention: The Poems of D. H. Lawrence* (Southern Illinois University Press 1990) 311면.

할리 레어드도 『자아와 연속적 구조: D. H. 로런스의 시』에서 그 도전의 존재를 분명히 인정한다.

> 독자들이 『최후의 시편들』에 대해 묻는 핵심 질문 중 하나는 환생의 주제에 관한 것이다. 이 육신의 시인이 그가 육신으로 다시 탄생하게 되어 있다고 믿었는가, 아니면 그가 한때 경멸했던 상상력의 활력에 대한 낭만주의적 믿음을 마침내 받아들였는가? 그러나 질문과 비판은 모두 시에 표현된 드문 확신 앞에서 침묵하게 된다. 이러한 확신의 차분하고 전혀 머뭇거림이 없는 어조는 앞선 어떤 시집들에서도 못 보던 것이다.[11*]

하지만 레어드 또한 환생의 주제를 정면으로 다루지는 않는다. 앞의 인용문에서 제시한 두가지 가능한 답 중에서 전자에 대해 진지한 고찰을 거의 하지 않으며, 시인의 상상된 환생을 통해 두가지 가능성이 통합된다는 결론은 설득력이 약하다. 길버트와 내가 인용했던 구절에 대해 레어드는 다음과 같이 말한다.

> 이 대목은 의식을 회복하는 병자와 죽어서 다시 태어나는 활력론자를 동시에 묘사한다. 로런스는 기독교적 이원론을 회피한다. 몸과 영혼이 모두 얼마간 육신인 것이며, 동등한 행위자이다. 그는 자신이 환생하여 모든 감각이 회복되는 것을 상상한다. 여기서 그의 일상적인 기독교 비

11 Holly A. Laird, *Self and Sequence: the Poetry of D. H. Lawrence* (University Press of Virginia 1988) 220면.

판에서 더 나아간 바가 있다면, 오로지 시인, 즉 이미지로 생각하는 인간만이 자신을 재창조할 수 있다는 계시이다.(같은 책 234면)*

그러나 임박한 죽음과 자신의 물리적 자아의 소멸이라는 엄혹한 사실 앞에서 그러한 상상하기란 자기기만과 얼마나 다를까? 그런 모호한 심적 곡예가 정말로 이 대목과 여타 구절들의 '차분하고 전혀 머뭇거림이 없는 어조'를 산출할 수 있었을까?

베산 존즈는 로런스의 말기 작품세계를 다룬 연구서 『D. H. 로런스의 최후의 시편들』에서 예의 구절들에 대해 새로운 독해를 선보인다. 「죽음의 배」를 "가장 명백하게 '에트루리아'적인 말기 시"(the most obviously 'Etruscan' late poem)라고 부르면서, 존즈는 다음과 같이 주장한다.

비평가들은 종종 영혼이 자신의 집으로 다시 들어가는 움직임을 육신을 벗어난 정신이 몸('집')으로 다시 돌아가는 은유적인 의미가 들어 있는 진행, 즉 데까르뜨적 이분법에 따른 두 부분이 합쳐진 온전함에서 오는 마음의 '평화'를 성취하는 과정으로 간주해왔다. (…) 그러나 부장물을 지닌 에트루리아의 무덤은 시에 묘사된 '집'이 물리적인 장소임을 시사한다. 즉 영혼이 떠난 육신이라는 텅 빈 껍질에 대한 은유가 아니라 방들, 요리용 냄비들과 음식이 있는 장소이다. 「죽음의 배」의 여윈 영혼은 데까르뜨적 분리를 보여주는 것만이 아닐 수 있다. 그것은 영적인 의미에서의 영혼일 뿐만 아니라 일상언어에서 *the poor soul*(딱한 친구)이라고 할 때처럼 사람을 칭하는 것이기도 하다. 시의 끝머리에 영혼은 신화적인 시들의 주인공이 경험하는 것과 유사한 귀환을 겪는다. 곧, 그것은 옛날 집(아마도 친숙한 노변爐邊 비슷한 것)으로 되돌아가는 물리적인 걸음을 내딛는데, 이는 에트루리아적인 무덤-집, 혹은 「팍스」나

「막시무스」 같은 시에서 묘사된 종류의 집으로 볼 수 있다.[12*]

그러나 여기서 데까르뜨적 이분법을 (비록 비판적으로라도) 끌어대는 것은 합당하지 않은 듯하다. 이 특정 영혼의 경우 몸이 죽었는데 영혼은 살아남았기 때문에 육신으로부터의 '분리'가 이미 일어났다는 사실을 호도하게 되는 것이다. 시의 '에트루리아적'인 특성 또한 과장되었다는 느낌이다. 케임브리지판 『최후의 시편들』의 주석에도 나오지만, "볼떼라의 유골함에도 묘사되어 있듯이 죽음으로 가는 에트루리아적인 '영혼의 여행'은 마차나 말을 타거나 혹은 걸어서 행해진다는 것(*SEP* 167: 6-24)을 로런스는 알고 있었다. 체르베떼리에서의 로런스의 성찰은, 에트루리아의 청동배와 이집트의 『사자(死者)의 서』에 그 종말론적인 의미가 기록되어 있는 고대의 또다른 배를 결합시키고 있다."[13*] 더구나 이 시의 강조점은 자기 자신의 배를 지어서 자기 자신의 힘으로 "음식, 작은 케익들, 와인을"(*Poems* 631면) 마련하는 점에 있는데, 이는 산 자들이 죽은 자를 위하여 그

12 Bethan Jones, *The Last Poems of D. H. Lawrence: Shaping of a Late Style* (Ashgate 2010) 66면. 바로 앞의 짧은 인용구는 63면.

13 *Poems* 1299면의 설명주(인용문 중 *SEP*로 표시된 *Sketches of Etruscan Places*의 전거 제시는 원문의 일부임). 그런데 편자 폴니쯔는 이후 발표한 글에서 에트루리아의 무덤에는 '죽음의 배'가 전혀 없는 것처럼 말했던 것을 수정 보완할 필요를 느낀다고 하면서, 비록 육상여행의 이미지가 훨씬 더 많긴 하지만 선박여행의 형상도 분명히 존재하고 에트루리아인들에게는 — 이집트인들과 마찬가지로 — 이주여행이든 형이상학적 여행이든 모두가 "미지의 세계로의 모험"(adventures into an unknown)이며 인간은 "삶의 여행이나 죽음의 여행에서 고통스럽지만 일대 전환에 해당하는 변화를 수행한다"(undertakes painful but transformative change on a journey of life or of death)고 덧붙인다(C. Pollnitz, "Using the Cambridge *Poems* and Auditing Lawrence's Sacred Dramas," *D. H. Lawrence Review* Vol. 40 No. 2, 2015, 26면, 27면). 그런데 「죽음의 배」가 죽음을 거쳐 삶으로 돌아오는 여행을 그리고 있다는 문제의 사실은 끝내 논하지 않는다.

일을 해주는 에트루리아(그리고 이집트)의 풍속과는 다른 것이다.[14] 존즈의 독해가 안고 있는 결정적인 문제는, 개인의 죽음이라는 압도적인 사실을 얼버무림으로써 시작품을 초점이 불분명한 알레고리로 떨어뜨릴 수 있다는 점이다.

축자적인 독해가 전기(傳記)적인 독해일 필요는 없지만, 우리는 로런스가 「죽음의 배」를 쓸 무렵 자신의 죽음을 염두에 두고 있었음을 상정해도 좋을 것이다. 작품에는 죽어가는 사람의 개인적인 절박함이 묻어난다.

> 이미 우리의 몸들은 떨어져, 상처 나고, 심하게 상처 나고,
> 이미 우리의 영혼들은 그 잔인한 상처의
> 출구를 통해 스며나가고 있다.(5절, 631면)

> Already our bodies are fallen, bruised, badly bruised,
> already our souls are oozing through the exit
> of the cruel bruise.

혹은 다음 대목을 보자.

> 우리는 죽어간다, 우리는 죽어간다, 아주 조금씩 우리의 몸은 죽어간다
> 그리고 우리의 기력이 우리를 떠나가고,
> 그리고 우리 영혼은 큰물 위로 내리는 어두운 빗속에서 벌거벗은 채

14 38행에 대한 주에도 설명되어 있다. 뒤에 언급하겠지만, 물론 로런스는 자신들의 죽음의 배를 지어 필요한 것을 갖추지 못한 불행한 사자(死者)들을 위해 우리가 제의를 지내는 것을 제안하기는 한다.

움츠린다,

우리 삶의 나무의 마지막 가지 틈에 움츠리고 있다.(6절, 같은 면)

We are dying, we are dying, piecemeal our bodies are dying

and our strength leaves us,

and our soul cowers naked in the dark rain over the flood,

cowering in the last branches of the tree of our life.

영혼의 귀환에 대한 알레고리적 해석은 현생 내에서의 개인적 재생이든 인류의 전체적인 재생이든 간에 이 절박함과 어울리지 않을뿐더러 시의 전체적 효과를 감소시키게 마련이다.

3. 로런스와 불교

로런스의 방주가 "기독교나 불교나 소크라테스 이전 시대의 특정한 도그마의 짐을 싣고 있지 않다"(Gilbert, 앞의 책 131면)는 쌘드라 길버트의 주장은 분명히 옳다. 그러나 동시에 그 비전이 기독교 교리보다도 "동양이 피타고라스적인 윤회의 일종"(같은 책 311면)에 더 큰 친화성을 보이고 있다는 점도 인정해야 한다. 또한 이 시는 완전한 소멸이라는 과학적·유물론적인 학설도 정면으로 의문시하는데, 그런 학설은 오늘날 (셰익스피어 시대에도 결코 정통 교리가 아니었던) '자신의 종결 내지 청산'에 대한 햄릿의 일시적 상념보다 더 권위를 누리고 있음이 분명하다.[15]

---

15 영국 시인 필립 라킨(Philip Larkin, 1922~85)의 유명한 시 「아침노래」(Aubade)는 완전한

앞서 인용한 「죽음의 배」 제3절의 “인간은 단지 단검 하나로/자신의 종결을 이룩할 수 있는가?”라는 물음은 로런스에게 이미 ‘아니오’라는 답이 정해진 수사적 질문이다. 제4절 이하에 그 답이 나오기도 하려니와, 이 무렵의 다른 시 「죽음」(Death)에서 “죽음은 결코 회피가 아니다, 오, 아니다! 회피할 수 없는 것으로 가는 관문일 뿐이다”(Death is no escape, ah no! only a doorway to the inevitable. *Poems* 571면)라는 신념이 로런스 후기시를 관류하고 있다. 초기 시의 여러 작품에서도 그러기는 했지만, 마지막 시기의 작품들에서 망각 내지 적멸(oblivion)이 그토록 큰 비중을 차지하고 매우 높은 가치를 부여받는 이유는 다름아니라 신체적 사멸을 통한 평화가 현실성이 없는 선택지로 간주되기 때문이다. 적멸만이 평화를 줄 수 있으며, 그것은 용기있게 살고 용기있게 죽어야만 얻을 수 있다. 그러지 못한 ‘불행한 영혼들’은 “죽지 못하고 침묵하지 못하며/끊임없이 자기를 주장하

소멸로서의 죽음에 대한 공포와 절망감을 생생하게 전달한다. 길버트는 로런스 말년의 시 「바이에른의 용담(龍膽)꽃」(“Bavarian Gentians,” *Poems* 610-11면)에서 죽음을 새로운 모험으로 받아들이는 태도와 라킨의 이 시를 대조하면서도 두 시인 간의 상통점을 찾아낸다(S. Gilbert, “Darkness at Dawn: From ‘Bavarian Gentians’ to ‘Aubade’,” *D. H. Lawrence Review* Vol. 40 No. 2, 2015, 120-27면). 흥미로운 평론이지만, 라킨이 냉철하게 인정하는 심신의 완전소멸이건 그가 배격하는 ‘종교적 미신들’이건 과학적으로 입증 안 되기는 매한가지임을 주목할 필요가 있다. 라킨 시 화자의 일방적인 단정이 시로서 호소력을 갖는 것은 「아침노래」가 온종일 고되게 일하고 저녁마다 술로 자신을 달래다가 새벽에 잠을 깬 화자의 발언으로 형상화되었고, 그것이 시인 자신의 생각이라 해도 그것 또한 (로런스식으로 말해서) ‘적어도 그 순간에’ 유효한 잠정적 진실성을 지닌다는 점일 것이다. 만약에 그 이상을 주장한다면 이는 더 깊은 의미의 종교성을 상실한 현대인의 증상이거나 일종의 허장성세일 수 있다. 여담이지만 라킨 시 화자가 공포와 고통 속에 동트기를 기다리는 경험은 『무지개』에서 어슐라와 결별한 뒤의 스크리벤스키를 연상시키는 면이 있다(D. H. Lawrence, *The Rainbow*, ed. Mark Kinkead-Weekes, Cambridge University Press 1989, 446면; 본서 제1장 100~101면 참조). 물론 스크리벤스키는 죽음을 정면으로 응시하는 용기가 없지만, 시적 화자의 용기라는 것도 ‘현대인의 증상’의 다른 일면일 수 있다.

기 위해 영원히 몸부림쳐야 한다."(The unhappy souls are those that can't die and become silent/but must ever struggle to assert themselves. "Unhappy Souls" 전문, 527면) 또는 바닥없는 나락으로 끝없이 떨어지는 「나락의 불멸」(Abysmal Immortality)이 그 운명이다.

시간과 영원을 통해 나락밖에 없다
바닥이 없는 심연,
그리고 절멸을 향해 떨어지지만 도달하지는 못한다
심연에 바닥이 없기 때문에…(615면)

And there is nothing else, throughout time and eternity
but the abyss, which is bottomless,
and the fall to extinction, which can never come,
for the abyss is bottomless ...

그렇다고 로런스가 전통적인 윤회설—그것이 힌두교든 불교든 또는 피타고라스학파의 것이든—중 어느 하나를 전적으로 받아들이는 것은 아니다. 우선 그는 인간의 영혼이 동물로 옮겨가는 것(또는 그 역)에 대해 관심이 없다. 인간으로서 재탄생을 성취하는 일의 어려움을 강조하기는 한다. 실상, 앞서도 언급했던 『'쐐기풀' 노트북』 수록 「죽음의 배」는 자신의 '죽음의 배'를 짓지 못한 채 죽어간 자들의 불쌍한 상태를 다룬다.

불쌍히 여겨라, 오, 불쌍히 여겨라, 삶으로부터 그냥 축출된 딱한 자들
변두리 잿빛 진창 해변에 모여들어
수척하고 끔찍한 모습으로 기다리는,

옛 신화의 사공이 마침내 공동의 바지선을 가져와
적멸이라는 큰 목적지에 그들을 태워갈 때까지 기다리는 저들.(595면)

Pity, oh pity the poor dead that are only ousted from life
and crowd there on the grey mud beaches of the margins
gaunt and horrible
waiting, waiting till at last the ancient boatman with the common barge
shall take them aboard, towards the great goal of oblivion.

물론 공용 바지선에 오른 영혼들이 인간이 아닌 존재로 환생할 수도 있다. 그러나 시인의 주된 관심사는 신체적 죽음이 평화도 아니고 완전한 소멸도 아닌 인간들의 불행이며, 그들의 원한이 실제로 산 자에게 해를 끼칠 수 있다는 점이다.

삶으로부터 쫓겨난 불행한 사자(死者)들을 조심하라
가장 긴 여행을 계속할
준비도 없고, 채비도 없고, 생각도 없고, 능력도 없는.

아, 이제 11월이 다가오면서
잿빛, 잿빛으로 길어지는 대지의 그림자와
우리 존재의 길고 하찮은 변두리 지역들은
저 너머 가만히 물결치는 바다로 배를 타고 갈 수 없는
길 잃은 영혼들, 불행한 죽은 자들로 가득 찬다.

아, 이제 그들은 화가 나서 신음하며 몰려들고,

우리의 이 결코 난공불락일 수 없는 존재의 벽 틈으로 밀고 들어온다,
차갑고 유령 같은 분노로 그들이 옛날에 노닐던 곳들을 찾아서.
노닐던 옛 터전, 살던 옛 건물, 익숙한 옛 노변(爐邊),
육체 없는 분노 속에 배회할 수밖에 없도록 쫓겨난
달콤한 삶의 옛 장소들을 찾아.("Beware the unhappy dead!" 제2절 1-14행, 636면)

Beware the unhappy dead thrust out of life
unready, unprepared, unwilling, unable
to continue on the longest journey.

Oh, now as November draws near
the grey, grey reaches of earth's shadow,
the long, mean marginal stretches of our existence
are crowded with lost souls, the unhappy dead
that cannot embark on the slinking sea beyond.

Oh, now they moan and throng in anger, and press back
through breaches in the walls of this our by-no-means impregnable existence
seeking their old haunts with cold, ghostly rage
old haunts, old habitats, old hearths,
old places of sweet life from which they are thrust out
and can but haunt in disembodied rage.

로런스는 이어서 살아 있는 우리들이 음식과 술의 제물로 그들을 돕고 달래주기를 권한다(20-25행). 그런 동정의 결과가 그들이 결국 구원을 얻는 데 도움이 될 수 있다는 것이다("All Souls Day," 635면; "The Houseless Dead," 635-36면; "After All Saints Day," 637면). 이는 죽은 이들의 천도(薦度)를 도와주는 불교의식과도 통하며 실제로 불교를 상기시키는 또 하나의 사례다. 물론 연옥(煉獄)에 있는 영혼을 위해 드리는 가톨릭 미사도 비슷하지만, 이 시점에서 로런스는 분명히 기독교 신학과는 너무나 먼 세계에 머물고 있다.

「죽음의 배」 및 이와 연관된 시작품들의 불교적 주제가 이토록 현저한데도 이제까지의 비평은 그 주제를 정면으로 다루기를 꺼려온 것이 사실이다. 이는 많은 로런스 연구자들이 불교를 잘 모르는 탓이 크지만, 불교에 대한 로런스 자신의 부정적이고 때로 매도하는 발언들도 한몫했을 것이다. 그는 얼 브루스터(Earl Brewster)와 그의 아내 악사(Achsah)라는 불교도 친구를 둔 덕분에 어느 면에서는 당대의 다른 서구인들보다 불교에 대한 지식이 많았던 편이며, 불교의 성지 가운데 하나인 스리랑카 칸디(Kandy)의 절로 그들을 방문하기도 했다. 그러나 브루스터와의 편지에서 불교에 대한 첫 언급은 전혀 긍정적이지 않았다. "나는 니르바나(적정열반寂靜涅槃)에 대해 전혀 모르며, 앞으로도 그럴 거요. (…) 니르바나질은 필경 지금의 자신이기를 계속하는 상태요. — 하지만 나는 그것에 대해 아무것도 몰라요. 오히려 증오하는 편이지."[16]* 그러나 다음해 초에 브루스터의 편지를 읽고 나서 로런스는 약간 물러선다.

그리고 갑자기, 처음으로 나는 갑자기 당신이 옳고 내가 그릇되었을지

---

16 *The Letters of D. H. Lawrence* 〔이하 Letters〕 제3권, ed. James T. Boulton and Andrew Robertson (Cambridge University Press 1984) 718-19면, 1921. 5. 15. Earl Brewster 앞.

모른다, 내가 공연한 반발을 하고 있을지 모른다는 느낌이 들었소. 나는 '삶은 슬픔이다'[17]라는 명제를 잘못 해석했어요. 그것은 최종적 진리가 아니지만 일차적 진리요. 우리는 그것을 일차적 진리로 받아들이고 거기서부터 나아가야지요. 진실로 나는 그렇다고 믿소.

삶의 토대가 되는 것은 슬픔이오. 그러나 그 토대가 일단 세워지고 나면, 다른 것을 짓기 시작할 수 있소. 그리고 토대가 세워지기 전까지는 아무것도 지을 수 없소, 그 어떤 종류의 삶도. 나는 그 점에 동의하기 시작하오. (…)

좋소. 토대로서, **삶은 슬픔이다**, 맞소. 그러나 그 너머로 우리는 웃으며 계속 나아갈 수 있소.

다만—다만—내게는 어쨌든 싸워나갈 절실한 욕구가 있소. 아마도 **어떻게 싸우느냐에** 달렸겠지요.(*Letters* 제4권 170면, 1922. 1. 18. Earl Brewster 앞, 원저자 강조)*

그러나 정작 칸디를 찾아가서는, "더 자세히 알게 되면서 나는 그 어느 때보다도 붓다를 **훨씬 덜** 좋아하게 되네요"(I like Buddha *much less* than ever on closer acquaintance. *Letters* 제4권 231면, 1922. 4. 21. Bessie Fisher 앞, 원저자 강조)라고 한다. 또 칸디를 떠나 오스트레일리아로 가는 길에 씬시아 애스퀴스 부인에게 보낸 편지에서는 이렇게 말한다. "하지만 나는 붓다를 믿지 않아요—실상은 그를 증오합니다—그의 쥐구멍 같은 절들과 그의 쥐구멍 같은 종교를. 차라리 예수가 낫지요."(Yet I don't believe in Buddha—hate him in fact—his rat-hole temples and his rat-hole religion. Better Jesus.

17 불교에서 흔히 쓰는 표현은 '삶이 괴로움[苦]'(또는 苦海)이라는 것이다. 그런데 로런스는 브루스터와 어떤 말을 주고받았는지 몰라도 '괴로움' 대신에 *sorrow*라는 표현을 썼고, 여기서도 '슬픔'이라고 그대로 옮겼다.

Letters 제4권 234면, 1922. 4. 30. Lady Cynthia Asquith 앞)

로런스 생애의 이 시점에서 '차라리 예수가 낫다'는 말은 붓다에 대해 꽤나 극단적인 부정적 평가를 뜻한다. 예수만 해도 삶을 부정하는 이로 간주하는데 붓다는 그리스도보다 더하다는 말이기 때문이다. 이는 힌두교에 대한 그의 선호에서나[18] 에트루리아적인 것을 "붓다의 정반대, 그러나 브라마나 시바의 정반대는 아닌"(at the dead opposite of Buddha: but not of brama or Siva. *Letters* 제5권 456면, 1926. 2. 11. Earl Brewster 앞) 것으로 자리매기는 데서 엿볼 수 있는 태도다.

그런데 여기서 기억해야 할 점은, 로런스가 앞세대의 니체나 자기 동시대의 많은 유럽 사상가들과 마찬가지로 흔히 북방불교로 알려진 중국, 한국, 일본과 티베트 불교라는 갈래를 알지 못했다는 사실이다.[19] 영국의 저

---

18 "나는 아무리 좋게 말해도 붓다는 마음에 안 드오. 힌두교가 훨씬 낫소."(I don't like Buddha, at the best: much prefer Hinduism, *Letters* 제5권 390면, 1926. 2. 11. Earl Brewster 앞) 브루스터 자신도 나중에는 힌두교에 더 기울어진 것으로 알려져 있다.

19 리차드 올딩턴은 크로이돈(Croydon)에서 교사를 하던 젊은 시절의 로런스가 매우 다른 불교관을 가지고 있었다고 본다. 로런스가 신앙이 흔들리며 괴로워하던 누이동생 에이다에게 조언하는 편지를 인용하면서("인격적 신이 아닌 신은 여전히 존재한다. 어떤 목표를 향해—그 목표가 뭔지는 몰라도—물결치며 나아가는 거대한, 희미하게 빛나는 충동 말이야, 작은 개인들에는 관심이 없어도 인류에게는 관심을 가진 존재지."(There still remains a God, not a personal God: vast, shimmering impulse which wavers onwards towards some end, I don't know what—taking no regard of the little individual, but taking regard for humanity. *Letters* 제1권 256면, 1911. 4. 9. Ada Lawrence 앞), 올딩턴은 "마치 그가 『아시아의 빛』(붓다의 생애를 서술한 에드윈 아놀드의 장시)을 막 읽고 있었던 듯하다. 그리고 이것은 나중에 그가 격렬하게 불교를 배척했기 때문에 그럴 가능성이 더 높다"*(Richard Aldington, *D. H. Lawrence: Portrait of a Genius But...*, Macmillan 1950, 88면)고 한다. 그러나 "어떤 목표를 향해 물결치며 나아가는 거대한, 희미하게 빛나는 충동"은 서구 전통에서도 친숙한 상념이며, 만약에 로런스가 그것을 불교라고 생각했다면 불교의 교리를 심각하게 오해한 것이다. 로런스가 이런 식의 그릇된 불교관을 갖고 있었다는 증거가 있는지 의문이며, 더구나 그가 나중

명한 철학자 화이트헤드의 발언도 이런 다분히 일방적인 불교관을 간명하게 요약한다. "불교는 물리적이고 정서적인 경험세계의 성격 자체에 악이 본질적으로 내재한다고 본다. 따라서 불교가 가르치는 지혜는 그러한 경험의 담당체인 개별 인격에서 해방될 수 있도록 삶을 영위하는 것이다."[20*]

그러나 북방불교는—실제로는 북방으로 퍼져가기 전에 초기 불교의 한 분파로 시작되었고 그 가장 위대한 주창자는 서기 150년 내지 200년에 살았던 인도의 종교사상가 용수(龍樹, Nāgārjuna)인데—바로 세속적 삶에 대해 철저히 부정적인 태도를 이른바 히나야나(Hinayana) 즉 '소승불교'라 부르며 비판해왔다.[21] 열반(니르바나)이라는 목표도 반드시 완전한 절멸을 뜻하는 것이 아니고, 윤회의 불가피성으로부터의 놓여남을 뜻한다. 보살은 그러한 놓여남 이후에 다른 중생들이 깨달음을 얻도록 돕기 위해 삶에 머무르거나 삶으로 돌아오기를 선택하는 존재인 것이다. 이들은 또한 「죽음의 배」의 한 구절처럼 "깊고 아름다운 고요/평화를 얻은 강한 가슴의 고요"를 누리는 동시에, 로런스 자신의 '싸워야 할 절박한 욕구'를 거스르지도 않는 존재들일 것이다.

그런데 불교의 일견 역설적인 특징은 힌두교, 피타고라스파, 또는 그리스도교 신앙과도 달리 영혼이든 그 무엇이든 실체적이고 본질적인 존재

에 불교를 격렬하게 배척한 것을 보면 한때 불교에 공감했을 가능성이 높다고 추정하는 논리도 수긍할 수 없다.

20 Alfred North Whitehead, *Religion in the Making* 〔1926〕 (Meridian Books 1960) 42면.

21 물론 남방불교에서는 북방불교가 '대승'을 자처하면서 그들에게 붙인 '소승'이라는 명칭을 받아들이지 않는다. 이들은 자신들이 정통 불교도라고 생각하며 '상좌불교'(Theravada Buddhism)라는 명칭을 선호한다. 이렇게 '상좌불교'로 통칭하는 것 역시 남방불교의 다양성을 과소평가한다는 견해도 없지 않다.

를 부정한다는 점이다. 그렇다면 도대체 누가, 혹은 무엇이 환생의 주체인가? 연기(緣起, pratītyasamutpāda)[22]의 원리에 따르면, 살아 있는 주체는 갖가지로 얽힌 인연의 집합에 불과하다. 몸이 죽을 때 이 집합 또한 완전히 절멸하지 않고 흩어지며, 심지어 흩어짐 속에 일정하게 뭉쳐진 에너지가 남아서 인간이든 아니든 새로이 태어나는 신체에 새로운 집합의 거처를 찾을 수도 있다. 이런 관점에서 보면, 각자 '죽음의 배'를 짓자고 한 로런스의 권고는 산 자들이 사는 동안에 만들어진 개별적 정체성이 충분한 개별성을 지닌 '집합체'의 에너지나 '심적 연속체'[23]를 이루어 다음 생으로 넘어갈 수 있도록 살아야 한다는 요구에 다름아니다.

불교적 사유와 로런스의 친화성이 매력적인 이유는 불변의 영혼이 영원한 저주와 영원한 축복 간의 양자택일에 부딪히는 기독교적 관념을 그가 거부할 뿐만 아니라, 이럴 때 로런스는 여러 면에서 데까르뜨적인 자아에 대한 '포스트모던'한 해체의 선구자로 부각되기 때문이다. 『미국고전문학 연구』에는 벤자민 프랭클린에 대해 다음과 같은 대목이 나온다.

> 인간의 영혼, 그건 희한한 물건이다. 영혼은 인간의 전부다. 이미 알려진 그 사람이기도 하지만 미지의 그를 뜻하기도 한다. 교수들과 벤자민들이 영혼의 기능을 정하는 것이 내게는 그냥 웃겨 보인다. 아니, 인간의 영혼은 엄청난 숲인데, 벤자민이 의도한 것은 깔끔한 뒤뜰이

---

22 이 낱말을 포함하여 불교용어에 대한 간명한 설명으로는 Robert E. Buswell Jr. and Donald S. Lopez, *The Princeton Dictionary of Buddhism* (Princeton University Press 2014) 참조. 또한 William L. Ames, "Emptiness and Quantum Theory," *Buddhism and Science: Breaking New Ground*, ed. Alan Wallace (Columbia University Press 2003) 중 '연기'에 관한 절 참조.

23 이를 영미권의 불교학계에서 *mental continuum*이라고 하는데, 이때의 *mental*은 일상영어에서의 *mind*(정신, 두뇌)가 아니라 '마음(心)'을 번역하는 불교학계 관행에 따른 *mind*의 형용사형이다.

다.(*SCAL* 21면)*

프랭클린에 대한 이런 발언은 조금만 수정하면 데까르뜨에게도 적용할 수 있다. 그렇지만 '데까르뜨적 주체'에 대한 통상의 포스트모더니즘적 해체와 결정적으로 다른 점도 쉽게 눈에 띈다.

여기 벤자민에 맞서는 내 신조가 있다. 내가 믿는 바는 이거다.
"나는 나다."
"나의 영혼은 어둑어둑한 숲이다."
"나의 알려진 자아는 숲속의 작은 개간지 이상이 결코 될 수 없다."
"신들, 낯선 신들이 숲에서부터 나의 알려진 자아라는 개간지로 왔다가, 되돌아간다."
"나는 그들이 오가도록 내버려둘 용기를 지녀야 한다."(같은 책 26면)*

달리 표현하면, 로런스의 주체는 인간의 영혼이라는 '희한한 물건'에 대해 책임을 져야 하는 주체이다. 그리고 「죽음의 배」에서 그는 이러한 책임이 심지어 다음 생으로까지 연장된다고 본다.

만유의 실상이 공(空)이라고 설파한 용수 같은 불교도는 해체주의라는 용어가 나오기 전에 존재한 탁월한 해체주의자라 하겠다. 그런데 이런 버전의 불교와 로런스의 결정적인 일치점은 현상세계에 대한 역설적이지만 강력한 긍정이다. 프랑스 과학자이자 철학자인 미셸 빗볼은 다음과 같이 말한다.

중론(中論) 내지 중도(中道)의 체계에는, 칸트의 어떤 표현들이 함축하는 현상체와 가상체 사이의 초월관계가 전혀 없다. (…) 중론적 사유에서 초월관계의 부재는 용수의 다음과 같은 유명한 발언에서 더할 수 없이 명백하게 드러난다. "윤회(samsāra)와 열반(nirvāṇa) 사이에는 추호의 차이도 없다." 열반을 포함한 모든 것이 동일한 내재적 차원, 연기(緣起)의 동일한 네트워크 속에 들어 있는 것이다.[24*]

이런 현세긍정 경향은 불교가 중국 등 북방세계로 오면서 『부모은중경(父母恩重經)』 같은 위경(僞經)을 낳은 데서도 엿보인다.[25] 독신 승가공동체를 채택했음에도 승려들 또한 부모의 은혜 없이는 존재하지 못함을 시인한 것이다. 다만 부모가 되는 전제조건인 남녀의 결합에 대해 유교나 천주교처럼 결혼을 인륜대사(人倫大事) 또는 하느님의 성사(聖事)로 설정하지는 않았다.

아무튼 불교의 윤회설에서도 환생 후의 '나'와 육신으로 살아 있는 이 생의 '나'는 동일한 존재일 수 없다. 양자 간에 일정한 범위와 특질의 '심적 연속체'가 성립할 뿐이지, 새 몸을 받고 새 몸으로 사는 것은 그 생 고유의 새로운 연기작용의 결과다. 따라서 환생에 대한 믿음이 『계시록』에서 현생의 독특한 가치를 열렬히 긍정한 로런스의 입장과 모순되지 않는

---

24 Michel Bitbol, "A Cure for Metaphysical Illusions: Kant, Quantum Mechanics and Madhymaka," A. Wallace, ed., 앞의 책 333면. 도허티도 『동양의 로런스』에서 불교의 두 주된 유형을 구별하면서 로런스 사상의 대승불교와의 친화성을 강조한다. "찰나적인 세계 내 존재라는 로런스의 대조적인 신비적 비전은 그 방향성이 뚜렷하게 동양적이다. 존재론적으로 그것은 (대승)불교의 삼사라(현상세계)가 곧 니르바나라는 유명한 주장에 가장 가깝다."*(Gerard Doherty, *Oriental Lawrence: The Quest for the Secrets of Sex*, Peter Lang 2001, 5면) 그러나 라깡적 주이쌍스(jouissance)에 대한 도허티의 집착은 나와 접근법이 다르며, 그가 대승불교를 논하면서 「죽음의 배」를 전혀 고려하지 않는 것도 그 점에서 자연스러운 것 같다.

25 '불설대보은부모중경(佛說大報父母恩重經)' 또는 '부모은중난보경(父母恩重難報經)'이라고도 하는데 효(孝)를 중시하는 유교사회에 맞춰 수(隋)나라 때 창작되었다는 설이 유력하다. 조선시대에도 널리 읽혔다.

다. “그러나 육신으로 사는 지금 이곳의 찬란함은 우리의 것이고, 우리만의 것이며, 단지 잠시 동안만 우리의 것이다.”(But the magnificent here and now of life in the flesh is ours, and ours alone, and ours only for a time.)[26]

전통불교의 전반적인 경향이 단 한번 있는 지금 이곳에서의 개별적 삶의 존귀함을 로런스처럼 강조하지 않는 것이라고 한다면, 이는 불교 쪽에서 로런스와 만나면서 도리어 배워야 할 점일지 모른다.

4. 「죽음의 배」가 알고 있는 것

「죽음의 배」에서 그려진 환생이 로런스의 최후 시작품들에서조차 전형적인 주제는 아니다. 비슷한 시기에 씌어진 『계시록』에서도 딱히 그에 해당하는 내용이 발견되지 않는다. 그러나 독자는 ‘예술가 개인’을 믿지 말고 ‘작품’을 믿으라는 로런스의 충고를 기억할 것이고, 따라서 로런스 자신보다 로런스의 시를 신뢰하기를 선택할 수 있다. 동시에 할리 레어드 등의 의견대로 “최후의 시편들”을 “하나의 정합적인 연속체”(Laird, 앞의 책 221면)로 본다면, 그러한 연속체를 이루는 「죽음의 배」와 그 자매시편들이 인간 로런스가 알았던 것보다 더 깊이있고 진실되게 뭔가를 ‘알고’ 있다는 가설이 매력을 더할 것이다.

동시에 우리는 저자 로런스를 지나치게 불신할 필요는 없다. 로런스 산문의 발언에서 찾아볼 수 있는 통찰들이 시가 ‘알고’ 있는 것과 모순되지 않는 사례들은 이미 살펴본 바 있다. 실제로 로런스는 “언표된 의식을 향

---

26 D. H. Lawrence, *Apocalypse and the Writings on Revelation*, ed. Mara Kalnins (Cambridge University Press 1980) 〔이하 *A*〕 149면.

한 이런 분투를 예술에서 빼놓으면 안 된다. 그것은 삶의 커다란 일부이다”[27]라고 믿었던 작가이다. 그런 믿음에 충실하게 그는 자신이 미국 고전문학의 작가들을 상대로 폭로했던 ‘표리부동성’에 훨씬 덜 빠지는 작가가 되고자 부단히 노력했다.[28] 또한 「죽음의 배」를 쓸 무렵에는 평생에 걸친 사유의 모험을 이미 오랫동안 수행해왔다. 이는 우리 스스로 그 모험에 진지하게 동참하지 않고는 이 시가 알고 있는 것을 완전히 음미하는 일이 가능하지 않음을 뜻한다.

여기가 그러한 모험의 궤적을 상세히 검토할 자리는 물론 아니다. 그러나 본서 서장에서 지적했듯이 1914년 「토마스 하디 연구」를 쓸 때 이미 로런스는 전통적 형이상학으로는 접근하기가 어려운 영역으로 진입한다. 사랑(Love)과 법(Law)의 이원론은 『아들과 연인』 서문의 말씀(Word)과 육신(Flesh)에서 선례를 찾을 수 있고, 『이딸리아의 황혼』과 「왕관」(The Crown)에서 더욱 진전되며 다른 명칭으로 등장하기도 한다.[29] 사랑과 법의 이원론 자체가 딱히 혁명적인 것은 아닐지 몰라도, 그 논의를 통해 근본적으로 새로운 진리관이 등장하는 것은 분명하다. “우리가 진리라고 부르는 것은 실제 경험에서는 남성적인 것과 여성적인 것의 결합이 완성되는 삶의 순간적인 상태이다. 이는 남성의 몸과 여성의 몸 사이에 실현되는 신체적인 절정일 수도 있다. 그러나 그것은 남성과 여성의 정신 사이의 단지 정신적인 것일 수도 있다.”[30] 이런 진리관은 『정신분석과 무의식』

---

27 D. H. Lawrence, *Women in Love*, ed. D. Farmer, L. Vasey and J. Worthen (Cambridge University Press 1987) Appendix I: Foreword to *Women in Love* 486면.

28 제9장의 ‘덧글’에서 지적했듯이 미국의 작가들 중에서 ‘표리부동성’이 비교적 덜한 경우가 휘트먼이고 그것이 그의 위대성의 일면이었다는 게 로런스의 생각이었다.

29 이 과정에 대한 좀더 상세한 논의는 서장 25~26면 참조.

30 D. H. Lawrence, *Study of Thomas Hardy and Other Essaysd*, ed. Bruce Steele (Cambridge

및 『무의식의 환상곡』에서처럼 근대적 지식과 우주론 전체에 대한 근본적인 물음으로 나아갈 근거가 되며, 더 진전되면 불교와의 생산적인 대화도 가능하게 할 *being*에 대한 비형이상학적 사유를 내장하고 있는 것이다.

『무의식의 환상곡』에서 로런스는 "우주는 앞서간 개인들의 죽은 몸과 죽은 에너지들의 집합체에 불과하다"(Cosmos is nothing but the aggregate of the dead bodies and the dead energies of bygone individuals)라는 낯설고 어쩌면 엽기적인 관념을 설명하면서, 바로 이어지는 대목에서 사후의 삶과 환생 개념에 한걸음 더 다가선다.

> 죽은 몸은 우리가 알듯이 흙, 공기, 물, 열, 빛을 머금은 에너지와 방전된 전기와 숱한 다른 과학적 사실들로 분해된다. 죽은 영혼들도 마찬가지로 분해된다—또는 분해되지 않는다. 그러나 그것들이 **실제로** 분해된다면, 물질의 어떤 요소나 물리적 에너지로 분해되는 것이 아니다. 그들은 어떤 정신적 실재로, 어떤 잠재적 의지로 분해되어 들어간다. 그들은 살아 있는 개인들의 살아 있는 정신 속으로 다시 진입한다. 살아 있는 가슴이 외부의 대기를 공유하듯이, 피가 태양을 공유하듯이, 살아 있는 영혼은 죽은 영혼들을 공유한다. 영혼 곧 개별성은 결코 죽음을 통해 물리적 구성요소로 환원되지 않는다. 죽은 영혼은 언제나 영혼으로 남아 있으며 언제나 그 개별적 특질을 유지한다. 그리고 그것은 사라지지 않으며 산 자들, 어떤 살아 있는 개인 혹은 개인들의 영혼 속으로 다시 들어간다. (…) 그러나 어떤 예외적인 경우에는, 죽은 영혼은 살아 있는 개인 안에서 실제로 별개의 것으로 행동할 수도 있다.[31]*

University Press 1985) 72면.

31 D. H. Lawrence, *Psychoanalysis and the Unconscious* and *Fantasia of the Unconscious*, ed. Bruce

이 대목은 개별적인 환생에 대한 상념(혹은 '앎')에는 도달하지 못했지만 분명히 근접해 있다. 게다가 새로운 사유영역으로 뛰어드는 로런스적 모험의 궤적은 여기서 끝난 것도 아니다. 그가 "바깥세계로부터 얻은 최대의 경험"이라고 부른 것을 아직 겪기 전인 것이다. "나는 뉴멕시코가 내가 바깥세계로부터 얻은 최대의 경험이었다고 생각한다. 그것은 분명히 나를 영구히 바꿔놓았다. 이상하게 들릴지 모르지만, 문명의 현시기, 거대한 물질적이고 기계적인 발전의 거대한 시기로부터 나를 해방시켜준 것은 다름아닌 뉴멕시코였다."32*

사유의 모험은 여기서 멈추지도 않았다. 관능적 충족으로부터 자연스럽게 나온다고 로런스가 주장했고 『연애하는 여인들』의 결말부에서 버킨이 암시했던 '남성적 행동'과 지도력에 대한 충동은 뉴멕시코의 경험으로 더 강화된 것으로 보이며, 『날개 돋친 뱀』에서 드러나듯이 제3세계 정치운동 속으로 고대세계의 신들을 다시 불러들이려는 진지하고 지속적인 탐색과 결합하기도 한다. 유럽으로 돌아오며 그는 앞서 인용한 '지도자와 추종자 관계'와 정치 자체를 거의 포기하지만, 이것이 현대 유럽 및 서구적 휴머니즘과의 화해를 의미하지는 않는다. 그가 『최후의 시편들』과 『계시록』에서 마침내 돌아와 찬양하는 지중해세계는 소크라테스 이전이자 아브라함 이전의 세계이며, 이딸리아 내에서도 그가 새로운 삶의 실마리를 찾는 것은 로마 이전이자 심지어 그리스문명 이전 (적어도 아티카 이전임이 분명한) 에트루리아인들인 것이다.

Steele (Cambridge University Press 2004) 〔이하 *FU*〕 168~69면, 원저자 강조.

32 D. H. Lawrence, *Mornings in Mexico and Other Essays*, ed. Virginia Crosswhite Hyde (Cambridge University Press 2009) 〔이하 *MM*〕 176면. 이 대목은 본서 제4장에서도 인용했고 더 길게 논했음.

이 기나긴 궤적의 종점에 다가가면서 「죽음의 배」가 알고 있는 것에 근접하는 또 하나의 상념이 『계시록』 원고에도 — 최종본에서 제외되긴 하지만 — 나타났다.

> 내 생각에 옛 이교도의 신비극들은 모두 하나의 죽음, 처음에는 몸, 다음에는 영과 의식의 죽음으로 구성되어 있다고 말해도 좋을 것이다. 죽은 자들의 지하세계를 지나가면서 도중에 영과 의식은 한걸음씩 죽음을 성취하다가 갑작스럽게 삶 속으로 다시 등장한다. 그때 아기처럼 새로운 몸이 태어나며 새로운 영이 출현한다. 그런 후에 새로 태어난 연약한 영과 하늘에서 완성을 위해 내려오는 신의 큰 영의 만남이 일어난다. 그리하여 새로운 몸과 새로운 영의 결합이 마침내 성취된다.(*A*, Appendix I 172면)*

이것도 「죽음의 배」의 앎에 완전히 도달한 것은 아니지만, 예의 시가 저자 개인보다 더 많이 알고 있다 해도 로런스가 그런 앎에 대한 어렴풋한 예감조차 없었다고 비판하기는 어렵다. 물론 이런 예감에서 온전한 앎으로 가는 마지막 한걸음이 무의미하다고 말할 일도 아니다. "살아 있는, 몸으로 살아 있는 우주의 일부"(part of the living, incarnate cosmos, *A* 149면)라는 느낌은 우리가 현생의 삶을 소홀히 하지 않고 불멸의 실체를 자의적으로 설정하지도 않으면서 사후의 삶에 대한 전망을 가질 수 있다면 오히려 강화될 것이다. 「최후의 시편들 노트북」의 마지막 시 「불사조」(Phoenix, *Poems* 641면)가 던져주는 재생의 주제도 만약 그것이 「죽음의 배」의 개별적 재탄생의 비전으로까지 확대될 수 있다면 분명히 호소력이 더해질 것이다.

덧붙이자면, 인간이 '구원'받아야 할 영혼을 갖고 태어나는 것이 아니라 삶을 통해 자신의 영혼을 만든다는 생각, 또는 자기 자신의 "살아 있는 자아의 정체성"[33]과 "순수한 개별성"(*FU* 76면)을 창조해간다는 생각은 영문학의 전통에서 깊은 뿌리를 갖고 있다. 시인 존 키쯔는 동생 부부에게 보낸 편지에서 이런 말을 남겼다.

> 오도되고 미신에 사로잡힌 사람들 사이에서 이 세계를 부르는 공통된 별칭은 '눈물의 골짜기'지. 그 골짜기로부터 우리가 신의 어떤 자의적인 개입으로 구원을 받아 하늘로 간다는 거네. 얼마나 하찮고 편협한 생각인가! 오히려 세상을 '영혼을 만드는 골짜기'로 부르는 게 맞지. 그러면 세상의 활용법을 알게 될 거네.(나는 지금 인간본성에 관해 떠오른 생각을 보여줄 목적으로, 그 불멸성을 당연한 것으로 전제하면서 그것을 최고로 높이 보는 표현을 하는 거네.) 내가 '영혼 만들기'라고 할 때는 지능이나 지성과 구별되는 영혼을 말하는 거네. 무수한 사람들에게 지성이 있고 신성의 작은 불꽃도 있을 수 있지. 그러나 그들은 정체성을 얻을 때까지, 각자가 개인적으로 자신이 될 때까지는 영혼들은 아닌 거야. (…) 그러면 어떻게 영혼이 만들어질까? 바로 신(神)인 이 불꽃들이 어떻게 자신들의 정체성을 가지게 될까? 저마다의 개별적 존재에 특유한 축복을 누릴 수 있게끔 말이야. 이 세계라는 매체를 통하지 않고서 어떻게 그게 가능하겠나? 이 점을 나는 진지하게 생각해보고 싶어. 왜냐하면 나는 그것이 기독교보다 더 위대한 구원의 체제, 아니 구원이라기보다 영을 창조하는 체제라고 생각하기 때문이지.[34*]

---

33 D. H. Lawrence, "Democracy," *Reflections on the Death of a Porcupine and Other Essays*, ed. Michael Herbert (Cambridge University Press 1988) 73면.

34 John Keats, *The Letters of John Keats: Volume 2, 1819-1821*, ed. Hyder Edward Rollins (Cambridge University Press 1958) 101-102면. 이 판본은 키쯔의 서법을 최대한 원고 그대로 따랐기 때문에 원문을 읽기가 쉽지 않은 면이 있다. 번역에서도 동생과 계수에게 각기 다른 말투를 사

키쯔는 이 힘겹게 창조되었고 그의 설정에 따르면 불멸인 영혼이 개별 육신이 사망한 뒤에 어떻게 되는지에 대해서는 논하지 않는다.[35] 불교적 사유는 그의 시야에서 멀리 벗어나 있었던 것이 분명하며, 나 또한 불교나 다른 어떤 교리를 끌어대어 옹호할 생각은 없다. 다만 「죽음의 배」에 환생이라는 주제가 엄연히 존재함을 강조하려는 것이며, 또 이런 사실을 정면으로 다룸으로써만 이 유명하지만 때로 저평가되기도 하는 작품에 대해 좀더 뜻있는 읽기가 가능하다는 것이다.[36]

그에 따라오는 명제로, 로런스적 사유에 구현된 동아시아 불교사상과의 상통성이 단순한 지식의 전파나 '영향관계'의 교환을 넘어서는 동서양의 참된 만남의 드문 사례라고 말하고 싶다. 진정한 동서의 만남이란 각자 전인미답의 영역으로 참된 사유의 모험을 진행하는 가운데 일어나는 수렴현상이다. 그리고 이런 수준의 상응관계에 대한 탐색은 당연히 쌍방향의 탐구가 되어야 옳다. 로런스 독자들은 불교의 통찰을 배움으로써 그의 예술과 사유에 대한 자신의 경험을 한층 풍부하게 할 수 있으며, 다른

용하는 한국어로 그런 구별이 없는 영어를 옮기는 난관에 부딪친다. 여기서는 두가지 말투를 적당히 혼용하며 얼버무리는 방식을 택했다.

35 로런스도 최후의 시편들에 가서야 그 문제를 명시적으로 다루지만, 인간이 오랜 세월을 통해 만들어지며 제대로 창조된 인간이야말로 지상 최고의 존재며 신(神)이라는 상념을 「호피족의 뱀춤」에서 주장한 바 있다(본서 제5장 각주27 참조). "지상의 유일한 신들은 인간들이다. 인간과 마찬가지로 신들도 미리부터 존재하지 않는다. 그들은 무한히 긴 세월의 노력을 통해 삶의 불길과 용광로 속에서 점진적으로 창조되고 진화한다."("The Hopi Snake Dance," *MM* 83면)

36 한 예로 데이비드 엘리스는 이 시가 "그 성취에 비해 과도한 관심을 끌었다"(attract〔ed〕 an attention disproportionate to its merits)고 언급한 적이 있다(David Ellis, "Verse or worse: the place of 'pansies' in Lawrence's poetry," David Ellis and Howard Mills, *D. H. Lawrence's Non-Fiction: Art, Thought and Genre*, Cambridge University Press 1988 160면).

한편 불교의 연구자와 수행자 들은 로런스가 평생에 걸쳐 진행한 사유의 모험이 「죽음의 배」 등 그의 생애 마지막 국면에서 불교의 가르침에 대해서도 어떤 재해석 또는 재사유의 길을 열어주는지를 스스로 되묻는 소득을 얻을 것이다.

데이비드 허버트 로런스(David Herbert Lawrence) 연보

1885년 9월 11일 영국 잉글란드 중부 노팅엄셔의 탄광촌 이스트우드에서 광부인 아버지 아서 로런스(Arthur Lawrence, 1846~1924)와 소중산층 출신 어머니 리디아 비어절(Lydia Beardsall, 1851~1910) 사이에서 3남 2녀 중 넷째로 태어남.

1891~98년 보베일 공립초등학교 입학 및 졸업.

1898~1901년 이스트우드 출신 최초로 주 장학금을 받아 노팅엄 고등학교 입학 및 졸업.

1901년 헤이우드 의료기구 제조회사에서 석달간 사무원으로 일하다가 심한 폐렴에 걸려 그만둠. 둘째형 어니스트 사망.

1902년 해그스 농장의 체임버스 가족을 자주 방문. 『아들과 연인』(*Sons and Lovers*)에 나오는 미리엄의 모델이 된 제시 체임버스(Jessie Chambers)와 사귀게 되는데, 이들의 관계는 '비공식적인 약혼관계'로까지 발전함.

1902~06년 이스트우드에서 초등학교 교생을 하다가 국비장학생 시험에 최우등 선발되어 1906년 노팅엄대학의 2년제 교사자격증 과정에 입학.

1906~08년 시, 단편 및 첫 장편('흰 공작' *The White Peacock*이란 제목으로 1911년 출간)을 쓰기 시작. 『노팅엄셔 가디언』(*Nottinghamshire Guardian*)지의 1907년 크리스마스 공모에 단편 「전주곡」(A Prelude) 당선.

1908~11년 런던 근교 크로이돈의 초등학교에서 교사생활. 1909년 『잉글리시 리뷰』(*English Review*)지에 시 다섯 편이 처음 실리고 뒤이어 이 시기에 포드 매덕스 휴퍼(Ford Madox Hueffer, 훗날 소설가 Ford Madox Ford로 활약)를 만나게 됨. 휴퍼는 로런스의 천재성을 알아보고 작품활동을 격려하며 그를 런던 문학계에 소개. 1910년에는 두번째 장편 『침입자』(*The Trespasser*)를 쓰고, 『폴 모렐』(*Paul Morel*, 후에 '아들과 연인'으로 제목을 변경) 집필에 착수. 제시 체임버스와의 관계가 끝남. 대학 동창인 루이 버로우즈(Louie Burrows)와 약혼하나 뒤에 파혼함. 1910년 10월 어머니가 암으로 사망. 6월에 「국화 냄새」(Odour of Chrysanthemums) 발표. 편집자 에드워드 가넷(Edward Garnett)과 우정을 쌓음.

1912년 3월에 노팅엄대학 시절 프랑스어를 배웠던 위클리 교수의 아내인 프리다 위클리(Frieda Weekley, 독일 귀족 출신으로 결혼 전 이름은 Frieda von Richthofen, 1879~1956)를 만나 사랑에 빠짐. 6주 후 프리다의 모국인 독일로 함께 도피했다가 알프스산을 넘어 이딸리아 가르냐노에 정착. 이곳에서 『아들과 연인』 최종본 탈고.

1913년 첫 시집 『애정시편』(*Love Poems and Others*) 출간. 소설 『자매들』(*The Sisters*) 집필 시작(『자매들』은 후에 『무지개』*The Rainbow*와 『연애하는 여인들』*Women in Love*로 나뉘게 됨). 6월에 잠시 귀국하여 평론가 머리(John Middleton Murry) 및 작가 맨스필드(Katherine Mansfield)와 교유 시작.

1914년 6월 남편으로부터 이혼 승낙을 얻어낸 프리다와 정식으로 결혼하기 위해 영국으로 돌아옴. 단편집 『프로이센 장교』(*The Prussian Officer*)에 싣기 위해 전에 썼던 단편들을 개작. 8월에 1차대전이 터지는 바람에 이딸리아로 돌아가지 못함. 「토마스 하디 연구」(Study of Thomas Hardy) 집필. 『무지개』 개작. 오톨라인 모렐(Ottoline Morrell), 씬시아 애스퀴스(Cynthia Asquith), 버트런드 러쎌(Bertrand Russell), 포스터(E. M. Forster) 등과 사귐. 전쟁에 대한 절망과 분노가 깊어감.

1915년 미국 플로리다에 이상적인 공동체를 세울 계획을 하고, 러쎌 등과 혁명적인 반전(反戰) 정당을 만들 계획도 하지만 모두 실패. 『무지개』 출간. 출간되자마자 압류되고 음란물로 판결받아 판매금지를 당함. 징집대상자 신체검사에서 불합격했으나 영국을 떠나는 허가를 받지 못함.

1916년 콘월 지방에 거주하며 『연애하는 여인들』을 쓰기 시작. 여행기 『이딸리아의 황혼』(*Twilight in Italy*)과 시집 『아모레스』(*Amores*) 출간.

1917년 『연애하는 여인들』이 여러 출판사에서 거절당하지만 계속 개작함. 미국행 시도도 실패. 『미국고전문학 연구』(*Studies in Classic American Literature*, 1923년 출판)에 포함될 에세이 집필 시작. 시집 『보라! 우리는 해냈다!』(*Look! We Have Come Through!*) 출간. 로런스의 반전사상과 프리다의 국적 등이 겹쳐 첩자 혐의를 받아 거주지 콘월에서 추방당함. 런던에서 『아론의 막대』(*Aaron's Rod*) 집필 시작.

1918년 청소년을 위한 개설서 『유럽역사의 움직임들』(*Movements in European History*)을 쓰기 시작(1921년에 옥스포드대학출판부에서 간행). 네번째 시집 『신작시편』(*New Poems*) 출간.

1919년 인플루엔자로 심하게 앓음. 종전으로 출국이 가능해져 피렌쩨를 거쳐 이딸리아를 여행하다가 까쁘리에 정착.

1920년 씨칠리아의 따오미나로 이주. 『연애하는 여인들』 초판이 미국에서 비공식으로 출간.

1920~21년 장편 『길 잃은 젊은 여자』(*The Lost Girl*)와 최근 발굴된 미완성 장편 『미스터 눈』(*Mr. Noon*), 여행기 『바다와 싸르데냐』(*Sea and Sardinia*) 및 정신분석 관련 저서인 『정신분석과 무의식』(*Psychoanalysis and the Unconscious*, 1921년 출간)과 『무의식의 환상곡』(*Fantasia of the Unconscious*, 1922년 출간) 집필. 『아론의 막대』 완성. 단편집 『잉글란드, 나의 잉글란드』(*England, My England*)와 중편집 『무당벌레』(*The Ladybird*)에 들어갈 작품들을 개작.

1922년 프리다와 함께 씰론(지금의 스리랑카)을 방문하여 불교도인 브루스터 부부(Earl and Achsah Brewster)를 만난 후 남태평양을 거쳐 오스트레일리아에 도착. 거기서 여름을 지내며 장편 『캥거루』(*Kangaroo*, 1923년 출간) 집필. 9월에 메이블 다지 루한(Mabel Dodge Luhan)의 초대로 미국 뉴멕시코주 타오스에 정착. 훗날 에쎄이 「뉴멕시코」(1928)에서 술회한 대로 이곳에서 거대한 물질적·기계적 발전의 현시대로부터 해방되는 경험을 함. 『아론의 막대』 및 『잉글랜드, 나의 잉글랜드』 출간. 『미국고전문학 연구』 개고.

1923년 『미국고전문학 연구』 『캥거루』 등 간행. 시집 『새, 짐승, 꽃』(*Birds, Beasts and Flowers*) 완성. 프리다와 함께 멕시코의 차빨라에서 여름을 보내며 『께쌀꼬아뜰』(*Quetzalcoatl*, 뒤에 『날개 돋친 뱀』*The Plumed Serpent*으로 개작) 쓰기 시작. 몰리 스키너(Mollie Skinner)의 장편을 『수풀 속의 소년』(*The Boy in the Bush*)으로 개작(이듬해 두 사람의 공저로 간행). 8월에 프리다가 영국으로 돌아가고 12월에 로런스가 뒤따라감.

1924년 런던의 까페로얄 식당에 친구들을 초대하여 뉴멕시코 타오스의 목장에 공동체를 만들자고 제안했으나 도로시 브렛(Dorothy Brett)만이 수락하여 3월에 로런스 부부를 따라 뉴멕시코로 감. 그해 여름 키오와 산장에 머물며 「말을 타고 가버린 여인」(The Woman Who Rode Away) 『쓴트모어』(*St. Mawr*) 「공주」(The Princess) 등의 중·단편을 씀. 로런스의 아버지 사망. 10월 멕시코 오아하까로 가서 『날개 돋친 뱀』 집필.

1925년 2월에 말라리아에 걸려 거의 죽을 뻔함. 멕시코시티의 한 의사가 로런스가 폐병으로 죽어가고 있다고 선고. 이때부터 본격적인 투병생활을 하며 작품활동을 이어감. 미국으로 힘겹게 돌아와 타오스의 산장에서 집필 계속. 수상집 『호저(豪豬)의 죽음에 관한 명상』(*Reflections on the Death of a Porcupine*) 출간. 9월 로런스 부부는 유럽으로 돌아가서 이딸리아에 거주.

1926년 『날개 돋친 뱀』 출간. 『처녀와 집시』(*The Virgin and the Gipsy*)를 씀. 프리다와 싸우고 몇주간 별거. 늦여름에 마지막으로 영국 방문. 돌아와서 『채털리부인 1차본』(*The First Lady Chatterley*) 씀. 단편 「해」(Sun)를 『뉴코터리』(*New Coterie*)에 발표(한정판 소책자 『해』*Sun* 동시 간행). 올더스 헉슬리 부부(Aldous and Maria Huxley)와 가까이 지냄. 그림 그리기 시작.

1927년 『채털리부인의 연인』(*Lady Chatterley's Lover*) 두번째 버전을 씀('존 토마스와 제인 부인'*John Thomas and Lady Jane*이라는 제목으로 1972년에야 영국에서 간행되었고 그에 앞서 1954년에 이딸리아어판이 나옴). 중편 「달아난 수탉」(The Escaped Cock)과 기행문 『에트루리아 유적 탐방기』(*Sketches of*

Etruscan Places)를 씀. 『채털리부인의 연인』 최종본 집필 시작.

1928년 단편집 『말을 타고 가버린 여인』(*The Woman Who Rode Away and Other Stories*) 출간. 6월에 프리다와 스위스 여행. 몸이 쇠약해져 신문 기고나 짧은 시, 그림 외에는 일을 못 함. 『시전집』(*Collected Poems*) 출간. 프랑스 남부 방돌에 정착. 『채털리부인의 연인』이 피렌쩨에서 비공식 출간되어 큰 소동이 일어남.

1929년 로런스의 그림들이 런던의 워런 화랑에 전시되었으나 바로 그날 경찰에 의해 외설 혐의로 압수. 빠리와 에스빠냐의 마요르까 방문. 이딸리아에서 병으로 쓰러져 독일로 옮겼다가 다시 프랑스 방돌에 옴. 장차 그중 일부가 『쐐기풀』(*Nettles*)과 『최후의 시편들』(*Last Poems*)로 묶여 나올 일련의 시를 씀(1930년과 1932년에 각기 출간. 그러나 온전한 내용은 'The 'Nettles' Notebook'과 'The 'Last Poems' Notebook'이라는 제목으로 케임브리지판 *Poems* 〔2013〕에 와서야 수록됨). 수상록 『계시록』(*Apocalypse*, 1931년 출간) 집필.

1930년 의사의 권고로 2월 프랑스 방스의 요양원에 입원했으나 차도가 없자 올더스 헉슬리 부부와 프리다가 근처의 집으로 옮김. 3월 2일 사망, 방스에 묻힘.

1935년 유골을 화장하여 뉴멕시코 키오와 산장으로 옮겨 안장.

1956년 프리다 사망. 키오와 산장의 로런스 묘소 곁에 묻힘.

1960년 『채털리부인의 연인』이 영국과 미국에서 출간.

1979~2018년 케임브리지대 출판부에서 *The Cambridge Edition of the Letters and Works of D. H. Lawrence* 전40권 간행사업을 시작하여 첫 책으로 *Letters* 제1권이 나왔고 *Poems* 제3권으로 전집이 완간됨.

인용 원문

서장

19면

I know there will a new heaven and a new earth take place now: we have triumphed. I feel like a Columbus who can see a shadowy America before him: only this isn't merely territory, it is a new continent of the soul. We will all be happy yet, doing a new, constructive work, sailing into a new epoch.

21면

Only the novel as represented by the concept one adduces with the names of Dickens, George Eliot, Tolstoy, Conrad, and Lawrence could have rendered such anti-Cartesian insight and psychological mastery in successful art, (…)

23면

They come to me, and they make me talk, and they enjoy it, it gives them a profoundly gratifying sensation. And that is all. As if what I say were meant only to give them gratification, because of the flavour of personality: as it I were a cake or a wine or a pudding. Then they say, I—D.H.L. am wonderful, I am an exceedingly valuable personality, but that the things I say are extravaganzas, illusions. They say I cannot think.

24면

Any man of real individuality tries to know and to understand what is happening, even in himself, as he goes along. This struggle for verbal consciousness should not be left out in art. It is a very great part of life. It is not superimposition of a theory. *It is the passionate struggle into conscious being.*

27면

What we call the Truth is, in actual experience, that momentary state in living [when] the union between the male and the female is consummated.

27~28면

Why do we consider the male stream, and the female stream, as being only in the flesh: it is something other than physical. The physical, what we call in its narrowest meaning, the sex, is only a definite indication of the great male and female duality and unity.

28면

In life, then, no new thing has ever arisen, or can arise, save out of the impulse of the male upon the female, the female upon the male. The interaction of the male and female spirit begot the wheel, the plough, and the first utterance that was made on the face of the earth.

29면

The final aim of every living thing, creature, or being is the full achievement of itself.

30면

They are passive subjects to the male, the re-echo from the male. A in the Christian religion, the Virgin worship is no real Female worship, but worship of the Female as she is passive and subjected to the male.

31면

The excess is the thing itself at its maximum of being. If it had stopped short of this excess, it would not have been at all. If this excess were missing, darkness would cover the face of the earth.

31면

The clue to all existence is being. But you can't have being without existence, any more than you can have the dandelion flower without the leaves and the long tap root.

Being is *not* ideal, as Plato would have it: nor spiritual. It is a transcendent form of existence, and as much material as existence is. Only the matter suddenly enters the fourth dimension.

33면

Das Bedenklichste in unserer bedenklichen Zeit ist, daß wir noch nicht denken.

35면

Now I absolutely flatly deny that I am a soul, or a body, or a mind, or an intelligence, or a brain, or a nervous system, or a bunch of glands, or any of the rest of these bits of me. The whole is greater than the part. And therefore I, who am man alive, am greater than my soul, or spirit, or body, or mind, or consciousness, or anything else that is merely a part of me. I am a man, and alive. I am man alive, and as long as I can, I intend to go on being man alive.

For this reason I am a novelist. And being a novelist, I consider myself superior to the saint, the scientist, the philosopher and the poet, who are all great masters of different bits of man-alive, but never get the whole hog.

The novel is the one bright book of life. Books are not life. They are only tremulations on the ether. But the novel as a tremulation *can* make the whole man-alive tremble. Which is more than poetry, philosophy, science or any other book-tremulations can do.

36면

The novel is the book of life. In this sense, the Bible is a great confused novel. You may say, it is about God. But it is really about man-alive.

37면

Alas, you can hear the death-rattle in their throats. They can hear it themselves. They are listening to it with acute interest, trying to discover whether the intervals are minor thirds or major fourths. Which is rather infantile, really.

So there you have the "serious" novel, dying in a very long-drawn-out fourteen-volume death-agony, and absorbedly, childishly interested in the phenomenon. "Did I feel a twinge in my little toe, or didn't I?" asks every character in Mr Joyce or Miss Richardson or Monsieur Proust.

39면

(T)he transformations of the moral sentiment tradition in the Victorian novel made it a peculiarly delicate and inward instrument for the study of emotional life. No one was more alive to this achievement, and the peculiar value of the novel to the life of feeling, than Lawrence. Yet the truth-claims of the realist convention had already become problematic before Lawrence started using it. The form depended on a cultural consensus which was less and less available. Hence, although his transformation of the realist genre was partly an answer to this, he was himself none the less caught in the larger history of the genre and indeed was a great enough novelist to precipitate, as well as to mitigate, the fragmenting of the genre even as he used it. It is no accident that Lawrence is at once the culmination of the English novel and the writer in whom it most completely fragments.

40~41면

Mastro-don Gesualdo is a great realist novel of Sicily, as *Madame Bovary* is a great realist novel of France. They both suffer from the defects of the realistic method. I think the inherent flaw in *Madame Bovary*—though I hate talking about flaws in great books; but the charge is really against the realistic method—is that individuals like Emma and Charles Bovary are too insignificant to carry the full weight of Gustave Flaubert's profound sense of tragedy; or, if you will, of tragic futility. Emma and Charles Bovary are two ordinary persons, chosen because they *are* ordinary. But Flaubert is by no means an ordinary person. Yet he insists on pouring his own deep and bitter tragic consciousness into the little skins of the country doctor and his dissatisfied wife. The result is a certain discrepancy, even a certain dishonesty in the attempt to be too honest. By choosing *ordinary* people as the vehicles of an extraordinarily passionate feeling of bitterness, Flaubert loads the dice, and wins by a trick which is sure to be found out against him.

42면

The actual fact is that in Cézanne modern French art made its first tiny step back to real substance, to objective substance, if we may call it so. Van Gogh's earth was still subjective earth, himself projected into the earth. But Cézanne's apples are a real attempt to let the apple exist in its own separate entity, without transfusing it with personal emotion. Cézanne's great effort was, as it were, to shove the apple away from him, and let it live of itself.

43~44면 각주32

I could never have attempted such a thing, because all my moral and intellectual being is penetrated by an invincible conviction that whatever falls under the dominion of our senses must be in nature and, however exceptional, cannot differ in its essence from all the other effects of the visible and tangible world of which we are a self-conscious part. The world of the living contains enough marvels and mysteries as it is—marvels and mysteries acting upon our emotions and intelligence in ways so inexplicable that it would almost justify the conception of life as an enchanted state. No, I am too firm in my consciousness of the marvellous to be ever fascinated by the mere supernatural, which (take it any way you like) is but a manufactured article, the fabrication of minds insensitive to the intimate delicacies of our relation to the dead and to the living, in their countless multitudes; a desecration of our tenderest memories; an outrage on our dignity.

45면

〔I〕f I don't 'subdue my art to a metaphysic', as somebody beautifully said of Hardy, I do write because I want folk—English folk—to alter, and have more sense.

45~46면

I can't bear art that you can walk round and admire. A book should be either a bandit or a rebel or a man in a crowd. People should either run for their lives, or come under the colours, or say *how do you do?* I hate the actor and audience business. An author should be in among the crowd, kicking their shins or cheering them on to some mischief or merriment (…) After all, the world is *not* a stage — not to me: nor a theatre: nor a show-house of any sort. And art, especially novels, are not little theatres where the reader sits aloft and watches — like a god with a twenty-Lira ticket — and sighs, commiserates, condones and smiles. — That's what you want a book to be: because it leaves you so safe and so superior, with your two-dollar ticket to the show. And that's what my books are not and never will be.

47~48면

〔S〕ome of the great images of the Apocalypse move us to strange depths, and to a strange wild fluttering of freedom: of true freedom, really, an escape to *somewhere*, not an escape to nowhere. An escape from the tight little cage of our universe; tight, in spite of all the astronomists' vast and unthinkable stretches of space; tight, because it is only a continuous extension, a dreary on and on, without any meaning: an escape from this into the vital Cosmos, to a sun who has a great wild life, and who looks back at us for strength or withering, marvellous, as he goes his way.

49면 각주36

"〔A〕n angel is the soul of man and woman in one: (…) If I am to be an angel, it'll be my married soul, and not my single soul. It'll not be the soul of me when I was a lad: for I hadn't a soul as would *make* an angel then."

50면

There is a great change coming, bound to come. The whole money arrangement will undergo a change: what, I don't know. The whole industrial system will undergo a change. Work will be different and pay will be different. The owning of property will be different. (…)

As a novelist, I feel it is the change inside the individual which is my real concern. The great social change interests me and troubles me, but it is not my field. I know a change is coming—but I know we must have a more generous, more human system, based on the life values and not on the money values. That I know. But what steps to take I don't know. Other men know better.

My field is to know the feelings inside a man, and to make new feelings conscious.

51~52면 각주39

The essential function of art is moral. Not aesthetic, not decorative, not pastime and recreation. But moral. The essential function of art is moral.

But a passionate, implicit morality, not didactic. A morality which changes the blood, rather than the mind. Changes the blood first. The mind follows later, in the wake.

제1장

68~69면

The women were different. On them too was the drowse of blood-intimacy, calves sucking and hens running together in droves, and young geese palpitating in the hand whilst food was pushed down their throttle. But the women looked out from the heated, blind intercourse of farm-life, to the spoken world beyond. They were aware of the lips and the mind of the world speaking and giving utterance, they heard the sound in the distance, and they strained to listen.

It was enough for the men, that the earth heaved and opened its furrow to them, that the wind blew to dry the wet wheat, and set the young ears of corn wheeling freshly round about; it was enough that they helped the cow in labour, or ferreted the rats from under the barn, or broke the back of a rabbit with a sharp knock of the hand. So much warmth and generating and pain and death did they know in their blood, earth and sky and beast and green plants, so much exchange and interchange they had with these, that they lived full and surcharged, their senses full fed, their faces always turned to the heat of the blood, staring into the sun, dazed with looking towards the source of generation, unable to turn round.

But the woman wanted another form of life than this, something that was not blood-intimacy. Her house faced out from the farm-buildings and fields, looked out to the road and the village with church and Hall and the world beyond. She stood to see the far-off world of cities and governments and the active scope of man, the magic land to her, where secrets were made known and desires fulfilled. She faced outwards to where men moved dominant and creative, having turned their back on the pulsing heat of creation, and with this behind them, were set out to discover what was beyond, to enlarge their own scope and range and freedom; whereas the Brangwen men faced inwards to the teeming life of creation, which poured unresolved into their veins.

69면

It was this, this education, this higher form of being, that the mother wished to give to her children, so that they too could live the supreme life on earth.

75면

Her father was the dawn wherein her consciousness woke up. But for him, she might have gone on like the other children, Gudrun and Theresa and Catherine, one with the flowers and insects and playthings, having no existence apart from the concrete object of her attention. But her father came too near to her. The clasp of his hands and the power of his breast woke her up almost in pain from the transient unconsciousness of childhood. Wide-eyed, unseeing, she was awake before she knew how to see. She was wakened too soon.

76~77면

He brought her a strong sense of the outer world. It was as if she were set on a hill and could feel, vaguely the whole world lying spread before her.

82~83면

What had happened? Had she been mad. What horrible thing had possessed her? She was filled with overpowering fear of herself, overpowering desire that it should not be, that other burning, corrosive self. She was seized with a frenzied desire that what had been should never be remembered, never be thought of, never be for one moment allowed possible. She denied it with all her might. With all her might she turned away from it. She was good, she was loving. Her heart was warm, her blood was dark and warm and soft. She laid her hand caressively on Anton's shoulder.

"Isn't it lovely?" she said, softly, coaxingly, caressingly. (…)

She exerted all her ordinary, warm self, she touched him, she did him homage of loving awareness. And gradually he came back to her, another man. She was soft and winning and caressing. She was his servant, his adoring slave. And she restored the whole shell of him. She restored the whole form and figure of him. But the core was gone. (…)

But she caressed him. She would not have him remember what had been. She would not remember herself.

"Kiss me Anton, kiss me," she pleaded.

85~86면

Her soul, her consciousness seemed to die away. She became shut off and senseless, a little fixed creature whose soul had gone hard and unresponsive. The sense of her own unreality hardened her like a frost. She cared no longer. (…)

Yet far away in her, the sobs were tearing her soul. And when he had gone, she would go and creep under the parlour sofa, and lie clinched in the silent, hidden misery of childhood.

When she crawled out, after an hour or so, she went rather stiffly to play. She willed to forget. She cut off her childish soul from memory, so that the pain, and the insult should not be real. She asserted herself only. There was now nothing in the world but her own self.

87~88면

As Ursula passed from girlhood towards womanhood, gradually the cloud of self-responsibility gathered upon her. She became aware of herself, that she was a separate entity in the midst of an unseparated obscurity, that she must go somewhere, she must become something. And she was afraid, troubled. Why, oh why must one grow up, why must one inherit this heavy, numbing responsibility of living an undiscovered life? Out of nothingness and the undifferentiated mass, to make something of oneself!

88면

So, the old duality of life, wherein there had been a week-day world of people and trains and duties and reports, and besides that a Sunday world of absolute truth and living mystery, (···) this old, unquestioned duality suddenly was found to be broken apart. The week-day world had triumphed over the Sunday world. The Sunday world was not real, or at least, not actual. And one lived by action.

Only the week-day world mattered. She herself, Ursula Brangwen, must know how to take the week-day life. Her body must be a week-day body, held in the world's estimate. Her soul must have a week-day value, known according to the world's knowledge.

Well then, there was a week-day life to live, of action and deeds. And so there was a necessity to choose one's action and one's deeds. One was responsible to the world for what one did.

Nay, one was more than responsible to the world. One was responsible to oneself.

93~94면

So Skrebensky left the girl out and went his way, serving what he had to serve, and enduring what he had to endure, without remark. To his own intrinsic life, he was dead. And he could not rise again from the dead. His soul lay in the tomb. His life lay in the established order of things. He had his five senses too. They were to be gratified. Apart from this, he represented the great, established, extant Idea of life, and as this he was important and beyond question.

95면

Yet she loved him, the body of him, whatever his decisions might be. He seemed to want something of her. He was waiting for her to decide of him. It had been decided in her long ago, when he had kissed her first. He was her lover, though good and evil should cease. Her will never relaxed, though her heart and soul must be imprisoned and silenced.

97~98면

This letter she wrote, sentence by sentence, as if from her deepest, sincerest heart. She felt that now, now, she was at the depths of herself. This was her true self, for ever. With this document she would appear before God at the Judgment Day.

For what had a woman but to submit? What was her flesh but for childbearing, her strength for her children and her husband, the giver of life? At last she was a woman.

100~101면

At length the carriage came and she drove away with the rest. When she was out of sight, a great relief came over him, a pleasant banality. In an instant, everything was obliterated. He was childishly amiable and companionable all the day long. He was astonished that life could be so nice. It was better than it had been before. What a simple thing it was to be rid of her! How friendly and simple everything felt to him! What false thing had she been forcing on him?

But at night, he dared not be alone. His room-mate had gone, and the hours of darkness were an agony to him. He watched the window in suffering and terror. When would this horrible darkness be lifted off him? Setting all his nerves, he endured it. He went to sleep with the dawn.

101~102면

In the daytime he was all right, always occupied with the thing of the moment, adhering to the trivial present, which seemed to him ample and satisfying. No matter how little and futile his occupations were, he gave himself to them entirely, and felt normal and fulfilled. He was always active, cheerful, gay, charming, trivial. Only he dreaded the darkness and silence of his own bedroom, when the darkness should challenge him upon his soul. That he could not bear, as he could not bear to think about Ursula. He had no soul, no background. He never thought of Ursula, not once, he gave her no sign. She was the darkness, the challenge, the horror. He turned to immediate things.

103면

〔S〕till her doors opened under the arch of the rainbow, her threshold reflected the passing of the sun and moon, the great travellers, her house was full of the echo of journeying.

제2장

108면 각주5

Emperors have reigned, and Popes; kings, tyrants, dukes have had their turn; commerce has taken full power in the world. There still remains the last reign of wisdom, of pure understanding, the reign which we have never seen in the world, but which we must see.

113면

Denn das Wesen der Technik ist nichts Menschliches. Das Wesen der Technik ist vor allem nichts Technisches. Das Wesen der Technik hat seinen Ort in dem, was einsther und vor allem anderen zu denken gibt. Deshalb möchte es vorerst noch ratsam sein, weniger über die Technik zu reden und zu schreiben und mehr ihrem Wesen nachzudenken, damit wir erst einmal einen Weg dahin finden. Das Wesen der Technik durchwaltet unser Dasein in einer Weise, die wir noch kaum vermuten.

113면 각주11

So ist denn auch das Wesen der Technik ganz und gar nichts Technisches. Wir erfahren darum niemals unsere Beziehung zum Wesen der Technik, solange wir nur das Technische vorstellen und betreiben, uns damit abfinden oder ihm ausweichen. Überall bleiben wir unfrei an die Technik gekettet, ob wir sie leidenschaftlich bejahen oder verneinen. Am ärgsten sind wir jedoch der Technik ausgeliefert, wenn wir sie als etwas Neutrales betrachten; denn diese Vorstellung, der man heute besonders gern huldigt, macht uns vollends blind gegen das Wesen der Technik.

119면

They were not the be-all and the end-all. It was like being part of a machine. He himself happened to be a controlling, central part, the masses of men were the parts variously controlled. This was merely as it happened. As well get excited because a central hub drives a hundred outer wheels—or because the whole universe wheels round the sun.

119~20면

He abandoned the whole democratic-equality problem as a problem of silliness.

What mattered was the great social productive machine. Let that work perfectly, let it produce a sufficiency of everything, let every man be given a rational portion, greater or less according to his functional degree or magnitude, and then, provision made, let the devil supervene, let every man look after his own amusements and appetites, so long as he interfered with nobody.

120~21면

Immediately he *saw* the firm, he realised what he could do. He had a fight to fight with Matter, with the earth and the coal it enclosed. This was the sole idea, to turn upon the inanimate matter of the underground, and reduce it to his will. And for this fight with matter, one must have perfect instruments in perfect organisation, a mechanism so subtle and harmonious in its workings that it represents the single mind of man, and by its relentless repetition of given movement, will accomplish a purpose irresistibly, inhumanly. It was this inhuman principle in the mechanism he wanted to construct that inspired Gerald with an almost religious exaltation. He, the man, could interpose a perfect, changeless, godlike medium between himself and the Matter he had to subjugate. There were two opposites, his will and the resistant Matter of the earth. And between these he could establish the very expression of his will, the incarnation of his power, a great and perfect machine, a system, an activity of pure order, pure mechanical repetition, repetition ad infinitum, hence eternal and infinite. He found his eternal and his infinite in the pure machine-principle of perfect co-ordination into one pure, complex, infinitely repeated motion, like the spinning of a wheel; but a productive spinning, as the revolving of the universe may be called a productive spinning, a productive repetition through eternity, to infinity. And this is the God-motion, this productive repetition ad infinitum. And Gerald was the God of the Machine, Deus ex Machina. And the whole productive will of man was the Godhead.

123~24면

The miners were overreached. While they were still in the toils of divine equality of man, Gerald had passed on, granted essentially their case, and proceeded in his quality of human being to fulfil the will of mankind as a whole. He merely represented the miners in a higher sense when he perceived that the only way to fulfil perfectly the will of man was to establish the perfect, inhuman machine. But he represented them very essentially, they were far behind, out of date, squabbling for their material equality. The desire had already transmuted into this new and greater desire, for a perfect intervening mechanism between man and Matter, the desire to translate the Godhead into pure mechanism.

124~25면

At first they hated Gerald Crich, they swore to do something to him, to murder him. But as time went on, they accepted everything with some fatal satisfaction. Gerald was their high priest, he represented the religion they really felt. His father was forgotten already. There was a new world, a new order, strict, terrible, inhuman, but satisfying in its very destructiveness. The men were satisfied to belong to the great and wonderful machine, even whilst it destroyed them. It was what they wanted, it was the highest that man had produced, the most wonderful and superhuman. They were exalted by belonging to this great and superhuman system which was beyond feeling or reason, something really godlike. Their hearts died within them, but their souls were satisfied. It was what they wanted. Otherwise Gerald could never have done what he did. He was just ahead of them in giving them what they wanted, this participation in a great and perfect system that subjected life to pure mathematical principles. This was a sort of freedom, the sort they really wanted.

128면

〔She knew〕 that the sordid people who crept hard-scaled and separate on the face of the world's corruption were living still, that the rainbow was arched in their blood and would quiver to life in their spirit, (…)

131~32면

He knew that Ursula was referred back to him. He knew his life rested with her. But he would rather not live than accept the love she proffered. The old way of love seemed a dreadful bondage, a sort of conscription. What it was in him he did not know, but the thought of love, marriage, and children, and a life lived together, in the horrible privacy of domestic and connubial satisfaction, was repulsive. He wanted something clearer, more open, cooler, as it were. The hot narrow intimacy between man and wife was abhorrent. The way they shut their doors, these married people, and shut themselves into their own exclusive alliance with each other, even in love, disgusted him. (…)

On the whole, he hated sex, it was such a limitation. It was sex that turned a man into a broken half of a couple, the woman into the other broken half. And he wanted to be single in himself, the woman single in herself. He wanted sex to revert to the level of the other appetites, to be regarded as a functional process, not as a fulfilment. He believed in sex marriage. But beyond this, he wanted a further conjunction, where man had being and woman had being, two pure beings, each constituting the freedom of the other, balancing each other like two poles of one force, like two angels, or two demons.

133면

This was release at last. She had had lovers, she had known passion. But this was neither love nor passion. It was the daughters of men coming back to the Sons of God, the strange inhuman Sons of God who are in the beginning.

134면

It seems to me that in these places Lawrence betrays by an insistent and over-emphatic explicitness, running at times to something one can only call jargon, (…)

136면

"But where—?" She sighed.

"Somewhere—anywhere. Let's wander off. That's the thing to do—let's wander off."

"Yes—" She said, thrilled at the thought of travel. But to her it was only travel.

"To be free," He said. "To be free, in a free place, with a few other people!"

"Yes," she said wistfully. Those "few other people" depressed her.

"It isn't really a locality, though," he said. "It's a perfected relation between you and me, and others—the perfect relation—so that we are free together."

"It is, my love, isn't it," she said. "It's you and me. It's you and me, isn't it?" She stretched out her arms to him.

143면

Thousands of years ago, that which was imminent in himself must have taken place in these Africans: the goodness, the holiness, the desire for creation and productive happiness must have lapsed, leaving the single impulse for knowledge in one sort, mindless progressive knowledge through the senses, knowledge arrested and ending in the senses, mystic knowledge in disintegration and dissolution, (…)

143면

Birkin thought of Gerald. He was one of these strange white wonderful demons from the north, fulfilled in the destructive frost-mystery. And was he fated to pass away in this knowledge, this one process of frost-knowledge, death by perfect cold? Was he a messenger, an omen of the universal dissolution into whiteness and snow?

144면

Birkin was frightened. He was tired too, when he had reached this length of speculation. Suddenly his strange, strained attention gave way, he could not attend to these mysteries any more.—There was another way, the way of freedom. There was the Paradisal entry into pure, single being, the individual soul taking precedence over love and desire for union, stronger than any pangs of emotion, a lovely state of free proud singleness, which accepts the obligation of the permanent connection with others, and with the other, submits to the yoke and leash of love, but never forfeits its own proud individual singleness, even while it loves and yields.

This was the other way, the remaining way. And he must run to follow it.

148면 각주38

Gegen den Humanismus wird gedacht, weil er die Humanitas des Menschen nicht hoch genug ansetzt.

150면

He turned away. Either the heart would break, or cease to care. Best cease to care. Whatever the mystery which has brought forth man and the universe, it is a non-human mystery, it has its own great ends, man is not the criterion. Best leave it all to the vast, creative, non-human mystery. Best strive with oneself only, not with the universe.

151면

It was very consoling to Birkin, to think this. If humanity ran into a cul de sac, and expended itself, the timeless creative mystery would bring forth some other being, finer, more wonderful, some new, more lovely race, to carry on the embodiment of creation. The game was never up. The mystery of creation was fathomless, infallible, inexhaustible, forever. (…) To be man was as nothing compared to the possibilities of the creative mystery. To have one's pulse beating direct from the mystery, this was perfection, unutterable satisfaction. Human or inhuman mattered nothing. The perfect pulse throbbed with indescribable being, miraculous unborn species.

152면

〔R〕ather, instead of shrewdly concerning themselves with what is needful upon earth that it may be better there, and discreetly doing it, that among men such order shall be established that again for the beautiful work living soil and true harmony be prepared, man playeth the truant and breaketh out in hellish drunkenness; (영역본 원문임)

152면

He was limited, *borné*, subject to his necessity, in the last issue, for goodness, for righteousness, for oneness with the ultimate purpose.

153면

This strange sense of fatality in Gerald, as if he were limited to one form of existence, one knowledge, one activity, a sort of fatal halfness, which to himself seemed wholeness, always overcame Birkin after their moments of passionate approach, and filled him with a sort of contempt, or boredom. It was the insistence on the limitation which so bored Birkin in Gerald. Gerald could never fly away from himself, in real indifferent gaiety. He had a clog, a sort of monomania.

154면

Das Zeitalter der Bildung geht zu Ende, nicht weil die Ungebildeten an die Herrschaft gelangen, sondern weil Zeichen eines Weltalters sichtbar werden, in dem erst das Fragwürdige wieder die Tore zum Wesenhaften aller Dinge und Geschicke öffnet.

제3장

163면

〔T〕his representative world of the intelligentsia, pungently evoked, has its place in Lawrence's wonderfully comprehensive presentment of contemporary England.

163~64면

"Why," said Ursula, "did you make the horse so stiff? It is as stiff as a block."

"Stiff!" he repeated, in arms at once.

"Yes. *Look* how stock and stupid and brutal it is. Horses are sensitive, quite delicate and sensitive, really."

He raised his shoulders, spread his hands in a shrug of slow indifference, as much as to inform her she was an amateur and an impertinent nobody.

"Wissen Sie," he said, with an insulting patienc and condescension in his voice, "that horse is a certain *form*, part of a whole form. It is part of a work of art, a piece of form. It is not a picture of a friendly horse to which you give a lump of sugar, do you see—it is part of a work of art, it has no relation to anything outside that work of art."

Ursula, angry at being treated quite so insultingly *de haut en bas*, from the height of esoteric art to the depth of general exoteric amateurism, replied hotly, flushing and lifting her face:

"But it *is* a picture of a horse, nevertheless."

He lifted his shoulders in another shrug.

"As you like —it is not the picture of a cow, certainly."

165~66면

"A picture of myself!" he repeated, in derision. "Wissen Sie, gnädige Frau, that is a Kunstwerk, a work of art. It is a work of art, it is a picture of nothing, of absolutely nothing. It has nothing to do with anything but itself, it has no relation with the everyday world of this and the other, there is no connection between them, absolutely none, they are two different and distinct planes of existence, and to translate one into the other is worse than foolish, it is a darkening of all counsel, a making confusion everywhere. Do you see, you *must not* confuse the relative world of action, with the absolute world of art. That you *must not do*."

"That is quite true," cried Gudrun, let loose in a sort of rhapsody. "The two things are quite and permanently apart, they have nothing to do with one another. *I* and my art, they have *nothing* to do with each other. My art stands in another world, I am in this world." (…)

Ursula was silent after this outburst. She was furious. She wanted to poke a hole into them both.

"It isn't a word of it true, of all this harangue you have made me," she replied flatly. "The horse is a picture of your own stock stupid brutality, and the girl was a girl you loved and tortured and then ignored."

He looked up at her with a small smile of contempt in his eyes. He would not trouble to answer this last charge. Gudrun too was silent in exasperated contempt. Ursula *was* such an insufferable outsider, rushing in where angels would fear to tread. But there—fools must be suffered, if not gladly.

But Ursula was persistent too.

"As for your world of art and your world of reality," she replied; "you have to separate the two, because you can't bear to know what you are. You can't bear to realise what a stock, stiff, hide-bound brutality you *are* really, so you say 'it's the world of art.' The world of art is only the truth about the real world, that's all—but you are too far gone to see it."

166면

〔A〕 view of art that all artists share, to some extent, despite their protestations to the contrary. It is Flaubert speaking in Loerke, declaring art supreme and the artist's life of little consequence;

168~70면

"But how wonderful, to have such a factory!" cried Ursula. "Is the whole building fine?"

"Oh yes," he replied. "The frieze is part of the whole architecture. Yes, it is a colossal thing."

Then he seemed to stiffen, shrugged his shoulders, and went on:

"Sculpture and architecture must go together. The day for irrelevant statues, as for wall pictures, is over. As a matter of fact sculpture is always part of an architectural conception. And since churches are all museum stuff, since industry is our business, now, then let us make our places of industry our art—our factory-area our Parthenon—ecco!"

Ursula pondered.

"I suppose," she said, "there is no *need* for our great works to be so hideous."

Instantly he broke into motion.

"There you are!" he cried, "there you are! There is not only *no need* for our places of work to be ugly, but their ugliness ruins the work, in the end. Men will not go on submitting to such intolerable ugliness. In the end it will hurt too much, and they will wither because of it. And this will wither the *work* as well. They will think the work itself is ugly: the machines, the very act of labour. Whereas machinery and the acts of labour are extremely, maddeningly beautiful. But this will be the end of our civilisation, when people will not work because work has become so intolerable to their senses, it nauseates them too much, they would rather starve. *Then* we shall see the hammer used only for smashing, then we shall see it.—Yet here we are—we have the opportunity to make beautiful factories, beautiful machine-houses—we have the opportunity—"

(…)

"And do you think then," said Gudrun, "that art should serve industry?"

"Art should *interpret* industry, as art once interpreted religion," he said.

"But does your fair interpret industry?" she asked him.

"Certainly. What is man doing, when he is at a fair like this? He is fulfilling the counterpart of labour—the machine works him, instead of he the machine. He enjoys the mechnanical motion, in his own body."

"But is there nothing but work—mechanical work?" said Gudrun.

"Nothing but work!" he repeated, leaning forward, his eyes two darknesses, with needle-points of light. "No, it is nothing but this, serving a machine, or enjoying the motion of a machine—motion, that is all.—You have never worked for hunger, or you would know what God governs us."

173~74면

So it is that political power becomes a "text" that you can read; daily life becomes a text to be activated or deciphered by walking or shopping; consumers' goods are unveiled as a textual system, along with any number of other conceivable "systems" (the star system, the genre system of Hollywood film, etc.); war becomes a readable text, along with the city and the urban; and finally the body itself proves to be a palimpsest whose stabs of pain and symptoms, along with its deeper impulses and its sensory apparatus, can be *read* fully as much as any other text. That this reconstruction of basic objects of study was welcome and liberated us from a whole range of constricting false problems no one can doubt, that it brought with it new false problems in its own right no one could fail to anticipate.

175~76면

They praised the by-gone things, they took a sentimental, childish delight in the achieved perfections of the past. Particularly they liked the late eighteenth century, the period of Goethe and of Shelley, and Mozart.

They played with the past, and with the great figures of the past, a sort of little game of chess, or marionettes, all to please themselves. They had all the great men for their marionettes, and they two were the god of the show, working it all. As for the future, that they never mentioned except one laughed out some mocking dream of the destruction of the world by a ridiculous catastrophe of man's invention. (…)

Apart from these stories, they never talked of the future. They delighted most either in mocking imaginations of destruction, or in sentimental, fine marionette-shows of the past. It was a sentimental delight to reconstruct the world of Goethe at Weimar, or of Schiller and poverty and faithful love, or to see again Jean Jacques in his quakings, or Voltaire at Ferney, or Frederick the Great reading his own poetry.

They talked together for hours, of literature and sculpture and painting, amusing themselves with Flaxman and Blake and Fuseli, with tenderness, and with Feuerbach and Böcklin. It would take them a life-time, they felt, to live again, in petto, the lives of the grea artists. But they preferred to stay in the eighteenth and the nineteenth centuries.

177면

Faced with these ultimate objects—our social, historical, and existential present, and the past as "referent" —the incompatibility of a postmodernist "nostalgia" art language with genuine historicity becomes dramatically apparent. The contradiction propels this mode, however, into complex and interesting new formal inventiveness; it being understood that the nostalgia film was never a matter of some old-fashioned "representation" of historical content, but instead approached the "past" through stylistic connotation, conveying "pastness" by the glossy qualities of the image and "1930s-ness" or "1950s-ness" by the attributes of fashion.

177~78면

For with the collapse of the high-modernist ideology of style (···) the producers of culture have nowhere to turn but to the past: the imitation of dead styles, speech through all the masks and voices stored up in the imaginary museum of a now global culture.

This situation evidently determines what the architecture historians call "historicism," namely, the random cannibalization of all the styles of the past, the play of random stylistic allusion, and in general what Henri Lefebvre has called the increasing primacy of the "neo." This omnipresence of pastiche is not incompatible with a certain humor, however, nor is it innocent of all passion: it is at the least compatible with addiction—with a whole historically original consumers' appetite for a world transformed into sheer images of itself and for pseudo-events and "spectacles"(the term of the situationists). It is for such objects that we may reserve Plato's conception of the "simulacrum," the identical copy for which no original has ever existed.

182면

To Gudrun, there was in Loerke the rock-bottom of all life. Everybody else had their illusion, must have their illusion, their before and after. But he, with a perfect stoicism, did without any before and after, dispensed with all illusion. He did not deceive himself, in the last issue. In the last issue he cared about nothing, he was troubled about nothing, he made not the slightest attempt to be at one with anything. He existed a pure, unconnected will, stoical and momentaneous. There was only his work.

182~83면

Gerald stood still, suspended in thought.

"What *do* women want, at the bottom?" he asked.

Birkin shrugged his shoulders.

"God knows," he said. "Some satisfaction in basic repulsion, it seems to me. They seem to creep down some ghastly tunnel of darkness, and will never be satisfied till they've come to the end."

Gerald looked out into the mist of fine snow that was blowing by. Everywhere was blind today, horribly blind.

"And what *is* the end?" he asked.

Birkin shook his head.

"I've not got there yet, so I don't know. Ask Loerke, he's pretty near. He is good many stages further than either you or I can go."

"Yes, but stages further in what?" cried Gerald, irritated.

Birkin sighed, and gathered his brows into a knot of anger.

"Stages further in social hatred," he said. "He lives like a rat, in the river of corruption, just where it falls over into the bottomless pit. He's further on than we are. He hates the ideal more acutely. He *hates* the ideal utterly, yet it still dominates him. I expect he is a Jew—or part Jewish."

"Probably," said Gerald.

"He is gnawing little negation, gnawing at the roots of life."

"But why does anybody care about him?" cried Gerald.

"Because they hate the ideal also, in their souls. They want to explore the sewers, and he's the wizard rat that swims ahead."

184~85면

But there *were* no new worlds, there were no more *men*, there were only creatures, little, ultimate *creatures* like Loerke. The world was finished now, for her. There was only the inner, individual darkness, sensation within the ego, the obscene religious mystery of ultimate reduction, the mystic frictional activities of diabolic reducing down, disintegrating the vital organic body of life.

(…)

Of the last series of subtleties Gerald was not capable. He could not touch the quick of her. But where his ruder blows could not penetrate, the fine, insinuating blade of Loerke's insect-like comprehension could. At least, it was time for her now to pass over to the other, the creature, the final craftsman. She knew that Loerke, in his innermost soul, was detached from everything, for him there was neither heaven nor earth nor hell. He admitted no allegiance, he gave no adherence anywhere. He was single and, by abstraction from the rest, absolute in himself.

185면

Whereas in Gerald's soul there still lingered some attachment to the rest, to the whole. And this was his limitation. He was limited, *borné*, subject to his necessity, in the last issue, for goodness, for righteousness, for oneness with the ultimate purpose. That the ultimate purpose might be the perfect and subtle experiencing of the process of death, the will being kept unimpaired, that was not allowed in him. And this was his limitation.

186면

She too was fascinated by him, fascinated, as if some strange creature, a rabbit or a bat or a brown seal, had begun to talk to her. But also, she knew what he was unconscious of, his tremendous power of understanding, of apprehending her living motion. He did not know his own power. He did not know how, with his full, submerged, watchful eyes, he could look into her and see her, what she was, see her secrets.

191~92면

[T]he affective economy Gudrun engages in is structurally homologous to *essential* capital movement, whose *actual* form in recent years requires a subjectivity more perfectly attuned to its essence, a subjectivity that consequently shares certain essential, that is, formal characteristics with Gudrun.

192~93면

Ursula went out alone into the world of pure, new snow. But the dazzling whiteness seemed to beat upon her till it hurt her, she felt the cold was slowly strangling her soul. Her head felt dazed and numb.

Suddenly, she wanted to go away. It occurred to her, like a miracle, that she might go away into another world. She had felt so doomed up here in the eternal snow, as if there were no beyond.

Now suddenly, as by a miracle, she remembered that away beyond, below her, lay the dark fruitful earth, that towards the south there were stretches of land dark with orange trees and cypress, grey with olives, that ilex trees lifted wonderful plumy tufts in shadow against a blue sky. Miracle of miracles!—this utterly silent, frozen world of the mountain-tops was not universal! One might leave it and have done with it. One might go away.

She wanted to realise the miracle at once. She wanted at this instant to have done with the snow-world, the terrible static, ice-built mountain-tops. She wanted to see the dark earth, to smell its earthy fecundity to see the patient wintry vegetation, to feel the sunshine touch a response in the buds.

195~96면

"Oh, but this —" she cried involuntarily, almost in pain.

In front was a valley shut in under the sky, the last huge slopes of snow and black rock, and at the end, like the navel of the earth, a white-folded wall, and two peaks glimmering in the late light. Straight in front ran the cradle of silent snow, between the great slopes, that were fringed with a little roughness of pine-trees, like hair, round the base. But the cradle of snow ran on to the eternal closing-in, where the walls of snow and rock rose impenetrable, and the mountain peaks above were in heaven immediate. This was the centre, the knot, the navel of the world, where the earth belonged to the skies, pure, unapproachable, impassable.

It filled Gudrun with a strange rapture. She crouched in front of the window, clenching her face in her hands, in a sort of trance. At last she had arrived, she had reached her place. Here at last she folded her venture and settled down like a crystal in the navel of snow, and was gone.

200면
There was no tenderness, no love between them any more, only the maddening, sensuous lust for discovery and the insatiable, exorbitant gratification in the sensual beauties of her body.

200~201면
Sometimes he felt he was going mad with a sense of Absolute Beauty, perceived by him in her through his senses. It was something too much for him. And in everything, was this same, almost sinister, terrifying beauty. But in the revelations of her body through contact with his body, was the ultimate beauty, to know which was almost death in itself, and yet for the knowledge of which he would have undergone endless torture. (…)

He had always, all his life, had a secret dread of Absolute Beauty. It had always been like a fetish to him, something to fear, really. For it was immoral and against mankind. (…)

But now he had given way, and with infinite sensual violence gave himself to the realisation of this supreme, immoral, Absolute Beauty, in the body of woman.

202~203면
As he sat sometimes very still, with a bright, vacant face, Anna could see the suffering among the brightness. He was aware of some limit to himself, of something unformed in his very being, of some buds which were not ripe in him, some folded centres of darkness which would never develop and unfold whilst he was alive in the body. He was unready for fulfilment. Something undeveloped in him limited him, there was a darkness in him which he *could* not unfold, which would never unfold in him.

제4장

207~208면
I think New Mexico was the greatest experience from the outside world that I have ever had. It certainly changed me for ever. Curious as it may sound, it was New Mexico that liberated me from the present era of civilisation, the great era of material and mechanical development. Months spent in holy Kandy, in Ceylon,

the holy of holies of southern Buddhism, had not touched the great psyche of materialism and idealism which dominated me. And years, even, in the exquisite beauty of Sicily, right among the old Greek paganism that still lives there, had not shattered the essential Christianity on which my character was established. (…)

But the moment I saw the brilliant, proud morning shine high up over the desert of Santa Fe, something stood still in my soul, and I started to attend. (…) In the magnificent fierce morning of New Mexico one sprang awake, a new part of the soul woke up suddenly, and the old world gave way to a new.

209면

St Mawr seems to me to present a creative and technical originality more remarkable than that of *The Waste Land*, being, as that poem is not, completely achieved, a full and self-sufficient creation.

212면

Lou Witt had had her own way so long, that by the age of twenty-five she didn't know where she was. Having one's own way landed one completely at sea.

213~14면

But now, as if that mysterious fire of the horse's body had split some rock in her, she went home and hid herself in her room, and just cried. The wild, brilliant, alert head of St. Mawr seemed to look at her out of another world. It was as if she had had a vision, as if the walls of her own world had suddenly melted away, leaving her in a great darkness, in the midst of which the large, brilliant eyes of that horse looked at her with demonish question, while his naked ears stood up like daggers from the naked lines of his inhuman head, and his great body glowed red with power.

What was it? Almost like a god looking at her terribly out of the everlasting dark, she had felt the eyes of that horse; great, glowing, fearsome eyes, arched with a question, and containing a white blade of light like a threat. What was his non-human question, and his uncanny threat? She didn't know. He was some splendid demon, and she must worship him.

217면

Lou rode on, her face set towards the farm. An unspeakable weariness had overcome her. She could not even suffer. Weariness of spirit left her in a sort of apathy.

And she had a vision, a vision of evil. Or not strictly a vision. She became aware of evil, evil, evil, rolling in great waves over the earth.

219면 각주21

Part of the interest of Lawrence was to have engaged this question so inwardly and to have recognised the kind of spiritual and emotional vacuum which political demagogues offer to fill.

220면

"I consider these days are the best ever, especially for girls," said Flora Manby. "And anyhow they're our own days, so I don't jolly well see the use of crying them down."

They were all silent, with the last echoes of emphatic *joie de vivre* trumpeting on the air, across the hills of Wales.

"Spoken like a brick, Flora," said Rico. "Say it again, we may not have the Devil's Chair for a pulpit next time."

"I do," reiterated Flora. "I think this is the best age there ever was, for a girl to have a good time in. I read all through H. G. Wells' history, and I shut it up and thanked my stars I live in nineteen-twenty odd, not in some other beastly date when a woman had to cringe before mouldy domineering men."

221면

What did they want to do, those Manby girls? Undermine, undermine, undermine. They wanted to undermine Rico, just as that fair young man would have liked to undermine her. Believe in nothing, care about nothing: but keep the surface easy, and have a good time. *Let us undermine one another. There is nothing to believe in, so let us undermine everything. But look out! No scenes, no spoiling the game. Stick to the rules of the game. Be sporting, and don't do anything that would make a commotion. ... Never, by any chance, injure your fellow man openly. But always injure him secretly.*

Make a fool of him, and undermine his nature. Break him up by undermining him, if you can. It's good sport.

222~23면

What's to be done? Generally speaking, nothing. The dead will have to bury their dead, while the earth stinks of corpses. The individual can but depart from the mass, and try to cleanse himself. Try to hold fast to the living thing, which destroys as it goes, but remains sweet. And in his soul fight, fight, fight to preserve that which is life in him from the ghastly kisses and poison-bites of the myriad evil ones. Retreat to the desert, and fight.

226면

Every new stroke of civilisation has cost the lives of countless brave men, who have fallen defeated by the "dragon," in their efforts to win the apples of the Hesperides, or the fleece of gold. Fallen in their efforts to overcome the old, half-sordid savagery of the lower stages of creation, and win to the next stage.

For all savagery is half-sordid. And man is only himself when he is fighting on and on, to overcome the sordidness.

And every civilisation, when it loses its inward vision and its cleaner energy, falls into a new sort of sordidness, more vast and more stupendous than the old savage sort. An Augean stables of metallic filth.

And all the time, man has to rouse himself afresh, to cleanse the new accumulations of refuse. To win from the crude wild nature the victory and the power to make another start, and to cleanse behind him the century-deep deposits of layer upon layer of refuse: even of tin cans.

227면

This little tumble-down ranch, only a homestead of a hundred-and-sixty acres, was, as it were, man's last effort towards the wild heart of the Rockies, at this point.

228면

The New England woman was ultimately defeated. Lou is going to have to relearn her lessons, through bitter experience. At the end of the story she is still speaking in terms of love and service: (…) However romantically Lou still conceives her mission, it does at least save her from cheapness. Lou looks at the ranch and sees beauty and hope; Mrs Witt sees nothing but 'so much hopelessness and so many rats.' Doomed romanticism and sterile cynicism.

229면

But it's my mission to keep myself for the spirit that is wild, and has waited so long here: even waited for such as me. Now I've come! Now I'm here. Now I am where I want to be: with the spirit that wants me.

230면 각주29

Yet, when the associations of she-goats are precisely with that Goat-god which the story emphsizes that Lou has left behind her on her way to the True Spirit, would Lawrence really have been so clumsy? Is this narrative really meant to lead up to an image of Lou herself as just one more she-goat, if an unusually high-minded one? That may be how Mrs Witt sees the situation; but then the whole book is in part designed to show up the limitations of Mrs Witt's vision of things, for all her just impatience with the modern world.

234면

It is the dance of the naked blood-being, defending his own isolation in the rhythm of the universe. Not skill nor prowess, not heroism. Not man to man. The creature of the isolated, circulating blood-stream dancing in the peril of his own isolation, in the overweening of his own singleness.

234~35면

They are not racing to win a race. They are not racing for a prize. They are not racing to show their prowess.

They are putting forth all their might, all their strength, in a tension that is half anguish, half ecstasy, in the effort to gather into their souls more and more of the creative fire, the creative energy which shall carry their tribe through the year, through the vicissitudes of the months, on, on in the unending race of humanity along the track of trackless creation. It is the heroic effort, the sacred heroic effort which men must make and must keep on making.

235면 각주33

Our darkest tissues are twisted in this old tribal experience, our warmest blood came out of the old tribal fire. And they vibrate still in answer, our blood, our tissue. But me, the conscious me, I have gone a long road since then. And as I look back, like memory terrible as blood-shed, the dark faces round the fire in the night, and one blood beating in me and them. But I don't want to go back to them, ah never. I never want to deny them, or break with them. But there is no going back. Always onward, still further.

236면 각주35

Leo Stein once wrote to me: "It is the most aesthetically-satisfying landscape I know." —To me it was much more than that.

제5장

240면 각주2

That the un-Flaubertian strength in art of Lawrence's genius should be offset by some related imperfections and defaults might seem to have been almost inevitable. And the way in which that genius found its challenge in the problems of contemporary civilized life necessarily involved failures. To have found, as he contemplated human life, or lives, in the contemporary world, the answers he was looking for, Lawrence would have had to be more than a great creative writer —he would have had to be something hardly conceivable.

241면 각주3

〔T〕he idyllic, the savage, and the exalted should have been moving, through the pages, toward a greater coherence, whereas in fact they move away from it, and at last Lawrence can no longer avoid the dilemma by multiplying ceremonies and illuminating his scenes with powerful prose.

242~43면

〔*H*〕*e* demanded that one should transcend —transcend so impossibly —the commonsense, the whole cultural ethos, in which one had been brought up, and in terms of which one did one's thinking.

243면

Women in Love, which is inclusive, cogent and concrete in the treatment of the complex Laurentian theme, is a better work of art than *The Plumed Serpent*, and the superiority as art is superiority as thought —which amounts to greater cogency.

247~48면

We seem, in fact, to be faced in these two works with the fragmentation of the classic Lawrencean novel into its various elements; but the special interest of this in *Kangaroo*, even more than in *Aaron's Rod*, is that we can see Lawrence himself apparently riding the process of its breakdown. In other words, if it is appropriate to speak of a 'breakdown' of the Lawrencean novel, the phrase should include its positive meaning of an analytic perception, as in an exploded diagram, rather than a simple disintegration. (…) If we say, as I believe we must, that Lawrence's medium is itself being drawn into the condition he is dramatising, there is something more complex and significant going on than either narrative failure or a deliberate use of 'imitative' form. What we see rather is the internal logic of Lawrence's evolving vision imposing itself, or being allowed to impose itself, on his narrative form at a very radical, indeed at an ontological, level. That is no doubt why the formal self-consciousness of these works is not felt as a mode of detachment in the modernist manner but rather as a series of reports from the front-line.

255면

But it was a world of metal, and a world of resistance. Cipriano, strangely powerful with the soldiers, in spite of the hatred he aroused in other officials, was for meeting metal with metal. For getting Montes to declare: The religion of Quetzalcoatl is the religion of Mexico, official and declared. —Then backing up the declaration with the army.

But no! no! said Ramón. Let it spread of itself.

257~58면

The animistic religion, as we call it, is not the religion of the Spirit. A religion of spirits, yes. But not of Spirit. There is no One Spirit. There is no One God. There is no Creator. There is strictly no God at all: because all is alive. In our conception of religion, there exists God and His Creation: two things. We are creatures of God, therefore we pray to God as the Father, the Saviour, the Maker.

But strictly, in the religion of aboriginal America, there is no Father, and no Maker. There is the great living source of life:

258면

For the Red Indian seems to me much older than Greeks or Hindus or any Europeans or even Egyptians. The Red Indian, as a civilised and truly religious man, civilised beyond tabu and totem, as he is in the south, is religious in perhaps the oldest sense, and deepest, of the word. That is to say, he is a remnant of the most deeply religious race still living. So it seems to me.

258~59면

It was a vast old religion, greater than anything we know: more darkly and nakedly religious. There is no God, no conception of a god. All is god. But it is not the pantheism we are accustomed to, which expresses itself as "God is everywhere, god is in everything." In the oldest religion, everything was alive, not supernaturally but naturally alive.

259면 각주24

The old idea of the vitality of the universe was evolved long before history begins, and elaborated into a vast religion before we get a glimpse of it. When history does begin, in China or India, Egypt, Babylonia, even in the Pacific and in aboriginal America, we see evidence of one underlying religious idea: the conception of the vitality of the cosmos, the myriad vitalities in wild confusion, which still is held in some sort of array: and man, amid all the glowing welter, adventuring, struggling, striving for one thing, life, vitality, more vitality: to get into himself more and more of the gleaming vitality of the cosmos.

261면

"Shame?" laughed Ramón. "Ah, Señora Caterina, why shame? This is a thing that *must* be done. There *must* be manifestations. We *must* change back to the vision of the living cosmos: we *must*. ... I accept the *must* from the oldest Pan in my soul, and from the newest *me*. Once a man gathers his whole soul together and arrives at a conclusion, the time of alternatives has gone. I *must*. No more than that. I *am* the First Man of Quetzalcoatl. I am Quetzalcoatl himself, if you like. A manifestation as well as a man.

261~62면 각주27

The only gods on earth are men. For gods, like man, do not exist beforehand. They are created and evolved gradually, with aeons of effort, out of the fire and smelting of life. They are the highest thing created, smelted between the furnace of the Life-Sun, and beaten on the anvil of the rain, with hammers of thunder and bellows of rushing wind. The cosmos is a great furnace, a dragon's den, where the heroes and demi-gods, men, forge themselves into being. It is a vast and violent matrix, where souls form like diamonds in earth, under extreme pressure.

So that god are the outcome, not the origin. And the best gods that have resulted, so far, are men.

265~66면

The hero is obsolete, and the leader of men is a back number. (…) On the whole I agree with you, the leader-cum-follower relationship is a bore. And the new relationship will be some sort of tenderness, sensitive, between men and men and men and women, and not the one up one down, lead on I follow, ich dien sort of business.

266면

I know there has to be a return to the older vision of life. But not for the sake of unison. And not done from the *will*. It needs some welling up of religious sources that have been shut down in us: a great *yielding*, rather than an act of will: a yielding to the darker, older unknown, and a reconciliation. Nothing bossy. Yet the natural mystery of power.

268면

The only thing to be done, now
now that the waves of our undoing have begun to strike on us
is to contain ourselves.

To keep still, and let the wreckage of ourselves go,
let everything go, as the wave smashes us,
yet keep still, and hold
the tiny grain of something that no wave can wash away,
not even the most massive wave of destiny.

Among all the smashed debris of myself
keep quiet, and wait.
For the word is Resurrection.
And even the sea of seas will have to give up its dead.

제6장

282~83면

Now 'the old-fashioned human element' is exactly what the novel has traditionally concerned itself with and it is difficult to imagine how it could be otherwise. For in that phrase it contained both the notion of men and women as creatures of a definite time and place and also that of individuals as ethical beings whose attempts to adhere to or transgress against certain moral values has provided Western fiction with its *raison d'être*. (…) What Lawrence claims to be interested in is the unchanging chemical composition, the carbon beneath diamond, coal or soot. This raises several practical problems for the novelist, not all of which Lawrence successfully solved in *The Rainbow*.

283면

In this program for art Lawrence's concern for the core of vitality in the human self, which defines its basis integrity and freedom, has been translated into an attack on traditional ideas of character and plot which were serviceable once but have come to reflect the stiffness and deadness of a society gone wrong.

283~84면

In the ordinary novel an individual is revealed solely by what he says, does, thinks, and feels in the context of an action and in the context of history and society. But a novelist obsessed with "isness," with an ultimate of being, must find such superficial levels of human function irrelevant to his main task. (···)

The difficulty with these ideas as they apply to any novel—although the same difficulties might not present themselves in a ballet, musical composition, or painting concerned with ultimates of being—should be obvious. In all narrative art, existence must grapple with and help to define essence; or, in other words, if one cares to differentiate characters from one another—and upon the possibility of such differentiation depends the possibility of dramatic and narrative organization—it must be done in terms of what they say, do, think, and feel humanly and socially, and these terms must mediate what they "inhumanly" are. A representation of sheer "isness" would make it impossible to distinguish one character from another, and all the characters from undifferentiated life itself. If the essence of a character is carbon, then the essence of all characters is carbon, and you cannot write a novel about carbon and nothing but carbon.

285면 각주13

I am sure of this now, this novel. It is a big and beautiful work. (···)

I am glad you sent back the first draught of the Wedding Ring, because I had not been able to do in it what I wanted to do. But I was upset by the *second* letter you wrote against it, because I felt it insulted rather the thing I *wanted* to say: not me, nor what I had said, but that which I was trying to say, and had failed in.

286~89면

Lerici, per Fiascherino, Golfo della Spezia, Italia
5 junio 1914

Dear Garnett,

First let me remember to thank you for letting the two books be sent to the Consul in Spezia.

About Pinker, I will do as you say, and tell him that the matter of the novel is not settled, and I will call on him in some fifteen or twenty days.

I don't agree with you about the Wedding Ring. You will find that in a while you will like the book as a whole. I don't think the psychology is wrong: it is only that I have a different attitude to my characters, and that necessitates a different attitude in you, which you are not as yet prepared to give. As for its being my *cleverness* which would pull the thing through — that sounds odd to me, for I don't think I am so very clever, in that way. I think the book is a bit futuristic — quite unconsciously so. But when I read Marinetti — 'the profound intuitions of life added one to the other, word by word, according to their illogical conception, will give us the general lines of an intuitive physiology of matter' I see something of what I am after. I translate him clumsily, and his Italian is obfuscated — and I don't care about physiology of matter — but somehow — that which is physic — non-human, in humanity, is more interesting to me than the old-fashioned human element — which causes one to conceive a character in a certain moral scheme and make him consistent. The certain moral scheme is what I object to. In Turguenev, and in Tolstoi, and in Dostoievski, the moral scheme into which all the characters fit — and it is nearly the same scheme — is, whatever the extraordinariness of the characters themselves, dull, old, dead. When Marinetti writes: 'it is the solidity of a blade of steel that is interesting by itself, that is, the incomprehending and inhuman alliance of its molecules in resistance to, let us say, a bullet. The heat of a piece of wood or iron is in fact more passionate, for us, than the laughter or tears of a woman' — then I know what he means. He is stupid, as an artist, for contrasting the heat of the iron and the laugh of the woman. Because what is interesting in the laugh of the woman is the same as the binding of the molecules of steel or their action in heat: it is the inhuman will, call it physiology, or like Marinetti — physiology of matter, that fascinates me. I don't care so much about what the woman *feels* — in the ordinary usage of the word. That presumes an *ego* to feel with. I only care about what the woman *is* — what she *is* — inhumanly, physiologically, materially — according to the use of the word: but for me, what she *is* as a phenomenon (or as representing some greater, inhuman will), instead of what she feels according to the human conception. That is where the futurists are stupid. Instead of looking for the new human phenomenon, they will only look for the phenomena of the science of physics to be found in human being. They are crassly stupid. But if anyone would give them eyes, they would pull the right apples off the tree, for their stomachs are true in appetite. You mustn't look in my novel for the old stable ego of the character. There is another ego, according to whose action the individual is unrecognisable, and passes through, as it were, allotropic states which it needs a deeper sense than any we've been used to exercise, to discover are states of the same single radically-unchanged element. (Like as diamond and coal are the same pure single element of carbon. The ordinary novel would trace the history of the diamond —but I say 'diamond, what! This is carbon.' And my diamond might be coal or soot, and my theme is carbon.)

You must not say my novel is shaky —It is not perfect, because I am not expert in what I want to do. But it is the real thing, say what you like. And I shall get my reception, if not now, then before long. Again I say, don't look for the development of the novel to follow the lines of certain characters: the characters fall into the form of some other rhythmic form, like when one draws a fiddle-bow across a fine tray delicately sanded, the sand takes lines unknown.

I hope this won't bore you. We leave here on Monday, the 8th. Frieda will stay in Baden Baden some 10-14 days. I am not going by sea, because of the filthy weather. I am walking across Switzerland into France with Lewis, one of the skilled engineers of Vickers Maxim works here. I shall let you know my whereabouts.

Don't get chilly and disagreeable to me.

Au revoir D. H. Lawrence

Please keep this letter, because I want to write on futurism and it will help me. —I will come and see Duckworth. Give *Bunny* my novel —I want *him* to understand it.

I shall be *awfully* glad to see Bunny again —and Mrs Garnett and you.

292면

Ein Schulbeispiel dafür ist der bekannte englische Schriftsteller D. H. Lawrence, bei dem dieses Umschlagen der abstrakt unmittelbaren Subjektivität in Unmenschlichkeit, in unmenschlichen Objektivismus sich so vollendet auswirkt, daß es zum Wesen seiner schöpferischen Absicht wird.

293면

Was in der Erkenntnistheorie ein fehlerhafter Idealismus sein muß, der Satz: Ohne Subjekt kein Objekt, ist insofern eines der Grundprinzipien der Ästhetik, als es darin kein ästhetisches Objekt ohne ästhetisches Subjekt geben kann; das Objekt (das Kunstwerk) ist seiner ganzen Struktur nach von Subjektivität durch und durch gewoben; es besitzt kein ≫Atom≪, keine ≫Zelle≪ ohne Subjektivität, sein Ganzes involviert diese als Element des Baugedankens.

293면

Die Unabhängigkeit der objektiven Wirklichkeit vom menschlichen Subjekt ist freilich stets vorausgesetzt. Wäre nicht deren künstlerische Abbildung und Reproduktion Ausgangspunkt und Ziel, so könnten unsere Fragen nicht einmal gestellt werden.

295~96면

If, in other words, we mean to be serious about that task which contemporary theory calls the "decentering" of the subject, if we want to draw the ultimate practical consequences of the current (Lacanian) view that the subject is an "effect of structure" (Lacan's extension of Freud's original program for a "Copernican Revolution" in the human sciences), then we must pay special attention to those forms in which the traditional representation of the subject shows signs of breaking down, in which narrative itself begins to undermine what the structuralists and poststructuralists would call the humanistic paradigm, the received idea of a preexiting human nature and the illusion of an autonomous, centered "self" or personal identity.

It is precisely the disintegration of such categories which D. H. Lawrence evokes in a famous letter in which he reflects on the deeper subversive mission of futurism:

297면

"That I am I."

"That my soul is a dark forest."

"That my known self will never be more than a little clearing in the forest."

"That gods, strange gods come forth from the forest into the clearing of my known self, and then go back."

"That I must have the courage to let them come and go."

"That I will never let mankind put anything over me, but that I will try always to recognise and submit to the gods in me and the gods in other men and women."

제7장

306면

The business of art is to reveal the relation between man and his circumambient universe, at the living moment. (…)

When Van Gogh paints sunflowers, he reveals, or achieves, the vivid relation between himself, as man, and the sunflower, as sunflower, at that quick moment of time. His painting does not represent the sunflower itself. We shall never know what the sunflower itself is. And the camera will *visualise* the sunflower far more perfectly than Van Gogh can.

307~308면

The vision on the canvas is forever incommensurable with the canvas, or the paint, or Van Gogh as a human organism, or the sunflower as a botanical organism.

308~309면

It is a revelation of the perfected relation, at a certain moment, between a man and a sunflower. It is neither man-in-the-mirror nor flower-in-the-mirror, neither is it above or below or across anything. It is in-between everything, in the fourth dimension.

310면

The theater of cruelty is not a *representation*. It is life itself, in the extent to which life is(책에는 in으로 되어 있으나 오자인 듯) unrepresentable. Life is the unrepresentable origin of representation. (영역본)

311면

He let off various explosions, in order to blow up the stronghold of the cliché, and his followers make grand firework imitation of the explosions, without the faintest inkling of the true attack. They do, indeed, make an onslaught on representation, true-to-life representation: because the explosion in Cézanne's pictures blew this up. But I am convinced that what Cézanne himself wanted *was* representation. He *wanted* true-to-life representation. Only he wanted it *more* true to life.

312~13면

One could indeed push Mallarmé back into the most "originary" metaphysics of truth if all mimicry (*mimique*) had indeed disappeared, if it had effaced itself in the scriptural production of truth.

But such is not the case. *There is* mimicry. Mallarmé sets great store by it, along with simulacrum (and along with pantomime, theater, and dance; all these motifs intersect in particular in *Richard Wagner, Rêverie d'un Poète français*, which we are holding and commenting upon here behind the scenes). We are faced then with mimicry imitating nothing; faced, so to speak, with a double that doubles no simple, a double that nothing anticipates, nothing at least that is not itself already double. There is no simple reference. It is in this that the mime's operation does allude, but alludes to nothing, alludes without breaking the mirror, without reaching beyond the looking-glass. (영역본)

313면

And this is the immorality in Cézanne: he begins to see more than the All-seeing Eye of humanity can possibly see, kodak-wise. If you can see in the apple a bellyache and a knock on the head, and paint these in the image, among the prettyness, then it is the death of the kodak and the movies, and must be immoral.

315~16면

This knowledge becomes all the more necessary when we risk the attempt to bring to view and express in words the thingly character of the thing, the equipmental character of equipment, and the workly character of the work. To this end, however, only one element is needful: to keep at a distance all the preconceptions and assaults of the above modes of thought, to leave the thing to rest in its own self, for instance, in its thing-being. What seems easier than to let a being be just the being that it is? Or does this turn out to be the most difficult of tasks, particularly if such an intention — to let a being be as it is — represents the opposite of the indifference that simply turns its back upon the being itself in favor of an unexamined concept of being? We ought to turn toward the being, think about it in regard to its being, but by means of this thinking at the same time let it rest upon itself in its very own being. (영역본. 밑줄 친 부분은 *Holzwege* 수록분에 없는 구절임)

316면

The actual fact is that in Cézanne modern French art made its first tiny step back to real substance, to objective substance, if we may call it so. Van Gogh's earth was still subjective earth, himself projected into the earth. But Cézanne's apples are a real attempt to let the apple exist in its own separate entity, without transfusing it with personal emotion. Cézanne's great effort was, as it were, to shove the apple away from him, and let it live of itself.

318면

Whether one or the other is preferred (but it could easily be shown that because of the nature of the imitated/imitator relation, the *preference*, whatever one might say, can only go to the imitated), it is at bottom this order of appearance, the precedence [*pré-séance*] of the imitated, that governs the philosophical or critical interpretation of "literature," if not the operation of literary writing. This order of appearance is *the order of all appearance*, the very process of appearing in general. It is the order of truth. (영역본)

319면

The operation, which no longer belongs to the system of truth, does not manifest, produce, or unveil any presence; nor does it constitute any conformity, resemblance, or adequation between a presence and a representation. (영역본)

320면

The hymen, therefore, is not the truth of an unveiling. There is no *alētheia*, only a wink of the hymen. (영역본)

320면

Das Kunstwerk eröffnet in seiner Weise das Sein des Seienden. Im Werk geschieht diese Eröffnung, d. h. das Entbergen , d. h. die Wahrheit des Seienden. Im Kunstwerk hat sich die Wahrheit des Seienden ins Werk gesetzt. Die Kunst ist das Sich-ins-Werk-Setzen der Wahrheit.

321면

Im Gemälde van Goghs geschiet die Wahrheit. Das meint nicht, hier werde etwas Vorhandenens richtig abgemalt, sondern im Offenbarwerden des Zeugseins des Schuhzeugs gelant das Seidende im Ganzen, Welt und Erde in ihrem Widerspiel, in die Unverborgenheit.

Im Werk ist die Wahrheit am Werk, also nicht nur ein Wahres.

327면

The novel is a great discovery: far greater than Galileo's telescope or somebody else's wireless. The novel is the highest form of human expression so far attained.

328면

You can't fool the novel. (···)

You can fool pretty nearly every other medium. You can make a poem pietistic, and still it will be a poem. You can write *Hamlet* in drama: if you wrote him in a novel, he'd be half comic, or a trifle suspicious: a suspicious character, like Dostoevsky's Idiot. Somehow, you sweep the ground a bit too clear in the poem or the drama, and you let the Word fly a bit too freely. Now in a novel there's always a tom-cat, a black tom-cat that pounces on the white dove of the Word, if the dove doesn't watch it; and there is a banana-skin to trip on; and you know there is a water-closet on the premises. All these things help to keep the balance.

330~31면

Once these presignifying dimensions of mimesis are projected into the world of early European history, the whole context of mimetic activity can be seen to change. Through the secularization of the cult and the division of ceremonial functions (participants in the rite eventually turning seasonal actors) the ritual context of mimesis tends to contract, and to amalgamate with, elements of representation.

331면

Mimesis in the twentieth century, then, continues to constitute an ensemble of representational and nonrepresentational activities in society. Brecht's idea of the social function of the intellectual was to view the theater (and the mimesis in it) as part of and apart from the appropriation of political and economic power. His was a situation, rather like that of the writer in the modern (the premodernist) period, when the particular intellectual activity was poised between its sense of individual isolation and its sense of societal relationship. If, in the wake of modern formalism and structuralism, the dynamism in the tension between these poles is held to have exhausted its energies for intellectual production, the modes of representation may indeed be displaced as part of a nonusable past, repressed as an unwelcome challenge, a burden on the privileges of the new scriptor's diacritical senses of intellectual autonomy. But at the same time, and notwithstanding its crisis, the resourcefulness of representation helps to interrogate and, indeed, inspire the triumphs and liabilities of nonrepresentational mimesis.

334면

Wherefore I do honour to the machine and to its inventor. It will produce what we want, and save us the necessity of much labour. Which is what it was invented for.

335면

Cyberspace is also likely to be, in flagrant contradiction to its postmodern apologists, the embodiment of the totalizing system of capital. Again, Adorno and Horkheimer are relevant here: 'For the Enlightenment whatever does not conform to the rules of computation and utility is suspect. ... Enlightenment is totalitarian.'(Theodor Adorno and Max Horkheimer, *Dialectic of Enlightenment*, London 1973, p. 6—author's note) It aims at a principle of scientific unity in which the 'multiplicity of forms is reduced to position and arrangement, history to fact, things to matter.'(Ibid., p. 7—author's note) If we replace 'matter' with 'data' then this is all directly relevant to cyberspace.

335~36면

The history of our era is the nauseating and repulsive history of the crucifixion of the procreative body for the glorification of the spirit, the mental consciousness. Plato was an arch-priest of this crucifixion. Art, that handmaid, humbly and honestly served the vile deed, through three thousand years at least. The Renaissance put the spear through the side of the already crucified body, and syphilis put poison into the wound made by the imaginative spear. It took still three hundred years for the body to finish: but in the nineteenth century it became a corpse, a corpse with an abnormally active mind: and today it stinketh.

We, dear reader, you and I, we were born corpses and we are corpses. I doubt if there is even one of us who has even known so much as an apple, a whole apple. All we know is shadows, even of apples. Shadows of everything, of the whole world, shadows even of ourselves. We are inside the tomb, and the tomb is wide and shadowy like hell, even if sky-blue by optimistic paint, so we think it is all the world. But our world is a wide tomb with full of ghosts, replicas. We are all spectres, we have not been able to touch even so much as an apple. Spectres we are to one another. Spectre you are to me, spectre I am to you. Shadow you are even to yourself—And by shadow I mean idea, concept, the abstracted reality, the ego. We are not solid. We don't live in the flesh.

337면

How much more of him was there to know? Ah much, much, many days harvesting for her large, yet perfectly subtle and intelligent hands, upon the field of his living, radio-active body. Ah, her hands were eager, greedy for knowledge.

339면

Lou could not get over the feeling that it all meant nothing. There were no roots of reality at all. No consciousness below the surface, no meaning in anything save the obvious, the blatantly obvious. It was like life enacted in a mirror. Visually, it was wildly vital. But there was nothing behind it. Or like a cinematograph: flat shapes, exactly like men, but without any substance of reality, rapidly rattling away with talk, emotions, activity, all in the flat, nothing behind it. No deeper consciousness at all.

340면

And here finally you see the difference between Indian entertainment and even the earliest form of Greek drama. Right at the beginning of Old World dramatic presentation there was the onlooker, if only in the shape of the God Himself, or the Goddess Herself, to whom the dramatic offering was made. And this God or Goddess resolves, at last, into a Mind occupied by some particular thought or idea. And in the long course of evolution, we ourselves become the gods of our own drama. The spectacle is offered to us. And we sit aloft, enthroned in the Mind, dominated by some one exclusive idea, and we judge the show.

There is absolutely none of this in the Indian dance. There is no God. There is no Onlooker. There is no Mind. There is no dominant idea. And finally, there is no judgment: absolutely no judgment.

341면

In the moving pictures he has detached himself even further from the solid stuff of earth. There, the people are truly shadows: the shadow-pictures are thinkings of his mind. They live in the rapid and kaleidoscopic realm of the abstract. And the individual watching the shadow-spectacle sits a very god, in an orgy of abstraction, actually dissolved into delighted, watchful spirit.

342면 각주41

The great advance in refinement of feeling and squeamish fastidiousness means that we hate the *physical* existence of anybody and everybody, even ourselves. The amazing move into abstraction on the part of the whole of humanity—the film, the radio, the gramophone—means that we loathe the physical element in our amusements, we don't *want* the physical contact, we want to get away from it. We don't *want* to look at flesh-and-blood people—we want to watch their shadows on a screen. We don't *want* to hear their actual voices: only transmitted through a machine. We must get away from the physical.

제8장

348면 각주3

Lawrence's knowledge of Freud's writings was at second or third hand: there is no clear evidence of his having read any of the available Freudian texts.

349면

D. H. Lawrence—who does not struggle against Freud in the name of the rights of the Ideal, but who speaks by virtue of the flows of sexuality and the intensities of the unconscious, and who is incensed and bewildered by what Freud is doing when he closets sexuality in the Oedipal nursery—has a foreboding of this operation of displacement, and protests with all his might: no, Oedipus is not a state of desire and the drives, it is an *idea*, nothing but an idea that repression inspires in us concerning desire; not even a compromise, but an idea in the service of repression, its propaganda, or its propagation. (영역본)

350면

The present book is a continuation from *Psychoanalysis and the Unconscious*. The generality of readers had better just leave it alone: the generality of critics likewise.

351면 각주6

Here Lawrence's evident if paradoxical intention is to say that, although he doesn't know how the universe operates and can't accept the explanations of orthodox science, it is likely that it does so in some such alternatively scientific way as this.

352면

What Freud says is always *partly* true. And half a loaf is better than no bread.

But really, there is the other half of the loaf. All is *not* sex. And a sexual motive is *not* to be attributed to all human activities. We know it, without need to argue.

352~53면

Is it really the case that, *apart from the sexual instincts*, there are no instincts that do not seek to restore an earlier state of things? that there are none that aim at a state of things which has never yet been attained? I know of no certain example from the organic world that would contradict the characterization I have thus proposed. (영역본)

353~54면

Was the building of the cathedrals a working up towards the act of coition? was the dynamic impulse sexual? No. The sexual element was present, and important. But not predominant. The same in the building of the Panama Canal. The sexual impulse, in its widest form, was a very great impulse towards the building of the Panama Canal. But there was something else, of even higher importance, and greater dynamic power.

And what is this other, greater impulse? It is the desire of the human male to build a world (···) Even the Panama Canal would never have been built *simply* to let ships through. It is the pure disinterested craving of the human male to make something wonderful, out of his own head and his own self, and his own soul's faith and delight, which starts everything going. This is the prime motivity. And the motivity of sex is subsidiary to this: often directly antagonistic.

That is, the essentially religious or creative motive is the first motive for all human activity.

355면

It may be difficult, too, for many of us, to abandon the belief that there is an instinct towards perfection at work in human beings, which has brought them to their present high level of intellectual achievement and ethical sublimation and which may be expected to watch over their development into supermen. I have no faith, however, in the existence of any such internal instinct and I cannot see how this benevolent illusion is to be preserved. The present development of human beings requires, as it seems to me, no different explanation from that of animals. What appears in a minority of human individuals as an untiring impulsion towards further perfection can easily be understood as a result of the instinctual repression upon which is based all that is most precious in human civilization. (영역본)

356면

The process of transfer from the primary consciousness to recognised mental consciousness is a mystery like every other transfer. Yet it follows its own laws. And here we begin to approach the confines of orthodox psychology, upon which we have no desire to trespass. But this we *can* say. The degree of transfer from primary to mental consciousness varies with every individual. But in most individuals the natural degree is very low.

The process of transfer from primary consciousness is called sublimation, the sublimating of the potential body of knowledge with the definite reality of the idea. And with this process we have identified all education.

357면

After coition, we say the blood is renewed. We say that from the new, finely sparkling blood new thrills pass into the great affective centres of the lower body, new thrills of feeling, of impulse, of energy.—And what about these new thrills?

Now, a new story. The new thrills are passed on to the great upper centres of the dynamic body. The individual polarity now changes, within the individual system. (…)

And what then? What now, that the upper centres are finely active in positivity? Now it is a different story. Now there is new vision in the eyes, new hearing in the ears, new voice in the throat and speech on the lips. Now the new song rises, the brain tingles to new thought, the heart craves for new activity.

The heart craves for new activity. For new *collective* activity. That is, for a new polarised connection with other beings, other men.

358면

Pathography does not in the least aim at making the great man's achievements intelligible; and surely no one should be blamed for not carrying out something he has never promised to do. ... We should be most glad to give an account of the way in which artistic activity derives from the primal instincts of the mind if it were not just here that our capacities fail us. (영역본)

359면 각주11

We are left, then, with these two characteristics of Leonardo which are inexplicable by the efforts of psycho-analysis: his quite special tendency towards instinctual repressions, and his extraordinary capacity for sublimating the primitive instincts. (영

역본)

359면

No great motive or ideal or social principle can endure for any length of time unless based upon the sexual fulfilment of the vast majority of individuals concerned.

It cuts both ways. Assert sex as the predominant fulfilment, and you get the collapse of living purpose in man. You get anarchy. Assert *purposiveness* as the one supreme and pure activity of life, and you drift into barren sterility, like our business life of today, and our political life. You become sterile, you make anarchy inevitable. And so there you are. You have got to base your great purposive activity upon the intense sexual fulfilment of all your individuals. That was how Egypt endured. But you have got to keep your sexual fulfilment even then subordinate, just subordinate to the great passion of purpose: subordinate by a hair's breadth only: but still, by that hair's breadth, subordinate.

360면

〔C〕ivilization is a process in the service of Eros, whose purpose is to combine single human individuals, and after that families, then races, peoples and nations, into one great unity, the unity of mankind. Why this has to happen, we do not know; the work of Eros is precisely this. These collections of men are to be libidinally bound to one another. Necessity alone, the advantages of work in common, will not hold them together. (영역본)

361면

The fateful question for the human species seems to me to be whether and to what extent their cultural development will succeed in mastering the disturbance of their communal life by the human instinct of aggression and self-destruction. It may be that in this respect precisely the present time deserves a special interest. Men have gained control over the forces of nature to such an extent that with their help they would have no difficulty in exterminating one another to the last man. They know this, and hence comes a large part of their current unrest, their unhappiness and their mood of anxiety. And now it is to be expected that the other of the two 'Heavenly Powers', eternal Eros, will make an effort to assert himself in the struggle with his equally immortal adversary. (영역본)

362면 각주13

And here at last an idea comes in which belongs entirely to psychoanalysis and which is foreign to people's ordinary way of thinking. This idea is of a sort which enables us to understand why the subject-matter was bound to seem so confused and obscure to us. For it tells us that conscience (or more correctly, the anxiety which later becomes conscience) is indeed the cause of instinctual renunciation to begin with, but that later the relationship is reversed. Every renunciation of instinct now becomes a dynamic source of conscience and every fresh renunciation increases the latter's severity and intolerance. (영역본)

362면

It is always possible to bind together a considerable number of people in love, so long as there are other people left over to receive the manifestations of their aggressiveness. (…) When once the Apostle Paul had posited universal love between men as the foundation of his Christian community, extreme intolerance on the part of Christendom towards those who remained outside it became the inevitable consequence. To the Romans, who had not founded their communal life as a State upon love, religious intolerance was something foreign, although with them religion was a concern of the State and the State was permeated by religion. (영역본)

363면 각주14

Creation destroys as it goes, throws down one tree for the rise of another. But ideal mankind would abolish death, multiply itself million upon million, rear up city upon city, save every parasite alive, until the accumulation of mere existence is swollen to a horror.

363~64면

It seems to me that the delicacy and even more the tartuffery of tame domestic animals (which is to say modern men, which is to say us) resists a really vivid comprehension of the degree to which *cruelty* constituted the great festival pleasure of more primitive men and was indeed an ingredient of almost every one of their pleasures; and how naïvely, how innocently their thirst for cruelty manifested itself, how, as a matter of principle, they posited "disinterested malice" (or, in Spinoza's words, *sympathia malevolens*) as a *normal* quality of men.

364면

In this psychical cruelty there resides a madness of the will which is absolutely unexampled: the *will* of man to find himself guilty and reprehensible to a degree that can never be atoned for; his *will* to think himself punished without any possibility of the punishment becoming equal to the guilt; his *will* to infect and poison the fundamental ground of things with the problem of punishment and guilt so as to cut off once and for all his own exit from this labyrinth of "fixed ideas"; his *will* to erect an ideal—that of the "holy God"—and in the face of it to feel the palpable certainty of his own absolute unworthiness. Oh this insane, pathetic beast—man! (영역본)

365~66면

And it from the great voluntary centre of the lumbar ganglion that the child asserts its distinction from the mother, the single identity of its own existence, and its power over its surroundings. From this centre issues the violent little pride and lustiness which kicks with glee, or crows with tiny exultance in its own being, or which claws the breast with a savage little rapacity, and an incipient masterfulness of which every mother is aware. This incipient mastery, this sheer joy of a young thing in its own single existence, the marvellous playfulness of early youth, and the roguish mockery of the mother's love, as well as the bursts of temper and rage, all belongs to infancy.

366면

〔A〕 centre of happier activity: of real, eager curiosity, of the delightful desire to pick things to pieces, and the desire to put them together again, the desire to "find out", and the desire to invent:

367~68면

In Jesus' day, the inwardly strong men everywhere had lost their desire to rule on earth. They wished to withdraw their strength from earthly rule and earthly power, and to apply it to another form of life.

369면

And it is the Unforgivable Sin to declare that these two are contradictions one of the other, though contradictions they are. Between them is linked the Holy Spirit, as a reconciliation, and whoso shall speak hurtfully against the Holy Spirit shall find no forgiveness.

371면

〔A〕 great field of science which is as yet quite closed to us. (…) the science which proceeds in terms of life and is established on data of living experience and sure intuition.

371면

They are the heterogeneous odds and ends of images swept together accidentally by the besom of the night-current, and it is beneath our dignity to attach any real importance to them. It is always beneath our dignity to go degrading the integrity of the individual soul by cringing and scraping among the rag-tag of accident and of the inferior, mechanic coincidence and automatic event. Only those events are significant which derive from or apply to the soul in its full integrity.

372면

〔W〕hatever the dreamer tells us must count as his dream, without regard to what he may have forgotten or altered in recalling it. (영역본)

372면

Now, too, we can understand to what extent it is a matter of indifference how much or how little the dream is remembered and, above all, how accurately or how uncertainly. For the remembered dream is not the genuine material but a distorted substitute for it, which should assist us, by calling up other substitutive images, to come nearer to the genuine material, to make what is unconscious in the dream conscious. (영역본)

374면

No, science is no illusion. But an illusion it would be to suppose that what science cannot give us we can get elsewhere. (영역본)

374~75면

The great desire today is to deny the religious impulse altogether, or else to assert its absolute alienity from the sexual impulse. The orthodox religious world says faugh! to sex. Whereupon we thank Freud for giving them tit for tat. But the orthodox scientific world says fie! to the religious impulse. The scientist wants to discover a cause for everything. And there is no cause for the religious impulse. Freud is with the scientists. Jung dodges from his university gown into a priest's surplice, till we don't know where we are. We prefer Freud's *Sex* to Jung's *Libido* or Bergson's *Elan Vital*. Sex has at least *some* definite reference, though when Freud makes sex accountable for everything he as good as makes it accountable for nothing.

375~76면

Freud's unconscious is not at all the romantic unconscious of imaginative creation. It is not the locus of the divinities of night. This locus is no doubt not entirely unrelated to the locus towards which Freud turns his gaze—but the fact that Jung, who provides a link with the terms of the romantic unconscious, should have been repudiated by Freud, is sufficient indication that psycho-analysis is introducing something other. (영역본)

377면

It [the spirit today] does without ideals of any kind—the popular expression for this abstinence is "atheism"—*except for its will to truth*. But this will, this *remnant* of an ideal, is, if you will believe me, this ideal itself in its strictest, most spiritual formulation, esoteric through and through, with all external additions abolished, and thus not so much its remnant as its *kernel*. (영역본)

377면

All I can do is tell the truth. No, that isn't so —I have missed it. There is no truth that, in passing through awareness, does not lie.

But one runs after it all the same. (영역본)

378면

But my truth is *dreadful:* for hitherto the *lie* has been called the truth.— *Revaluation of all values*: this is my formula for an act of supreme coming-to-oneself on the part of mankind which in me has become flesh and genius. It is my fate to have to be the first *decent* human being, to know myself in opposition to the mendaciousness of millenia ... I was the first to *discover* the truth, in that I was the first to sense —*smell*—the lie as lie ... My genius is in my nostrils ... (영역본, 문장 사이의 구두점은 모두 원문대로)

380~81면

He did foolish things. He asserted himself on his rights, he arrogated the old position of master of the house.

"You've a right to do as I want," he cried.

"Fool!" she answered. "Fool!"

"I'll let you know who's master," he cried.

"Fool!" she answered. "Fool! I've known my own father, who could put a dozen of you in his pipe and push them down with his finger-end. Don't I know what a fool you are."

He knew himself what a fool he was, and was flayed by the knowledge. (…) He knew, with shame, how her father had been a man without arrogating any authority.

383면 각주39

And it behoves every man in his hour to take off his shoes and relax and give himself up to his woman and her world. Not to give up his purpose. But to give up himself for a time to her who is his mate. —And so it is one detests the clock-work Kant, and the petit-bourgeois Napoleon divorcing his Josephine for a Hapsburg — or even Jesus, with his "Woman, what have I to do with thee?" —He might have added "just now." — They were all failures.

385면

We have got to get back to the great purpose of manhood, a passionate unison in actively making a world.

387면 각주43

Woman has emerged, and you can't put her back again. And she's not going back of her own accord, not if she knows it.

387면 각주44

Give woman her full independence, and with it, the full responsibility of her independence. That is the only way to satisfy women once more: give them their full independence and full self-responsibility as mothers and heads of the family. When the children take the mother's name, the mother will look after the name all right.

388~89면

And give the men a new foregathering ground, where they can meet and satisfy their deep social needs, profound social cravings which can only be satisfied apart from women. It is absolutely necessary to find some way of satisfying these ultimate social cravings in men, which are deep as religion in a man. It is necessary for the life of society, to keep us organically vital, to save us from the mess of industrial chaos and industrial revolt.

제9장

400면

Listen to the States asserting: "The hour has struck! Americans shall be American. The U. S. A. is now grown up, artistically. It is time we ceased to hang on to the skirts of Europe, or to behave like schoolboys let loose from European schoolmasters — "

All right, Americans, let's see you set about it. Go on then, let the precious cat out of the bag. If you're sure he's in.

400~401면

If he is, of course, he must be somewhere inside you, Oh American. No good chasing him over all the old continents, of course. But equally no good *asserting* him merely. Where *is* the new bird called the true American? Show us the homunculus of the new era. Go on, show us him. Because all that is visible to the naked European eye, in America, is a sort of recreant European. We want to see this missing link of the next era.

Well, we still don't get him. So the only thing to do is to have a look for him under the American bushes. The old American literature, to start with.

401면

Well, it's high time now that someone came to lift out the swaddled infant of truth that America spawned some time back. The child must be getting pretty thin, from neglect.

402~403면

There is a new voice in the old American classics. The world has declined to hear it, and has blabbed about children's stories.

Why?—Out of fear. The world fears the new experience more than it fears anything. Because a new experience displaces so many old experiences. And it is like trying to use muscles that have perhaps never been used, or that have been going stiff for ages. It hurts horribly.

The world doesn't fear a new idea. It can pigeon-hole any idea. But it can't pigeon-hole a real new experience. It can only dodge. The world is a great dodger, and the Americans the greatest. Because they dodge their own selves.

405면

I believe the peculiar intensity of Leavis's reading of a text lies in his habit of putting himself imaginatively into the condition of its nonexistence. He does not just follow the lines of the work but invokes the sometimes stupendous process of its creation.

407~408면

Now listen to me, don't listen to him. He'll tell you the lie you expect. Which is partly your fault for expecting it.

He didn't come in search of freedom of worship. England had more freedom of worship in the year 1700 than America had. Won by Englishmen who wanted freedom, and so stopped at home and fought for it. And got it. Freedom of worship? Read the history of New England during the first century of its existence.

Freedom anyhow? The land of the free! This the land of the free! Why, if I say anything that displeases them, the free mob will lynch me, and that's my freedom. Free? Why I have never been in any country where the individual has such an abject fear of his fellow countrymen. Because, as I say, they are free to lynch him the moment he shows he is not one of them. (…)

They 〔the Pilgrim Fathers and their successors〕 didn't come for freedom. Or if they did, they sadly went back on themselves.

408~409면

Men are free when they are in a living homeland, not when they are straying and breaking away. Men are free when they are obeying some deep, inward voice of religious belief. Obeying from within. Men are free when they belong to a living, organic, *believing* community, active in fulfilling some unfulfilled, perhaps unrealised purpose. Not when they are escaping to some wild west. The most unfree souls go west, and shout of freedom. Men are freest when they are most unconscious of freedom. The shout is a rattling of chains, always was.

410면

So much for the conscious American motive, and for democracy over here. Democracy in America is just the tool with which the old mastery of Europe, the European spirit, is undermined. Europe destroyed, potentially, American democracy will evaporate. America will begin.

American consciousness has so far been a false dawn. The negative ideal of democracy. But underneath, and contrary to this open ideal, the first hints and revelations of IT. IT, the American whole soul.

412면

Cultivate the earth, ye gods! The Indians did that, as much as they needed. And they left off there. Who built Chicago? Who cultivated the earth till it spawned Pittsburgh, Pa.?

412~13면

Which brings us right back to the question, what's wrong with Benjamin, that we can't stand him? Or else, what's wrong with us, that we find fault with such a paragon?

Man is a moral animal. All right. I am a moral animal. And I'm going to remain such. I'm not going to be turned into a virtuous little automaton, as Benjamin would have me. "This is good, that is bad. Turn the little handle and let the good tap flow," saith Benjamin and all Americans with him. "But first extirpate those savages who are always turning on the bad tap."

414면

Franklin is the real *practical* prototype of the American. Crèvecoeur is the emotional. To the European, the American is first and foremost a dollar-fiend. We tend to forget the emotional heritage of Henri St. Joan de Crèvecoeur. We tend to disbelieve, for example, in Woodrow Wilson's wrung heart and wet hanky. Yet surely these are real enough. Aren't they?

415면

Henri St. Jean you have lied to me. You lied even more scurrilously to yourself. Henri St. Jean, you are an emotional liar.

Jean Jacques, Bernardin de St. Pierre, Chateaubriand, exquisite François Le Vaillant, you lying little lot, with your Nature Sweet and Pure! Marie Antoinette got her head off for playing dairy-maid, and nobody even dusted the seats of your pants, till now, for all the lies you put over us.

415~16면

This Nature-sweet-and-pure business is only another effort at intellectualising. Just an attempt to make nature succumb to a few laws of the human mind.

418면

Rum plus Savage may equal a dead savage. But is a dead savage nought? Can you make a land virgin by killing off its aborigines?

419면

Belief is a mysterious thing. It is the only healer of the soul's wounds. There is no belief in the world.

The Red Man is dead, disbelieving in us. He is dead and unappeased. Do not imagine him happy in his Happy Hunting Ground. No. Only those that die in belief die happy. Those that are pushed out of life in chagrin come back unappeased, for revenge.

420면

Democracy in America was never the same thing as Liberty in Europe. In Europe Liberty was a great life-throb. But in America Democracy was always something anti-life. The greatest democrats, like Abraham Lincoln, had always a sacrificial, self-murdering note in their voices. American Democracy was a form of self-murder, always. Or of murdering somebody else.

Necessarily. It was a *pis aller*. It was the *pis aller* to European Liberty. It was a cruel form of sloughing. Men murdered themselves into this democracy. Democracy is the utter hardening of the old skin, the old form, the old psyche. It hardens till it is tight and fixed and inorganic. Then it *must* burst, like a chrysalis shell. And out must come the soft grub, or the soft damp butterfly of the American-at-last.

420~21면

〔I〕n his immortal friendship of Chingachgook and Natty Bumppo he dreamed the nucleus of a new society. That is, he dreamed a new human relationship. A stark, stripped human relationship of two men, deeper than the deeps of sex. Deeper than property, deeper than fatherhood, deeper than marriage, deeper than love. So deep that it is loveless. The stark, loveless, wordless unison of two men who have come to the bottom of themselves. This is the new nucleus of a new society, the clue to a new world-epoch. It asks for a great and cruel sloughing first of all. Then it finds a great release into a new world, a new moral, a new landscape.

424면

The human soul in him was beside itself. But it was not lost. He told us plainly how it was, so that we should know.

He was an adventurer into vaults and cellars and horrible underground passages of the human soul. He sounded the horror and the warning of his own doom.

Doomed he was. He died wanting more love, and love killed him. A ghastly disease, love. Poe telling us of his disease: trying even to make his disease fair and attractive. Even succeeding.

Which is the inevitable falseness, duplicity of art, American art in particular.

424~25면

You *must* look through the surface of American art, and see the inner diabolism of the symbolic meaning. Otherwise it is all mere childishness.

That blue-eyed darling Nathaniel knew disagreeable things in his inner soul. He was careful to send them out in disguise.

Always the same. The deliberate consciousness of Americans so fair and smooth-spoken, and the under-consciousness so devilish. *Destroy! destroy! destroy!* hums the under-consciousness. *Love and produce! Love and produce!* cackles the upper consciousness. And the world hears only the Love-and-produce cackle. Refuses to hear the hum of destruction underneath. Until such time as it will *have* to hear.

427면

Unless a man believes in himself and his gods, *genuinely*; unless he fiercely obeys his own Holy Ghost; his woman will destroy him. Woman is the nemesis of doubting man. She can't help it.

And with Hester, after Ligeia, woman becomes a nemesis to man. She bolsters him up from the outside, she destroys him from the inside. And he dies hating her, as Dimmesdale did.

Dimmesdale's spirituality had gone on too long, too far. It had become a false thing. He found his nemesis in woman. And he was done for.

427~28면

And it is an evolutionary process. The devil in Hester produced a purer devil in Pearl. And the devil in Pearl will produce (…) a piece of purer devilishness still.

And so from hour to hour we ripe and ripe,

And then from hour to hour we rot and rot.

There was that in the child "which often impelled Hester to ask in bitterness of heart, whether it were for good or ill that the poor little creature had been born at all."

For ill, Hester. But don't worry. Ill is as necessary as good. Malevolence is as necessary as benevolence. If you brought forth, spawned, a young malevolence, be sure there is a rampant falseness in the world against which this malevolence must be turned. Falseness has to be bitten and bitten, till it is bitten to death. Hence Pearl.

430면

At a certain point, human life becomes uninteresting to men. What then? They turn to some universal.

431면

Dana's small book is a very great book: contains a great extreme of knowledge, knowledge of the great element.

And after all, we have to know all before we can know that knowing is nothing.

Imaginatively, we have to know all: even the elemental waters. And know and know on, until knowledge suddenly shrivels and we know that forever we don't know.

Then there is a sort of peace, and we can start afresh, knowing we don't know.

431면

In his life they said he was mad—or crazy. He was neither mad nor crazy. But he was over the border. He was half a water animal, like those terrible yellow-bearded Vikings who broke out of the waves in beaked ships.

432면

Far be it from me to assume any "white" superiority. But they are savages. They are gentle and laughing and physically very handsome. But it seems to me, that in living so far, through all our bitter centuries of civilisation, we have still been living onwards, forwards. God knows it looks like a *cul de sac* now. But turn to the first negro, and then listen to your own soul. And your own soul will tell you that however false and foul our forms and systems now are, still, through the many centuries since Egypt, we have been living and struggling forwards along some road that is no road, and yet is a great life development. We have struggled on in life-development. And our own soul says inside us that on we must still go. We may have to smash things. Then let us smash. And our road may have to take a great swerve, that seems a retrogression.

But we can't go back.

433~34면

A maniac captain of the soul, and three eminently practical mates.

America!

Then such a crew. Renegades, castaways, cannibals: Ishmael, Quakers.

America!

Three giant harpooneers, to spear the great white whale.

(…)

And in a mad ship, under a mad captain, in a mad, fanatic's hunt.

For what?

For Moby Dick, the great White Whale.

But splendidly handled. Three splendid mates. The whole thing practical, eminently practical in its working. American industry!

And all this practicality in the service of a mad, mad chase.

436면

Your mainspring is broken, Walt Whitman. The mainspring of your own individuality. And so you run down with a great whirr, merging with everything.

You have killed your isolated Moby Dick. You have mentalised your deep sensual body, and that's the death of it.

436면

ALLNESS! shrieks Walt at a cross-road, going whizz over an unwary Red Indian.

ONE IDENTITY! chants democratic En Masse, pelting behind in motorcars, oblivious of the corpses under the wheels.

God save me, I feel like creeping down a rabbit-hole, to get away from all these automobiles rushing down the ONE IDENTITY track to the goal of ALLNESS.

437~38면

The Open Road. The great home of the soul is the open road. Not heaven, not paradise. Not "above." Not even "within." The soul is neither "above" nor "within." It is the wayfarer down the open road.

Not by meditating. Not by fasting. Not be exploring heaven after heaven, inwardly, in the manner of the great mystics. Not by exaltation. Not by ecstasy. Not by any of these ways does the soul come into her own.

Only by taking the open road.

Not through Charity. Not through sacrifice. Not even through Love. Not through Good Works. Not through these does the soul accomplish herself.

Only through the journey down the open road.

438~39면

It is the American heroic message. The soul is not to pile up defences round herself. She is not to withdraw and seek her heavens inwardly, in mystical ecstasies. She is not to cry to some God beyond, for salvation. She is to go down the open road, as the road opens into the unknown, keeping company with those whose soul draws them near to her, accomplishing nothing save the journey, and the works incident to the journey, in the long life-travel into the unknown, the soul in her subtle sympathies accomplishing herself by the way.

This is Whitman's essential message. The heroic message of the American future. It is the inspiration of thousands of Americans today, the best souls of today, men and women. And it is a message that only in America can be fully understood, finally accepted.

441면

It is not I who guide my soul to heaven. It is I who am guided by my own soul along the open road, where all men tread. Therefore I must accept her deep motions of love, or hate, or compassion, or dislike, or indifference. And I must go where she takes me. For my feet and my lips and my phallus are my soul. It is I who must submit to her.

This is Whitman's message of American democracy.

The true democracy, where soul meets soul, in the open road. (…)

(…) Democracy: a recognition of souls, all down the open road, and a great soul seen in its greatness, as it travels on foot among the rest, down the common way of the living. A glad recognition of souls, and a gladder worship of great and greater souls, because they are the only riches.

제10장

455면

Equality currently functions as a shared ideal in both political rhetoric and philosophy. No politician calls for 'a more unequal society', and within political theory philosophers of almost every persuasion advocate some form of egalitarianism.

456면

For Society, or Democracy, or any Political State or Community exists not for the sake of the individual, nor should ever exist for the sake of the individual, but simply to establish the Average, (…) Democracy and Socialism are dead ideals. They are all just *contrivances* for the supplying of the lowest material needs of a people.

456~57면

Where each thing is unique in itself, there can be no comparison made. One man is neither equal nor unequal to another man. When I stand in the presence of another man, and I am my own pure self, am I aware of the presence of an equal, or of an inferior, or of a superior? I am not. When I stand with another man, who is himself, and when I am truly myself, then I am only aware of a Presence, and of the strange reality of Otherness. (…)

So, we know the first great purpose of Democracy: that each man shall be spontaneously himself—each man himself, each woman herself, without any question of equality or unequality entering in at all; and that no man shall try to determine the being of any other man, or of any other woman.

457면

Now we will settle for ever the Equality of Man, and the Rights of Man. Society means people living together. People *must* live together, And to live together, they must have some Standard, some *Material* Standard. This is where the Average comes in. And this is where Socialism, and Modern Democracy comes in. For Democracy and Socialism rest upon the Equality of Man, which is the Average. And this is sound enough, so long as the Average represents the real basic material needs of mankind—basic material needs—we insist and insist again.

457~58면

"*If*," said Hermione at last, "we could only realise, that in the *spirit* we are all one, all equal in the spirit, all brothers there—the rest wouldn't matter, there would be no more of this carping and envy and this struggle for power, which destroys, only destroys."

(…) when the others had gone, Birkin turned round in bitter declamation, saying:

"It is just the opposite, just the contrary, Hermione. We are all different and unequal in spirit—it is only the *social* differences that are based on accidental material conditions. We are all abstractly or mathematically equal, if you like. Every man has hunger and thirst, two eyes, one nose and two legs. We're all the same in point of number. But spiritually, there is pure difference and neither equality nor inequality counts. (…)"

458면 각주12

The Prime Minister of the future will be no more than a sort of steward, the Minister of Commerce will be the great housekeeper, the Minister of Transport the head coachman: all just chief servants, no more: servants.

460면

There must be an aristocracy of people who have wisdom, and there must be a Ruler: a Kaiser: no Presidents and democracies.

462면

The true democracy, where soul meets soul, in the open road. (···)

(···) Democracy: (···) a great soul seen in its greatness, as it travels on foot among the rest, down the common way of the living. A glad recognition of souls, and a gladder worship of great and greater souls, (···)

463면

〔N〕ot merely a political system, or a system of government—or even a social system. It is an attempt to conceive a new way of life, to establish new values. It is a struggle to liberate human beings from the fixed, arbitrary control of ideals, into free spontaneity.

467면

All this in terms of *existence*. As far as existence goes, that life-species is the highest which can devour, or destroy, or subjugate every other life-species against which it is pitted in contest.

This is a law. There is no escaping this law. Anyone, or any race, trying to escape it, will fall a victim: will fall into subjugation.

But let us insist and insist again, we are talking now of existence, of species, of types, of races, of nations, not of single individuals, nor of *beings*. The dandelion in full flower, a little sun bristling with sun-rays on the green earth, is a nonpareil, a non-such. Foolish, foolish, foolish to compare it to anything else on earth. It is itself incomparable and unique.

But that is the fourth dimension, or *being*.

468면

The clue to all existence is being. But you can't have being without existence, any more than you can have the dandelion flower without the leaves and the long tap root.

469면

Our life, our being depends upon the incalculable issue from the central Mystery, into indefinable *presence*. This sounds in itself an abstraction. But not so. It is rather the perfect absence of abstraction. The central Mystery is no generalised abstraction. It is each man's primal original soul or self, within him. And *presence* is nothing mystic or ghostly. On the contrary. It is the actual man present before us. The fact that an actual man present before us is an inscrutable and incarnate Mystery, untranslatable, this is the fact upon which any great scheme of social life must be based. It is the fact of *otherness*.

470면 각주27

We find Lawrence in the process of weighing against each other, and thereby calculating, the relative proportions of the two main elements of human nature. (···) The phrase 'almost half' also implies a spatialised model of the human as a closed system.

470면

Dieser unser Stand ist so wirklich wie kaum anderes, was wir sonst so nennen, wirklicher denn Hunde und Katzen, Automobile un Zeitungen.

471면

To have an ideal for the individual which regards only his individual self and ignores his collective self is in the long run fatal. To have a creed of individuality which denies the reality of the hierarchy makes at last for mere anarchy.

471~72면

So that my individualism is really an illusion. I am a part of the great whole, and I can never escape. But I *can* deny my connections, break them, and become a fragment. Then I am wretched.

What we want is to destroy our false, inorganic connections, especially those related to money, and re-establish the living organic connections, with the cosmos, the sun and earth, with mankind and nation and family. Start with the sun, and the rest will slowly, slowly happen.

474~75면

The police can procure all sorts of good, and one kind of police may be infinitely preferable to another.

485면

When men become their own decent selves again, then we can so easily arrange the material world.

485면

We must stand aside. And when many men stand aside, they stand in a new world, a new world of man has come to pass. This is the Democracy, the new order.

제11장

489면 각주3

〔T〕o him, East Asian thought may not be accessible because of the language barrier. Moreover, owing to the spread of *Ge-stell*, classical East Asian thought may not be accessible even to contemporary East Asian thinkers.

492면

〔S〕uch thoughts as run through the mind and the body today, and disappear and re-appear: separate thoughts which yet hang together in the current of consciousness,

498면

A number of critics have puzzled over the exact intention of these lines. Was Lawrence proposing a kind of oriental or Pythagorean metempsychosis, or was he suggesting something like the Christian concept of resurrection? But while he was no doubt influenced by both these theologies (and, too, by the kind of theosophical thinking that he incorporated in *The Plumed Serpent*), he had always vehemently rejected the dogmatic structure of any creed.

499면

One of the central questions readers have asked of *Last Poems* concerns its theme of reincarnation: Did this poet of the flesh believe he must be reborn in the flesh, or did he in the end embrace a Romantic belief, once scorned, in the vitality of the imagination? Yet questions and criticisms alike tend to be silenced by the unusual certainty expressed in the poems. Nothing in the earlier books of poetry compares with the serene, seemingly unproblematic nature of this one.

499~500면

This passage describes both a sick man regaining consciousness and a vitalist dying and being reborn. Lawrence has avoided the Christian dichotomies—both body and soul are somehow flesh, and are equal agents. He imagines himself reincarnated, all his senses restored. If anything is added to his usual criticism of Christianity here, it is the revelation that the poet alone (he who thinks in images) may recreate himself.

500~501면

Critics have often seen the soul's movement back into its house as the metaphorically charged progression of a disembodied spirit back into the body ('house'), thus achieving a 'peace' of heart resulting from the wholeness in which the two halves of the Cartesian dichotomy are fused. (…) However, the Etruscan tomb with its impedimenta suggests that the 'house' described in the poem is a physical location: a place with rooms, cooking pans and food rather than a metaphor for the empty shell of a soulless body. The slender soul in 'The Ship of Death' may not merely indicate a Cartesian split: it is not just a soul in the spiritual sense but a soul in the colloquial sense of 'the poor soul!' (that is, person). The soul at the end of the poem undergoes a return similar to that experienced by the heroes of the mythological poems: it steps back physically into an old home (perhaps leaning towards a familiar hearth) which may be envisaged as an Etruscan tomb-home or as the kind of house described in 'Pax' or 'Maximus'.

501면

DHL was aware that, as depicted on the ash-chests at Volterra, the Etruscan 'journey of the soul' into death was undertaken by wagon, on horseback or on foot (*SEP* 167:6-24). His Cerveteri speculation was syncretising the Etruscan bronze ships with another ancient ship whose eschatological significance is documented in the Egyptian *Book of the Dead*.

508면

I don't know *anything* about Nirvana, and I never shall. (…)

Nirvana-ing is surely a state of continuing as you are.—But I know nothing about it. Rather hate it.

508~509면

And suddenly, for the first time, I suddenly feel you may be right and I wrong: that I am kicking against the pricks. I have misinterpreted 'Life is sorrow'. That is a first truth, not a last truth. And one must accept it as one's first truth, and develop from that. I verily believe it.

The groundwork of life is sorrow. But that once established, one can start to build. And until that is established one can build nothing: no life of any sort. I begin to agree. (…)

Good then: as a basis, *Life is sorrow*. But beyond that one can smile and go on.

Only—only—I somehow have an imperative need to fight. I suppose it depends on *how* one fights.

510면 각주19

It sounds as if he had just been reading *The Light of Asia*. And this is the more probable since later in life he violently repudiated Buddhism.

511면

Buddhism finds evil essential in the very nature of the world of physical and emotional experience. The wisdom it inculcates is, therefore, so to conduct life as to gain a release from the individual personality which is the vehicle for such experience.

512~13면

It's a queer thing, is a man's soul. It is the whole of him. Which means it is the unknown him, as well as the known. It seems to me just funny, professors and Benjamins fixing the functions of the soul. Why the soul of man is a vast forest, and all Benjamin intended was a neat back garden.

513면

Here's my creed, against Benjamin's. This is what I believe.

"That I am I."

"That my soul is a dark forest."

"That my known self will never be more than a little clearing in the forest."

"That gods, strange gods come forth from the forest into the clearing of my known self, and then go back."

"That I must have the courage to let them come and go."

514면 각주24

Lawrence's contrasting mystical vision—the instantaneous being-in-the-world—is strikingly Eastern in orientation. Ontologically it is closest to (Mahayana) Buddhism's celebrated assertion that samsara (the phenomenal world) is nirvana.

513~14면

〔T〕here can be no relation of transcendence in the Madhyamaka 〔Middle Way〕 system, as some expressions of Kant suggest there is between phenomenon and noumenon. (…) The lack of any such relation of transcendence in the Madhyamaka thought is made as clear as possible by Nāgārjuna, in the following celebrated sentence: "There is not the slightest difference between *samsāra* 〔cycle of rebirth〕 and *nirvāṇa*." Everything, including *nirvāna*, is embedded in the same immanent plane, in the same network of coarising.

517면

The dead bodies decompose as we know into earth, air, and water, heat and radiant energy and free electricity and innumerable other scientific facts. The dead souls likewise decompose—or else they don't decompose. But if they *do* decompose, then it is not into any elements of Matter and physical energy. They decompose into some psychic reality, and into some potential will. They re-enter into the living psyche of living individuals. The living soul partakes of the dead souls, as the leaving breast partakes of the outer air, and the blood partakes of the sun. The soul, the individuality never resolves itself through death into physical constituents. The dead soul remains always soul, and always retains its individual quality. And it does not disappear, but re-enters into the soul of the living, of some living individual or individuals. (…) But in some extraordinary cases, the dead soul may really act separately in a living individual.

518면

I think New Mexico was the greatest experience from the outside world that I have ever had. It certainly changed me for ever. Curious as it may sound, it was New Mexico that liberated me from the present era of civilization, the great era of material and mechanical development.

519면

So I think we can safely say, the old pagan Mysteries all consisted in a death, first of the body and then of the spirit or consciousness: a passage through the underworld of the dead, in which the spirit or consciousness achieved death step by step: then a sudden emergence into life again, when a new body, like a babe, is born, and a new spirit emerges: then the meeting of the new-born frail spirit with the Great Spirit of the god, which descends from heaven for the consummation: and then the final marriage again of a new body and new spirit.

520면

The common cognomen of this world among the misguided and superstitious is 'a vale of tears' from which we are to be redeemed by a certain arbitrary interposition of God and taken to Heaven —What a little circumscribe[d] straightened notion! Call the world if you Please "The vale of Soul-making" Then you will find out the use of the world (I am speaking now in the highest terms for human nature admitting it to be immortal which I will here take for granted for the purpose of showing a thought which has struck me concerning it) I say "*Soul making*" Soul as distinguished from an Intelligence—There may be intelligences or sparks of the divinity in millions—but they are not Souls 〈the〉 till they acquire identities, till each one is personally itself. (…) 〔H〕ow then are Souls to be made? How then are these sparks which are God to have identity given them—so as ever to possess a bliss peculiar to each ones individual existence? How, but by the medium of a world like this? This point I sincerely wish to consider because I think it a grander system of salvation than the christ〈e〉ain religion—or rather it is a system of Spirit-creation—.

참고문헌*

1. 로런스 저작

Aaron's Rod 〔1922〕. ed. Mara Kalnins. Cambridge University Press 1981.

The Apocalypse and the Writings on Revelation. ed. Mara Kalnins. Cambridge University Press 1980.

Appendix V "XIII. Whitman (1921-22)". *Studies in Classic American Literature* 〔1923〕. ed. Ezra Greenspan, Lindeth Vasey and John Worthen. Cambridge University Press 2003.

The Boy in the Bush (with Mollie Skinner) 〔1924〕. ed. Paul Eggert. Cambridge University Press 2002.

"The Escaped Cock" 〔1929〕. (also known as "The Man Who Died," 1931). ed. Michael Herbert, Bethan Jones and Lindeth Vasey. *The Virgin and the Gipsy and*

* 이 목록은 본문과 각주에서 언급된 문헌들을 정리한 것이며, 직접인용 없이 거론된 고전적 저작의 경우 저자명과 제목, 최초 발행연도만 밝혀주었다. 로런스의 저작과 편지는 주로 The Cambridge Edition of The Letters and Works of D. H. Lawrence를 활용했으며, 그외 판본도 일부 참조했다.

Other Stories (with Mollie Skinner). Cambridge University Press 2006.
The First and Second Chatterley Novels. ed. Dieter Mehl and Christa Jansohn. Cambridge University Press 1999.
The First 'Women in Love'. ed. John Worthen and Lindeth Vasey. Cambridge University Press 1998.
"The Fox" (1923). *The Fox, The Captain's Doll, The Ladybird*. ed. Dieter Mehl. Cambridge University Press 1992.
Introductions and Reviews. ed. N. H. Reeve and John Worthen. Cambridge University Press 2005.
Kangaroo (1923). ed. Bruce Steele. Cambridge University Press 1994.
Lady Chatterley's Lover and *A Propos of 'Lady Chatterley's Lover'*. ed. Michael Squires. Cambridge University Press 1993.
Late Essays and Articles. ed. James T. Boulton. Cambridge University Press 2004.
The Letters of D. H. Lawrence, Vol. 1. (1901–13) ed. James T. Boulton. Cambridge University Press 1979.
The Letters of D. H. Lawrence, Vol. 2. (1913–16) ed. George J. Zytaruk and James T. Boulton. Cambridge University Press 1981.
The Letters of D. H. Lawrence, Vol. 3. (1916–21) ed. James T. Boulton and Andrew Robertson. Cambridge University Press 1984.
The Letters of D. H. Lawrence, Vol. 4. (1921–24) ed. Warren Roberts, James T. Boulton and Elizabeth Mansfield. Cambridge University Press 1987.
The Letters of D. H. Lawrence, Vol. 5. (1924–27) ed. James T. Boulton and Lindeth Vasey. Cambridge University Press 1989.
The Letters of D. H. Lawrence, Vol. 6. (1927–28) ed. James T. Boulton and Margaret H. Boulton with Gerald M. Lacy. Cambridge University Press 1991.
The Lost Girl (1920). ed. John Worthen. Cambridge University Press 1981.
Mornings in Mexico and Other Essays (1927–28). ed. Virginia Crosswhite Hyde. Cambridge University Press 2009.
Movements in European History (1921). ed. Philip Crumpton. Cambridge University Press 1989.
Mr Noon. ed. Lindeth Vasey. Cambridge University Press 1984.
The 'Nettles' Notebook (1929). ed. Christopher Pollnitz. *The Poems*, Vol. 1. Cambridge University Press 2013.

"Nottingham and the Mining Countryside" (1930). ed. James T. Boulton. *Late Essays and Articles*. Cambridge University Press 2004.
Pansies (1929). ed. Christopher Pollnitz. *The Poems*, Vol. 1. Cambridge University Press 2013.
Psychoanalysis and *the Unconscious and Fantasia of the Unconscious* (1921/1922). ed. Bruce Steele. Cambridge University Press 2004.
Quetzalcoatl (1923). ed. N. H. Reeve. Cambridge University Press 2011.
Reflections on the Death of a Porcupine and Other Essays (1925). ed. Michael Herbert. Cambridge University Press 1988.
Sketches of Etruscan Places and Other Italian Essays (1932-36). ed. Simonetta de Philippis. Cambridge University Press 1992.
Sons and Lovers (1913). ed. Helen and Carl Baron. Cambridge University Press 2013.
St. Mawr and Other Stories (1925). ed. Brian Finney. Cambridge University Press 1983.
Study of Thomas Hardy and Other Essays (1914). ed. Bruce Steele. Cambridge University Press 1985.
The Plumed Serpent (1926). ed. L. D. Clark. Cambridge University Press 1987.
The Rainbow (1915). ed. Mark Kinkead-Weekes. Cambridge University Press 1989.
Twilight in Italy (1916). ed. Paul Eggert. *Twilight in Italy and Other Essays*. Cambridge University Press 1994.
Women in Love (1920). ed. David Farmer, Lindeth Vasey and John Worthen. Cambridge University Press 1987.

The Collected Letters of D. H. Lawrence, Vol. 1. ed. Harry T. Moore. Heinemann 1962.
Fantasia of the Unconscious and *Psychoanalysis and the Unconscious*. Penguin Books 1977.
The Letters of D. H. Lawrence. ed. Aldous Huxley. Heinemann 1932.
Phoenix: The Posthumous Papers of D. H. Lawrence. ed. Edward D. McDonald. Heinemann 1936.
The Plumed Serpent. Vintage Edition 1959.
The Symbolic Meaning: The Uncollected Versions of 'Studies in Classic American Literature'. ed. Armin Arnold. Centaur Press 1962.
Quetzalcoatl. ed. Louis L. Martz. Black Swan Books 1995; New Directions 1995.

『처녀와 집시/여우/다루기 힘든 숫말 쓴트 모어』, 김영무 옮김, 중앙일보사 1982.

2. 일반 논저

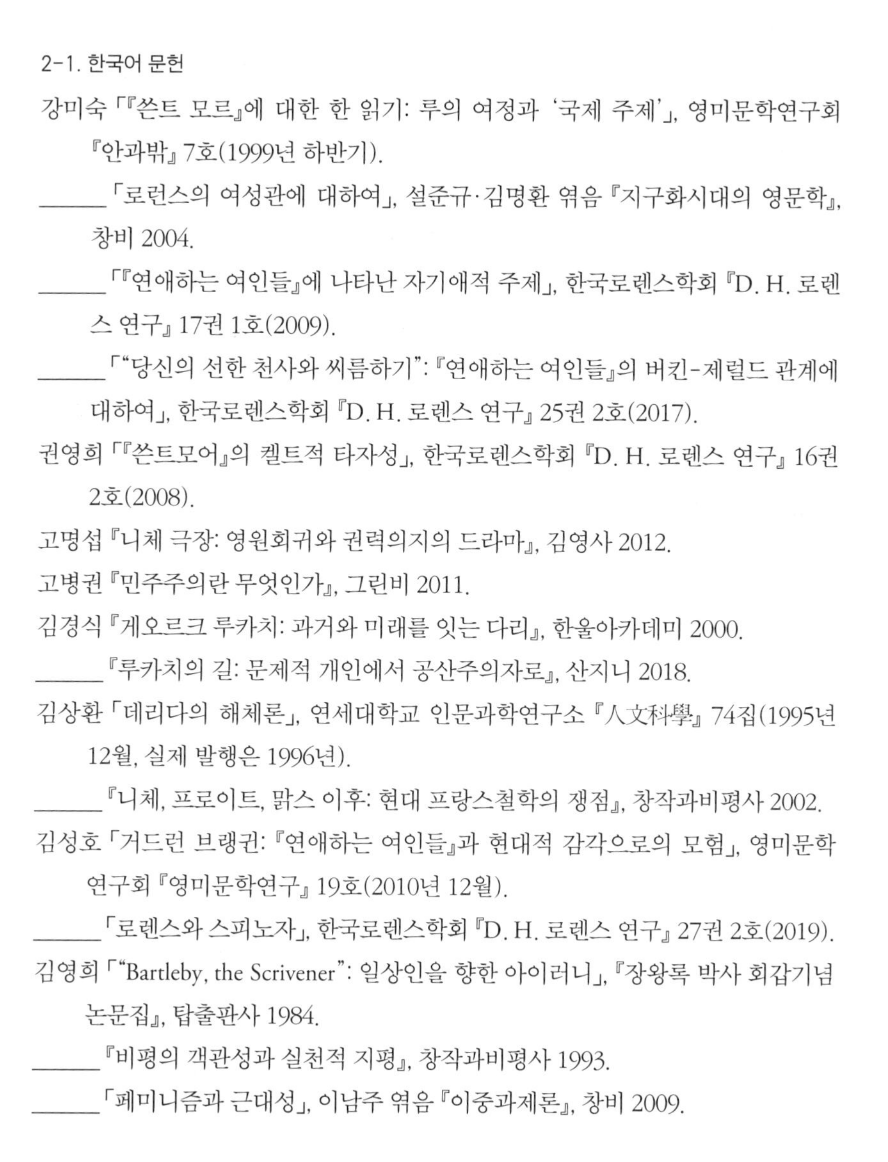

2-1. 한국어 문헌

강미숙 「『쓴트 모르』에 대한 한 읽기: 루의 여정과 '국제 주제'」, 영미문학연구회 『안과밖』 7호(1999년 하반기).
______「로런스의 여성관에 대하여」, 설준규·김명환 엮음 『지구화시대의 영문학』, 창비 2004.
______「『연애하는 여인들』에 나타난 자기애적 주제」, 한국로렌스학회 『D. H. 로렌스 연구』 17권 1호(2009).
______「"당신의 선한 천사와 씨름하기": 『연애하는 여인들』의 버킨-제럴드 관계에 대하여」, 한국로렌스학회 『D. H. 로렌스 연구』 25권 2호(2017).
권영희 「『쓴트모어』의 켈트적 타자성」, 한국로렌스학회 『D. H. 로렌스 연구』 16권 2호(2008).
고명섭 『니체 극장: 영원회귀와 권력의지의 드라마』, 김영사 2012.
고병권 『민주주의란 무엇인가』, 그린비 2011.
김경식 『게오르크 루카치: 과거와 미래를 잇는 다리』, 한울아카데미 2000.
______『루카치의 길: 문제적 개인에서 공산주의자로』, 산지니 2018.
김상환 「데리다의 해체론」, 연세대학교 인문과학연구소 『人文科學』 74집(1995년 12월, 실제 발행은 1996년).
______『니체, 프로이트, 맑스 이후: 현대 프랑스철학의 쟁점』, 창작과비평사 2002.
김성호 「거드런 브랭귄: 『연애하는 여인들』과 현대적 감각으로의 모험」, 영미문학연구회 『영미문학연구』 19호(2010년 12월).
______「로렌스와 스피노자」, 한국로렌스학회 『D. H. 로렌스 연구』 27권 2호(2019).
김영희 「"Bartleby, the Scrivener": 일상인을 향한 아이러니」, 『장왕록 박사 회갑기념 논문집』, 탑출판사 1984.
______『비평의 객관성과 실천적 지평』, 창작과비평사 1993.
______「페미니즘과 근대성」, 이남주 엮음 『이중과제론』, 창비 2009.

김종철 『大地의 상상력』, 녹색평론사 2019.
김흥규 「한국 근대문학 연구와 식민주의」, 『창작과비평』 147호(2010년 봄); 『근대의 특권화를 넘어서』, 창비 2013, 149~61면에 수록.
니체, 프리드리히 『선악의 저편·도덕의 계보』, 김정현 옮김, 책세상 2002.
도정일 「표피문화이론의 극복을 위하여」, 『현대예술비평』 창간호(1991년 여름).
랑시에르, 자크 『감성의 분할: 미학과 정치』, 도서출판b 2008.
______ 「민주주의에 맞서는 민주주의 '들'」, 아감벤 외 『민주주의는 죽었는가?』, 김상운 외 옮김, 난장 2010.
맘다니, 마흐무드 「미국 기원 '정착형 식민주의': 과거와 현재」, 『창작과비평』 169호(2015년 가을).
멜빌, 허먼 「필경사 바틀비」, 한기욱 엮고 옮김 『필경사 바틀비』, 창비 2010.
문동환 『예수냐 바울이냐』, 삼인 2015.
박경미 외 『서구 기독교의 주체적 수용: 유영모 · 김교신·함석헌을 중심으로』, 이화여자대학교출판부 2006.
『부모은중경』(父母恩重經, 佛說大報父母恩重經).
백낙청 「역사소설과 역사의식」, 『창작과비평』 5호(1967년 봄).
______ 「소설 『이성계』에 대하여」, 『창작과비평』 7호(1967년 가을).
______ 「소설 『무지개』와 근대화의 문제」, 『창작과비평』 48호(1978년 여름).
______ 「D. H. 로렌스의 소설관」, 『민족문학과 세계문학 1』, 창작과비평사 1978.
______ 「예술의 민주화와 인간회복의 길」, 『민족문학과 세계문학 1』, 창작과비평사 1978; 합본평론집 『민족문학과 세계문학 1/인간해방의 논리를 찾아서』, 창비 2011에 수록.
______ 「제3세계와 민중문학」, 『창작과비평』 54호(1979년 가을); 합본평론집 『민족문학과 세계문학1/인간해방의 논리를 찾아서』, 창비 2011에 수록.
______ 「D. H. Lawrence의 Women in Love 연구」, 서울대학교 인문학연구원 『인문논총』 5집(1980년 12월).
______ 「로렌스 文學과 技術時代의 문제」, 한국영어영문학회 영미어문학연구총서 12호 『20세기영국소설연구』, 민음사 1981.
______ 「미국의 꿈과 미국문학의 짐: 로렌스의 『미국고전문학 연구』를 중심으로」, 『세계의 문학』 1982년 겨울호.
______ 「리얼리즘에 관하여」, 『민족문학과 세계문학 2』, 창작과비평사 1985.

______「모더니즘에 관하여」, 『민족문학과 세계문학 2』, 창작과비평사 1985.
______「모더니즘 논의에 덧붙여서」, 『민족문학과 세계문학 2』, 창작과비평사 1985.
______「'감수성의 분열' 재론: 현대 영시에 대한 주체적 접근의 한 시도」, 김치규 교수 화갑기념논문집 『현대영미시연구』, 민음사 1986; 백낙청 평론선 『현대문학을 보는 시각』, 입장총서 1, 솔 1991 및 백낙청 평론집 『문학이 무엇인지 다시 묻는 일』, 창비 2011에 재수록.
______「지혜의 시대를 위하여」, 『창작과비평』 67호(1990년 봄); 『민족문학의 새 단계』, 창작과비평사 1990에 수록.
______·프레드릭 제임슨 대담 「맑시즘, 포스트모더니즘, 민족문화운동」, 『창작과비평』 67호(1990년 봄).
______「민족문학론과 리얼리즘론」, 벽사 이우성 교수 정년퇴직기념논총 『민족사의 전개와 그 문화』 하권, 창작과비평사 1990; 『통일시대 한국문학의 보람』, 창비 2006에 수록.
______「작품·실천·진리」, 『민족문학의 새 단계』, 창작과비평사 1990.
______「학문의 과학성과 민족주의적 실천: '인문과학'의 문제와 관련하여」, 『민족문학의 새 단계』, 창작과비평사 1990.
______「시와 리얼리즘에 관한 단상」, 『실천문학』 24호(1991년 겨울); 『통일시대 한국문학의 보람』, 창비 2006에 수록.
______「로렌스 소설의 전형성 재론: 『연애하는 여인들』에 그려진 현대예술가상을 중심으로」, 『창작과비평』 76호(1992년 여름).
______「로렌스와 재현 및 (가상)현실 문제」, 영미문학연구회 『안과밖』 창간호(1996년 하반기).
______「『외딴방』이 묻는 것과 이룬 것」, 『창작과비평』 97호(1997년 가을); 『통일시대 한국문학의 보람』, 창비 2006에 수록.
______「한반도에서의 식민성 문제와 근대 한국의 이중과제」, 『창작과비평』 105호(1999년 가을).
______「다시 지혜의 시대를 위하여」, 『창작과비평』 111호(2001년 봄); 『한반도식 통일, 현재진행형』, 창비 2006에 수록.
______「소설 『쓴트모어』의 독창성」, 영미문학연구회 『안과밖』 23호(2002년 하반기).
______「변혁적 중도주의와 소태산의 개벽사상」, 『어디가 중도며 어째서 변혁인

가』, 창비 2009; 박윤철 엮음, 백낙청 지음 『문명의 대전환과 후천개벽』, 모시는사람들 2016에 재수록.
______「문학이 무엇인지 다시 묻는 일」, 『문학이 무엇인지 다시 묻는 일』, 창비 2011.
______「현대시와 근대성, 그리고 대중의 삶」, 『문학이 무엇인지 다시 묻는 일』, 창비 2011.
______「D. H. 로런스의 민주주의론」, 『창작과비평』 154호(2011년 겨울).
______「근대, 적응과 극복의 이중과제」, 네이버문화재단 주최 '문화의 안과 밖' 강연(2014년 11월). https://openlectures.naver.com/contents?contentsId=48484andrid=251.
______「근대의 이중과제, 그리고 문학의 '도'와 '덕'」, 『창작과비평』 170호(2015년 겨울).
______「문명의 대전환과 종교의 역할」, 박윤철 엮음 『문명의 대전환과 후천개벽』, 모시는사람들 2016.
______「근대, 적응과 극복의 이중과제」, 송호근 외 『시민사회의 기획과 도전』, 민음사 2016.
______「촛불혁명과 촛불정부」, 『창비주간논평』(magazine.changbi.com/ 171228/) 2017.12.28.
______「어떤 남북연합을 만들 것인가」, 『창작과비평』 181호(2018년 가을).
______「〔신년칼럼〕 촛불혁명이라는 화두」, 『창비주간논평』(magazine.changbi.com/ 191230/) 2019.12.30.
______ 외 『문명의 대전환을 공부하다: 이중과제론과 문명전환론』, 창비 2018.
______·방민호 대담 「시대적 전환을 앞둔 한국문학의 문제들」, 백낙청회화록 간행위원회 엮음 『백낙청회화록』 제4권, 창비 2007.
______·이매뉴얼 월러스틴 대담 「21세기의 시련과 역사적 선택」, ______ 엮음 『백낙청회화록』 제4권, 창비 2007; 『창작과비평』 103호, 1999년 봄.
______·고은명 인터뷰 「언 땅에 틔운 푸른 싹」, ______ 엮음 『백낙청회화록』 제3권, 창비 2007.
______·여건종·윤혜준·손혜숙 좌담 「지구화시대의 한국 영문학」, ______ 엮음 『백낙청회화록』 제4권, 창비 2007; 『안과밖』 17호, 2004년 하반기.
______·백영서·김영희·임규찬 좌담 「회갑을 맞은 백낙청 편집인에게 묻는다」,

______ 엮음 『백낙청회화록』 제4권, 창비 2007; 『창작과비평』 99호, 1998년 봄.
______·황종연 대담 「무엇이 한국문학의 보람인가」, ______ 엮음 『백낙청회화록』 제5권, 창비 2007; 『창작과비평』 131호, 2006년 봄.
______·데이비드 하비 대담 「자본은 어떻게 작동하며 세계와 중국은 어디로 가는가」, ______ 엮음 『백낙청회화록』 제7권, 창비 2017; 『창작과비평』 173호, 2016년 가을.
백영경 「태평양 지역 섬의 군사화와 탈식민, 그리고 커먼즈」, 제주대학교 탐라문화연구소 『耽羅文化』 58호(2018).
셰익스피어 『햄릿』, 설준규 옮김, 창비 2016.
소광섭 「상대론적 시공관에 대한 고찰」, 『과학사상』 10호(1994년 가을).
송호근 외 『시민사회의 기획과 도전』, 민음사 2016.
스탤러브라스, 줄리언 「싸이버스페이스의 탐험」, 『창작과비평』 91호(1996년 봄).
『원불교전서』(1977), 원불교출판사 2014.
월러스틴, 이매뉴얼 『유토피스틱스: 또는 21세기의 역사적 선택들』, 백영경 옮김 (I. Wallerstein, *Utopistics*, 1998), 창작과비평사 1999.
유재건 「맑스의 과학적 사회주의와 현실적 과학」, 『창작과비평』 85호(1994년 가을).
______ 「맑스의 공산주의 사상과 '개성'의 문제」, 부산대학교 인문학연구소 『코기토』 69호(2011).
유중하·윤지관·조만영·최원식 좌담 「리얼리즘, 포스트모더니즘, 민족문학」, 『창작과비평』 76호(1992년 여름).
이남주 엮음 『이중과제론: 근대적응과 근대극복의 이중과제』, 창비 2009.
이욱연 『포스트 사회주의 시대 중국 지성: '중국' 재발견의 길』, 서강대학교출판부 2017.
임형택 「분단 반세기의 우리문학의 연구 반성: 실사구시의 관점에서」, 민족문학사연구소 『민족문학사연구』 창간호(1991); 『한국문학사의 논리와 체계』, 창작과비평사 2002에 「분단 반세기의 남북의 문학연구 반성」으로 수록.
______ 「다산의 민주적 정치학을 재론함: 민주주의에 대한 역사적 성찰을 위하여」, 한국학중앙연구원·다산연구소 공동학술회의 자료집 『다산학의 인문학적 가치와 미래』, 2019.

임홍배 『괴테가 탐사한 근대』, 창비 2014.
정약용 『흠흠신서(欽欽新書)』, 1822.
하우저, 아르놀트 『문학과 예술의 사회사: 현대편』, 백낙청·염무웅 옮김, 창작과비평사 1974.
하이데거, 마르틴 『사유란 무엇인가』, 권순홍 옮김, 길 2005.
______「휴머니즘 서간」, 『이정표』 제2권, 이선일 옮김, 한길사 2005.
______『강연과 논문』, 이기상 외 옮김, 이학사 2008.
한국영어영문학회 엮음, 영미어문학연구총서 3 『로렌스』, 민음사 1979.
한기욱 「「필경사 바틀비」: 상처입은 영혼의 초상」, 서울대학교 인문대학 영어영문학과 『영학논집』 19호(1995).
______「모더니티와 미국 르네쌍스기의 작가들」, 영미문학연구회 『안과밖』 4호(1998년 상반기).
______「로런스의 미국문학론에 대한 체험적 고찰」, 설준규·김명환 엮음 『지구화시대의 영문학』, 창비 2004.
______「근대체제와 애매성: 「필경사 바틀비」 재론」, 영미문학연구회 『안과밖』 34호(2013년 상반기).
허 자오톈(賀照田)·이남주 대담 「중국혁명, 연사인가 현재인가」, 『창작과비평』 185호(2019년 가을).
황정아 「보편주의와 공동체: 바디우, 지젝, 니체의 기독교 담론」, 『개념비평의 인문학』, 창비 2015.
______「실재와 현실, 그리고 '실재주의' 비평」, 『개념비평의 인문학』, 창비 2015.
______『개념비평의 인문학』, 창비 2015.
______「동물과 인간의 '(부)적절한' 경계: 아감벤과 데리다의 동물담론을 중심으로」, 영미문학연구회 『안과밖』 43호(2017년 하반기).
황찬호교수정년기념논문집 간행위원회 편 『황찬호 교수 정년기념논문집』, 명지당 1987.
특집 '다시 문제는 리얼리즘이다: 현단계 리얼리즘 대논쟁'(윤지관·최유찬·서민형·유문선·김동훈 평론 수록), 『실천문학』 19호(1990년 가을), 1990.(『다시 문제는 리얼리즘이다』, 실천문학편집위원회 엮음, 실천문학사 1992로 간행.)

2-2. 외국어 문헌

Agamben, Giorgio. *The Time That Remains: A Commentary on the Letter to the Romans*. tr. P. Daley. Stanford University Press 2005.

Aldington, Richard. *D. H. Lawrence: Portrait of a Genius But*... Macmillan 1950.

Ames, William L. "Emptiness and Quantum Theory." *Buddhism and Science: Breaking New Ground*. ed. Allan Wallace. Columbia University Press 2003.

Arnold, Matthew. "Equality." *Mixed Essays*. Popular Edition. John Murray 1903.

Badiou, Alain. *Saint Paul: The Foundation of Universalism*. tr. R. Brassier. Stanford University Press 2003.

Balbert, Peter. "The Dark Secret and the Coccygeal Continuum, 1918-20: From Oedipus to Debasement to Maturity in *The Lost Girl*." *D. H. Lawrence Studies* Vol. 23 No. 2, Seoul: D. H. Lawrence Society of Korea, December 2015.

Barnes, David. "Mexico, Revolution, and Indigenous Politics in D. H. Lawrence's *The Plumed Serpent*." *Modern Fiction Studies* Vol. 63 No. 4, 2017.

Baudrillard, Jean. *America*. tr. Chris Turner. Verso 1988.

Bell, Michael. *The Sentiment of Reality: Truth of Feeling in the European Novel*. Unwin Hyman 1983.

________. *F. R. Leavis*. Routledge and Kegan Paul 1988.

________. *D. H. Lawrence: Language and Being*. Cambridge University Press 1992.

________. "Creativity and Pedagogy in Leavis." *Philosophy and Literature* Vol. 40 No. 1, April 2016.

________. "Goethe and Lawrence." *Études Lawrenciennes*, 47, 2016.

________. "*Vive la différence:* A Note on Sexuality, Gender and Difference in Lawrence." *Études Lawrenciennes*, 49, 2019.

Bhowal, Sanatan. "Lawrence and Feminism." *Études Lawrenciennes*, 49, 2019.

Bitbol, Michel. "A Cure for Metaphysical Illusions: Kant, Quantum Mechanics and Madhymaka." *Buddhism and Science: Breaking New Ground*. ed. Allan Wallace. Columbia University Press 2003.

Blake, William. *Complete Writings*. ed. Geoffrey Keynes. Oxford University Press 1972.

Bobbio, Norberto. *Liberalism and Democracy*. tr. Martin Ryle and Kate Soper. Verso 1990.

Boltanski, Luc and Ève Chiapello. *The New Spirit of Capitalism*. tr. Gregory Elliot, Verso 2005.

Brown, Keith. "Welsh Red Indians: Lawrence and *St Mawr*" (1982). *Rethinking Lawrence*. ed. K. Brown. Open University Press 1990.

Bull, Malcom. "Levelling Out." *New Left Review*, 70, 2011.

Buswell, Robert E., Jr. and Donald S. Lopez. *The Princeton Dictionary of Buddhism*. Princeton University Press 2014.

Bürger, Peter. *Theory of the Avant-Garde*. tr. M. Shaw. University of Minnesota Press 1984.

Bynner, Witter. *Journey with Genius: Recollections and Reflections Concerning the D. H. Lawrences*. Peter Nevill 1953.

Callinicos, Alex. *Against Postmodernism*. Polity Press 1989.

Cavitch, David. *D. H. Lawrence and the New World*. Oxford University Press 1969.

Chaudhuri, Amit. *D. H. Lawrence and 'Difference'*. Oxford University Press 2003.

Clark, L. D. *Dark Night of the Body: D. H. Lawrence's The Plumed Serpent*. University of Texas Press 1964.

_______. "(Reading Lawrence's American Novel: *The Plumed Serpent*)." *Critical Essays on D. H. Lawrence*. ed. Dennis Jackson and Fleda Brown Jackson. G. K. Hall 1988.

_______. Appendix II "A Sketch of Post-Conquest Mexican History." D. H. Lawrence. *The Plumed Serpent*. ed. L. D. Clark and Virginia Crosswhite Hyde. Penguin 1995.

Connor, Steven. *Postmodernist Culture*. Blackwell 1989.

Conrad, Joseph. *Nostromo*. 1904

_______. *The Shadow-Line*. World Classics Paperback. Oxford University Press 1985.

Cooper, James Fenimore. "Leatherstocking Tales." *The Pioneers*. 1823; The *Last of the Mohicans*. 1826; *The Prairie*. 1827; *The Pathfinder*. 1840; *The Deerslayer*. 1841.

Daleski, H. M. *The Forked Flame: A Study of D. H. Lawrence*. Faber and Faber 1965.

Dana, Richard Henry, Jr. *Two Years Before the Mast*. 1840.

De Crèvecoeur, J. Hector St. John. *Letters from an American Farmer and Sketches of Eighteenth-Century America*. ed. Albert E. Stone. Penguin 1986.

Deleuze, Gilles, and Félix Guattari. *Anti-Oedipus: Capitalism and Schizophrenia*. tr. Robert Hurley, et al., Athlone Press 1984.

Derrida, Jacques. *La dissémination*. Éditions du Seuil 1972.

_______. *Of Grammatology*. tr. Gayatri Spivak. Johns Hopkins University Press 1976.

_______. "The Theater of Cruelty and the Closure of Representation." *Writing and Difference*. tr. Alan Bass. Routledge and Kegan Paul 1978.

_______. *Dissemination*. tr. Barbara Johnson. University of Chicago Press 1981.

Dickens, Charles. *Hard Times*. 1854.

_______. *Great Expectations*. 1861.

Doherty, Gerard. *Oriental Lawrence: The Quest for the Secrets of Sex*. Peter Lang 2001.

Dostoevsky, Fyodor. *The Brothers Karamazov*. 1879-80.

Draper, R. P., ed. *D. H. Lawrence: The Critical Heritage*. Routlege and Kegan Paul 1970.

Edwards, Duane. "Locating D. H. Lawrence in *The Plumed Serpent*." *The Midwest Quarterly: A Journal of Contemporary Thought* Vol. 5 No. 2, 2010.

Eggert, Paul. "C. S. Peirce, D. H. Lawrence, and Representation: Artistic Form and Polarities." *D. H. Lawrence Review* Vol. 28 No. 1-2, 1999.

Eliot, T. S. "Tradition and the Individual Talent" (1919), *The Sacred Wood: Essays on Poetry and Criticism*. 1920.

_______. *The Waste Land*. 1922.

_______. "Metaphysical Poetry" (1921). *Selected Essays of T. S. Eliot*. New Edition. Faber and Faber 1950.

Ellis, David. "Poetry and Science in the Psychology Books." D. Ellis and Howard Mills. *D. H. Lawrence's Non-Fiction: Art, Thought and Genre*. Cambridge University Press 1988.

_______. "Verse or worse: the place of 'pansies' in Lawrence's poetry." D. Ellis and Howard Mills. *D. H. Lawrence's Non-Fiction: Art, Thought and Genre*. Cambridge University Press 1988.

Engels, Friedrich. *Herrn Eugen Dührings Umwälzung der Wissenschaft*. 1878.

Farmer, David, Lindeth Vasey and John Worthen. Introduction to *Women in Love*. ed. David Farmer, Lindeth Vasey and John Worthen. Cambridge University Press 1987.

Fernihough, Anne. *D. H. Lawrence: Aesthetics and Ideology*. Clarendon Press 1993.

Fiedler, Leslie. *Love and Death in the American Novel*. revised edition. Stein and Day 1966.

Flaubert, Gustave. *Madame Bovary*. 1857.

Fleishman, Avrom. "He Do the Polis in Different Voices: Lawrence's Later Style." *D.*

H. Lawrence: A Centenary Consideration. ed. Peter Balbert and Phillip L. Marcus. Cornell University Press 1985.

Forster, Edward Morgan. *A Passage to India*. 1924.

Foucault, Michel. "Nietzsche, Freud, Marx." *Nietzsche*. Cahiers de Royaumont 1967.

Franklin, Benjamin. *Benjamin Franklin's Autobiography*. ed. Joyce E. Chaplin. Norton Critical Edition 2012.

Freud, Sigmund. *Introductory Lectures to Psycho-analysis*. 1916-1917.

_______. *Beyond the Pleasure Principle, Group Psychology and Other Works: The Standard Edition of the Complete Psychological Works of Sigmund Freud*. tr. under the general editorship of Lytton Strachey. Vol. 18. Hogarth Press 1955.

_______. *The Future of an Illusion, Civilization and Its Discontents and Other Works: The Standard Edition*, Vol. 21. Hogarth Press 1961.

_______. *Five Lectures on Psycho-Analysis, Leonardo and Other Works: The Standard Edition*, Vol. 11. Hogarth Press 1957. Rpt. 1973.

Gellner, Ernest. *Thought and Change*. Weidenfeld and Nicolson 1964.

Gilbert, Sandra M. *Acts of Attention: The Poems of D. H. Lawrence*. Southern Illinois University Press 1990.

_______. "Darkness at Dawn: From 'Bavarian Gentians' to 'Aubade'." *D. H. Lawrence Review* Vol. 40 No. 2, 2015.

Goethe, Johann Wolfgang von. *Wilhelm Meisters Lehrjahre*. 1795-96.

Han, Kiwook. "Would Lawrence Agree with Deleuze's View of American Literature?: A Comparative Study of Their Critical Essays on Melville." *D. H. Lawrence Studies* Vol. 23 No. 2, 2015.

Harvey, David. *The New Imperialism*. Oxford University Press 2003.

Hawthorne, Nathaniel. *The Scarlet Letter*. 1850.

_______. *The Blithedale Romance*. 1852.

Heidegger, Martin. "On the Essence of Truth." *Existence and Being*. tr. Douglas Scott. Henry Regnery 1946.

_______. *Holzwege*. Vittorio Klostermann 1950.

_______. *Vorträge und Aufsätze*. Günter Neske Pfullingen 1954.

_______. *Was Heisst Denken*? Max Niemeyer 1954.

_______. *Gelassenheit*. Günter Neske Pfullingen 1959.

_______. *An Introduction to Metaphysics*. tr. Ralph Manheim. Anchor Books 1961.

_______. "Nietzsches Wort 'Gott ist tot'." *Holzwege*. Vittorio Klostermann 1963.
_______. *Einführung in die Metaphysik* (1953). Max Niemeyer 1966.
_______. *Discourse on Thinking*. tr. John M. Anderson and E. Hans Freund. Harper and Row 1966.
_______. "Brief über den Humanismus" (1946). *Wegmarken*. Vittorio Klostermann 1967.
_______. "Kants These über das Sein." *Wegmarken*. Vittorio Klostermann 1967.
_______. *Zur Sache des Denkens*. Max Niemeyer 1969.
_______. "The Origin of the Work of Art." *Poetry, Language, Thought*. tr. Albert Hofstadter. Harper and Row 1971.
_______. *On Time and Being*. tr. Joan Stambaugh. Harper and Row 1972.
_______. *Early Greek Thinking*. tr. Krell and Capuzzi. Harper and Row 1975.
_______. *The Question Concerning Technology and Other Essays*. tr. William Lovitt. Harper Colophon Books 1977.
Hinz, Evelyn J. "The Beginning and the End: Psychoanalysis and Fantasia." *D. H. Lawrence: Critical Assessments*, Vol. 4. ed. Ellis and De Zordo. Helm Information 1992.
Holderness, Graham. *D. H. Lawrence: History, Ideology and Fiction*. Gill and Macmillan 1982.
Hough, Graham. *The Dark Sun: A Study of D. H. Lawrence*. Gerald Duckworth 1957.
Huxley, Aldous. *Brave New World*. 1932.
Hyde, Virginia Crosswhite. *The Risen Adam: D. H. Lawrence's Revisionist Typology*. Pennsylvania State University Press 1995.
_______. Introduction to *The Plumed Serpent*. Penguin Lawrence Edition. ed. L. D. Clark and Virginia Crosswhite Hyde. 1987, 1995.
Inglis, Fred. *Radical Earnestness: English Social Theory 1880-1980*. Blackwell 1982.
Jameson, Fredric. *Fables of Aggression: Wyndham Lewis, the Modernist as Fascist*. University of California Press 1979.
_______. *Postmodernism, or, The Cultural Logic of Late Capitalism*. Duke University Press 1991.
Jeffers, Robinson. *Roan Stallion: Tamar and Other Poems*. 1925.
Jenkins, Lee M. *The American Lawrence*. University of Florida Press 2015.
Jones, Bethan. *The Last Poems of D. H. Lawrence: Shaping of a Late Style*. Ashgate 2010.

Jung, Carl. Gustav. *Wandlungen und Symbole der Libido*. 1912; Psychology of the Unconscious. 1916.

Keats, John. *The Letters of John Keats: Volume 2, 1819-1821*. ed. Hyder Edward Rollins. Cambridge University Press 1958.

Kermode, Frank and John Hollander. *Modern British Literature*. The Oxford Anthology of English Literature, Vol. VI. Oxford University Press 1973.

Kettle, Arnold. *An Introduction to the English Novel*, Vol. II. Hutchinson 1953.

Kim, Sungho. "Capitalism and Affective Economies in Lawrence's *Women in Love*." *Journal of English Studies* (영미문학연구) No. 31 (December 2016).

Kinkead-Weekes, Mark. *D. H. Lawrence: Triumph to Exile 1912-1922*. Cambridge University Press 1966.

______, ed. *Twentieth Century Interpretations of The Rainbow*. Prentice Hall 1971.

______. "Lawrence on Hardy." *Thomas Hardy After Fifty Years*. ed. Lance St John Butler. Macmillan 1977.

______. Introduction to *The Rainbow*. ed. Mark Kinkead-Weekes, Cambridge University Press 1989.

______. "The Genesis of Lawrence's Psychology Books: An Overview." *D. H. Lawrence Review* Vol. 27 No. 2-3, 1997.

Lacan, Jacques. *The Seminar of Jacques Lacan*. ed. Jacques-Alain Miller, Book XI: The Four Fundamental Concepts of Psychoanalysis. tr. Alan Sheridan. Norton paperback 1981.

Laird, Holly A. *Self and Sequence: the Poetry of D. H. Lawrence*. University Press of Virginia 1988.

Leavis, F. R. *D. H. Lawrence: Novelist*. Chatto and Windus 1955; Peregrine Books 1964.

______. *English Literature in Our Time and the University*. Chatto and Windus 1969.

______. *Nor Shall My Sword: Discourses on Pluralism, Compassion and Social Hope*. Chatto and Windus 1972.

______. *Thought, Words and Creativity: Art and Thought in Lawrence*. Chatto and Windus 1976.

______. *The Living Principle: "English" as a Discipline of Thought*. Chatto and Windus 1977.

______. "Justifying One's Valuation of Blake." *The Critic as Anti-Philosopher*. ed. G.

Singh. Chatto and Windus 1982.

______. "Thought, meaning and sensibility: the problem of value judgment." *Valuation in Criticism and Other Essays*. ed. G. Singh. Cambridge University Press 1986.

Lewis, R. W. B. *The American Adam: Innocence, Tragedy and Tradition in the Nineteenth Century*. University of Chicago Press 1955.

Lukács, Georg. *Die Theorie des Romans*. 1924.

______. *Wider den mißverstandenen Realismus*. Claassen 1958.

______. *The Meaning of Contemporary Realism*. tr. John and Necke Mander. Merlin Press 1962.

______. "The Tragedy of Modern Art." *Essays on Thomas Mann*. tr. S. Mitchell. Merlin Press 1964.

______. *Über die Besonderheit als Kategorie der Ästhetik*, in *Werke*, 제10권. Luchterhand 1969.

______. *Probleme des Realismus I, Essays über Realismus*, in *Werke*, 제4권. Luchterhand 1971.

Ma, Lin and Jaap van Brakel. "Heidegger's Comportment toward East-West Dialogue." *Philosophy East and West* Vol. 56 No. 4, 2006.

Mamdani, Mahmoud. "Settler Colonialism: Then and Now." *Critical Inquiry* 41, 2015.

Mann, Thomas. *Der Zauberberg*. 1924.

______. *Doctor Faustus* (1947). tr. H. T. Lowe-Porter. Penguin 1968.

Marcuse, Herbert. *Five Lectures*. Beacon Press 1970.

______. *One-Dimensional Man: Studies in the Ideology of Advanced Industrial Society*. second edition. Beacon Press 1992.

Marx, Karl. *Zur Kritik der Politischen Ökonomie*. 1859.

______. *Kritik des Gothaer Programms*. 1875.

______. and Friedrich Engels. *Manifest der Kommunistischen Partei*. 1848.

Maugham, Somerset. *Of Human Bondage*. 1915.

Melville, Herman. *Typee*. 1846.

______. *Omoo*. 1847.

______. *Moby Dick*. 1851.

Moynahan, Julian. *The Deed of Life: The Novels and Tales of D. H. Lawrence*. Princeton University Press 1963.

Mudrick, Marvin. "The Originality of The Rainbow." *A D. H. Lawrence Miscellany*. ed. Harry T. Moore. Carbondale 1959.

Nandy, Ashis. "An Anti-Secularist Manifesto." *The Romance of the State*. Oxford University Press 2003.

Nietzsche, Friedrich. *Also sprach Zarathustra*. 1883, 1884, 1891.

______. *Ecce Homo*. tr. R. J. Hollingdale. Penguin 1979.

______. *On the Genealogy of Morals / Ecce Homo*. tr. Walter Kaufmnn. Vintage Books 1989.

______. *The Anti-Christ, in Twilight of Idols / The Anti-Christ*. tr. R. J. Hollingdale. Penguin 1990.

North, Michael. *Reading 1922: A Return to the Scene of the Modern*. Oxford University Press 1999.

Oates, Joyce Carol. "Lawrence's *Götterdämmerung*: The Apocalyptic Vision of *Women in Love*." *Critical Essays on D. H. Lawrence*. ed. Dennis Jackson and Fleda Brown Jackson. G. K. Hall 1988.

Oliver, Kelly and Marilyn Pearsall, eds. *Feminist Interpretations of Friedrich Nietzsche*. Pennsylvania State University Press 1998.

Paik, Nak-chung. "A Study of *The Rainbow* and *Women In Love* as Expression of D. H. Lawrence's Thinking on Modern Civilization." PhD dissertation, University of Havard, 1972.

______. "Being and Thought-Adventure: An Approach to Lawrence." 고려대학교 영문학회 *Phoenix* 23집(1981).

______. "Reflections on *The Plumed Serpent*." 한국로렌스학회 『D. H. 로렌스 연구』 창간호(1991년 12월).

______. "Coloniality in Korea and a South Korean Project for Overcoming Modernity." *Interventions* Vol. 2 No. 1, 2000.

______. "Freud, Nietzsche and *Fantasia of the Unconscious*." *D. H. Lawrence Studies* 12권 2호(2004).

______. "Lawrencean Buddhism? An Attempt at a Literal Reading of 'The Ship of Death'." *D. H. Lawrence Review* Vol. 40 No. 2, 2015.

______. "Modernity's Double Project." *New Left Review* 95, 2015.

______. "South Korea's Candlelight Revolution and the Future of the Korean Peninsula." *The Asia-Pacific Journal: Japan Focus*, December 1, 2018. (https://

apjjf.org/2018/23/Paik.html)

Poe, Edgar Allen. "Ligeia." 1838; "The Fall of the House of Usher." 1839; "Eleonora." 1841.

Pollnitz, Christopher. "Using the Cambridge Poems and Auditing Lawrence's Sacred Dramas." *D. H. Lawrence Review* Vol. 40 No. 2, 2015.

Poplawski, Paul. "*St. Mawr* and the Ironic Art of Realization." *Writing the Body in D. H. Lawrence: Essays on Language, Representation, and Sexuality*. ed. P. Poplawski. Greenwood Press 2001.

Ragussis, Michael. "The False Myth of *St Mawr*: Lawrence and the Subterfuge of Art." *Papers on Language and Literature* 11, 1975.

Rancière, Jacques. *Disagreement: Politics and Philosophy*. tr. Julie Rose. University of Minnesota Press 1999.

______. *The Politics of Aesthetics*. tr. Gabriel Rockhill. Continuum 2004.

______. *The Hatred of Democracy*. tr. Steve Corcoran. Verso 2006.

______. "Communists Without Communism?" *The Idea of Communism*. ed. Costas Douzinas and Slavoj Žižek. Verso 2010.

Remsbury, John. "Real Thinking: Lawrence and Cézanne." *Cambridge Quarterly* Vol. 2 No. 2, 1967. (D. Ellis and O. De Zordo, eds., *D. H. Lawrence: Critical Assessments* 4권, Helm Information 1992에 재수록.)

Sagar, Keith. *The Art of D. H. Lawrence*. Cambridge University Press 1966.

______. *D. H. Lawrence: A calendar of his works*. Manchester University Press 1979.

______. *D. H. Lawrence: Life into Art*. Penguin 1985.

______. "How to Live?: The End of Lawrence's Quest." *Windows to the Sun: D. H. Lawrence's "Thought-Adventures."* ed. Earl Ingersoll and Virginia Hyde. Rosemont Publishing and Printing Corp., Associated University Presses 2009.

Salgãdo, Gãmini. "Diamond, coal and carbon: Lawrence's view of character." *A Preface to Lawrence*. Longman 1982.

Sargent, M. Elizabeth and Garry Watson. "D. H. Lawrence and the Dialogical Thought: The Strange Reality of Otherness." *College English* Vol. 63 No. 4, 2001.

Sartre, Jean-Paul. *L'être et le néant*. Éditions Gallimard 1943.

Sharratt, Bernard. *Reading Relations: structures of literary production*. Harvester Press 1982.

Smith, Glen W. "The Promise of Popular Democracy: Origins." (www.dogcanyon.

org/2010/01/31) 2008년 6월 4일 OpenLeft 싸이트에 처음 발표했다고 함.
Spilka, Mark. *The Love Ethic of D. H. Lawrence*. Indiana University Press 1955.
Spinosa, Charles. "Derrida and Heidegger: Iterability and Ereignis." *Heidegger: A Critical Reader*. ed. H. Dreyfus and H. Hall. Blackwell 1992.
Stallabrass, Julian. "Empowering Technology: The Exploration of Cyberspace." *New Left Review*, 211, 1995.
Steele, Bruce. Introduction to *Psychoanalysis and the Unconscious* and *Fantasia of the Unconscious*. ed. Bruce Steele. Cambridge University Press 2004.
Stone, Albert E. "Introductin." J. Hector St. John de Crèvecoeur. *Letters from an American Farmer and Sketches of Eighteenth-Century America*. ed. Albert E. Stone. Penguin 1986.
Taylor, Brandon. *Modernism, Post-Modernism, Realism*. Winchester School of Art Press 1987.
Tindall, William York. *D. H. Lawrence and Susan His Cow*. Columbia University Press 1939.
______. Introduction (1951) to *The Plumed Serpent*. Vintage Books 1959.
______. "The Plumed Serpent." *D. H. Lawrence: Critical Assessments*, Vol. 3. ed. Ellis and De Zordo. 1992.
Tolstoy, Lev. *Anna Karenina*. 1877.
Veracini, Lorenzo. "Introducing, *settler colonial studies*." *Settler Colonial Studies* Vol. 1 No. 1, 2013.
______. "Containment, Elimination, Endogeneity: Settler Colonialism in the Global Present." *Rethinking Marxism* Vol. 31 No. 1, 2019.
Verga, Giovanni. *Mastro-don Gesualdo*. 1889.
Vivas, Eliseo. *D. H. Lawrence: The Triumph and the Failure of Art* (1960). Midland Book 1964.
Wallace, Jeff. "51/49: democracy, abstraction and the machine in Lawrence, Deleuze and their readings of Whitman." *New D. H. Lawrence*. ed. Howard J. Booth. Manchester University Press 2009.
Wallace, M. Elizabeth. "The Circling Hawk: Philosophy of Knowledge in Polanyi and Lawrence." *The Challenge of D. H. Lawrence*. ed. M. Squires and K. Cushman. The University of Wisconsin Press 1990.
Wallerstein, Immanuel. "Marx, Marxism-Leninism, and Socialist Experiences in the

Modern World-System." *Geopolitics and Geoculture: Essays on the Changing World-System*. Cambridge University Press 1991.

______. "The West, Capitalism, and the Modern World-System." *Review* Vol. XV No. 4, 1992.

______. *After Liberalism*. The New Press 1995.

Weimann, Robert. *Structure and Society in Literary History: Studies in the History and Theory of Historical Criticism*. Expanded Edition. Johns Hopkins University Press 1984.

Whitehead, Alfred North. *Religion in the Making* (1926). Meridian 1960.

Whitman, Walt. "Song of the Open Road." *Leaves of Grass*. 1855.

______. *Democratic Vistas*. 1871.

Wilde, Alan. "The Illusion of *St Mawr*: Technique and Vision in D. H. Lawrence's Novel" (*PMLA*, 79, 1964), *D. H. Lawrence: Critical Assessments*, Vol. 3. ed. David Ellis and Ornella De Zordo. Helm Information 1992.

Williams, Raymond. *The English Novel from Dickens to Lawrence*. Oxford University Press 1970.

Wilson, Edmund, ed. *The Shock of Recognition*. second edition. Farrar, Straus and Cudahy 1955.

Wolfe, Patrick. "Settler colonialism and the elimination of the native." *Journal of Genocidal Research* Vol. 8 No. 4, 2006.

Woolf, Virginia. *The Waves*. 1931.

Žižek, Slavoj. *The Fragile Absolute: or, Why Is the Christian Legacy Worth Fighting For?* Verso 2000.

白樂晴「ヨ-ロッパ文學研究と第三世界論」. 白樂晴評論集『韓國民衆文學論』. 安宇植 編譯. 東京: 三一書房 1982.

______.『白樂晴評論選集II—D·H·ロレンス研究を中心にして』. 李純愛 編譯. 東京: 同時代社 1993.

추천의 말

나는 대학생 때 백낙청 선생님의 로런스 강의를 두 학기 들었다. 그 강의를 통해서 발견한 로런스는 내가 고교시절에 읽었던 그 작가가 아니었다. 로런스는 근대 산업문명과 온몸으로 맞서서 싸운 사상적 거인이었다. 그 점을 어렴풋이나마 깨닫기까지는 백선생님 특유의 엄격하고 치밀한 텍스트 읽기에 학생들도 동참해야 했는데, 그 덕분에 나를 포함한 수강생들의 고통과 시련이 컸다.

그후 50여년이 지난 지금, 나는 선생님의 신작을 보고 있다. 누구든 일별하면 곧 짐작하겠지만, 이 책은 엄청난 공력을 들인 저서이다. 남들은 회고록을 쓰기도 벅찰 팔순의 고령에 이런 대작을 내놓을 수 있는 정신력이 그저 놀랍다고 할 수밖에 없다. 1970, 80년대라는 정치적 암흑기와 그 이후 지금까지, 한국의 비판적 지식인들의 보루였던 『창작과비평』을 거점으로 백낙청은 민족문학론과 리얼리즘론, 분단체제론, 그리고 그때그때의 상황에서 필요한 화두를 우리 논단과 지식사회에 끊임없이 던지는 일을 계속해왔다. 그리하여 대체 이 왕성한 지적·이론적 작업의 사상적 토대와 그 배경이 무엇인지 궁금하게 생각하는 사람들이 많았다. 내 생각에, 그 해답은 상당부분 이 책에서 찾을 수 있다.

이 책은 '로런스'야말로 백낙청 자신의 평생의 화두였다는 것을 확인시켜준다. 즉, '근대를 어떻게 이해하고 동시에 극복할 것인가'라는 선생의 일생에 걸친 사상적 탐구과정에서 로런스는, 말하자면 '베이스캠프'였던 것이다. 로런스의 텍스트를 정밀하게 읽고, 로런스와 끊임없이 대화하면서 백낙청은 자신의 사상을 단련해왔고, 그것을 '개벽사상'이라는 이름으로 요약한 결산보고가 바로 이 책이라고 볼 수 있다. 그러니까 이 책은 로런스에 관한 (한국은 물론 세계적으로도) 매우 독특한 연구서이면서, 동시에 저자 자신의 문학·정치·사회사상을 집약하고 있는 저술이기도 하다. 로런스를 깊이있게 들여다보고자 하는 사람은 물론, 지난 반세기 동안 한국 지식사회의 가장 지성적인 양심을 대변해온 한 사상적 거인의 진면목을 이해하고자 하는 사람은, 인내심을 갖고 꼼꼼히 읽는다면, 이 책에서 실로 많은 것을 얻을 수 있을 것이다.

김종철 • 『녹색평론』 발행인, 전 영남대 교수, 영문학

해방 이후 한국에서 출판된 문학책 중 한 권을 들라면 나는 이 책을 고르는 데 주저하지 않을 것이다. 서양사상의 주류에 반란한 D. H. 로런스 최고의 안내서로되, 한국문학의 졸가리를 헤아리는 데도 맞춤한 참고서일 뿐만 아니라, 우리가 직면한 미증유의 과도기를 제대로 겪을 사유의 종자들이 곳곳에서 빛나는 지침서로서도 종요로우매, 서도(西道)의 황혼녘에 한반도의 남쪽에서 날아오른 지혜의 부엉이가 일대 장관이다. 일언이폐지컨대, 이 책은 서양에 대한 통투(通透)한 이해를 바탕으로 역사적 격동 속에 숨은 한국의 개벽사상을 다시금 들어올린 백낙청 사상의 보고(寶庫)다.

최원식 • 인하대 명예교수, 국문학

백낙청 선생의 이번 저서는 20세기의 영국작가 D. H. 로런스를 서양의 개벽사상가로 규정한 제목부터 도전적이다. 『채털리 부인의 연인』으로 외설 시비를 일으킨 로런스가 머나먼 조선땅에서 19세기 중반에 발아한 개벽사상을 공유하고 있다니, 독자들은 잠시 고개를 갸우뚱할지도 모른다. 그렇지만 일단 책을 펼쳐들면, 언제나 현실에 발을 딛고 시대의 모순과 대결하며 리얼리즘론과 민족문학론, 분단체제론 등 치밀하고 논리적인 담론으로 새로운 활로를 모색해온 '대지의 지식인'이 이런 제목을 붙인 데는 그럴 만한 이유가 있다는 것을 알게 될 것이다.

이 책은 저자가 밝혔듯이 '한국의 독자들을 위한' 로런스 연구서이다. 지금까지 대부분의 외국문학 연구는 외국 학자들의 연구성과를 소개하든가 종합하는 데 그쳤다. 그러나 저자는 로런스를 주제로 박사학위논문을 쓰고 귀국한 1972년 이래 평생을 한국인의 주체적인 시각에서 로런스의 작품과 사상을 읽어내려고 노력했고, 근 50년 동안의 이런 적공이 온축된 것이 바로 이 책이다.

왜 로런스이고 왜 개벽사상인가? "유럽중심적이고 근대주의적인 지식·진리 개념과 우주관을 뿌리째 문제삼"은 "로런스의 도전"이 바로 개벽사상과 상통한다고 보기 때문이다. 로런스를 서양의 개벽사상가라고 한 것은 주체적인 자의식에서 나온 발상이다. 그것은 또한 동학의 후천개벽운동과 3·1운동, 4·19와 5·18, 6월항쟁과 촛불혁명을 거치며 피와 땀으로 일구어낸 한국 민주주의의 진전과 함께 한국이 이제는 정신과 문화의 차원에서도 주목을 받게 되었다는 자부심의 표현이기도 하다.

저자는 이 책이 전문적인 연구서이면서도 국내 독자들을 위한 친절한 안내서로 읽히도록 각 장의 첫머리에 집필경위와 그 당시의 시대적 맥락, 개인적 소회 등을 밝히고 있다. 전체적으로는 로런스의 작품과 사상을 분석한 종합적이고 입체적인 연구서지만 그것을 구성하는 한 편 한 편의 글은 근대적응과 근대극복의 이중과제, 리얼리즘과 전형성, 모더니즘과 포스트모더니즘의 연속성 같은 한국문학의 쟁점들에 관한 저자의 견해를 로런스를 활용하여 설명하고 설득하는 독립적인 평론으로 읽어도 좋을 것이다.

오래전부터 백낙청 선생은 통일담론에서도 물질과 정신의 개벽을 강조해왔다. 통일을 달성하려면 강대국들의 이해관계나 국내외 정치환경의 변화 못지않게 원한과 증오와 분열의 심성을 송두리째 뒤바꾸는 '마음공부'가 필요하다는 주장은 개벽사상, 특히 원불교의 가르침에 뿌리를 두고 있다. 그는 1997년 회갑 기념대담에서 원불교야말로 유·불·선뿐만 아니라 서양의 기독교와 현대과학까지 통합할 수 있는 너른 품을 가지고 있으며, 이 점에서 서구의 물질문명을 수용하면서 극복할 수 있는 개벽사상의 모태로 삼을 만하다고 말한 적이 있다. 그리고 이때부터 10년간 원불교 경전의 영역에 정진한 백선생은 원불교의 『정전』과 『대종경』이 "한국어로 된 역사상 최초의 세계종교 경전"이라고 평가했다. 동학의 개벽사상과 개벽운동(갑오농민혁명과 3·1운동, 1920년대의 개벽문화운동)에 대해서도 관심을 가져주었으면 하는 아쉬움이 없는 건 아니지만, 수박 겉핥기식으로 동학 경전을 읽은 나로서는 오랜 적공 끝에 나온 백선생의 이런 판단을 존중할 수밖에 없다.

어떤 논자는 백낙청 선생을 '개벽 좌파'로 부르기도 했지만, 나는 이런 명칭이 영문학자와 문학평론가, 출판문화운동가(『창작과비평』을 중심으로 한 20세기 후반부의 '창비문화운동'은 『개벽』을 중심으로 한 1920년대의 '개벽문화운동' 못지않은 성과를 거두었다고 나는 평가한다), 통일운동가, 개벽사상가 등 다양한 면모를 지닌 백선생을 좌파라는 좁은 틀 속에 가두는 것 같아 좀 불만이다. 내가 본 백선생은 청사(晴蓑)라는 아호가 뜻하는 것처럼 맑은 날에 도롱이를 쓰고 다니는 시대의 이단아로서, 서구식 '개화'를 지상목표로 삼는 시류를 거스르며 실사구시의 정신으로 글공부와 마음공부를 통해 중도적 '개벽'을 추구한 선비이기 때문이다. 『서양의 개벽사상가 D. H. 로런스』를 읽은 후에 문득 떠오른 생각이다.

정지창 • 전 영남대 교수, 독문학

D. H. 로런스는 「도덕과 소설」(1925)이라는 평론에서 "예술이 하는 일은 인간과 그를 둘러싼 우주 사이의 관계를 그 살아 있는 순간에 드러내는 일"이라고 주장한다. 연이어 그는 고흐의 해바라기를 예로 들면서 고흐가 앞서 말한 관계를 "드러내고 또는 이룩한다"라고 표현한다. 아름답고도 심오한 말이다. 관계를 드러내는 것이 또한 관계를 이룩하는 것이라니. 예술의 입장에서 관계는 이미 성립된 것이자 또한 성립되어야 할 무엇이다. 달리 말하자면 예술적 진리는 그렇게 과정으로서, 능동적인 참여로서 존재한다는 말일 것이다. 로런스의 말은 나를 깊은 생각에 빠뜨렸다. 이 책의 제목이 강하게 암시하듯이, 로런스가 정말 '서양의 개벽사상가'라고 부를 만한 인물인지 나로서는 쉽게 판단할 수 없다. 급진적인 미래전망을 내세운 사상가들이 자주 빠지곤 했던 단순화와 억측의 위험들로부터 그가 완전히 자유로운지도 확신하지 못한다. 다만 백낙청 선생의 책 덕분에 나는 로런스의 여러 통찰을 음미할 수 있었고, 그가 단지 이름 있는 소설가일 뿐만 아니라 사상가의 면모를 지닌 작가, 매력적인 비전을 지닌 작가였다는 점을 실감하게 되었다.

그런데 정작 나를 매혹시킨 것은 따로 있다. 로런스 연구를 발판으로 삼아 근대사회에 대한 거시적인 전망, 예술의 역할에 대한 철학적인 이해, 리얼리즘에 대한 진지한 재고찰 등을 일관된 흐름으로 모아내는 백선생의 치열한 문제의식이다. 게다가 그는 기존의 글들을 단순히 묶어내는 데 그치지 않고, 현재의 시점에서 새롭게 제기된 논의들과 꼼꼼하게 대결하는 면모를 보여준다. 지치지 않는 이 불굴의 비평정신에도 경의를 표한다. 감히 이렇게 말할 수 있다면, 이 책은 한명의 비평가가 한 작가의 연구를 통해 어떻게 자신의 사상체계를 '드러내면서 이룩할' 수 있는지를 보여주는 모범적인 사례이다.

김동수 • 서울대 강사, 불문학

사실 나는 백낙청 선생님을 통해 로런스에 입문했고 어떤 의미에서는 문학 자체에 입문했다. 내가 배운 로런스는 무엇보다 내게 직접 말을 거는 사람, 그러니까 과거 지구 저쪽 어딘가의 삶이 아니라 바로 내 삶, 우리의 삶에 대해 말하고 있는 사람이었고, 그래서 '문학주의'(이런 용어가 있다는 건 나중에 알게 되었다)의 보이지 않지만 답답한 우리에 갇히지 않고서도 문학공부를 할 수 있다는 확신을 가지게 한 사람이었다. 처음부터 그랬던 것은 아니다. 애송이 대학원생 시절, 루카치에 대한 어쭙잖은 지식을 바탕으로 수업에서 로런스를 비판한 적이 있다. 그때 백낙청 선생님에게서 들은 말은 (정확한 표현은 기억나지 않지만) 이런 것이었다. "비판을 하려거든 '들어와서' 하라." 당시에는 잘 이해가 되지 않았지만('들어가면' 투항하는 것 아닌가?), 세월이 좀 흐른 후에 어렴풋이 느낌이 왔다. 한발만 걸치고 '간을 보는' 식으로 문제를 건드리지 말라. 너의 뭔가를 걸고 문제와 부딪혀라. 어떤 답이 나오든 문제에 책임을 져라.

이 말이 다시 생각난 것은 지금 이 책의 제목 때문이다. '서양의 개벽사상가 D. H. 로런스'. 이 책에서 거론하는 후천개벽사상에 문외한인 처지에, 또는 자신이 문외한이라는 사실조차 인지하지 못하는 처지에 선뜻 '들어가서' 뭔가를 하기는 꺼려지게 만드는 제목이 아닌가. 그런데 저자가 이 점을 몰랐을 리 없다. 그렇기에 이 제목은 한발을 (또는 두발 다) 빼고 있는 모든 사람에 대한 의식적인 도전이고, 또 한편으로는 자신감의 표현이다. 책을 읽어나가면서 발견하게 되는 사실은 우선 개벽사상에 대한 논의가 책 전체에 퍼져 있지는 않다는 점, 그럼에도 최제우나 천도교 사상 및 불교와 원불교에 대한 저자의 관심이 진지하고도 깊다는 점, 그리고 '후천개벽' 개념 자체는 서구 이론의 맥락에서도 아주 낯선 것은 아니되(가령 그것과 벤야민의 역사관, 또는 저자 자신도 거론하는 아감벤의 메시아주의의—상동성은 아니더라도—연속성을 생각해볼 수 있다), 저자가 동양의 사상적·종교적 유산을 로런스의 변화, 발전해가는 사유와 대면시키는 가운데 이 천재적 작가에 대한 새롭고 독특한 해석을 시도하고 있다는 점이다.

저자는 1970년대에 학위논문의 논지를 상당부분 반영하여 학술지에 실었던 논문에서부터 최근에 새로 쓴 글까지, 실로 지금까지의 학문적 생애 전체에 걸친 로런스 연구의 결과를 이 책에 담았다. 이는 매우 이례적이면서도 모험적인 시도인데, 모험적인 것은 지난 40, 50년간 당연히도 현실과 학문의 경향이 변해왔고 그에 따라 글의 시의성은 물론 주장의 타당성에도 변화가 생겼을 가능성이 크기 때문이다. 그러나 나 자신 반복해서 읽고 그로부터 영감을 얻었으며 대학원 수업에 활용하기도 한 『무지개』론과 두 편의 『연애하는 여인들』 관련 논문이 「재현과 (가상)현실」 같은 이론적인 글이나 더 근래에 쓰인 다른 글들 못지않게 오늘날에도 여전히 공부거리를 던진다는 것은 그것대로 주목할 점이거니와, 저자가 단 한 편의 논문도 과거에 학술지나 계간지에 실렸던 그대로 싣지 않고 글의 현재성을 살리기 위해 엄청난 노력을 기울인 점은 후학들에게 또다른 종류의 배움을 안겨준다. 여기에 실린 각 논문은 출판 당시 국내와 국제 로런스 연구의 맥락에서 선도적인 주제와 주장을 담고 있었고(가령 로런스와 하이데거의 연관성에 관한 다각적 논의, 『연애하는 여인들』에 등장하는 뢰르케의 포스트모더니스트적 면모에 관련된 주장 등), 로런스의 시 「죽음의 배」와 윤회에 관련된 것을 포함해 많은 주장들은 지금도 국제적 차원의 논의를 기다리고 있다. 한편 『무의식의 환상곡』에서 로런스가 펼치는 일견 성차별적인 담론을 '남성론'으로 읽어보자는 제안(8장)은 영미권보다 오히려 국내에서 논쟁의 대상이 될 법한데, 물론 여기서 이 문제를 더 구체적으로 거론할 수는 없다.

이 책은 어떻게 과거의 정신적 산물이 현재의 실천적 담론으로 거듭날 수 있는지를 보여주는 전범이다. 내가 알기로 저자에게 학문적 글쓰기는 과거에도 현재에도, 삶에 대한 정관적(靜觀的) 논평이 아니라 근본적 개입의 한 형식이(었)다. 그렇기에 과거와 현재가 연속성을 띠며, 과거의 산물이 현재의 새로운 구도 안에 무리없이 재배치될 수 있는 것이다. 그에게 연구와 비평은 서로 떨어져 있지 않다. 이 점은 오늘 우리 앞에 나타난 그의 책에 뜻밖의 새로움을 부여한다. 지난 20, 30년간 학문세계와 비평계에서 나란히 일어난 '감수성의 분열'은 현실에 진정으로 개입하려 하지 않는 연구논문과 현실에 대한 깊은 탐구를 버거워하고 꺼리는 비평이 급증하는 결과를 가져왔다. 이 책에서 펼쳐지는 사유의 모험이 얼마나 독창적인지를 확인하기 위해서뿐만 아니라 '비평적 연구'란 어떤 것인가를 알기 위해서도, 우리는 의도적인 복고풍 제목을 달고 있는 이 책의 표지를 넘겨볼 필요가 있다.

김성호•서울여대 교수, 영문학

찾아보기

인명

ㄱ

ㄴ·ㄷ

ㄹ

ㅁ

ㅎ

서명 · 논문명

ㄱ

ㅈ

ㅊ

ㅋ·ㅌ·ㅍ

ㅎ

외국어 저작

사항

ㄱ

ㄹ

ㅁ

ㅂ

ㅅ

ㅎ